미필적 맥베스

하야세 고 지음
이희정 옮김

MIHITSU NO MACBETH(未必のマクベス)

ⓒ 2014 HAYASE Kou

This book is published by arrangement with

Hayakawa Publishing Corporation through Imprima Korea Agency.

미필적 맥베스

하야세 고 지음

이희정 옮김

소미미디어
Somy Media

목 차

2009년 시점 연평균 환율(매도)
1US달러 94.57엔
1홍콩달러 12.50엔(마카오 파타카도 동일)
1태국 밧 2.81엔
1,000베트남 동 약 5.5엔
※JR히가시니혼 기본요금(도쿄~유라쿠초) 130엔

i

Night Flight

－ Late Summer

여행이란 뭘까?

'지금 있는 곳을 떠나 잠시 머물거나 이동 중인 상태'라고 획일적으로 정의해본다. 그렇게 가정하면 여행을 영원히 계속하기란 어렵다. 어떤 장소든, 예를 들어 그곳이 옹색한 비행기 좌석일지라도 거기서 오랜 시간을 보내다 보면 나중에는 그곳이 자신이 응당 있어야 할 곳이 된다. 자신이 처한 환경을 거부하고 이곳은 내가 있을 곳이 아니라고 끝까지 버티는 건 어지간한 의지로는 불가능하다.

그래서 여행은 대부분 어디에선가 끝이 난다.

일 때문에 한 달에 두세 번씩 출장을 다니다 보면 이따금 "여행에 익숙하시네요."라는 말을 듣는다. 그것은 모순된 평가다. 나는 처음 간 공항에서 출입국 심사로 시간을 빼앗기지도 않고 보안 검색 때문에 당황하지도 않는다. 영어가 통하지 않는 곳에서도 어떻게든 밥을 먹고 택시를 탈 수 있다. 이런 걸로 여행에 익숙하다고 한다면 틀린 말은 아니고, 그런 말을 듣는다고 싫지도 않다. 술자리에서 그런 말을 들으면 우쭐한 얼굴로 외국에서 실수한 경험담을 늘어놓을 것이다.

하지만 '여행에 익숙한 사람'은 여행을 하지 않는다. 대부분의 '여행에 익숙한 사람'은 여행 비슷한 이동을 반복할 뿐이다. 비행기가 이륙할 때 행선지에서 어떤 모험이 기다릴지 상상하며 두근거리지도 않고, 귀국해도 돌아왔다는 안도감이 들지 않는다. 그것은 여행이 아니라 단순한 이동에 불과하기 때문이다. 그럼에도 여행에 익숙하다는 말을 듣는 사람이 있다면 그는 그 이동이 끝났을 때부터 여행을 시작할 것이다.

예를 들어 본래 왕이 될 수 없는 남자가 어쩌다 보니 신하는 입지 못하는 붉은 곤룡포를 입게 되었다고 하자. 처음에는 그것이 그의 여행일지도 모른다. 하지만 가짜 곤룡포를 오래 입어 그 붉은색이 왕관을 노리는 자들의 피로 물든 모략에서 유래했음을 깨달을 무렵에는 왕좌가 어느새 자신의 자리가 되고 가짜 곤룡포도 진짜 붉은색으로 물든다. 거기서 여행을 끝낼 수 있으면 그나마 다행이다. 여행이었던 왕좌에서 본래 자신이 있어야 할 곳을 잃고 어디로도 돌아가지 못하는 것이 정말로 행복일까?

여행은 아직 자신의 자리로 돌아가는 길이 보일 때 끝내는 게 낫다.

✝

이코노미석 모니터로 할리우드 영화를 다 봤을 때 착륙을 위한 안전벨트 착용 사인이 20분 후에 점등된다는 안내방송이 나왔다. 이어폰을 빼고 창가 쪽으로 눈을 돌리자 3열 좌석의 가운데 자리를 띄우고 앉은 반이 작은 창문으로 지루한 듯이 밤하늘을 보고 있었다. 오후 8시, 방콕에서 홍콩까지의 비행은 큰 흔들림도 없이 순조롭게 야간비행을 이어갔다.

"재미없지?"

반은 창밖으로 말을 거는 것 같았다. 밤하늘밖에 보이지 않는 창에 이어폰을 빼는 내 모습이 비쳤을 것이다.

"응, 차라리 두 시간 동안 창밖이나 볼걸 그랬어."

"결말은 비밀로 해주세요, 같은 이야기는 안 봐도 빤하지."

"그런가……?"

9월의 방콕을 떠날 때 나는 좌석 포켓의 책자에서 도쿄에서는 아직 상영되지 않은 영화를 발견하고 창가 자리를 반에게 양보했다.

"그럼. 전 세계에서 여전히 상연되는 셰익스피어는 대부분의 관객이 결말을 알잖아. 결말을 공개하지 못하는 이야기는 두 번 봐도 시시하다고 광고하는 셈이나 마찬가지야."

나와 반은 서른다섯 살 이후에 배속된 부서에서 동료가 된 뒤로 같은 비행기로 출장 다니는 일이 잦다. 비행기가 3열 좌석일 경우에는 가운데 자리를 비우고 통로 쪽과 창가 쪽 자리를 예약한다. 가운데 자리는 만국공통 인기가 없다. 덕분에 절반 정도의 비율로 나와 반은 둘이서 세 사람 분의 좌석을 쓸 수 있어 이코노미석을 타고 이동하는 시간을 조금 편하게 보낼 수 있다.

　"넌 셰익스피어도 봐?"

　"언젠가 희곡을 딱 하나 읽어봤는데 재미없었어. 결말이 빤한 이야기에 두세 시간씩 들이는 건 시간 낭비야."

　나는 대꾸할 말을 찾지 못했다.

　"일반적인 마케팅이론에서는 세계적으로 티켓이 많이 팔리는 건 대부분이 결말을 아는 스토리라고 하잖아. 그것과 나의 개인적인 취향은 달라."

　반이 단정적으로 말할 때는 그 화제가 끝났다는 뜻이다. 나는 객실승무원을 불러 다이어트 콜라와 럼 온더록을 주문했다. 차이나드레스풍의 붉은색 상의로 갈아입은 승무원이 쿠바리브레 재료를 가지고 오자 안전벨트 착용 사인이 들어왔다. 기체가 선회하고 반의 옆에 있는 창문에 반짝이는 홍콩 야경이 비쳤다. 나는 객실승무원이 착륙 시의 안전 확인을 시작하기 전에 플라스틱 컵에 든 럼에 다이어트 콜라를 부어 얼음 끝을 손가락으로 눌러 섞은 뒤 좌석 테이블을 올렸다. 홍콩은 업무차 방문하는 곳이 아니라 내일 아침 나리타행 비행기로 환승하기 위한 경유지다. 나는 비행기 안에서 쿠바리브레를 마실 권리가 있다.

그런데 쿠바리브레를 다 마셔도 기체는 여전히 선회하는 중이었다. 나와 반 사이에 있는 빈 좌석 모니터에는 늘 그렇듯이 비행맵을 켜놓았는데, 비행기가 고도를 낮춘 기록도 없었다. 홍콩국제공항까지의 거리는 가까워졌다 멀어지기를 천천히 되풀이했다.

"홍콩국제공항에 문제가 발생하여 저희 비행기의 착륙 허가가 늦어질 것 같습니다. 비행기의 운항에는 문제가 없으니 승객 여러분은 안전벨트를 착용하신 채 그대로 대기해 주십시오. 착륙 태세 중이므로 객실승무원의 서비스는 제공하지 않습니다."

이런 내용의 영어 안내방송이 나왔다. 어쩌면 트러블 내용도 전달했을지 모르지만 내 영어 실력으로는 거기까지 알아듣지 못했다. 이어서 광둥어 안내방송이 나왔다. 캐세이퍼시픽 객실승무원의 광둥어는 언제 들어도 리듬감이 아름답다. 마치 "오늘 밤은 공기가 맑으니 승객 여러분은 잠시 홍콩의 '백만 달러짜리 야경'을 즐기시길 바랍니다."라고 말하듯 우아했다.

"완탕면을 먹으며 산미겔을 마시는 건 보류해야겠어."

반이 홍콩에서 자주 마시는 필리핀산 맥주 이름을 언급했다. 우리가 출장 다닐 때 일본 항공사를 이용하지 않는 것은 경비 절감을 위한 부부장의 지시 때문이지만 방콕에서 도쿄로 돌아가면서 직항 노선이 없는 캐세이퍼시픽항공을 선택하는 이유는 홍콩에서 편안한 밤을 보내기 위해서다. 경유를 핑계로 홍콩 시내의 싸구려 호텔에 하룻밤 묵고 이른 아침 비행기로 돌아가도 부부장은 경비 문제로 언짢아하지 않는다. 이름뿐인 관리직이 시간을 반나절이나 허비해도 회사 경비에는 아무런 영향도 미치지 못한다.

"공항을 빠져나가는 시간이 열두 시가 넘을 것 같으면 호텔을 캔슬하자. 완탕면을 먹고 공항 소파에서 서너 시간 눈을 붙이면 아침일 테니까."

"그래."

나는 반의 제안에 끄덕였다. 술에 취해 한밤중에 싸구려 호텔에 기어 들어가느니 얌전히 공항에 있는 편이 안전하다.

"그건 상관없는데 공항 안의 식당은 금연이란 말이야."

"홍콩 음식점은 지지난달부터 전면 금연이야."

베이징 올림픽 준비에 본격적으로 돌입한 무렵부터 홍콩에도 '금연'이라는 유행어가 밀려들어오더니, 2009년 7월에 홍콩 정부는 결국 술집이든 나이트클럽이든 상관없이 음식점의 전면 금연을 단행했다. 하지만 외식 비율이 높은 홍콩에서 그 규제 때문에 음식점의 매출이 떨어졌다는 인상은 받지 못했다. 다만 테라스석 바닥이 재떨이로 변했을 뿐이다. 담배를 피우지 않는 반은 모르겠지만 먼저 왔던 손님의 꽁초가 남아 있는 재떨이에 담배를 비벼 끄는 것보다 바닥에 던져 구두 뒤축으로 끄는 게 훨씬 기분도 좋고 불도 확실하게 끌 수 있다.

나와 반은 굳이 가르자면 관대한 승객에 속할 것이다. 백만 달러짜리 야경을 즐기는 유람 비행을 한 덕분에 도착이 두 시간 늦어져도 딱히 불만을 느끼지 않는다. 다이어트 콜라가 없어서 펩시콜라로 쿠바리브레를 만들어야 해도 "음, 쿠바리브레구나." 하고 그냥 마시고, 럼주가 없으면 대신 백주를 넣어 '차이나 리버티'라는 새로운 칵테일을 시도해본다.

하지만 그날 밤 홍콩국제공항 관제사는 우리처럼 너그럽지 않나 보다. 백만 달러짜리 야경 유람 비행은 15분을 못 채우고 마카오국제공항으로 다이버트(회항)한다는 안내방송이 나왔다. 어쩌면 공항 쪽 문제 외에 기체의 이상을 알리는 안내방송도 나왔을지 모른다. 비행기는 부기장이 안내방송을 하기 전부터 하강을 시작해 10분도 지나지 않아 카지노의 휘황찬란한 네온사인이 창밖을 스쳐갔다.

"마카오는 처음 와봐."

"나도."

나와 반 중에 누가 먼저 말을 꺼냈는지는 기억나지 않는다.

마카오국제공항은 예상 외로 아담했다. 활주로에서 주기장까지 10분도 걸리지 않았고, 여권 심사에 줄을 서지도 않고 10시 전에 도착층에서 캐세이퍼시픽항공 직원의 설명을 들었다. 홍콩까지 가는 페리 티켓과 경유 승객에게는 홍콩국제공항까지 가는 에어포트 익스프레스 티켓을 주는 모양이었다. 직원의 설명에 따르면, 홍콩과 마카오를 연결하는 페리는 심야에도 30분 간격으로 운항하고 홍콩 센트럴까지 한 시간 정도면 갈 수 있다고 한다.

"나카이, 『나는 아직 도착하지 않았다』라는 책을 읽어봤어?"

페리 티켓을 배포하는 줄에 서며 반이 마침 생각난 듯이 물었다.

"사와키 고타로가 쓴 거?"

"응."

"학교 다닐 때 읽었어."

"그 책에 나오는 마카오의 카지노는 아직 있을까?"

반은 그렇게 말하며 캐리어에 건 가방에서 아이패드를 꺼내 검색창을 열었다.

"오, 아직 있네. 호텔도 아직 있고, 가장 싼 방이 1박에 800홍콩달러야. 거기로 바꿀래?"

"800홍콩달러로 방을 구할 수 있으면 거기도 괜찮아."

반은 곧바로 아이패드로 호텔을 예약했다.

"잡았어. 세금과 봉사료 포함 830홍콩달러인데 괜찮지?"

나는 고개를 끄덕이고 항공사 지상 직원에게 일정을 변경해 마카오에서 머물려고 하는데 페리 티켓을 내일도 쓸 수 있는지 물었다.

"낮에는 마카오에서 홍콩국제공항으로 직항하는 페리가 있으니 그걸로 준비해드리겠습니다."

우리는 마카오 페리 선착장에서 홍콩국제공항까지 가는 오픈티켓을 받고 다른 승객들보다 한발 먼저 캐세이퍼시픽에서 마련해준 택시를 탔다. 택시 창문을 열자 동남아시아 특유의 엉겨 붙듯이 눅눅한 밤공기도 방콕에 비하면 상쾌하게 느껴졌다. 택시는 타이파섬과 마카오반도를 잇는 긴 다리를 달렸고, 다리 너머에는 번쩍번쩍 빛나는 거대한 네온사인 숲이 펼쳐졌다. 갑갑한 이코노미석에서 풀려나 해방감을 느끼는데 반의 휴대전화 벨소리가 산통을 깼다.

"사타케 본부장님이야."

"이 시간에? 많이 취하셨구나."

도쿄와는 시차가 1시간 있으니 본부장의 회식도 이미 끝나갈 무렵이다. 주정뱅이의 전화인 줄 알지만 반이 무시할 권리는 없다.

"반입니다. 밤늦게까지 신경 써주셔서 감사합니다. ……네, 경유지인 홍콩에 도착했고, 지금은 택시 안입니다."

휴대전화 스피커에서 이번 출장 목적을 훌륭하게 달성했다고 칭찬하는 목소리가 쩌렁쩌렁하게 새어나왔다.

'부사장님도 자네들의 이번 성과를 크게 칭찬하셨어.'

"감사합니다. 나카이 부장대리가 미리 발판을 잘 다져둔 덕분입니다."

직책상 반은 내 부하라 업무상 대화에서는 직급을 붙여 말한다. 나는 "괜한 소리 하지 마." 하고 반에게 나직하게 말했다.

'아무렴, 아무렴. 나카이도 같이 있나?'

"네, 택시에 같이 타고 있습니다. 지금 바꿔드리겠습니다."

반은 마이크를 가리고 휴대전화를 내밀었다. 나는 넌더리난다는 의사를 표시하기 위해 한숨을 푹 내쉬었다. 이런 전화를 받지 않으려고 출장지에 도착한 다음 날까지 회사에서 지급받은 휴대전화 전원을 켜는 것을 깜빡하는 습관을 들였거늘. 무엇보다 직항노선을 탔다면 아직 비행기 안에 있을 테니 그전화가 전혀 의미가 없음은 확인할 필요도 없다.

"축하해. 아주 대성공이야."

"감사합니다. 다 본부장님이 잘 가르쳐주신 덕분입니다."

국제전화 회선 너머는 어딘가의 클럽이었다. 회사 앞으로 영수증을 끊는 소리가 여기저기서 들려왔다.

"괜히 겸손 떨기는. 부사장님도 나카이는 아주 난 놈이라고 방금도 칭찬하셨어."

"송구스럽습니다."

기모노 입은 미녀를 옆에 앉혀두고 그런 따분한 말을 하는 남자가 어디 있을까.

"그래, 이쪽에는 언제 도착하지?"

"내일 오전 비행기로 홍콩에서 출발하니 저녁 무렵에 본부장님께 직접 보고 드리겠습니다."

"내일 저녁이라고? 이거, 어쩌나. 내일은 오후부터 일이 있는데. 모레는 토요일이니 하루 정도는 홍콩에서 맛있는 거라도 먹고 오든가. 이자와 부부장에게는 내가 홍콩에서 일을 맡겼다고 해둘게. 성공담 보고는 월요일 아침에 해도 충분하니까."

"감사합니다."

"그리고 홍콩에서는 비즈니스 클래스를 타라고 반 주임에게도 얘기하고. 전화가 조금만 더 빨리 연결됐더라면 방콕에서 전일본공수 항공편을 마련해줬을 텐데. 아무튼 내일 하루 정도는 느긋하게 쉬어도 아무도 뭐라고 못 할 거야."

"감사합니다."

"그래, 밤늦게 전화해서 미안했네."

나는 반에게 휴대전화를 돌려주고 '내일은 홍콩에서 쉬었다와.'라는 상사의 지시를 전달했다.

"나카이는 본부장님과 친하구나."

"오늘 밤의 본부장님과는. 자기가 직접 키운 부하가 계약을 성사시켜야 자신의 성공이 되니까."

택시는 다리를 내려가 거대한 네온사인 숲으로 들어갔다.

반이 예약한 호텔은 휘황찬란한 거리에 덩그마니 남겨진 노인들의 학교 같은 분위기였다. 중세 기사 망토를 입은 도어맨의 안내를 받고 들어간 로비는 화려하기는 하지만 오랜 시간의 흐름이 고여 둔탁한 빛을 내는 보석이 가라앉은 광경을 연상시켰다. 바로 직전에 830홍콩달러로 예약한 방은 미로처럼 굽이굽이 꺾인 통로 끝에 있었다. 나는 일단 가방에서 노트북과 여권, 회사에서 지급한 휴대전화를 방 금고에 넣고 반과 저녁을 먹으러 다시 로비로 나왔다. 1층에 있는 레스토랑에서 완탕면과 마카오 맥주를 주문했다. 놀랍게도 테이블에는 재떨이로 보이는 것이 놓여 있었다. 나는 점원에게 그것이 재떨이가 맞는지 확인했다.

"호텔 레스토랑에서 담배를 피우는 게 얼마만이야."

"도쿄 호텔에서도 담배는 피울 수 있잖아."

반은 레스토랑 밖 복도를 지나가는 화려한 차림의 여자들을 보며 말했다. 여자들은 하나같이 가슴을 강조한 옷을 입고 카지노나 레스토랑에서 나오는 남자 손님들에게 말을 걸고 때로는 팔짱을 끼며 영업하고 있었다. 호텔 안이니 길거리 성매매라는 말은 맞지 않겠지만 성매매임에는 틀림이 없을 것이다. 레스토랑에서 담배를 피울 수 있는 것도 놀랍지만 호텔 안에서 당당하게 성매매 영업이 가능한 것도 놀라웠다. 타임머신을 타고 20년 전의 과거로 돌아간 느낌이었다.

"임원을 모시고 가면 테이블에 재떨이가 놓여 있어도 금연은 금연이야."

"홍콩처럼 테이블 밑에 버리면 되지."

"도쿄 레스토랑에서는 그런 걸 관대하게 봐주지 않아."

"깨끗함은 더럽고, 더러움은 깨끗하다. 관용은 불관용, 불관용은 관용이라는 건가……."

반의 선문답 같은 말에 나는 고개를 갸웃거렸다. 어디선가 들어본 적이 있는 말이다. 그때도 반에게서 들었을까.

"그게 무슨 말이야?"

"어떤 소설의 도입부야. 여기 완탕면은 맛이 좋은 편이네. 다 먹으면 카지노로 가자."

"여권을 금고에 넣어두고 왔어."

"아까부터 카지노로 들어가는 사람들을 보고 있었는데 여기서는 현지인도 들어갈 수 있는 것 같으니 여권은 필요 없을 거야. 카지노에 들어가지 못하는 건 얇은 옷을 입은 저 여자들뿐이었어."

우리는 완탕면을 다 먹고 양복을 입은 상태로 카지노 보안 검색대를 통과했다. 나쁘지 않은 밤이 될 것 같은 예감이 들었다.

목요일 밤 11시가 지났는데 카지노 테이블은 어디나 손님으로 가득했다. 안쪽에 바카라나 블랙잭을 하는 테이블이 보였지만 앞쪽에 처음 보는 게임 테이블이 있고 그쪽이 북적거렸다.

"저게 다이사이라는 건가?"

나는 반과 떨어져 다이사이 테이블 옆에서 게임을 지켜보았다. 테이블에는 세 개의 주사위가 놓인 직경 10센티미터 정도의 단이 있었다. 딜러가 단을 뚜껑으로 덮으면 자동적으로 주사위가 구르고 손님은 딜러가 뚜껑을 열 때까지 주사위 눈이 몇 개인지 예상해 테이블에 그려진 칸에 칩을 놓는다. 칩이 없는 손님은 홍콩달러나 파타카 지폐를 테이블에 던졌다. 룰렛과 똑같이 베팅 방법은 오즈(odds)에 따라 몇 가지로 나뉜다. 가장 간단한 베팅 방법은 세 주사위 눈의 합이 11 이상인 '대'와 10 이하인 '소' 중 하나에 베팅하고 오즈는 두 배다. 단, 세 주사위의 숫자가 같으면 딜러의 몫이므로 환원율은 1이 안된다. 그 외에도 주사위 눈의 합이 홀수나 짝수, 합계, 하나 또는 두 개의 주사위 눈 자체에 거는 등 맞췄을 때의 오즈에 따라 몇 가지 베팅 방법이 있었다. 최근의 20게임 결과가 딜러의 옆에 있는 디지털 보드에 표시되어 있었다.

나는 다이사이 룰을 이해할 때까지 잠시 말없이 게임을 지켜본 뒤 테이블을 벗어나 기둥 옆에 있는 재떨이에서 담배를 한 대 피웠다. 반이 나를 발견하고 다가왔다.

"땄어?"

"아직, 룰만 확인했어. 넌?"

"나는 블랙잭으로 그냥 본전이야. 다이사이의 룰은 알았어?"

나는 내가 이해한 범위에서 반에게 룰을 설명해주었다. 그리고 사람들이 적당히 모여 있는 테이블에 끼어 '대'에 100홍콩달러 지폐를 놓았다. 반은 그 옆에 블랙잭으로 땄을 200파타카 칩을 던졌다. 딜러가 벨을 울리고 양손을 테이블 위에서 움직이자 주사위를 덮은 뚜껑이 열렸고 주사위 눈의 합은 13

이었다. 내가 건 홍콩달러 지폐는 딜러가 블랙라이트를 비춰 뭔가를 확인한 뒤 테이블에 있는 우편함 같은 입구로 들어가고 100파타카 칩 두 개가 되어 돌아왔다. 그 후 게임에 참가하거나 지켜보거나 하다 담배를 피우고 싶어서 테이블을 벗어났을 때는 100파타카 칩 세 장을 가지고 있었다. 30분 정도 시간을 투자해 200파타카, 즉 약 2,400엔을 벌었으니 나쁘지 않았다.

나는 도박 재능이 없음을 스스로 잘 안다. 일본에서 휴일에 쉴 때도 파친코나 경마를 하지 않고 주식도 하지 않는다. 광고에 낚여 복권은 이따금 사봤지만 38년이라는 기간 동안 기대치에 한참 못 미치는 금액밖에 돌아오지 않았다. 만약 내게 조금이라도 도박 재능이 있다면 도박에 달려들지 않는 자제심이 있다는 정도일 것이다. 그러므로 나는 카지노에 있으면 그곳이 서울이든 싱가포르든 여행자가 된 기분이다. 그곳에는 내가 있을 곳이 없어 카지노에서 나오면 안도감이 든다.

반은 다르다. 반이 도박 결과를 '그냥 본전이다'라고 할 때는 카지노에서 보낸 시간의 일실이익을 빼고 계산한다. 그의 잔업수당 시급은 5천 엔이므로 얼마를 걸었는지는 모르지만 이 30분 동안 2,500엔밖에 따지 못했다는 뜻이다. 나는 반이 다 이사이 테이블을 떠나면 바에 가자고 해야겠다고 생각하며 그가 참여한 게임을 지켜보았다.

문득 그 테이블에서 구부정하게 앉아 있는 할머니가 눈에 들어왔다. 누더기 같은 옷을 입었지만 지저분하지는 않았다. 한밤중에 가까운 카지노에 나와 있을 정도면 집에서 텔레비전이나 보는 게 낫다. 연금이 줄줄 새어나가지도 않고 조금 더 괜찮은 옷을 살 수도 있을 것이다. 하지만 내가 그 할머니에게 눈길이 간 것은 누더기 같은 옷을 입어서가 아니었다. 할머니는 직전 20게임 결과가 표시되는 디지털 보드에는 이따금 눈길만 주면서 신문에 끼워주는 전단지를 찢은 것 같은 종이쪼가리에 색연필로 게임 결과를 기록했다.

처음에는 할머니가 종이에 뭘 적는지 궁금했고, 이윽고 모든 게임 결과를 전부 기록하지는 않는다고 깨달았다. 그 테이블의 최저 베팅은 오즈가 두 배인 칸도 200파타카로 설정되어 있어 일반 손님이 놀기에는 비싼 테이블이었다. 할머니는 내킬 때만 누더기 속에서 50파타카 칩을 꺼내 다른 손님의 칩 위에 올렸다. 그것이 이 카지노의 룰에 따른 것인지는 모르지만 딜러가 할머니에게 뭐라고 하지는 않았다. 손님 중에는 할머니가 자기 칩 위에 올리면 노골적으로 싫은 티를 내는 사람도 있었지만, 게임이 끝나고 칩이 돌아오면 할머니는 그러든지 말든지 개의치 않고 자기가 꼽사리 낀 손님에게서 자신의 몫을 무조건 받아냈다. 나는 다이사이에 참여하는 척하며 반과 할머니가 있는 테이블로 다가갔다.

무엇보다 그 할머니는 카지노에 있으면서 여행을 하는 분위기가 전혀 느껴지지 않았다. 마치 몇십 년도 더 전부터 그곳이 그녀의 지정석인 것처럼 구부정하게 앉아 있었다. 카지노에서 게임을 하다 보면 확률적으로 그곳을 떠나야 할 때가 오고, 계속 크게 따기만 하면 카지노 측에서 어떻게든 트집을 잡아 쫓아낼 것이다.

나는 들고 있던 100파타카 칩 세 개와 지갑 안에 있는 홍콩달러 지폐로 몇 번 게임에 참가하며 할머니의 메모를 훔쳐보았다. 한자로 된 숫자를 두 가지 색으로만 나눠 적은 메모의 규칙성을 찾았다. 나는 할머니의 메모와 디지털 보드를 보았다. 그러다 디지털 보드에서 가끔 과거의 게임 기록이 사라지는 오작동을 발견했다. 할머니는 기계가 오작동을 일으킨 뒤부터 메모를 시작해 두 게임 뒤에 칩을 놓았다. 메모 내용은 이해하지 못했지만 그 규칙성은 틀림이 없는 듯했다. 나는 베팅을 멈추고 디지털 보드를 보며 오작동이 발생하기를 기다렸다.

"슬슬 돌아갈까? 벌써 한 시간이 지났어."

반의 말을 기다렸다는 듯이 디지털 보드에서 여섯 게임 전의 결과가 빠졌다.

"앞으로 세 게임만 더 해보자."

나는 100홍콩달러 지폐 두 장을 '대'에 베팅하고 몇십 초 뒤에 잃었다. 다음 게임에는 베팅하지 않고 할머니의 시선 끝을 따라갔다. 지갑 안을 확인하자 1만 엔 지폐가 세 장, 100미국달러 지폐가 두 장, 그리고 방콕에서 미처 다 쓰지 못한 밧화밖에 없었다. 엔화와 미국달러는 팁 교환 카운터에서 환전해야 게임에 참가할 수 있다. 그 사이에 할머니가 노리는 게임이 끝나고 만다.

"반, 칩 몇 개만 빌려줄래?"

내가 말하자 반은 놀란 표정으로 보았다. 반과는 오래 알고 지냈지만 돈을 빌린 건 그때가 처음이었다.

"그래."

반이 검은색 칩 세 개를 손바닥에 올려 내밀었다. 2천 파타카에 해당하는 고액 칩이었다.

"언제 이렇게 땄어?"

"비기너스 럭이지. 어차피 공돈이니 다 써도 돼."

나는 반에게서 검은색 칩 세 개를 받고 할머니의 시선 끝으로 손을 뻗었다. 할머니가 '소' 칸을 보고 있는 건 확실했다. 할머니는 자신의 칩을 놓아야 할 곳에 다른 손님이 칩을 놓기를 말없이 기다렸다. 나는 칩을 어디에 놓을지 망설이는 척하며 주사위 세 개의 합이 '10'보다 작음을 뜻하는 칸으로 칩을 든 손을 천천히 움직여 할머니가 누더기 속에서 칩을 꺼내기를 기다렸다. 합이 '4', 오즈가 60배인 칸으로 손을 내밀자 할머니의 오른손이 누더기 안에서 칩을 움켜쥐는 기적이 전해져 왔다. 주사위 세 개의 합이 4가 되는 것은 '1, 1, 2' 조합밖에 없다. 이게 맞나 싶으면서도 나는 6천 파타카에 해당하는 칩을 '4'에 놓았다.

"웬일로 대담하네?"

반은 혹시 취했냐고 묻는 표정이었지만 자기도 나름 무언가를 짐작한 듯했다. '소'에 1,000홍콩달러 두 장을 놓았다. 그와 동시에 할머니는 내가 놓은 검은색 칩 위에 하얀 50파타카 칩을 올렸다.

"대충 440만 엔 정도 벌었네."

나는 칩을 홍콩달러로 환전하고 그 자리에서 반에게 1,000홍콩달러 지폐 열 장을 주었다.

"빌려준 건 6천 홍콩달러인데?"

"그때 내 수중에는 홍콩달러가 전혀 없었으니 조금은 더 얹어줘야 벌을 안 받지."

"그럼 완탕면과 맥주라도 살게."

그런 대화를 주고받으며 카지노를 나오자 빨간 원피스를 입은 여자가 말을 걸었다. 아담한 몸집에 깊은 가슴골을 드러낸 여자였다.

"코리안? 춰마?"

동양인에게 말을 걸 때의 안전대책이다. 한국인과 중국인은 일본인으로 오해하면 싫어한다.

"음하이, 얏분얀(아니, 일본인이야)."

내 서툰 광둥어에 그녀가 기뻐하며 일본어로 말했다.

"나, 일본어 조금 해. 우리 집에서 마사지, 갈래?"

그녀의 말에 이끌려 여자 둘이 더 다가왔다. 카지노 안은 성황인데 반해 호텔 복도는 상점도 셔터를 내려 손님도 성매매 여성도 드문드문했다. 한 명은 키가 크고 황갈색 머리카락을 뒤로 묶었다. 다른 한 명은 검은 머리를 어깨선에서 자르고 셋 중에서 유일하게 샤넬풍 검은 정장 바지를 입었다. 손님 취향이 겹치지 않도록 팀을 짜서 다니는지도 모른다.

"이제 밥 먹으러 갈 거야."

반은 관심 없다는 듯 영어로 대답했다.

"당신들, 얼굴을 보니까 비즈니스가 잘된 것 같은데. 2대 3으로 아침까지 같이 지내고 6천 파타카 어때?"

흑발에 바지 정장을 입은 여자가 영어로 대화에 끼어들었다.

"아쉽지만 우린 게이야."

나는 영어로 대화에 끼어든 여자에게 조금 끌렸지만 일단 도쿄와 홍콩에서는 어김없이 통하는 핑계를, 일본어를 하는 여자에게 말했다. 반의 완탕면 사랑에 어울려주고 나면 곧바로 샤워하고 침대에 눕고 싶은 기분이었다. 문득 마카오에서는 카지노에서 도박하는 것을 '비즈니스'라고 하나 싶어 신기했다.

"그래도 마사지 받으면 피로가 풀릴 거야. 남자들은 다 좋아해."

홍콩에서는 통하는 핑계가 마카오에서는 먹히지 않나 보다. 일본어를 하는 아담한 여자가 반의 팔짱을 끼며 졸랐다. 셋다 나름 가슴이 풍만했지만 안타깝게도 이코노미석에서 딱딱하게 굳은 근육을 풀어주기에는 팔이 너무 가늘었다.

"그럼 대신 저 식당에서 밥 사줄게. 오늘은 많이 피곤해서."

반은 팔에 매달리는 여자에게 아쉬운 표정을 지어보이고 우리 다섯 명은 아까 저녁을 먹었던 레스토랑으로 가기로 했다.

"마카오에서는 카지노 도박을 '비즈니스'라고 해?"

나는 마카오 맥주를 마시며 일본어를 하는 여자에게 물었다. 그녀가 그것을 광둥어로 번역해주자 나머지 두 여자가 재미있는지 깔깔 웃었다.

"그럴 리가 있겠어? 카지노에서 일하는 사람은 딜러뿐이야. 왜 그렇게 물어?"

검은 머리 여자가 영어로 나에게 말했다.

"조금 전에 네가 우리한테 '비즈니스'라고 했잖아."

내가 대답하자 그녀는 "그랬나?"라고 광둥어로 대답하고 또 재미있는지 미소 지었다. 하지만 그 표정 어딘가에 '당신은 예리하네.'라는, 충고로도 받아들일 수 있는 말이 언뜻 숨어 있었다. 그 표정을 보고 내가 그녀에게 끌린 이유는 고등학생 때 좋아했던 여학생과 닮았기 때문이라고 깨달았다. 물론 내가 좋아했던 여자애는 이미 서른여덟 살이니 그녀와는 전혀 다른 사람이다.

완탕면 다섯 그릇과 추가한 마카오 맥주가 나오자 우리는 광둥어와 일본어와 영어로 도쿄의 완탕에는 소가 겨우 엄지

손톱만 하게 들어 있다든가, 게살딤섬은 일본 한자로 '蟹燒壳'라고 쓴다든가 하는 시답잖은 이야기를 나눴다.

"배불리 먹고 나니 마음이 바뀌었어?"

식사가 어느 정도 끝나자 일본어를 하는 여자가 물었다. 하긴, 그녀들은 일하는 중이었다.

"미안하지만 정말로 관심이 없어."

"그럼 밥 사준 답례로 당신의 미래를 알려줄게."

검은 머리 여자가 영어로 말했다. 자신에게 관심이 있는 남자를 알아보는 기술은 장사 도구일 것이다. 그녀는 나에게만 말을 걸었다.

"그게 진짜 미래라면 완탕면과 맥주로는 너무 싸지 않아?"

"그래? 하지만 분명 이게 마지막이 아니니까…… 다음에는 요금을 지불해줘."

"알았어."

"당신은 왕이 돼서 여행을 떠날 거야."

검은 머리 여자의 말은 뜬금없었다.

"왕이 돼서 여행을 떠난다고?"

"그래. 당신이 여행을 할 힘이 있든 없든, 당신 의지와는 상관없이 왕이 돼서 여행을 해야 해."

나에게 접근한 목적이 그 시구 같은 말을 전하기 위해서였나 싶을 만큼 그녀는 나를 똑바로 보며 말했다.

"와, 나는?"

반이 대화에 끼어들자 검은 머리 여자는 어깨를 으쓱했다. 대신 가장 말수가 적고 광둥어만 하는 키가 큰 여자가 반에게 대답했다.

"당신은 여행을 너무 오래 했어. 그건 당신이 누구보다 잘 알잖아?"

광둥어라 그녀의 대답을 제대로 이해했는지는 모르지만 아마도 그런 뜻이었을 것이다. 반은 그녀의 말에 긍정도 부정도 하지 않았다.

반이 레스토랑 직원에게 5인분의 밥값을 계산해달라고 하는 사이에 그녀들은 테이블에서 일어나 네온사인이 번쩍이는 깊은 숲속으로 들어갔다. 나는 검은 머리 여자가 한 한 말을 속으로 되뇌었다.

"당신 의지와는 상관없이 왕이 돼서 여행을 떠나야 해."

카지노에서 생각지 못한 큰돈을 따서 흥분했을 뿐이다. 스스로를 타일러도 그녀의 말은 지친 몸 구석구석으로 퍼져나갔다.

ii

Tokyo

– a Long Time Ago

반 고스케와는 고등학교 입학식 때 처음 만났다.

내가 입학한 도립 고등학교는 어느 지역에나 있는 구제(舊制) 중학교[역주: 1947년 학교교육법이 시행되기 이전에 설치된 중등 교육기관이다.]부터 이어져 온 이른바 넘버 스쿨[역주: 구학제하에서 교명에 숫자를 붙여 설치한 학교로, 명문 학교의 상징이다.]로, 1980년대 후반 당시에는 도내에서 중견 수준의 고등학교였다. 이런 고등학교에 입학하는 학생은 크게 세 부류로 나뉜다. 첫 번째는 '탑3'로 불리는 상위 사립 고등학교에 떨어지고 안전망으로 응시해둔 학교에 입학한 학생이다. 두 번째는 중간 정도의 사립 고등학교에 갈 예정이었는데 도립 고등학교 입학 시험일에만 정답을 잘 맞춰 사립학교에는 입학금만 낸 학생들이다. 세 번째는 아직 중학생인데 벌써 자신의 실력을 객관적으로 판단하고 그래도 넘버 스쿨이니까 괜찮다고 자기만족하며 평범하게 수험 공부해서 순조롭게 입학한 학생이다.

반은 명백히 첫 번째고 나는 세 번째 타입이었다.

"반 고스케입니다. 후카사와 중학교에서 왔습니다. 여행을 좋아하고요. 중학교 3학년 여름방학 때는 주유패스로 홋카이도 국철을 혼자서 다 타봤어요."

열다섯 살짜리 40명이 서로를 저울질하는 가운데 반은 내 두 번째 뒷자리에서 자기소개를 했다. 자연스럽게 목소리 주인을 확인하고 싶어지는 울림 좋은 목소리였다. 나와 반 사이에는 나베시마 후유카라는 여학생이 있어서 반의 목소리에 이끌려 돌아보자 필연적으로 그녀와 눈이 마주쳤다. 50음도 순의 출석번호로 자리에 앉을 때는 몰랐는데 갈색이 도는 곧은 머리카락을 어깨선에 맞춰 단정하게 잘랐고, 이목구비의 윤곽이 또렷한 아이였다. 특별할 것 없는 세일러복이 마치 그녀를 위해 디자인된 것처럼 잘 어울렸다. 나베시마는 반의 우렁찬 목소리에는 끌리지 않은 듯했다.

"넌 셰익스피어의 4대 비극은 읽어봤니?"

당시 도립 고등학교에는 여자도 자립할 수 있는 직업이라 교사를 선택한, 국립대학인 구(舊) 1기교[역주: 1949년부터 1978년까지 일본의 국립대학은 1기교와 2기교로 입시 일정을 나누어 진행했고 1기교에 명문대가 집중되어 있었다.]를 졸업한 여교사가 남아 있었다. 그녀는 그런 느낌을 풍기는 초로의 영어 교사였다. 반은 교사의 뜬금없는 질문에도 움츠러들지 않고 아니라고 대답했다. 그녀가 여학생이었을 무렵에는 구제 중학교 남학생이 셰익스피어의 4대 비극 정도는 읽는 게 당연했을지 모르고, 혹은 읽지 않아도 여학생 앞에서는 읽은 척하는 게 프로토콜이었을 것이다. 교사는 노골적으로 실망한 표정을 지었다.

"반코는 희곡에서 스코틀랜드 왕의 시조가 되는 남자의 이름이야."

나도 반과 마찬가지로 셰익스피어를 읽어본 적이 없었고 몇 가지 들어본 희곡 이름 중 무엇이 4대 비극인지도 몰랐다. 틀림없이 그중 하나는 『로미오와 줄리엣』이라고 생각했고, 거기에 스코틀랜드 왕이 나오는지도 모른다고 상상했다.

"저는 성이 반이고 이름이 고스케예요. 실망시켜 드려서 죄송합니다."

"출석부가 있으니까 그 정도는 알아."

나베시마는 반을 돌아보았다가 나에게 "이상해." 하고 작은 소리로 말을 걸었다.

입학식 자기소개 덕분에 반은 고등학교 3년 동안 대부분의 반 친구들에게 '반코'라고 불렸다. 나는 원래 반 친구를 별명으로 부르는 게 불편한 데다 반이 그 별명을 좋아하는지도 확신할 수 없었으므로 끝내 그를 '반코'라고 부르지는 않았다. 나와 그는 고등학교 3년 동안 딱히 사이가 좋지도 않았다. 2학년으로 올라간 다음에는 반도 나뉘었다. 나와 반의 관계는 동아리 활동을 마치고 집에 가는 시간이 겹쳐 몇 번인가 당구를 치러 간 게 전부였다.

나는 지금까지 38년 동안 살아오면서 친구라고 부를 수 있는 사람이 없다. 반 분위기에 어울리지 못하는 것도 아니었고, 대학교에서는 노트를 빌려주거나 빌리기도 했고, 불러주면 미팅이나 술자리에도 나갔다. 하지만 소속한 단체나 조직이 바뀐 뒤에도 계속 교류하는 친구는 없었다.

반은 입학하고 곧바로 산악부에 들어가더니 여름방학과 겨울방학이 끝나고 개학식을 할 때는 새카맣게 탄 얼굴로 등교했다. 그 산악부는 고등학교 동아리인데도 겨울에는 설산에 가고 여름에는 암벽등반을 하는 등 본격적으로 활동했다. 나는 중학교 때부터 하던 육상부에 들어가 중거리 달리기를 전문으로 했다. 산악부에 비하면 육상부는 인기가 없어 400미터 전용 트랙이 있는데도 부원은 3년 동안 12명을 왔다 갔다 하는 정도였다. 당연히 강하지도 않았고, 3학년 6월에 열린 국민체육대회 도쿄도 예선전에서 1500미터 달리기 15위가 내 최고 성적이었다.

나와 반 사이에 출석번호가 낀 나베시마는 서예부 소속이었지만 서예부 자체가 유령부 같은 존재였다. 나베시마는 도립 고등학교를 선택한 세 부류 중 어디에 넣으면 좋을지 판단이 서지 않았다. 시험 성적은 항상 상위 10퍼센트 안에 들었지만 공부벌레 타입도 아니었고, 딱히 교사들이 편애하지도 않았다. 반 아이들과 어울리지도 않았고, 그렇다고 여학생들 사이에서 왕따를 당하는 기미도 없었던 걸로 기억한다. 앞자리부터 뒤로 프린트물을 돌릴 때 뒷자리를 돌아보면 나베시마는 미소 지으며 받았다. 하지만 반 남학생들의 평가는 "나베시마는 무뚝뚝하더라."라는 식이라 그 점이 너무 이상했다.

나베시마와는 고등학교 3년 동안 계속 같은 반이었다.

"3년 내내 같은 반이라니 대단하지 않니?"

3학년으로 올라갔을 때 나베시마는 여전히 출석번호가 내 바로 다음이었고, 평소와 다르게 흥분하며 말했다.

"반은 다섯 개밖에 없고 반을 바꾸는 건 두 번이니 확률로는 25분의 1이야. 1학년 때 같은 반이었던 사람 한두 명은 3년 동안 같은 반이 되지. 그리고 이번에는 이과반과 문과반으로 나뉘었으니까 25분의 1에 작위성이 추가되잖아."

나는 억지로 무뚝뚝하게 대답했다. 사실은 지난 2년 동안 계속 나베시마가 신경 쓰였으므로 "3년 동안 같은 반이라니 대단하다."라고 그녀에게 말할 준비를 하고 있었다. 또, 수학 성적이 좋은 그녀가 문과반을 선택한 것도 의외였다. 그래서 나베시마가 그 말을 나에게 양보했더라면 "넌 이과반으로 갈 줄 알았어." 하고 말할 생각이었다.

"하지만 계속 출석번호가 이어져 있잖아."

"나카이랑 나베시마니까."

"그럼 문과B반 나가사와나 이과D반 나카노 미미가 우리 사이에 끼지 않으면서 3년 동안 우리가 같은 반이 될 확률은 얼마야? 게다가 교실 책상은 여섯 줄인데 우리는 한 번도 다른 줄에 앉은 적이 없어."

나는 거기까지는 생각하지 못했다. 나베시마가 내 다음 출석번호가 되는 게 당연한 줄 알았다. 그녀가 좋은 머리를 발휘하는 것은 흥미가 생긴 일에 한해서인 듯했다. 그래서 "그런 것까지 따져봤어?" 하고 의아해졌다. 확률, 통계 수업을 제대로 공부했더라면 그날 이후 우리 관계는 달라졌을 거라고 반성했다.

물론 나와 나베시마가 3년 동안 아무 일도 없지는 않았다. 1학년 밸런타인데이 방과 후 그녀는 트랙 옆에 있는 육상부실로 찾아와 나를 불렀다.

"자!"

그녀는 난감한 얼굴로 리본이 달린 작은 상자를 한손으로 내밀었다.

고등학생이 되어 처음 맞이하는 밸런타인데이라 그날 반 분위기는 아침부터 괜스레 들썽들썽했다. 나베시마는 그런 이벤트에 관심이 없어 보였으므로 나는 아무것도 기대하지 않고 평소와 마찬가지로 부실로 가서 운동복으로 갈아입는 도중이었다. 부실에서 불려나왔을 때는 하필이면 위에는 와이셔츠, 아래는 반바지라 짝도 안 맞는 모습이었다.

"어? 아, 저기…… 옷 갈아입고 올게."

나를 불러낸 사람이 나베시마라 놀랐고, 또 그것을 한손으로 대충 주려는 모습이 나베시마답다고 생각했다. 나는 제대로 옷매무새를 갖춘 뒤 받고 싶어서 부실 안으로 다시 들어가려고 했지만 그녀가 막았다.

"됐으니까 빨리 받아!"

"응……."

"그리고 이것도……."

그때 그녀는 계속 기분이 언짢아 보였고 평소의 어른스러운 말투도 어디론가 사라지고 없었다. 두 번째로 건네준 것은 그녀의 스커트 호주머니에 들어 있던 후지야에서 나온 네모난 초콜릿으로, 근처 매점에서 점심을 사면서 같이 샀는지 포장조차 되어 있지 않았다.

"이건 그냥 출석번호가 이어져 있으니까 의리상 주는 거야. 그럼 연습 힘내."

나베시마는 내가 인사할 틈도 주지 않고 몸을 돌려 트랙을 가로질러 가버렸다. 트랙 안에 있는 멀리뛰기용 모래밭에 로퍼를 신고 들어가면 구두 안이 엉망이 돼서 기분 나쁠 텐데 그녀의 뒷모습은 전혀 개의치 않는 것 같았다. 그리고 내가 제대로 인사한 상대는 리본을 묶은 상자를 나베시마에게 전해달라고 맡긴 여학생이었다. 나베시마는 '의리상' 주는 거라고 똑똑히 말했으므로 한 달 뒤인 3월 14일에 밀크캔디 한 봉지를 준 게 열여섯 살인 내가 할 수 있는 최선이었다. 사실은 피터 래빗 모양의 캔디박스를 소니플라자에 가서 사뒀지만 그것은 육상부 여자애들에게 나눠주었다.

"피터 래빗은 잘 뛸까?"

그 사탕을 먹은 높이뛰기 전문인 선배가 말했다.

"글쎄요, 토끼니까 뛸 수야 있겠지만 배면뛰기는 못하지 않을까요?"

"그럼 이걸 어디다 쓰니?"

선배의 말대로 나는 '쓸모없는' 고등학생이었을 것이다.

✝

반은 고등학교 3학년 겨울방학이 끝났을 때도 고글 자국이 선명하게 남은 얼굴로 등교했다. 그때 "넌 진짜 태평하구나." 하고 말을 건 게 고등학생인 반과 나눈 마지막 대화였을 것이다. 반은 공통1차시험과 대학 입시에서는 고등학교 입시 실패를 제대로 만회해 도호쿠 대학 공학부에 바로 입학했다. 나베시마는 그해 밸런타인데이에도 가까운 판매점에서 산 듯한 판 초콜릿을 내밀며 "자, 해마다 주는 거."라는 말만 남기고 도쿄 교외의 여자대학 수학과에 진학했다.

"3학년 올라갈 때 왜 문과반을 선택했어?"

나는 대학 입시로 등교가 자유로워진 교사에서 나베시마와 만났을 때 합격을 축하해주며 물었다.

"왜였을까……? 기억 안나. 넌 재수할 거야?"

"응. 사립은 시험 안 봤거든."

"그렇구나. 그럼 이제 출석번호 순으로 같이 앉을 일도 없겠네."

"재수 안 하더라도 여대는 안 갈 거야."

그것이 나베시마와 나눈 마지막 대화였다.

하지만 나는 그 뒤로 나베시마 후유카를 잊은 날이 거의 없다. 그녀를 떠올리지 않았던 날은 독감으로 앓아누웠을 때와 인터넷이 연결되지 않는 마추픽추로 여행간 십며칠 정도였을 것이다. 입시학원 컴퓨터실에서 로그인 ID를 받은 뒤로 대학교에서는 물론 취업한 뒤에도 내 로그인 패스워드는 나베시마의 이름에 몇 가지 숫자와 기호를 조합한 것이었다. 나는 매일 아침, 점심을 먹은 뒤, 회의 뒤, 업무가 끝나고 집 컴퓨터를 켤 때면 그때마다 'fuyuka'라고 키워드를 입력하며 그녀를 떠올린다. "나는 목소리가 낮아서 남자 같지?"라고 불만스러워하던 표정, 후지야 판 초콜릿을 스커트 호주머니에서 아무렇게나 꺼낼 때의 난처한 표정, 그녀를 위해 디자인된 듯한 평범한 세일러복을 나는 컴퓨터 앞에 앉을 때마다 떠올린다.

한 학년에 학생이 200명이고, 반은 다섯 개, 반을 두 번 바꾸고 나카이와 나베시마라는 고등학생이 같은 반이 되고 또 누구누구라는 두 학생은 다른 반이 되고, 여섯 줄 중에서 다른 줄로 갈리지 않을 확률은 대체 얼마였을까. 수학을 전공한 나베시마라면 바로 대답해줄지도 모른다. 하지만 20년 동안 적게 잡아도 3만 번 이상 네트워크에 대고 그녀의 이름을 불러도 아무도 대답해주지 않았다.

✝

반이 고등학교 입학식 이후로 셰익스피어의 4대 비극을 읽었는지, 혹은 연극을 봤는지 어떤지는 모른다.

나는 지망하는 대학 영어 입시 문제에 셰익스피어의 구절이 자주 출제되는 경향이 있다고 해 입시학원에 다니며 어쩔 수 없이 대표작을 읽었다. 희곡을 읽어본 적이 없었던 탓도 있겠지만 이런 지루한 이야기가 잘도 400년 동안 살아남았다고 감탄한 것 외에는 아무것도 남지 않았다. 내가 상과대학에 입학한 해에는 셰익스피어가 아니라 괴테의 『파우스트』가 영어 긴 지문 독해 문제로 나왔기 때문이다.

셰익스피어 4대 비극에 『로미오와 줄리엣』은 포함되지 않고 대신 『맥베스』가 들어간다는 것은 그 덕에 알았다. 『로미오와 줄리엣』은 굳이 구분하자면 모자란 남녀가 벌이는 희극이라고 보는 게 합당하다. 하지만 그렇다고 『맥베스』의 어디가 비극인지는 모르겠다. 『맥베스』가 비극이라면 오다 노부나가에게 모반을 일으킨 아케치 미쓰히데 이야기도 비극이 아니겠는가. 애초에 주인공 맥베스와 뱅쿠오는 직업군인이라 병사를 수없이 죽였다. 주군 한 명을 죽인 정도로 고민할 필요는 없고, 어떤 최후를 맞이하든 당연한 말로다. 맥베스 부인도 직업군인의 아내면서 남편 일에 참견했으니 나름의 벌을 받아 마땅하다. 오히려 지루한 4대 비극을 입시학원에 다니는 만원 전철 안에서 읽어야 했고, 하물며 그 고생이 아무 짝에도 쓸모가 없었던 내 처지가 맥베스보다 훨씬 비극적이다.

다만, 뱅쿠오는, 초로의 교사가 고등학교에 갓 입학한 열다섯 살 소년에게 붙여도 되는 별명은 아니었다. 스코틀랜드 왕의 시조가 되든 말든 뱅쿠오는 전우에게 배신당한다. 내가 희곡 속의 뱅쿠오라면 기분이 썩 좋지 않을 것이다.

반 고스케와 재회한 것은 대학교를 졸업하고 11년이 지난 뒤였다.

내가 직장으로 선택한 곳은 인쇄회사의 자회사로, 통신시스템 전문 기업이었다. 내가 구직 활동을 하던 시기는 이미 버블이라고 불리던 시대가 끝나 신규 졸업생 취업이 원하는 대로 이루어지지 않던 때였다. 그래도 몇몇 회사에 채용 면접을 통과해 취업할 곳이 결정되었으니 당시의 학생으로서는 운이 좋은 편이었는지도 모른다. 구직 활동으로 고생한 지인 중에는 스물 몇 군데나 지원하고도 원하는 기업에는 들어가지 못해 결국 대학원에 진학한 학생도 있었다. 내가 채용 통지를 받은 세 회사는 모두 대기업은 아니었지만 그중에서 도쿄증권거래소 1부에 상장된 대기업인 '도아인쇄'의 이름이 붙은 자회사를 골랐다. 딱히 인쇄업계나 통신업계 쪽 전공도 아니고 그쪽에 관심이 있지도 않았다. 물론 구직 활동을 하면서 면접을 볼 때는 귀사의 장래성에 끌렸다는 둥 앞으로는 인터넷이 중요한 사회 기반이 될 거라고 생각한다는 둥의 미사여구를 늘어놓았다. 솔직히 인쇄회사가 통신업계에 진출하는 전략의 의도를 정확히 이해했다고는 보기 힘들다. 다만 부모님이나 그무렵에는 아직 건재했던 조부모님이 아는 회사 이름이 붙은 회사를 골랐을 뿐이었다.

같이 입사한 동기는 50명 정도로, 당시 전체 직원의 10퍼센트에 해당하는 숫자였으니 상당히 파격적인 채용이었다. 절반 정도는 나와 같은 이유로 직장을 고른 사람들이고, 나머지 절반은 그 기업의 잠재력을 알아보고 자신의 전공 분야를 살릴수 있다는 확신을 가지고 입사한 이공계 학생들이었다. 그 후11년 만에 모회사인 도아인쇄의 실적은 잘해야 제자리걸음인 가운데에서도 자회사의 실적은 언제나 우상향 추세였다. 그러니 후자인 신입 사원은 선견지명이 있었고, 나를 포함한 전자에 해당하는 신입 사원은 운이 좋았다고 볼 수 있다. 입사해서 6년이 되는 해에 회사는 'J프로토콜'이라는 영어 이름으로 사명을 바꾸고 8년째에 도쿄증권거래소 2부에 상장했다. 업계 분류도 통신업계나 컴퓨터 관련 업계 같은 항목에서 IT업계라는 영어 이름으로 바뀌었고 그중에서는 일류 기업으로 성장했다.

모회사와 자회사의 실적이 역전될수록 모회사에서 중간관리직과 임원이 우르르 이동해 왔고, 그럴 때마다 직책 숫자가 늘어났다. 자회사에 채용된 기존 사원들은 주임이나 과장대리로 승진은 했어도 임원까지 가는 단계를 위에서 세면 늘 변함이 없거나 멀어지는 느낌이었다.

나는 입사 11년 차에 과장으로 승진했다. 과장이 노동조합에서 탈퇴하는 첫 번째 관리직이었다.

신임 과장 연수에서 자사의 R&D 부문 연구 성과를 상품화한다는 케이스 스터디가 있었는데, 반 고스케는 R&D 부문 주임으로 자신의 연구 성과를 소개하기 위해 약 30명이 모인 회의실 단상 위에 서 있었다. 사흘간의 연수가 시작될 때 나눠준 스케줄표에서 반의 이름을 발견했을 때는 적잖이 놀랐다. 중도채용으로 들어왔을 가능성도 있지만 나는 10년 이상이나 같은 회사에 다니면서 반과 직장 동료인 줄도 몰랐던 것이다. 반의 연구 성과는 화상회의 영상 압축에 관한 것이었는데, 나는 기존 영상회의 설비와의 차이를 이해하지 못했다. 게다가 반의 프레젠테이션도 기운이 없었다. 고등학생 반이 그것과 똑같은 내용을 설명했더라면 30명쯤 되는 신임 과장의 관심도 더 높았을 것이다.

반이 나를 알아본 것은 강의 단상에 서서 연수 참석자의 명부를 본 뒤였을 것이다. 오전 강의가 끝나자 곧바로 내 자리로 다가왔다.

"오랜만이야. 같은 회사에 다니고 있었구나."

내가 먼저 말을 걸었다. 반은 고등학생 무렵의 모습은 사라지고 영락없는 30대 회사원이 되어 있었다.

"오랜만이야. 10년 가까이 같은 회사에 다녔으면서 전혀 몰랐다는 것도 신기하네."

"나카이 유이치는 어디에나 있는 흔한 이름이니까."

우리는 모회사에서 빌린 연수 시설을 나와 가까운 식당에서 점심을 먹기로 했다.

"아직 주임인 내가 신임 과장님에게 반말을 하면 안 되는데."

반은 머리를 긁적이며 말했다. 마음에도 없는 소리를 하며 웃는 얼굴을 보자 그제야 고등학교 입학식 날부터 반이 달라지지 않았음을 알았다.

"점심시간에 그런 것까지 신경 써서 뭐 하게? 그리고 넌 재수도 안 했으니 입사 연차로는 내 위잖아. 1993년에 입사했어?"

"석사 졸업해서 1995년이야."

"와, 대단하다."

"대단하긴. 아직 주임이잖아. 그보다 네 나이에 올해 과장이 됐으면 네가 동기 중에 첫 번째 아니야?"

"두 번째야."

입사 동기 중에 나보다 먼저 과장이 된 사원이 한 명 있다.

나와 같은 해에 과장이 된 동기는 네 명이니 그렇게 나쁜 편은 아니다. 게다가 R&D 부문에 비하면 사무직이 더 빨리 승진하는 경향이 있었다.

"지금은 고텐바에 있는 연구 센터에 있어?"

"맞아. 도쿄에는 한 달 만에 왔어. 너는?"

"올봄에 경영기획부로 옮겼어. 그 전에는 교통 IC카드 영업을 했고."

"완전 엘리트 코스네."

"그럴지도 모르지. 재미는 없지만."

"오늘 저녁에 한잔하러 갈래? 나는 내일 고텐바로 돌아가야 하거든."

"좋아."

"와이프도 같이 가도 될까?"

"결혼했구나?"

"벌써 서른셋이잖아. 너는 독신이야?"

나는 끄덕였다.

"한 번도?"

"관심도 없고 상대도 없었거든."

"그렇게는 안 보이는데."

"그보다 와이프와 오붓하게 보내는 자리에 멋대로 동석해도 괜찮겠어? 혹시 고텐바에는 단신 부임했어?"

"괜찮아. 단신 부임이지만 할 이야기가 잔뜩 쌓인 부부는 아니거든."

처음 보는 여성이 같이 자리한 술자리는 피곤할 것 같았지만 15년 만에 만난 고등학교 동창과 단둘이 마시는 것보다 촉매 역할이 있으면 더 편할지도 모른다. 생각해보면 반과 술을 마신 건 그때가 처음이었다. 고등학교 때도 술을 마시는 학생은 있었지만 나는 그런 자리에는 가지 않았다(반이 속한 산악부는 틀림없이 자주 마셨을 것이다).

연수가 끝나고 반이 데려간 가게는 우리가 졸업한 고등학교에서 시부야까지 걸어가는 길에 본 바였다. 언덕 중간 즈음에 있는 낡은 빌딩건물 1층으로, 스너프킨[역주: 토베 얀손의 작품 '무민'에 나오는 캐릭터이다.] 인형이 'Everything but the Girl'이라고 적힌 판을 목에 걸고 있었다.

"와, 아직 남아 있었구나."

나는 처음 들어간 가게였지만 반은 몇 번인가 와봤었나 보다. 직원이 반을 보고 "오랜만이네." 하고 인사했다. 반의 아내는 아직 오지 않았다.

"너도 이 가게를 알고 있었어?"

"오가와 리에랑 시부야까지 걸어서 집에 갈 때 봤지."

나는 고등학교 때 여자 친구 이름을 말했다. 고등학교 1학년 겨울에 나베시마에게 초콜릿이 든 작은 상자를 전해달라고 부탁한 여자애다.

"그래? 같이 안 와봤어?"

"고등학생이었는데 당연하지."

여자 친구는 대학생이 되면 같이 가보자고 했지만 내가 학원에 다니던 1년 사이에 그녀는 대학교 동아리 선배로 갈아탔다. 그래서 그 가게는 고등학교를 졸업한 뒤로 떠올릴 기회도 없었다.

"넌 나베시마 후유카와 사귈 줄 알았어."

나는 대답을 찾지 못하고 마침 나온 맥주를 내밀며 건배했다.

"그렇게 보였어?"

"출석번호 두 자리 뒤에서 보면 둘이 사이 좋아 보였거든."

"그랬구나."

"애초에 나베시마가 굳이 문과 코스를 선택한 이유도 너 말곤 찾을 수 없었지."

그녀가 그런 선택을 한 뒤로 15년이 흐른 지금은 정말로 그랬던 거라면 좋겠다고 생각한다.

"나베시마는 지금 뭐하며 지낼까……?"

"홍콩대학 대학원에 있었는데 그 뒤로는 모르겠네."

"홍콩대학?"

나는 나베시마를 여자대학 수학과에 진학한 것까지밖에 몰랐는데 반이 그 뒤를 알다니 의외였다.

"응. 3, 4년 전까지 수학지에 나베시마의 논문이 몇 번 실렸어. 암호화 방식 논문을 썼는데 요즘에는 이름이 안 보이더라."

"와. 그 나베시마가 학자가 됐구나……."

"더 이상 논문이 나오지 않는걸 보면 어딘가의 회사에 들어가지 않았을까? 암호화 방식은 기업에 입사하고 나면 밖으론 안 나오니까."

"그래?"

"당연하지. 우리 IC카드도 어떤 암호화를 쓰는지는 알려주지 않잖아?"

"뭐, 그렇지."

나는 그렇게 대답하고 내가 팔던 IC카드의 암호화 방식도 명칭밖에 모른다는 사실을 떠올렸다. 단골 거래처에는 최신 암호화 방식이라고 설명했지만 영업 직원에게 그 내용까지 알려주지는 않았다. 그리고 설명해준다 한들 이해할 자신도 없다.

나베시마의 이야기는 반의 아내가 가게에 들어오면서 끝났다. 머리는 쇼트커트에 체구가 아담하고 차분한 분위기를 풍겼다.

"우리 와이프인 치에야. 이쪽은 고등학교 친구 나카이야."

"안녕하세요, 나카이 유이치라고 합니다."

"만나서 반가워요. 이이의 집사람 치에예요."

"집에는 전혀 붙어 있지 않지만."

반이 농담했다.

"기껏 남편 체면을 세워주는데 그러기야?"

"알았어, 알았어. 이 친구와는 같은 회사에 다니면서 오늘까지 서로 전혀 몰랐어. 그러다 연구소에서 우연히 만나서 모처럼 같이 한잔하자고 불렀어."

반이 나를 소개했다. 단신 부임 중인 남편과 오랜만에 같이 저녁을 먹는데도 치에는 언짢은 표정 하나 짓지 않았다.

"당신이 당구에서 한 번도 이기지 못한 사람이구나."

"정확히는 나인볼에서만이야. 스누커는 몇 번 이겼어."

나는 내가 이 부부의 화제로 올랐다는 사실이 놀라웠다. 그리고 나인볼에서는 한 번도 반에게 진 적이 없다는 것도 그때 처음 알았다. 우리가 고등학교에 입학했을 무렵, 폴 뉴먼과 톰 크루즈가 함께 출연한 영화 덕분에 당구가 유행해 같은 반이 아닌 다른 친구들과도 수시로 당구를 쳤다. 그중에서 반과의 승부가 일방적이었는지 어땠는지 나는 고등학교에 다니던 당시에도 기억하지 못했던 것 같다.

"이이가 대학교 때는 당구를 잘 쳐서 역시 도쿄는 수준이 높다고 감탄했었죠."

반의 아내가 새로 나온 맥주잔을 들고 건배를 청하며 말했다.

"모두가 입시 공부를 시작할 때 대학교에서 데뷔할 때를 대비해 혼자 연습했거든. 당구를 잘 치면 여자들이 좋아할 것 같아서."

"하여간 불순하다니까."

"스포츠나 게임을 시작하는 계기가 다 그렇지 뭐."

"고등학교도 부모님이 원하신 남고보다 공학이 좋다는 이유로 골랐잖아?"

"그건 실수였어. 실제로 여자애들에게 인기 있는 건 옆 남학교였거든. 학교 축제를 해도 다른 학교 여학생들은 전혀 오지도 않더라."

"그랬나?"

고등학교 때 반이라면 그런 건 상관없이 여자들에게 인기가 많았던 것 같지만 부부의 대화에는 내가 모르는 규칙이 있을 것이다.

"너는 여자 친구가 있어서 그런 문제에 둔감했던 거야."

"당신이 너무 밝히는 거 아니고?"

나는 부부의 대화를 들으며 오랜만에 맛있게 술을 마신 기분이었다.

†

서른세 살이던 그해에는 나에게 몇 가지 변화가 일어났다.

4월에 관리직이 되면서 업무 내용이 바뀌었다. 바로 1년 전까지는 영업사원으로서 오사카, 하카타, 삿포로에 수시로 출장을 다녔는데 본사 내근직으로 옮기면서 지상직으로 강등된 파일럿처럼 스트레스가 쌓였다.

반과 재회한 것도 변화 중 하나였을 것이다. 같은 회사에 다니는 걸 알게 된 뒤로 반이 고텐바에서 도쿄로 출장 올 때마다 같이 술을 마셨다. 그 자리에서 내가 고등학교 때 이후로 'Everything but the Girl'이라고 믿어 의심치 않았던 가게 이름을 반이 바로잡아 주었다.

"바 이름이 그렇게 길 리가 있겠어?"

"우리가 고등학생일 때부터 스너프킨이 그렇게 주장하고 있잖아?"

"생각해봐. 여자랑 밥 먹고 한창 분위기 좋을 때 '이제 Everything but the Girl에 가자'라고 긴 가게 이름을 말하면 산통이 다 깨지지 않겠어?"

"하긴."

"이 가게 이름은 우리가 고등학생일 때부터 Radio Days였어. 그리고 Everything but the Girl은 어쿠스틱밴드 이름인데 영국 헐대학교 근처에 있는 잡화점에서 따온 이름이야."

15년 넘게 이어져 온 오해였지만 나는 어쩐지 'Everything but the Girl'이 가게 이름으로 더 좋은 것 같았다. 반의 말이 맞을지도 모르지만 "Everything but the Girl에 가자."라고 말하는 도중에 흥이 식는 성미 급한 여자와는 처음부터 어울리지 않는 게 낫다.

7월에는 외할머니와 친할아버지가 잇따라 타계했다. 사회인이 된 뒤로 가족과 얼굴을 마주할 기회가 가장 많았던 달이었을 것이다.

그리고 같은 달에 영업직이었을 때 2년 선배였던 시마다 유키코가 이혼했다.

경영기획부로 이동한 지 세 달째였을 때, 한 달에 두어 번 유키코가 같이 밥이나 먹자고 불렀지만 익숙하지 않은 업무에 쫓기느라 절반 이상을 거절했다. 신임 과장 연수가 끝나고 한 달 만에 만났을 때 갑자기 이혼했다고 말했다.

"나, 다시 독신으로 돌아왔어."

유키코의 장난스러운 말투는 결단의 크기를 숨기려고 궁리한 끝에 취한 방법이었을 것이다.

"무슨 일이 있었어요?"

"오래 전부터 남편에게 여자가 있었거든."

그 이야기는 몇 번인가 들었다. 일을 마치고 같이 밥을 먹거나 술을 마실 때 "남자는 젊고 예쁜 여자만 좋아하더라." 하고 이따금 투덜거렸다.

"남편분이 제 발로 복을 걷어찼네요."

"서른네 살짜리 여자에서 스물아홉 살짜리 여자로 갈아탔으니 남자 입장에서 보면 이득이지."

"글쎄요……, 저는 그 여자분을 본 적이 없어서……."

"그럼 복을 걷어찼는지 아닌지는 어떻게 알아? 너는 참 무책임한 말을 잘 하더라."

그녀는 오징어먹물 파에야를 나눠담으며 입을 삐죽거렸다.

"그런가? 하긴, 결혼해본 적도 없는 제가 뭘 알겠어요."

"이혼하자고 했더니……."

유키코는 그렇게 말을 꺼내고 고개를 숙이며 파에야를 먹기 시작했다.

"이런 이야기는 듣기 싫어?"

"선배가 누군가에게 이야기하고 후련해진다면 괜찮아요."

"그런데 언제까지 나한테 존댓말 쓸 거야? 넌 이미 같은 부서 후배도 아니고 과장님이 됐으니 직속은 아니라도 내 상사잖아."

"일을 가르쳐주신 건 변함이 없잖아요."

"어쩐지 너보다 나이 많다고 강조하는 거 같아서 좀 그렇다."

"느닷없이 시마다라고 부르며 반말할 순 없잖아요?"

"이제 시마다가 아니라니까."

그 말을 듣고 눈앞에서 같이 밥을 먹는 그녀에 대해 아는 건 유키코라는 이름밖에 없다고 깨달았다.

"죄송해요. 그럼 뭐라고 부를까요?"

"계속 존댓말 쓰면 안 가르쳐줄 거야."

"그럼 내일 회사에 가서 사내 전산망으로 알아볼게요."

"소용없어. 회사에서는 이름을 안 바꿨으니까. 그랬다간 회사나 고객들에게 이혼했다고 광고하는 꼴이잖아."

"그것도 그러네요."

나는 그녀의 다음 말을 기다리며 홍합 관자를 깔끔하게 떼느라 끙끙댔다.

"이 대화를 그 사람에게 들려줬어야 했는데."

"왜요?"

"여전히 존댓말 쓸 거야?"

"그래도 갑자기 바꿀 순 없잖아요."

그녀는 와인 잔에 한숨을 내뱉었다.

"이혼하자고 했더니 '너도 사귀는 사람 있으니까 위자료는 없어도 되지?'라고 하더라."

나는 그녀의 말을 제대로 이해하지 못했다.

"사귀는 사람이 있었어요?"

내가 볼 때 그녀는 연애나 결혼보다 일을 우선시하는 타입이었다. 적어도 나와 있을 때는 자신도 바람피운다는 이야기를 한 번도 꺼낸 적이 없었다. 그녀는 곧바로 내 말을 부정했다.

"그럴 리가 있겠니? 6년이나 같이 일했는데 그런 것도 몰라?"

"그럼 저한테 화내기 전에 제대로 위자료부터 받아야 하지 않아요?"

"그런 푼돈은 필요 없어."

"하지만 받을 수 있는 건 다 받아두라고 구 시마다 씨가 늘 강조했었잖아요?"

"그건 일할 때 얘기고. 그리고 구 시마다 씨라니 진짜 너무하네……."

"그럼 뭐라고 불러요? 그래도 상사였는데 이름을 함부로 부르는 게 더 이상하잖아요."

그녀의 와인 잔이 잘하면 한숨 때문에 스파클링 와인으로 바뀔 것 같았다.

"한 달에 두세 번은 남자랑 외박한다고."

어쩐지 울음이 터질 것 같은 목소리였다.

"혹시 저 말이에요? 그렇다면 호텔 자체도 따로 잡을 때가 많았고 같은 호텔에 묵을 때도 방을 같이 쓴 적은 없었잖아요? 출장 경비 영수증을 보여주면 바로 증명할 수 있으니까 이상한 오해는 빨리 푸세요."

"과거의 경비 정산 내역을 일일이 뽑으려면 귀찮아. 너는 불편하니?"

"제가 불편한 게 문제가 아니라 그런 오해를 받은 채로 끝내면 시마다 씨가 분하잖아요?"

"딱히……. 그리고 몇 번이나 말하지만 시마다가 아니라니까."

"그럼 이름을 알려주세요. 제 경비 정신 내역을 뽑아올 테니 위자료를 받으면 뭔가 맛있는 거라도 사주세요."

"위자료, 위자료라니……. 돈이나 받고 떨어지라고 하는 거랑 똑같잖아."

"위약금이라고 생각하면 되잖아요?"

"그건 일할 때 얘기지. 자꾸 했던 말 또 하게 만들지 마."

다음 대화가 시작되기까지 한동안 침묵이 이어졌다. 나는 파에야를 다 먹고 스페인식 시금치 오믈렛을 주문했다. 주문하면서 다이어트 콜라가 있는지 점원에게 물어보고 없다고 하자 그라나다산 다크 럼을 온더록으로 주문했다.

"나도 좋아하는 사람이 있으니까 그냥 됐다 싶었어."

"시마다 씨가 그래도 괜찮다면 저도 더는 말 안 할게요."

"괜찮을 리가 있겠니? 단지 돈으로 위로받고 싶진 않을 뿐이야."

경험적으로 다크 럼은 중남미산을 제외하고 너무 달다.

"오믈렛 다 먹으면 루프트벌룬으로 갈래? 거기라면 다이어트 콜라로 쿠바리브레를 만들어주거든."

내가 럼으로는 만족스럽지 않다는 표정을 지었나 보다. 그녀는 출장차 갔던 삿포로에서 자주 들렀던 바 이름을 꺼냈다.

"지금 하네다로 가도 삿포로행 마지막 비행기는 못 타요."

"탈 수 있으면 삿포로까지 같이 가줄 거야?"

"울 것 같은 얼굴을 하고 있으니……. 저라도 괜찮다면 같이 갈게요."

"조금 전에 '나도 좋아하는 사람이 있다'고 했잖아. 못 들었어?"

"제대로 들었어요. 그게 혹시 난가 생각했어요."

나는 지나치게 단 럼을 털어 넣었다.

"알면 날 돈으로 위로할 수 있는 여자라고 생각하지 마."

"죄송해요."

"위자료 같은 건 필요 없으니까 내 곁에 있어줘."

나는 그 뒤로 더는 바쁘다는 핑계로 식사 권유를 거절하지 않았다. 그래도 그녀가 이름을 말해주기까지는 세 달이나 걸렸다. 이혼한 지 얼마 안 된 사람의 상처를 파고들어 꼬시는 것 같아 자기혐오가 들었는지도 모른다. 내가 '유키코'라고 부르게 되자 그녀는 비로소 "다지마 유키코야." 하고 자기소개를 했다. 일부러 성을 알려주지 않아도 그다지 달라지는 건 없었다.

경영기획부 일은 대체로 2, 3년 뒤에는 본래의 사업부로 돌아가는 게 사내 관례라 나는 서른다섯 살에 사업부로 돌아왔다. 그 사이에 반은 R&D 부문에서 사업부로 이동했다. 거의 매달 반과 한잔하러 다니게 되면서 그는 자신이 R&D 부문에 맞지 않는다고 몇 번인가 투덜거렸다. 내 생각도 그랬다. 그는 우수한 연구자일지 모르지만 굳이 고르자면 고객을 만나 영업을 하는 게 그의 성격에 어울린다. 내가 경영기획부 다음에 배속된 곳은 해외영업 부서로, 우연히 반과 함께 일을 하게 되었다.

내가 사업부로 돌아오는 시기에 교체하듯 과장으로 승진한 유키코는 총무부로 이동했다. 남녀 차별이 없다는 건 표면상일 뿐이고, 입사 15년 차에 관리직으로 승진한 것은 여성사원에게는 순조롭게 승진 코스에 올라탔다는 뜻이었다. 본사 내 근직으로 2, 3년간의 한시적인 이동일지라도 총무부라면 인사부 다음이고, 경영기획부와 동급으로 여겨졌다.

iii

Macau

− Late Summer

"일본인이세요?"

금요일 아침 7시, 한 동양인 남자가 말을 걸었다. 반에게 아침을 먹으러 가자고 하면 또 완탕면을 먹게 될 것 같아 호텔에서 두 블록 정도 걸어가면 나오는 식당에서 마카오 명물이라는 돼지갈비버거를 먹고 있을 때였다.

"맞는데, 왜요?"

나를 보고 일본인이라고 판단했나 보다. 평범한 키와 체격의 그는 나와 마찬가지로 일본인으로도, 한국인으로도, 중국인으로도 보였다. 유일하게 부정할 수 있는 건 그가 여기 사는 사람으로는 보이지 않는다는 점이다. 무언가가 이 도시와 어우러지지 않았다. 도시가 그를 거부하는지도 모르고 그가이 도시를 부정하는지도 모른다. 나이도 나와 비슷해 보였다.

관광객 같지도 않고, 그렇다고 캐주얼한 복장이 업무차 마카오를 방문한 분위기도 아니었다.

"동석해도 될까요?"

가게 안에는 빈 테이블이 몇 개 있었지만 거절할 이유를 찾지 못하고 "그러세요." 하고 앞쪽 자리를 가리켰다.

"고마워요."

나를 똑바로 쳐다보는 그의 시선은 불쾌하지 않고 지적인 느낌이었다.

"제가 일본인인 줄은 어떻게 아셨어요?"

"어제 저녁에 카지노에서 친구분과 일본어로 말씀하시는 걸 들었어요."

그의 일본어는 유창했지만 머릿속에 떠오른 중국어나 영어를 번역해서 나오는 일본어였다.

"아……. 어디서 오셨어요?"

"조선반도에서 왔습니다. 일본에서 체류했던 적이 있어요."

"그러세요? 저는 나카이에요. 나카이 유이치라고 합니다."

"저는…… 글쎄요. 일단은 카이저 리라고 해둡시다."

"일단은?"

그는 카푸치노와 에그타르트를 주문했다.

"조선어 발음으로는 일본어 '이'에 가깝지만 일본인은 한자 때문인지 '리'라고 부르는 사람이 많아요. 카이저는 외국인과 이야기할 때 쓰려고 제가 만든 이름이에요. 그러니 조선어는 신경 쓰지 말고 카이저라고 부르세요."

한국어가 아니라 조선어라는 표현을 들은 건 처음이었다.

"잘 부탁합니다. 그런데 제게 일부러 말을 건 건 볼일이 있어서죠?"

"맞습니다. 당신과는 마음이 맞을 것 같네요. 저는 만담도 아닌데 서론이 장황한 건 싫어하거든요."

일본 사정에 아주 밝은 사람이다. 하지만 우리 세대 일본인은 그런 말은 쓰지 않는다.

"저한테 일본기업 홍콩현지법인의 미공개주가 있어요. 그걸 갖게 된 경위는 이야기하면 길어지니 생략하고, 그걸 당신에게 팔고 싶습니다."

나는 다이어트 콜라가 든 컵을 내려놓고 그에게 들리도록 한숨을 내쉬었다.

"카이저 씨가 일본에 살았던 게 언제쯤인지는 모르지만 그런 건 일본에서는 아주 케케묵은 사기 수법이에요. 너무 오래돼서 요즘은 거의 쓰지도 않아요."

어제 저녁 카지노에서 눈도장을 찍어뒀다는 건 내 수중에 공돈이 얼마나 있는지 파악한 뒤 일부러 아침에 식당으로 찾아왔다는 뜻이다.

"어떤 기분인지 잘 알아요. 저는 지금 아버지 문제 때문에 은행 계좌가 동결됐어요. 신용카드는 쓸 수 있고, 호텔 안에서는 방에 다 딸려 있으니 곤란할 건 없죠. 하지만 당장 쓸 현금, 그러니까 택시비라든가 카페에서 쓸 현금이 필요해서 그래요."

"그럼 그 손목시계를 전당포에 맡기면 되겠네요."

IWC의 고급 손목시계였다. 호텔 주변에 깔린 전당포에 가져가면 5만 파타카는 족히 내줄 것이다.

"이건 학창시절에 유학할 때 친구가 선물로 준 거예요. 당신에게는 10만 파타카 정도의 IWC 시계일지도 모르지만 제게는 그 이상의 가치가 있습니다."

"신용카드로 시계를 사서 전당포에 가지고 가면 되잖아요?"

나는 그의 말상대를 해주기가 귀찮아졌다. 그가 당신은 여행 와서 뭘 모른다는 식으로 고개를 가로저었다.

"일본에 그런 금융 꼼수가 있는 건 알아요. 이 나라에서도 그런 게 위법 행위는 아니겠죠. 하지만 상도에 어긋나요."

"일본에서도 상도가 아닌 건 마찬가지예요."

"화제를 좀 바꿀까요? 당신은 30만 홍콩달러가 넘는 현금을 어떻게 하실 생각입니까?"

"여자 친구에게 줄 선물이나 사겠죠."

카이저는 내가 말하기도 전에 카지노에서 얼마나 벌었는지를 말했다. 그가 묻기 전까지 그 돈을 어떻게 쓸지 전혀 생각해보지 않았지만 별 생각 없이 말해 보니 그것도 나쁘지 않았다. 방콕 출장 때는 태국 실크 제품을 선물로 사갔는데 유키코도 슬슬 그것에 질려가는 중이었다.

"루이 비통 가방, 까르띠에 반지, 프랭크 뮬러 손목시계······.
하나같이 가격 내역 대부분이 소유욕을 채우기 위한 비용이
에요. 내가 당신에게 팔려는 미공개주는 그 기업 발행주식의
30퍼센트입니다. 어느 대기업의 자회사인데 안타깝게도 지금
은 유령회사나 다름없어졌지만 본래라면 이사회에 발언권이
있는 비율이에요. 까르띠에 반지를 낀 여자 친구를 데리고 다
니는 것과 별반 다르지 않은 소유욕 아니겠습니까?"

나는 진짜 사기꾼 같은 사기꾼을 만난 게 처음이라 반쯤 감
탄하며 그의 이야기를 들었다. 지금까지 보아 온 사기꾼은 고
작해야 인공 착색한 광물을 자수정이나 옥이라며 팔려고 하
는 정도였다.

"괜찮습니다. 이런 짧은 대화로 400만 엔이 넘는 현금을 움
직이긴 힘들 거예요. 이건 제 연락처예요. 마음이 바뀌면 내일
저녁까지 연락 주세요. 제 방에서 신분증과 주권 현물을 보여
드릴 수 있습니다."

그는 전화번호 같은 숫자가 적힌 종잇조각을 내밀었다.

"고맙습니다. 하지만 내일은 귀국하니 오늘 저녁까지만 기다
리시면 됩니다."

그는 에그타르트를 종이 냅킨으로 싸더니 카푸치노를 다
마시고 일어났다. 몸을 돌려 나가려다 다시 돌아보고 생각난
듯이 덧붙였다.

"나카이 씨, 저는 아무나 붙잡고 말을 건 게 아닙니다. 그

카지노에는 당신과 비슷하게 번 남조선 사람들도 많았어요. 내가 사기꾼이라면 훨씬 더 익숙한 조선어를 썼을 겁니다."

"그렇겠죠."

"하지만 당신은 흥분으로 들끓는 카지노에서 냉정하게 그 노인의 수법을 알아챘어요. 그 테이블에 있던 당신 친구도 그 노인은 신경도 안 썼어요."

"그렇군요……."

"그리고 당신을 선택한 결정적인 근거는 그 게임을 딱 한 번만 하고 그만뒀기 때문이에요."

"호구를 잡으려면 어중간하게 조심성 있는 사람이 낫다고요?"

"아뇨. '안심하고 거래하려면' 그렇다는 거죠. 어중간하다는 말은 좋은 의미로는 안 쓰는 것 같은데, 저는 돌다리를 두드려보고도 건너지 않는 사람에겐 관심 없어요."

그는 한 손을 들어 인사하고 아침이 시작되는 거리로 나갔다. 나는 먹던 돼지갈비버거를 다 먹고 그가 놓고 간 메모를 보았다. 내버려둬도 상관은 없었지만 유키코에게 줄 선물 재료가 될 것 같아 그 메모를 재킷 호주머니에 넣었다.

유키코에게서 전화가 온 건 호텔 방으로 돌아와 반이 아침 먹으러 가자고 하는 걸 거절한 뒤였다. 아니나 다를까, 반은 호텔 근처에 있는 완탕면집에 완탕면을 먹으러 간다고 했다. 나는 이미 아침을 먹었으니 도쿄로 돌아가는 비행기를 변경하기로 하고, 반은 호텔 숙박을 연장하기로 역할을 분담했다. 금고에서 노트북을 꺼내 우리가 탈 비행기를 변경하려는 찰나에 휴대전화가 울렸다. 화면에 표시된 번호는 본사 총무부였다.

"좋은 아침. 지금 통화해도 돼? 홍콩의 아침은 어때?"

"좋은 아침이야. 혼자 호텔 방에 있어서 통화는 괜찮아. 그리고 홍콩이 아니라 마카오에 있어."

나는 어젯밤 비행 상황과 반이 사와키 고타로의 여행기 이야기를 꺼낸 것을 유키코에게 설명했다.

"그랬구나……."

유키코의 "그랬구나."에는 긴 잔소리가 이어질 것 같은 예감이 들었다. "그런 변경 사항이 있었으면 물어보기 전에 말해줬어야 하지 않아?" 하고 국제전화 회선 어딘가에서 메아리쳤다.

"아침에 전화하려고 했는데 시차를 깜빡하는 바람에, 깨달았을 때는 유키코가 출근했을 시간이었어. 도쿄가 점심시간이 되면 전화하려고 그랬지."

"일반론이니까 신경 안 써도 되지만 사람은 거짓말을 할 때 말이 장황해져. 그리고 유이치가 시차를 기억하고 있었더라도 나는 갑작스러운 인사이동 때문에 아침 일찍 불려가서 전화는 못 받았겠지만."

'그렇게 변명하는 습관 덕분에 인간의 성대가 이 정도로 진화했다는 학설도 있지.'

나는 속으로 중얼거리고 캐세이퍼시픽항공 홈페이지에서 비행기 변경 수속을 진행했다.

"총무부는 인사이동과 상관없잖아."

"자회사 임원 인사거든. 신문 기사로 나진 않아도 뉴스 노출 체크 때문에 정신이 하나도 없었어."

"그럼 짧게 말할게. 도쿄로 돌아가는 게 내일 아침 비행기로 바뀌었어. 나리타공항에는 토요일 오후 지나서 도착할 거야. 본부장님이 홍콩에서 하루 쉬었다 오라고 하셨거든."

기종이 보잉777이라 창가와 통로 쪽 자리를 지정했다. 그러는 사이에 대화가 끊겨 나는 "여보세요?" 하고 유키코를 불렀다. 돌아온 목소리에는 가시가 돋쳐 있었다.

"그렇다고 진짜로 마카오에서 노는 거야?"

"상사가 오지 말라는데 금요일 저녁에 출근할 필요는 없잖아?"

그녀의 한숨 소리가 전화 회선 안에서 증폭되어 전해졌다.

"내가 못 살아. 나가서 휴대전화로 다시 걸 테니까 그대로 잠깐 기다려."

유키코는 그렇게 말하고 일방적으로 전화를 끊었다. 그녀와 밥 먹기로 한 약속은 토요일 저녁이므로 오후에 나리타에 도착하면 충분히 갈 수 있다. 내가 경유지에서 문제가 생긴 걸 미처 말하지 않은 게 원인이라기엔 유키코의 말투가 바뀐 타이밍이 시간차가 너무 컸다. 나는 유키코의 가시 돋친 말투에 넌더리를 내며 휴대전화를 침대 위에 던지고 담배에 불을 붙였다. 내던진 전화기에서 바로 벨소리가 울렸다. 말귀 못 알아듣는 어린애 같다. 유키코는 부랴부랴 서둘러 15층인 총무부에서 밖으로 나왔나 보다. 하지만 발신자는 국번만 본사와 똑같고 처음 보는 번호였다.

"웨이(여보세요)?"

나는 광둥어로 전화를 받았다. 골치 아픈 상대라면 서투른 광둥어로 달아날 생각이었다.

"안녕하세요? 이노우에 부사장님의 비서 고이케입니다. 나카이 부장대리님의 휴대전화가 맞습니까?"

'부사장님 비서가 나한테 왜 전화를 하지?'

"나카이입니다. 안녕하십니까?"

"이동 중이라 피곤하실 텐데 죄송합니다만, 지금 통화해도 괜찮을까요?"

"이동은 익숙하니 말씀하세요."

"나카이 부장대리님과 반 기술주임님이 귀국하실 비행기를 예약하라는 부사장님의 지시를 받았습니다."

"아, 그거라면 신경 쓰지 않으셔도 괜찮습니다. 이미 직접 캐세이퍼시픽 비행기를 수배했거든요."

아무래도 어젯밤 잔뜩 취한 본부장 덕분에 부사장 비서는 금요일 아침부터 쓸데없는 일을 떠안게 되었나 보다. 괜한 고생이다. 내 잘못은 아니지만 그녀는 내가 달갑지 않을 것이다.

그녀의 말끝마다 가시가 느껴졌다.

"그러면 제가 본부장님께 보고를 올릴 수가 없습니다."

"그렇겠죠……."

"예약하신 캐세이퍼시픽 비행기를 알려주시겠어요?"

나는 아직 열려 있는 캐세이퍼시픽항공 홈페이지에서 예약 확인 버튼을 눌렀다.

"그럼 이쪽에서 캐세이퍼시픽을 캔슬하겠습니다. 같은 시간 대의 비행기가 정해지면 다시 연락드리겠습니다."

"알겠습니다……."

'캐세이 객실승무원의 광둥어가 좋은데.'

"전일본공수와 일본항공 중에 어느 쪽이 좋으세요? 마일리 지 프로그램 회원이라든가……."

"캐세이퍼시픽의 마르코폴로 클럽 실버 회원인데요."

빈정대는 게 아니라 사실이다. 임원이 어떤 항공사를 이용 하는지는 모르지만 내가 담당하는 지역은 일단 홍콩을 기점 으로 캐세이퍼시픽으로 이동하는 게 효율적이다. 부사장 비서 와 영양가 없는 대화를 하는 사이에 다른 사람에게서 전화가 왔다고 알리는 시끄러운 신호음이 울렸다. 빌딩 밖으로 나온 유키코 아니면 완탕면을 먹고 기분이 좋아진 반일 것이다.

"음……. 캐세이퍼시픽과 제휴한 곳은 일본항공이네요."

"네."

"그럼 예약하고 다시 연락드리겠습니다."

"고이케 씨도 바쁘실 테니 메일로 주셔도 됩니다. 오전 중에 회사 메일을 확인하겠습니다."

"메일로 말씀이십니까? 감사합니다. 그렇게 하겠습니다."

나는 전화를 끊고 "'말씀이십니까'라니, '말씀입니까'지."라고 중얼거렸다. 조금 전에 만난 사기꾼을 떠올리고 그를 다시 만날 일이 있다면 원어민은 이런 이상한 존댓말을 쓴다고 알려주고 싶었다. 나는 부사장 비서와 통화하는 동안 기다리고 있던 발신자로 전환했다.

"아니, 내가 다시 걸 테니까 기다리라고 했잖아."

유키코는 몇 분 전보다 더 짜증을 냈다.

"미안해. 화장실에 다녀오느라. 그런데 왜 그렇게 화가 났어? 내가 잘못한 게 있으면 그게 뭔지부터 알려줘."

"팔자 좋게 마카오에서 놀고 있으니까 그렇지!"

"그거라면 아까도 말했지만 본부장님 때문이야. 임원이 '그렇게 하든가'라고 말씀하시면 중간관리직은 얌전히 따라야 해. 물론 결과의 책임도 그 옵션을 선택한 본인이 져야 하지만."

"나도 과장이니 그 정도는 알아. 사타케 본부장님이 왜 그런 명령을 내렸는지 생각은 해봤어?"

"술기운에 기분이 좋아서 그러셨겠지."

"으이구, 못났다."

유키코는 어지간해서는 '바보'라고 하지 않는다.

"내가 아침 일찍 불려나간 자회사 임원 인사 당사자가 바로 너야. 너는 월요일 아침에 J프로토콜 홍콩 대표이사로 부임하라는 발령을 받을 거야. 반 주임은 기술담당 부사장이고. 오늘 오후 5시에 네가 수석부장님께 싫다고 직접 보고하지 않으면."

J프로토콜 홍콩은 내가 경영기획부에 이동한 해에 부사장 이노우에와 본부장 사타케가 모회사에서 부임해 와 해외진출 거점으로 삼겠다며 설립한 100퍼센트 출자 현지법인이다. 명확한 내규는 없지만 자회사 임원이 되려면 부부장직 이상이어야 한다. 서른여덟 살에 부부장이라면 나쁘지 않지만 본사 내에서 과장, 부장대리, 부부장, 부장, 수석부장까지, 사원들도 상하관계가 혼란스러운 장기 말을 움직이기는 솔직히 골치 아프다. 그 장기판 자체도 모회사의 실적이 기울면 또 누군가가 이동해오고 새로운 직함이 늘어날 것이다. 자회사지만 대표이사가 된다면 조금은 후련해질 것 같았다.

나는 잠시 침묵하며 유키코가 짜증내는 이유를 정리했다. 도쿄와 홍콩에서 따로 떨어져 생활해야 한다는 점이 불만일까. 그녀의 성격상 그렇지는 않을 것이다. 수시로 출장을 다녀 내가 어디 있는지를 전화로 확인해야 하는 관계보다 홍콩에 머물러 있는 게 훨씬 나을 것이다.

"자회사라도 대표이사라면 나쁘진 않잖아……?"

"홍콩 사업은 예전에 실패해서 그쪽 자회사는 이미 페이퍼

컴퍼니나 다름없어. 하지만 이번 방콕 계약 덕분에 부사장님과 본부장님은 명예를 만회했지. 유이치는 이제 쓸모가 없어졌으니 망해가는 자회사에 처박아놓겠다는 속셈을 모르겠어?"

유키코는 회사 건물에서 나와 어디서 전화기를 귀에 대고 있는 걸까. 그녀가 이렇게 크게 소리 지르는 건 처음 들었다.

"페이퍼 컴퍼니를 한 번 더 부활시키려는 의도일 수도 있잖아."

"진짜 태평하구나! 그런 거라면 등기부상의 사장 자리를 이노우에 부사장님이 너한테 내줄 리가 있겠니? 이러니저러니 해도 도아 사람한테는 손자회사야. 그런 곳에서 실적을 올리겠다고 고생하느니 발령 받은 곳에서 편하게 벌면 그만 아니야? 넌 경영기획부에서 대체 뭘 배웠어?"

유키코의 말이 맞다. 내가 경영기획부에 있었을 때 해외 진출에 소극적인 사람들이 많아 하는 수 없이 자회사라는 형식을 취했다. 나는 갑작스럽게 휴가를 지시한 의도를 이해하고 휴대전화를 든 채 침대에 몸을 던졌다.

"장기 말은 원래 그런 건지도 몰라."

"넌 그래도 괜찮아?"

"이참에 유키코도 그 자회사로 이동 신청을 내면 어때? 내년에는 유키코도 사업부로 돌아가야 하니까 그때면 어느 정도 요구해도 들어줄 거야. 매일 맛있는 얌차 사줄게."

"그래도 괜찮아?"

유키코가 다시 물어봤을 때는 말투가 부드럽게 바뀌어 있었다. 나는 잠시 천장을 보았다. 네온사인 숲에 묻혀 있는 노인들의 학교 같은 낡은 호텔 천장이다.

"이제 와서 어쩔 방법도 없잖아."

"지금 당장 공항으로 출발하면 어떻게든 될 거야. 네 수석부장님한테는 내가 사정을 설명해놓을게. 기무라 수석부장님이라면 분사할 때 이동해 오신 분이니 도와주실지도 몰라."

"그분도 괜히 본부장님의 명예욕에 말려들면 곤란할 거야."

나는 말을 끊고 어젯밤에 검은 머리의 점쟁이가 한 말을 떠올렸다.

"있지…… . 어젯밤에 점쟁이를 만났는데 내가 왕이 되어 여행을 떠나야 한다고 하더라."

"점쟁이? 왕? 그게 지금 무슨 상관인데?"

"틀림없이 유키코가 해준 얘기를 예언한 거야. 점쟁이가 '자회사 사장이 돼서 본사의 출세 코스에서 떨려난다'라고 예언하면 너무 현실적이라 신빙성이 떨어지잖아."

검은 머리 여자는 내가 여행할 힘이 있건 없건 왕이 되어 여행을 계속해야 한다고 했다. 그 말은 곧, 자회사가 비록 제 역할을 잃었어도 쉽게 망하지는 않는다는 뜻이다.

"나는 괜찮아. 업무상 기밀을 귀띔해줘서 고마워."

"고맙긴. 그런 건 유이치를 위해서라면 아무렇지도 않아. 그보다 내가 뭔가 해줄 건 없어?"

"내일 저녁에 예정대로 같이 밥이나 먹자. 그거면 충분해. 그보다 과장님이 이렇게 오랫동안 자리를 비워도 괜찮아?"

"그래, 너만 괜찮다면 자리로 돌아갈게. 저녁에 다시 이야기할까?"

"응, 고마워. 일이 빨리 끝나면 좋겠다."

나는 전화를 끊고 그대로 천장을 보았다. 잘 생각해보면 대학교를 졸업했을 때부터 출세 경쟁에는 관심이 없었다. 유키코 밑에서 일을 해보니 상상했던 것보다 재미있고 주변 사람들도 인정해주었다. 덕분에 동기 중에서는 빨리 관리직으로 승진했고 그러다 보니 어느새 업무 내용보다 상사의 평가가 더 신경 쓰였을 뿐이다. 각 역마다 정차해 창밖 풍경을 즐기며 편안하게 여행을 즐길 생각이었는데 어쩌다 보니 급행열차를 타는 바람에 이동 거리를 버는 게 여행의 목적이 된 셈이었다. 필요 이상으로 이동 거리를 버는 여행은 몸에 피로가 쌓이고, 마일리지 프로그램 회원 랭크가 올라가는 것 말고는 딱히 만족스러운 점도 없었다. 어쩌면 그런 여행을 끝낼 좋은 기회인지도 모른다. 차창 밖을 즐기며 다시 새로운 여행을 떠나도 나쁘지 않을 것이다.

신경 쓰이는 게 있다면, 검은 머리 점쟁이가 내 여행하는 힘을 의심하는 말투로 이야기한 점이다. 내게는 이미 차창 밖을 즐기며 느긋하게 여행할 힘은 남아 있지 않은지도 모른다. 낡은 호텔 천장에서 고급 태국 실크 같은 졸음이 나를 뒤덮었다.

유키코와 통화한 뒤 그대로 침대에 누워 잠들었다 반이 건 전화 소리에 깼다.

"호텔 연장 수속은 수월하게 끝났어. 금요일 저녁인데 요금도 어제와 같더라. 양심적인 호텔이야."

반은 호의적으로 보았지만 양심적이라기보다 주변 호텔에 비해 인기가 없어서일 것이다. 1층 복도에는 얇은 옷을 입고 성매매를 하는 여성들이 돌아다니니 가족 단위나 커플에게는 맞지 않는 곳이다. 나는 침대에서 일어나 계속 켜둔 노트북 메일함을 열었다. 도쿄 시간으로 오후 1시였다. 두세 시간은 잤다는 뜻이다. 부사장 비서가 보낸 메일이 와 있었다.

"이쪽도 내일 비행기 확보했나봐. 출발이 한 시간 늦어져서 홍콩을 11시 반에 떠나고 나리타에는 16시에 도착해."

유키코와 저녁 먹기로 한 시간에는 늦지 않겠지만 부사장 비서는 멋대로 도착 시간을 늦춰놓고 양해를 구하는 말 한마디 없었다.

"알았어. 그런데 점심은 먹었어?"

"아침에 전화 좀 하고 그 뒤로 계속 잤어."

"그럼 나갈래? 아침 먹으러 나가 보니 현지인들이 많이 가는 완탕면집이 몇 곳 있더라고."

반은 어제 저녁부터 네 끼 연속으로 완탕면을 먹을 생각인가 보다.

"모처럼 마카오에 왔잖아. 저녁은 포르투갈 요리를 먹는다는 전제로 점심은 네가 추천하는 가게에 가면 어때?"

"그래, 좋아. 아무리 나라도 그때쯤이면 완탕면에 질릴 것 같으니까."

'그렇겠지……'

나는 반과 10분 뒤에 로비에서 만나기로 하고 35만 홍콩달러 지폐 다발이 든 금고에 노트북을 넣었다.

"홍콩과 마카오 완탕면은 똑같구나."

반이 만족스러운 표정으로 말했다. 나는 소곱창이 든 국수를 먹었다.

"오늘 아침에 밥 먹는데 사기꾼이 말을 걸더라. 어제 저녁에 카지노에서 날 점찍어 뒀었나봐."

"그래……? 그 사람이 뭐래?"

"30만 홍콩달러로 미공개주를 사라고 하더라."

"어떤 회사야?"

반이 묻자 나는 그 정도는 물어보면 좋았다고 반성했다.

"일본 기업 자회사인데 홍콩에 있대."

나는 그렇게 말하고 '다음 주 월요일이면 나도 홍콩에 있는 일본 기업 자회사의 사장으로 발령받는구나.' 하고 생각했다.

그러자 사기꾼이 말한 미공개주의 회사명이 아무래도 신경 쓰이기 시작했다.

"흠. 그럼 내가 대신 걸려들어 줄까?"

"사기에?"

"그래. 생각해 봐. 홍콩달러로 그런 거금을 가지고 있어서 뭐하겠어? 마카오에 은행계좌를 개설할 수도 없고 일본 은행에 넣을 수도 없잖아."

"하긴."

"그 사기꾼이 연락처를 남기진 않았어?"

"받았지."

나는 윗옷 호주머니에서 종잇조각을 꺼냈다.

"카이저 리. 이름 한번 거창하네."

"나도 그렇게 생각하긴 했지만, 사기꾼이 다 그렇지 뭐."

나와 반은 얼마 뒤에 홍콩에 있는 기업의 이사회 일원이 된다. 그때 다시 한번 이곳으로 와서 그 사기꾼에게 "이런 사람입니다." 하고 CEO 직함이 적힌 명함을 내미는 것도 나쁘지 않은 장난이다. 나는 그를 다시 만나고 싶은 마음이 점점 부풀어 오르는 것을 참지 못하고 휴대전화를 꺼냈다.

"웨이?"

사기꾼의 연락처로 전화를 걸자 통화연결음이 세 번 울리고 바로 받았다.

"네이호우(你好), 안녕하세요? 오늘 아침에 만난 나카이입니다. 카이저 씨의 번호 맞습니까?"

"맞습니다. 안녕하세요, 나카이 씨?"

"카이저 씨를 한 번 더 만나보고 일을 진행할지 말지 결정하려고 하는데요."

"당연히 환영합니다. 저는 그랜드 리스보아 호텔에 머물고 있습니다. 프런트에 당신이 올 거라고 연락해둘 테니 이름을 말씀하시면 방으로 안내해드릴 겁니다."

"감사합니다."

"오히려 제가 감사하죠. 오늘 저녁에는 다른 일정이 없으니 나카이 씨가 편하신 시간을 정하세요."

"그 전에 두 가지 부탁이 있습니다."

"말씀하십시오."

"어제 저녁에 카지노에서 같이 있던 친구와 동행해도 되겠습니까? 두 번째는, 그 미공개주 회사명을 미리 알려주실 수 있습니까?"

"알겠습니다. 친구분은 동행하셔도 상관없습니다. 그래서 주식을 더 많이 구입하신다면 저도 기쁘고요. 회사명은 '주식회사 에이치케이 프로토콜'입니다."

"HK프로토콜? 홍콩 프로토콜이라는 말씀이십니까?"

"아마도 그렇겠죠. 홍콩에서의 등기는 'H.K.Protocol Corporation', 중국어로는 '홍콩통호규유한공사'입니다."

카이저가 중국어 철자를 한 글자씩 설명하는 동안 나는

아귀가 지나치게 딱딱 맞아떨어진다고 생각했다. 나와 반이 다니는 회사는 '주식회사 제이 프로토콜'로, 영어 상호는 'J.Protocol Corporation'이다. 이게 사기라면 어제오늘 짜놓은 판이 아닐 것이다.

"만나기 전에 사과할 게 있습니다."

"뭡니까?"

"오늘 아침에 나카이 씨에게 일본기업 현지법인이라고 설명했지만, 현재는 제가 가진 주식 외에 나머지는 일본인 개인이 소유하고 있는 것 같습니다."

"알겠습니다. 그럼 어떻게 할까요? 지금 저와 친구는 당신이 묵는 호텔 근처에 있습니다. 지금 바로 찾아가도 되겠습니까? 15분 뒤에는 호텔 프런트에 도착할 수 있을 것 같은데요."

"HK프로토콜이 어떤 회사인지 조사해보지도 않고요?"

"당신이 진짜 사기꾼이라면 아마추어인 우리가 두세 시간 안에 조사할 수 있는 내용은 이미 손을 써뒀겠죠."

"맞는 말씀입니다. 그렇다면 제가 괜한 수작을 부리지 못하게 하는 게 낫겠군요. 지금 오셔도 무방합니다. 이 전화를 끊으면 바로 프런트에 말해두겠습니다."

내가 인사하고 전화를 끊자 반은 완탕면 국물을 마시는 중이었다. 국물까지 깔끔하게 마시는 그를 보고 저녁은 포르투갈 요리가 아니라 이 가게의 완탕면이겠구나 하고 반쯤 포기했다.

"HK프로토콜이라니 놀랍네. 정말로 그 회사가 존재한다면 J 프로토콜에 상표권을 팔 수 있어. J프로토콜 홍콩이라는 현지 법인이 있지만 중국에서 사업하려면 HK프로토콜이라고 하는 게 훨씬 일하기 쉽지."

반이 말했다. 나는 그럴 필요가 있다면 그 결재는 우리가 하게 될 거라고 말해주고 싶은 충동이 솟구쳤다. 다음 주 발령을 귀뜸해준 사람이 유키코가 아니었다면 이미 반에게 말했을 것이다.

나는 완탕면 전문점에서 카이저가 머무는 호텔까지 걸어가는 동안 어제 저녁부터 벌어진 너무나도 절묘한 일련의 사건들을 정리했다. 방콕발 비행기가 홍콩에서 마카오로 회항한 것은 우연이라고밖에 설명할 방법이 없다. 카이저는 내 근무처를 알았을까? 우리가 묵는 호텔에 물어보면 알 수 있을 테고, 사기꾼이라면 카지노의 주사위를 조작하는 것도 어쩌면 가능하겠지만 우리가 마카오에 오기를 기다렸다고 보기는 힘들다. 홍콩과 마카오는 같은 중국 특별행정구라도 입국 서류는 물론 면세 범위에서 사갈 수 있는 담배 보루 수도 다르다. 캐세이퍼시픽 비행기 착륙지를 변경시킬 정도로 주도면밀한데 그렇게까지 해서 얻으려는 게 30만 홍콩달러면 수지타산이 맞지 않는다.

연꽃을 본떠 디자인했다는 고층 호텔 프런트에 카이저 리와 비즈니스 미팅 약속이 있다고 알리자 프런트에 있는 키가 큰 여성이 우리를 보안검색대 게이트로 안내했다. 곧고 검은 머리카락을 목덜미에서 앞을 향해 길게 내린 헤어스타일로, 고급 호텔 직원답게 미인이었다.

"우리는 카지노가 아니라 카이저 씨가 묵는 방으로 가는 줄 알았는데요?"

나는 국제공항 못지않은 엑스레이 검사를 받으며 프런트 직원에게 영어로 말했다.

"저희 호텔 이그제큐티브 플로어로 가시는 고객님은 모두 보안검사를 받으셔야 합니다."

그녀는 잘 훈련된 미소를 지으며 게이트 옆에서 우리의 보안 검사가 끝나기를 기다렸다.

"죄송하지만 휴대전화는 저희에게 맡겨주시든지 카메라 렌즈 부분에 실을 붙여주시겠습니까?"

광둥어로 주의를 주는 경비원의 말을 그녀가 영어로 통역했다. 휴대전화를 건네자 경비원은 게이트 옆에 있는 로커에 넣고 대신 열쇠를 반에게 내밀었다.

"돌아가실 때 열쇠와 휴대전화를 교환하시면 됩니다."

그녀는 그렇게 말하고 우리를 엘리베이터로 안내했다. 카이저가 묵는 층은 보안 검사를 받은 뒤에도 전용 IC카드가 없으면 엘리베이터에서 목적지를 지정할 수 없었다.

"리 선생님, 나카이 씨를 모셔왔습니다."

양쪽으로 열리는 중후한 문 한 쪽이 열렸다.

"기다리고 있었습니다. 나카이 씨."

"실례합니다. 이쪽은 제 친구 반입니다."

"처음 뵙겠습니다, 카이저 씨. 반입니다. 반 고스케라고 합니다. 반코라고 불러주세요."

나는 그 말을 신기한 기분으로 들었다. 반의 자기소개는 몇 번이나 들어왔지만 허물없이 대화하기 위해 이름으로 부르라고 할 때도 그는 "고스케라고 불러주세요."라고 했다. 나와 같이 있을 때 '반코'라고 소개한 건 그때가 처음이었다.

"반갑습니다, 반코 씨. 카이저 리입니다. 카이저라고 부르세요."

330제곱미터가 넘어 보이는 호화로운 스위트룸이었다. 문에서 거실까지 침실로 보이는 방문이 두 개 있고 거실에는 10명 정도가 모여 회의를 할 수 있는 타원형 테이블이 있었다. 바닥에서 천장까지 한쪽 면을 가득 채우며 이어진 창문으로는 마카오타워와 그 너머에 펼쳐진 타이파섬이 펼쳐져 있었다. 우리는 창가 소파로 안내받았다.

"커피나 뭐 마실 거라도 드릴까요?"

"신경 써주셔서 감사합니다. 방금 완탕면집에서 중국차를 마시고 와서 괜찮습니다."

"알겠습니다. 그럼 먼저 제 신분을 증명하는 것부터 보여드려야겠군요."

카이저는 소파에서 일어나 책상 서랍에서 여권 크기의 수첩을 몇 개 가져왔다. 하지만 '여권 크기의 수첩'이라고 생각한 건 착각이고, 그것은 정말로 여러 개의 '여권'이었다.

일본, 중화인민공화국, 중화민국, 싱가포르공화국, 타이왕국, 카자흐스탄공화국, 브루나이 다루살람, 캄보디아왕국, 그리고 홍콩특별행정구 영주권까지 있었다.

"펼쳐서 확인해보셔도 됩니다."

나와 반은 얼이 빠져 그 여권들을 펼쳐보았다. 다양한 이름(절반은 발음조차 모르는)과, 날인된 몇 개의 비자와 출입국 기록을 보았다. 공통된 것은 카이저 리라고 자신을 소개한 인물의 사진, 생년월일, 성별, 서명란의 특징적인 알파벳뿐이었다. 나는 물론 반도 여권의 진위를 판별하진 못한다. IC칩이든 여권이라 칩을 읽는 기계가 있으면 진위 여부를 조금은 확인할 수 있다. 하지만 우리는 그것을 판매만 할 뿐이고 최종적인 체크 방법은 클라이언트가 설정하기 때문에 그 부분은 전혀 모른다.

"이걸로 카이저 씨의 신분을 증명한다고요?"

일본에서 발행된 여권에는 '무라노 슈이치(SHUICHI MURANO/MR)'라는 이름이 적혀 있고 최근 기록은 2008년 2월, 다시 말해 작년에 간사이국제공항에서 출국했다는 스탬프가 찍혀 있었다. 그리고 입국 스탬프는 열흘 뒤 나리타공항으로 되어 있었다.

"맞습니다. 물론 모두 정식으로 발행된 여권은 아니에요. 하지만 정식 여권과 똑같은 효력을 가지죠."

나는 뭐라고 대답해야 좋을지 몰랐다.

"말문이 막히는 게 당연해요. 하지만 이게 제 신분증명서예요. 이 중 하나만 보여드린다 한들 제 신분을 증명할 순 없다는 걸 반대로 이해하셨을 겁니다."

"그렇군요……"

"여기에 여권이 없는 나라가 제 모국이에요. 저는 나라에서 쫓겨났습니다. 그러니까…… 망명자(亡命者)인 셈이죠."

일본 국적의 망명자를 들어보라는 시험 문제가 있다 한들 나는 이름을 단 한 명도 쓰지 못한다. 북한이 아직 사회주의자의 유토피아였을 무렵에 일본 항공기를 납치해 평양으로 가려 했던 범인을 망명자라고 할 수 있을까. 어쨌든 나는 그 납치범의 이름도 모른다.

"망명해도 목숨을 잃은 건 아닌데. 참 이상한 한자를 쓰죠."

그는 웃으며 농담했다.

"카이저 씨는 우리에게 여권을 보여 달라고 하지 않으십니까?"

"저는 이 거래에서 당신들에게 뭔가를 요구할 수 있는 입장이 아닙니다. 그리고……"

"그리고?"

"당신들은 이름을 여러 개 쓰지도 않잖아요? 나카이 씨는 나카이 씨일 거고, 반코 씨는 그냥 반 씨겠죠."

그러더니 카이저는 소파 사이에 있는 낮은 테이블에 준비해 놓은 봉투에서 HK프로토콜이라는 기업의 주권을 우리에게 내밀었다. 한 주에 5천 엔, 한 장에 10주짜리 주권이었다. 이쯤 되자 우연인지 아닌지 일일이 의심하는 것도 귀찮았지만 J프로토콜의 모회사에서 발행한 것이었다. 반이라면 주권에 인쇄된 홀로그램으로 그 진위를 확인할 수 있을 것이다.

"여기 3천 주, 액면가로 1,500만 엔 상당의 주권이 있습니다. 한 주당 200홍콩달러로, 가능한 많이 현금화하고 싶습니다. 모두 사신다면 50만 홍콩달러만 주셔도 됩니다."

"한 주에 200홍콩달러면 엔화로 3천 엔도 안 됩니다. 액면가에 한참 못 미치지 않습니까?"

나는 의외라고 느끼며 말했다.

"맞습니다. 저는 당신들이 상상하는 사기꾼이 아닙니다. 먼저 말씀드렸듯이, 이 HK프로토콜이라는 회사는 지금은 유령 회사예요. 솔직히 앞으로 주가가 오를 것 같지도 않고 배당금도 나오지 않을 거예요. 팔겠다고 불러놓고 이러면 안 되겠지만 내년에는 휴지 조각으로 변할지도 모릅니다."

나는 쓴웃음을 숨기지 못했다. 휴지 조각 한 장을 200홍콩달러에 파는 건 어엿한 사기다.

"처음 제시하신 금액이 200홍콩달러라면 카이저 씨에게는 그 이하의 가격이라는 뜻이겠죠? 이런 거래에는 가격 흥정이 따르기 마련이니까요."

주권 홀로그램을 확인하던 반이 끼어들었다. 하지만 반은
일할 때든 사적으로든 가격 흥정을 하지 않는다. 출장 간 나
라의 택시나 특산품 가게에서 바가지를 씌워도 반의 대응은
늘 상대가 말한 가격을 그대로 내든지 상대하지 않든지 둘
중 하나였다. 그래봐야 방콕이든 하노이든 공항에서 시내까지
택시비로 바가지를 씌워도 엔화로 천 엔 정도의 일반 요금에
500엔쯤 붙이는 게 고작이다. 나리타공항에서 도심까지 가는
택시의 합법적이면서 조직적인 바가지에 비하면 귀여운 수준
이다. 택시 기사가 욕심이 없어서 바가지를 씌우지 않으면 반
은 500엔 정도를 팁으로 준다.

"그럴지도 모르죠. 하지만 저는 가격 협상을 좋아하지 않습
니다. 다이사이 테이블에서 4에 베팅했느냐 5에 베팅했느냐의
차이죠."

카이저의 말대로다. 나는 사기꾼의 궤변은 참 대단하다고
생각하며 그 휴지 조각과 다름없는 주권을 사도 되겠다는 쪽
으로 마음이 기울었다. 전자화되지 않은 주권이라면 메모지
정도로는 쓸 수 있다.

"알겠습니다. 가격 협상은 카이저 씨의 말대로 시간 낭비
예요. 애당초 저는 당신을 사기꾼이라고 여기니 휴지 조각에
200홍콩달러의 가치가 있다고 보는지 아닌지만 생각하면 되
겠군요."

반이 카이저에게 대놓고 사기꾼이라고 하자 나는 미안해졌다.

"제가 휴지 조각이라고 한 건 예를 들어 그렇다는 거고, 그것들은 어엿한 진짜 주권입니다."

"네, 압니다. 호텔로 돌아가 현금을 가지고 와도 될까요? 얼마나 살지는 그 사이에 생각해 보겠습니다."

반은 그렇게 말하고 일어났다.

"그럼요."

"친구가 실례되는 말을 해서 죄송합니다."

나는 반을 따라 일어나며 카이저에게 무례를 사과했다.

"괜찮습니다. 그리고 저는 당신들의 협상 방법이 싫지는 않습니다. 평행선을 그리는 가격 협상에 시간을 허비하느니 블러핑을 하며 빠르게 결정하는 게 훨씬 기분 좋거든요."

"그럼 다시 오겠습니다. 시간은……."

나는 반이 이 방으로 돌아올 생각인지 아닌지를 확인하기 위해 이어질 말을 반에게 양보했다.

"30분 뒤에 다시 오겠습니다. 프런트에 그렇게 전해주시겠습니까?"

반이 이 방으로 돌아오겠다는 것은 주권의 홀로그램이 진짜였다는 뜻이다.

"알겠습니다. 프런트에 그렇게 연락해두겠습니다."

스위트룸을 나오자 이 방으로 안내해준 프런트 직원이 문 옆에 서 있었다. 아무래도 우리는 그녀의 감시하에서만 이 호텔 안을 돌아다닐 수 있나 보다.

"카이저 씨는 이 호텔에 장기 투숙하고 계십니까?"

엘리베이터 안에서 반이 그녀에게 물었다.

"저는 고객님의 사정은 관심이 없어 잘 모릅니다."

그녀는 판에 박은 듯이 대답했다.

†

호텔 밖으로 나와 교차로 신호가 바뀌기를 기다리는데 열기를 머금은 바닷바람이 몸을 휘감았다.

"어떡할 거야?"

나는 반에게 물었다.

"내 밑천은 300파타카였으니까. 술자리에서 자랑할 수 있는 이야깃거리로 쓰인다면 싼 편이지."

"그거 말고……. 그렇게 많은 여권을 한꺼번에 보여줬잖아."

반은 그렇게 말한 나를 똑바로 돌아보았다.

"넌 그 사람이 누군지 몰라?"

"네가 아는 사람이야?"

반은 어깨를 으쓱하더니 어이없다는 표정으로 말했다.

"그럴 리가 있겠어? 행방불명 된 독재자의 장남이잖아."

그 말에 카이저의 본명을 알았다. 리청명이다. 몇 년 전에 나리타공항에서 제삼국 위조 여권으로 입국하려다 출입국관리국에 구속되었다는 뉴스가 기억났다. 자신을 카이저라고 부를 자격이 있는, 말이 필요 없는 진짜 왕자였다.

나는 호텔 금고에서 35만 홍콩달러 다발을 꺼내 방에 있는 호텔 봉투에 넣었다. 방을 나서기 전에 노트북 메일함을 확인했다. 중국 내에서 노트북을 사용하지 않을 때는 전원을 끄고 금고 안에 넣어두라는 총무부 지시를 따르다 보면 필연적으로 메일함을 확인하는 빈도가 줄어든다. 몇 통의 업무 관련 메일 사이에 직속 상사인 부부장이 보낸 메일이 섞여 있었다. 오늘은 홍콩에 머물러도 된다는 내용과 다음 주 월요일에 발령이 있다는 내용이었다.

이자와야. 출장 다니느라 고생이 많네.

이번 방콕 계약 축하하고 수고 많았네. 조금 전에 사타케 본부장님의 비서가 전화해서 나카이 부장대리는 본부장님 명령으로 홍콩에서 급히 처리할 일이 있어 오늘 저녁 출근은 어렵겠다고 하더군. 늦었지만 출장 연장 승인을 이 메일로 대신하네.

이번 성공으로 특진 이동이 정해졌어. 9월 14일(월) 8:30에 인사부에서 발령이 있을 거야.

전 영업일(즉 오늘) 오후 3시 이후에 미리 알려주는 게 본래 규정이긴 하지만 이번에는 상황이 이렇다 보니 발령 당일인 오전 8시에 내가 전달하고, 동 8:30에 인사부에서 발령을 내리기로 했네. 확인했으면 간단하게라도 회신 메일 보내게.

또, 반 주임에게도 같은 메일을 보냈네. 그에게도 특진 발령이 나왔어.

이것도 본래라면 자네가 반 주임에게 전달해야 하지만 이번에는 예외적으로 내가 직접 메일을 보냈어.

추신(고언) 스케줄이 변경됐으면 본부장님께서 직접 지시하셨더라도 내게 먼저 직접 연락하는 게 도리 아닌가?

부부장의 메일에 발령 내용은 적혀 있지 않았다. 나에게 미리 알려주는 건 사규상 오후 3시 이후라 하더라도 반의 부서 이동은 본래라면 발령이 정해진 시점에서 반의 상사인 나에게 전달해야 하는 내용이다. 유키코의 말대로 이동을 고사할 틈을 주지 않았다. 나는 월요일 출근 시간 건에 대해 알았다고 회신하고 노트북 전원을 껐다.

로비에서 반과 만나자 곧바로 부부장의 메일에 대해 이야기했다.

"특진이라면 나카이는 부부장이 된다는 건가?"

"글쎄, 거기까지는 적혀 있지 않았어."

"나한테 보낸 메일이 말투가 어쩐지 언짢아 보였거든. 이자와 부부장이 연쇄적으로 올라가서 부장이 될 것 같지는 않으니 네가 부부장이 되면 그 사람은 다른 부서로 옮겨야 하겠지."

"그럴까……?"

부부장이 메일에 언짢은 기색을 드러낸 건 자기만 빼놓고 인사부가 움직였기 때문이다. 그는 일의 결과보다도 절차대로 따랐는지 아닌지를 평가하는 타입이다.

"그건 그렇고 너무 갑작스러운데."

"저녁 먹으면서 내가 아는 범위에서 이야기해줄게. 어쨌든 내규상으로는 전 영업일 오후 3시가 지나면 내용을 전달해도 되니까."

"알았어, 부장대리님."

우리는 다시 호텔에서 나와 길 건너에 있는 고층 호텔을 올려다보았다. 그러고 보니 카이저의 방이 몇 층인지 안내받은 엘리베이터에는 층수 표시조차 없었다. 창밖 풍경으로 타이파 섬이 보이는 고층이라는 것밖에 알 수 없었다.

"반, 넌 얼마나 가져왔어?"

"어제 저녁에 딴 15만 홍콩달러. 너는?"

"나도. 35만 홍콩달러 전부 가지고 왔어. 띠지로 묶여 있지 않은 돈은 세어보진 않았지만……."

신관 입구로 들어서자 조금 전처럼 프런트 직원이 우리를 기다리고 있었다.

"네이호우(안녕하세요)?"

"오셨습니까? 기다리고 있었습니다."

"아까부터 계속요?"

반이 허물없이 말을 걸었다. 그녀는 대답하지 않고 우리를 보안검색대 쪽으로 유도했다.

"번거로우시겠지만 한 번 더 보안검색대를 통과해주십시오."

우리는 시키는 대로 돈다발이 든 종이봉투를 트레이에 올리고 엑스레이 검사 게이트를 통과했다. 하지만 그녀는 게이트를 통과하지 않았다. 그곳을 지나가면 알람이 울리는 물건을 지니고 있는지도 모른다. 다시 몇 층으로 가는지도 모르는 엘리베이터를 타고 카이저가 있는 층으로 향했다.

"어서 오세요. 나카이 씨, 반코 씨, 당신들은 정말로 쓸데없이 시간을 낭비하지 않는 사람들이군요."

카이저는 웃으며 우리를 방으로 맞이하고 30분 전과 같은 소파에 앉았다.

"둘이 합쳐 50만 홍콩달러를 가지고 왔습니다."

반이 선수를 쳤다. 카이저는 딱히 놀라지도 않았다.

"그럼 제가 가진 주식을 모두 구입하신다는 뜻입니까?"

"지난 30분 동안 카이저 씨가 조건을 바꾸지 않으셨다면 그렇습니다."

나는 눈앞에 있는 남자가 독재정권의 후계자 중 한 명이라고 알게 된 덕분에 어떻게 대해야 좋을지 몰라 대화에 끼기가 망설여졌다.

"물론 바뀌지 않았습니다."

나는 띠지로 묶인 천 홍콩달러 세 다발과 그 옆에 호텔 봉투에 든 5만 홍콩달러를 커피테이블에 꺼내놓았다. 반도 띠지가 둘러진 다발은 내가 놔둔 지폐다발 위에, 낱장으로 된 천 홍콩달러 지폐는 그대로 봉투 위에 놓았다. 테이블의 돈다발을 보며 반이 그 뒤에도 카지노에 갔구나 하고 생각했다. 나 혼자 큰 재미를 본 게 배 아팠는지도 모른다.

"세어봐도 되겠습니까?"

"그럼요."

카이저는 띠지가 둘러진 다발에는 손을 대지 않고 낱장으로 된 지폐 100장을 딱 한 번 세었다. 그리고 자기 앞에 있는 큰 봉투에서 주권 300장을 꺼내 나에게 내밀었다.

"이걸 두 분이서 어떻게 나눌지는 알아서 하십시오."

"네, 알겠습니다."

반이 그것을 받아들고 "혹시 모르니까."라며 일련번호가 찍힌 부분을 넘겨보았다.

"띠지가 둘러진 지폐는 확인하지 않으십니까? 한두 장 빼돌렸을지도 모르잖아요."

반은 일련번호를 센 뒤 이번에는 홀로그램이 찍힌 끄트머리를 넘기며 카이저에게 눈길을 주지 않고 말했다.

"당신들은 이 30분 동안 제가 누군지 아셨지 않습니까?"

반은 전혀 달라지지 않았지만 나는 역시 태도가 딱딱하게 굳어있었을 것이다.

"고작 2, 3천 홍콩달러에 이 방에서 나가지 못할 정도의 리스크를 감수할 분들은 아닐 겁니다."

카이저를 보자 그는 나를 보고 웃었다. 깔보지도 않고 오만함을 숨기지도 않았다. 이 거래를 즐기는 호감 어린 미소였다.

"그렇군요."

나는 되도록 아무렇지 않은 척하며 대답했다. 반이 홀로그램 확인을 마친 것과 거의 동시였다.

"네, 3천 주 맞네요."

"그럼 거래 성립이군요."

카이저는 소파에서 일어나 악수를 청했다. 고생을 모르는 고운 손이었다. 왕자의 손이니 당연할 것이다.

"오늘은 오랜만에 지루하지 않은 하루였습니다. 다음에 또 마카오에 오실 기회가 있으면 연락 주십시오. 같이 식사라도 합시다."

카이저가 말했다.

"네, 그럽시다. 그런데 그래도 괜찮으십니까?"

"나카이 씨가 생각하는 만큼 행동에 제약이 있지는 않습니다. 오늘 아침에도 식당에서 이야기를 나눴지만 아무도 우리를 알아보지 못했잖아요?"

"그랬죠."

"이 호텔을 나가면 당신들과 똑같은 중년 남자입니다. 연락처는 아까 알려드린 휴대전화를 해지하지 않고 그대로 두겠습니다."

나와 반은 그의 안내를 받으며 문으로 향했다.

"하나 물어봐도 되겠습니까?"

반이 복도로 나오자 그에게 말했다.

"그러세요."

"어째서 카이저라는 이름을 고르셨습니까? 일본인은 카이사르라고 부르는 경우가 많은데 카이사르는 아들처럼 믿었던 브루투스에게까지 배신당하지 않았습니까?"

문손잡이를 잡은 채로 카이저가 웃었다. 방 밖에서 우리를 기다리던 프런트 직원은 투숙객의 대화에는 관심이 없다는 의사 표시인지 엘리베이터 쪽으로 몇 걸음 옮긴 뒤 걸음을 멈췄다.

"7월에 태어났거든요. 반코 씨가 생각하는 대로 거창한 이름이죠. 하지만 저는 이미 국가 원수가 될 뜻이 없습니다. 이 도시에서 망명자로 살면서 지루한 여생을 보낼 뿐이죠."

반은 그 말을 듣고 엘리베이터로 향했다.

카이저의 말대로, 로마 공화정의 종신 독재관 율리우스 카이사르가 7월(July)의 어원임에는 틀림이 없다. 동시에 몇 가지 오해는 있지만 제왕절개수술(Cesarean Operation)의 어원이기도 하다. 셰익스피어의 희곡에서 '여자가 낳은 사람은 맥베스를 죽일 수 없다'는 세 마녀의 예언에서 예외에 해당하는 남자의 출생 경위다.

나와 반은 300장의 주식을 호텔 금고에 넣고 세나도 광장을 중심으로 관광 명소를 돌았다. 광장을 조금 벗어나자 홍콩과 마찬가지로 중국 연안부 거리가 있고, 세계유산에 등록된 일부 지구만 갑자기 서유럽 풍경으로 바뀌었다. 너무 대조적이라 신기할 정도였다.

"듣고 보니 망명은 이상한 한자를 쓰는구나."

반이 화재로 파괴된 세인트폴 성당의 정면 벽을 올려다보며 말했다. 나와 반은 관광명소에는 흥미가 거의 없지만 방콕에서도 왕궁이나 몇몇 유명한 사원은 둘러보았다. 하지만 그것은 본사 간부가 방콕을 방문에 왔을 때 가이드하기 위한 사전 답사가 목적이었다. 반이 스스로 찾아가는 곳은 전쟁이나 내전의 상흔이 남아 있는 곳이다. 나는 호찌민의 전쟁박물관까지는 그래도 같이 갔지만 2년 전에 프놈펜에서 킬링필드를 찾아갔을 때는 끝까지 같이 다니지 못하고 혼자 호텔로 돌아갔다.

"그러게."

200년 전 화재로 건물이 소실되고 남은 정면 벽은 파란 하늘을 등지고 하늘을 향해 솟아있다. 9월의 동남아시아 바람도 그곳을 통과하면 몸에 엉겨 붙는 습기를 빼앗겨 상쾌하게 바뀐다.

"출국 심사를 받지 않고 나라를 떠났다고 해서 목숨을 잃는 건 아닌데."

"목숨 '명'이 아니라 이름 '명' 정도면 충분한데 말이야."

반은 절묘한 글자를 붙였다고 감탄했다. 어쨌든 나는 망명
(亡命)도 망명(亡名)도 해본 적이 없다.

"슬슬 저녁 먹으러 갈까?"

"그래. 나카이가 추천하는 포르투갈 레스토랑으로 가자."

나는 저녁도 완탕면을 먹게 될 거라고 반쯤 각오했던 터라
반의 대답에 의외라고 생각하며 손님을 기다리는 택시 유리
창을 노크했다.

가이드북을 보고 점찍어둔 포트투갈 레스토랑은 마카오반
도와 타이파섬 사이에 있는 작은 호수를 바라보며 번화가에
서 벗어난 곳에 있었다. 예약을 하지 않았는데도 나이 든 점
원은 흔쾌히 우리를 받아주고 창가 자리로 안내했다. 테이블
에는 면 테이블보가 깔려 있고 재떨이가 놓여 있었다. 나는
그것만으로도 훌륭한 레스토랑이라며 행복해졌다. 하이네켄
과 시저샐러드, 시푸드 그릴, 가게 명물이라는 아프리칸 치킨
을 주문했다.

"일본인이 중국에서 네덜란드산 맥주를 마시며 아프리칸 치
킨이라는 포르투갈 요리를 먹다니. 글로벌하네."

하이네켄으로 건배하며 반이 웃었다. 나는 거기다 호텔에서
산 쿠바산 시가에 불을 붙였다. 9월이라도 넥타이만 푼 양복
차림으로 관광지를 돌아다닌 뒤에는 차가운 맥주가 제격이었
다. 나는 맥주를 거의 단숨에 들이켜고 포르투갈산 화이트와

인을 주문했다. 곁들여 나오는 그린 올리브와 잘 어울리는 산뜻한 와인이었다.

"그럼 나카이는 부부장으로 승진하는 거야?"

나는 망명 왕자를 알현하느라 그 화제는 까맣게 잊고 있었다.

"그 문제도 있었지."

"이미 오래전에 도쿄에서는 오후 세 시가 넘었어."

나는 나와 반의 잔에 화이트와인을 따랐다.

"총무부 시마다 과장이랑 아는 사인데 그 사람 말에 따르면 나는 홍콩 현지법인으로 발령받고 거기 사장이 될 거래."

"J프로토콜 홍콩 말이야? 그 현지법인이 화제에 오른 건 오늘이 처음인데 벌써 두 번째구나."

"첫 번째 때는 부부장님 메일을 받기 전이라 얘기 안 했어."

"그랬구나. 내규를 지켜야 하는 부장대리로서는 올바른 판단이지."

나무 그릇에 산처럼 담긴 시저샐러드가 나왔다.

"그리고 너는 마음에 안 들지도 모르지만 기술담당부사장, 즉 CTO가 될 거래."

"싫진 않아. 지금도 일할 때는 네 부하잖아. 그런데 그 J프로토콜 홍콩은 뭘 하는 회사야?"

"몇 년 전에 이노우에 부사장님과 사타케 본부장님이 자회사로 부임하면서 해외사업전략을 위해 설립한 회사인데, 그 후로는 기억에서도 가물가물해져 지금은 페이퍼 컴퍼니나 마찬가지야. 알다시피 중국 연안부 사업은 잘 풀린 게 하나도 없으니까."

나는 샐러드에 이어 역시나 산더미처럼 나온 블랙타이거새우와 홍합 구이를 내 접시에 옮겨 담았다. 새우 머리를 떼어내고 몸통을 껍질째 먹었다. 향신료가 향긋하게 배어 있었다. 머리도 쪽 빨고 싶었지만 너그러운 늙은 점원도 그것까지는 허락해주지 않을 것 같았다.

"지금은 아무것도 안 한다는 거야?"

"그래. 시마다 과장 말로는 방콕 일이 부사장님과 본부장님의 예상보다 훨씬 잘 풀렸어. 두 사람에겐 J프로토콜에 와서 얻은 첫 공적이지. 그래서 내가 방해가 되는 거래. 애초에 해외사업을 자회사에서 추진하게 된 건 본사에서 해외진출에 소극적인 사람들이 많았기 때문인데 본사에서 잘 해나가면 자회사는 필요 없어져. 말하자면 승진이라는 명목의 좌천이야."

"그럼 나는 그 길동무구나."

"뭐, 그렇지. 너까지 끌고 가서 미안하다."

"전혀 문제없어. 매일 홍콩에서 완탕면을 먹을 수 있잖아."

"중요한 게 그거야?"

"당연하지. 아무튼 나나 나카이나 일단은 승진했잖아. 다시 건배하자."

반은 병에 남은 와인을 모조리 따르고 잔을 들어올렸다.

"그런데 아무리 그래도 발령이 너무 급하네."

"이것도 시마다 과장이 해준 말인데, 내규상 발령을 고사하려면 발령 전 영업일 오후 5시까지 상급자에게 이의 신청을 해야 한대. 오늘 갑작스럽게 휴가를 준 건 우리한테 그럴 틈을 주지 않으려고 그런 것 같다더라."

"아. 그래서 부사장님과 본부장님이 어제 저녁에 그렇게 기분이 좋으셨구나?"

"그렇겠지. 클럽에서 여자를 끼고 앉아 간계를 꾸몄으니 술이 아주 꿀맛이었겠지. '이런 못된 사람 보게.' 하면서 주거니 받거니 술이 쭉쭉 들어갔을 거야."

"그런데 아까부터 등장하는 총무부의 시마다 과장님은 누구야?"

"내 여자 친구."

"처음 듣는데?"

"그럴 거야."

새우와 홍합을 다 먹자 영계 한 마리를 통째로 향신료에 졸인 음식이 커다란 접시에 담겨 나왔다. 그 요리가 어떤 경위로 '아프리칸 치킨'이라고 불리게 되었는지는 모른다. 가게 벽에 장식된 유럽 고지도를 보며 포르투갈에서 아프리카 대륙까지는 별로 멀지 않다고 생각했다. 나에게는 아프리카 대륙이 먼 곳처럼 느껴지지만 이베리아반도에서는 규슈에서 한반도 정도의 거리 감각인지도 모른다.

"손으로 드세요."

늙은 점원은 그릇 크기에 놀라는 우리에게 면 앞치마를 주었다. 손으로 잡고 뜯어 먹는 게 이 요리의 테이블 코드인가 보다.

"홍콩엔 언제부터 가?"

"거기까진 못 들었어."

나는 앞치마를 목에 걸며 대답했다. 해양국답게 앞치마에는 선박용 알파벳을 표시하는 신호기가 인쇄되어 있었다. 아마도 이 가게 이름순으로 깃발이 줄지어 있을 것이다.

"정보가 하나같이 다 어중간하구나. 그럼 J프로토콜 홍콩에는 사원이 몇 명 있고 매출이 얼마나 나오는지도 못 들었겠네?"

"여자 친구랑 사흘 만에 전화하면서 얘기할 내용이 아니었을 뿐이야."

"그런데 그 시마다 과장님과 결혼할 거야?"

반이 갑자기 물었다.

"그런 이야기도 없었어."

"해외 부임 발령은 프러포즈 할 전형적인 기회잖아. 넌 여전히 밀어붙일 줄을 모르는구나."

반은 닭고기를 뼈째 집어 들고 베어 물며 말했다. 나는 아무 말도 하지 않았다.

"뭐, 페이퍼 컴퍼니라고 하니까 아무것도 안 해도 되겠지."

내가 그렇게 말하자 반은 와인을 또 한 병 주문했다. 나는 소스 범벅이 된 손을 앞치마로 닦고 나와 반의 잔에 와인을 따랐다. 고등학교 야구부 소년이 양철 주전자로 물을 들이켜듯 화이트와인이 끝도 없이 들어갔다.

"하지만 우리는 HK프로토콜이라는 유령회사도 하나 더 절반 가까이 손에 넣었어. 아무것도 안 해도 되진 않지."

"뭔가 계획이 있어?"

내가 묻자 반은 잠깐 지중해를 중심으로 그려진 고지도를 보았다. 홍콩의 IC카드 보급률은 도쿄와 비교도 되지 않는다. 교통카드만 해도 소니의 옥토퍼스 카드를 MTR, 홍콩섬 명물인 2층 트램, 에어포트 익스프레스, 버스, 편의점, 그리고 카오룽반도와 홍콩섬을 잇는 전통 스타 페리까지 통합해서 쓸 수 있다. 솔직히 제대로 된 영업직원이라면 신규 진출을 시도조차 하지 않을 것이다.

"나카이……."

고지도를 보던 반이 와인 잔을 비우며 무언가 떠오른 듯이 말했다.

"방콕에 가서 계약을 따오라는 명령을 받고 새벽 5시에 수완나품공항에 도착했을 때 넌 뭔가 계획이 있었어?"

나는 반의 말에 용기를 얻었다. 유키코와 통화할 때는 괜찮다고 했지만 역시 마음 한 구석에서는 자신감을 잃고 불안했다.

그날 아침은 똑똑히 기억한다. 2년 전 11월이었다. 태국에서는 그해 5월 무렵부터 그 전해의 하원선거로 촉발된 데모가 간헐적으로 발생해 사회 정세가 불안정한 시기였다.

홍콩에서 출발한 비행기는 예정보다 빨리 수완나품국제공항에 착륙했다. 24시간 운영되는 허브 공항인데도 오가는 승객은 드문드문했고, 시내와 공항을 잇는 MRT 첫차까지 한 시간 넘게 남은 상황이었다. 공항 건물 안은 전면 금연이라 택시 승차장 옆에서 담배에 불을 붙였다. 국제공항에서는 보기 드문, 탱크톱과 숏팬츠 밑으로 드러난 피부 대부분에 문신을 새긴 젊은이 몇 명이 담배를 피우는 나를 멀리서 지켜보았다. 이른 아침이라서인지 경찰관은 보이지 않았고, 택시 배차원은 중년 여성이라 여차할 때 도움이 될 것 같지 않았다. 아침 안개인지 가랑비인지 구분이 되지 않는 공기는 푹푹 찌듯이 더워 겉옷을 벗고 싶었지만 여권과 방금 환전한 지폐를 몸에서 떼기가 망설여져 셔츠 안에서 뿜어져 나오는 땀을 참으며 맛없는 담배를 피웠다.

그때 내 수중에는 영어로 적힌 교통 IC카드 프레젠테이션 자료가 전부였다. MRT 시스템 담당자와 약속도 잡혀있지 않았고, 설령 미팅 약속을 받아내도 그 사람의 어학 실력도 몰랐다. 내가 아는 태국어도 '안녕하세요?' 정도고 샴문자도 읽을 줄 몰랐다.

방콕 수완나품국제공항뿐만 아니라 하노이의 노이바이국제공항에서도, 싱가포르의 창이국제공항에서도, 자카르타의 수

카르노 하타 국제공항에서도 상황은 비슷비슷했다. 계획 같은 건 전혀 없었다.

"그래. 아무것도 없었으니까 일단은 비행기 안에서 어떤 농담을 하면 좋을지를 고민했었지."

아프리칸 치킨이 담겨 있던 큰 접시에는 소스에 버무려진 뼈가 쌓였고, 세 병째 마시는 화이트와인도 생수처럼 목을 그냥 지나갔다.

취해서 호텔로 돌아와 샤워를 하는 사이에 유키코에게서 전화가 왔다. 나는 다시 걸지 않고 그대로 침대에 누웠다. 내일 저녁에는 그녀와 같이 밥을 먹기로 약속했다. 둘이서 와인 세 병을 비운 뒤에 유키코에게 대충 약속했다가 까먹느니 차라리 내일 저녁을 기다리는 게 위험 부담이 적다.

이튿날 토요일 오후 4시 반에 나와 반은 나리타공항 도착 층에서 헤어졌다. 혼자 버스 승차장에 도착해 휴대전화 전원을 켜자 유키코에게서 문자가 와 있었다.

출장 다녀오느라 고생했어.

오늘 저녁 식사 말인데 갑자기 일이 생기는 바람에 본가에 가야 해서 취소했으면 좋겠어. 미안해.

내일(일요일) 점심 비행기로 하네다로 돌아올 거야. 시간 되면 내일 오후에 같이 밥 먹자.

집까지 조심해서 가. 유키코

나는 유키코의 가족에게 안 좋은 일이라도 생겼나 걱정이 되어 곧바로 전화를 걸었지만 전원이 꺼져 있다는 안내만 나왔다. 나는 음성사서함에 걱정된다는 내용을 녹음했다. 유키코에게서 다시 연락이 온 것은 그날 한밤중이었고, 가족에게 안 좋은 일이 생긴 게 아니라 부모님에게 드릴 말씀이 있어서 왔다는 짧은 문자가 전부였다.

「하네다로 데리러 갈까?」

　집 컴퓨터로 답장을 보냈다. 내가 사업부에서 이동해 유키코가 다른 사원과 출장 다니던 시기에는 곧잘 서로 일이 끝난 뒤 하네다공항에서 만나 활주로를 보며 식사를 했다.

「고마워. 전일본공수 88편으로 13:45에 하네다에 도착해. 유이치가 좋아하는 제1터미널 로얄에서 2시 반에 만나자. 유키코.」

♛

iv

Saigon

− Late Summer

　방콕에서 마카오를 경유해 도쿄로 돌아온 다음 주, 유키코의 사전 정보와 똑같은 내용으로 나와 반의 인사이동이 발령되었다. 그 소식이 닛케이신문 인사란에 게재되자 아버지에게서 짧은 전화가 걸려왔다. 가족 일은 모두 어머니나 누나를 통해 연락했고 아버지와는 정월에 본가에 들러 인사할 때나 몇마디 나누는 정도였다. 어쩌면 아버지와 통화한 게 이때가 처음이었는지도 모른다. 아버지는 이미 정년퇴임했지만 닛케이신문 인사란은 아버지의 하나뿐인 아들에게 처음으로 전화를 걸게 만들 정도로 영향력이 있다고 감탄했다. "같이 축하하게 집에 한번 들르지 그러니?"라고 부르는 아버지에게 차마 "좌천이나 마찬가지예요."라고 말하지 못하고 홍콩으로 부임하기 전까지 바쁘다는 핑계로 거절했다.

그 평계가 완전히 없는 말은 아니었다. 10월 5일부로 취임해야 하는데, 해외 전근을 가면서 발령부터 부임까지 2주일 정도밖에 여유가 없는 경우는 이례적이었다. 그 2주는 후임자에게 인수인계를 하고, 형식 수준의 외국어 회화학교에서 광둥어 연수를 받고, 홍콩에서 지낼 사택을 찾는 데 썼다. 내 후임은 다카기로, 입사 동기 중에서 가장 먼저 관리직으로 승진한 남자였다. 거래처에 마지막 인사를 다니고 후임인 다카기의 소개도 겸해야 해서 그와 함께 태국, 싱가포르, 베트남을 도는 게 지난 2주 동안의 업무 중에서는 가장 귀찮았다.

싱가포르에서 호찌민으로 이동한 오후였다. 아마도 다카기는 지금까지 전일본공수와 제휴한 항공사를 이용했나 보다. 지금까지 그와 같은 비행기를 탄 적이 없었는데 싱가포르에서 호찌민을 경유하는 캐세이퍼시픽 비행기가 없어 하는 수 없이 다카기와 함께 싱가포르항공 비행기로 같이 이동하게 되었다. 그때 처음으로 그가 비즈니스 클래스로 이동하는 걸 알았다.

"너는 비즈니스 클래스를 안 탔어?"

"부부장님이 비즈니스 클래스를 타고 싶으면 먼저 계약부터 따오라고 하셨거든."

"부부장님이라면 이자와 씨?"

"응."

"관리직은 비즈니스 클래스를 탈 수 있는데 뭐 하러 눈치를 봐? 애당초 이자와 씨도 고작해야 부부장인데 일일이 신경 써봐야 그만큼 너만 손해야."

"뭐, 그럴지도 모르지. 하지만 반 주임도 같이 다닐 때가 많았으니까."

"내규상 동행하는 상사가 어퍼 클래스를 이용할 때는 직급에 상관없이 같은 클래스를 탈 수 있어. 몰랐어?"

다카기의 말은 지당한지도 모른다. 이제 곧 부부장으로 승진하는 자리에 있는 그는 나처럼 상사의 눈치를 살피며 출장을 다닐 필요가 없을 것이다. 오후 3시에 탄손누트국제공항에서 수하물이 나오는 레일을 보며 다카기는 어이없다는 표정으로 팔짱을 끼고 있었다. 그의 가방에는 우선 취급 태그가 붙어 있어 이미 공항 직원이 직접 가져다주었다.

"굳이 내 짐이 나오길 같이 기다릴 필요는 없어. 일은 내일부터니까."

"응? 네 승진 축하를 아직 못 해준 게 생각나서. 하노이에서는 시간이 별로 없을 것 같으니 오늘 저녁에 같이 한잔할까?"

나는 다음에는 언제 호찌민에 오게 될지 모르니 가능하면 혼자 시간을 보내고 싶었다. 하지만 그의 호의를 거절할 적당한 이유가 떠오르지 않았다.

"좋아. 그럼 내가 좋아하는 가게로 가도 될까? 베트남 요리는 아니지만……."

"모르는 여자가 다가오는 가게만 아니면 어디든 괜찮아. 그리고 베트남은 처음이라 필연적으로 네가 소개하는 가게로 갈 수밖에 없고."

우리는 같은 택시를 타고 시내로 이동했다. 공항에서 시가
지까지 가는 동안 택시에서 거리를 바라보며 이곳은 방콕에
비해 아직 발전 도중이라고 생각했다. 도로는 포장되어 있지
만 기초 공사가 허술했는지 바퀴 패임이 심하고 보도 연석도
군데군데 함몰되어 있었다.

"소문은 들었지만 스쿠터 숫자가 어마어마하네."

다카기는 택시 문에 팔꿈치를 올리고 턱을 괴며 말했다.

"그렇지."

나는 건성으로 대답했다. 일반적인 사무 업무가 끝나기에는
아직 시간이 일렀지만 그래도 길을 가득 채운 스쿠터는 우리
가 탄 택시를 거침없이 앞질러갔다.

"저렇게 커플끼리 같이 스쿠터에 타고 그녀에게 자기 헬멧
을 씌워주고 바람을 맞으며 집에 데려다주면 정말 행복하겠
지."

다카기는 무언가를 떠올리듯 말했다.

"본인들이 그걸 아는지 어떤지는 모르지만……"

"다 그렇지, 뭐. 지금이 가장 행복한 시간이라는 생각조차
하려고 하질 않아."

"오늘 저녁에는 맥주를 마시러 가자고 하면 여자가 쓸데없이
돈 낭비하지 말고 저축하자고 큰 소리로 옥신각신하겠지."

"그래서 집을 사거나 일제 중고차를 사거나 할 때 조금이라

도 보탬이 되려고 저 스쿠터를 팔아치우겠지. 한 달 치 맥줏값 정도의 가격으로."

나와 마찬가지로 다카기도 스쿠터 뒤에 여자를 태우고 헬멧도 쓰지 않고 달린 적은 없을 것이다. 하지만 택시 안에서 보는 스물 전후 커플들의 행복은 저마다의 달콤한 기억을 떠올리게 만들었다. 내가 보던 다카기의 이미지는 동기 중에서 가장 빨리 승진한 미래의 임원 후보 정도였으므로 택시 안에서 나눈 짧은 대화로 그에 대한 인상이 바뀌어 갔다.

택시는 스쿠터 파도를 헤치며 콜로니얼풍 호텔 앞에 멈췄다. 나는 다카기가 호텔에 체크인하고 짐을 놓고 오기를 기다렸다. 그 호텔에서 내가 묵는 호텔까지는 두세 블록 떨어져 있지만 울퉁불퉁한 길을 캐리어를 끌고 걸어가려니 내키지 않았다.

"왜 이렇게 낡은 호텔에 묵어?"

사이공강과 접한 마제스틱 호텔을 올려다보며 다카기가 말했다.

"전쟁 중에는 야마토 호텔이었거든."

"전쟁이라니 2차 세계대전 말이야?"

"베트남전쟁 중에 야마토 호텔은 좀 아니잖아?"

"충고하는 건 아니지만 싸구려 호텔에 묵으면 고객이 약점을 잡으려고 들어."

나도 그 의견에는 동감이다. 출장 가서 저렴한 호텔에 묵는 바람에 인터넷이 연결되지 않거나 연결돼도 접속료 영수증을 받았을 때 TV 유료 채널 명목으로 되어 있으면 난감할 따름이다.

"호찌민에서는 5성 호텔이고 의외로 유명한 곳이야. 인터컨티넨탈이나 힐튼에 묵어도 현지 사람들에게 돈이 되진 않잖아? 그만큼 어느 호텔에 묵느냐고 물어볼 때마다 반응이 좋아."

"그렇구나."

변명을 해보았지만 내가 항상 이용하는 그 호텔은 시간의 흐름에서 뒤처져 있다. 호텔 복도는 어둑하고 어쩐지 푸른빛이 돌아 베트남전쟁 당시 사망한 해병대원 유령이 나온대도 그다지 놀랍지 않은 곳이다.

"옥상에 브리즈 스카이 바라는 곳이 있으니까 거기서 저녁 먹자. 나는 방에 짐을 놔두고 금방 갈게."

"알았어. 뭐하면 샤워까지 하고 와도 뭐라고 안 할게."

나는 다카기의 호의에 기대고 싶은 마음이 굴뚝같았지만 짐만 놔두고 냉장고에서 다이어트 콜라를 꺼내들고 옥상으로 향했다. 사이공강을 내려다보는 루프탑 바로, 도쿄에서는 사라진 황혼 시간대가 아직 그 바에는 남아 있었다. 다카기는 강 쪽 테이블에 앉아 작은 접시에 담긴 올리브를 먹고 있었다.

"먼저 마시고 있지 그랬어."

"일단은 네 승진 축하 자리잖아."

나는 바바바(333)라는 베트남 맥주를 주문하고 건배하기 위해 잔을 내밀었다.

"건배."

"순수하게 축하한다고 말하지 못해서 마음이 아프다."

다카기가 내게서 눈을 돌리며 말했다.

"역시 그런 거야?"

"그런 거냐니, 넌 신경 안 쓰여?"

"신경 쓰여. 대놓고 그런 말을 들은 건 처음이지만."

"역시, 미안하다."

공항에서 호텔까지 오는 택시 안에서 나와 다카기는 허심탄회하게 이야기할 수 있게 되었다.

"하지만 그런 임원들 밑에 있으면 언제가 됐든 똑같지 않았을까 하고 생각하려고 해."

"그렇지……. 나도 지금 임원들 눈에는 어차피 고작해야 자회사에밖에 입사하지 못한 놈일 뿐이라는 생각이 들 때가 있어. 그 인간들은 J프로토콜이 성장한 게 그저 모회사 덕분인 줄로만 아니까."

"뭐, 나는 이렇게 큰 회사가 될 줄은 몰랐으니 뭐라고 할 말은 없지만."

"아무리 그래도 홍콩은 아니지. 그 회사를 정리하지 않은 건 임원들의 유흥비와 뒷돈을 빼내는 구멍이기 때문이라는 소문이 돌 정도니까."

그런 말은 처음 듣지만 가능한 일이다.

"그럼 쉽게 말해 나는 그 금고지기구나······."

"그런 거지. 혹시 이노우에 부사장님 눈 밖에 날 짓이라도 했어? 비서한테 손을 댔다든가."

"전혀 그런 적 없어."

"그래? 부사장님 비서는 건드리지 않는 게 좋아."

"다카기, 혹시 내가 만만해 보여?"

"마흔이 다 된 남자한테는 미안한 말이지만 호락호락하지 않은 놈으로는 안 보여."

나는 다카기의 평가에 웃으며 마침 나온 클럽하우스 샌드위치를 먹었다. 유키코도 내 상사였을 때 비슷한 말을 했다. 그때는 "나카이는 전혀 다루기 까다로워 보이지 않는 점이 매력이야."라는 것이었다. 서른여덟 살쯤 되면 칭찬하는 말도 달라진다.

어스름이 호텔 아래에서 굽이치는 사이공강을 뒤덮고 밤의 장막이라는 것이 말 그대로 선명한 경계를 만들며 우리 위를 지나갔다. 호텔 앞에 리버 크루즈 선착장이 있고, 유람선 네온에 불이 들어왔다. 맞은편 기슭에는 무언가가 꿈틀거리는 듯한 어둠이 펼쳐지고 그것을 보고 있으면 늘 끌려들어갈 것처럼 마음이 불안해진다.

호찌민에 MRT가 개통되는 시기는 한참 뒤에야 올 것이다. 나와 반은 버스회사에 IC카드 도입을 제안해봤지만 그들은 그럴 필요성을 느끼지 못했다. 편의점 보급률도 낮고 밤 10시가 넘으면 관광객을 상대하는 동커이 거리를 제외하면 거리는 고요에 잠긴다. 인플레이션이 극심한 베트남에서는 IC카드에 동을 충전해봐야 금방 그 돈의 시장가치가 떨어지는 것도 한 원인이다. 지역 단위의 영업 효율을 생각하면 이 도시에서는 교통 IC카드 영업을 해도 홍콩과는 정반대 의미에서 파고들 여지가 전혀 없었다.

그런 만큼 반이 나와 함께 홍콩으로 밀려나는 게 이해가 되지 않았다. 뒷돈 금고지기는 나 하나로 충분하다. 스스로를 '다루기 쉬운 놈'이라고 생각하진 않지만 반은 십중팔구 '다루기 힘든 놈'이다. 반 같은 사람을 뒷돈 금고지기로 붙이기엔 리스크가 너무 크다.

"이 도시에선 당분간 일이 없을 것 같네."

다카기가 강가의 편도 2차선 도로를 달리는 보닛이 튀어나온 버스를 보며 말했다.

"시청 사업계획과에 MRT 검토 워킹 그룹이 있는데 거기에 정기적으로 얼굴을 내미는 게 일이야. 그들 말로는 10년 뒤에 MRT를 만들 거래. 하노이도 비슷비슷해. 선물은 사실 현금이 좋겠지만 말단 직원에게는 줘봐야 의미가 없으니 '시로이 고이비토' 쿠키를 들고 가."

솔직히 베트남 업무 인수인계는 이걸로 끝난 거나 마찬가지다. 선물은 다른 과자라도 상관없겠지만 매번 똑같은 걸 가져가면 얼굴을 기억하기 쉽다.

"내가 상사라면 이곳으로 오는 데 비즈니스 클래스를 타도 된다고 하진 않을 거야."

"하지만 비즈니스 클래스로 다닐 거잖아?"

"아마도……. 아, 신입 사원 연수 때 들은, 구둣가게 영업직원 둘이 미개한 나라에 영업하러 간 이야기 기억 나?"

다카기는 쓴웃음을 지으며 케케묵은 이야기를 꺼냈다.

"한 명은 '큰일 났습니다. 이 나라에서는 할 일이 없어요. 아무도 구두를 신지 않거든요.'라고 보고했고, 다른 한 명은 '큰일 났습니다. 이 나라는 빅 마켓이에요. 아직 아무도 구두를 신지 않거든요.'라고 보고했다는 이야기 말이지?"

"그래. 방금 그 이야기가 떠올랐어."

베트남 맥주를 각자 두 병씩 비우자 다카기는 메뉴를 보았다. 나는 점원을 불러 방에서 가져온 다이어트 콜라 350밀리리터 캔을 주며 이걸로 럼콕을 만들어달라고 부탁했다. 이 바 직원은 쿠바리브레라는 칵테일의 이름도 모른다. 쿠바리브레를 주문해도 그런 건 없다고 고집을 꺾지 않는다.

"나는 이 '미스 사이공'이라는 칵테일로 주세요."

다카기가 유창한 영어로 주문했다.

"미스 사이공은 무슨 칵테일이야?"

"모르지만 칵테일 메뉴 맨 위에 있었어. 그보다 베트남에서 군이 쿠바리브레를 마실 필요는 없잖아?"

"왜?"

"쿠바리브레는 미군이 하바나에 괴뢰정권을 세우면서 'Viva Cuba Libre(쿠바의 자유를 위해 만세)'라고 말한 데서 유래했잖아."

다카기가 일깨워주자 나는 그제야 아무리 쿠바리브레를 주문해도 점원이 받아주지 않았던 이유를 짐작했다.

"그렇구나. 그럼 'Fall of Saigon'이라는 칵테일은 있을까?"

물론 이 도시에서는 '사이공 함락'이 아니라 '사이공 해방'이다. 반과 통일궁을 관광할 때 일본어를 공부하는 중이라는 여대생 가이드에게 무슨 이야기 끝에 '사이공 함락'이라고 말했다가 지적 받은 적이 있다.

"너무 달아. 보드카 베이스의 칵테일이야."

다카기는 나온 롱 드링크 칵테일을 한 모금 마시고 아뿔싸 싶은 표정이었다. 나는 애당초 그런 비극적인 이름을 가진 칵테일이 무슨 맛이 있겠냐고 생각하며 다카기를 보았다. 다카기의 표정은 빈틈없는 엘리트라기보다 귀여운 느낌이 더 강한지도 모르겠다.

"그런데 그 신입 사원 연수에서 나카이는 어떤 타입이라고 생각했어?"

다카기는 너무 달다고 하면서도 롱 드링크를 마시며 말했다.

"후자처럼 생각하며 영업에 임하라는 것밖에 기억 안 나."

"그래? 나는 속으로 전자라고 생각했어."

"의외네."

"이 나라에서는 구두가 팔리지 않는다고 보고만 해두면 당분간 일을 하지 않아도 되잖아. 성과가 없어도 나중에 '종교상의 이유다'라는 식으로 보고하면 감점도 안 되고."

"그렇구나."

나는 웃었다. 다카기와는 지금까지 술자리를 같이 한 적도 없었고 무엇보다 그에게는 동기 수석이라는 굳은 이미지가 있었다. 다카기의 발언은 의외였고, 나는 여유도 없이 일을 해왔다고 깨달았다.

"거기까진 생각해본 적 없었어."

"방콕이나 싱가포르보다 이 도시가 더 좋아질 것 같아."

"미스 사이공은 만나지 말아야 할 텐데."

"이런 달달한 칵테일은 다시는 주문 안 해."

홍콩으로 간 교통 IC카드 영업직원 두 명이 보고한다. 한 사람은 "큰일 났습니다. 홍콩에는 일이 없습니다. 사람들은 대부분 이미 IC카드를 가지고 있습니다."라고 보고한다. 다른 한 사람은 "큰일 났습니다. 홍콩에는 기회가 너무 많습니다. 사람들이 대부분 한 세대 전의 IC카드를 씁니다."라고 말한다. 나는 전자처럼 보고하고 당분간 느긋하게 얌차를 즐기면 된다.

다카기는 무난하게 김렛을 주문하고 나는 여전히 럼콕이라는 이름의 쿠바리브레를 마신 뒤 바를 나왔다. 호텔 입구까지 내려오자 다카기는 세옴(오토바이 택시) 운전수와 가격 흥정을 했다.

"바가지 쓰니까 미터기 달린 택시를 타."

"그렇지도 않나 봐. 도쿄 택시 기본요금이 6달러라 그 이하로 가달라고 했더니 'OK, OK.' 하며 흔쾌히 수락했어."

당연하다. 두세 블록 떨어진 호텔까지 짐도 없는 남자를 태우는데 세옴 운전수가 아무리 바가지를 씌워도 고작해야 5만 동, 미국 달러로 환산하면 2달러 정도다. 세옴 운전수는 다카기 덕분에 내일은 일을 쉴 수 있을지도 모른다. 나는 다카기가 스쿠터 뒷자리에 타고 멀어져가는 모습을 배웅하고 다시 브리즈 스카이 바로 돌아갔다. 혼자 쿠바리브레를 마시며 강변길을 오가는 스쿠터를 보았다. 아마도 다카기는 스쿠터 뒷좌석에서 커플들의 행복을 한 조각 나눠받고 싶었던 것이다. 아직 저녁 7시다. 혼잡한 거리에는 스쿠터에 쌍쌍이 탄 커플들의 여운이 남아 있었다.

나는 사이공강을 건너오는 밤바람에 취기를 식히며 유키코를 생각했다.

†

2009년 9월은 특이한 연휴가 찾아온 해였다. 경로절과 추분이 같은 주에 찾아왔고, 두 공휴일 사이에 평일이 하루 끼어 있을 경우에는 그 날을 휴일로 한다는 법안이 어느 틈에 통과되어 9월 넷째 주는 5일 연휴가 되었다. 덕분에 다카기는 자신의 후임에게 해줄 인수인계를 뒤로 미루고 그 연휴를 나와 동남아시아에서 인수인계를 받는 데에 썼다. 그리고 반은 홍콩에서 쓸 사택을 구한다는 명목으로 HK프로토콜이라는 유령회사 밑조사에 J프로토콜 경비를 이용했다. 유키코는 갑작스럽게 9월 말에 J프로토콜을 퇴사할 결심을 하고 그 연휴를 남은 업무 정리에 썼다.

유키코가 퇴사하겠다고 이야기한 건 마카오에서 돌아온 다음날인 일요일이었다.

"출장 다녀오느라 고생했어. 힘들었지?"

우리는 일요일 오후 하네다공항에서 만나 활주로가 보이는 카페테리아로 갔다. 기울어가는 햇살이 A활주로에 착륙하는 여객기에 반사되고, 활주로 너머에는 건설 중인 국제선 터미널이 보였다. 유키코의 가족이 사는 가나자와는 이미 늦더위도 물러가고 초가을에 접어들었는지도 모른다. 유키코는 블라우스 위에 얇은 벚꽃색 니트를 걸치고 있었다. 약속 장소에 나타난 그녀를 발견하자 나는 행복해졌다. 유키코는 특별히 미인도 아니고 스타일도 지극히 평범하다. 굳이 말하자면 무뚝뚝하고 화장기도 없다 보니 동료들은 더 괜찮은 사람도 많지 않으냐며 한마디씩 거들었다. 그래도 나를 발견하고 손을 흔드는 그녀를 보면 우리가 서로 연인이라고 부를 수 있는 존재라 다행이라는 생각이 든다.

"딱히 고생이랄 것도 없었어. 그보다 본가에서 무슨 일 있었어?"

"아……."

활주로 쪽 카운터석에 앉기도 전에 묻는 바람에 유키코는 당황한 표정으로 의자 등받이를 손으로 잡으며 그대로 굳었다.

"아니, 나한테 이야기할 내용이 아니면 말 안 해도 돼. 그렇다고 마음 상하진 않으니까 이야기하기 전에 건배부터 하자."

유키코는 화이트와인 하프 보틀을 주문하고 술이 나오는 동안 자기 이야기를 보류했다.

"넌 괜찮아?"

"뭐가?"

"그…… 이번 인사이동 말이야."

"그거라면 이제 괜찮아. 인사부에 대들어 봤자 좋을 것도 없고."

"그렇긴 하지."

"반이랑 마카오에서 아프리칸 치킨이라는 요리를 먹으면서……, 포르투갈 요리는 처음 먹어봤는데 맛있더라. 내가 홍콩에서 살게 되고 유키코가 놀러 오면 같이 가자. 먹는 방법이 좀 볼썽사납긴 하지만 그럴 가치는 있었어."

"포르투갈 요리를 먹으면서, 뭐?"

내가 이야기를 얼버무리려 하자 유키코가 단박에 가로막았다.

"출세 경쟁을 하러 J프로토콜에 입사한 건 아니었단 걸 떠올렸어."

"나도 그래. 하지만 회사에서 일하면 좋든 싫든 그 대열에 낄 수밖에 없잖아. 아무리 나는 출세 경쟁에는 관심이 없다고 스스로에게 말해도 입사 동기나 대학교 동창회가 있으면 서로 직함을 평가해. 여자는 자식이나 남편 이야기로 끝나지만 그런 자리에서 자식 이야기를 하는 중년 남자는 매력이 없어."

그건 유키코의 본심일 것이다. 나는 마침 나온 하프 보틀에서 와인을 따라 일단 잔을 내밀었다.

"먼저 방콕 계약 성공한 것부터 건배하자."

"응."

활주로에서 비쳐드는 햇살이 와인 잔 물방울에 반짝거려 무척 근사한 건배였다.

"나는 유키코의 부하가 되기 전까지는 일하는 게 딱히 즐겁지도 않았어. 유키코의 부하가 되고 났더니 일이 재밌어졌고 어쩌다 보니 동기 중에서 일찍 승진했지. 방콕 일도 반이 없었으면 이렇게 잘 풀리지 않았을 거야."

"유이치는 처음부터 우수했어. 너랑 같이 일하고 싶다고 내가 먼저 과장님께 말씀드렸는걸. 오해하지 말았으면 하는데, 그때 너한테 남자로서 매력을 느꼈던 건 아니야. 내 나름대로 일하는 모습을 평가하고 이 젊은 후배와 함께라면 새로운 일을 할 수 있겠다고 판단했어."

"그런 말은 처음 들었어. 아무튼 그 팀이 사라지는 건 아니야. 홍콩에서도 반과 함께 일할 거고 유키코는 본사 총무부에서 우리의 비장의 카드가 되어 주겠지. 이번 일도 유키코가 없었으면 우리는 아무것도 모르고 마카오에서 신나게 놀기만 했을 테니까. 그러니까 앞으로도 일이 잘 풀릴 것 같아."

"홍콩에 뭐 믿는 구석이라도 있어?"

"없어. 하지만 반이 처음 방콕 땅을 밟았을 때도 믿을 건 아무것도 없었지 않느냐고 하더라."

어째서일까, 그때 홍콩에 HK프로토콜이라는 '믿는 구석'이 있다고 유키코에게 이야기하지 않았다. 나는 유키코의 잔이 비자 와인을 새로 따라주었다.

"그렇구나⋯⋯. 어쩐지 같이 이야기했더니 마음이 놓이네."

"그리고 대학 동창회에 가서 CEO 명함을 꺼내면 꽤 멋지지 않겠어?"

회사의 우열은 언제 뒤집힐지 모른다. 내가 '도아인쇄 시스템'에 입사했을 때 그 회사 이름을 아는 대학교 지인은 거의 없었다.

"그럼 먼저 사과부터 해야겠다."

줄곧 고개를 숙이고 있던 유키코가 겨우 나를 똑바로 보았다.

"뭔데?"

"나는 J프로토콜을 그만둘 거야."

"그만둬?"

유키코와 함께 지낸 시간은 업무상으로만 알고 지내던 시기까지 포함하면 8년이 넘는다. 내가 볼 때 그동안 그녀는 언제나 일상의 다양한 일들보다 회사를 우선시해 왔다. 예를 들어 거래처 사정으로 출장이 연장되면 식사 약속을 취소했고, 반대로 내 일 때문에 둘이 같이 여행가기로 한 스케줄이 바뀌어도 할인 티켓의 취소 수수료조차 달라고 하지 않았다. "사정은 서로 마찬가지니까. 우연히 유이치 쪽에서 먼저 일이 생겼을 뿐이야." 하고 전혀 개의치 않았다.

"그러니까 유이치랑 반 주임은 새로운 비장의 카드를 준비해야 해. 기껏 비장의 카드라고 칭찬해줬는데 미안해."

"무슨 일 있었어? 혹시⋯⋯."

만약 내가 홍콩에 부임하기 때문에 유키코가 일을 그만두려는 거라면 반대할 생각이었다. 일하지 않는 유키코가 상상이 되지 않았고, 지난 3년 동안 이어온 편안한 관계가 무너질 것 같았다. 유키코가 내 말을 가로막았다.

"아니야. 전남편이 재혼하니 슬슬 때가 된 것 같아서. 입사할 때 아버지가 소개해주신 회사라 부모님께 죄송하다고 말씀드리고 왔어."

"재혼? 전남편이 재혼을 하건 유키코는 상관없잖아."

"얘기한 적은 없지만 전남편의 여자가 비서실 애야."

사귄 뒤로 유키코는 이혼한 전남편 이야기는 거의 하지 않았다.

"비서실은 총무부 밑이라 층은 달라도 이따금 아무리 피하려고 해도 얼굴을 마주쳐야 하는데 슬슬 그 스트레스도 한계가 왔어. 나는 그쪽에서 보면 자기 부하와 불륜해서 남편을 버린 여자거든."

"그래서 그 오해는 제대로 풀어두라고……."

무심코 튀어나온 말에 바로 후회했다. 5년 전 유키코에게는 결혼한 사람에게 논리정연하게 설명하는 것보다 나라는 피난처로 도피하는 게 가장 큰 구원이었다. "남들이 뭐라고 욕하건 너만 나를 이해해주면 충분해."라고 말한 유키코를 받아들인 사람은 나였다.

"미안해. 말이 잘못 나왔어."

"사과하지 않아도 돼. 유이치도 모르는 곳에서 그런 시선을 받아왔으니까."

"그런 게 아니라."

"그리고 금요일에 인사이동 건으로 비서실에 볼일이 있어서 갔다가 우연히 그녀와 마주쳤는데, '시마다 씨는 언제까지 시마다 씨로 있을 거예요?'라더라."

"그게 업무 시간에 할 말이야……?"

냉정하게 생각하면 전남편 여자의 기분도 이해는 된다. 하지만 유키코가 전남편 성을 계속 쓰는 건 회사 안에서만이다. 특정 거래처를 상대하는 일을 하니 쉽게 이름을 바꿀 수가 없었다.

"여자는 다 그래. 특히 그 사람은 초혼이고 신부 측 주빈이 비서실장이 아니라 총무부장이 될 가능성도 있어. 또 비서실 직원은 다른 여사원을 좀 깔보는 구석이 있으니까 말투가 좀 날카롭게 나왔겠지."

일주일의 절반 가까이 고객사를 돌아다니는 영업직원과 달리 종일 본사 안에만 있는 내근직은 나도 경험해봤다. 게다가 우리가 다니는 회사에서는 입사할 때부터 내근직이었던 사원과 달리, 승진할 때 사업부에서 내근으로 배속되는 것은 OJT의 일환 같은 거라 무얼 하든 게스트 취급이다. 그것만으로도 스트레스가 쌓이는데 유키코는 그런 거북한 인간관계까지 끌어안고 있었다고 생각하니 그녀의 터프함에 새삼 탄복했다.

"그렇다면 어쩔 수 없지……."

"어쩔 수 없다니, 부장대리에게 허락받으려고 얘기한 건 아니거든……."

유키코는 웃음을 머금고 나를 직함으로 부르며 농담했다.

"혹시 홍콩에 같이 가고 싶어서 그만두겠다고 한 줄 알았어?"

유키코가 웃으며 나를 살피듯이 얼굴을 바짝 들이밀며 말했다.

"그런 건 아니지만……."

"자만심이 하늘을 찌르는구나."

나는 받아칠 말이 없어서 위스키소다를 추가 주문했다.

"조금은 기대했었나봐……."

"조금?"

나는 끄덕였다.

"왜 그렇게 자신감이 없어? 하지만 조금이라도 기대했다는 건 내가 홍콩에 가도 걸리적거리지 않는다는 뜻이야?"

"J프로토콜 홍콩으로 간다는 건 아직 유키코에게 들은 게 전부야. 그리고 그 전근 발령이 진짜라고 해도 홍콩에서 살 필요가 있는지도 아직 모르고."

"그럼 내일 아침에 발령 받을 때까지 대답을 생각해봐."

"응, 그럴게."

"아무튼 나는 오지 말라고 해도 홍콩에 갈 거지만."

"그럼 굳이 대답할 필요도 없잖아."

"유이치, 안고 싶다고 하고 침대로 들어가는 거랑 취한 척하며 은근슬쩍 기어들어가는 건 결과는 똑같지만 여자가 뭘 더 좋아하는지 정도는 알잖아?"

유키코는 와인 잔을 비우고 취한 척하며 내게 몸을 기댔다.

"그럼 안고 싶어."

"그럼은 빼."

†

그날 쓰다듬은 유키코의 부드러운 머리카락은 사이공강을 건너오는 밤바람과 닮았다. 사이공강을 바라보는 나에게 바

직원이 테이블의 빈 잔을 가리키며 "다이어트 콜라는 떨어졌지만 코카콜라로 만든 럼콕을 더 드릴까요?" 하고 물었다. 나는 그 제안을 거절하고 군인들의 망령이 돌아다닐 것 같은 복도로 내려가기로 했다.

이튿날 나와 다카기는 시청으로 가 MRT 워킹그룹과 그저 잡담에 지나지 않는 인사를 나눴다. 인사는 30분도 걸리지 않았고, 우리는 근처 카페로 갔다.

"이 친구야, 아무리 그래도 좀 더 제대로 일해야 하는 거 아니야?"

다카기는 베트남 커피를 마시며 혀를 찼다.

"3년이나 4년 뒤에 RFP(제안 요청서)를 만들기 시작할 무렵 누가 핵심 인물이 될지 몰라. 어설프게 상급자 비위를 맞춰주는 것보다 젊은 직원과 안면을 터두는 게 나아."

"그럴지도 모르지만……."

하노이행 국내선까지는 아직 시간이 남아 다카기에게 어디 관광하고 싶은 곳이 있느냐고 물었다.

"통일궁이라든가 전쟁박물관이라든가……."

"호찌민역에 가보고 싶어."

나는 순간 다카기가 어딜 말하는지 몰랐다.

"호찌민역?"

"가 호찌민 시티라고 하면 되나? 남북통일특급의 남쪽 종착

역인데, 역시 멀어?"

"아, 사이공역 말이구나. 후쿠오카시에 후쿠오카역이 없는
거랑 같을까? 어째서인지 호찌민역이라고는 안 해. 여기서 택
시로 15분 정도 걸려."

이 도시 사람들은 베트남혁명 지도자인 호찌민을 분명히
존경하기는 해도 그의 이름을 도시 이름으로 받아들이는 데
에는 거부감이 있는 듯했다. 비행기 행선지는 '호찌민시'라도
일반인은 거의 신경 쓰지 않는 알파벳 세 자리로 된 공항코드
는 여전히 'SGN(사이공)'이다.

"그럼 거기에 가보고 싶어."

"가도 아무것도 없어. 승차권 자동판매기도 없고 개표구도
없었던 것 같아."

"딱 좋네. 아무도 구두를 신지 않는 나라에서 영업을 시작
한다는 증거를 휴대전화 카메라로 찍어서 본사에 보내놔야
지."

어제저녁 바에서 봤던 것과 다르게 일 욕심이 많은 사람이
라고 감탄한 것은 통일특급 역에 도착하기 전까지만이었다.

먼지 자욱한 거리를 택시로 이동해 사이공역에 도착하자
다카기는 곧장 관광안내소로 들어갔다. 나는 통일특급 역에
는 관심이 없었고 이제는 호찌민에서 일거리를 찾을 필요도
없으므로 역사 밖으로 나왔다. 헐렁한 잠방이 차림의 중년 남
자가 자전거 짐받이에 스티로폼 상자를 묶어 달고 코코넛 열

매를 팔고 있었다. 사이공역에서 발착하는 열차는 한 시간에 한두 대다. 중년 남자는 손님을 기다리기를 포기하고 나무 그늘 밑 벤치에서 느긋하게 쉬는데 뜬금없이 양복 차림의 내가 다가오자 경계심을 드러냈다. 나는 자전거 짐받이의 스티로폼 상자에서 작은 코코넛 열매를 골라 천 동짜리 지폐를 몇 장 내밀었다. 그는 양복 입은 남자가 주스를 사려는 거라고 알았는지 칼로 코코넛 꼭지 부분을 잘라내고 빨대를 끼워주었다. 나는 그가 널브러져 있던 나무 그늘 밑 벤치에 먼저 앉아 코코넛 열매 안에 고여 있는 주스를 마셨다. 방콕에서도 관광객이 모이는 곳에서 같은 것을 팔지만 호찌민의 코코넛이 단맛이 산뜻해 맛있다.

그는 사람이 그리웠는지 빠른 베트남어로 마구 말을 걸어왔다. 나는 늘 가지고 다니던 『편안한 여행을 위한 베트남어』를 시청의 젊은 직원에게 작별 선물 대신 줘버린 것을 후회했다.

"방콕 코코넛보다 훨씬 맛있어요."

일단 영어로 말해 봤지만 그에게는 통하지 않았고, 우리는 나무 그늘 벤치에 말없이 나란히 앉았다. 물론 그 말을 알아들었어도 그는 기뻐하진 않을 것이다. 그의 장사 경쟁자는 통일 궁 같은 관광지 앞에서 리어카에 코코넛 열매를 쌓아놓고 파는 사람들이기 때문이다. 나는 호찌민의 새파란 하늘을 올려다보며 담배를 꺼내 그에게 한 대 권하고 나도 입에 물었다. 담배를 겉옷 호주머니에 다시 넣으려는데 휴대전화 벨이 울렸다.

"신짜오(안녕하세요)?"

"다카기야."

"역 안에서 일거리는 찾았어?"

나는 잠방이를 입은 남자에게 라이터를 건네고 입에 물었던 담배를 담뱃갑 안에 다시 넣었다. 사이공역 나무 그늘에서 남중국해와 일본을 왕복하는 전화를 받다니 참 멋없다고 생각했다.

"나카이, 어디야?"

"역사 앞에서 주스 마시며 담배 피우려던 참이었어."

"뭐?"

"역 안에 있는 카페는 가격이 도쿄 스타벅스 뺨치거든."

"아무튼, 됐고. 하노이 인사를 하루 미뤄 모레 가도 될까?"

"아마 괜찮을 거야. 그쪽에서 기다리는 손님도 아니고. 역 안에서 영업할 실마리라도 찾았어?"

잠방이 차림의 남자는 담배를 맛있게 피우며 연기를 파란 하늘로 뿜어냈다. 나는 코코넛 열매를 무릎 위에 올리고 남이 뿜어내는 연기를 따라가는 자신의 처지가 측은했다.

"영업 실마리 같은 걸 찾을 리가 없잖아. 애초에 너와 반 주임이 2년이나 다니던 곳에서 내가 하루 만에 일을 발견하면 그건 그것대로 문제라고."

"어떤 일이든 비기너스 럭이라는 게 있으니까."

"그런 게 정말로 있으면 다른 일에 쓰는 게 낫지. 그보다 통화료가 비싸니까 역 안으로 오지 그래?"

나는 남중국해를 지나 일본까지 갔다가 오는 전화 회선을 끊고 코코넛 열매를 손에 든 채 역사로 향했다. 내가 일어나자 잠방이 차림의 남자가 "땀 비엣(잘 가요)." 하고 어쩐지 서운한 표정으로 인사했다.

"그건 뭐야?"

관광안내소 앞에 서 있는 다카기가 내 손에 든 걸 가리키며 물었다.

"코코넛 열매야. 안에 든 주스가 맛있어. 첨가물 없는 과즙 100퍼센트거든."

"그건 좀……. 배탈 안 나?"

"저쪽 카페에서 파는 산화방지제가 들어간 주스보다는 훨씬 안전할걸? 게다가 가격은 4분의 1도 안 하고."

"양복에는 전혀 안 어울려."

다카기의 감상에 반박할 여지는 없었다.

"그런데 하노이행은 왜 연기하려고?"

"관광안내소에 물어보니 저녁에 출발하는 하노이 직행열차의 1등 침대차 티켓이 남아 있대. 그러니 하노이에는 모레 아침에나 도착할 거야. 지금 일정을 바꾸려고 조정하는 중이니 일단 잡아놔 달라고 데스크 아줌마한테 부탁하고 왔어."

이번에는 내가 "그건 좀……." 하고 혀를 찰 차례였다.

"하노이까지 몇 시간 걸리는 줄 알아?"

"모레 아침에 도착한다고 했잖아. 정확히는 37시간이야."

다카기는 그런 간단한 계산도 못하느냐고 퉁을 주고 싶은 얼굴이었다.

"맞아, 하루 반 넘게 걸려. 1등 침대 열차라고 해서 빨리 도착하는 것도 아니야."

"당연하지. 하지만 1등 침대가 비행기 절반 이하의 가격이고 게다가 호텔비도 안 들잖아."

"그렇겠지. 하지만 빈대가 극성이야."

"승차권 가격은 절반 이하고 지뢰가 남아 있는 숲에 비행기가 불시착할 위험도 없잖아. 빈대에 물리는 것 정도는 감수해야 하지 않겠어?"

'네 배나 되는 가격으로 산화방지제가 들어간 주스를 마시고 나중에 발암물질이 함유되어 있었다는 말을 들을 리스크를 생각하면 배탈이 좀 나도 어쩔 수 없지 않을까?'

"그럴지도 모르지만……."

"일본은 지금 5일 연휴야. 그런데 우리는 벌써 이틀이나 휴일을 반납하고 일하잖아. 도쿄에서 방콕으로 이동한 일요일도 포함하면 벌써 사흘이나 휴일 근무를 하는 셈이라고. 게다가 관리직은 휴일 수당도 청구 못 하는데. 하루 정도는 쉴 의무가 있지 않겠어?"

"의무가 아니라 권리겠지."

"휴일을 꼬박꼬박 챙긴다고 부하에게 어필하는 것도 관리직의 업무야."

나는 손님도 별로 없는 사이공역에서 일본 기업의 중간관리직이 직면한 과제를 논하자니 한심해졌다.

"알았어. 하노이 시청에는 약속을 하루 연기해 달라고 전화해 둘게."

내가 그렇게 말하자 다카기는 관광안내소로 돌아갔다. 하노이 공무원은 우리가 방문 일정을 한 달 뒤로 연기해도 불만은 전혀 없을 것이다. 다카기는 5분도 안 되어 돌아와 나에게 승차권을 내밀었다.

"잠깐……, 내 것도 있어?"

"양복 입은 남자가 혼자 통일특급 침대칸에 타면 이상하게 보지 않겠어? 그리고 1등 침대라도 2인실이야. 혼자서는 짐이 걱정 돼서 화장실도 못 가잖아."

"그렇게 생각하면 저기 가서 조깅복과 맹꽁이자물쇠라도 사와. 그리고 살충제와 벌레 쫓는 스프레이도 사오는 게 좋을 거야. 애당초 양복 입은 남자가 둘이나 있으면 공안인 줄 알고 아무도 가까이 안 와."

"그것도 그러네."

나는 다카기에게 받은 하노이행 승차권을 들고 관광안내소로 들어갔다. 직원은 짜증나게도 15퍼센트 취소 수수료를 내야 한다며 버텼다. 에어컨 바람이 시원한 안내소에서 나는 주스가 반쯤 남은 코코넛 열매를 던지고 싶은 기분이었다.

"미안하지만 비행기로 갈 거면 노트북과 회사 휴대전화도 가지고 가줄래? 도난당하면 시말서니 뭐니 뒷일이 골치 아프잖아."

승차권 환불을 마치고 관광안내소에서 나오자 이번에는 다카기가 짐을 떠넘겼다.

"다카기……, 취소 수수료가 발생했어."

"이미 출발 3시간 전이니까 전액을 받는 것보다 훨씬 양심적이네. 뭣하면 내가 대신 책임질게."

"대신 책임저?"

"이렇게 하자. 우리는 시찰도 겸해 원래 통일특급철도로 하노이까지 이동할 계획이었어. 하지만 나카이는 코코넛 주스를 마시고 배탈이 나서 하루 앓아눕게 된 거지. 그래서 하는 수 없이 나카이의 승차권은 취소하고 가격이 두 배가 넘는 비행기를 타고, 거기다 호텔비까지 이틀 치를 괜히 더 써가며 나를 따라오게 된 거야. 그러면 이야기 앞뒤도 맞으니 부부장님도 뭐라고 못하실 거야."

이 짧은 시간에 잘도 그런 자기 입맛에 맞는 시나리오를 만들어낸다고 감탄했다.

"네 비행기 취소 수수료는 어떡하고?"

"오픈티켓이라 나중에 쓰면 돼. 다행히 나는 '아무도 구두를 신지 않는 나라'에 몇 번이고 적극적으로 영업하러 오는 대업을 맡았거든."

다카기는 짐을 가지러 호텔로 가려고 벌써 택시 승차장으로 걸음을 옮겼다. 나는 그의 뒤를 따라가며 반쯤 남은 주스를 다 마시고 빈 코코넛 열매를 나무 그늘의 자전거 옆에 놓았다. 잠방이 차림의 남자는 이번에는 나무 그늘 벤치에서 햇빛 아래로 나오지도 않고 손을 흔들며 웃는 얼굴로 배웅만 했다.

다카기는 호텔에 맡겨둔 가방에서 노트북과 회사에서 대여한 휴대전화를 나에게 내주고 파자마인지 조깅복인지 구분이 되지 않는 차림으로 갈아입고 왔다.

"다카기, 혹시 철도 마니아야?"

"남들이 보면 그럴지도 모르지. 하지만 굳이 좋다고 비좁은 이코노미석으로 다니는 나카이도 비행기 마니아야. 나는 쾌적한 이동 수단을 선택할 뿐이고."

"너와 함께 다닐 부하한테는 그 가치 기준을 강요하지 않는 게 좋을 거야."

"아직 누가 될지 정해지진 않았지만 그 친구가 비행기를 타고 싶다고 하면 내가 도착할 때까지 일을 마쳐두라고 지시할 거야."

나는 한숨을 내쉬고 세옴을 타고 사이공역으로 돌아가는 다카기를 배웅한 뒤 국내선 비행기를 변경하고 호찌민 호텔을 연장하고 하노이 호텔 1박치를 캔슬했다. 덕분에 사이공강이 내려다보이는 브리즈 스카이 바에서 느긋하게 쉴 수 있다고 생각하기로 했다.

이튿날 국내선 체크인 카운터에 도착해서도 여전히 이 상황이 마음에 들지 않아 홧김에 비즈니스석으로 업그레이드를 신청하자 아오자이를 입은 여성이 조심스레 마일리지 프로그램의 마일을 이용해 업그레이드를 할 수 있다고 알려주었다. 나는 깊이 생각하지도 않고 그렇게 해달라고 대답했다.

보안검색대를 통과한 뒤 서서 먹는 식당에서 쌀국수를 먹다 배탈이 난 걸로 해놨으니 안정을 취하기 위해 비즈니스석으로 바꾼 걸로 하면 좋았다고 깨달았다. 그리고 고수를 치우며 쌀국수를 또 한 입 먹고 앞으로는 부부장의 눈치를 보며 비행기를 선택할 필요도 없으니 처음부터 경비로 비즈니스석으로 탔으면 좋았다고 생각하며, 다카기 같은 임기응변이 부족한 자신에게 화가 났다.

비즈니스석 창문에서 통일특급 선로를 찾아봤지만 결국 다카기가 어디쯤 가는 중인지는 하노이에 도착할 때까지 알 수 없었다.

the Intermission

– HK Phil. Rehearsal

J프로토콜 홍콩은 홍콩관현악단 상급 서포터라 거래처가 오케스트라나 오페라에 관심이 있을 때는 우선적으로 좋은 자리를 구할 수 있게 되어 있었다. 그밖에도 홍콩에서 공연이 있으면 쿠폰을 보내왔고, 본공연 전 리허설에 초대받을 때도 많았다. J프로토콜 홍콩 사원은 그렇게 보내오는 쿠폰이나 초대장을 공평하게 차례를 정해 사용했고, 동사장[역주: 대표이사에 해당한다.]이 된 나도 필연적으로 그 순번에 들어가게 되었다. 내가 처음으로 티켓을 받은 건 11월 초순에 홍콩문화중심에서 하는 오페라 리허설 공연 초대권이었다. 거기에는 '莎士比亚麦克佩斯'라고 적혀 있었지만, 솔직히 오페라에는 전혀 관심이 없었기 때문에 티켓을 받았을 때 그 중국어가 무슨 뜻인지 찾아보지도 않았다. 하지만 비서가 "운이 아주 좋으시네

요."라고 해서 유키코와 함께 가기로 했다.

"역시 드레스 같은 걸 입어야 할까……?"

"어쨌든 재킷 필수라고 하니 나름 갖춰 입으면 되지 않을까?"

리허설이라고 하지만 실제로는 귀빈용 특별공연이나 마찬가지라고 했다. 유키코는 친구 결혼식 때 샀다는 이세이 미야케 원피스에, 예전에 내가 방콕 출장 선물로 준 짐 톰슨 숄을 둘렀다.

"이렇게 보니 유이치는 홍콩의 젊은 사업가 분위기가 몸에 배기 시작했네."

나는 바 카운터에서 스파클링 와인을 들고 와 스타페리가 오가는 빅토리아 하버를 보며 건배했다. 유키코와는 현대극을 보고 스팅이나 마돈나 콘서트에 다니긴는 했어도 이런 격식 있는 장소는 처음이었다.

공연 제목은 주세페 베르디 작곡, 프란체스코 마리아 피아베 각본, 1847년에 피렌체에서 초연한 『맥베스』였다.

셰익스피어의 4대 비극은 모두 모델이 된 인물이 있고, 맥베스도 예외는 아니다. 맥베스는 11세기에 스코틀랜드 왕으로 재위한 '막 베하드 막 핀들라크'가 모델이다. 막 베하드는 게일어로, 현대 영어로는 '맥베스'다. 극중의 맥베스는 잉글랜드 궁중에서 공연하기도 했으므로 좋은 위정자로는 묘사되지 않는다. 하지만 주군인 던컨 왕을 암살하고 스스로 스코틀랜드 왕이 된 하극상은 맥베스가 살았던 11세기에는 크게 비난 받을 일이 아니었고, 17년이라는 재위 기간도 당시로서는 장기집권 이었다. 그 점을 고려하면 오히려 좋은 위정자였다고 해석해야 옳을 것이다.

4대 비극 중 마지막으로 집필한 『맥베스』는 전5막(베르디의 맥베스는 전4막)으로 구성된다.

1막은 세 마녀의 'Fair is Foul, and Foul is Fair.'라는 운율 만 맞춘 듯한 대사로 시작해 반란군과 전쟁해 승리한 맥베스 장군과 뱅쿠오 장군이 진영으로 돌아오는 장면까지다. 맥베스 와 뱅쿠오를 황야에서 만난 세 마녀는 '코더의 영주가 되고 장 차 왕이 되실 분'이라며 맥베스를 불러 세운다. 그리고 마녀들 은 뱅쿠오에게 '맥베스보다 복 받으신 분. 왕을 낳지만 왕은 못 되는 분'이라고 예언한다. 맥베스는 그 시점에서 이미 글래 미스의 영주라 마녀들의 말을 곧이듣지 않았지만 그때 스코틀 랜드 왕 던컨의 사자가 찾아와 맥베스의 무훈을 치하하며 던 컨 왕이 맥베스를 코더 영주로 임명했다고 알린다. 동시에 맥 베스의 마음속에 '나는 왕이 될 운명인가'라는 야심이 싹튼다.

또 맥베스 부인도 남편의 편지를 받고 자신의 남편이 왕이 될 것이라고 흥분해 던컨 왕을 암살하라고 맥베스를 부추긴다.

2막에서 맥베스는 자신의 성에서 던컨 왕을 암살하지만 양 심의 가책 때문인지 암살에 사용한 단검을 든 채로 부인이 기 다리는 침실로 돌아간다. 부인은 맥베스를 나무라며 암살 중

거인 단검을 맥베스에게서 빼앗아 던컨 왕의 시신이 있는 손님방으로 다시 갖다놓으러 간다. 맥베스 부인의 양손은 암살한 왕의 피로 붉게 물들고, 맥베스는 '이제 잠은 없다. 너는 잠을 죽였다'는 환청을 들을 정도로 겁에 질린다. 암살은 맥베스 부인의 의도대로 성공하고 맥베스는 스코틀랜드 왕이 된다.

마녀의 예언대로 스코틀랜드 왕이 된 맥베스는 뱅쿠오가 받은 '왕을 낳지만 왕은 못되는 분'이라는 예언도 언젠가 실현될 거라고 두려워하며 왕좌에 앉는다. 그리고 3막에서 맥베스는 뱅쿠오와 그의 아들 플리언스에게 자객을 세 명 보낸다. 자객은 아들 플리언스를 놓쳤지만 뱅쿠오는 성공적으로 암살했다고 연회 중인 맥베스에게 보고한다. 하지만 맥베스는 그곳에서 뱅쿠오의 망령을 보고 발작을 일으키고 맥베스 부인도 점점 미쳐간다. 평온한 정신을 되찾지 못하는 맥베스는 4막에서 다시 세 마녀를 찾아가 두 가지 예언을 듣는다.

"여자가 낳은 사람은 맥베스를 죽이지 못한다."

"버넘 숲이 던시네인 언덕을 올라오기 전까지는 맥베스는 결코 죽지 않는다."

바꿔 말하면 모두 왕좌는 계속 자신의 것이라는 예언에 맥베스는 잠시나마 안도감을 얻는다. 숲이 움직일 리는 없고 사람은 누구나 여인에게서 태어난다. 하지만 맥베스가 마녀들에게 뱅쿠오의 후손에 관한 예언을 다시 물어보자 여덟 명의 왕과 마지막으로 왕관을 안은 뱅쿠오의 환영을 보여준다. 한편,

맥베스 부인은 마음의 병이 호전되지 않아 몽유병자가 되어 한밤중에 던컨 왕의 피로 물든 손을 끝도 없이 씻는다.

5막에서 맥베스 부인은 마음의 병으로 목숨을 잃고 맥베스는 자신이 추방한 가신이 이끄는 잉글랜드군의 공격을 받는다. 맥베스는 마녀들의 예언을 믿고 마지막까지 성에서 버티지만 두 예언은 틀리지 않았다. 숲은 움직였고 제왕절개로 태어난 예전 가신이 맥베스를 죽인다.

맥베스 이야기는 이게 끝이다. 셰익스피어 4대 비극 중에서는 가장 짧은 작품이다. 이 이야기를 비극으로 해석할지 어떨지는 사람마다 다를 것이다. 나는 대학교 입시 때 그 희곡을 읽은 덕분에 중국어 자막을 따라갈 필요도 없이 대사를 이해하는 척하며 두 시간 남짓의 오페라를 보았다. 열여덟 살 때와 마찬가지로 비극성은 전혀 느껴지지 않았고 아무런 교훈도 없는 이야기였다.

극중의 맥베스가 마녀들에게 현혹되어 자신이 믿고 싶었던 미래에 숨겨진 오류를 간파하지 못한 게 이야기의 전부다.

공연이 끝나자 나는 유키코를 인터컨티넨탈 그라운드 플로어에 있는 라운지로 데려갔다. 대표이사로 취임해 한 달이 지났고, 인터컨티넨탈의 레스토랑과 바에는 상당한 접대비를 내고 있으므로 우리는 그 라운지에서 빅토리아 하버가 가장 아름답게 보이는 테이블로 안내 받았다.

"영어랑 광둥어를 더 공부해야겠어……. 유이치는 무슨 내

용인지 이해했어?"

유키코는 화이트와인 잔을 기울이며 반성했지만 야경을 바라보는 옆얼굴에는 환한 미소가 번져 있었다.

"예전에 희곡을 읽은 적이 있어서 줄거리는 알고 있었어."

"그렇구나……. 4대 비극에는 전부 비극적인 여주인공이 있는 걸까 싶더라."

유키코의 말이 그날 저녁에 내가 얻은 유일한 소득이었을지도 모른다. 『오셀로』에는 데스데모나가, 『햄릿』에는 오필리어가, 『리어왕』에는 코딜리어가 있다. 다 자기 이름이 있고 누구 부인도 아니고 악처나 악녀로 묘사되지도 않는다. 또, 어느 희곡이든 간판 여배우가 그 캐릭터를 연기한다.

물론, 역사 속의 맥베스 부인은 당연히 '그루오크'라는 이름이 있고, 맥베스와 결혼하기 전에 남편을 잃었다. 극 중에서 맥베스 부인은 남편에게 던컨 왕 암살을 부추기는 악처로 그려지지만 실제로는 던컨과 맥베스의 할아버지 맬컴 2세가(즉, 던컨과 맥베스는 사촌이다), 전남편을 죽이고 가문을 몰살시켰다. 그러니 맥베스에 대한 원한이 없지 않았을 테고 스코틀랜드 왕이 된 던컨에게 복수했다는 이유로 딱히 악처라고 할수도 없다. 만약 실제 역사에서도 맥베스 부인이 맥베스를 부추겨 던컨을 암살했다면 복수로 인해 마음이 병들었다는 뜻이 된다. 그렇다면 그녀는 틀림없이 비극의 여주인공이다.

"그러고 보니 맥베스 부인은 극중에서 이름이 없구나."

"그치? 레이디 맥베스라니 요즘 시대라면 실례잖아."

"만약 내가 맥베스라면 유키코는 레이디 나카이가 되긴 싫어?"

내 말에 유키코가 웃으며 답했다.

"계약을 성사시키고도 상사의 모략에 빠져 좌천당하고 또 그걸 순순히 받아들이는 사람은 맥베스가 될 수 없어. 그리고 나는 유이치가 왕이 되지 않아도 딱히 불만은 없고."

"하긴 그러네."

"오히려 이대로가 좋아. 이동 발령이 나왔을 때는 대체 이게 뭐냐고 화가 났지만 지금은 오히려 다행이라고 생각해. 그러니 유이치도 맥베스가 되려고 할 필요는 없어."

유키코의 말은 나를 편안하게 해준다. 하지만 이미 내 양복 재킷 호주머니에는 위조 여권과 타이베이에서 도쿄로 가는 항공권이 들어 있었다.

♛

V

Hong Kong

– Early Autumn

홍콩에서의 업무는 첫날 오전부터 삐걱댔다. J프로토콜 홍콩의 전임 사장인 이노우에와는 얼굴도 한 번 보지 않고 나와 반은 홍콩섬에 있는 국제금융센터(ifc) 제1타워 22층 오피스에 부임했다. 사무실에는 여직원 다섯 명이 일했고, 그중 일본어를 할 줄 아는 사람은 모리카와 사와라는 서른다섯 살인 일본인 여성과 찬링이라는 스물일곱 살 홍콩인 여성 둘뿐이었다. 우리가 부임한 10월 5일은 마침 국경절이 끝난 다음이었다. 모리카와 사와가 간부용 사무실에서 내게 '동사장'이라는 직함이 찍힌 명함을 주었다.

"모리카와 사와라고 합니다. 앞으로 잘 부탁드립니다."

"나카이 유이치입니다. 잘 부탁해요."

"J프로토콜에서 당분간 동사장님의 비서 업무를 보라는 지시를 받았습니다만 원하신다면 찬링을 비서로 삼으셔도 됩니다."

나는 두 사람 중 누가 비서라도 상관없었다. 부임하자마자 여사원들을 평가하지도 않았고, 모리카와가 그렇게 말했다고 해서 아직 두 사람의 업무 능력도 잘 모르는데 외모만 보고 '찬링 양으로 하겠다'고 하면 괜한 화근만 만드는 꼴이다. 일반적인 일본인 남성의 시각으로 보면, 찬링은 키가 크고 스타일이 세련되고 얼굴도 예쁘장했다. 모리카와는 순순함이 얼굴에 드러나 호감이 가는 타입이었다.

"알겠습니다. 당분간 같이 일해보고 스타일이 맞지 않으면 찬링 씨로 바꾸죠. 모리카와 씨도 내 방식이 맞지 않으면 사양 말고 얘기하세요. 이 문제는 서로 공평하게 처리합시다."

"동사장님……."

모리카와는 마호가니 나무로 만든 책상 너머에서 난감한 표정으로 나를 보았다.

"왜요? 말하기 불편한 일이 있으면 아직 친해지기 전에 듣는 게 나으니 말해보세요."

"앞으로 하실 업무를 말씀드려야 하는데, J프로토콜 홍콩에는 이렇다 할 일이 없습니다. J프로토콜과 도아인쇄 임원이나 중요한 귀빈이 홍콩에 오실 때 불편함이 없도록 준비해두는 게 주요 업무거든요. 도쿄에서 오시는 손님이 원하시는 걸 맞춰드릴 수 있도록 레스토랑이나 나이트클럽을 돌아다니며 저희가 미리 VIP가 되어 두는 것입니다. 다시 말해 동사장님의 업무는……."

"알았어요. 내 일은 모리카와 씨든 찬링 씨든 비서라는 직함을 가진 여성을 에스코트해 유명 레스토랑이나 나이트클럽에 미리 얼굴을 팔아두는 거군요?"

"맞습니다. 그러려면 나이나 외모로 여성을 선택할 필요도 있거든요."

그녀는 나를 J프로토콜의 꼭두각시로만 여기는 것이다. 그런 생각이 들자 서서히 기분이 언짢아졌다.

"레스토랑에서 VIP가 되려면 혼잡한 시간대를 피하고 직원과 다른 손님들이 볼 때 즐겁게 식사를 하고 수시로 드나들어야 해요. 절대 미녀를 에스코트하는 게 가장 좋고 빠른 방법이 아니에요. 내 일이 레스토랑에서 밥을 먹는 거라면 정말로 나와 잘 맞는 상대를 고를 겁니다. 만약 비서를 바꾼다면 그건 모리카와 씨와 식사해도 즐겁지 않다는 뜻이니 그렇게 알아요."

나는 일부러 날카롭게 말했다.

"그런 뜻으로 말씀드린 게 아니라……."

"내가 이곳에서 시키는 대로 꼭두각시 노릇을 잘할 사람인지 충성심을 테스트하는 거라면 느낀 대로 그 인형 주인에게 보고해도 상관없어요. 다른 업무 설명은 점심 식사 이후에 합시다."

나는 모리카와와 대화를 끝내기 위해 컴퓨터 키보드에 손을 올리고 셋업을 시작하는 척했다. 물론 그녀가 이 대화를 J 프로토콜 인형 주인에게 전달할 필요도 없이 이 방에는 이미 여러 대의 도청기가 숨겨져 있을 것이다.

"차를 내오겠습니다."

"이 회사의 존재 목적이 모회사나 도아인쇄의 귀빈을 모시는 거라면 보이차를 맛있게 우려줘요."

"죄송합니다. 지금은 보이차가……."

"그럼 센트럴에도 영기차장 지점이 있으니 그곳의 VIP가 되어 두세요. 일본인 대상 가이드북에는 꼭 실려 있고, 일본 가이드북이 없으면 '英記茶莊(영기차장)'이라고 바로 검색할 수 있어요."

"점심 드실 곳은 어딜 예약할까요?"

"알아서 할게요."

나는 키보드를 두드리며 대화를 끊었다. 생각했던 것보다 훨씬 불쾌한 직장이라고 생각하며 다른 간부실에 있을 반에게 점심에 얌차를 먹으러 가자고 문자를 보냈다. 그도 비슷한 대화를 하고 있었는지 바로 답장이 왔다.

「얌차보단 치케이에 갈래? 어제저녁에 홍콩에 막 도착한 참이라 완탕면을 어제 저녁과 오늘 아침밖에 못 먹었거든.」

「알았어. 11시 반이 되면 건물에서 나가자.」

센트럴에 있는 치케이 지점은 관광객으로 만석이라 우리는 얼마간 거리를 어슬렁거리다 눈에 띈 완탕면 가게로 들어갔다. 국경절이 끝나면 홍콩도 갑자기 가을 분위기로 물든다. 도시의 계절은 지구의 자전축 기울기나 대륙 또는 해류를 타고 오는 바람으로 정해지는 게 아니라 그 도시에 사는 사람들의 마음이 바뀌가는 것 같다. 도쿄라면 은행잎이 황금색으로 물들어서 가을이 오는 게 아니라 노란 은행나무를 바라보는 마음이 여름을 가을로 바꾸는 것이다. 해외 출장이 없는 부서에서 단지 관광하려고 홍콩을 찾을 무렵에는 홍콩의 가을은 일본발 비행기 할인 티켓이 비싸지는 시기라는 느낌밖에 안 들었다. 그 무렵에는 국경절 전후로 거리 분위기가 그렇게 많이 바뀌지는 않았던 것 같지만 언젠가는 홍콩도 대륙에 흡수될 것이다.

"오전에는 어땠어?"

반이 완탕면을 먹으며 물었다.

"모리카와 씨가 비서를 자기랑 찬링 씨 중에서 고르라고 해서 어느 쪽이든 상관없는데 아무튼 불쾌했어."

나는 혼잡한 가게의 합석한 테이블에서 모리카와 나눈 대화를 간단히 설명했다. 다행히 주변에서는 온통 광둥어만 들려왔으므로 일본어로 회사 내부 사정을 이야기해도 될지 망설일 필요는 없었다.

"동사장한테는 비서도 붙여줘? 나라면 고민하지도 않고 찬링 씨로 하겠지만. 여전히 넌 여자의 어디를 보는 건지 잘 모르겠어."

반의 말을 듣고 "모리카와 씨가 더 내 취향이에요."라고 솔직하게 말했으면 그 험악한 분위기는 피할 수 있었다고 반성했다. 나는 모리카와에게 왠지 모르게 끌렸기 때문에 나를 꼭두각시 취급해서 화가 났던 것이다.

"너한테도 비서를 붙여주지 않을까?"

"그런 얘긴 없었어. 찬링 씨가 나이트클럽의 최신 상황을 수집해 오라며 클럽 리스트와 체크 항목을 주더라."

"그쪽 일이 더 편해 보이네."

"그리고 거래처를 접대할 때는 아가씨한테 음성녹음기를 줘야 하니 사용법을 광둥어로 설명할 수 있게 준비해두래. 첫날부터 그런 말을 듣는데도 내가 더 편할 것 같아?"

나는 쓴웃음을 지었다. 도토리 키 재기다. 문득 나와 반이 부임하기 전에는 여직원들만 있던 사무실에서 누가 그 역할을 맡았을까. 전임인 이노우에는 거의 도쿄의 J프로토콜에 있었을 것이다.

"그보다 사택은 구했어?"

"에어포트 익스프레스 칭이역 근처인데 신축 아파트 36층에 빈 집이 있어서 신청했어. 가족용이라 집세는 꽤 비싸지만……."

"치에 씨가 홍콩으로 와주기로 했어? 다행이다."

"아……, 상사에게 말하긴 좀 그렇지만 치에는 역시 지금 하는 일을 계속하겠대. 고텐바에서 일할 때도 단신 부임이었고, 그 후에도 줄곧 출장만 다녔으니 치에도 혼자 사는 게 편해진 게 아닐까? 단신 부임 수당은 안 줘도 되니 부부가 사는 걸로 결재해줘."

"결재는 하겠지만 이제 출장은 안 다녀도 되니까 같이 살면 어때?"

"같이 사는데 매일 밤 나이트클럽에서 돌아오면 치에가 불쌍하잖아."

그것도 그렇다. 아무리 일이라지만 부부 어느 쪽도 달갑지는 않을 것이다.

"넌?"

"고층 아파트 상층부는 가족용밖에 없고 하층부는 갑갑하잖아. 고층 아파트 이외의 집합주택은 20년 지난 건물도 신축에 들고. 그러니 당분간 호텔에서 지낼 거야."

"매일 고급 레스토랑에서 밥을 먹고 호텔에서 살다니 아주 상팔자구나."

"1박에 800홍콩달러짜리 방이야. 아마 신축 아파트 36층보다 쌀 거야."

"차라리 페닌슐라나 인터컨티넨탈 같은 데 살면 어때?"

"편의점 봉투에 맥주랑 노점에서 산 튀김을 들고 로비를 가로지를 용기가 없어서."

"하긴."

우리는 그런 대화를 하다 1시가 넘어 회사의 자기 사무실로 돌아왔다.

모리카와는 보이차를 티포트에 우려 동사장실로 들어왔다. 나는 동사장용 책상 앞에 접이식 의자를 놓고 그녀에게서 업무 설명을 듣기로 했다. 아쉽게도 보이차는 그다지 맛있지 않았다. 아마 뭔지도 모르고 병차[역주: 납작한 원반 모양으로 압착해 만든 찻잎의 형태.]를 사왔나 보다. 그리고 조각을 떼어내는 방법을 몰라 나이프로 깎아내 덩어리째 찻주전자에 넣은 게 틀림없다.

"레스토랑에 다니는 건 이해했으니 다른 업무 이야기로 넘어갑시다."

"알겠습니다."

모리카와는 점심시간에 스트레스를 풀고 오는 방법을 잘 아는지 표정이 개운했다.

"모리카와 씨는 어디서 점심 먹어요?"

"오늘은 린흥티하우스까지 산책 겸 가서 얌차를 먹었어요. 동사장님은 어디로 다녀오셨어요?"

그녀의 선택은 정답일 것이다. 점심시간에 린흥티하우스는 직원이 왜건을 밀며 주방에서 나올 때 완성된 요리 이름을 큰 소리로 외치지만 그 왜건이 자기 테이블까지 올지 말지는 점원을 부르는 소리가 얼마나 큰지에 달려 있다. 게다가 하나의 원탁에 이래도 되나 싶을 만큼 합석을 시키므로 먹고 싶은 것을 운 좋게 집어도 보통 그 찜기를 놓을 자리가 없는 경우도 많고, 소매나 팔꿈치에 옆 손님의 젓가락이 닿아 얼룩이 생겨도 서로가 감수해야 한다. 그런 북새통에서 업무 생각이나 하면 배를 채우지도 못하고 순식간에 점심시간이 끝나고 만다.

"부동사장과 함께 완탕면집에서 완탕면을 먹었어요. 하지만 린훙티하우스가 더 나았을 걸 그랬네요. 다음에 갈 때는 나도 불러줘요."

"영수증은 안 끊어주는데요……?"

"알아요. 비서와 점심 먹을 때 영수증을 끊는 어른은 되지 않겠다고 입사할 때 결심했거든요."

"성격이 안 맞는 비서와도요?"

"아직 안 맞는다고 하진 않았어요. 험악한 오전 회의 뒤에 고급 레스토랑에 회사 이름으로 점심을 예약하는 사원보다는 린훙티하우스에서 큰 소리로 외치고 왔을 사원을 훨씬 높이 평가하거든요."

나는 모리카와와의 관계를 다시 구축하기 위해 맛은 별로 없는 보이차를 마시고 포트에서 차를 새로 따랐다. 보이차 우리는 법은 나중에 배우면 된다.

"우리 회사에서는 매달 HK프로토콜이라는 홍콩 기업에 특허료를 지불하니 동사장님이 결재를 해주셔야 합니다."

모리카와는 아무런 예고도 없이 업무 이야기를 시작했다. 대화 스킬이 서툰 사람인가 보다.

"HK프로토콜? 그 'HK'가 홍콩을 뜻한다면 J프로토콜 홍콩의 형제 같은 회사겠군요."

"중국어 등기로는 '홍콩통호규유한공사'니, 말씀하신 대로 'HK'는 홍콩이 맞을 거예요. 일본 자본의 기업이라고 들었지만 본사는 홍콩에 있습니다."

"그래요? 그럼 그 회사에 무슨 특허료를 내고 있죠?"

"IC칩 암호화 방식에 관한 특허입니다. HK프로토콜과는 한 달 단위로 계약하기 때문에 매달 우리 회사 법정 대표인의 사인이 필요합니다."

"암호화 방식은 언제 해독 방법을 찾아낼지 모르니 장기 계약을 맺고 싶지 않은 건 이해하지만 우리 쪽에서 정지하지 않는 한 자동적으로 갱신되게 하는 방안을 검토할 수 있을까요? 그러면 인지세도 아끼고 내 일도 줄어드는데."

"상대 쪽에서 정한 계약 조건이라 그건 어려울 것 같습니다. 이 특허 기술은 우리 회사와 J프로토콜이 독점적으로 사용한다는 권리를 계약에 포함시켰거든요. 우리가 구매자니 당연히 협상이 가능해 보이실지도 모르지만 그쪽은 우리보다 조건이 좋은 거래처가 나타나면 바로 우리와의 관계를 끊고 싶은 게 본심일 거예요."

"그렇군요……. 그럼 특허료는 얼맙니까?"

"홍콩달러로 월 5천만 달러입니다. 엔화로 환산하면 약 6억 엔이고요. 내규상 1천만 홍콩달러가 넘는 결재는 동사장님만

할 수 있습니다."

"금액이 상당하군요. 그렇게 대단한 암호화 방식인가?"

"제가 그 가치를 판단할 수는 없습니다. 다만 J프로토콜의 지시라서요……."

"딱히 이의를 제기할 생각은 전혀 없지만 서둘러 HK프로토 콜에 인사하러 가야겠네요."

나는 그 요구가 실현 불가능하단 걸 알면서 모리카와에게 업무를 지시했다. 그 거래처는 실체가 없는 유령회사다.

"지금까지 그쪽에서 일방적으로 계약서만 우편으로 보내와 서요……."

"일방적으로 보내온 계약서에 모회사의 지시라는 이유로 무 조건 사인하는 게 J프로토콜 홍콩의 비즈니스 코드입니까?"

모리카와는 자신이 우린 보이차를 마시며 다음 말을 찾았다.

"동사장님의 말씀은 이해하지만 이 계약에 관해서는 우리 쪽에서 이 이상의 조건을 걸기 어렵습니다. 그랬다가 만약 그 쪽의 심기를 거스르기라도 하면……."

"그러니 제대로 인사하고 그쪽에서 불만이 없는지 직접 확 인해야죠."

"그건……."

모리카와는 HK프로토콜에 대해 대체 어디까지 알까. 연간 70억 엔이 넘는 금액이 HK프로토콜에서 도아인쇄로 들어가 정치가나 임원에게로 흘러가는 건 어렴풋이 알 것이다. 그렇기 때문에 새로 부임한 상사에게 말하지 못하는 것이다.

"뭐, 됐어요. 당장 그러진 않아도 되니 내가 인사하러 가고 싶다는 뜻을 다음 계약 때라도 그쪽에 전해주세요. 그리고 맨 처음 것과 최근 계약서를 보고 싶으니 이 회의가 끝나면 복사해서 가지고 오세요."

"알겠습니다."

"다음 업무는요?"

"업무는 이게 다입니다. 나머지는 자잘한 결재라 대부분 부동사장님도 가능하십니다. 만약 부동사장님의 결재 범위를 넘어서는 일이 있으면 그때그때 다시 설명드리겠습니다."

"심심할 거 같네요."

모리카와의 찻잔이 비자 나는 식은 보이차를 그녀의 잔에 따라주었다.

"괜찮으시면 동사장님이 가지고 계시는 각 항공사별 마일리지 프로그램의 계정과 비밀번호를 알려주세요. 항공사 외에도 호텔 등 우대 프로그램이 있으면 같이 말씀해주시고요. 그리고 나중에라도 상관없으니 희망하시는 비행기 좌석과 호텔이 있으면 그것도 알려주세요."

"알았어요. 일단 지금 떠오르는 건 모리카와 씨에게 메일로 보낼게요."

"감사합니다."

"그런데 나는 여사원이라는 이유로 부를 때 씨를 붙이는 걸 안 좋아해요. 다른 사원이 있을 때는 미즈나 시우제(小姐)를 붙이겠지만 일본어로 말할 때는 그냥 모리카와라고 불러도 될까요?"

"물론입니다."

"고마워요."

"동사장님이라면 '어이'라고 부르셔도 괜찮습니다."

"아……. 모리카와 씨의 파트너는 그렇게 부릅니까?"

"아뇨. 저는 독신입니다. 농담이었어요. 이런 농담밖에 못하면 같이 식사해도 재미가 없다고 평가하시겠죠. 보이차도 어쩐지 맛이 없고……."

나는 그녀의 서툰 농담과 난감한 표정에 쓴웃음을 숨기지 못했다.

"괜찮으면 저녁에 육우다실에 갈래요? 오전에는 나도 초면이다 보니 긴장한 걸 숨기느라 급급해서 날이 서 있었어요. 미안해요."

그리고 맛없는 보이차의 맛도 씻어내고 싶었다.

"아뇨, 그건……. 동사장님이 사과하실 필요는 전혀 없습니다."

"그럼 자리로 돌아가면 계약서를 복사해줘요."

J프로토콜 홍콩과 HK프로토콜의 계약서 사본은 모리카와가 방에서 나간 지 10분 정도 지나 도착했다.

나는 계약서를 읽으며 그녀와 나눈 대화를 되짚어보았다.

HK프로토콜이라는 기업이 있다는 걸 모리카와에게 처음 들은 척을 할 때 부자연스러운 점은 없었을까. 혹은 그녀에게 괜한 말을 하도록 유도심문을 하진 않았을까.

†

　J프로토콜 홍콩과 HK프로토콜의 관계는 홍콩 부임 전에 이미 반이 조사를 끝냈기 때문에 모리카와에게 설명을 들을 필요도 없이 잘 알고 있었다. 계약서 내용까지는 조사하지 못했지만 HK프로토콜은 연간 약 6억3천만 홍콩달러의 매출을 올렸고, 그 중 6억 홍콩달러는 J프로토콜 홍콩에서 나오는 수입이었다. 남은 3천만 홍콩달러는 마닐라와 타이베이에 있는 기업에서 받는 컨설팅료지만 실체가 있는 거래는 아닐 것이다. HK프로토콜은 J프로토콜 홍콩에서 얻은 수입을 동남아시아 각국의 사립대학에 연구개발비라는 명목으로 제공하는 한편 NPO단체에도 기부했다. 간단히 말하면 약 6억 3천만 홍콩달러의 영수증을 긁어모아 세금과 주주 배당 지급을 피해왔다.
　HK프로토콜이 발행한 주식의 30퍼센트를 나와 반이 입수했는데, 나머지 70퍼센트는 카이저가 알려준 대로 개인이 소유하고 있었다. 그는 '개인격'이라고 말을 흐렸지만 소유자는 일본인 한 명으로, 아마도 그 사람에게서 직접 주권을 샀을 것이다. 나는 그 일본인의 이름을 하노이에서 도쿄로 돌아오는 도중에 홍콩에서 반에게 들었다.

　2주일 전, 다카기에게 업무를 인수인계하는 일은 하노이에서 무사히 끝났다. 다카기는 도쿄 직항편을 타고 하노이를 출발했고 나는 부임할 곳을 미리 둘러본다는 이유로 홍콩으로 향했다.

　반과는 카오룽반도의 인터컨티넨탈 호텔 로비에서 만났다. 경유차 홍콩에 들르던 때와는 달리, 반은 5성 호텔에 방을 잡았다.

　"레스토랑에서 완탕면이라도 먹으며 설명하고 싶지만 밖에서 이야기할 내용이 아니니 내 방에서 마시자."

　반답지 않은 드문 제안이었다.

　"담배 피우고 싶은데……."

　"비행기 안이라고 생각하고 참아. 대신 하바나클럽의 실버 드라이와 다이어트 콜라 사놨어."

　나는 쿠바리브레를 대접하겠다는 말에 져서 반의 방에서 마시기로 했다.

　"HK프로토콜의 주식 70퍼센트를 가진 사람은 우리가 아는 사람이었어."

　나는 홍콩섬 야경이 보이는 창가 테이블에서 반의 다음 말을 기다리며 인터컨티넨탈 이름이 새겨진 바 스푼으로 쿠바리브레를 저었다.

　"이노우에 요시노리야."

"이노우에 요시노리……. 미안하지만 처음 듣는 이름이야."

반은 작게 한숨을 내쉬고 내가 노이바이국제공항 면세점에서 사온 보우모어를 스트레이트로 마셨다.

"나 참……, 너는 출세 경쟁에 관심이 있는지 없는지 잘 모르겠다니까. J프로토콜 대표이사 및 부사장 이노우에 요시노리 말이야."

"이노우에 부사장님이라면 알지. 의외의 전개네."

"하지만 구조는 치졸해. HK프로토콜은 원래 이노우에 요시노리가 도아인쇄 상무였을 때 설립한 완전자회사였어. 딱 J프로토콜이 도쿄증권 2부에 상장한 해야. 설립 당시의 대표자는 도아인쇄 총무부장이고. 이노우에는 HK프로토콜 설립 후 J프로토콜로 옮겼어. 그리고 몇 단계에 걸쳐 한때 HK프로토콜의 모든 주식을 취득했어. 실제로 돈이 오갔는지도 의심스럽지만 HK프로토콜을 유령회사로 만든 거지."

"도아에서 쫓겨나면서 받은 위로금 같은 건가?"

시계가 8시를 가리키고 '심포니 오브 라이트'라는 빅토리아 하버의 야경쇼가 시작되었다. 빅토리아 하버를 사이에 둔 홍콩섬과 카오룽반도의 고층빌딩이 협력해 밤하늘에 레이저 광선을 쏘고 FM라디오에서는 레이저 광선에 맞춘 사운드 트랙이 나온다. 지금까지 그런 쇼가 있다는 건 알았지만 쇼를 한눈에 내려다보는 곳에서 보는 건 처음이었다.

"라디오 틀까?"

"됐어."

"알았어. 그런데 위로금과는 좀 달라. 이노우에는 J프로토콜 부사장이 되자 HK프로토콜 대표를 남에게 맡기고 겉으로는 HK프로토콜에서 손을 뗐어. 그리고 J프로토콜 홍콩을 설립해 그곳의 대표를 겸임한 건 너도 알지?"

"응. 마침 내가 경영기획부로 이동했을 때거든."

"J프로토콜 홍콩은 HK프로토콜에 특허 사용료 명목으로 해마다 6억 홍콩달러라는 금액을 지불해. 그리고 J프로토콜은 그 특허 기술을 사용해 IC카드 독자 기술을 구축해 일본 내에서 점유율을 늘려가고 있지."

"J프로토콜은 왜 직접 HK프로토콜과 거래하지 않을까?"

"이봐, 특허 하나에 연간 70억 엔이 넘어. 그만한 돈이 있으면 그 특허를 사는 게 낫지. 나름의 이유가 있어서 J프로토콜 홍콩을 우회하는 거야."

"아……."

나는 쿠바리브레 잔을 들고 베트남에서 들은 정보를 이야기했다.

"마제스틱 호텔의 브리즈 스카이 바에서 후임인 다카기 부장대리와 한잔하다 들었는데, J프로토콜 홍콩은 도아를 포함해 뒷돈을 빼내는 구멍이라는 소문이 있다더라. 즉, 70억 엔이라는 돈이 유령회사에서 도아로 흘러들어가는 거구나……."

"빙고."

"HK프로토콜에는 가봤어?"

공항 면세점에서 쿠바산 시가릴로라도 사왔으면 좋았다.

"지난 닷새 동안 세 번 가봤어. 코즈웨이 베이의 상가 건물에 있어. 세 번 다 문 앞에서 등록된 번호로 전화를 걸어봤지만 사무실 안에서 전화벨이 울릴 뿐이었어. 우편함은 깨끗했으니 J프로토콜 홍콩 사원이나 아르바이트가 정기적으로 전단지나 우편물을 정리하고 있을 거야."

"그 주식을 왜 리청명에게 팔았을까?"

"리청명도 말했지만 배당금도 나오지 않는 주식을 가지고 있으면 뭐 하겠어? 그리고 도아인쇄와 J프로토콜 입장에서는 70억은 다 쓰일 곳이 정해져 있는 돈이니 이노우에 개인이 손대지도 못 해. 뭐, 그 사람도 조금은 재미를 보고 싶어서 도아인쇄에는 말하지 않고 현금화하고 싶었겠지."

"가능해. 우리가 카지노에서 번 돈 정도의 금액이 이노우에 부사장의 자회사 이동 위로금이었던 거지."

"그냥 내 상상이지만. 부사장은 카지노에서 빈털터리가 됐든 뭐 어떻든 해서 리청명에게 사기 비슷한 거래를 제안했을 거야."

"돈은 정말로 돌고 도는구나."

"당연하지. 우리가 번 돈은 J프로토콜, J프로토콜 홍콩, HK프로토콜을 돌고 돌아 도아인쇄로 돌아가. 그 중간에 카지노에 떨어진 돈을 나카이가 우연히 손에 넣은 거지."

"리청명은 우리가 J프로토콜 사원인 줄 알았을까?"

"그건 나도 궁금해. 우연이라기엔 너무 아귀가 딱 맞아떨어져. 그렇다고 이노우에나 누군가가 지시했을 리도 없고."

나도 반과 동감이었다. 만약 이노우에가 어떤 이유로 HK프로토콜 주식을 다시 살 필요가 있었다면 리청명에게 직접 연락을 취했을 것이다. 600만 엔 정도의 금액이라고는 해도 나와 반은 우연히 그 돈을 카지노에서 땄을 뿐이었다. 게다가 이노우에 외에 다른 사람이 HK프로토콜 주식에 관심을 보일 리도 없다.

"아무튼 이게 이번 5일 연휴 동안의 성과야. 차기 CEO님께서는 만족하셨나?"

"충분해."

나는 냉장고에서 새 다이어트 콜라를 꺼내 쿠바리브레를 만들었다.

"이제 어떻게 할 거야?"

내가 새 쿠바리브레를 한 모금 마시기를 기다렸다가 반이 물었다.

"어떻게 하다니?"

"누가 인형줄을 잡고 있는지도 모르는 채 홍콩에서 태평하게 지낼 생각이냐고."

"글쎄……. 아무 생각도 안 나. 샐러리맨은 누구나 어느 정도는 꼭두각시인데 그걸로 기분이 상한들 뭘 어쩌겠어? 다만 J

프로토콜 홍콩과 HK프로토콜이 둘 다 어중간하게 손에 들어오는 건 마음에 안 들어. 너는 뭔가 좋은 생각이 떠올랐어?"

"아무것도 안 떠오르니 너한테 물어본 거야."

"눈앞에서 70억 엔이나 되는 돈을 짊어진 봉이 어슬렁거리는데 아무 생각도 안 나다니 우리도 참 한심하네⋯⋯."

내가 중얼거리자 반은 보우모어 샷 글라스를 들고 웃었다.

"그건 아니야. 적어도 나는 아니야. 돈이 있든 없든 지루하게 살고 싶진 않아. 그래서 돈을 긁어모으는 수준으로는 전혀 만족할 것 같지 않은 너랑 다니는 거야."

창밖에서 레이저 광선이 일제히 밤하늘을 뻗어나가며 홍콩섬 야경 쇼가 끝났음을 알렸다. 어설픈 쇼보다 조용한 홍콩 야경이 훨씬 근사했다.

†

부임 첫 날, 나는 오후 4시 반에 업무를 마치고 HK프로토콜과의 계약서를 서랍에 넣고 돌아갈 준비를 했다. 반이 동사장실로 들어와 "담배 한 갑 줘." 하고 말했다.

"그건 상관없는데 왜?"

"야총회(홍콩의 나이트클럽 호칭)에서 담배를 피우고 점원의 대응을 확인하는 것도 체크리스트에 들어 있더라. 뜯지 않은 건 그럴듯해 보이지 않으니 피우던 거라도 상관없어."

"고생이네."

나는 상의 호주머니에서 담배를 꺼내 반에게 던졌다.

"불을 붙이면 벌금 5천 홍콩달러니까 담배는 입에 물고만 있다가 주의를 주러 올 때까지 기다리는 게 나을 거야."

"벌금도 경비라더라. 그런데 동사장은 첫날 저녁에 어디로 가시려고?"

"모리카와와 육우다실에 갈 거야. 걸어서 갈 수 있으니 차는 네가 써도 돼."

J프로토콜 홍콩에서는 검은색 BMW를 리스해서 쓴다.

"나카이의 부하가 된 이후 지금 처음으로 직속 상사에게 불만이 생기네."

"나도 지금 처음으로 너보다 빨리 출세해서 다행이라고 실감했어."

나는 반과 함께 사무실을 나와 지하 주차장에서 그를 배웅하고 그라운드 플로어에 있는 스타벅스 앞에서 모리카와와 만났다. 흰 바탕에 녹색 로고가 들어간 종이컵을 든 그녀를 발견했을 때 어쩐지 데이트하는 것 같아 유키코에게 미안한 마음이 들었다.

"기다리게 해서 미안해요."

"동사장님이 나가시고 바로 뒤따라 나왔기 때문에 많이 기다리진 않았어요. 그보다 첫날부터 같이 식사할 줄은 몰라서 옷차림이 이런데 괜찮을까요?"

모리카와는 겨자색 스커트에 검은 재킷을 입고 있었다.

"육우다실에서 너무 격식 있게 차려입을 필요는 없지 않을까요?"

"그렇게 말씀하시니 다행이에요."

모리카와는 수줍은 표정으로 재킷 호주머니에서 접은 메모지를 꺼냈다. 거기에는 홍콩 시내 전화번호로 보이는 숫자만 적혀 있었다.

"어디 전화번호예요?"

"HK프로토콜이에요. 주소는 계약서를 보면 아실 테니 전화번호만 드리면 될 것 같아서요."

"식사하면서 줘도 되는데."

"부임하자마자 호기심만으로 불 속에서 밤을 꺼내려고 하다니 너무 성급하지 않나요?"

모리카와는 목소리는 작아도 또박또박 말했다. 수줍은 표정은 그대로였지만 보스와 식사하러 가는 비서의 말투가 아니라 무언가를 충고하고 있었다. 나는 그녀의 충고에 고맙다고 해야 할지 어떨지 망설이다 결국 아무 말도 못하고 퇴근하는 회사원들을 피하며 퀸즈로드 뒷골목에 있는 육우다실까지 그녀와 나란히 걸었다.

"모리카와는 J프로토콜 홍콩에서 얼마나 일했지?"

"이번 달로 반년이에요. 동사장님은 홍콩에서 일하시는 건 처음이라고 들었는데 이 도시를 잘 아시네요?"

"부동사장님과 함께 동남아시아 영업을 하러 다닐 때 홍콩을 경유할 때가 많았거든."

나는 점원에게서 메뉴를 받으며 자스민차를 마셨다.

"그럼 모리카와는 반년 전에는 무슨 일을 했지?"

"대학원을 오버닥터로 그만둔 뒤 북유럽 여행을 다녔어요."

"일본으로는 안 돌아가고?"

"음……, 어디든 상관은 없었지만 일단 대학교를 홍콩에서 다녔기 때문에 여기서 일을 구했을 뿐이에요."

"일본인 중에 홍콩에 유학하는 사람은 별로 없는데. 홍콩대학?"

"맞아요. 동사장님은 그런 건 조사해보지 않으세요?"

나는 모리카와의 물음에 고개를 갸웃거렸다.

"동사장님은 사원 데이터베이스를 전부 열어볼 수 있어요."

"목적도 없이 사원 뒷조사를 하진 않아."

"그럼 제대로 알아보시는 게 좋을 거예요."

"왜지?"

"연간 70억 엔이나 되는 돈을 불법 유출하는 회사니 사원의 경력, 가족 구성, 부채 유무, 마카오 출입 빈도, 즉 카지노에 얼마나 관심이 있는지 정도는 알아두는 게 본인의 안전을 위한 일이라고 생각해요."

나는 웃었다. 딤섬이 나오고 점원이 찜기 뚜껑을 열자 뜨거운 김이 테이블을 뒤덮었다.

"내 안전이라고?"

"70억 엔은 J프로토콜에서는 큰 금액이 아닐지 모르지만 사원 개인에게는 눈이 뒤집혀도 이상하지 않은 금액이에요. 동사장님은 그 결재를 하시는 분이니 누굴 신용하고 누굴 경계해야 할지 알아보시는 게 낫지 않을까요?"

"그렇군. 아까 전화번호 메모를 받았을 때도 망설였는데 나는 모리카와가 충고해주는 걸 고마워해야 하나……?"

"저를 비서로 신용할 수 있다고 판단하셨을 때 맛있는 술이라도 사주세요. 물론 동사장님의 사비로요."

"그래, 그렇게 할게."

우리는 차례차례 나오는 찜기로 젓가락을 옮기고 입으로 김을 뿜으며 얼마간 말없이 식사를 했다.

"또 물어보고 싶으신 게 있으세요?"

"아무것도 없어."

"회사에서 나오면서 동사장님은 피곤해서 혼자 호텔로 돌아간다고 하셨다고 사원들에게는 말해뒀어요."

여전히 모리카와는 말주변이 없다.

"지금 이렇게 같이 식사하고 있는데?"

"저의 개인적인 동사장님 환영회예요."

나는 모리카와가 전하려는 의도를 이해하지 못했다. 난감해하자 모리카와는 재킷 안주머니에서 녹음기를 꺼내 테이블 위에 내려놓았다.

나는 그제야 모리카와의 의도를 이해하고 테이블에 놓인 녹음기를 집어 들었다. 녹음 상태를 알리는 LED 표시등은 일시 정지 상태를 표시하는 노란색이고, 액정화면의 스톱워치는 몇십 초만 흐르다 멈춰 있었다.

"동사장님과 만나기 전에 녹음기를 껐지만 걱정 되시면 내용을 확인해 보세요."

"고마워."

나는 녹음 내용을 확인하지 않고 녹음기를 모리카와에게 돌려주었다.

"왜요? 모회사가 지시하면 내용도 제대로 확인하지 않고 사인하는 게 J프로토콜 홍콩의 비즈니스 코드냐고 화를 내셨잖아요."

"만약 모리카와가 지금도 일하는 중이고 이 대화를 인형 주인에게 알릴 생각이라면 두 번째 녹음기는 다른 곳에 숨겨뒀겠지."

이번에는 모리카와가 침묵했다.

"요즘에는 마이크를 재킷 단추에도 숨길 수 있어. 우리가 같이 식사할 때는 녹음기를 틀어야 한다는 걸 알려줘서 고마워. 하지만 그런 건 이미 알아. 그리고 오늘 부임한 동사장과 반년 전에 고용된 사원은 크게 다를 것도 없고."

"그게 무슨……?"

모리카와는 오늘 처음으로, 즉 나와 알게 된 뒤 처음으로 존댓말을 쓰는 것을 잊었다.

"나는 인형 주인이 누군지 아직 몰라. 하지만 그 사람이 정말로 그럴 생각이라면 동사장실에서 내가 이 가게에 가자고 했을 때 이미 우리가 앉을 테이블은 정해져 있었을 거고 천장 환기팬에는 고감도 마이크가 이 테이블을 향해 설치돼 있겠지."

"그러니까 아무 말도 하지 말라는 뜻인가요?"

"그것도 부자연스럽지 않을까?"

"그럼 어떡하라고요?"

"모리카와는 자신의 안전을 챙기면 돼. 즉, 앞으로 내가 시키는 대로 따라주면 돼."

"어떻게요?"

"지금부터 화장실로 가서 녹음기 일시정지 상태를 해제해. 이 30분 정도의 공백은 녹음기를 잘못 조작한 걸로 하면 돼. 만약 인형 주인이 이 가게에 마이크를 설치하는 수고를 아꼈다면 모리카와는 안전한 곳으로 돌아갈 수 있어."

"인형 주인이 그 수고를 아끼지 않았다면……."

"다음 직장을 찾든지 다시 여행을 떠나면 돼. 모리카와가 갑자기 해고된다면 나는 인형 주인이 얼마나 진심인지 알았으니 나름 유익한 저녁이었다고 볼 수 있지."

"상당히 쿨하시네요."

"처음 칭찬받았네. 그리고 녹음기를 다시 켜기 전에 한 가지 부탁이 있어."

"뭔데요?"

"모리카와는 조금 전에 이 저녁이 환영회라고 했지만 계산은 각자 했으면 해. 나도 모리카와를 만난 걸 축하하고 싶거든."

그녀는 그제야 난감함과 긴장이 뒤섞인 표정을 풀고 미소를 지었다.

"그럼 상하이털게도 주문할까요? 요즘이 딱 철이거든요. 하지만 저 혼자 사기엔 좀 비싸서 주문 못 했어요."

"알았어. 암놈과 수놈, 어느 쪽이 좋아?"

"당연히 양쪽 다죠."

나는 화장실로 가는 모리카와의 뒷모습을 바라보았다. 그 뒷모습이 '당신을 믿어도 괜찮을까요?'라고 묻는 것 같은 기분이 들었다.

어째서일까? 그때 나는 고등학교 1학년 밸런타인데이에 육상부 트랙을 가로지르던 나베시마 후유카의 뒷모습을 떠올렸다. 물론 모리카와는 화장실까지 달려가지도 않았고 세일러복을 입지도 않았다. 어쩌면 그때 나베시마는 '너는 리본 달린 초콜릿에 속을 만큼 단순하지 않지? 널 믿어도 되지?'라고 등으로 묻고 있었는지도 모른다. 하지만 열다섯 살이었던 나는 그 말을 알아듣지 못하고 리본 달린 초콜릿을 선택해 나베시마의 꼭두각시 줄을 쥐고 있던 여학생을 여자 친구로 택하고 말았다.

나는 모리카와가 테이블로 돌아오기 전에 상하이털게와 소흥주를 주문했다. 기분이 쓸쓸해져 주문을 받는 점원에게 일본어로 물었다.

"어른이 되면 옛날 일은 자기 좋을 대로 해석하고 싶어지기 마련이죠?"

"對唔住 聽唔明(미안해요, 무슨 말인지 몰라요)."

예상대로 육우다실 점원은 내게 대답해주지 않았다.

✝

부임하고 일주일 동안 나와 반은 얌전히 각자의 일을 했다. 일요일 저녁에 반과 식사하러 나가자 웬일로 반이 산미겔을 주문하지도 않고 보이차를 마시며 피단죽을 먹었다.

"매일 밤마다 야총회에 다니려니 아주 죽겠어. 이러다 내 일본어까지 홍콩 말투로 물들겠어."

"나도 별로 다르지 않아. 만한전석은 한 달에 한 번이면 충분하잖아. 그제는 마쓰자카소고기 스테이크였어. 덕분에 지난 나흘 동안 2킬로그램이나 쪘다니까."

"호텔에서 살면서 청소며 빨래를 모두 남한테 시키니까 살이 찌지. 반성 좀 해. 나는 침실 하나에 넣으려고 러닝머신을 주문했어. 다음 주부터는 백만 달러짜리 야경을 보며 조깅할 거야."

"피트니스가 딸린 호텔로 바꿀까……."

경유차 들렀던 홍콩의 저녁과 달리 실제로 살아보니 밥이
잘 넘어가지 않았다.

"그런데 시마다 과장은 언제 이쪽으로 와?"

"다음 주에 와서 당분간은 같은 호텔에서 지내면서 살 곳을
찾겠대. 그런데 이제는 과장도 아니고 사실은 시마다도 아니
야."

"나카이가 되는 거야? 그렇다면 내 아파트를 양보할게. 아직
짐도 제대로 안 풀었어. 침대는 썼지만 여자를 데려온 적은 없
으니 시트만 바꾸면 괜찮을 거야."

"결혼하게 되면 맨 먼저 너한테 보고할게. 사정이 있어서 그
녀의 호적상 이름은 다지마야."

유키코는 9월 말일부로 J프로토콜을 퇴사하고 도쿄 집에 있
는 물건을 가나자와에 있는 본가로 보낸 뒤 홍콩으로 오기로
했다. 그렇더라도 그녀는 관광비자밖에 나오지 않으므로 당분
간 내가 어떻게 사는지 확인한 뒤 퇴직금으로 유럽 여행이라
도 다녀올까 하고 전화로 이야기했었다.

"그런데 점심시간에 코즈웨이 베이에 있는 완탕면집에 두
번 갔는데 수요일에 어떤 영감님이 사무실로 들어가더라고."

"HK프로토콜로?"

"영감님이 건물로 들어간 뒤에 번호를 잘못 누른 척하며 전

화를 걸어봤더니 빠른 광둥어로 받더라."

반은 비서가 없으니 나보다 길게 점심시간을 낼 수 있는 듯했다. 나는 점심시간에도 모리카와 녹음기를 틀고 식사를 해야 한다. 점심시간에 일을 하면 대신 퇴근 후 업무는 면제된다.

"그보다 자리를 옮길까? 더 이상 먹을 기력도 없어."

"동감이야. 하지만 야총회는 말고."

"페닌슐라 바에 갈까? 한번 가보고 싶었거든."

"그거 좋네."

페닌슐라까지는 걸어서 한 블록도 안 걸리지만 걸어서 들어가는 호텔은 아니므로 우리는 택시를 잡았다. 신호와 일방통행길이 가득한 침사추이를 10분 가까이 달려 호텔 입구에 도착했다. 신관 최상층에 필립 스타크가 디자인한 '펠릭스'라는 바와 본관 1층에 '더 바'라는 오래된 바가 있다. 우리는 후자를 골랐다.

사이드카를 주문하는 반 옆에서 나는 다이어트 콜라로 쿠바리브레를 주문해도 좋을지 망설이다 내 방식을 바꾸지 않기로 했다.

"다이어트 콜라로 쿠바리브레를 만들어주실 수 있습니까?"

가게 분위기에 맞춰 쿠바리브레라고 말해 보았다.

"시간이 조금 걸리지만 준비하겠습니다. 럼은 어떤 걸로 하시겠습니까?"

50대로 보이는 바텐더는 표정도 바꾸지 않고 주문을 받았다.

"적당한 화이트럼으로 해주세요."

"저는 전임자에게 이 카운터 안에서 손님이 주문하시는 칵테일을 '못 만든다'고 대답하지 말라고 배웠습니다. 하지만 안타깝게도 '적당한 화이트럼'이라는 술은 구비되어 있지 않습니다."

나는 담배를 피우고 싶은 기분이었다. 신관 펠릭스로 갈 걸 그랬다. 서른여덟 살이나 되어 바에서 긴장할 줄은 몰랐다.

반이 나 대신 바텐더에게 대답했다.

"다이어트 콜라로 만드는 쿠바리브레에 적당한 럼을 골라주세요."

"알겠습니다."

바텐더는 반에게 미소를 보이고 겨우 일을 시작했다. 우리 앞에 오래된 라벨의 바카디 병이 놓였다. 나는 롱드링크를 한 모금 마셔보았다. 흠잡을 데 없는 쿠바리브레였다.

"이렇게 맛있는 칵테일을 하바나에서는 마실 수 없다니 아이러니하지."

바텐더가 눈꼬리만으로 웃는 표정을 보고 칭찬이 제대로 전해졌음을 확인했다. 코카콜라는 거의 모든 세계에서 마시지만 아쉽게도 쿠바는 예외인 세 나라 중 하나다(2009년 시점).

"모처럼 만들었으니 이 새로운 칵테일에 이름을 붙여주시면 어떨까요?"

"네?"

"다이어트 콜라로 쿠바리브레를 만들었다고 하면 저는 내일부터 신관의 모던한 바로 재배치될 겁니다. 그러니 새로운 칵테일을 만든 걸로 하죠."

내 완패였다.

"다음에 올 때까지 시간을 주세요."

"기다리고 있겠습니다."

"너랑 있으면 지루하지 않다니까."

반이 웃으며 잔을 내밀었다. 비싸 보이는 올드 패션드 글라스라 우리는 닿을락 말락하게 건배했다.

"그런데 그 영감님이 HK프로토콜의 실질적인 유일한 사원일까?"

나는 바텐더가 다른 일을 시작하기를 기다렸다가 일본어로 바꿔 완탕면 가게에서 하던 이야기를 이어갔다.

"단순한 청소부일 거야. 그 영감님이 일하는 게 한 달에 한 번인지 매주인지 아니면 내킬 때만 하는지 몰라서 한번 떠봤어. 근처에서 사무실 청소할 사람을 찾는 중이라고."

"그래서?"

"매주 수요일 오후에 청소를 하는 모양이더라고."

"그렇구나. 우리 쪽으로 끌어들일 수 있을 것 같아?"

"내 느낌으론 가능할 것 같아. 나는 이미 얼굴이 팔렸으니 네가 이걸로 그 영감님에게 접근해 봐."

반은 그렇게 말하고 명함 상자를 카운터에 놓았다. 명함에는 '홍콩통호규유한공사 경리[역주: 부장, 과장 급 직위에 해당한다.] 시마다 유이치'라고 인쇄되어 있었다.

"반……, 아까는 미처 말을 못했는데, 시마다는 유키코의 전남편 이름이야. 이혼했을 때 영업 직원이었기 때문에 사내에서는 이름을 바꾸지 못한 거야."

반은 미안한 표정을 지었지만 끝까지 말하지 않고 이야기를 마무리한 내 잘못도 있다.

"시마다는 일본인 성 중에서 내가 싫어하는 이름 세 손가락 안에 들어."

"다른 뜻은 없었어."

"뭐, 상관없지만……."

"그런데 싫어하는 나머지 두 개는 뭐야? 후학을 위해 알아 둬야겠어."

나는 새 명함이 든 플라스틱 통을 받고 아직 이름 없는 쿠바리브레와 비슷한 칵테일을 비웠다.

"시마다(島田)와 시마다(縞田)와 시마다(志摩田)야. 첫 번째는 섬을 뜻하는 시마고, 두 번째는 줄무늬, 세 번째는 이세시마(伊勢志摩)의 시마야."

"충분하고 남을 만큼 이해했어. 네 번째는 뫼 산 자 밑에 새 조 자를 쓴 시마다(嶋田)라는 것도 알겠어."

어색한 분위기에서 반이 사이드카를 다 마시기를 기다렸다가 바에서 나왔다. 도어맨이 호텔 앞에 택시를 불러주었지만 나는 그 택시를 반에게 양보하고 내 호텔까지 걸어가기로 했다.

　다음 주 수요일, 나는 코즈웨이 베이에 있는 그랜드 하얏트 호텔의 이탈리안 레스토랑에서 모리카와와 점심을 먹기로 했다.

"와인도 드시겠어요?"

　그녀는 점심에 와인 하프 보틀을 비우는 정도로는 오후 업무에 지장을 초래하지 않는 체질이다.

"오늘은 패스할게. 지난 열흘 사이에 살이 좀 붙었거든. 모리카와는 사양 않고 마셔도 돼."

　나는 이탈리아산 미네랄워터를 주문했다. 광어소테와 잘 어울렸다.

"다음 주 월요일에 11월분의 HK프로토콜과의 계약서가 도착할 예정입니다."

"그래?"

"인사 방문을 청하신다는 의향에 변함이 없으면 그 계약서를 반송할 때 서면을 동봉하겠습니다. 어떻게 할까요?"

"한번은 요청을 해야지. 일본어로 글을 써줄 테니 사원 중 누군가가 같은 내용의 영문 버전을 만들어줄 수 있을까?"

"제가 영문으로 작성할 테니 체크만 해주세요."

"팀으로 자료를 만드는 건 당연하지만 그렇다고 견본까지 부하에게 시키고 싶진 않거든."

"알겠습니다."

모리카와가 미네랄워터를 따른 잔을 들며 살짝 웃었다.

"왜?"

"동사장님은 일하는 스타일을 여간해선 바꾸지 않으시는군요."

"한번 해보고 실패하면 다음부터는 써달라고 할게."

"뭐라고 하는 게 아니에요. 저는 동사장님의 비즈니스 코드가 좋거든요."

이 우스꽝스러운 회사에서 솔직한 사원이라고 감탄했다.

식사가 끝나고 호텔 앞에서 회사 차를 부르는 모리카와에게 나는 산책을 하고 사무실로 돌아가겠다고 했다.

"오늘 아침에 부동사장과 빅토리아 피크라도 가보자고 했거든. 부동사장도 지난 열흘 동안 방에 갇혀만 있었으니 슬슬 운동 부족인 것 같더라고. 저녁에는 돌아갈게."

"알겠습니다."

모리카와는 호텔 앞으로 온 회사 차 창문을 노크하고 트램으로 돌아가겠다고 광둥어로 운전사에게 말했다.

"사양 말고 차를 타고 가."

"두 블록 정도 걸어가면 트램 정류장이 있어요. 2층 좌석에서 창문을 열면 BMW 에어컨보다 훨씬 기분 좋거든요."

"모리카와……, 그렇다면 내일부터는 트램으로 이동할까?"

"안타깝지만 도어맨에게 회사 차 번호를 익히게 하는 것도 업무의 일환이라서요. 많이 피곤하신 것 같으니 오늘만 봐드릴게요."

'내 인형 주인 노릇이라도 하겠다는 거야?'

나는 속으로 꿍얼거렸다.

반과는 타임스퀘어 레인크로포드 입구에서 만났다.

"모리카와 씨가 쉽게 놔줬어?"

먼저 와있던 반이 웃었다.

"기본적으로 순수한 성격이야. 같이 대화하다 보면 서른다섯 살치고는 인생 경험이 부족한 것 같더라."

나는 빌딩 옆에 있는 흡연소를 가리키며 담배를 피우고 싶다고 했다.

"내 생각도 그래. 순진무구하다고 칭찬할 나이는 아니지만 그만큼 회사 근무 경험이 부족해서가 않을까?"

"홍콩대학 대학원을 나온 다음에는 북유럽을 여행했다고 하니 어딘가의 아가씨겠지."

"뭐, J프로토콜 홍콩의 사원은 모두 어딘가의 아가씨들이야. 돈이 궁한 사람은 고용하질 않는대."

나는 담배 불을 끄고 손목시계를 확인했다. 1시 50분, 슬슬 청소부가 HK프로토콜이 있는 빌딩에 도착할 시간이었다.

"저 영감님이야."

반이 한 노인을 가리켰다. 새것은 아니지만 청결해 보이는 옷을 입은, 주변에서 흔하게 보는 노인이었다. 만약 스파이를 고용한다면 그 사람처럼 인상이 희미한 노인이 가장 적합할 것이다. 반은 눈에 띄지 않도록 노인보다 먼저 빌딩 안으로 들어갔다. 나는 노인이 빌딩 우편함을 열기를 기다렸다가 말을 걸었다.

"네이호우?"

내가 부르자 노인이 수상하다는 표정으로 돌아보았다. 서툰 광둥어를 써봐야 의심만 살 뿐이다. 나는 시마다 유이치로서 명함을 내밀었다.

"안녕하세요? 시마다 유이치라고 합니다. 광둥어는 거의 못해요."

노인은 의아한 얼굴로 나를 보았다. 어쩌면 자신을 고용한 회사 이름도 듣지 못했는지도 모른다.

"도쿄의 HK프로토콜에서 볼일이 있어서 왔습니다. 도쿄 사무실에서 이곳 사무실 열쇠가 어떤 건지 못 찾는 바람에 곤란했는데 싱케이삼(星期三, 수요일) 오후에 청소하는 분이 오신다고 해서 기다리고 있었어요."

노인이 일본어를 알아듣는 기색은 없었다. 여전히 당황한 표정이었다. 반은 이 노인이 고용된 청소부라고 어떻게 알아냈는지 감탄스러웠다.

"수상한 사람은 아닙니다. HK프로토콜 경리예요. 이번에 제 상사가 홍콩에 오시기 때문에 그 전에 안을 좀 살펴보고 싶습니다."

노인은 여전히 말이 없었지만 정말로 난감한 척 하려면 모국어로 말하는 수밖에 방법이 없다. 나는 일본어로 밀어붙이기로 했다.

"30분이면 됩니다. 영감님이 일을 잘하는지 의심하는 것도 아니고요. 그저 살짝 확인만 하고 싶을 뿐입니다."

나는 새 명함을 꺼내 뒷면에 'only 30 minutes for me. 我欲半粒鐘.'이라고 적어 그에게 내밀었다.

"딱 30분만 사무실 안을 확인하고 싶습니다."

"半粒鐘(30분)?"

노인이 겨우 입을 뗐다.

"맞아요. 30분만 일하지 말고 기다려주세요. 절대로 피해 주진 않을게요."

"半粒鐘(30분)?"

내가 끄덕이자 노인은 열 개가 넘는 열쇠 꾸러미에서 하나를 뺐다. 이런 유령회사 사무실을 몇 곳이나 청소하고 다니는 게 그의 일인 듯했다.

"고맙습니다. 음꼬이(고맙습니다)."

나는 그에게 주려고 100홍콩달러 지폐를 다섯 장 준비했지만 그의 셔츠 호주머니에서 담뱃갑을 발견하고 돈을 주는 대신 절반 이상 남은 담배를 통째로 주었다.

"또제(多謝, 감사합니다)."

노인은 담배를 받아들고 낡아빠진 열쇠를 내주었다. 나는 다시 한번 일본어와 광둥어로 그에게 인사를 하고 엘리베이터로 향했다. 엘리베이터는 한 대밖에 없었고 위로 가는 버튼을 누르자 바로 문이 열렸다.

만약 내가 정말로 HK프로토콜 사원이라면 그 사무실이 어딘지 당연히 알 것이다. 반에게 사무실이 있는 층을 미리 물어봤어야 했다. 그게 아니더라도 모리카와에게 받은 계약서 주소를 확인했어야 했다. 엘리베이터 문이 닫히자 나는 어디로 가야할지 막막했다. G(그라운드 플로어)에서 시작되는 버튼은 13을 건너뛰고 15까지 이어져 있었다. 휴대전화를 꺼내봤지만 엘리베이터 안이라 터지지 않았다.

"4로 하자."

나는 혼잣말을 하고 4를 눌렀다. 마카오 카지노에서 크게 땄을 때의 숫자다. 4층에서 멈추고 문이 열리자 반이 지루한 얼굴로 어둑한 복도에 서 있었다.

"꽤 수월하게 풀렸구나."

나는 겨드랑이에 땀이 밴 것을 느끼며 반에게 낡은 열쇠를 내밀었다.

"나는 이런 일에는 안 맞아."

"오히려 그래서 쉽게 믿어줬겠지."

반은 곧바로 똑같은 문이 줄지어 있는 복도를 걸어갔다.

사무실 안에는 유선전화 외에는 아무것도 없을 줄 알았는데 의외로 회사 형태를 갖추고 있었다. 벽에는 캐비닛이 나란히 있고, 입구에서 볼 때 정면 창가에는 양쪽에 서랍이 달린 높은 사람 용 책상이 있었다. 반은 캐비닛 몇 개를 열어보고 파일을 아무거나 꺼내 펼치더니 그중 몇 페이지를 넘기며 보았다.

나는 사무책상 몇 개의 서랍을 열어보았다. 볼펜, 스테이플러, 페이퍼나이프, 잔돈……, 책상마다 평범한 회사원이 쓰는 물건들만 들어있었다. 일일이 확인해도 성과가 없을 것 같아 등받이가 높은 상사용 의자에 앉았다. 책상 위에는 대각선으로 데스크톱 컴퓨터가 있었다. 다른 책상에 있는 것과 마찬가지로 컴퓨터는 낡았지만 키보드의 키 몇 개에 닳은 자국이 있어 그것이 실제로 사용했던 물건임을 증명했다. 서랍에 손을 대봤지만 모두 잠겨 있었다. 컴퓨터 전원을 넣어도 로그인까지는 안 될 것이다. 괜히 흔적을 남기느니 손대지 않는 게 낫다. 나는 캐비닛을 열어보는 반을 보며 무언가 위화감을 느꼈다.

"뭐지?"

내가 혼잣말하자 반이 돌아보았다.

"왜 그래?"

"뭔가 위화감이 들어."

"아무도 없는데 책상에 먼지가 쌓여 있지 않아서 그렇지 않을까? 하지만 그건 청소하는 영감님이 있으니 필요성에 의문이 들어도 결과적으로 이상한 일은 아니야. 그냥 여차할 때

바로 쓸 수 있게 해두는 거겠지."

"그렇지……"

"그 영감님, 꽤 착실하네. 달력까지 꼬박꼬박 넘겨놨어."

반은 캐비닛 문 하나에 걸린 달력을 가리키며 말했다. 정말로 달력은 2009년 10월로 되어 있고, 중화권답게 음력이 병기되어 있었다. 사원용 책상에 놓인 탁상달력도 2009년 10월로 넘어가 있었다. 다만, 상사용 책상에 있는 것은 큐브 달력이라 큐브의 숫자를 매일 맞춰줘야 하기 때문인지, 'MON. JUL. 0. 6(월요일, 7월 6일)'에서 멈춰 있었다. 그래서 위화감이 든 걸까. 그렇지 않다. 나는 달력이 맞춰져 있는 걸 반이 말하기 전까지 알아채지 못했다. 그런데도 위화감은 사라지지 않았다.

"복도에서 담배 좀 피우고 올게."

엘리베이터 앞에 재떨이가 있었을 터였다.

"다녀와."

나는 일단 일어났다가 담배를 노인에게 줘버린 걸 깨닫고 다시 의자에 앉았다. 그때 계속 걸리던 위화감의 정체가 풀렸다.

"왜 그래?"

"아무것도 아니야. 괜히 엘리베이터 앞에서 얼굴을 파느니 앞으로 20분 정도 담배를 참기로 했어. 청소하는 영감님한테 30분만 시간을 달라고 했거든."

"현명한 판단이야. 딱히 성과는 없어 보이니 10분만 더 있다

■큐브1

0	1	2	3	4	5

■큐브2

0	1	2	6	7	8

↓

9

가자."

"응."

나에게 위화감을 주는 것은 6이라는 큐브였다.

정육면체 두 개로 01부터 31까지를 표현하려면 기본적으로 열세 면이 필요하다. 하지만 우연히 아라비아 숫자 6과 9가 2차원 대칭이라 두 숫자를 한 면에 표시할 수 있기 때문에 큐브 달력의 모순이 해결된다.

그런데 그 책상에 놓인 큐브 달력은 6 밑에 언더바가 표시되어 있었다. 달력이나 계단 출구 바닥에 몇 층인지 표시할 때 6과 9를 구별하기 위한 언더바다. 그러면 양쪽 큐브에 필요한 0, 1, 2를 점대칭인 6과 9를 한 면에 넣어서 남는 면에 넣을 수가 없다. 즉, 이 큐브 달력은 달력으로 기능하지 않는다. 나는 그 6이 적힌 큐브를 들어보았다. 손에 느껴지는 무게로 보아 속이 비어 있는 것 같았다. 나는 의자에 앉은 채 양손바닥 안에서 큐브를 굴려보았다. 조금 만지작거리자 큐브는 ㄷ자형으로 쪼개지고 완충재 대신인지 구깃구깃 뭉친 메모지에 USB 메모리가 싸여 있었다. 나는 메모지를 펼쳐보았다.

'비밀번호는 네가 늘 쓰는 거야.'

메모지에는 그 말만 적혀 있었다. 하지만 그 USB 메모리는 누군가가 나에게 남긴 것이다. 사람들은 대부분 큐브 달력의 6과 9의 대칭성에 신경 쓰지 않는다.

"뭐, 대충 봤지만 아무것도 없네. 너는?"

반이 어깨를 으쓱하며 나를 보았다.

"이 책상 서랍은 잠겨 있어서 나도 건진 게 없어."

나는 메모지와 USB 메모리를 재킷 호주머니에 넣고 ㄷ자형으로 나뉜 조각을 다시 정육면체 블록으로 만들었다. 반은 캐비닛 문을 차례차례 닫는 중이었다.

"아니……, 그럼 아까부터 그 편해 보이는 의자에 앉아 있기만 했어?"

"일단은 부하가 일을 잘하는지 체크했지."

"상사로서 타당한 업무긴 하지."

"이제 동사장으로서 관록이 붙기 시작했나?"

"아무래도 홍콩에 온 뒤로 상사와의 업무 분담에 공평성이 사라진 느낌이 들어."

"아마 반의 상사는 지금까지 부하가 할 일에 너무 많이 손을 댔던 거야."

나는 큐브 달력이 'MON. JUL. 0. 6'으로 돌아온 것을 확인하고 사무실을 나왔다. 반은 노인과 마주치지 않도록 계단으로 내려갔다. 나는 엘리베이터를 타고 1층으로 돌아와 담배를 피우며 기다리고 있는 노인에게 열쇠를 돌려주었다. 노인이 청소를 마치면 HK프로토콜은 다시 유령회사로 돌아갈 것이다.

"오후부터 구름이 끼어서 빅토리아 피크에 올라가도 별로 볼 건 없지 않았어요?"

ifc 사무실로 돌아오자 모리카와가 보이차를 타주었다.

"남자 둘이 갈 곳은 아니란 건 잘 알았지."

"마담투소 밀랍인형관에도 가셨어요? 하마사키 아유미도 있어요."

'그런 것도 있구나. 역시 대영제국령이었던 곳은 다르네. 그리고 하마사키 아유미가 있는 게 아니라 인형이 설치되어 있을 뿐이겠지.'

나는 고개를 가로젓고 보이차를 마셨다. 빨리 모리카와에게 차를 우리는 법을 알려줘야겠다. 이래서야 티백을 사오는 게 낫다. 그녀도 그것을 아는지 내 비서로 일한 지 사흘째부터는 그녀의 책상에 스타벅스 종이컵이 놓여 있다. 나는 모리카와가 방에서 나가기를 기다렸다가 개인 휴대전화로 '빅토리아 피크에서 마담투소 밀랍인형관에는 안 간 걸로 해둬. 모리카와가 물어볼지도 몰라.'라고 반에게 문자를 보냈다. 돌아온 문자는 '걱정 마'라는 세 글자뿐이었다.

나는 퇴근 시간에 딱 맞춰 회사를 나와 카오룽반도에 있는 호텔로 돌아왔다. 노트북 네트워크 연결을 끄고 큐브 달력에 숨겨져 있던 USB 메모리를 삽입했다.

vi

Macau

— Mid Summer of 2005

나카이 유이치에게

나베시마 후유카야. 오랜만이야.

이 편지는 2005년 8월에 마카오의 낡은 호텔 방에서 쓰고 있어. 네가 이 편지를 열어본 건 언제야? 이 USB를 열었다는 건 이미 일이 시작되었다는 뜻이겠지. 가능하면 네가 이 편지를 열어보지 않길 바랐어. 어떤 상황인지 지금의 나는 모르지만 네가 조금이라도 안전한 곳에 있기를 기도할게.

먼저 내가 나베시마 후유카라는 것부터 증명해야겠구나 싶어서 나와 너만 아는 게 뭐가 있을까 찾아봤는데 아무리 생각해도 없더라. 고등학교 1학년 때 준 초콜릿이 페코와 포코가 키스하는 포장지의 네모난 초콜릿이었다는 건 육상부 여자 부원이라면 다 알 것 같고. 넌 기억해? 혹시 기억하더라도 그 포장지가 소니플라자에서만 파는 밸런타인데이 한정 버전이었다는 건 몰랐지? 넌 그걸 육상부 여자애들이랑 다 같이 먹었던 거야. 오가와 리에에게 받은 초콜릿은 그대로 집에 가져갔으면서 아무리 내가 친구니까 의리상 주는 거라고 했다지만 진짜 너무했어.

고1 수학Ⅰ 수업에서 매주 한 명씩 직접 문제를 만들어 와서 다 같이 풀 때 네가 '6과 9가 점대칭이 아니라고 가정할 때 큐브 달력이 성립하는지를 증명하라'는 문제를 낸 건 반 애들 모두가 기억할지도 모르겠다. 다카하시 선생님은 그건 수학 문제가 아니라며 C마이너스를 줬지만 나는 초등학교 이후로 접한 산수와 수학에서 처음으로 풀지 못한 문제였기 때문에 A플러스를 줬어. 하지만 그건 너한테 말하지 않았으니 내가 나베시마 후유카라는 증명이 안 되겠다.

그 문제 덕분에 나는 너와 같이 있으면 답을 알 수 있을지도 모르겠다 싶어서 고3 때 문과반을 선택했어. 하지만 고3이 되어도 몰랐고, 그 후에 다닌 쓰다주쿠대학 수학과에서도 풀지 못했어.

게다가 그 문제가 신경이 쓰여서 대학원에도 진학했지만 결국 답은 찾지 못했어.

그러니 이 편지를 쓰는 사람이 나베시마 후유카라고 증명할 순 없어. 이 편지를 손으로 직접 쓸 수 있고, 만약 네가 내 필기 습관을 기억한다면 혹시 가능할지도 모르지. 하지만 나중에 다시 설명하겠지만, 지금은 키보드밖에 두드리지 못해. 네가 믿어주면 좋겠지만 지금 네가 어떤 상황인지도 모르고 어쩌면 나와 대립 관계에 있을지도 몰라. 그래도 믿어줘. 이 편지는 나베시마 후유카가 나카이 유이치에게 쓰는 거야.

나는 쓰다주쿠대학에서 석사 과정을 수료한 뒤 홍콩대학 박사 코스로 진학했어. 홍콩에서는 아라비아숫자를 쓰지 않으니 혹시 알 수 있지 않을까 하고 기대했거든. 홍콩대학에 큐브 달력 문제를 전공하는 연구실 같은 건 없으니 어디든 상관없어서 가장 경쟁률이 높았던 암호화론을 선택했어. 머리가 나쁜 사람과 있으면 따분하기만 하니까.

자랑이지만, 나는 수학은 풀지 못하는 문제가 거의 없어. 밀레니엄 수학 7대 난제 중 세 문제는 대충 답을 알지만 논문을 1만 자나 써야 하니 귀찮을 뿐이야. 2005년인 지금은 푸앵카레 추측 증명 논문이 화제인데, 대충 훑어봤지만 시시하고 전혀 스마트하지 않더라. 그래도 대충 맞는 것 같으니 검증한다고 1년 2년씩 뜸들이지 말고 빨리 현상금을 줘버리면 될 텐데.

내 자랑 애긴 시시하지? 하지만 딱 하나만 더 할게.

이러저러하게 보내다 대학원 연구도 시시해서 직접 문제를 만들며 시간을 보냈어. 암호화 방식과 효율적인 복호 방법에 관한 문제야. 그 조합은 세 가지가 있는데 이 USB 메모리의 다른 파일에 각각 들어 있어. 각 방식은 전문가에게 보여주면 나름의 가치를 알아볼 거야.

주의 사항이 하나 있는데, 암호화 방식을 남에게 보여줄 땐 효율적인 복호 방법은 알려주면 안 돼. 그건 나중에 조금 더 자세히 설명할게.

각설하고, 넌 에고 서핑을 해본 적 있어?

인터넷에서 자기 이름을 검색하는 걸 '에고 서핑'이라고 해. 나는 검색해 봐야 내 논문만 나오니 시시해서 별로 하진 않아 (그것도 이 다음에 쓰겠지만 완전히 끊었고). 대신 이따금 '나카이 유이치'를 검색했는데, 넌 정말로 아무것도 안 하더라. 어느 도시 마라톤에 출전한다든가 봉사활동이라도 하면 근황을 알 수 있으니 기뻤을 텐데 혹시 죽었나 싶어서 걱정했어. 하지만 죽었으면 어딘가에서 검색이 걸렸을 테니 혹시 요즘 유행하는 은둔형 외톨이가 됐나 생각했어.

그래서 심심풀이로 내 이름을 몇 가지 암호화된 상태에서 검색해봤더니(그런 프로그램을 심심해서 만들어봤어) 이번에는 너무 많이 나와서 깜짝 놀랐어.

나카이, 네 비밀번호는 비밀번호라고 할 수 없어.

내 이름과 생년월일은 논문과 함께 게시하기 때문에 공지된 정보야. 그러니 네 노트북 내용과 메일에 첨부된 문서는 인터넷에 공개되어 있는 거나 마찬가지야. 우연히 네가 사회적으로 주목받지 않아서 실질적인 피해가 없는 것뿐이야. 가족과 친구 이름을 키워드로 넣고 생년월일, 사회보장번호, 전화번호 등을 입력해두면 그걸 조합해 패스워드를 도출해 내는 유틸리티도 요즘은 프리웨어로도 돌아다녀. 그러니 내 이름과 생일을 순서만 살짝 바꾸더라도 기본적으로는 같은 비밀번호야. 매일 질리지도 않고, 게다가 회사에서나 집에서나 같은 비밀번호를 쓰다니 어리석은 짓이야. 지금 당장 바꾸는 게 좋아. 참고로 'akuyuf'처럼 알파벳 순서를 바꿔도 안 돼.

그렇다고 'yukiko'로 바꾸면 열 받지만…….

유키코 씨는 근사한 사람이더라. 네 컴퓨터에 저장된 사진도 봤어. 둘이 자주 출장 다녀? 반 고스케의 사진도 있어서 놀랐어. 얼마 전까진 풍경 사진밖에 없어서 나카이는 어떤 아저씨가 됐나 싶었는데. 이 메일을 읽을 무렵에는 결혼도 했을까? 유키코 씨는 야무진 사람이고 나카이보다 연상인데 혹시 잡혀 살진 않아?

고등학생 때 디지털카메라가 있었다면 내 사진도 한 장 정도는 남겨졌을까?

하지만 내 이름을 지금은 검색하지 마. 너한테는 절대로 보이고 싶지 않은 게 유출됐거든.

나는 홍콩대학에서 오버닥터로 지냈지만 인터넷에서 널 발견하고 너와 같은 회사에 들어가 볼까 싶기도 했어. 2002년의 일이야. 그 무렵에 넌 딱히 여자 친구도 없어 보였거든. 하지만 일본 기업은 웬만하면 학교를 갓 졸업한 사람만 채용하니 (생각해 보면 선진국 중에서 이런 편협한 고용 형태를 유지하는 나라는 일본뿐이야. 나이 차별이야), 마침 홍콩에서 채용 응모가 나온 HK프로토콜이라는 회사에 암호화 방식 연구원으로 입사했어. J프로토콜과는 형제뻘 회사고, 네가 담당하는 교통 IC카드와도 관련이 있으니 언젠가 같이 일할 수 있을 것 같았거든. 잘하면 유키코 씨처럼 너와 같이 출장을 다닐 수 있을지도 모른다는 꿈도 꿨어.

부끄러운 이야기지만 나는 지금까지 일이랄까, 스스로 돈을 벌어본 적이 없었어. 필요도 없었고 관심도 없었거든. HK프로토콜은 작지만 제대로 된 회사고, 나 말고 사원도 있었어. HK프로토콜은 내 암호화 방식을 독점하고 내가 그런 걸 다른 회사에서 개발하지 않으면 목적을 완수하기 때문에 계약금을 포함해 수입도 상당했어. 네 급여 명세서도 멋대로 봤는데, 단위가 달라서 미안할 정도의 금액이더라. 또, 스톡옵션 같은 걸로 HK프로토콜 주식 현물도 받았어. 태어나서 처음으로 조직에 소속되었고 회사도 나쁘지 않다고 생각했어.

하지만 거기서 나는 말도 안 되는 실수를 저지르고 말았어. 회사는 하나의 팀이나 마찬가지니 전적으로 신뢰할 수 있는 곳인 줄 알았거든. 아니면 입사해서 3년이 지나면서 조금 익숙해졌는지도 몰라. 그래서 어쩌다 내 암호화 방식에 비밀키를 추측하는 방법이 있다는 말을 하고 말았어. 나로서는 스스로 해법을 모르는 암호화 방식을 만들다니 바보냐 하는 짓이라고 속으로는 생각했지만(안 그래? 영국이 자국에서는 이미 해석이 끝난 에니그마를 영연방에 팔았던 것처럼 자기가 판 암호화 방식으로 제 숨통을 조일 리스크를 감수하다니 바보지), 그걸 논문으로 쓰지 않을 정도의 상식은 있었어. 그래도 회사 안에서는 용서해줄 거라고 착각했던 거야.

그 후의 일은 별로 쓰고 싶지 않지만……, 이야기가 이어지지 않으니 간단히 적을게.

남자 친구와 같이 있는 사진이나 내 방에 몰래 설치한 카메라로 찍은 사진으로 HK프로토콜이 날 협박하기 시작했어. 시계도 없는 방이라 정확한 기간은 모르지만 일주일 정도 창문이 없는 방에 갇혀 효율적인 해법을 내놓으라고 강요했어.

하지만 그걸 제시하면 틀림없이 살해당할 거라고는 나도 상상이 되더라. J프로토콜은 이미 그 암호화를 사용해 IC카드에 전자머니를 넣은 상품을 팔고 있었거든. 앨런 튜링도 암살당했잖아. 그래서 나는 갇혀 있던 방에서 그럭저럭 효율적인 복호 방법을 만들었어. HK프로토콜에 의해 죽지 않고 나올 수 있을 정도의 어중간한 복호 방법. 돌이켜보면 처음부터 이 놀이법을 떠올렸으면 좋았을걸. 암호화 방식을 만들고 어중간한 복호 방법을 만드는 건 상황이 그렇지만 않으면 꽤나 괜찮은 심심풀이가 될 거야.

　나는 그 애매하게 효율적인 복호 방법을 HK프로토콜에 주고 겨우 빈틈을 노려 달아났어. 처음에는 페닌슐라로 도망쳤는데 현금이 거의 없어서 마카오로 왔어. 빅토리아 하버 유람선에 돈을 주고 마카오행 페리 선착장까지 가달라고 해서 간신히 마카오로 들어왔는데, 나로서는 처음 해보는 모험 같은 거였어. 하지만 그때는 필사적이었어.

　그리고 내가 달아난 걸 알자 HK프로토콜은 내 사진을 인터넷에 유출시켰어. 그러니 너만큼은 내 이름을 인터넷으로 검색해보지 말아줘. 네가 보고 싶다고 하면 삼차원으로 얼마든지 보여줄 수 있으니까.

　마카오에 도착했을 때 가진 거라곤 현금 조금과 스톡옵션으로 받은 주권과, 신용카드와 현금카드가 전부였어. 플라스틱 머니를 쓰면 내 위치가 발각되니 내가 할 수 있는 건 주권을 파는 것뿐이었어.

　나는 어떤 브로커에게 그 주권으로 성형수술 준비와 위조 여권과 비행기 티켓을 구하고, 신용카드와 현금카드는 내가 출국한 다음에 쓴다는 조건으로 다른 사람에게 싸게 팔았어. 사실은 억 단위의 돈이 들어 있는데 그걸 증명할 수단이 없었거든. 나는 일을 해본 적도 없었을 정도니 돈에 집착하지 않는 성격인 줄 알았는데 막상 현금이 떨어지자 아쉽더라.

　그래서 지금은 마카오의 한 호텔에서 얼굴에 붕대를 감고 지내. 지문도 생체 인증에 쓰는 포인트에 상처를 내서 반창고를 둘렀고. 아직 수술 후의 통증이 심해서 여기까지 키보드를 치는 데 일주일이 걸렸어.

이 호텔에는 성매매를 하는 중국 대륙 여자들이 있는데 그들의 하루 목표 수입을 웃도는 돈을 주면 남자가 아니라도 돌봐줘. 하지만 얼굴과 손가락 붕대를 풀면 마카오를 떠날 거야. 홍콩과 너무 가깝고 브로커나 여기 여자들이나 돈이 떨어지면 인연도 끊어지는 게 기본적인 상식이니까.

USB 메모리에 들어 있는 여섯 개의 파일은 각각 IC카드 정보에 관한 암호화 방식과 복호 방법이야.

ul_16: 현재 J프로토콜에서 사용하는 암호화 방식 → ul_19: 그것의 복호화 방식

ul_26: ul_16보다 강도가 높은 암호화 방식 → ul_29: 그것의 복호화 방식

ul_36: ul_26보다 강도가 높은 암호화 방식 → ul_39: 그것의 복호화 방식

J프로토콜이 ul_16만으로 대기업이 된 건 너도 잘 알 테고, 이걸 하나하나 시간을 두고 쓰면 상당한 이익을 창출할 수 있을 거야.

네가 써.

암호화된 전자머니 복호는 위조지폐와 똑같다고 보면 돼.

일단 복호하면 조작이 가능해져 있지도 않은 돈을 손에 넣을 수 있고 당연히 있는 돈도 없앨 수 있어.

어떻게 쓸지는 너에게 맡길게. IC카드에 몰래 충전해도 상관없어(다만 상한액이 있고 금방 들키니까 조심해). 하지만 가능하면 이걸로 J프로토콜을 무너뜨려주면 좋겠어.

어제 얼굴 붕대를 풀었어.

위조 여권 나이를 세 살 어리게 만들어서 얼굴도 조금 젊어졌어:)

붕대를 풀고 사진을 찍어서 여권은 이삼일 뒤에나 나올 줄 알고 여유를 부렸는데 오늘 아침 조간신문에 새 여권과 탑승권이 끼워져 있었어. 이런 사람들은 일처리가 빠르구나. 시간이 영사관의 10분의 1도 안 걸린다니 놀랍기도 하고 아쉽기도 해. 사실은 네게 편지를 더 오래 쓰고 싶었어. 열어보지 않는 편이 나은 편지라도 쓰다 보니 네 곁으로 갈 수 있을 것 같아서 마음이 안정되는 시간이었어.

이제 시간이 없으니 꼭 전해야 하는 것만 쓸게. 너에게 부탁이 두 가지 있어.

■첫 번째 부탁

네가 이걸 읽고 있다는 건 이미 악몽 같은 시나리오가 시작되었을 거야. 어떻게 된 까닭인지는 몰라도 넌 HK프로토콜이

나 J프로토콜 홍콩과 관련된 일을 맡게 돼서 이 USB를 손에 넣었겠지. 도아인쇄를 포함한 네 곳의 회사는, 말하자면 지폐 원판을 만드는 HK프로토콜과 원판을 관리하는 J프로토콜 홍콩, 조폐국인 도아인쇄, J프로토콜은 지폐를 유통시키는 중앙은행 같은 관계라고 보면 돼(공자 앞에서 문자 쓰는 격인가?). 하지만 내 부주의한 한마디로 HK프로토콜은 원판을 복제하는 방법이 있다는 걸 알고 그걸 세상에는 꽁꽁 숨긴 채 소실된 복제 방법을 찾느라 혈안이 돼 있어. 네가 HK프로토콜이나 J프로토콜 홍콩에 관여하게 됐다는 건 아직 알아채진 못했더라도 악몽 같은 시나리오에 말려들었을 가능성이 커.

그러니 앞으로는 아무도 믿지 마. J프로토콜 사원은 물론이고 기분이 상할지도 모르지만 반과 유키코 씨도 포함해서. 설령 반이나 유키코 씨가 아무리 큰돈 앞에서도 네 편이 되어줄 강한 마음의 소유자라 하더라도 J프로토콜은 그 감정을 이용해 널 협박할 씨앗을 두 사람 안에 심는 것 정도는 아무렇지 않게 해. 굳은 마음은 어중간한 마음보다 훨씬 컨트롤하기 쉬워.

네가 J프로토콜의 실권을 쥐든지 J프로토콜을 무너뜨릴 때까지, 혹은 세 가지 암호화 방식의 복호 방법을 공표하기 전까지 넌 혼자라고 생각해.

■두 번째 부탁

앞으론 길에서 너와 스치더라도 넌 나를 알아보지 못하겠지. 이름도 없앴고, 조금 젊어졌고, 내가 볼 땐 더 예뻐진 것 같아.

하지만 나를 찾아내주면 좋겠어. 내가 먼저 네게 접근하진 않을 거야. 앞으로 내 이름을 들먹이며 네게 접근하려는 사람이 나올 거야. J프로토콜은 내가 성형수술을 하고 누군가의 도움을 받아 도망친 걸 머지않아 알아낼 거야. 널 향한 내 마음을 알아내진 못하더라도 네가 고등학교 동급생이었다는 건 쉽게 검색해서 알 수 있을 테니 '고등학교를 같이 다닌 나베시마 후유카인데 지금 상황이 좀 어려우니 도와줘'라는 식으로 접근하는 여자가 있으면 J프로토콜에서 보낸 사람이라고 생각해. 그런 상황이 오면, 편지 첫머리에 썼듯이 나는 우리 둘만 아는 비밀을 만들지 못했으니 네가 날 찾아내는 수밖에 없어.

그리고 너무 제멋대로긴 하지만 딱 한 번이라도 좋으니 유키코 씨에게는 비밀로 하고 시부야에 있는 Everything but the Girl에 데려가주면 좋겠어. 오가와 리에가 대학생이 되면 너랑 같이 가기로 했다고 자랑하는 걸 듣고 무척 분했거든. 지금 다시 생각해도 화가 나. 왜 부탁 받은 초콜릿을 너에게 준 척하고 내 초콜릿만 주지 않았을까 하는 생각에 분하고, '친구니까'라는 말만 안 했어도 좋았다고 지금도 후회해. 너라면 내 마음을 알아줄 거라고 자신감이 넘쳤던 거야. 하지만 오가와 리에와는 Everything but the Girl에 안 간 것 같으니 꼭 날 데려가줘.

이 USB 메모리는 날 돌봐준 사람에게, 홍콩의 어떤 곳에 갖다놔 달라고 부탁했어.

이름과 가족과 얼굴을 버리고 망명하게 될 줄은 정말 몰랐어. 하지만 널 향한 마음까지 버리진 않아도 되니 마음이란 건 참 편하네. 그러니 너도 부디 안전한 곳까지 와줘. 그리고 가능하면 이 편지를 네가 보지 않기를 바라.

(안녕이라고 쓰면 눈물이 날 것 같으니) 再見(또 보자).
17/08/2005 Fuyuka

✝

긴 편지를 두 번 반복해 읽고 USB 메모리를 컴퓨터에서 뺐다.

내가 다음으로 할 일은 LAN 케이블을 노트북에 연결하기 전에 20년 동안 써서 익숙한 비밀번호를 바꾸는 것이다. 하지만 나는 그러지 않고 컴퓨터 메모장에 답장을 쓰기로 했다.

'오랜만이야. 편지 읽었어. 나는 괜찮아.

두 가지만 얘기할게.

첫 번째. 시부야 바는 Everything but the Girl이 아니라

Radio Days라는 이름이었어. 가게 입구에 있는 스너프킨 인형에 걸려 있는 'Everything but the Girl'이라는 플레이트는 가게 이름이 아니라 술 취한 손님한테 주의를 주는 문구였어.

두 번째, 있잖아, 네가 의뢰한 사항은 잘 세어보면 세 가지잖아.

①아무도 믿지 말 것, ②널 찾아낼 것, ③널 Radio Days에 데려갈 것.

하나 정도는 덤으로 해줄 수 있지만.

어딘가에서 또 보자.

19OCT2009 U1

p.s. 너와 이렇게 오래 이야기를 나눈 건 처음이야.'

나는 텍스트 파일에 오래 써서 익숙한 패스워드로 암호를 걸었다. 그 파일을 내게 쓰는 메일에 첨부해 보냈다.

점쟁이 말처럼 왕이 되어 여행을 떠난다면 그 여행이 끝났을 때 오랫동안 쓴 패스워드를 바꿀 것이다.

vii
Macau
- Autumn

　"동사장님, J프로토콜의 다카기 부부장님 전화입니다. 받으시겠습니까?"

　10월 마지막 화요일 오전 11시, 옆방에 있는 모리카와가 내선 전화를 걸었다.

　"연결해줘."

　나는 신문만 훑어보고 있었기 때문에 지루함에서 해방된 기분이었다.

　"나카이입니다."

　"다카기야. 오랜만이야."

　"부부장으로 승진했구나. 축하해."

　"고마워. 그보다 휴대전화 바꿨어? 너한테 건 줄 알았는데 부하 여사원이 받아서 당황했잖아."

갑작스런 전화에 속으로 무슨 일인가 하며 담배에 불을 붙였다.

"홍콩에서 일하면서 계속 일본을 경유하는 로밍 서비스를 쓸 순 없잖아?"

"그건 그래. 그런데 지금 담배에 불 붙였어?"

"붙였지."

"홍콩은 흡연 규제가 엄격해졌다고 들었는데 그렇지도 않은 가봐?"

"동사장실은 나 혼자 쓰니 금연, 흡연 구분이 없어."

수화기 너머에서 잠시 침묵이 흘렀다.

"여보세요……?"

"이봐, 지금 일부러 나한테 자랑하려고 담배에 불을 붙인 거야?"

"자랑?"

"그렇잖아. 전화를 걸면 비서가 받고 네가 방에 있는 걸 알면서 '어디 계신지 바로 확인해보겠습니다'라고 대답하고. 즉, 네가 통화하고 싶지 않다고 하면 아까 그 비서는 유들유들하게 '동사장님은 방문객을 만나는 중입니다' 같은 식으로 나한테 말하겠지."

"그건 누구 비서든 다 똑같잖아."

"그리고 운 좋게 네가 전화를 받겠다고 하면 사장실에서 으스대고 앉아 있는 너한테 전화를 연결하겠지."

"으스대진 않았어."

의자 등받이에 몸을 기대고 있었을 뿐이다.

"J프로토콜도 임원실을 받는 건 상무부터야. 게다가 거기도 집무실이라며 금연이지."

"여긴 영세기업이고 비서도 내가 담배를 피운다고 뭐라고 한 적은 없어."

"당연하지. 사장한테 '회사는 금연입니다'라고 하는 비서가 어디 있다고?"

"그럼 뭘 그렇게 비난해?"

"누가 그거 가지고 뭐라고 하는 줄 알아? 네가 말로는 축하한다고 하면서 '나는 사장실에서 으스대며 담배를 피우는 입장이지만' 하고 자랑하려고 일부러 담배를 피웠잖아."

나는 습관적으로 담배에 불을 붙였다고 이렇게 비난 받을 줄은 몰랐기 때문에 순순히 반성했다.

"미안해. 다음부턴 수화기를 들기 전에 담배에 불부터 붙일 테니 비서에게 곧바로 연결하지 말라고 일러둘게."

"이 사람이……, 전혀 반성할 줄을 모르네. 그러면 네가 담배에 불을 붙이는 동안 나는 그냥 기다리라고? 본사의 다카기에게서 전화가 걸려오면 최우선적으로 연결하라고 비서에게 말해두는 게 진짜 반성이지."

다카기의 말은 지당하다.

"그런데 용건이 있어서 건 거 아니야?"

"너무 무례해서 잊을 뻔했네. 지금 방콕이라 저녁에 홍콩에 도착할 거야. 얘기 좀 하고 싶은데, 시간 있어?"

"그럼. 너도 알다시피 동사장실에서 담배를 피우는 게 내 일이거든. 저녁에는 그것도 질려."

"그래? 그럼 저녁에 타이항공으로 홍콩에 도착해. 약속 정소 정해줘."

"호텔을 잡아놓으라고 할 테니 거기 로비에서 보자. 어디가 좋아?"

"그 '잡아놓으라고 하겠다'는 말투가 마음에 안 든다니까. 그리고 비서 아가씨한테 갑자기 일을 늘려주면 내 인상만 나빠지잖아."

"다카기, 내가 로마에 가면 로마법을 따르라는 가르침대로 일하는 걸 가지고 벌써 5분째 국제전화 회선을 점유하며 비난하고 있어. 그리고 나한테 걸려오는 전화는 전부 비서가 내용을 체크하기 때문에 네 인상은 이미 오래전부터 안 좋았어."

다시 침묵이 흘렀다. 전화선 너머에서 허브 공항 특유의 분위기가 전해져와 그리운 마음이 들었다. 홍콩에 부임해 약 한 달이 지났고, 나는 출장을 다니지 않게 되었다.

"그런 건 빨리 말해야지. 그럼 공항에서 만나자."

"알았어."

"방금 대화로 사장님을 공항으로 불러내다니 예의 없는 놈이라고 생각할지 모르지만 나와 나카이는 입사 동기야. 게다가 출세 경쟁 톱을 다투는 사이고. 오늘 저녁 TG761편으로 홍콩에 도착하니 사장님을 위해 도착 시간과 비행 상황을 알아놔 둬. 그리고 정말로 사장을 걱정한다면 사장실 재떨이는 치우는 게 좋을 거야."

"뭐?"

"비서 아가씨한테 하는 말이야. 아마 조금은 인상이 좋아졌을걸?"

"분명 오히려 더 나빠졌을 거야."

"영양가 없는 이야기나 하는 바람에 아내한테 전화할 시간이 없어졌다고 하면 비서 아가씨도 조금은 동정해줄까?"

나는 차라리 모리카와를 불러 스피커로 통화할까 하는 생각까지 들었다.

"그런데 무슨 일이야?"

"내가 부부장으로 승진한 걸 축하해야지. 전화비 아까우니 끊을게. 비서 아가씨도 이런 실없는 소리나 확인해야 하다니 고생이 많네."

다카기는 일방적으로 전화를 끊었다. 조금 지나 모리카와가 다기를 들고 방으로 들어왔다.

"동사장님에게 전화를 연결하기 전부터 인상은 충분히 나빴다고 전해주세요."

그녀는 주전자에서 다기에 뜨거운 물을 부어 찻잎을 씻었다. 내가 부임한 뒤로 4주 동안 그녀는 다예교실에라도 다녔을까. 지난주부터 사무실 급탕실에 지나치게 본격적인 다구가 갖춰졌다. 모리카와는 일단 관심이 생기면 노력을 아끼지 않는 성격인 듯했다.

"나쁜 친구는 아니야."

"본사 부부장 다카기야, 하고 전화를 걸어왔어요. 너무 실례 아닌가요? J프로토콜 홍콩 본사는 여기예요. 우리 회사에 다카기라는 사람이 있는 줄은 몰랐네요."

"맞는 말이긴 한데……."

"타이항공 761편은 18시 15분에 도착 예정입니다. 지금으로서는 정시 도착이고요. 5시 반에 차를 준비해 놨습니다."

모리카와는 찻잎을 씻은 물을 다반에 버렸다.

"고마워. 하지만 에어포트 익스프레스로 갈 거니까 차는 취소해줘. 공항에서 운전사가 문을 열어주는 모습을 보면 또 한바탕 난리를 피울 테니까."

모리카와는 고개를 숙이고 웃었다.

"그럴 것 같긴 하네요. 식사는 어디서 하시겠습니까?"

"인터컨티넨탈 얀토힌이 좋을까……. 자리가 없으면 쉐라톤이나 샹그릴라의 레스토랑을 예약해줘."

"알겠습니다. 근처 주류전문점에서 가장 싼 샴페인을 레스토랑에 전달해놓을 테니 비서 아가씨가 드리는 승진 축하 선물이라고 전해주세요."

"그 친구가 마시고 싶다는 걸로 주문할 테니 그렇게까지 하지 않아도 돼."

"라벨에 'JPHK은 그쪽의 지점이 아닙니다'라고 쓸까……."

모리카와는 내게 대답하지 않고 방을 나갔다. 다카기가 모리카와의 심기를 단단히 거스른 모양이다.

†

다카기는 여전히 비즈니스 클래스로 다니나 보다. 홍콩국제공항 도착층에서 다카기가 탄 비행기가 도착했음을 알리는 램프가 점멸하고 20분도 지나지 않아 세관을 통과해 나왔다. 나는 그에게 에어포트 익스프레스 티켓을 주었다.

"사장님 차로 안 가고?"

"일부러 과시하는 거냐고 할까봐 거절했어."

"넌 어릴 때 외국에서 자랐어?"

나는 다카기가 갑자기 왜 그런 걸 묻는지 몰라 고개를 가로저었다.

"초등학교부터 대학교까지 쭉 일본 공립이었어."

"그럼 '거절했다'고 표현하면 정말로 일부러 그러는 거잖아. '사적으로 쓰진 못한다.'고 하는 게 일본인이 고래로부터 소중하게 지켜온 세심한 배려 아니었어?"

결과가 똑같다면 차를 거절하지 말걸 그랬다. 회사 차 안에서는 담배를 피울 수 있기 때문이다.

"뭐, 어쨌든 거절했겠지만."

나는 다카기를 돌아보고 고개를 갸웃거렸다.

"도아인쇄와 J프로토콜과는 상관없는 곳에서 단둘이 이야기하고 싶어. 물론 J프로토콜 홍콩과도 관계없는 곳에서."

"비서 아가씨가 다카기의 승진 축하 선물이라며 인터컨티넨탈 얀토힌을 예약하고 사비로 샴페인까지 준비해줬는데."

"미안하지만 취소해줘. 마침 인터컨티넨탈에 묵으니 너와 이야기가 끝나면 샴페인은 방으로 가져다달라고 하면 돼. 일본어가 통하지 않는 가게에서 이야기하고 싶어."

전화 말투와 달리 다카기는 고집을 꺾지 않을 분위기다.

"홍콩에서 먹고 싶은 거 있어?"

"기내식으로 똠양꿍과 화이트카레를 먹은 참이야."

캐세이퍼시픽 이코노미 클래스에서는 상상할 수 없는 식사다. 그거야말로 자랑하는 거라고 한소리 하고 싶었지만 그 말은 삼켰다.

"그럼 페닌슐라의 더 바로 갈까?"

"그 바는 J프로토콜 홍콩이 경비로 이용하는 곳이야?"

"안타깝게도 영수증을 달라고 하면 매너 위반인 곳이야. 하지만 누가 듣지 못하게 이야기를 나누고 싶으면 홍콩에서는 안전한 곳이지."

"좋아."

나는 더 바 카운터석에 앉아 '페이크 리버티'를 주문했다.

"페이크 리버티는 무슨 칵테일이야?"

"이 가게 오리지널 칵테일이야."

"그럼 나도 같은 걸로 주세요."

바텐더가 일하는 모습을 보며 다카기가 고개를 갸웃거렸다.

"이 바에서 다이어트 콜라를 넣은 쿠바리브레를 주문할 수 없어서 새 레시피의 칵테일로 만들어달라고 했어. 그 책임을 지고 이름을 지을 권리를 받았지."

"그래서 네가 생각한 이름이 '가짜 자유'야?"

"나쁘지 않지?"

"응. 그런 점은 잘 맞는데……."

"그렇게 말하면 서로 안 맞는다고 하는 것과 똑같잖아."

"나는 동료 전화도 비서를 통해 받고 사장실 의자에 으스대고 앉아 담배까지 피우진 않아. 게다가 무단으로 녹음까지 하는 무례한 녀석과 내가 마음이 맞을 것 같아?"

"그게 좌천된 곳에서 하는 일이야. 나중에 홍콩에서 쓰는 휴대전화 번호를 알려줄 테니 다음에는 그 번호로 걸어. 내 개인 전화라 비서를 통하지도 않고 동사장실에서 나오면 녹음도 안 해."

"알았어. 그럼 바가 아직 한산할 때 본론부터 말할게."

"아, 그랬지. 다시 한번 부부장 승진 축하해."

나는 페이크 리버티 잔을 내밀고 건배를 청했다. 다카기는 기가 찬 표정으로 잔을 들었다.

"이봐……, 자기 승진 축하를 받자고 외진 홍콩까지 꾸역꾸역 찾아오는 멍청이가 어디 있겠어?"

"네가 그랬잖아."

"통화 내용을 녹음하니까 그렇지."

내가 영문을 몰라 일단 잔을 내려놓자, 다카기는 자기 잔을 콩 부딪치며 페이크 리버티를 한 모금 마셨다.

"좋은 칵테일이야. 지금까지 마셔본 쿠바리브레 중에서는 가장 맛있어."

나는 아무 말도 하지 않았다.

"인사이동 홈페이지에 뜨지 않고 회사를 그만두는 방법을 알아?"

다카기가 갑작스럽게 묻자 나는 고개를 갸웃거렸다.

"징계면직이라도 받아야 하나?"

"한심하긴. 징계면직을 비공개로 하면 비밀경찰과 똑같잖아. 애당초 J프로토콜에서는 설립 이래로 징계면직을 받은 사례가 없어. 가장 심했던 경우가 4년 전의 권고사직이지. 그것도 '자발적 퇴사'라고 적지 않고 단순히 '퇴사'였어. 참고로 재직 중에 병사, 사고사는 퇴사 취급이라 부고 일람에도 소속, 직책과 이름이 공표돼."

"아무도 모르게 회사를 그만두긴 어렵다는 거야?"

"맞아. 내가 아는 한 사내에 공표되지 않고 회사를 그만두는 방법은 실종되거나 자살하거나 둘 중 하나밖에 없어."

"잘 아네?"

"관리직으로 승진하고 들어간 파트가 인사부였어. 넌?"

"경영기획부였어."

"마라톤으로 치면 바로 뒤에서 2등으로 쫓아오던 녀석이 사라져서 순위는 그대로지만 기록은 나오지 않는 상황이야."

"그거, 나와 다를 바 없는 자랑 아니야?"

"그게 자랑이 아니니까 홍콩까지 왔지."

우리는 페이크 리버티를 한 잔씩 더 주문했다.

"나는 앞으로 얼마나 더 경쟁자 없이 혼자 달려야 하나 싶더라고."

"내 예상으로는 그런 걸 신경 쓰지 않더라도 다카기는 임원이 될 거야. 잘 되면 J프로토콜에서 채용된 첫 임원이 탄생하겠지."

"고맙다고 해야 하나? 아무튼 그런 생각을 했더니 J프로토콜 홍콩으로 부임한 사원의 복귀 인사는 본 적이 없다는 걸 문득 깨달았어."

나는 여전히 다카기가 무슨 말을 하려는지 짐작 되지 않았다.

"일하기 편해서 복귀를 희망하는 사람이 아무도 없는 거 아니고?"

"속 편한 녀석이네. 그렇다면 퇴사나 이적 인사가 뜰 거 아니겠어? 무엇보다 나카이, 네 주변에 J프로토콜에서 온 사원이

나 임원이 있어?"

"반을 제외하면 현지에서 채용한 여사원 다섯 명이 전부야."

"바로 그거야. 그래서 인사부에서 같이 일했던 후배에게 부탁해서 독립 폐쇄망 PC를 몰래 쓰게 해달라고 했거든. 데이터베이스 접속 로그를 지우는 방법은 알지만 프린터 로그를 지울 자신이 없어 손으로 써서 지저분하지만 읽고 버려. J프로토콜 홍콩이 아니라 호텔 비즈니스 센터에서 문서분쇄기에 넣어."

다카기는 그렇게 말하고 세 번 접은 리갈패드 한 장을 나에게 내밀었다.

마루야마 리쿠 2004년 5월 본사 영업총괄부, 수석부장에서 부동(薰)사장으로 파견.

2005년 7월 카지노에서 공금 사용으로 내부 고발 후 홍콩 시내 자택에서 음독자살.

당사자 자살로 징계 처분은 불문에 부침. 경찰에 신고했으나 불기소 처분.

나베시마 후유카 2002년 9월 HK프로토콜에 채용. HK프로토콜 기술 연구원.

J프로토콜 홍콩 설립 후 기술경리 겸무.

2005년 7월부터 무단결근.

기술부문 책임자가 되었으나 성과를 내지 못해 정신질환을 앓았던 것으로 추정.

2006년 7월 실종 처리.

창핑창(CHANG Ping-chang) 2004년 9월 현지 채용. 일반 사무직.

2005년 8월, 홍콩 시내 자택에서 자살 미수.

나베시마 후유카와 불륜 관계로, 연인 실종으로 괴로워하다 자살을 시도한 것으로 추정.

별거 중인 부인이 발견해 병원으로 이송했으나 복합 장기부전으로 사망.

스즈키 노리미쓰 2005년 8월 관공청 ICC 영업부, 부장에서 동(薰)사로 파견.

2007년 2월 홍콩 시내 야총회에서 만난 여성에게 쓰고자 공금 횡령,

JP 본사에서 조사받은 뒤 도쿄 도내 빌딩에서 투신자살.

당사자 자살로 징계 처분 보류. 경찰에 신고했으나 불기소 처분.

무라타 하지메 2007년 3월 시큐리티 ICC 영업부, 부부장에서 동(薰)사로 파견.

2008년 4월 홍콩 시내 자택 욕실에서 사망.

사망 시 체내에서 다량의 알코올 성분 검출.

사고사와 자살 양쪽으로 조사했으나 홍콩시경은 사고사로 판정.

사망 후 공금 횡령이 발각되었으나 당사자 사망으로 징계 처분 보류.

경찰에 신고했으나 불기소 처분.

나카이 유이치 2009년 10월 교통 ICC 영업부 부장대리에서 부부장으로 특진 후 파견.

동(薫)사장.

취임 직후부터 현지 채용한 사원 찬링(중국 국적, 홍콩영주권 소유자)과 남녀 관계를 가짐.

TBD

"다카기……, 동사의 '동(董)'에 연화발은 필요 없어. 이렇게 쓰면 '훈사'잖아."

"아니, 내가 고생해서 도쿄에서 가지고 온 메모를 보고 맨 먼저 하는 말이 그거야?"

"아무튼……, 틀린 건 틀렸다고 알려줘야지."

나는 잠시 종이를 보았다.

"지금 돈이 얼마나 움직이고 있어? 말하지 않아도 되니까 그 종이 끄트머리에 써봐."

나는 'HKD50M≒JPY600M/month'라고 갈겨 적었다.

"그쯤이면 사람 몇 명쯤은 죽이고도 남네. 이 메모를 검색
한 조건은 J프로토콜 홍콩에 채용이나 파견 기록이 있지만 퇴
사나 전출 기록이 없고, 또 재직 중이 아닌 사람이야. 즉, 인사
정보에 뜨지 않고 회사를 그만둔 사원 및 임원이라는 거지.
뭐, 두 번째와 세 번째 사람은 상관없어 보이지만."

"그래……, 정신질환에다 불륜 관계였으니까."

나는 나베시마 후유카의 이름을 보며 아무것도 해주지 못
한 자신에게 실망했다. 4년 전에 그녀는 내 바로 근처에까지
와줬는데 나는 알아채지도 못했다.

"문제는 그게 아니잖아. 검색 조건이 뭐였는지 제대로 안 들
었어?"

"들었어. 간단히 말하면 J프로토콜 홍콩에서 자살 또는 실
종된 사람이라는 거잖아?"

"거기에 네 이름이 있잖아."

"보면 알아."

"TBD가 무슨 뜻인지 알아? 'To Be Determined', 즉 미정
이라는 뜻이야."

"일일이 설명해주지 않아도 본사에서 쓰는 약어 정도는 알
아."

나와 다카기는 한동안 침묵하며 페이크 리버티를 마셨다.

"빨리 홍콩에서 달아나. 방콕 출장 내내 고민했지만 그것밖에 해줄 말이 없더라."

다카기는 롱드링크에 남은 얼음을 보며 말했다.

"달아난 다음에는 어떡하라고?"

"이 이사 세 명이 정말로 자살한 게 아니라는 것 정도는 너도 알잖아? 잘 들어, J프로토콜은 자회사의 장부 임밸런스가 임계점에 달하면 사람을 죽여. 경찰에 신고해도 죽은 사람은 말이 없으니 수사에 협조하지도 못하고, 사내 처분도 공표하지 않아. 그러니 달아나면 쫓아오지도 않을 거고 경찰에 수사 요청도 못해. '공금 횡령이 발각될 것 같자 실종. 당사자 부재로 징계 처분 보류'로 끝날 거야."

"진실을 안 다음에는 도망쳐도 쫓아올 거야. 내가 실종되면 당연히 J프로토콜은 어디선가 비밀이 폭로될까 두려워하겠지."

"그럼 이미 세 명이나 죽인 놈들에게 '내 신변에 무슨 일이 생기면 변호사가 사실을 공표하도록 손을 써 놨다. 그러니 다른 희생양을 홍콩으로 보내라'고 말해보려고? 그러면 '네, 알겠습니다' 하고 상대가 들어줄 거 같아?"

다카기의 시나리오를 듣고 그런 방법도 있다고 생각했다. 여전히 자기에게 유리하게 시나리오를 꾸밀 때는 머리 회전이 빠른 사람이다.

"하나만 묻자."

"뭐야?"

"왜 날 위해 이런 위험한 일을 했어? 이 메모도 필적을 보면 네가 썼다고 알아보는 사람이 있을지도 모르는데."

나는 그렇게 말하며 나베시마의 편지를 떠올렸다. 그녀는 얼굴에 붕대를 감고 나에게 J프로토콜을 무너뜨려 달라고 했다. 나와 같은 직장에서 일할 수 있을지도 모른다며 가벼운 마음으로 시작한 일 때문에 언제까지 도피 생활을 해야 하는지도 모르는 채 얼굴을 바꾸고 망명해야 하는 불안은 얼마나 컸을까. 붕대를 두른 상태에서 울 수는 있었을까. 언제 J프로토콜 홍콩 쪽에 붙을지 모르는 브로커만 의지하며 호텔 방에 갇혀 지내야 했던 그 심정을 못 본 척하고, 나는 도망치는 수밖에 없는 걸까.

"글쎄, 왤까?"

"입사 동기라고 해도 같이 술을 마신 적도 호찌민에서 딱 한 번밖에 없는 날 위해 이렇게까지 하는 이유를 모르겠어."

두 잔째 페이크 리버티가 말없이 우리 앞에 놓였다.

"나는 통일특급 종착역에서 양복 차림에 코코넛 열매를 들고 취소 수수료를 가지고 꼬장꼬장하게 따지는 녀석을 꽤 좋아하거든. 살살 굴릴 수 있을 것 같은데 마음대로 안 된단 말이야."

"무슨 말이야?"

"일단은 칭찬한 거야."

"그럼 나는 달아나지 않을 거야."

"이대로 그 찬링이라는 여자와 동반 자살할 때까지 기다리려고? 남자답지 못하다든가 하는 짓이 마음에 안 든다고 허세 부리지 말고 일단 도망쳐. TBD라는 건 머지않아 손을 쓰겠다는 뜻이야."

"여기서 달아나면 다시는 너와 술을 마실 수 없잖아."

나는 롱드링크를 들며 웃었다. 나베시마는 안전한 곳에 도착할 때까지는 아무도 믿지 말라고 경고했다. 다카기가 준 메모도 '자살이 계속 반복되어 경찰 당국이 슬슬 의심하기 시작했으니 이번에는 실종으로 처리하자'는 J프로토콜의 시나리오인지도 모른다. 하지만 나는 이때의 다카기를 의심할 수 없었다. 그래서 살짝 웃었다.

"태평한 소리나 할 때가 아니란 걸 몰라? 나와 계속 마시고 싶으면 먼저 달아났다가 상황이 진정된 다음에 연락해."

"일이 정리되면 연락할게. 또 브리즈 스카이 바에서 한잔하자. 하지만 달아나진 않을 거야. 나도 여러모로 사정이 있거든."

"목숨을 뺏겨도 괜찮을 정도의 사정이 뭐가 있다고?"

"그런 게 있어."

다카기는 고개를 숙이고 갈색 롱드링크를 보았다. 한동안 오래된 바 안에 침묵이 흘렀다.

"뭐, 그래서 나도 이 메모를 가지고 왔는지도 모르지."

"날 시험하려고?"

"그런 예의 없는 짓을 하는 사람은 사장실 의자에 뻐기고 앉아 담배나 피우며 전화를 받는 놈뿐이야."

"뻐기지 않았다니까."

"달아나지 않을 거면 이런 시스템은 널 마지막으로 끝내줘."

순간 나도 똑같이 생각했지만 조금 다른 느낌이었다.

"그 말은 좀 너무하지 않아?"

"왜?"

"이 리스트 끝에서 두 번째인 무라타 아무개라는 사람으로 끝내달라고 하는 게 일단은 예의지."

"그렇긴 하네. 미안하다."

바에 일본인 손님 두 명이 들어왔다.

나는 메모지를 접어 재킷 안주머니에 넣었다. 일본인 손님 덕분에 이 이야기는 끝이 났다.

"페닌슐라는 중국에도 있어?"

"여기도 중국이야."

"누가 모르나? 그런 뜻이 아니라는 것 정도는 알아들어라."

"베이징과 상하이에 있어. 참고로 도쿄에도 있고."

내가 그렇게 말하자 다카기는 바텐더에게 맛있는 칵테일을 만들어줘서 고맙다고 영어로 인사했다.

"혹시 베이징 페닌슐라의 바텐더와 연락할 기회가 있으면 다카기라는 일본인이 페이크 리버티라는 칵테일을 베이징에 서 마시고 싶어 한다고 전해주세요."

"공안부에서 싫어할 겁니다."

바텐더는 새하얀 행주로 칵테일 잔을 닦으며 다카기에게 살짝 웃어보였다.

"두 제국주의 국가를 비꼰 거예요. 나는 안전한 곳에 숨어 으스대는 놈이 싫거든요."

"내 얘기야?"

"그럴 수 없다는 건 오늘 저녁에 충분히 깨닫지 않았어?"

나는 체크아웃하기 위해 양손 집게손가락으로 가위표를 만들었다.

†

나는 다카기를 인터컨티넨탈 호텔까지 배웅한 김에 스타페리를 타고 홍콩섬으로 가 마카오행 페리 선착장을 향해 ifc 아케이드를 걸어갔다. 시간은 8시라 아직 홍콩과 마카오를 잇는 페리가 15분 간격으로 운행되었다. 화요일 저녁인데도 페리의 일반선실은 카지노를 하러 가는 손님으로 북적였다. 홍콩을 떠나 10분만 가면 번쩍이는 야경은 어디론가 사라지고 진행 방향 우측 해안에 군데군데 주택 불빛만 어른거렸다. 카지노의 휘황찬란한 네온사인이 보이기까지의 한 시간 남짓은 페리 엔진 소리만 들리고 아래층 일반선실에서는 카지노를 하러 가는 손님들의 시커먼 욕망 덩어리가 느껴졌다.

마카오로 가기로 한 건 충동적인 결정이었다. 어쩌면 내가 묵는 호텔로 돌아가면 이미 수배해 놓은 킬러를 맞닥뜨릴 것 같아 홍콩에서 달아나고 싶었을 뿐인지도 모른다. 나는 어퍼 클래스의 리클라이닝 시트를 눕히고 내가 해야 할 일을 정리 했다. 나베시마가 말한 대로 내가 안전한 곳으로 가려면 J프로 토콜 실권을 쥐든지 J프로토콜을 무너뜨리든지 둘 중 하나밖 에 없을 것이다. 다카기에게는 큰소리를 쳤지만 실제로는 아 무 생각도 떠오르지 않았다. 나베시마의 편지에 적힌 한 마디 한 마디가 가슴 속에 박힐 뿐이었다.

마카오에 도착해 목적지인 호텔로 향하는 택시 안에서 유 키코에게 전화를 걸었다.

"잘 지냈어? 지금 통화해도 돼?"

"응, 잘 지내? 통화는 괜찮아. 저녁 먹고 내 방에 있거든."

유키코는 다음 주에 홍콩으로 올 예정이라 이미 도쿄의 방 을 빼고 가나자와에 있는 본가에서 지낸다.

"오늘은 뭐했어?"

"백수인데다 해주는 밥을 먹기만 하니 살이 좀 쪄서 하루를 꼬박 들여 가나자와성과 겐로쿠엔을 구석구석 산책했어. 벌써 눈 무게에 가지 부러지지 말라고 나무를 묶는 작업 준비를 시 작했더라."

언젠가 같이 눈 내리는 겐로쿠엔에 놀러가자고 했지만 서로 결혼할 마음이 없어 유키코의 부모님이 있는 도시를 같이 여행하는 것은 피해왔다. 둘이 가면 유키코는 본가에서 묵을 것이고 밖에 저녁을 먹으러 나간다고 하면 그녀의 부모님과 같이 식사하는 자리가 될 것이다. 그렇다고 혼자 저녁을 먹고 비즈니스호텔에 묵을 만큼 나에게 가나자와는 매력적인 도시가 아니었다. 유키코는 회사를 그만두고 홍콩으로 간다고 부모님에게 어떻게 설명했을까. 그녀의 부모님 입장에서는 내가 유키코를 데리러 가나자와로 오는 게 당연하다고 생각할지도 모른다.

"어디 가는 중이야?"

"응, 마카오의 택시 안이야."

"유이치, 혹시 카지노에 자주 다녀?"

"아니, 홍콩에 온 뒤로 처음 마카오에 왔어. 홍콩 밤거리에 조금 질려서."

"유이치한테 도박은 안 어울려."

"충분히 자각하니까 안심해. 좀……."

"좀, 뭐?"

나는 그렇게 말하고 나서야 그 점쟁이를 만나러 마카오에 왔다고 깨달았다. 회사에서 보낸 암살자를 맞닥뜨리고 싶지 않을 뿐이라면 다카기와 바에서 헤어진 뒤 그대로 페닌슐라 호텔에 방을 잡으면 충분했다. 아무리 J프로토콜이라도 아시아 굴지의 명문 호텔에서 살인을 저지르지는 않을 것이다.

"응? 카지노 사전 조사."

"유이치는 전화로도 거짓말을 못하는구나. 다음 주에는 나

도 그쪽으로 가는데 그때 내가 모르는 유이치를 만나고 싶진
않아."

"알았어. 나는 전혀 바뀌지 않았어."

"카지노에 발도 들이지 말라고 하진 않겠지만 적당히 해."

"알았어. 유키코……."

"응, 왜?"

"홍콩 호텔 말인데, 요전에 유키코가 말한 호텔을 바꿀까
봐."

"나는 홍콩에 두 번밖에 안 가봐서 어디든 괜찮아. 가능하
면 일본 계열인 닛코 호텔이 괜찮지만 유이치는 별로 안 좋아
하지?"

"아무래도……. 새 호텔이 정해지면 다시 연락할게. 슬슬 전
화 끊을게."

"그 전에 빨리 보고 싶다든가 하는 말은 안 해줘?"

"응? 지난 한 달 동안 늘 그렇게 생각했어."

"전화 한 통에 거짓말을 두 번이나 할 건 없잖아."

대체 유키코는 내 어디를 보고, 혹은 무엇을 듣고 간파하는
걸까.

"하지만 지금은 그렇게 생각해."

"응. 고마워. 또 연락해."

유키코와 전화를 끊기를 기다렸던 것처럼 택시는 노인들의
학교 같은 호텔 앞에 차를 댔다. 나는 프런트로 가서 예약은

하지 않았지만 하룻밤 묵고 싶다고 했다. 붉은색 재킷을 입은 프런트 여직원은 룸 차지 선불을 조건으로 방을 내주었다.

나는 방에서 가볍게 한잔한 뒤 1층 복도로 향했다.

엘리베이터에서 내려 성매매하는 여성들의 눈에만 보이는 경계선을 넘어가자 몇 명이 바로 말을 걸어왔다. 나는 적당히 상대하며 검은 머리 여자를 찾았다. 그들은 이 호텔에서 얼마나 오래 일할 수 있을까. 어쩌면 이미 대륙으로 돌아갔는지도 모른다. 그녀들이 돌아다니는 주변을 한 바퀴 돌고 찾는 사람이 없는 걸 확인한 뒤 영어가 통할 것 같은 여자가 불러 걸음을 멈췄다.

"검은 직모에 영어를 할 줄 아는 여자를 찾는 중이야. 키는 나보다 조금 작고……."

장사 경쟁자를 소개해달라는 건 예의가 아니겠지만 다른 방법이 떠오르지 않았다. 나는 머리카락 길이를 손으로 나타내 보였다.

"혹시 소피 말인가?"

내 무례함에도 그녀는 의외로 순순히 대답해주었다.

"아직 있어?"

"조금 전까진 있었는데 한 30분 정도 못 봤으니 지금 일하는 중일지도 몰라."

"예약할 수 있을까?"

"200파타카에 해줄게."

"알았어."

나는 지갑에서 100홍콩달러 지폐를 세 장 꺼내 그녀에게 주었다.

"200이면 돼."

"알아. 100파타카는 팁이야. 저기 있는 레스토랑에서 기다린다고 전해줘."

"또제."

그녀는 계약이 성립되지 않은 걸 보고 나에게 접근하려는 여자에게 뭔가 말하고 멀어져갔다. 나에게 다가오려던 여자는 웃으며 "취마?"라고만 하고 지나갔다. 그녀들도 나름의 비즈니스 코드가 있을 것이다. 나는 레스토랑으로 들어가 마카오 맥주와 완탕면을 주문했다. 그러고 보니 다카기와 식사할 생각이었기 때문에 점심 이후로 아무것도 먹지 않았다. 완탕면을 다 먹고 샤오롱바오를 안주 삼아 마카오 맥주를 세 병째 마시는데 검은 머리의 소피가 내 앞에 와서 섰다. 레스토랑에 들어오는 손님이 잘 보이는 테이블에 앉았다고 생각했는데 나는 그녀가 눈앞에 와서 서기까지 전혀 깨닫지 못했다.

"아……, 네이호우?"

"어쩐 일로 날 예약했어?"

나는 테이블 맞은편 자리를 권하고 새 잔을 부탁했다.

"뭔가 먹을래?"

"미안해. 일이 끝난 직후에는 아무것도 먹고 싶지 않아서."

방금 만난 모르는 남자를 상대한 뒤에는 뭐든 상관없으니 먹고 기분을 돌리든지 아무것도 먹고 싶지 않든지 둘 중 하나일 것이다. 그리고 전자라면 이 일은 오래 하지 못할 것이다. 나는 내 무심함을 반성했다.

　"한 시간이면 되니 너와 이야기를 하고 싶었어."

　"내가 무슨 일 하는지 알아? 지금 의외로 프라임 타임이야."

　"알아. 한 시간에 얼마야?"

　"아까 그 애한테 선금으로 100파타카 받았으니 나머지 800파타카야."

　"알았어."

　나는 잔에 남은 맥주를 비우고 소피와 함께 미궁 같은 호텔방으로 들어갔다. 양심적인 여자들이다. 그다지 넓지 않은 방은 침대정리는 끝났지만 아직 전 고객의 흔적이 남아 있어 기분이 좋지 않았다. 소피가 두 개 있는 침대 중 하나를 가리켜 거기에 앉았다. 그녀는 옆 침대에 앉았다.

　"그쪽이 일하는 용이고 이쪽은 날 위한 거야."

　소피는 두 침대를 번갈아 가리키며 웃었다.

　"그렇구나. 담배 피워도 될까?"

　"그럼. 나도 한 대 줄래?"

　나는 담배를 내밀고 방을 둘러보았다.

　"어새신은 숨어 있지 않으니 안심해."

　"어새신이라니……, 히트맨 말이야?"

"그래. 그런 표정으로 방을 두리번거리니까."

"보통 이럴 때 걱정하는 건 경찰이나 영어로 뭐라고 하지……, 그 돈을 더 많이 뜯어내려는 네 파트너 아니고? 우리나라에서는 미인계라고 하는데."

"하지만 당신이 지금 걱정하는 건 어새신이잖아?"

"그렇긴 하지만……. 네 말대로 여행을 떠나야 하게 생겼어."

"당신 바보야?"

"왜?"

"여행은 이미 예전에 시작됐는데 전혀 자각하지 못하잖아."

"왕이 돼서?"

"그래, 당신은 왕이라는 자각도 없어."

"왕 같은 생활을 하고는 있긴 하지. 호텔에 살면서 매일 운전사가 딸린 차로 고급 레스토랑에 다니거든."

"그건 누군가의 마리오네트지. 내가 말한 왕은 그런 게 아니야."

"그걸 깨닫고 널 만나러 왔어. 네가 말하는 왕이 되려면 어떻게 하면 좋을까?"

"당신은 이미 크라운을 손에 넣은 줄 알았는데, 아니야?"

소피가 말하는 '크라운'은 무슨 메타포일까. HK프로토콜의 주식일까. 아니면 내가 나베시마에게 받은 USB 메모리까지 아는 걸까.

"진짜 왕은 당신이니까 크라운을 잃고도 왕좌에 앉아 있는 남자를 죽이면 그만이야."

소피는 태연하게 사람을 죽이면 된다고 말한다.

"나는 평범한 회사원이라 사람을 죽여본 적은 없어."

"나도 그래. 사람은 대부분 누군가를 죽여본 적이 없어. 흐름에 쓸려 다닐 뿐이면서 자유를 가장하는 여행자라면 그걸로 충분할지도 모르지. 하지만 당신이 왕으로서 여행을 계속하려면 할 수 있는 일은 뭐든지 해야 해. 안 그래?"

나는 '누군가를 죽인다'는 것도 무언가의 메타포면 좋겠다고 생각하며 반대쪽 침대에 앉은 소피를 보았다. 처음 만났을 때 소피의 어떤 점을 보고 나베시마를 떠올렸을까. 나베시마의 편지에는 '조금 젊어졌다'고 적혀 있었지만 소피는 서른여덟 살 여성이 어떻게 성형해도 다시 얻지 못하는 젊음을 가지고 있었다.

"소피, 예전에 나베시마 후유카라는 일본인을 돌봐준 적 있어?"

소피는 작게 웃으며 고개를 가로저었다.

"설령 당신이 말하는 일본인과 일을 한 적이 있어도 그런 말은 하지 않는 게 이 바닥의 최소한의 프로토콜이야. 나는 당신 이름도 모르지만 당신이 이름을 알려줬다고 해서 그걸 다른 사람에게 이야기하면 당신도 싫잖아?"

"그렇지."

나는 사이드테이블에 놓인 재떨이에 담뱃불을 끄고 고개를 숙인 채 멍하니 있었다. 소피의 아름다운 다리가 시야에 들어왔다. 가늘고 쭉 뻗은 다리였다.

"아직 시간이 남았는데 날 안을 거야?"

"아니……. 네가 매력이 없어서가 아니라 그럴 기분이 아니야."

멍한 시야 안에서 아름다운 무릎이 바닥을 향해 내려가더니 소피가 무릎을 꿇고 나를 올려다보았다.

"왜?"

"당신은 괜찮아. 이 여행을 계속할 수 있어."

소피가 양손으로 내 양쪽 귀를 감쌌다. 키스하는 줄 알았는데 나를 바라보기만 했다.

"여권과 항공권을 수배해줄 브로커를 소개해줄 수 있을까?"

"미안해. 나는……, 나뿐만 아니라 이 호텔에 있는 여자들은이 도시의 밑바닥 같은 존재야. 이 도시에서는 어쨌든 성매매가 정식 사업으로 등록되어 있지만 그건 경찰과 합의된 가게이야기고, 우리는 그 신디케이트에도 속하지 못해. 그러니 날데려온 브로커 외에 다른 사람과 어울리는 건 무척 위험해.당신이 원하는 브로커가 대륙에서 여자를 데려오는 브로커라면 소개해줄 수 있지만……."

"알았어, 미안해."

나는 그녀의 상황이 어쩐지 짐작이 되어 무리한 요구를 했다고 사과했다.

"사과할 필요는 없지만 나는 여권을 만드는 브로커와는 어울리지 않아. 나는 단지 어둠 밑바닥에서 꿈틀거리는 존재니까. 빛은 어둠이고, 어둠은 빛이야."

소피의 양손이 귀를 감싸 그녀의 목소리가 멀리서 들려오는 듯한 착각이 일었다.

"무슨 뜻이야?"

"밝은 곳에 있는 당신한테는 어둠이 단지 어둠으로 보이겠지만 어둠 속에서는 밝은 곳이 잘 보인다는 뜻이야."

소피의 얼굴이 천천히 시야를 뒤덮더니 짧은 키스를 해주었다. 일할 때와는 다르다는 게 분명히 전해지는 부드러운 키스였다. 그녀는 입술이 닿을 듯 말 듯한 곳에서 움직임을 멈추고 작게 속삭였다.

"그 망명 왕자라면 그런 브로커를 얼마든지 소개해줄 거야. 원한다면 왕좌에 앉은 가짜 왕을 없애줄 어새신도 알아봐줄 거야."

소피는 그렇게 말하고 일어나 이제 끝이라는 표정으로 고개를 갸웃했다.

"고마워."

"천만에. 나한텐 꽤 괜찮은 일이었어."

나는 지갑 안을 확인했지만 800홍콩달러에 지폐를 맞춰줄 수가 없어 천 홍콩달러를 주었다.

"이런 곳에서는 잔돈을 거슬러주지 않는데……"

"알아. 하지만 그것밖에 없어."

"그럼 다음에 날 선택해주면 200파타카 깎아줄게."

나는 침대에서 일어나 미궁 같은 복도로 이어지는 문으로 안내받았다.

"엘리베이터까지 데려가줄까?"

"아니, 혼자 갈 수 있어. 오늘은 고마웠어."

"나야말로."

나는 복잡하게 굽은 복도를 지나 아마도 소피의 방으로 왔을 때와는 다른 엘리베이터를 발견했다. 그라운드 플로어까지 내려가 그대로 호텔 밖으로 나왔다. 도로를 사이에 두고 우뚝 솟은, 연꽃을 형상화한 고층 호텔을 올려다보며 담배에 불을 붙였다. 소피는 망명 왕자가 암살자도 구해줄 수 있다고 했다. 하지만 나는 소피에게 브로커를 소개해달라고 부탁했을 때 내 손으로 실행할 생각이었다. 나는 처음 든 생각대로 따르기로 결심하고 명함첩에 접어서 넣어둔 종이를 꺼내 휴대전화 버튼을 눌렀다. 발신음은 일곱 번 울렸다.

"웨이?"

전화기 너머의 짧은 목소리에 경계심이 배어났다.

"네이호우? 나카이입니다. 예전에 주식을 산 사람이에요."

"카이저입니다. 잘 지내셨어요?"

"늦은 밤에 갑자기 죄송합니다. 부탁이 있어서 전화했습니다. 지금 마카오에 있습니다."

"네, 괜찮습니다. 그리고 이 도시에서는 아직 늦은 밤이 아니에요. 무슨 일입니까?"

"만나서 이야기하고 싶은데, 오늘 밤이나 내일 아침에라도 시간을 내주실 수 있을까요?"

"한 시간 뒤에 제가 묵는 호텔로 오실 수 있습니까?"

여전히 카이저의 일본어는 정확하다.

"가능합니다. 감사합니다."

나는 손목시계를 확인했다. 밤 11시 반이었다. 카이저의 말대로 이 도시의 밤이 깊어지려면 아직 멀었는지도 모른다.

"그럼 프런트에 그렇게 전해둘 테니 나카이 씨의 이름을 대고 올라오세요."

"알겠습니다."

나는 전화를 끊고 카이저가 지내는 고급 호텔을 다시 올려다보았다.

카이저와 약속한 시간까지는 낡은 호텔 방에서 침대에 누워 천장을 보았다. 아무리 고민해도 다카기처럼 괜찮은 시나리오가 떠오르지 않아 살짝 열등감을 느꼈다. 하지만 소피의 말처럼 이미 여행이 시작되었다면 슬슬 나도 왕이 되어야 한다.

나는 노인들의 학교 같은 호텔에서 고층 호텔을 향해 길을 건너 번쩍번쩍하는 현관 천장을 보았다. 약속 시간까지는 아직 10분 정도 남았지만 정신이 드니 카이저와 처음 만난 날 나와 반을 안내한 여성이 옆에 서 있었다. 호화로운 스위트룸에 장기 투숙하면 전속 버틀러가 배속되는지도 모른다. 그녀는 여전히 등을 곧게 세우고 내 옆에 서 있었다.

"나카이 님, 기다리고 있었습니다."

"네이호우?"

나는 지난번과 똑같이 보안검색대로 안내받고 어디로 가는지 모를 엘리베이터에 탔다. 나와서 맞이해준 카이저는 턱시도를 입고 있었다.

"안녕하세요, 나카이 씨?"

"갑작스러운 부탁을 흔쾌히 들어주셔서 정말 감사합니다."

나를 안내해준 여성을 방 밖에 남겨두고 타이파섬이 보이는 거실로 갔다.

"마카오에는 일 때문에 오셨어요?"

"이달부터 홍콩에서 일합니다."

"그래요? 지루한 파티가 끝난 참이라 만나서 참 반갑습니다. 같이 한잔하시겠습니까?"

"좋습니다."

카이저는 미니바라기에는 지나치게 호화로운 선반에서 일본제 위스키와 샷 글라스를 꺼냈다.

"나카이 씨는 어떻게 드십니까?"

"온더록으로 부탁합니다."

홋카이도에 있는 증류소 이름의 위스키였다. 내민 올드패션드 글래스 안에서 얼음을 흔들자 힘찬 향기가 피어올랐다.

"마카오에서 스카치위스키는 쉽게 구할 수 있지만 이건 좀처럼 안 팔더군요."

"수요가 별로 없기 때문이겠죠. 다음에 일본에 가면 사다 드리겠습니다."

"마음 써주셔서 감사합니다. 12년산보다 8년산이 힘이 있어서 좋아합니다."

정중하지만 남에게 무언가를 받는 데 거부감이 없는 말투였다.

"위스키 이야기는 그만하고 나카이 씨의 의뢰를 들어볼까요?"

나는 고개를 끄덕이고 얼음의 냉기가 고루 전해진 위스키를 한 모금 마셨다.

"저는 홍콩에 있는 걸로 해두고 제가 아닌 다른 사람으로 일본에 잠시 입국하고 싶습니다. 여권과 항공권을 마련해줄 브로커를 소개해주실 수 있습니까?"

카이저는 샷 글라스에 새 위스키를 따르고 나를 보았다.

"나카이 씨가 그런 부류인 줄은 몰랐군요."

정말로 그럴까. 카이저는 HK프로토콜이 유령회사인 걸 알았을까.

"그럴 사정이 생겼습니다."

"무슨 사정인지 물어봐도 될까요?"

"어떤 사람을 죽일 겁니다."

그런 말을 거침없이 하는 자신에게 놀랐다.

"끔찍하군요."

그리고 나베시마가 브로커에게 넘겼다는 HK프로토콜 주식을 우연히 카지노에서 발견한 나에게 판 걸까.

"저도 그렇게 생각합니다. 다음에 카이저 씨를 만날 때는 좀 더 편안한 이야기를 할 수 있을 줄 알았어요."

"실례지만 나카이 씨는 사람을 죽여본 적이 있습니까?"

"없습니다."

"그렇다면 돈은 조금 들지만 직접 살인 의뢰를 받아드릴 수 있습니다. 일본에는 제 지시로 움직이는 사람이 아직 몇 명 있습니다. 이른바 총알이라고 하죠."

똑바로 쳐다보는 그의 시선을 피하기 위해 나는 타이파섬이 보이는 창문으로 고개를 돌렸다. 거기에는 한 달 전에 우연히 이곳까지 온 자신과 똑같은 사람이 비치고 있었다.

"일 때문에 브로커에게 관공서 고관이나 왕족을 소개해달라고 부탁한 적은 있지만 모두 합법적인 범위에서였어요. 이런 일을 의뢰하는 건 처음입니다."

"대부분이 그렇죠. 마카오에는 일본인을 카지노의 고액 테이블로 안내하는 브로커가 수도 없이 많지만 그래도 합법적인 범위에서만 합니다. 불법적인 의뢰를 하는 일본인은 거의 본 적이 없어요. 하물며 자기 손으로 살인을 하겠다는 일본인은 다른 사람에게 들은 이야기까지 포함해 처음입니다. 왜 나카이 씨 본인이 직접 살인을 하려고 하시죠?"

"지금 어떤 기업이 저를 죽이려하기 때문입니다."

나는 겉으로는 한 달 전과 전혀 변함이 없는 자신을 보며 말을 이었다.

"얌전히 죽어줄 생각도 없고 못 다한 일도 있어서요."

바닥에서 천장까지 이어진 창문에 비친 내 겉모습은 아무것도 달라지지 않았지만 지금은 여행을 하는 중이라고 새삼 깨달았다. 나는 카이저에게로 시선을 돌리고 잠시 침묵에 몸을 맡겼다.

"역시 당신은 제가 처음 느낀 인상 그대로군요. 허풍선이도 아니고 겁쟁이도 아니고, 관심 없다는 얼굴로 필요하면 무너져가는 돌다리를 최대한 조심하며 건너려는 사람이에요."

"칭찬하시는 거라면 감사합니다. 하지만 카이저 씨가 맨 처음 카지노에서 절 알아봤을 때 저는 그 돈이 필요했던 건 아니니 '필요하면'이라는 말은 맞지 않는 것 같군요."

만약 그날 밤에 카지노에서 돈을 따지 않았다면 내 여행은 시작되지 않았을 것이다. 그 이전에 이미 여행이 시작되었다면 그날 밤 캐세이퍼시픽의 도착지를 변경할 수 있을 정도의 시나리오 작가가 어딘가에 숨어 있다는 뜻이다.

"알겠습니다. 나카이 씨의 여권과 비행기 탑승권은 제가 수배하겠습니다. 그런데 지금은 홍콩에서 일을 하고 계신다고 했죠?"

"그렇습니다."

"그렇다면 나카이 씨가 일본에 다녀오는 동안 나카이 씨의 여권만 홍콩에 있는 건 너무 위험합니다. 홍콩에서 평범하게 일하며 일본에 일시 입국하고 싶다면 제가 권유한 대로 살인도 제삼자에게 맡기는 게 좋아요."

그의 말이 맞다. 역시 나에게 이런 일은 어울리지 않는지도 모른다.

"일본에 다녀올 구체적인 일정은 정해졌습니까?"

"아직 정해지진 않았는데, 이제부터 상대의 일정을 확인하려고 합니다."

"그렇다면 일정이 정해진 시점에서 한 번 더 연락주세요. 그리고 그 기간 동안 회사에 휴가를 내세요. 먼저 나카이 씨 본인으로 제삼국으로 가서 거기서 나카이 씨가 아닌 다른 인물로 일본에 입국하는 게 나아요. 휴가는 짧아도 5일은 필요합니다."

"알겠습니다. 여권용 사진은 미리 드려야 할까요?"

카이저는 샷 글라스를 입으로 가져가려다 손을 멈추고 웃었다.

"이 방에 오는 동안 나카이 씨의 사진은 이미 충분히 확보했습니다. 여권에 필요한 정보는 호텔에 문의하면 알 수 있고요. 덧붙이자면 지문과 홍채도요. 아직 확보하지 못한 건 치아 정보와 손바닥 정맥 패턴 정도예요. 하지만 일본 여권은 생체인증이 필요 없죠."

나는 웃어도 되는지 판단이 서지 않았다.

"다만 사인이 필요하니 여기에 '詠'이라는 글자를 볼펜과 만년필과 연필로 세 번 써주세요."

나는 카이저가 내민 메모지에 '詠'이라는 글자를 각각의 필기구로 적었다.

"그런데 비용은 얼마나 듭니까?"

"카지노에서 시간을 보내는 것보다 지루하진 않으니 필요 없다고 하고 싶지만 그러면 나카이 씨가 불안하시겠죠. 30만 홍콩달러면 어떻습니까? 여권을 수령할 때 20만 홍콩달러. 홍콩에 돌아왔을 때 잔금을 지불하세요. 모두 현금입니다."

30만 홍콩달러는 싸진 않지만 내지 못할 금액도 아니다. 약점을 잡혔다고 생각하지만 망설임을 드러내서 좋을 건 없다.

"좋습니다. 그렇게 하겠습니다."

"아까 전화를 건 번호는 나카이 씨 번호입니까?"

"그렇습니다."

카이저는 샷 글라스의 위스키를 비우고 소파에서 일어났다.

"그럼 일본에 체류하는 구체적인 일정을 연락주시길 기다리겠습니다."

카이저가 복도로 나오는 문을 잡고 나를 돌아보았다.

"나카이 씨, 한 가지 충고하자면, 살인 사건은 좋은 방법이 아닙니다."

"그렇겠죠."

"그런 뜻이 아닙니다. 자연사나 병사가 아닌 다른 이유로 사람이 죽으면 필연적으로 경찰이 움직입니다. 어느 나라나 똑같아요. 그리고 그게 살인 사건이라면 경찰은 몇 년이 걸리든 계속 파고들 겁니다. 그러니 살인을 하더라도 살인 사건은 일으키지 않는 게 좋습니다."

"알겠습니다."

나는 웃었다.

"뭐가 웃기죠?"

"저를 죽이려는 사람도 똑같은 생각을 하거든요."

"행운을 빕니다."

카이저는 그렇게 말하고 나를 여직원에게 넘겼다.

✝

이튿날 나는 아침 6시 페리로 홍콩으로 돌아와 곧장 ifc의 사무실로 출근했다.

"다른 곳에서 주무셨어요?"

나보다도 나중에 출근한 모리카와가 차를 따르며 말했다. 어제 밤에 마카오의 호텔 방으로 돌아왔을 때는 세탁 서비스가 끝난 뒤라 하는 수 없이 입던 셔츠를 그대로 입고 왔다.

"웅, 어제 너무 신나게 놀았나 봐."

"평소보다 일찍 출근하실 때는 저한테 먼저 연락주세요. 상사보다 늦게 출근하는 비서는 꼴불견이니까요."

"호텔로 다시 돌아가고 싶지 않았을 뿐이니 신경 쓰지 않아도 돼. 가끔은 그런 밤도 있잖아?"

"절 배려해주실 필요는 없어요."

모리카와는 차를 따르며 리갈패드에 뭔가를 갈겨썼다.

'저는 비서인 동시에 감시하는 사람이니까요.'

"알았어. 다음부턴 미리 연락을 하든지 커피숍에서 시간을 때우다 출근할게."

모리카와는 보이차를 책상에 놓고 리갈패드를 찢어 구기더니 문 앞에서 멈췄다.

"아침까지 본사의 부부장님과 함께 계셨나요?"

가시 돋친 말투에 나는 웃으며 고개를 가로저었다.

"그 친구가 '본사'라고 한 말에 딱히 나쁜 뜻은 없었어."

"나쁜 뜻 없이 하는 말이 훨씬 더 사람을 불쾌하게 만들어요."

"그럴지도 모르지."

"하지만 혼자 계셨다니 조금은 안심했어요."

"그래?"

"네. 저는 악의 없는 '본사의 부부장님'이 싫거든요."

모리카와는 나에게 반박할 틈도 주지 않고 나갔다. 나는 다음부터 다카기의 전화를 연결할 땐 나에게 먼저 확인하지 않아도 된다고 말할 기회를 놓치고 말았다. 하기야, 그녀가 바로 방에서 나가지 않았더라도 그런 말을 할 배짱은 없었을 것이다. 나는 혼자 남은 방에서 개인 휴대전화로 다카기의 개인 휴대전화에 문자를 보냈다.

'이 개인 휴대전화 번호는 +852××-××××-××××이야. 비서 아가씨가 널 아주 싫어하는 것 같으니 다음부턴 직접 이 번호로 연락해. 번거롭게 해서 미안하지만 나리타에 도착하면 전화 줘. 도쿄까지 조심해서 가고. 나카이'

그러고는 가죽 의자에 으스대며 기대 보았다. 천장을 향해 담배 연기를 뿜자 장식 팬이 달린 부분에 작은 마이크가 보였다. 으스대는 것도 나쁘진 않다.

다카기의 전화는 저녁에 걸려왔다. 나는 일이 아니라 개인적으로 육우다실에서 모리카와와 저녁을 먹는 참이었다.

"웨이?"

"다카기야. 어제는 술 잘 마셨어. 쿠바리브레가 아주 맛있었어."

"별말씀을. 이제 나리타야?"

나는 모리카와에게 눈짓을 하고 가게 밖으로 나왔다.

"이미 도쿄에 도착해서 일을 마친 참이야."

"궁금한 게 좀 있는데."

"인사부 데이터베이스에 다시 접속하고 싶진 않아. 현장을 모르는 얼빠진 직원도 몇 번씩 반복하면 당연히 수상하게 여기니까."

"응. 그건 고맙게 생각하고 앞으로 또 그럴 필요는 없어."

"오늘 저녁엔 웬일로 솔직하네? 사장실 의자에서 으스대고 기대 있지 않지? 사람은 자세가 바르면 마음도 순해지는구나."

"알았으니까 그 이야기는 이제 좀 그만해."

"그런데 알고 싶은 게 뭐야?"

"이노우에 부사장님은 애인이 있어?"

육우다실 앞의 좁은 길을 검은 벤츠가 속도를 내며 지나갔다.

"호찌민 바에서 부사장님 비서는 건드리지 말라고 했잖아. 제대로 안 들었어?"

"그런 말을 들은 것도 같은데, 비서가 애인이야?"

"아니면 일부러 그런 경고를 하겠어?"

"그렇구나. 이케가 들어가는 이름이었는데. 풀네임도 알아?"

"고이케 사유리야. '사유리'는 다 히라가나로 써. 나이는 스물아홉 살이고 이제 곧 서른이 돼. 좀 미인이야. 그 영감님한테는 아깝지."

"하지만 사귀는 사이니 부사장님에게도 나름 매력이 있다는 뜻이겠지."

"고마고메에 위치한 아파트에 사택이 있고, 이름에 '장(長)'이 붙는 남자가 좋은 거겠지."

"오다 노부나가(織田信長)처럼?"

241

"농담 따먹기 할 사람이 필요해서 국제전화까지 걸게 한 거야?"

"다카기 덕분에 비서가 기분이 안 좋거든."

나는 휴대전화에 대고 말했지만 식당 안에 있는 모리카와는 신나게 노주를 곁들이며 상하이털게를 먹고 있을 것이다.

"책임전가하지 마. 그게 왜 내 탓이야? 궁금한 건 그게 다야?"

"응."

"영감님 애인을 찔러본들 사태가 호전되진 않을 텐데. 애당초 경험상 그런 여자는 레벨이 더 낮은 쪽으로는 갈아타지 않거든."

나는 다카기의 말을 정리했다. 다른 사람 비서의 이름을 지체 없이 대답할 수 있고 이제 곧 나이가 바뀐다는 것까지 꿰고 있다.

"넌 이미 시도해봤어?"

"그럴 리가 있겠어? '군자는 오이 밭에서 신발을 고쳐 신지 않는다'는 말도 몰라?"

"그게 아니라 '군자는 위험한 곳에는 가지 않는다'겠지."

"그건 널 위한 속담이고. 나는 일단 어떤 오이가 있는지는 알아보러 갈 거야."

"뭐?"

"넌 오이를 조사하다 덩굴에 발이 걸릴 타입이니 오이 밭 근처에는 가지 않는 게 좋아."

다카기가 유키코를 말하는 거라고 깨닫고 기분이 상했다. 거침이 없어도 너무 없었다.

"쓸데없는 충고 고맙다."

나는 내 부주의한 한마디 때문에 통화가 껄끄러워졌다고 반성하고 식당으로 돌아왔다. 상하이털게가 있던 접시는 깔끔하게 비워져 있었다.

"보통 조금은 남겨두지 않나?"

상하이털게가 사라진 테이블을 보자 반성 중이던 언짢은 기분이 되살아났다.

"전화가 길어지는 것 같아서 디저트를 주문해뒀어요."

모리카와의 가시 돋친 말투는 통화 상대가 누군지 짐작했기 때문일 것이다. 나는 이런 날도 있다고 포기했다.

이튿날인 목요일, 나는 같이 점심을 먹자고 반을 불렀다.

"반, J프로토콜 사원 스케줄표를 아직 해킹할 수 있어?"

북적거리는 완탕면집에서 완탕면을 후루룩거리는 반에게 물었다.

"할 수 있지. 누가 궁금한데?"

출장 다닐 때 도쿄에서 서둘러 결재 받아야 할 회의를 하고 싶을 때 몇 번인가 반에게 결재권자의 일정표를 고쳐달라고 했었다. 여러 비서에게 일일이 일정을 조정해달라고 하는 것보다 먼저 비는 시간을 만들어버리면 효율적으로 일할 수 있다.

나는 재킷 호주머니에서 메모지를 꺼내 반에게 건넸다.

"이 두 사람이 도쿄에 있고, 또 동시에 스케줄이 없는 저녁 시간을 골라줘. 일정을 수정할 필요는 없어."

"알았어. 바로 할 순 있지만, 뭐에 쓰려고?"

"응? 가끔은 나도 비밀로 하고 싶은 일이 있어."

"그럼 이 완탕면을 네가 사면 해줄게."

"싸네? 뭣하면 오늘 저녁 일을 바꿔줄까? 나는 모리카와랑 만다린 오리엔탈 호텔의 피에르에 가기로 했는데."

"홍콩에서 프랑스요리를 먹고 싶진 않아."

반은 해킹 결과를 점심 먹고 나서 바로 보내주었고, 빌딩 1층에 있는 스타벅스로 불러냈다.

"매주 수요일에 밀회를 하나……? 11월 25일만은 둘 다 목요일 오전까지 일정이 비어 있어. 여자는 수요일에 유급휴가까지 냈고."

"응, 고마워. 역시 다음에 뭔가 한턱낼게."

"그럼 마카오에 갈 일이 있으면 포르투칼 요리라도 사줘."

"알았어."

나는 사무실로 돌아가는 반과 헤어지고 다카기에게 전화를 걸었다.

"신짜오?"

"오늘은 베트남에 있어?"

"도쿄에 있는데 휴대전화 화면에 네 이름이 뜬 걸 보니 코코넛 열매를 들고 있던 모습이 떠올랐거든. 그런데 무슨 일이야? 또 비서 아가씨가 저기압이라 농담할 상대가 필요한 거면 끊는다. 회의 중이야."

"그럼 예스나 노로만 알려줘. 고이케 사유리는 11월 25일이 서른 살 생일이야?"

"빙고. 아니다, 예스."

"고마워. 어제 저녁에는 전화로 이상한 소리를 해서 미안했어."

잠시 대화가 끊어지고 문을 여닫는 소리가 들렸다. 회의실에서 복도로 나왔나 보다.

"나카이……, 그런 일에 신경 쓸 여유가 있으면 빨리 홍콩에서 몸을 피해."

"고마워. 일하는데 방해해서 미안했어."

다카기는 손으로 마이크를 가리고 말하는 것 같았다. 울리는 목소리로 속삭이는 그에게 인사를 하고 전화를 끊었다.

†

카이저의 전화에서 부재중이라는 안내가 흘러나오자 나는 이름과 도쿄에 머물 기간이 정해졌다고 음성사서함에 녹음했다. 30분 정도 지나자 그쪽에서 전화가 왔다.

"웨이?"

"리 선생님의 비서인 음린파라고 합니다. 나카이 님이 전하실 말씀을 확인하라는 지시를 받았습니다."

유창한 일본어로 말하는 목소리가 어디서 들어본 적이 있는 것 같았다.

"카이저 씨에게 도쿄에 체류할 날은 11월 25일, 싱케이삼(수요일) 저녁이라고 전해주세요. 그러면 아실 겁니다."

"알겠습니다. 리 선생님이 이번 여행 건으로 몇 가지 확인하겠다고 하시는데 제가 대신 물어봐도 괜찮으시겠습니까? 아니면 리 선생님이 직접 물어보는 게 나을까요?"

'여행이라니…….'

"음린파 씨가 물어보셔도 괜찮습니다."

"평소에 자주 이용하시는 항공사와 잘 이용하지 않는 항공사를 알려주세요. 그리고 홍콩과 마카오 이외에 동남아시아에서 자주 묵는 호텔이 있으면 같이 알려주시고요."

일본어로 말해서 알아채지 못했지만 비서의 목소리는 호텔에서 카이저의 방까지 안내해준 여직원이었다.

"보통 캐세이퍼시픽을 이용합니다. 그래서 캐세이와 제휴를 맺은 항공사를 이용할 때가 많고요. 별로 이용하지 않는 항공사는 전일본공수와 대한항공일까요? 둘 다 기내식이 입에 안 맞아서요. 자주 묵는 호텔은……, 글쎄요, 호찌민에서는 마제스틱, 방콕에서는 두짓타니를 이용합니다. 하노이와 싱가포르는 딱히 정해져 있지 않고요."

"상하이나 부산, 타이베이에서는요? 호찌민과 방콕은 도쿄와는 반대 방향이라 시간 낭비가 심합니다."

"상하이와 부산은 가본 적이 없습니다. 타이베이는 관광만 하러 가는데 앰배서더 호텔을 이용합니다."

유키코가 대만을 좋아해서 타이베이에는 몇 번 같이 갔었다.

"한 번 더 확인하겠습니다. 일본에서 용무를 보실 곳은 도쿄가 맞습니까?"

"도쿄입니다. 적어도 도쿄 근교입니다."

"알겠습니다. 11월 25일이라면 늦어도 열흘 전에는 여행 준비를 마치겠습니다. 수배가 끝나면 이쪽에서 다시 연락드리겠습니다."

"알겠습니다."

"그리고 리 선생님이 전하시는 말씀이 있는데, 홍콩 호텔은 페닌슐라나 샹그릴라가 안심할 수 있는 곳이라고 하십니다. 이 두 호텔이라면 리 선생님이 어떻게든 나카이 씨를 지켜드릴 수 있습니다."

"고맙습니다. 그럼 그렇게 하겠습니다."

"그럼 다시 연락드리겠습니다. 조이긴(안녕히 계세요)."

마지막 인사만 광둥어였다.

viii
Yokohama
－ Late Autumn

홍콩국제공항 도착층에서 오랜만에 보는 유키코는 내가 지난 한 달 동안 상상했던 것보다 여성스러워진 느낌이었다. 그녀의 여행 가방을 받고 생각한 대로 말하자 유키코는 불만스러운 표정을 지었다.

"살이 좀 쪄서 그런가? 본가에 있으면 아무래도 잘 안 움직이게 되거든."

"회사를 그만두고 스트레스가 줄어들어서 그렇겠지."

"유이치는 전혀 안 변했어."

유키코의 말에 나는 웃어 보였다. 암살자 때문에 두려움에 떨고 스스로도 살인을 저지르려 한다고 말할 수는 없었다. 유키코도 알아채지 못한 건 내가 스스로를 전혀 속이지 않았기 때문일 것이다. 나는 회사 차가 기다리는 주차 차선까지 큰 여행 가방을 끌고 걸어갔다. 내 모습을 확인하고 뒷좌석 문을 열어주는 운전수를 보고 유키코는 놀란 표정이었다.

"이 BMW는 콜택시야?"

"J프로토콜 홍콩의 법인 차야."

"공사 구분 안 해?"

"리스했는데 안 쓰면 오히려 아깝잖아."

운전기사에게 여행 가방을 넘겨주고 뒷좌석에 앉자 유키코가 "문 정도는 직접 닫아." 하고 주의를 주었다. 나는 알았다고 하고 오랜만에 내 손으로 직접 문을 닫았다.

"이 차로 출퇴근해?"

"출퇴근할 때는 밴이 써. 나는 페리를 타는 게 더 좋거든."

"이런 생활을 하면서 사람이 변하지 않은 게 더 신기하네."

하지만 나는 이미 유키코가 모르는 곳을 여행하고 있다.

†

나는 모리카와에게 11월 25일을 끼워 일주일 휴가를 내겠다고 하고 그날 저녁에 어디로 가면 좋을지 고민했다. 다카기에게 고이케 사유리와 이노우에의 밀회 장소를 물어보면 금방 알려주겠지만 이 이상 그를 끌어들이려니 너무 미안했다. 나는 내 앞에 있는 리갈패드에 '전임 동사장의 정보를 정리해놓은 게 있나?'라고 갈겨쓰고 사무실에서 턱을 괴고 홍콩정부 관광국 홈페이지를 보는 모리카와에게 주었다. 그녀는 그 자리에서 사원 데이터베이스에 접속해 이노우에 요시노리의 데이터를 화면에 띄웠다.

"동사장님의 PC로도 접속할 수 있어요."

"여기서 봐도 될까?"

자신의 컴퓨터로 데이터베이스에 접속하면 로그가 남는다.

"그러세요."

생년월일, J프로토콜 홍콩에서의 이력(그래 봐야 동사장 취임과 퇴임 두 줄 뿐이었다.) 같은 기본적인 정보에 이어 도쿄 도내에 사택을 제공받았다고 적혀 있었다. 나는 그 페이지를 인쇄했다.

"미처 신경 쓰지 못했어요. 전임 동사장님은 홍콩에 거의 안 계셨기 때문에 도쿄에 사택을 제공했는데 해약하는 걸 깜빡했습니다."

나에게 의자를 내주고 옆에 서 있던 모리카와가 말했다.

"괜찮아. 내가 쓸 생각은 없지만 이대로 경비로 유지해도 문제없어."

나는 입술에 집게손가락을 대고 이 화제를 이어가고 싶지 않다는 뜻을 모리카와에게 전했다.

"경비 사용 이력은 없나?"

모리카와가 옆에서 팔을 뻗어 화면을 두세 번 클릭해 리스트를 띄웠다. 나는 그 화면을 인쇄했다. 모리카와가 공용 프린터에 출력된 데이터베이스 프린트를 가지고 왔다.

"고마워."

나는 그것을 받아들고 내 방으로 돌아와 의자에 으스대고 앉아 환기팬에 설치된 소형 마이크를 곁눈으로 노려보며 자료를 읽었다. 이노우에의 현재 주소는 가나가와현 가마쿠라시이고, 도쿄 도내 사택은 도시마구 고마고메였다. 게다가 매주 수요일에는 요코하마 그랜드 인터컨티넨탈 호텔 룸 비용을 경비로 계상했다.

'소피, 나 대신 왕좌에 앉아 있는 남자는 아주 제멋대로야.'

나는 오늘도 마카오에서 일하고 있을 점쟁이에게 소리 없이 이야기했다.

†

11월에 접어들자 바로 카이저의 비서에게서 연락이 왔다.

"여행 준비가 끝났습니다. 리 선생님이 직접 나카이 씨에게 전달하고 싶다고 하시는데 내일 저녁에 마카오로 오실 수 있으십니까?"

내일은 일이 끝나면 유키코와 오페라를 보러 가기로 했다.

"미안합니다. 내일 저녁에는 선약이 있는데 낮에 가도 될까요?"

"네, 상관없습니다. 리 선생님은 나카이 씨의 업무에 방해가 될까봐 근무 시간을 제외하셨을 뿐이거든요. 그럼 편하신 시간을 말씀해 주십시오."

"1시 반에 가도 되겠습니까?"

"알겠습니다. 그럼 내일 한 시 반에 호텔 로비로 와주십시오."

나베시마의 편지에도 적혀 있었듯이 일을 처리하는 속도가 영사관보다도 훨씬 빨랐다. 나는 이튿날 모리카와에게 조퇴하겠다고 알리고 마카오에 다녀왔다.

"멋대로 시간을 바꿨는데도 흔쾌히 수락해주셔서 감사합니다."

그날은 거실 회의 테이블로 안내받았다. 내가 인사하자 카이저는 갈색 봉투에서 여권 두 개와 항공권 교환권 몇 장을 테이블에 펼쳤다.

"이건 비즈니스니 괜한 인사는 필요 없습니다."

나는 20만 홍콩달러가 든 봉투를 말없이 테이블에 내려놓았다.

"나카이 씨, 이런 거래를 할 때는 물건 상태를 확인한 뒤에 돈을 꺼내는 게 좋습니다."

"그럴지도 모르죠. 하지만 저는 지금까지 브로커와 이렇게 거래해 왔습니다. 대가에 미흡한 것을 가져오는 브로커에게는 이게 절연금입니다."

"그렇군요. 나카이 씨다워요. 그럼 여정에 대해 바로 설명해도 되겠습니까?"

"좋습니다."

"먼저 일본에 입국할 때 경유할 제삼국은 대만으로 했습니다. 일본인은 대만 사람이 일본어를 해도 위화감을 느끼지 않는 듯하고 외모도 크게 다르지 않으니까요. 홍콩에서 타이베이까지의 비행기, 그리고 타이베이에서 머무는 데 드는 비용은 이번 30만 홍콩달러에는 포함되지 않습니다. 11월 23일에 타이베이 도착하면 28일에 타이베이에서 출발하는 캐세이퍼시픽 항공편을 나카이 씨가 직접 평소처럼 준비하세요. 타이베이에서는 주로 앰배서더를 이용하신다고 하셨으니 그 호텔에 숙박하세요. 마찬가지로 직접 예약하시고요. 나카이 씨가 평소에 주로 사용하는 항공편과 호텔을 이용해 신용카드에 이력을 남기는 게 목적이니까요."

카이저는 내가 끄덕이기를 기다렸다가 처음에 준비해준 여권과 항공권 교환권을 내밀었다.

"타이베이에서 하룻밤 묵은 뒤 24일에 이 여권을 가지고 중화항공을 이용해 도쿄로 이동하세요. 일본은 3일 연휴죠? 나리타공항은 조금 혼잡할지도 모릅니다. 이 여권의 다카하시 와타루라는 인물은 센다이에 살고 3일 연휴 첫날인 토요일에 나리타공항에서 출국해 타이베이 여행을 한 걸로 되어 있습니다. 수도권 거주자를 찾아봤지만 나카이 씨와 생일이 같고 해외여행을 할 것 같지 않은 사람은 찾기 힘들더군요. 비즈니스석은 승무원이 이름을 기억하니 불편하겠지만 이코노미석을 잡아놨습니다."

그가 내민 '다카하시 와타루(WATARU TAKAHASHI/MR)'라는 이름의 여권을 펼치자 이미 11월 21일자로 일본 출국 도장과 대만 입국 도장이 찍혀 있고 대만 입국카드가 끼워져 있었다.

"나리타공항에서는 버스나 택시로 이동하세요. JR이나 게이세이전철이나 아무튼 역에는 CCTV가 많습니다. 그리고 이번에 신용카드는 준비하지 않았으니 대만에서 출국한 뒤부터는 뭔가를 살 때는 모두 현금으로 지불하세요. 현금카드도 이력이 남으니 현금을 어느 정도 미리 준비하세요. 도쿄 호텔은 나카이 씨가 용무를 볼 곳이 정해지면 다시 연락주시고요."

"알겠습니다. 볼일이 있는 곳은 요코하마에 있는 인터컨티넨탈이니 직접 예약하겠습니다."

"아뇨, 이쪽에서 준비하겠습니다. 요코하마 인터컨티넨탈이 확실합니까?"

"네."

"26일에는 이 여권으로 나리타공항에서 전일본공수 비행기를 타고 타이베이로 돌아오세요. 이 여권의 위카이웡이라는 인물은 타이중에 사는 일본어학교 교사인데 지난주 일요일부터 관광차 일본을 찾은 걸로 되어 있습니다. 하지만 실제로는 이 기간에 타이중에서 교단에 서 있습니다. 타이베이에 도착하면 곧장 앰배서더로 돌아오세요. 그렇지, 앰배서더에는 문득 내켜서 철도로 대만 일주 여행을 했다고 하면 될 겁니다."

나는 끼어들 필요도 없이 카이저의 설명을 계속 들었다.

"그리고 휴대전화는 타이베이까지는 가지고 가셔도 되지만 일본에는 가지고 가지 마세요. 전원을 켜는 순간 일본에 있다는 흔적을 만들게 됩니다. 도쿄에 있는 동안에 누가 전화를 걸었는데 안 받으면 전화를 건 사람이 괜한 걱정을 할 수도 있으니 깜빡하고 홍콩에 놓고 가는 것을 추천합니다. 일본에 도착하면 안전한 휴대전화를 준비할 테니 그걸 사용하세요."

그의 설명을 들으며 도쿄에서 타이베이까지 쓸 중화민국 외교부에서 발행한 여권을 펼쳤다.

"출국은 외국인, 입국은 자국민으로 할 때 그 반대보다 체크를 덜하거든요. 입국 심사 서류도 적고 여권 심사를 받는 줄도 비교적 짧으니 CCTV에 찍히는 시간도 더 짧아요. 타이베이에서는 앰배서더에서 이틀 숙박한 뒤 관광을 마친 나카이 씨 본인으로 28일에 홍콩으로 돌아오세요. 여정은 여기까지입니다."

"네, 잘 알았습니다."

"이 여권의 인물들은 다 나카이 씨와 생년월일이 똑같습니다. 나이와 생년월일은 무슨 일이 생겼을 때 경찰이나 경비원이 이름 다음으로 묻는 정보예요. 그들은 그것을 머뭇거리지 않고 대답할 수 있는지를 봅니다. 다카하시 와타루의 생년월일을 일본력으로 대답하긴 쉽겠지만 일본과 마찬가지로 대만에도 민국력이 있습니다. 타이베이 입국 심사에서 물어볼 가능성은 낮겠지만 이 위카이윙이라는 인물은 민국력 60년이라는 기억하기 쉬운 해에 태어났습니다. 그가 민국력 60년에 태어났다고 기억하기보다 이 기회에 나카이 씨는 대만이 60주년 되는 해에 태어났다고 기억하면 더 쉬울 겁니다."

내가 끄덕이고 고개를 들자 카이저는 천장 샹들리에를 보고 있었다.

"결심은 변함이 없습니까?"

"네."

"24일에 타이베이에서 출국하는 시점이 V1, 즉 비행기 이륙을 막지 못하는 포인트입니다. 그 전까지라면 도쿄에는 가지 않고 타이베이에서 관광을 해도 아무런 문제는 일어나지 않습니다. 남은 여권은 양국의 출국 기록 테이터베이스 조작도 포함해 이쪽에서 처분할 테니 나카이 씨에게 피해가 갈 일은 없습니다."

"마음 써주셔서 감사합니다. 하지만 그러실 필요는 없습니다."

"그렇습니까? 그럼 제가 한 가지 서비스를 해드려도 될까요?"

"뭡니까?"

"타이베이에서 도쿄로 가는 길에 제 비서가 동행해도 괜찮겠습니까?"

나는 카이저의 말에 방 문 방향을 돌아보았다. 문 너머에서 반듯한 자세로 서 있을 음린파라는 여성을 떠올렸다.

"맞습니다, 음린파가 동행하도록 허락해주셨으면 합니다."

"그건 상관없는데 왜죠? 지난번에도 말씀드렸듯이 볼일은 직접 처리할 겁니다."

"물론 나카이 씨를 방해하진 않을 겁니다. 마침 제 비서도 도쿄에 볼일이 있어서 휴가를 신청했거든요. 다행히 그녀는 힐이 높은 구두를 신으면 나카이 씨보다 키가 커요. 앞에서 걸으면 조금이나마 나카이 씨가 CCTV에 녹화될 기회가 줄어들 겁니다. 일본은 나카이 씨가 생각하는 것보다 훨씬 많은 카메라로 시민들을 감시해요. 문을 여닫는 것도 그녀에게 맡기세요. 그러면 나카이 씨의 지문이 남는 것도 줄일 수 있습니다. 게다가 도쿄와 타이베이 구간은 모두 관광객으로 수배했는데 중년 남성이 혼자 다니면 출입국 심사에서 눈여겨보기 쉽습니다. 마약, 매춘……, 제가 볼 땐 같은 목적으로 관광을 다니는 여성도 남성과 숫자는 비슷하지만요."

"알겠습니다."

"흔쾌히 수락해주셔서 다행입니다. 제 비서가 동행하면 요코하마 호텔도 대신 예약할 수 있고 지불할 때도 그녀의 신용카드를 쓸 수 있어요. 그만큼 나카이 씨가 일본에 있었다는 흔적을 줄일 수 있습니다."

"여러모로 감사합니다."

"별 말씀을, 괘념치 마십시오. 저도 위스키를 사오라고 비서를 보낼까 생각하던 참이었거든요."

카이저는 미니바에 있는 일본산 위스키 병을 가리키며 미소 지었다.

"제가 홍콩으로 돌아오면 꼭 같이 식사라도 하십시다."

그의 배려가 진심으로 고마웠다. 나는 테이블 위의 여권과 항공권 교환권을 봉투에 넣고 일어났다. 내가 준 봉투의 금액을 카이저가 확인하지 않아 의아했다.

"20만 홍콩달러가 맞는지 확인하지 않으십니까?"

"봉투의 금액이 부족하면 그게 나카이 씨와의 절연금입니다."

나는 일단 현금부터 세는 브로커는 싫지만 끝까지 금액을 확인하지 않은 사람은 그가 처음이었다. 카이저는 방문을 열고 복도에서 대기하는 비서에게 뭐라고 전달했다.

"음린파라고 합니다. 린파라고 불러주세요."

"잘 부탁해요, 린파."

린파가 내민 오른손을 맞잡자 그녀의 손바닥은 카이저와는 완전히 정반대였다. 예전에 하노이에서 만난, 군 복무를 마치고 돌아온 지 얼마 안 됐다는 시청 청년의 손이 떠올랐다. 그 청년은 군대에서 사람도 죽여봤을까. 나는 카이저에게 받은 봉투를 재킷 호주머니에 넣고 유키코와 만나기로 한 홍콩문화중심으로 향했다.

†

나는 타오위안국제공항에서 카이저가 말한 V1의 의미를 처음으로 이해했다.

일본에서는 월요일이 근로감사절이라 카운터 앞은 3일 연휴를 4일로 늘린 일본인 관광객으로 북적였다. 해외여행이 막바지에 접어들어 국제공항이라는 관광객의 DMZ(비무장중립지대)로 돌아왔을 때의 안도감과 휴가가 끝났다는 초조함이 교차하는 분위기 속에서 나는 휴일용 재킷 안주머니에서 '다카하시 와타루'라는 이름의 여권을 꺼내기를 망설였다. 이 모르는 남자의 여권으로 항공권을 받으면 싫어도 카이저의 시나리오대로 도쿄와 타이베이를 왕복해야 한다. 물론 도쿄에서 아무것도 하지 않고 시간만 보내다 올 수도 있다. 하지만 나는 일단 도쿄에 도착하면 스스로 용건을 처리하는 성격임을 잘 안다. 바로 10분 전에 린파와 만났을 때는 "린파는 호텔 유니폼을 입지 않아도 미인이네요."라고 농담할 여유도 있었다. 그런 그녀는 내 망설임을 헤아리는 것처럼 말없이 옆에 서 있었다.

나는 무얼 위해 도쿄로 가는 걸까.

바로 2주 전에 유키코와 본 오페라에서 던컨 왕의 암살을 망설이는 맥베스는 "아 반짝이는 새 옷으로 충분하지 않소? 코더 영주로서 명성도 얻었지 않소."라고 부인에게 말한다. 유키코가 그 대사를 기억한 것은 아니었겠지만 빅토리아 하버가 보이는 인터컨티넨탈 호텔 레스토랑에서 "이대로 충분해."라고 했다. 다카기가 준 메모를 보여주면 유키코도 사정을 이해할 것이다. 홍콩의 작은 회사 동사장으로 지낼 수는 없어도 지금이라면 둘이서 홍콩에서 탈출할 수도 있다.

주춤거리며 서 있는 나를 몇몇 관광객이 방해된다는 듯이 피하며 체크인 카운터 앞의 줄을 이어갔다.

나는 내 손바닥이 남들에게 어떤 인상을 주는지 모른다. 2년간의 병역 의무를 마친 베트남 청년 눈에는 애송이로 보일지도 모른다. 한국이나 베트남 청년은 징병될 때 어떤 기분일까. 평시의 병역 의무라고 해도 그 2년에서 3년 사이에 국제 정세가 급변해 자국이 전쟁에 휘말리지 않는다는 보장은 어디에도 없다. 그렇게 되면 개인의 신앙이나 양심과는 상관없이 살아 있는 사람에게 총구를 겨눠야 할 수도 있다. 홍콩의 작은 기업 동사장으로서 악수한 고급레스토랑의 지배인들은 내 손을 보고 돈을 벌 줄도 모르면서 씀씀이만 후하다고 무시하며 속으로 혀를 내밀고 있을지도 모른다. 하지만 도쿄에서 이 타이베이로 돌아온 나의 손은 틀림없이 말없이 옆에 서 있는 린파와 같은 손이 되어 있을 것이다.

문득 모리카와는 처음 나와 악수했을 때 내 손을 어떻게 느겼을지 궁금해졌다. 그녀는 내가 머지않아 자살할 줄 알면서 나에게 '호기심만으로 불 속의 밤을 꺼내려는 건 너무 성급하다'고 경고해준 걸까.

모리카와 생각을 시작하자 지난주 금요일 저녁에 내가 사무실을 나설 때 보여준 표정이 떠올랐다. "휴가 잘 보내세요." 하고 대수롭지 않게 말하는 그녀의 얼굴에 쓸쓸한 표정이 스치는 것 같았다. 지금 내가 처한 위태로운 상황을 얼버무리려고 괜한 생각을 하는지도 모른다. 아니면 그녀가 정말로 쓸쓸한 표정을 지었더라도 단지 비서로서 보스에게 예의상 그런 시늉만 해보였는지도 모른다. 하지만 한번 그런 생각이 들자 모리카와가 하지 않은 말이 신경 쓰여 참을 수 없었다.

"린파……, 전화 좀 하고 올 테니 잠깐 기다려요."

나는 린파에게 말했다.

"제 휴대전화를 쓰셔도 괜찮습니다. 저는 마카오 특별구 주민이 일본을 관광하는 걸로 되어 있으니까요."

"저기 공중전화가 있어요. 대단한 용건도 아니니 금방 돌아올게요. 짐이나 좀 보고 있어 줄래요?"

나는 공중전화를 향해 걸으며 내 사무실 전화번호를 보려고 재킷 안의 휴대전화를 더듬었다.

'그 휴대전화를 홍콩에 두고 와서 지금 공중전화로 가는 중이었지.'

나는 앞뒤가 맞지 않는 행동에 웃음이 나왔다. 어떻게든 사무실 대표번호라도 떠올려 보려고 머릿속을 마구 헤집었지만 홍콩 국제번호조차 제대로 기억나지 않았다. 나는 하는 수 없이 공중전화 앞에서 발길을 돌려 린파 옆으로 돌아갔다.

"이렇게 말하면 불쾌하실지도 모르지만……."

린파는 아무 소득도 없이 돌아온 나에게 자신의 휴대전화를 내밀며 말했다.

"뭔데요?"

"여기에 다카하시 씨의 휴대전화에 들어 있던 정보를 옮겨두었습니다."

다카하시가 누구지? 하고 생각하다 그것이 지금 자신의 가명이라고 깨닫고 정말로 기분이 상했다. 그러고 보니 카이저의 방에 들어갈 때에는 매번 보안검사대에 휴대전화를 놓고 갔었다.

"기분은 나쁘지만 빌려줄래요?"

나는 린파에게서 휴대전화를 받아들고 내 주소록과 같은 순서로 기록되어 있는 전화번호 사이에서 모리카와의 개인 휴대전화 번호를 찾았다.

"방해된다면 조금 떨어져 있을게요."

린파가 발신 버튼을 누르려는 나에게 말했다.

"괜찮아요. 나중에 그 대화를 녹음했다고 하면 더 기분 나쁘니까요."

"죄송합니다. 다만 리 선생님이 다카하시 씨는 휴대전화가 없으니 전화번호를 준비해놓는 게 좋겠다고 하셔서요."

나는 미안한 표정을 짓는 린파에게는 아무 대답도 하지 않고 발신 버튼을 눌렀다.

"웨이?"

전화기 너머에서 모르는 번호에 경계하는 모리카와의 표정이 눈에 선했다. 그것이 이곳에서 '나카이'라고 말하지 못한다는 경고가 되었다.

"저기……, 난데."

"동사장님이세요?"

"응."

"잠시만요. 지금 사무실 밖으로 나갈게요."

모리카와는 다른 직원들 앞에서 이야기할 내용이 아니라고 짐작했는지 통화를 대기음으로 바꿨다. 내가 고등학생 때 유행한 필 콜린스의 히트곡이었다. 1985년, 필 콜린스가 '세상에서 가장 바쁜 남자'라고 불리며 빌보드 잡지 어딘가에는 반드시 이름이 실려 있던 무렵이다. 1985년이라고 하면 서른다섯 살인 모리카와는 막 중학생이 된 참이다. 미국 형사드라마 사운드 트랙으로 나온 곡의 진짜 의미까지는 모를 것이다. 당시 고등학생이었던 나조차 그 히트곡의 감정을 정말로 이해했는지는 확실치 않다.

'생각났다. 소니 크로켓 형사였어.'

"무슨 일 있으세요?"

대기음이 끊어지고 모리카와의 목소리가 돌아왔다. 시간상

빌딩 층마다 설치된 공용 흡연실에 있을 것이다.

"'Take Me Home'을 대기음으로 할 만큼 상사가 야근을 많이 시키던가?"

그 히트곡이 나오던 형사 드라마의 장면은 뉴욕 공항 출발층이었다. 회사 전화번호도 기억하지 못하면서 쓸데없는 것은 잘만 기억한다.

"그런 말을 하려고 휴가 중에 전화하셨어요? 마음에 안 드시면 대기음은 다른 걸로 바꿀게요."

모리카와의 못마땅한 얼굴을 떠올린 게 그 순간 위로가 되었다.

"미처 이야기하지 못한 게 있어서 전화했더니 그리운 히트곡이 나와서 그만……."

"무슨 이야기인데요?"

"타이베이에 올 때 휴대전화를 깜빡하고 놓고 왔거든. 휴가 중에 무슨 일이 생겨 전화해도 소용없으니 돌아간 다음에 듣겠다고 일러둬야겠다 싶어서."

"알겠습니다."

"그래. 별것도 아닌 일로 일하는 데 방해해서 미안했어."

나는 전화를 끊기 위해 모리카와가 무슨 말을 하기를 기다렸지만 짧은 침묵이 흘렀다.

"저도 드릴 말씀이 있어요."

"뭔데?"

내가 묻자 다시 침묵이 흘렀다.

"여보세요?"

"저기……."

"응, 듣고 있어."

"어떻게 말해야 좋을지 모르겠지만, 아무튼 빨리 휴가 끝내고 오시길 기다릴게요."

모리카와는 내가 자살할 날을 아는지도 모른다. 그 디데이를 모르더라도 그것이 이번 주나 다음 주는 아님을 확신하고 있다. 그렇다면 나는 도쿄에서 내 볼일을 처리하자.

"그래. 다음 주 월요일에는 정상적으로 출근할 거야. 그러니 모리카와도 안전한 곳에 있어."

"저는 여기 있을 거예요. 다만 동사장님이 휴가 중일 때는 다른 사원과 똑같은 시간에 출근하니 휴가를 일찍 끝내실 거면 미리 연락주세요."

"알았어. 하지만 휴가를 일찍 마무리할 생각은 없어. 그러고 싶어지면 다시 전화할게. 그때는 아무 말도 하지 말고 대기음을 들려주면 좋겠어."

"알겠습니다."

"그럼 다음 주 월요일에 봐."

나는 휴대전화를 린파에게 돌려주고 그녀의 손을 잡고 중화항공 체크인 카운터 앞에 줄을 섰다. 린파는 조금 놀란 얼굴을 미처 숨기지 못했지만 바로 자신의 배역을 연기하며 미소를 지어보였다.

"휴가가 끝났네요."

"영원히 계속되는 휴가는 없으니 어쩔 수 없지."

나는 린파의 여권을 받아서 체크인 카운터에 모르는 남자의 여권과 함께 내려놓았다. 그것이 돌아갈 곳 없는 여행의 시작일지라도 후회는 하지 않겠다고, 지상 직원이 체크인 수속을 하는 동안 몇 번이나 다짐했다. 4년 전에 마카오국제공항에서 나베시마도 아마 나와 같은 심정이었을 것이다. 나는 어딘가에 있을 나베시마 후유카를 찾아내야 한다.

✝

나리타공항에서는 카이저의 충고대로 택시를 타고 밤 10시가 넘어서 요코하마에 도착했다. 홍콩이나 타이베이에 비하면 요코하마의 밤은 이미 충분히 추웠다. 의외지만 린파는 일본에 처음 와봤다고 했다. 도심을 뱀처럼 휘감은 수도고속도로를 보고 마카오 그랑프리 같다고 영어로 중얼거렸다.

"요코하마에서 관광하고 싶은 곳이 있어?"

나는 거의 두 달 만에 일본의 야경을 보며 린파에게 물었다.

"여러 군데 있지만 이번에는 짧게 체류하니 신경 안 쓰셔도 됩니다. 다카하시 씨는 호텔에서 편히 쉬세요."

"알았어."

요코하마항에 튀어나온 인터컨티넨탈 호텔에 린파의 이름으로 체크인하고 짐을 풀었다. 방은 주니어 스위트라 침실은 하나지만 거실 소파를 쓰면 일단 서로의 프라이버시를 확보할 수 있다.

"침실은 린파가 써."

"그래도……."

"호텔 방에서만이라도 일을 잊고 싶거든. 침실을 쓰는 대신 '다카하시 씨'라고 안 부르면 더 잘 쉴 수 있을 것 같아."

린파가 고개를 끄덕이는 것을 확인하고 침실에서 이불을 소파로 옮겼다. 그녀가 나에게 룸서비스 메뉴판을 내밀었다.

"나카이 씨도 배고프죠? 요코하마에는 차이나타운이 있다고 하니 가보고 싶지만 오늘은 늦었으니 룸서비스를 시켜요."

"그럼 샌드위치로 할까……."

"마음이 통했네요. 저도 맛있는 샌드위치가 먹고 싶었거든요."

우리는 날짜가 다음날로 넘어갈 무렵에 베이브리지를 보며 샌드위치와 와인으로 건배했다. 나는 다음 잔부터는 와인을 린파에게 양보하고 타오위안국제공항에서 산 하바나클럽과 냉장고에 있던 다이어트 콜라로 쿠바리브레를 만들었다.

"린파는 일본에 와본 적도 없는데 어디서 일본어를 배웠어?"

"예전 고객에게 배웠어요. 저는 리 선생님이 고용해주시기 전에는 나카이 씨가 마카오에서 이용하는 호텔에서 성매매를 했어요."

"그랬구나."

"일본어를 할 줄 알면 일이 늘어나거든요. 영어는 리 선생님에게 고용된 뒤에 학교에 다니며 배웠고요."

뭐라고 대답하면 좋을까. 린파의 눈에는 나도 고객이었던 일본인 중 하나일 것이다.

"그 호텔에서는 얼마나 오래 일할 수 있지?"

"길어야 3년이에요. 임신, 감염병, 경찰, 그리고 이민관리국 등 위험요소가 많이 따르니 어느 정도 수지가 맞으면 보통은 대륙으로 다시 돌아가요."

그렇다면 4년 전에 나베시마를 돌봐줬다는 여성이 소피일 가능성은 낮다.

"지금도 그 호텔 아가씨들과 연락해?"

"아니요. 저를 아는 사람이 있을지도 모르지만 지금은 그때와는 이름도 다르고……. 저는 리 선생님이 거둬주시기 전에 조국을 버렸어요."

"망명했어?"

"저는 헤이하이즈(한 자녀 정책으로 생겨난 호적이 없는 자녀)였기 때문에 제 의지로 마카오에 남기로 결정했어요. 말하자면 태어났을 때부터 망명자나 다름없었죠."

"나는 얼마 전까지만 해도 망명 같은 말과는 인연이 없는 삶을 살았어. 하지만 지금은 의외로 가까이 있다는 생각이 들어."

"일본은 좋은 나라라 애초에 망명을 고려하지 않기 때문이 겠죠. 안전하고 청결하고 빈곤도 없으니 망명할 곳으로 고르는 나라잖아요."

"홍콩이나 마카오와 다르지 않아."

"그 손님도 같은 말을 했어요. 하지만 실제로 요코하마까지 오는 동안 홍콩과 마카오와는 전혀 다른 나라라고 생각했어요."

나는 쿠바리브레를 한 잔 더 만들었다.

"어떤 점이?"

"철도역이나 장거리 버스 터미널에 구걸하는 사람이 없어요."

린파의 말이 맞을지도 모른다. 일본에서는 거지가 되기 전에 부랑자가 된다. 어느 쪽이 인간성이 보장되느냐고 묻는다면 답은 없지만 일본은 적어도 한쪽 손목을 자르거나 거지 대장에게 젖을 갓 뗀 아기를 빌릴 필요가 없을 만큼은 풍족한지도 모른다.

"리 선생님이 절 고용하신 건 제가 돌아갈 곳이 없고 일본어를 할 줄 알기 때문이었어요. 그러니 그 손님에게는 지금도 감사하게 생각해요."

"하지만 그 손님도 그만큼 보상을 기대했지?"

"비즈니스는 뭐가 됐든 트레이드예요. 트레이드를 한 시점에서는 서로의 이익이 등가라고 수긍했을 거예요."

"그렇지."

나는 끄덕였다.

"하지만 나중에 다시 생각해보니 그게 등가가 아니었을 때 사람은 감정적으로 변해요. 얻는 게 적으면 당연하겠지만 너무·많아도 결과는 똑같아요."

"린파도 그래?"

그녀는 내 물음에 대답하지 않고 잔에 남은 와인을 보았다. 아마 린파도 비즈니스의 균형이 깨진 경험이 있었나 보다. 나는 캔 안에 어중간하게 남은 다이어트 콜라를 잔에 따르고 럼주를 붓지 않고 홀딱 마셨다.

"이만 잘까? 조금 피곤하네."

"네. 욕실을 써도 될까요?"

"물론이지. 샤워를 마치고 거실을 지나갈 때는 조심해. 나도 일단은 남자니까."

"다행이에요. 마음이 놓여요."

린파는 웃으며 말했다. 나는 그녀가 왜 웃는지 몰랐다.

"나카이 씨는 농담을 잘하는 사람인 줄 알았는데 나리타공항에서부터 계속 말이 없어서 여기까지 와서 후회하는 걸까 봐 걱정했거든요."

"고마워."

나는 빈 와인병과 샌드위치 접시를 카트에 올려놓고 소파 위에서 담요로 몸을 감쌌다. 이 밤을 혼자 보냈더라면 나는 다이어트 콜라가 떨어진 다음에도 하바나클럽을 계속 마시며 어둠 속으로 끌려들어갔을 것이다. 나는 욕실에서 들려오는 물소리를 듣는 사이에 잠이 들어 린파가 어떤 모습으로 거실을 가로질러 침실로 갔는지 확인하지도 못했다.

✝

조식으로는 린파가 호텔 근처에서 햄버거를 사왔다. 그녀는 종이봉투를 테이블에 내려놓더니 요코하마를 산책하고 싶다며 다시 나갔다. 종이봉투 안에는 조식과 함께 휴대전화와 메모가 들어 있었다. 나는 카이저가 여정을 설명하면서 일본 국내용 휴대전화도 준비하겠다고 한 말이 떠올랐다.

'호텔 전화는 사용하지 마세요. 모두 기록되거든요.'

나는 햄버거를 먹고 샤워를 했다. 오전 10시가 되기를 기다렸다가 이노우에의 자택으로 전화를 걸었다.

"예전에 이노우에 부사장님이 도아인쇄 상무님으로 계실 때 신세를 진 총무부 직원입니다. 사모님께 부탁드릴 말씀이 있어서 연락드렸습니다."

이노우에의 가족은 대학생 딸과 부인, 이 둘이 전부인데 운 좋게 부인이 전화를 받았다. 성격이 드세 보이는 여성의 목소리가 들려왔다.

"제가 이노우에의 집사람인데요."

"사정이 있어서 이름을 밝힐 수는 없습니다. 그리고 근무 중에 살짝 빠져나온 터라 용건만 간단히 말씀드리겠습니다. 실례를 용서해주시기 바랍니다."

"말씀하세요."

"J프로토콜에서 이노우에 부사장님의 행동이 도아 사내에서 문제가 됐어요. 예전부터 문제가 좀 있어도 잘 무마시켜 왔는데 슬슬 도아에서도 부사장님을 쳐내기로 결단을 내릴 것 같습니다."

이노우에의 부인이 나보다 남편을 신용해도 결과는 달라지지 않도록 신중하게 말을 이었다.

"J프로토콜에서 부사장님이 비서와의 관계 때문에 자회사 경비에 구멍을 너무 많이 낸 게 탈이었습니다. 여성 문제는 그다지 개의치 않는 듯하지만 경비 임밸런스는 도아에서도 더는 좌시할 수 없거든요."

"그래서 그쪽의 부탁이라는 게 뭔데요?"

전화기 너머의 목소리는 동요한 기색이 느껴지지 않았다. 매주 수요일마다 늦게 들어오거나 외박을 거듭하면 이 정도로는 흔들리지 않을 것이다.

"저는 예전에 경비 사용 문제로 부사장님께 도움을 받은 적이 있습니다. 자세히 말씀드릴 수는 없지만 자회사의 용도불명금을 다른 걸로 바꿔주신 적이 있거든요. 그래서 이번에는 제가 그 은혜를 갚고 싶어서요. 하지만 불륜 상대에게 지금부터 부탁드릴 내용을 말했다가 감정적으로 행동하면 제 입장이 위험해집니다. 그래서 염치불고하고 사모님께 부탁드리고 싶습니다."

"그래서요?"

"부사장님은 J프로토콜 홍콩이라는 자회사 경비로 그 여성에게 집을 해주고, 그리고 매주 수요일에 요코하마 호텔 숙박비를 내고 있습니다. 즉, 오늘도 아마 그 요코하마 호텔을 이용하시겠죠. 그걸 오늘밤을 끝으로 멈춰주셨으면 합니다. 지금이라면 아직 덮을 수 있을지도 모릅니다."

"그게 나한테 부탁할 일인가요? 회사 문제라면 그쪽에서 처리해야 하지 않겠어요?"

"저희도 도저히 손쓸 방법이 없어서 전화 드렸습니다. J프로토콜 홍콩만이 문제라면 도아의 손자회사니 어떻게든 원만하게 넘어갈 수 있습니다. 사모님도 아실지 모르지만 부사장님은 HK프로토콜이라는 홍콩 기업의 임원도 겸임하셨어요. 원래는 도아의 완전자회사였는데 지금은 주식의 절반 가까이가 어떤 홍콩 사람에게 넘어갔어요. HK프로토콜에서도 비슷한 경비 유용이 드러나 그 홍콩 사람이 부사장님의 배임 행위에 대한 법적 조치를 요구했어요. 부사장님을 식구라고 감싸면 도아의 이름이 국제적으로 거론될 수도 있어요."

그렇게까지 이야기하자 그녀는 침묵했다.

"오늘 저녁에 부사장님과 그 여성이 요코하마에서 한 호텔에 나타날 겁니다. 그래도 상대 여성과 같이 체크인하시지는 않을 거예요."

"뭐, 그렇겠죠. 남편이 아무리 어리석어도 밀회 장소에 손잡고 나타날 정도는 아닐 테니까요."

욕하는 말만큼은 바로 돌아왔다. 나는 진저리쳤다.

"그래서 사모님께서 상대 여성에게 물러나라고 말씀해주셨으면 합니다. 호텔 프런트에 사모님이 이름을 말씀해주시면 상대 여성이 나타났을 때 신호를 보내도록 손을 써놓겠습니다. 제발 호텔 방에 들어가기 전에 그 여성을 막아주셨으면 합니다."

"그 여자의 얼굴은 아니까 그럴 필요는 없어요. 가슴 모양까지도 알거든요."

나는 예상 밖의 대답에 말문이 막혔다.

"남편의 휴대전화에 사진이 있었거든요."

"그렇습니까……."

"오늘 밤 상대가 어느 여자인지는 모르지만 당신들이 파악한 여자가 한 명뿐이라면 너무 허술한 거 아닙니까? 그리고 두 번이나 그런 성가신 일을 떠넘기면 나도 더는 못 참아요."

나는 취미 고약한 바람둥이 임원을 상대로 어떻게 대응해

야 좋을지 몰라 전화를 끊고 시나리오 작가인 다카기를 불러
오고 싶은 심정이었다.

"경비 리스트를 보고 부사장님과 만나는 사람은 한 명이라
고 생각했어요."

"무슨 뜻이죠?"

내가 아무렇게나 둘러댄 말에 이노우에 부인의 목소리가
매서워졌다.

"적어도 지난 1년 동안 부사장님이 사택으로 이용하신 건
한 집뿐이었거든요."

"한 달에 한두 번씩 다니는 금요일 호텔비는요?"

"적어도 J프로토콜 경비로는 잡히지 않았습니다."

여러 여자와 바람피우는 건 용서해도 상대가 한 사람이라
면 불쾌한지도 모르겠다. 잠시 침묵이 흘렀다.

"생각 좀 해봐도 될까요?"

"네."

"전화번호를 알려주시겠어요? 제가 다시 걸게요."

나는 휴대전화 번호를 불러주었다.

"아침부터 무례한 전화를 걸어서……."

전화를 끊으려고 하자 이노우에 부인이 말을 가로막았다.

"휴대전화 번호를 알려주다니 조심성이 없는 사람이네요.
만약 그 동안 내가 남편이나 도아인쇄 쪽에 의논이라도 하면
어쩔 생각이죠? 소속과 이름도 다 알 수 있는데."

"그래봐야 상사의 지시대로 홍콩의 주주를 상대하느라 야근이 좀 늘어나겠죠."

"그 정도라고요?"

"부사장님이 배임으로 고소당하는 건 마음 아프지만 물리적으로는 그 정도예요. 제가 부정을 저지른 건 아니니까요."

"알겠어요. 그쪽의 부탁을 수락할게요. 요코하마의 어느 호텔인지 알려줄래요?"

"그랜드 인터컨티넨탈입니다."

바로 대답이 없어서 나는 같은 말을 한 번 더 했다.

"들었어요. 교훈을 하나 줄까요? 그쪽은 결혼은 했어요?"

"아직 독신입니다."

"그럼 결혼해서 애인을 둬도 몰래 만날 때는 부인과 다니는 곳보다 수준이 낮은 호텔을 이용하세요."

"그렇군요……."

"그럼요. 그렇게 쓰라고 각 호텔 체인마다 그랜드니 파크니 온갖 이름을 붙이는 거라고요. 그런 배려를 짓밟으면 이렇게 되는 거예요. 호텔 프런트에는 내가 간다고 절대로 말하지 마세요. 알겠어요?"

"알겠습니다."

이노우에 부인은 내 대답을 듣는 둥 마는 둥 하며 일방적으로 전화를 끊었다. 나는 15분도 걸리지 않은 통화에 완전히 녹초가 되어 그대로 소파에 누웠다. 이노우에 부인에게 얻은 교훈은 두 가지다. 만약 기력이 남아 있었다면 '바람을 피우려면 두 명 이상의 여자와 피울 것'이라고 메모를 했을 것이다.

정오가 지나 린파가 방으로 돌아왔다. 나는 멀뚱히 소파에 누워 있었다.

"볼일은 몇 시부터예요?"

"음, 네 시 넘어서일까⋯⋯?"

"그럼 같이 점심 먹으러 갈래요?"

"좋아."

우리는 호텔에서 랜드마크 타워까지 쇼핑몰을 산책하고 지하 상점가에 있는 튀김집으로 들어갔다. 그 500미터 정도의 길에도 열 개가 넘는 CCTV가 있었다.

"이렇게 보니 일본에는 CCTV가 정말 많구나."

"리 선생님도 말씀하셨지만 차이나타운에도 카메라가 아주 많았어요."

CCTV 영상과 교통 IC카드, 전자 화폐, 신용카드 이용 내역을 대조하면 일본에서 비밀리에 일을 꾸미기란 빅토리아 하버를 사이에 두고 서 있는 인터컨티넨탈에서 ifc까지 줄타기로 통근하는 것보다도 어려워 보였다. 문득 마카오 호텔에 있는 소피가 "그만큼 어둠은 깊어져."라고 할 것 같았다.

우리는 느긋하게 점심을 먹고 나올 때와는 다른 층을 산책하며 호텔로 돌아왔다. 시계를 보니 오후 3시가 넘었다.

"슬슬 손님이 올 시간이니 나는 티라운지에서 기다릴게."

"저도 동석해도 될까요?"

"그래."

평일 오후의 티라운지는 손님도 드문드문했다. 빈손으로 나와서 린파가 같이 있는 편이 눈에 덜 띌 것 같았다. 그녀는 CCTV 위치를 확인했는지 내가 권한 항구가 잘 보이는 자리를 양보했다. 나는 턱을 괴고 린파의 어깨 너머로 프런트를 찾아오는 손님을 보았다. 린파의 시선 끝에는 관람차가 있었다. 카지노 건설 붐이 이는 마카오에도 그리 멀지 않은 미래에 이런 거대한 관람차가 생길 것이다.

"볼일이 끝나면 저걸 타볼까요?"

"좋아."

린파는 기쁜 표정을 보였다. 그녀는 아직 서른 살 전후고, 나고 자란 마을과 마카오 외에는 거의 모르는지도 모른다.

이노우에가 프런트에 나타난 건 오후 세 시 반이었다. 티라운지를 보자 한 여성이 짜증스러운 표정으로 담배에 불을 붙여 그 사람이 이노우에 부인이라고 짐작했다. 이제 애인이 나타나 부인과 말다툼을 끝낼 때까지 나는 일을 처리해야 한다.

"손님이 왔으니 이만 가볼까 하는데 린파는 어떡할래?"

"같이 갈게요."

방으로 돌아와 이노우에에게 전화를 걸었다.

"여보세요?"

"지금 이노우에 씨와 같은 호텔에 있습니다. 직접 이야기하고 싶은데 몇 호실에 계시는지 알려주시겠습니까?"

"무례한 놈이네. 이름도 안 밝히고 뭐라고?"

"J프로토콜 홍콩의 나카이입니다."

전화기 너머에서 이노우에가 침묵했다. 상상했던 것보다 내가 차분해서 놀랐다. 그 침묵이 5분 더 이어져도 나는 다음 말을 이노우에에게 양보했을 것이다.

"무슨 일이야?"

"제 질문에 대답해주시겠습니까? 용건은 만나서 직접 말씀드리겠습니다."

두 번째 침묵이 흐르는 동안 담배에 불을 붙였다. 내가 밀회 장소를 안다는 것만으로도 누가 우위에 있는지 전해진다.

"2207호실이야."

"바로 가겠습니다."

나는 방에 비치된 목욕가운 끈을 들고 린파에게는 아무 말도 하지 않고 방을 나왔다. 린파는 전화 내용을 듣고 있었을 텐데도 평소처럼 호텔 직원의 가면을 쓰고 자신은 전혀 관심 없다는 표정이었다.

이노우에는 복도에서 이야기하는 건 좋지 않다고 판단했는지 나를 순순히 방으로 들였다. 아무렇게나 넥타이를 풀어헤친 상사를 보자 한심했다. 창가 테이블에 놓인 레드와인은 이미 뚜껑이 열려 있었다.

"무슨 일이야? 내가 여기 있는 건 어떻게 알았어?"

겁을 먹은 사람은 내가 아니라 이노우에였다.

"여러 가지를 한 번에 물으시면 안 되죠. 뭐부터 대답해드릴까요?"

"용건이 뭐야?"

"HK프로토콜 주식을 양도해주십시오. 액면가 정도는 드리겠습니다."

이노우에가 껄껄 웃었다.

"하하하. 고작 자회사 사장이 됐다고 욕심이 생긴 거야?"

"네."

"건방 떨지 마. 얌전히 돌아가면 오늘 일은 넘어가주지."

"서서 이야기하긴 그러니 앉아서 거래를 하시겠어요?"

"지금 당장 이 방에서 나가는 게 자넬 위한 일이라고 충고해주는 거야."

말투가 험악해져도 이노우에의 두려움이 사라지지 않은 걸 확인하고 그의 옆을 지나 본래라면 애인의 자리일 의자에 앉았다. 이노우에가 내 멱살로 팔을 뻗어와 그의 손목을 잡고 상담을 시작했다.

"HK프로토콜의 존재 의의는 시장 가치가 천정부지로 솟구치는 암호화 시장의 특허권입니다. 그 복호 방법이 공개되면 자금 환류도 불가능해지죠."

"어떻게 그걸⋯⋯."

"덧붙이자면 당신의 존재 의의도요."

"반인가?"

'반? 왜 여기서 반의 이름이 나오지?'

"반이 너한테 그 복호 방법을 무기로 나를 흔들라고 꼬드긴 거잖아."

'반은 나베시마가 실종된 걸 안다는 건가⋯⋯?'

"상상은 자유예요."

나는 이노우에의 손목을 강하게 잡은 채 테이블 너머의 의자를 권했다. 자기 나름의 상상으로 조금 진정이 되었나 보다. 이노우에는 나와 마주앉았다.

"무슨 거래? 어디 들어나 보자."

"J프로토콜에서 당신의 지위에 손을 댈 생각은 없어요."

"그럼 HK프로토콜에서 뭘 하려고?"

"당신은 내가 시키는 대로 도아와 J프로토콜의 금고지기를 계속하면 돼요. 뭐, 이 정도의 유흥은 즐기고 싶은 만큼 즐기세요."

나는 방을 둘러보고 와인을 가리켰다. 홍콩에 부임한 뒤로 와인 가격을 잘 알게 됐는데, 호텔 하우스와인 정도라면 호사라고 할 정도는 아니었다. 모리카와는 가격이 두세 배는 되는 와인을 경비로 마시면서 표정 하나 바뀌지 않는다.

"슬슬 지금 애인에게도 질렸죠? 원하시면 HK프로토콜에서

도쿄에 새 사택을 마련해드릴 수도 있어요. 괜찮은 거래 아닌
가요? HK프로토콜 주식은 그 담보 같은 거예요."

이노우에가 와인 잔을 집었다.

"그렇군. 나한테 네놈들과 손을 잡으라는 거야?"

나는 '네놈들' 중 하나도 아니고 이노우에와 손을 잡을 생
각도 없지만 고개를 끄덕였다.

"당신이 선택할 수 있는 길은 도아의 금고지기로 지내다 폐
기되든지, 내 꼭두각시가 되든지 둘 중 하나밖에 없어요. 금고
지기가 쓸모가 없어지면 어떻게 되는지 정도는 누구보다 잘
아실 겁니다."

나는 일어섰다.

"그럼 슬슬 여자분이 올 시간이니 어떻게 할 건지 대답해
주시겠습니까?"

그가 앉은 의자로 다가가 내려다보았다.

"알았어."

"그럼 HK프로토콜 대표자인과 주식 보관 장소를 알려주세
요."

나는 요코하마항을 배경으로 창문에 비친 내 모습을 보았
다. 이노우에가 조금만 주의력이 있었어도 햇살이 기울기 시
작한 창문에 비친 남자가 재킷에서 장갑과 목욕가운 끈을 꺼
내는 걸 알아챘을 것이다. 동시에 스스로의 냉정함에도 놀랐
다. 창문에 비친 내 그림자에는 카지노에서 푼돈을 베팅할 때

의 긴장감조차 어려 있지 않았다.

'창문에 비친 게 진짜 나일까?'

그것이 정말 나라면 사람을 죽인다는 죄책감 한 조각 정도
는 가지고 있을 것이다. 여기 있는 사람은 여권에 적힌 다카하
시 아무개라는 남자고 나는 아직 타이베이의 호텔에 있지 않
을까. 하지만 창문에 비친 남자가 목욕가운 끈의 양끝을 손에
감자 장갑 너머로 타월천의 감촉이 확실하게 전해져왔다.

'여행은 뭘까?'

문득 소피가 이야기했던 '여행'이 떠올랐다. 몇 분 뒤에는 다
시는 돌아오지 못할 곳으로 여행을 떠날지도 모르는데 나는
여행 준비를 전혀 하지 않았다. 아무에게도 작별 인사를 하고
오지 않았다. 유키코에게조차……. 이노우에가 질문에 대답할
때까지는 몇 초도 걸리지 않았을 텐데 나는 그 동안 머나먼
곳으로 이동한 느낌이었다. 이노우에의 목소리가 멀리서 들려
오고 창문에 비친 남자와 자신의 괴리가 사라졌다.

"사유리의 집이야."

'애인의 집이 아니라 J프로토콜 홍콩의 사택이겠지.'

"J프로토콜 본사에서도 그걸 압니까?"

"도아도 본사도 내가 가지고 있다는 것밖에 몰라."

나는 도아인쇄 본사와 J프로토콜 본사는 아니라고 확인하
고 싶어서 그렇게 물어봤을 뿐이었다. J프로토콜 홍콩과 HK
프로토콜 사이의 계약서는 도아인쇄나 J프로토콜에서 작성했

겠지만 그들도 쓸데없는 위험 요소를 자사 내부에 보관하지는 않을 것이다. HK프로토콜의 실체가 J프로토콜 홍콩의 사택에 보관되어 있다면 다음에 내가 직접 도쿄에 와서 손에 넣을 수 있다.

"잔을 내려놓으세요. 당신의 역할은 끝났습니다."

내 당돌한 요구에 그는 나를 올려다보고 와인 잔을 바닥에 떨어뜨리고 말았다. 나는 그를 보며 목욕가운 끈을 그의 목에 감고 그대로 그를 의자에서 끌어올렸다. 이노우에는 저항다운 저항을 할 틈도 없었고, 어느 시점에서 숨이 끊어졌는지는 나도 알아채지 못했다. 끈을 걸 돌기를 찾아 방을 둘러보는 사이에 죽었을 것이다. 살인은 이런 걸까. 이노우에의 사체를 들어 올리는 팔은 묵직했지만 몸 전체를 들어 올릴 필요는 없으니 고통을 느낄 정도는 아니었다. 마음속에 시커먼 무언가가 깃들지도 않았다.

나는 일단 끈에서 손을 떼고 의자와 함께 그를 일으켰다. 카펫에 의자를 끈 흔적이 조금 남았지만 그 정도는 어쩔 수 없을 것이다. 나는 목욕가운 끈을 베드사이드의 램프가 걸린 금속에 걸고 의자 다리를 걷어차 이노우에의 몸과 함께 뒤집었다. 실내를 둘러보고 잊은 게 없는지 확인했다. 바닥에 유리잔이 떨어져 와인이 쏟아졌다. 닦으면 부자연스러우니 그대로 두고 욕실로 가 목욕가운을 묶은 끈 하나를 재킷 호주머니에 넣고 방을 나왔다.

내 방으로 돌아오자 린파는 없었다. 시계를 보자 오후 5시였다. 30분 정도의 시간에 나는 선량한 시민에서 살인을 저지른 인간으로 바뀌었다. 소파에 앉아 담배에 불을 붙였다. 어둑한 방의 서랍장 위에 내가 놔둔 종이봉투가 눈에 들어왔다. 안에는 홍콩의 양장점에서 맞춘 인터컨티넨탈 룸키퍼용 유니폼이 들어있다. 나는 담배 연기를 크게 내뿜고 천장을 보았다.

'CCTV에 찍히지 않는 곳을 찾아 이걸로 갈아입고 이노우에의 방으로 갈 계획이었는데. 어쩌다 잊어버렸지? 이래서는 복도 CCTV를 조사하면 이노우에의 방에 손님이 있었던 걸 들킬 텐데…….'

양손이 떨렸다.

'기껏 이렇게까지 했는데……. 자살이라면 자살이라고 단정할 만큼의 소거법 재료가 필요한데 각 층의 CCTV를 추적하면 이노우에의 방을 찾은 손님이 이 방에서 나간 남자라고 바로 알아내겠지. 오늘 밤 누군가가 이노우에가 죽은 걸 알아채고 CCTV 분석을 시작하면 이 방에 경찰관이 들이닥칠 가능성도 없지 않아. 지금 당장 린파에게 전화를 걸어 체크아웃하는 게 나을까? 아니, 그랬다간 오히려 눈에 띌 거야.'

나는 덜덜 떨리는 손으로 담배를 재떨이로 가져갔다. 카펫에 떨어진 재를 구두 바닥으로 가리고 불이 붙은 담배를 재떨이에 내려놓는 게 고작이었다.

'진정해. 설령 그게 누군지 알아내도 이 방에 묵은 사람은 다카하시 와타루야. 나는 타이베이에 있다고 대만 입국관리국이 증명해줄 거야. 그러니 진정하고 내일 아침에 나리타공항에서 위카이윙이라는 타이중에 사는 일본어 교사가 되면 그만이야. 그래, 무슨 일이든 리스크가 생기는 건 감안해야 해.'

이번에는 담뱃재를 재떨이까지 가져갈 수 있었다.

'유키코……. 넌 내가 비밀리에 귀국해 사람을 죽였단 걸 알면 어떤 표정을 지을까? 내 목숨도 위험한 처지였으니 그걸 증명할 수 있으면 형기는 그다지 길지 않아. 2, 3년이면 가다릴 테니 자수하라고 하겠지.'

담배 연기를 들이마셔도 목에 아무런 저항이 느껴지지 않았다.

'하지만 그러면 뉴스에도 나올 테니 이름과 얼굴을 바꾼 나베시마가 교도소에 면회를 와줄지도 몰라. 그녀는 뭐라고 할까? "나도 교도소에 들어가면 이번에도 죄수번호가 이어질까?"라고 농담을 해줄지도 모르지. 바보 같긴……, 교도소는 남녀 따로 들어가잖아. 네가 여대에 간 것처럼.'

나베시마 생각을 할 때 문이 열리는 소리가 났다. 나는 양손에 남은 떨림이 멈출 만큼 놀랐지만 거실에 나타난 사람은 린파였다.

"일은 끝났나요?"

그녀는 완전히 캄캄해진 방 입구에서 불도 켜지 않고 말했다.

"끝났으려나……?"

나는 멍하니 말했다.

"제 용건도 끝났어요. 약속대로 관람차를 타러 갈래요?"

나는 끄덕이지도 못하고 실루엣만 드러난 린파를 보았다. 우리는 각각 다른 일을 처리하기 위해 도쿄에 왔고, 내 일은 직접 처리하겠다고 한 사람도 나다. 이제 와서 울며 매달려도 돌이킬 수는 없다.

"조금만 더 쉬었다 가도 될까……?"

"네, 알았어요."

린파는 어두운 방 안을 걸어와 내 옆에 앉았다. 내 손가락 사이에서 다 타서 꺼져가는 담배를 빼 재떨이에 비벼 껐다.

"고마워."

내가 테이블에 놓아둔 담뱃갑에 손을 뻗으려고 하자 린파가 담뱃갑을 들더니 자기 입에 한 대 물고 불을 붙여 나에게 건넸다. 나는 다시 한번 "고마워." 하고 말했다. 담배 한 대 분의 침묵이 이어졌다. 이번에는 직접 담배를 껐다.

"린파의 용건은 뭐였어?"

나는 린파에게 물었다. 서로의 일에 끼어들지 않기로 카이저와 약속했지만 린파는 내 용건을 대충 아니 그렇게 나쁜 짓은 아닐 것이다.

"당신을 보호하는 일이에요."

"카이저 씨의 지시로?"

"아뇨."

나는 새 담배에 불을 붙였다. 어느새 양손의 떨림이 멈춰 있었다.

"의뢰인을 밝히지 않는다는 조건으로 제가 직접 의뢰를 받았습니다. 그래서 나카이 씨와 함께 도쿄로 보내달라고 리 선생님께 부탁했습니다."

"반이 의뢰했나?"

린파는 고개를 가로로도 세로로도 젓지 않았다.

"죄송합니다. 의뢰인이 누군지 말하지 않는 것도 제 일입니다."

"그렇군."

"호텔 CCTV에 찍힌 나카이 씨의 모습은 지웠습니다."

"무슨 뜻이야?"

"나카이 씨는 이 호텔 직원 유니폼을 준비하셨지만 그래도 사망 추정 시간에 방에 들어간 사람이 있다는 흔적은 남습니다. 첫째로, 큰 호텔에서는 각 층 룸키퍼가 서로 이름까지 알기 때문에 모르는 직원이 있으면 오히려 더 의심받아요. 보안을 위해 호텔 직원은 서로를 감시하도록 교육받거든요. 만약 누가 말이라도 걸면 어떻게 하실 생각이셨어요?"

나는 맞는 말이라고 생각하며 침묵했다.

"그래서 저 종이봉투는 제가 쓰는 서랍 안에 숨겨뒀어요."

"어느 쪽이든 갈아입는 건 깜빡했어."

"아뇨. 나카이 씨는 점심을 먹으러 가기 전에 잊지 않으려고 일부러 저 종이봉투를 테이블 위에 올려뒀었어요. 제가 잊게 만든 거예요."

"그랬구나……. 하지만 CCTV를 조작하려면 린파가 호텔 보안실에 들어가야 하잖아."

"CCTV 영상이라고 해도 문에 적힌 방 번호가 보일 만큼 선명하진 않아요. 나카이 씨가 방을 비운 시간대만 다른 층 영상을 복사하고 문 개폐 로그를 지우면 충분해요."

"어떻게?"

린파는 잠시 말이 없었다.

"몇 가지 방법이 있지만 굳이 아실 필요는 없습니다."

그렇다면 미리 말해주면 좋았다는 생각이 들었다. 그걸 알아챘는지 린파가 덧붙였다.

"제 일을 말하지 않는 것도 지시 받은 조건이었어요."

"그럼 린파는 계약을 위반했네."

"비즈니스의 균형이 깨졌거든요."

"왜지?"

"혼자 떨고 있는 나카이 씨를 봤기 때문이에요. 나카이 씨를 지키고 싶어 하는 사람이 있다고 알아주길 바랐어요."

"그랬구나……. 고마워. 알려준 것도, 날 지켜준 것도."

린파는 소파에서 일어나 방 불을 켰다. 그곳에는 호텔 직원의 가면을 쓴 린파가 아니라 평범한 여성이 있었다.

"나카이 씨를 보호한 건 비즈니스예요."

"알아. 다음에 의뢰인을 만나면 내가 고마워하더라고 전해 줘."

내 말에 린파는 쓸쓸한 표정을 보였다.

"제가 의뢰인에게 연락할 방법은 없어요."

나는 홍콩으로 돌아가면 반에게 고맙다고 인사해야겠다고 만 생각하고 린파와 함께 요코하마항이 한눈에 보이는 관람 차로 향했다. 관람차 곤돌라에서 호텔 지하주차장으로 들어 가는 구급차와 경찰차를 보았다. 호텔에서 요청했는지 양쪽 다 사이렌은 울리지 않았다.

'생각보다 빨리 발견되는구나……'

그때는 침착함을 되찾고 이노우에 부인이 방으로 쳐들어오 기라도 했나 보다고 냉정하게 생각할 수 있었다.

†

목요일 오후, 린파와 나는 아무 일도 없었던 것처럼 타이베 이 타오위안국제공항에서 헤어졌다. 나는 카이저에게 지불할 잔금 10만 홍콩달러가 든 봉투를 린파에게 건네고 시내의 앰 배서더 호텔로 향했다. 이틀 반 만에 호텔 방으로 들어가자 전화 메시지 수신 램프가 깜빡이고 있었다. 유키코가 남긴 메 시지였다.

나는 금고에 넣어둔 내 여권을 보며 홍콩 호텔에 있을 유키코에게 전화했다.

"호텔에 세 번이나 전화했는데 대체 뭐하느라 안 받았어?"

"일이 생각보다 빨리 끝나서 타이완 국철 자유패스가 눈에 들어와서 대만을 한 바퀴 쭉 돌았어."

"호텔 측에서는 없다고만 하고, 이틀이나 방으로 안 돌아오다니 이상하다고 수색 신청을 내달라고 했는데도 필요 없다며 거절만 하잖아."

"손님의 사생활을 지키는 게 그들의 일이니 어쩔 수 없지. 호텔 입장에서는 유키코가 내 여자 친구란 걸 확인할 방법이 없잖아. 그리고 이틀 정도 비운 걸로 수사까지 요청하면 너무 야단스럽기도 하고."

나는 내 여권 페이지를 펼쳤다. 해외 출장이 많았고 빨간 표지가 싫어 5년간 유효한 여권을 썼다. 그 비자 페이지도 빈 공간이 거의 사라져 이제 두세 번 홍콩에서 어디론가 가면 영사관에 가서 갱신 절차를 밟아야 한다. 그런 일상적인 일이 무척 행복하게 느껴졌다.

"다음에 또 이런 일이 있으면 제대로 연락부터 해."

"알았어. 걱정 끼쳐서 미안해."

나는 여권을 보며 화제를 바꿨다.

"유키코는 조만간 여행을 떠날 거라고 했는데 어디로 갈지는 정했어?"

"아직 생각 안 해봤어. 나한테는 홍콩도 충분히 외국이고 이런 고급 호텔에 묵다 보니 당분간 여행은 안 해도 될 것 같은 기분이거든."

"그건 그래."

"유이치는 앞으로도 이따금씩 출장이 있어?"

"글쎄, 잘 모르겠어."

"다음에 출장 갈 때는 같이 가고 싶어."

"여행 경비는 유키코가 직접 내야 해."

"당연하지. 내 여행비까지 경비로 처리하겠다고 하면 마음대로 놀 수도 없잖아."

우리가 다닌 회사의 임원은 애인 집 임대료까지 경비로 처리했다고 말하고 싶어졌다. 하지만 그것도 이제 다 끝났다.

"유키코는 언제나 정직하구나."

"유이치는 동사장 일에 익숙해져도 여자 친구의 여행 비용을 경비로 처리하면 안 돼."

"응, 알아."

전화를 끊고 고요한 방에서 여권을 덮고 내 2박 3일의 망명이 끝났다고 실감했다.

ix

Hong Kong
- Autumn

11월 마지막 월요일에 나는 ifc 22층에서 센트럴 거리를 내려다보며 홍콩에도 겨울이 오는지 멍하니 생각했다. 도쿄에 있을 때부터 그랬듯이 휴가가 끝나면 다시 업무를 시작해야 한다는 우울함을 달래기 위해 평소보다 한 시간 일찍 출근한다. 모리카와는 그런 습관을 알고 있었는지 나보다 먼저 출근해 있었다.

"오셨어요? 전화로도 말씀 드렸지만 일찍 출근하실 때는 연락해 주세요."

모리카와는 아침 인사도 대충 하고 보이차를 타며 잔소리를 했다. 휴가가 끝나고 혼자 있는 시간을 방해하고 잔소리까지 할 필요가 있나 싶었다.

"휴가 중에 무슨 일 있었어?"

"수요일 저녁에 J프로토콜의 이노우에 부사장님이 돌아가셨어요."

모리카와는 업무와는 전혀 상관없는 교통사고 뉴스를 전하듯 말하고 일주일치의 일본 신문에서 그 기사가 실린 토요일 조간을 내밀었다. 노란 메모지가 붙어 있었다. 나는 아무 대답도 하지 않고 그 메모지가 붙은 기사를 잃었다. 작은 부고란이었다.

'이노우에 요시노리 55세, 11월 25일 별세. 가나가와현 가마쿠라시. J프로토콜 대표이사·부사장(현직). 1978년 도아인쇄 입사. 2001년까지 도아인쇄 상무이사·집행임원 역임. 장례식은 가족끼리만 진행.'

"동사장님이 안 계셨기 때문에 이쪽에서는 부동사장님의 판단으로 회사와 동사장님 이름으로 각각 조문만 보내는 걸로 진행 중입니다."

"사인은 안 나와 있네……. 부사장님이 돌아가셨는데 장례식은 회사장으로 치르려나?"

"오늘 부동사장님이 J프로토콜에 문의하신다고 합니다."

"그래……."

사인을 밝히지 못하는 부고도 있다. 나는 모리카와가 방에서 나간 다음 목요일자 신문부터 훑어보았다. 이노우에의 사인에 관한 기사는 토요일 조간에 실린 부고가 전부였다. 사망하고 신문에 발표하기까지 이틀 반 동안 J프로토콜 홍보부는 사건성을 지우느라 바빴을 것이다. 무엇보다 도아인쇄가 압력을 행사하면 신문사도 움직이기 힘들 것이다. 미디어와 대기업의 역학관계는 결국 대기업이 이기게 되어 있다. 부고가 공표되면 다카기도 연락을 했겠다 싶어 컴퓨터 메일함을 열었지만 그가 보낸 메일은 없었다. 그 외에 바로 확인해야 할 메일도 아무것도 없었다.

점쟁이 소피가 말한 대로 이것이 왕의 여정이라면 무척 보잘것없는 왕이다. 왕으로서의 내 여행은 32페이지나 되는 신문에서 단 네 줄짜리 기사밖에 되지 않는다. 나는 단지 내 목숨을 지키기 위해 이노우에를 죽였다. 갑자기 졸음이 쏟아져 가죽 의자에 몸을 기댄 채 얕은 잠에 빠졌다.

저녁이 되어 개인 휴대전화로 반에게서 짧은 문자가 왔다.

'저녁 6시에 HK프로토콜 본사에서 기다릴게.'

나는 답장을 하지 않고 정시에 맞춰 회사를 나섰다. ifc 근처에는 어린이용 선물가게가 별로 없어 센트럴 우정총국 안에 있는 선물 코너로 향했다. 찾는 물건은 의외로 금방 발견했고 55홍콩달러에 샀다. 우정총국의 녹색 비닐봉투를 들고 센트럴에서 코즈웨이 베이까지 혼잡한 트램을 타고 이동했다. 혼잡한 트램 안에서 네온이 하나둘 반짝이는 퀸즈로드를 보았다. 아침부터 이어진 졸음이 몸에서 빠져나가지 않아 마치 다른 누군가의 꿈속에 있는 느낌이었다.

HK프로토콜 사무실이 있는 상가 빌딩으로 들어가 4층으로 올라갔다. 엘리베이터를 내릴 때까지 가야 할 사무실이 몇 번째 문이었는지 기억나지 않았지만 4층에 불이 켜진 사무실은 한 곳밖에 없었다. 문을 열자 반은 창문을 등지고 관리직급 의자에 앉아 있었다.

"휴가는 어땠어?"

뒤로 손을 뻗어 문을 닫는 나에게 반이 물었다.

"응? 어땠을까……."

"유키코 씨가 너랑 연락이 안 된다고 나한테까지 전화했어. 출장 갔다고 거짓말했으면 적어도 나랑은 입을 맞춰놨어야지. 하마터면 앞뒤가 엉망이 될 뻔했어."

"미안해."

나는 반이 앉은 자리와 가장 가까운 사무책상 의자에 앉았다.

"이 방의 도청장치는 다 치웠어. 그럼 뭐부터 이야기할까?"

반은 책상 위에 널브러진 콘센트 플러그와 코드를 뺀 전화기 등을 가리키며 말했다.

"이번 좌천 인사에서 왜 반까지 보냈는지 계속 생각했어. J 프로토콜 홍콩의 금고지기라면 나 하나로 충분하잖아."

"이노우에가 그 이유를 알려줬어?"

출장 간척했다고만 했는데 반은 내가 이노우에를 만난 걸 알고 있었다. 나는 고개를 가로저었다.

"아니. 그는 단지 반이 나를 부추겼다고만 했어."

"뭣 때문에?"

"내가 묻고 싶어."

반은 자리에서 일어나 캐비닛 하나를 열고 재떨이를 가져왔다.

"넌 이 사무실 열쇠를 처음부터 가지고 있었구나? 재떨이가 어디 있는지 잘 아네."

"응."

"주권도 너와 이노우에의 계획이야?"

"이노우에는 아니야. 내 계획이지."

"그날 방콕에서 비행기가 마카오에 내릴 걸 알았어?"

반이 고개를 가로저었다.

"설마……. 아무리 그래도 비행기 도착지까지 변경하진 못하지. 애당초 홍콩에서 마카오로 회항하는 건 이시가키섬에서 타이베이로 변경하는 것과 마찬가지로 큰일이야. 거리는 가까워도 행정구역이 다르니까."

우리는 일본 여권을 가지고 있어서 크게 신경 쓰지 않았지만 홍콩에 입국할 수 있어도 마카오에는 입국하지 못하는 여권도 있을지 모른다.

"하지만 홍콩에 도착하면 널 마카오로 데려갈 생각이었어. 방콕을 떠나기 전에 홍콩 호텔은 이미 캔슬했어. 그래서 홍콩 도착이 지연된다고 했을 때는 계획을 일단 다음으로 미뤄야겠다고 포기했지. 한밤중에 홍콩에서 마카오로 가는 페리를 타자고 하면 부자연스러우니까. 그래서 공항에서 밤을 새우자고 한 거야."

나는 반이 이야기를 이어가기를 기다리며 담배에 불을 붙였다.

"바로 마카오에 도착했을 때는 나도 놀랐어."

"그렇겠지. 내가 카지노에서 주권을 살 자금을 따지 못했으면 어쩔 생각이었어?"

"내가 크게 벌었다고 할 생각이었어. 네가 도박운이 없는 건 잘 알고 관심도 별로 없을 거라고 생각했거든. 30만 홍콩달러는 처음부터 가지고 있었어. 상관없는 얘기지만 그날 밤 나는 오히려 드물게 블랙잭에서 잃었지."

'그래서 그때 15만 홍콩달러나 가지고 있었구나⋯⋯.'

"그렇구나. 그런데 왜 나한테 주권을 사게 한 거야?"

"HK프로토콜의 존재를 알려주려고."

"그럼 그보다 더 전부터의 네 계획을 들어야겠어."

"그래. 2년 전에 이노우에가 날 직접 불러 J프로토콜 홍콩으로 전근하라고 지시했어. 부사장이 주임을 부르다니 무슨 일인가 싶었지. 이유는 나베시마와 같은 고등학교를 졸업했기 때문이었어."

"나한테는 그런 말 없었는데."

"나도 그 점이 이상했지만 이노우에가 검색할 때 기술직이나 이과 같은 키워드를 넣었기 때문이겠지. 이노우에는 너도 같은 고등학교 출신인 줄은 몰랐어. 그러니 J프로토콜 홍콩에 길동무로 끌려온 건 내가 아니라 너야."

"이노우에는 뭐라고 했어?"

"J프로토콜 홍콩으로 가서 나베시마와 컨택할 것. 2005년에 나베시마가 HK프로토콜에서 모습을 감추자 이노우에는 몇몇 브로커를 통해 나베시마를 찾게 했어. 하지만 그로부터 2년이 지나도 성과가 없자 비용 대비 효과가 나빠진 거지. 그래서 나를 홍콩 주변에서 어슬렁거리게 하면 나베시마가 나한테 다가오지 않겠느냐고 기대한 거야."

"낚싯줄 끝에 매달린 미끼였구나."

"뭐, 그렇지. 마음에 안 드는 이야기니 나는 일단 대답을 보류했어."

반은 2년 전 이노우에가 한 이야기를 했다.

이노우에의 말에 따르면, 나베시마는 J프로토콜이 상품화한 IC카드 암호화 방식 개발자로, J프로토콜 홍콩 관련 기업의 기술 펠로우였다. 그런 그녀가 어느 날 갑자기 실종됐다. 이노우에는 J프로토콜의 IC카드 사업이 궤도에 오르기 시작한 시기에 기술 펠로우인 나베시마를 다른 회사로 옮기게 할 수는 없었다. 또 나베시마는 그 관련 기업의 주식 일부를 가지고 있다. 그러니 그녀를 찾아달라는 게 이노우에가 반에게 한 의뢰였다.

반은 그것만으로 일개 주임을 부르다니 이상하다 싶어 직접 당시 나베시마의 일을 조사했다. 인터넷에서 '나베시마 후유카'를 검색하자 고약한 영상이 나왔고, 그밖에 J프로토콜 홍콩이 나베시마를 협박한 흔적도 나왔다. 그 시점에서 반은 HK프로토콜과 J프로토콜 홍콩의 관계까지 조사해 대략적인 자금 흐름과 이노우에의 역할을 파악했다.

"그 무렵에는 나카이와 일하면서 나에게 필요한 브로커를 찾고 어떻게 대하는지도 배웠고."

"나한테서?"

"그래. 표면적으로 드러난 사정의 뒷면을 알고 싶으면 그걸 조사하는 브로커를 찾는다. 상대의 약점을 잡은 뒤 단도직입적으로 협상을 진행한다. 네 비즈니스 코드야."

"뭐, 그럴지도 모르지."

말은 그렇게 했지만 어쩐지 석연치 않았다. 반은 내게 배우지 않아도 브로커를 다루는 법 정도는 스스로 익힐 것이다. 그리고 나보다 능숙하게 그들을 상대할 게 틀림없다.

"그걸 무기로 이노우에와 거래를 했어. '나베시마와 연락하고 싶으면 지금보다 더 확실한 방법이 있다. 하지만 나베시마를 왜 찾아야 하는지 말해주지 않으면 받아들일 수 없다'고. 그때 처음으로 나베시마가 실종되기 전에 현행 암호화 방식의 복호 방법이 있다고 HK프로토콜 사원에게 흘린 이야기를 들었어."

반은 그 이야기를 들은 시점에서 이노우에에게 복호 방법을 보여달라고 했다. 하지만 반의 말로는 그 복호 방법이 반드시 비밀로 해야 할 정도는 아니었다. J프로토콜의 IC카드에는

RSA 암호화의 파생 방식을 채용해 비밀키와 공개키가 있다. 평문을 암호문으로 변환할 때 공개키를 사용하고, 암호화된 데이터를 평문으로 복호할 때 비밀키가 필요하다. 일반적으로 비밀키는 엄중하게 관리해 외부에 유출되지 않고, 설령 공개키를 입수해도 그걸로 비밀키를 재생하는 것은 불가능에 가깝다.

"어떤 암호든 시간만 있으면 반드시 풀 수 있어. 암호화 방식의 우열은 복호에 얼마나 시간이 많이 걸리는지에 따라 결정돼. 그런데 이노우에가 보여준 복호 방법, 즉, 비밀키 재생 방법은 내가 볼 때 대수롭지도 않았어. 그래서 나는 이노우에가 그 암호화 방식의 취약성을 도아인쇄에 보고하지 않았다고 짐작했어. 도아인쇄가 J프로토콜에서 그 복호 방법을 검증하면 그 정도는 알았을 텐데 이노우에는 자신이 필요 없다고 버려질까 두려워 단독으로 움직였던 거야. 그래서 대놓고 나베시마를 찾지 못하는 거지. 하지만 나는 나베시마라면 더 스마트한 해답을 알 거라고 판단했어. 그렇기 때문에 나베시마가 실종된 이유도 짐작이 됐지."

"그래서?"

"만약 나베시마를 찾아내면 J프로토콜을 완전히 뒤집을 수도 있어. 그래서 널 데려가겠다고 제안했어. 나카이 부장대리가 고등학교 때 나베시마와 사귀었으니 그를 홍콩에 데려다 놓으면 그녀가 먼저 연락을 취할 거라고 했지."

"그럼 왜 2년 전 시점에서 우리를 홍콩으로 부임시키지 않았지?"

"이노우에는 내 이야기를 반신반의했고, 해외 진출 발판을 찾아내는 나카이의 능력을 높이 샀어. 자신의 실수를 비밀리에 해결하고 싶은 마음과 해외 진출로 인한 성공을 저울질하며 널 쳐낼 타이밍을 기다렸던 거지."

중간관리직으로서 임원에게 인정받는 건 기쁘지만 결국 나는 버리는 말에 지나지 않았다.

"J프로토콜을 뒤집어서 뭘 할 거야?"

"알아보니 J프로토콜 홍콩은 수렁이야. 들어올 수는 있어도 나가지는 못해. 이노우에가 나베시마 이야기를 한 시점에서 나는 이미 수렁에 빠졌어. 부질없이 발버둥 치느니 뒤집는 게 나아."

"그렇구나. 혹시 인사 데이터베이스의 내 기록에 TBD라고 적은 건 네 짓이야?"

내가 묻자 반은 놀란 듯했다.

"그건 어떻게 알았어?"

"좌천이라고 쓸데없이 걱정해주는 친구가 있거든."

"유키코 씨? 총무부도 인사 데이터베이스에 접속할 수 있어? 그래서 이노우에를 죽인 거야?"

"응."

"그건 내 역할이었는데. 내가 이노우에에게 네 인사 정보에 말도 안 되는 내용을 적어놓으라고 부탁했어. 부사장이라면 적당한 이유를 붙여서 데이터베이스 조작을 지시할 수 있으니까."

"대체 왜?"

"넌 업무와 관련된 건 뭐든 조사하면서 자기 일에는 대번에 관심을 꺼. 그래서 너한테 HK프로토콜의 존재를 알려줄 필요가 있었어. 적당히 때를 봐서 J프로토콜 홍콩이 수렁이고, 네가 머지않아 자살할 거라고 알려주려고 했어. 그리고 나베시마가 계속 도망 다니는 이유도 이야기하면……."

내가 반의 상상을 긍정한 건 마지막에 이노우에를 죽인 부분뿐이었다. 하지만 반의 오해를 바로잡아주지는 않았다.

"그러면 내가 진심으로 나베시마를 찾을 테니까?"

"그래. 이 사무실에서 나베시마의 흔적을 발견해 뭔가 힌트 정도는 얻을 수 있을 거라고 생각했어."

나는 여전히 몸에서 다 빠져나가지 않은 졸음을 밀어내며 반의 이야기를 정리했다.

"리청밍이 HK프로토콜의 주식을 갖고 있는 건 어떻게 알았어?"

"HK프로토콜 주식을 매입하려고 홍콩의 브로커에게 중개를 의뢰했어. 나베시마에게서 연락이 올까 하고 반쯤 기대도 했지만."

나는 사무책상에 턱을 괴고 잠시 반을 보았다. 낡은 형광등 불빛 아래에서 보는 그는 어쩐지 늙은 것 같았다.

"그렇게 복잡하게 일을 꼬지 말고 처음부터 날 끌어들였으면 됐잖아?"

"처음 시점에서 이런 부정을 알면 넌 다른 행동을 취할 거잖아? 넌 지나치게 정공법이야. 신문사나 방송국에 J프로토콜의 불법 행위를 제보해도 우리가 도마뱀 꼬리가 될 뿐 아무것도 바뀌지 않아."

"뭐, 그렇겠지……. 리청명은 이 일을 어디까지 알아?"

"몰라. 브로커에게는 내 이름을 숨기고 '뱅쿠오'라는 의뢰인으로 일을 시켰어. 응한 상대도 '카이저'라고만 이름을 댔고. 실제로 만나기 전까지는 양쪽 다 셰익스피어 희곡의 등장인물이라고만 생각했어. 너와 함께 만났을 때 처음으로 그가 리청명인 줄 알았어."

"그럼 리청명은 마카오에서 어떻게 나에게 말을 걸었어?"

"마카오에 도착하면 나는 그 호텔에 '뱅쿠오'라는 사인으로 체크인해. 그러면 내 일행이 나카이라고 연락이 가게 되어 있었어. 처음에는 그날 밤 우리에게 말을 건 여성들이 카이저의 중개인인가 싶어 같이 식사를 하자고 했어."

"정말로 그럴지도 몰라. 그 세 사람은 우리에게 곧장 접근해 왔고 희곡 대사도 말했어. 내가 왕이 된다고 했잖아? 『맥베스』에 나오는 세 마녀의 대사야."

"리청명에게 확인해봤지만 그 여자들은 아무런 관계도 없어

보였어. 하지만 만약 네 말대로라면 나는 언제 죽을까?"

반이 비꼬듯 웃었다.

"무슨 뜻이야?"

"맥베스는 뱅쿠오에게 세 명의 암살자를 보내잖아."

"뭐, 그럴 일은 없지."

나는 대답하며 동요했다. 소피가 "바보야?"라고 한 말이 머릿속에 메아리치고 왕으로서 여행을 하는 것과 『맥베스』의 줄거리가 겹쳤다. 이대로 여행을 계속하면 나는 반을 죽이고 유키코를 잃게 된다는 뜻일까.

"나도 물어봐도 돼?"

나는 끄덕였다.

"이 방에서 뭘 찾아냈어?"

"뭐냐니?"

"이 방에 처음 왔을 때 넌 내가 조사하지 않은 캐비닛을 열고 나베시마의 사진을 발견해야 했어. 하지만 넌 아무것도 하지 않고 이 의자에 앉아 있었지. 그럼에도 그 뒤에 넌 혼자 리청명의 호텔로 찾아갔고 지난주에는 타이베이에 간다며 요코하마로 갔어. 이 방에서 뭘 발견한 거야?"

반이 거기까지 아는 건 카이저가 내 의뢰를 반에게 귀띔했기 때문일까.

"자신이 자살한다는 걸 알면 누구나 손을 쓰지 않겠어?"

"그럼 왜 이 스토리에 나베시마가 관련되어 있는데 아무런 의문도 갖지 않아?"

나는 반의 질문에 대답하지 않았다.

"인터넷에 유출된 나베시마의 사진을 삭제할 순 없어?"

"한번 퍼져나간 건 불가능해. 지우고 또 지워도 어디선가 튀어나오거든. 홍콩대학 수재였으니까. 떠들어대기 좋아하는 놈들 외에 질투 때문에 거든 놈들도 있었을 거야. 나베시마가 돌아오지 않으면 홍콩대학 부교수 자리가 하나 비니까."

"그런 문젠가……."

나는 새 담배에 불을 붙였다.

"그런데 아직 내 물음에 답하지 않았잖아?"

"뭐가?"

"인터넷에서 나베시마를 검색해도 HK프로토콜로 연결되진 않잖아. 나베시마가 얽혀 있는데 왜 의문을 느끼지 않았지? 아니면 이미 나베시마와 연락했어?"

"꼭 대답해야 해?"

"나는 허심탄회하게 다 이야기하잖아?"

"한 달이나 늦게 말이지. 그리고 내가 리청명에게 연락한 건 어떻게 알았어? 리청명과 한패야?"

"네 휴대전화에 GPS 정보 발신 소프트를 깔아놨어."

"왜 내가 어디 있는지 알 필요가 있지?"

"나베시마와 연락했는지 알고 싶으니까. 밤 11시 넘어서 리청명의 호텔에 드나드니 나베시마를 만난 줄 알았어."

"그럼 나한테 직접 물어보면 되잖아?"

"그래서 지금 이렇게 물어보잖아."

나는 한숨을 내쉬고 아직 절반도 피우지 않은 담배를 비벼 껐다.

"그래서 화났어?"

"글쎄……. 다만 이런 상황에서 허심탄회하게 털어놓는다고 해도 아, 그렇구나 하긴 힘들지."

"뭐, 그렇지. 하지만 지금 이야기한 게 전부야."

나는 씻어내기 힘든 졸음 속에서 무언가에 화를 쏟아내고 싶은 기분이었다.

"나베시마와 연락을 했느냐는 질문에는 모른다고밖에 대답할 수 없어. 4년 전에 나베시마가 남긴 메시지를 받았을 뿐이거든."

"무슨 메시지?"

"개인적인 추억담이야. 아무에게도 이야기하고 싶지 않아."

"그래……."

나는 담배 연기를 빨아들이며 지난번에 반이 열지 않았던 캐비닛을 보았다. 반이 그런 나를 보고 있었다.

"이럴 때는 담배를 피우는 습관이 있는 네가 부러워."

"동정은 하지만 이제 두 대밖에 안 남았어."

"이노우에를 죽이고 어떻게 할 셈이야?"

"생각 안 해봤어. 나는 나베시마를 찾기 전에는 자살 같은 건 할 수 없어."

"넌 그것만으로 사람을 죽인 거야?"

"너도 그렇잖아? 수렁에 빠졌으면 발버둥 치느라 체력만 소모하는 것보다 완전히 뒤집거나 앞을 가로막는 벽을 부수는 게 합리적이야."

반은 말없이 일어나 낡은 열쇠를 내가 앉은 책상 위에 내려놓았다.

"이 사무실 열쇠야. 두 개 있으니 하나는 네가 가져."

"고마워."

"나는 너와 달라. 지금은 말 못할 사정이 있어."

우리도 이제 서른여덟 살이다. 누구에게도 이야기하고 싶지 않은 사정 한두 가지 정도는 있을 것이다.

"만약 메시지 이외에 나베시마에게 받은 게 있고 나와 공유해도 될 때가 오면 보여주면 좋겠어."

"그래. 생각해볼게."

반은 그 대답으로 내가 이미 무언가를 받았다고 알아챘을 것이다.

"먼저 갈게. 담뱃불이 꺼졌는지 확인하고 문을 잠가줘. 담뱃재는 그 영감님이 수요일에 치울 거야."

"알았어."

반은 사무실 문을 열고 등을 돌린 채로 덧붙였다.

"내일부터 목요일이나 금요일까지 이노우에의 인수인계 문제로 도쿄로 출장 가. 홍콩에 돌아오면 다시 이야기할 시간을 내줄래?"

"좋아. 그 전에 부탁이 있어."

"뭔데?"

반은 문을 반쯤 열고 돌아보았다.

"이 사무실에 있는 나베시마의 사진은 당장 치워줘. 보고 싶지도 않아."

"알았어. 기분 상하게 해서 미안해."

문이 닫힌 뒤 반이 다시 돌아오지 않는 것을 확인하고 그가 앉았던 책상으로 가 우정총국 선물 코너에서 산 큐브 달력을 꺼냈다. 생각했던 대로 그 책상에 있던 큐브 달력과 크기가 거의 비슷했다. 규격은 없어도 제조사가 몇 안 되기 때문일 것이다. 나는 그 달력 큐브를 들고 언더바가 있는 6이 그려진 면을 찾았다. 하지만 숫자가 적힌 두 개의 큐브는 한 달 사이에 어디에나 흔히 있는 큐브로 바뀌어 있었다. 누군가가, 아마도 십중팔구 반이겠지만, 이미 속이 빈 큐브를 알아챈 것이다. 나는 새로 사온 달력의 큐브를 손바닥 위에서 굴리며 담뱃갑에 남아 있는 담배 두 개비를 피웠다.

"그냥 큐브 안에 있던 걸 달라고 하면 될 텐데."

나는 혼잣말을 하고 우정총국 비닐 봉투에 큐브 달력을 다시 넣고 오래된 사무실을 뒤로 했다. 빌딩을 나와 코즈웨이 베이의 완탕면집에서 산미겔 병맥주를 마시며 나베시마가 홍콩에 남긴 흔적이 하나씩 사라지는 것에 쓸쓸함을 느꼈다.

†

반이 도쿄에 출장 간 일주일 동안 나는 계속 졸음에 시달렸다. 유키코와 밥을 먹을 때조차 이따금 꾸벅꾸벅 졸아 그녀가 불만에 차 잔소리할 정도였다. 상중이라서인지 J프로토콜 홍콩 사내는 조용했고 모리카와와 고급 레스토랑에 가지도 않았다. 나는 동사장실 의자에서 얕은 잠 속을 거닐었다.

"어디 편찮으세요? 요즘 곧잘 꾸벅꾸벅 조시던데요."

오후 3시에 차를 가지고 온 모리카와가 걱정스러운 표정으로 물었다.

"일본어가 통하는 병원을 찾아볼까요?"

"괜찮아. 피로가 쌓이거나 밤에 자꾸 깨서 못 잔 게 아니라 그냥 졸려서 그래. 그렇게 설명해봐야 의사도 곤란하지 않겠어? 여기서 잘 때 내가 신음하던가?"

"아뇨. 굳이 표현하자면 편안하게 쉬시는 느낌이에요."

"그래? 그럼 문제없어."

"네……. 지금 업무 이야기를 해도 괜찮을까요?"

"그럼. 근무 시간인데."

"조금 전에 부동사장님이 전화하셨는데, 다음 달 HK프로토콜과의 계약 체결이 늦어질 것 같다고 합니다."

"부동사장이 늦어지는 이유도 말하던가?"

"아니요. 그쪽에서 일방적으로 통지했다고 합니다."

"특허 이용에 지장은 없고?"

"부동사장님에게 여쭤봤지만 J프로토콜에서 변호사와 의논한다고 합니다."

"갑자기 암호화 방식을 더 이상 못 쓴다고 해도 이쪽에서는 몇십 만 장이나 발행한 카드를 회수하는 건 물리적으로 불가능해. 수도국이 일방적으로 해약하겠다고 해도 정당한 이유가 없으면 수도를 쓸 수 있는 것과 똑같아."

"그럼 다행이고요."

모리카와는 책상을 사이에 두고 석연치 않은 표정을 지었다. 나는 두 달 전에 그녀와 처음 만났을 때와 같은 겨자색 스커트를 입었구나 하고 생각했다. 이 도시에서는 계절의 진행이 느리다.

"뭔가 걱정스러워서 그래?"

"네."

"나도 부동사장과 J프로토콜에 문의해볼 테니 걱정 안 해도 돼."

"제가 걱정하는 건 동사장님이에요."

"왜?"

"왜 이런 중요한 일이 동사장님이 아니라 부동사장님에게 먼저 전해지죠?"

맞는 말이다. 반은 도쿄에서 뭘 하는 걸까? 나는 그녀의 물음에 대답할 말을 찾지 못했다. 모리카와는 내 눈길을 피하고 방 안을 둘러보았다. 동사장실과는 다른 장소, 즉 대화가 녹음되지 않는 곳에서 이야기하고 싶을 때 그녀가 보내는 신호다.

"부동사장은 홍콩에 언제 돌아오는지 말하던가?"

나는 그녀와 둘만 있으면 괜한 이야기까지 해버릴 것 같아서 그 신호를 무시했다.

"모레인 금요일에 돌아오신다고 합니다."

"그럼 그때 내가 부동사장에게 물어볼게."

모리카와는 불만스러운 표정을 숨기지 않고 방을 나갔다.

저녁에 호텔 방으로 돌아오자 유키코도 병원에 가보라고 했다.

"그냥 졸릴 뿐이지 어디가 아픈 건 아니야."

"유이치는 스스로를 재움으로써 무언가로부터 도망치는 것 같아."

"걱정 끼쳐서 미안해. 하지만 이러다 괜찮아지겠지. 가볍게 한잔하자."

나는 냉장고를 열고 다이어트 콜라와 럼을 테이블에 놓았다.

"나는 와인 마셔도 돼?"

유키코는 레드 하우스와인 하프 보틀을 들고 왔다. 나는 유키코가 쿠바리브레를 만들어주는 것을 보며 와인 뚜껑을 땄다.

"지난 주 출장 말인데, 사실은 어디 갔었어?"

축하할 거리도 없는 건배를 하고 유키코가 갑작스럽게 물었다. 그녀가 그런 식으로 묻는 건 뭔가 근거가 있기 때문이다.

"어딘가 이상해?"

"응. 지난 나흘 동안 유이치가 아닌 다른 사람과 있는 느낌이야. 뭐라고 하면 좋을까……. 유이치에게 안길 때도 다른 사람의 손길 같은 느낌이야. 손이 차가워."

나는 아무 대답도 하지 못하고 내 손바닥을 보았다.

"유이치가 타이베이에 있던 목요일에 휴대전화로 전화가 걸려왔어. 본사의 다카기 씨라는 사람인데. 유이치의 전화를 멋대로 받으면 안 될 것 같았지만 연락이 되지 않아 불안하기도 했고, 세 번이나 걸려 와서……."

"그랬구나. 다카기가 뭐래?"

나는 휴대전화 수신 이력을 확인하지 않은 걸 후회했다.

"유이치가 어디 있냐고 물었어. 다카기 씨는 입사 동기 맞지?"

"응. 동기 중에서 처음으로 과장이 된 친구야."

"유이치가 휴대전화를 놓고 타이베이에 출장 갔다고 했더니 정말로 타이베이가 맞느냐고 되묻더라."

"그래서?"

"타이베이의 앰배서더 호텔에 있으니 호텔로 전화하면 메시지를 남길 수 있다고 했더니 나는 연락이 되냐고 묻더라. 내가 그렇다고 했더니 그럼 됐다면서 퉁명스럽게 전화를 끊었어. 하지만 전화를 끊고 나서 왜 타이베이에 있는지 확인할 필요가 있었는지 불안해졌어."

유키코는 잔에 따른 레드와인을 보기만 하고 한 모금도 마시지 않았다. 나는 그녀에게 지난주에 있었던 일을 모조리 털어놓고 싶은 충동에 휩싸였다. 하지만 유키코를 이 일에 말려들게 하고 싶지 않았다. 나는 신중하게 말을 골랐다.

"지난주에, J프로토콜의 나카이 부사장님이 돌아가셨어. 그래서 연락을 하고 싶었겠지. 내 전임자니까……."

"몰랐어. 어쩌다?"

"신문에 사인까지 나오진 않았으니 돌연사일지도 몰라."

"그렇구나. 장례식은?"

"반이 어제부터 도쿄로 출장 갔어."

"유이치는 안 가도 돼?"

"개인적으로 아는 사이도 아니고 2주나 연달아 홍콩을 비울 순 없으니까 반을 대신 보냈어."

유키코는 그제야 와인을 입으로 가져갔다.

"좀 걱정된다."

"왜?"

"유이치가 걱정하는 게 싫어서 말 안 했는데 총무부에서는 J프로토콜 홍콩에 대해 별로 좋은 얘길 못 들었어."

"예를 들어?"

"과거에 몇 명인가가 공금을 횡령했대."

유키코는 J프로토콜 홍콩이 출구 없는 회사라는 걸 모른다. 나는 잔에 남은 쿠바리브레를 비웠다.

"J프로토콜보다 경리 체크가 허술한 건 사실이야. 부부장급에게 갑자기 임원실을 주고 비서도 붙여줘. 일 때문에 고급 레스토랑에 다니면서 그곳 지배인과도 안면을 트지. 어느 새 자신이 잘난 사람이 된 기분이 들 거야."

"유이치는 괜찮아? 무서워서 물어보진 못했지만 1박에 5천 홍콩달러나 하는 이 방은 경비로 처리해?"

"2천 홍콩달러는 사택비로 나오고 나머지 3천은 내가 내."

"엔화로 치면 매일 3만 엔 넘게 쓰는 거잖아. 그 돈은 어디서 나와? 그리고 사택비로 나오는 돈도 한 달이면 80만 엔 가까이 돼. 도쿄에서는 있을 수 없는 일이야."

"홍콩의 주택 사정을 고려하면 주재원용 레지던스 시세가 월 60만 엔 정도니 임원급이면 타당한 선이야. 내가 부담하는 금액은 적금을 깨서 내고. 사정이 있어서 이 호텔이 안전하거든."

"안전하다니 무슨 뜻이야?"

역시 나는 유키코에게 거짓말을 하지 못한다. 아니면 유키코에게 내 상황을 털어놓고 싶은 마음이 자꾸 빈틈을 만드는 걸까.

"유키코가 총무부로 이동했을 무렵 해외 출장을 갈 때는 노트북을 되도록 가지고 가지 말라고 했었잖아? 가지고 가도 호텔에서는 반드시 금고에 넣어두라고."

"응."

"이 호텔이라면 그럴 걱정이 없어. 물론 노트북을 켤 때는 스파이웨어 체크를 하고 메일도 믿을 수 있는 사람이 아니면 받지 않아. 하지만 다른 호텔을 이용하거나 가정부를 고용하는 것보다는 훨씬 안전하다는 뜻이야."

"그게 매일 3만 엔이라고? 저축해놓은 돈이 그렇게 많았어?"

J프로토콜 홍콩 임원 보수와 해외 부임 수당 대부분이 호텔비로 사라졌다. 그래도 억지로 와인을 마시고 욕조에서 익사하는 것보다는 싸다.

"지금은 그만한 가치가 있다고밖에 못하겠네."

"역시 너무 걱정 돼. 도쿄로 돌아갈 순 없어? J프로토콜을 그만둬도 둘이서 벌면 어떻게든 살아갈 수 있어."

나는 두 잔째인 쿠바리브레를 보며 문득 모리카와를 떠올렸다. 모리카와라면 내가 처한 상황에서는 한 달에 9만 홍콩 달러의 자기 부담이 전혀 비싸지 않다는 걸 말하지 않아도 알아줄 것이다. 내가 나카이 유이치로 있는 한 도쿄든 호찌민이든 어디 있어도 안전하다고는 단언하기 힘들다. 그렇다면 J프로토콜 홍콩에 몸담고 있는 게 그나마 낫다. 여기 있으면 위험이 닥쳐왔을 때에 모리카와가 어떤 방법으로든 알려줄 것이다.

나는 유키코가 손에 든 레드와인을 보며 마음이 멀어지는 건 이런 순간일 거라고 생각했다.

"언젠가, 그다지 멀지 않은 미래에 유키코에게 제대로 이야기할 수 있으면 좋을 텐데……."

"역시 지금은 나한테 말 못할 비밀이 있는 거야?"

다정한 연인이 멀어져가는 조짐인 줄 알면서도 고개를 끄덕이는 수밖에 없었다.

✝

이튿날 모리카와가 가져온 신문에 봉투가 끼워져 있었다. 나는 모리카와가 보이차를 타주고 동사장실을 나가기를 기다렸다가 봉투를 열었다.

동사장님

반 부동사장님과는 20년지기 친구라 듣기 싫으시겠지만 역시 지금의 부동사장님을 신뢰하는 건 위험하다고 생각합니다.

처음 만난 날 말씀드렸지만 J프로토콜 홍콩에는 사람을 완전히 다른 사람으로 바꿔버리는 일그러진 힘이 있습니다. 동사장님이 알고 계신지는 모르지만 부동사장님은 부임하셨을 때와 비교하면 완전히 다른 사람 같습니다. 부동사장님은 의식적으로 동사장님과 거리를 두는 것처럼 보여요.

부디 본인의 안전을 우선시해 주세요.

다른 이야기지만 다음에 몸 상태가 좋을 때 같이 저녁 먹어요. 소호에 괜찮아 보이는 누벨 시누아 가게를 발견했거든요. 아쉽지만 접대하기 적합한 곳은 아니라 더치페이예요.

이만 총총

03/12/2009 모리카와 사와

추신. 저는 안전한 곳에 있어요.

나는 손으로 직접 쓴 편지를 오랜만에 받아본다고 생각하며 오프화이트색 편지지에 적힌 모리카와의 글자를 보았다. 갈겨쓴 메모와 달리 특정한 버릇이 없는 글자가 모리카와다웠다. 유키코가 홍콩에 온 뒤로는 모리카와와 저녁을 먹어도 어디까지나 업무 범위 안에서였고 2차도 권하지 않게 되었다. 나는 그 편지를 문서 절단기에 넣어야 한다고 생각하면서도 그러지 못하고 편지지를 봉투에 다시 넣고 재킷 호주머니에 넣었다.

——추신. 저는 안전한 곳에 있어요.

모리카와가 나에게 전하고 싶은 말은 같이 밥 먹자는 게 아니라 이 한 문장일 것이다.

"모리카와……, 그 자신감은 대체 어디서 나오는 거야?"

나는 천장의 장식 팬에 달린 소형 마이크를 향해 작은 목소리로 말해보았다. 모리카와가 회사 컴퓨터는 물론 자택 컴퓨터도 쓰지 않고 일부러 손으로 편지를 쓴 건 그것이 이 J프로토콜 홍콩에서는 가장 안전한 통신 수단이기 때문이다. 사원의 자택 컴퓨터를 해킹하는 건 별로 어렵지도 않다. 그리고 그녀가 전하고 싶었던 그 문장을 뒤집으면 나는 아직 안전한 곳에 도착하지 않았다는 뜻이다. 마카오 호텔에 있는 소피의 말이 맞는다면, 여행을 계속하기 위해 아직 처리해야 할 일이 남아 있다.

"그러니 지금은 반을 따라가는 수밖에 없어. 그를 신뢰할지는 가면서 생각해야 해."

혼잣말 끝에 다시 선잠에 빠졌다.

†

반은 금요일 저녁에 ifc 사무실로 돌아왔다. 공항에서 직접 왔는지 부동사장실로 가자 익숙한 여행 가방이 놓여 있었다. 부탁하지도 않았는데 모리카와가 차를 들고 왔다.

"부동사장님이 선물로 일본 녹차를 주셔서 타 왔어요."

"그래, 고마워."

모리카와가 불편하다고 했던 반도 웃으며 그녀에게 대답했다.

"장례식에는 갔어?"

나는 아무런 지장 없는 화제부터 꺼냈다.

"가마쿠라 자택에 부의금을 내러 갔는데 향도 못 올리게 하더라."

"그랬구나."

나는 부동사장실 소파에 앉아 녹차를 마셨다. 반은 모리카와가 방에서 나가기를 기다렸다가 도쿄 J프로토콜의 상황을 이야기했다.

"사인은 자살로 처리됐나봐."

"그래?"

"횡령한 공금도 상당히 많아서 유족은 J프로토콜과는 더 이상 얽히고 싶지 않겠지."

"HK프로토콜의 계약에 문제가 생겼다고 들었는데 J프로토콜 변호사는 뭐라고 해?"

"그쪽에서 합리적인 이유를 제시하지 않는 한 업무상 지장은 없을 거래."

부동사장실도 대화가 녹음되는지 반도 판단을 내리기 힘든 듯했다. 그의 이야기는 자회사 임원이 알아도 이상하지 않은 내용이었다.

"오랜만에 도쿄를 왕복했더니 지치네. 오늘 저녁쯤에 같이 밥이나 먹으러 갈까?"

"그래. 가끔은 일찍 퇴근하자."

나는 소파에서 일어나 문손잡이를 잡고 '본론을 얘기해야지.'라고 입술만 움직여 전했다.

"난 사무실에 잠깐 들른 거라 바로 나갈 수 있어. 나카이
는?"

"메일을 두세 통 쓰고 나면 갈 수 있으니 아래 스타벅스에
서 커피라도 마시며 기다려."

나는 부동사장실에서 나와 그 옆의 내 방으로 돌아왔다. 모
리카와가 내 책상을 정리하고 있었다.

"오늘은 부동사장과 밥 먹으러 가기로 해서 일찍 퇴근할 거
야."

내 말에 모리카와는 말없이 펼쳐져 있는 신문을 접었다. 나
는 모리카와와 함께 책상 위에 흩어진 서류를 정리하며 잡담
을 하듯 작은 목소리로 말했다.

"모리카와가 안전한 곳에 있다고 했으니 나는 조금 위험한
다리를 건너더라도 진실을 알아야겠어."

모리카와는 신문을 접던 손을 멈추고 나를 보았다. 무슨 말
을 하려는 그녀에게 나는 책상에 시선을 떨구고 서류를 정리
하며 말을 이었다.

"모리카와의 클라이언트는 J프로토콜 홍콩이지만 그보다
는 비서로서의 일을 우선시하는 것 같아. 뭐라고 하면 좋을
까……. 그러니까 J프로토콜 홍콩의 이익보다 내 안전을 우선
시해주는 느낌이야. 그러니 나는 모리카와를 믿어."

나는 모리카와의 대답을 기다리지 않고 책상 정리를 끝내

고 방에서 나왔다.

마음을 말로 전달하는 건 중요하다. 나는 모리카와를 믿는
다고 처음으로 말해보고, 오늘 저녁에 반이 무슨 이야기를 하
더라도 내 힘으로 직접 여행을 계속하자는 각오가 뼛속 깊이
생겼다고 자각했다. 대본이 마음에 들지 않으면 내가 왕이니
다시 쓰면 그만이다. 사무실에서 ifc 쇼핑몰로 내려가는 엘리
베이터 안에서 휴대전화에 반이 보낸 문자를 받았다.

'마카오행 페리 선착장에 있어. 16:30 터보제트 슈퍼클래스
를 샀어. 지난번에 네가 포르투갈 요리를 사준다고 약속한 게
떠올랐거든.'

나는 ifc에서 페리 선착장으로 이어진 공중회랑을 걸으며 유
키코에게 전화했다. 유키코와는 수요일 밤 이후로 같은 방에
서 자는데도 대화를 하지 않았다. 예상대로 유키코의 휴대전
화는 음성사서함으로 연결되었다. 나는 오늘 저녁은 반과 마
카오에서 밥을 먹고 그대로 하룻밤 자고 가겠다고 녹음했다.

반은 선착장으로 가는 보딩 브리지 앞에서 오가는 사람들
을 멍하니 보고 있었다. 모리카와가 일러주지 않아도, 반은 홍
콩에 부임한 뒤로 다른 사람이 됐다. 동시에 문득 나와 재회
하기 전의 반으로 돌아갔을 뿐인지도 모른다는 생각도 들었
다. 몇 년 전에 신임 과장 연수 강사로 강단에 섰던 사람이 원
래 그의 모습이고, 나와 동남아시아에서 IC카드를 팔러 다니
던 때가 특별했는지도 모른다. 나는 멍하니 서 있는 반에게

말했다.

"기다렸어?"

"네가 비서의 잔소리를 듣는 시간까지 계산에 넣었더니 대충 예상한 대로야."

반은 웃으며 페리 티켓을 주었다.

"4시 반 페리를 탈 수 있을까?"

"놓쳐도 15분 후의 페리를 타면 돼."

우리는 예정한 페리를 탈 수 있었지만 슈퍼클래스 선실에서는 일본어가 들려와 무난한 대화밖에 하지 못했다.

"카지노에서 300만 넘게 따면 일 그만둘까봐."

"그게 되겠니?"

"그야 모르지. 비기너스 럭이라는 말도 몰라?"

"애초에 미유키는 카지노의 룰을 알기는 해?"

"오션스 일레븐부터 서틴까지 다 봤어."

"그건 도둑이 카지노를 털러 가는 이야기잖아. 애당초 300만의 단위가 달라. 네가 말한 300만은 엔이지?"

20대 여자들의 대화를 들으며 나는 어느 틈에 선잠이 들었다.

"이제 곧 도착해."

반이 어깨를 두드려 눈을 뜨자 페리 창문 밖에 카지노의 네온사인 숲이 펼쳐져 있었다. 행선지는 반에게 맡기고 페리 선착장에서 택시를 탔다.

"반, 혹시 이 가게가 마음에 들었어?"

"세나도광장에 비하면 조용하고 그 아프리칸 치킨은 맛있었어."

가게에는 손님이 없었고 HK프로토콜의 주식을 샀던 저녁처럼 나이든 점원이 창가 테이블로 안내해 주었다. 반이 화이트와인과 아프리칸 치킨을 주문하자 바로 차갑게 식힌 와인이 나왔다.

"일단 조지 클루니를 좋아하는 일본 여자애들이 카지노에서 크게 따기를 기도하며 건배할까?"

반은 테이스팅을 거절하고 두 잔에 와인을 따르며 웃었다.

"돈을 따지 못하는 게 그 사람에게는 행복일지도 몰라."

"글쎄…… 져서 무언가를 포기하는 것보다는 이겨서 하고 싶은 대로 하는 게 나아."

우리는 조용한 가게 안에서 무언가를 위해 건배했다.

나이 든 점원이 아프리칸 치킨이 구워질 때까지 시간이 걸린다며 올리브를 내왔다.

"취하기 전에 이것부터 줄게."

나는 새하얀 식탁보 위에 5센티미터 크기의 스타페리 모형을 놓았다.

"이게 뭐야?"

반이 묻자 스타페리를 둘로 쪼개 USB 메모리라고 알려주었다.

"나베시마가 준 것에서 내게 보낸 메시지를 제외하고 복사했어. 암호화 방식의 복호 방법과 다음 암호화 방식이 들어 있어. 난 그게 얼마만큼의 가치가 있는지 잘 몰라."

반은 스타페리 모형을 원래대로 되돌리고 손바닥 위에 올렸다.

"다음 암호화 방식?"

"나베시마의 메시지에는 현행 암호화 방식의 취약성을 배제한 암호화 방식이라고 적혀 있었어."

나는 그 말이 반을 배신하는 것이라는 점에 최대한 마음이 동요하지 않도록 애썼다. 반을 배신한 게 아니라 단지 반이 그랬던 것처럼 알려주는 시기를 늦췄을 뿐이라며 새하얀 테이블보를 보았다.

"만약 내가 이걸 독차지하면 어떡할 거야? 진짜 나베시마의 말이 맞는다면 이건 연간 70억 엔의 가치가 있다는 뜻이야."

"서로 정보를 독차지하지 않으려고 여기 온 거 아니야?"

"70억 엔은 사람 마음을 바꾸기 충분한 금액이야."

"알아. 그래서 이노우에는 자살했지."

"나카이……, 이따금 나는 널 잘 모르겠어. 넌 뭘 원하는 거야?"

나는 호수와 접한 전면 유리창으로 그 너머에 있는 타이파 섬을 보았다.

"나도 모르겠어. 하지만 만약 네가 그걸 독차지할 거면 그 중에서 돈을 조금 써서 유출된 영상을 지우는 방법을 생각해 줘."

"그래서 넌 뭘 얻는데?"

"글쎄⋯⋯, 나베시마가 어딘가에 살아 있다면 조금이나마 편하게 해주고 싶어."

반은 그날 저녁, 내가 나베시마에게 받은 걸 내줄 줄 알았던 것처럼 통장을 테이블보 위에 꺼냈다. 표지에는 일본 대형 증권사 이름이 적혀 있었다. 적혀 있는 명의는 내 것이었다.

"무슨 통장이야?"

"HK프로토콜 주식을 전자화했어."

나는 통장을 받아 넘겨보았다. HK프로토콜의 전체 주식에 해당하는 1만 주가 적혀 있었다.

"우리가 산 주식은 3천 주였잖아."

"나머지는 이노우에에게 양도받았어."

"이노우에에게?"

"J프로토콜 홍콩 사택에 갔더니 회사 인감도장과 대표자 인감도장이 있더라고. 간 김에 이노우에의 양도계약서도 만들었지."

반은 J프로토콜 사명이 들어간 갈색 봉투를 테이블보에 놓았다.

"죽은 사람에게서?"

"그럴지도 모르지."

"그건 사문서 위조잖아. 어엿한 범죄야."

"그 정도 범죄로 네가 날 비난할 자격이 있던가? 넌 사람을 죽였잖아."

나는 할 말이 없었다. 이노우에를 죽인 걸 결코 잊지는 않았다. 오히려 문득 방심할 때마다 그 일이 자꾸 떠오르는 걸 막을 수 없었다. 하지만 그 죄책감은 사문서 위조보다도 옅었다.

"하긴 그래."

"하긴 그래, 라니…… 넌 나베시마의 사진을 유출시킨 데 대한 보복만으로 이노우에를 죽인 거야?"

"아니야."

나는 반의 말에 부정했다. 그게 보복이었다면 그 호텔 방에 불법 촬영 카메라를 설치해 이노우에와 애인의 정사를 인터넷에 올리면 그만이었다. 그것도 범죄 행위임에는 틀림이 없지만 위조 여권까지 들고 일본에 입국할 필요는 없었을 것이다.

"누군가를 위한 보복 같은 비생산적인 일은 안 해."

"살인죄로 걸리면 어떡하려고? 너한테 보복 의도가 있든 없든, 이노우에는 법의 심판대에 세울 수 있었어."

일본어가 통하는 가게에서는 도저히 할 수 없는 대화를 하는 사이에 아프리칸 치킨이 큰 접시에 담겨 나왔다. 우리는 늙은 점원이 일본어를 알아듣지 못한다는 걸 알면서도 대화를 중단하고 음식을 먹기 위해 앞치마를 받았다.

"네가 무슨 생각인지 짐작이 안 돼."

반은 그렇게 말하고 아프리칸 치킨을 해체했다.

포크와 나이프를 들고 씨름하는 반을 보며 "그럼 넌 왜 린파에게 날 보호하라고 지시했어?"라고 물어볼지 망설였다. 그것을 말하면 린파가 클라이언트와의 약속을 지키지 않았다고 직접 알리는 셈이 된다. 반에게서 우리가 홍콩에 좌천된 경위를 들은 지금으로서는 그걸로 반이 화내진 않겠지만 그날 밤 본 린파의 슬퍼 보이는 얼굴을 떠올리니 말하기가 망설여졌다. '당신을 지키고 싶어 하는 사람이 있다는 걸 알아줬으면 좋겠다'고, 평소의 냉정한 린파가 어둑한 호텔 방에서 금방이라도 울 것 같은 눈으로 말했다.

"아무튼 됐다."

반은 아프리칸 치킨을 몇 조각 잘라 접시에 나눠 담으며 말했다.

"뭐가?"

"끝난 일을 자꾸 들먹이면 뭐해? 앞으로의 일을 이야기하자."

"그래. HK프로토콜의 모든 주식이 우리 것이 됐다면 J프로토콜 홍콩과의 계약을 연기시킨 건 너라는 뜻이지?"

"맞아. 계약을 변경할 거야. 하지만 그 전에 HK프로토콜 주식은 '우리'가 아니라 네 거야."

"통장 명의만 그런 거잖아?"

"주식은 네가 가져. 대신 HK프로토콜 법정 대표자로 날 지명해줘."

"J프로토콜 홍콩은 어쩌고?"

"이사 머릿수가 부족하니 이름은 남겨놔도 괜찮아. 다만 J프로토콜은 그만둘 거야."

"그래서 어떻게 하려고?"

"HK프로토콜이 가진 암호화 방식을 J프로토콜 홍콩 이외에도 제공할 수 있도록 계약을 변경할 거야. 도아인쇄가 필요한 건 자유롭게 쓸 수 있는 뒷돈이니 그걸 모조리 빼앗지는 않을 거야. 다만 기존의 절반으로 줄이라고 제안하고 왔어. 즉, 연간 70억 엔의 약 절반, 30억은 HK프로토콜의 거야. 내 몫은 임원 보수와 배당금 절반으로 매듭짓고 싶어."

"도아인쇄와 J프로토콜이 그러자고 수긍할까?"

"협상 시작가로 절반을 제안했는데 이 USB 메모리 안의 내용물에 따라서는 이쪽의 몫을 늘려도 도아는 받아들이는 수밖에 없어."

반은 내게서 받은 작은 스타페리 모형을 손바닥 위에서 굴렸다.

"나는 15억이나 필요 없어."

"있어서 나쁠 건 없어."

"15억 엔을 어디에 쓰려고?"

"우리는 나베시마를 찾든지, 그게 불가능하다고 판단된 시점에서 자살하거나 실종될 예정이었어. 도피 생활을 하든 반격을 하든 나름의 돈이 필요해. 네 페닌슐라 숙박비도 무시할 수 없는 지출이잖아."

"그건 그래."

나는 끄덕였다.

"도아인쇄도 설마 우리가 반격에 나설 줄은 몰랐을 거야. 이번에는 기습을 당해 계약 변경을 받아들이는 수밖에 없어. 하지만 상대는 눈 하나 깜빡이지 않고 사람을 죽이는 조직이야. 우리가 연간 30억이나 되는 돈을 가져가는데 손가락 빨며 지켜볼 리가 없잖아?"

"원해서 이렇게 된 게 아닌데 말이야."

"나도 마찬가지야. 아무튼 널 끌어들인 건 나지만."

대화가 끊기자 나는 화이트와인을 한 병 더 주문했다.

반의 이야기는 일방적이었지만 동시에 잊으려고 애쓰던 희곡을 떠올렸다. 맥베스와 뱅쿠오도 그저 주군을 충실하게 섬겼을 뿐이었다. 전쟁터에서 귀환하는 황야에서 세 마녀를 만난 것이 비극의 시작이고, 그것을 '말려들었다'는 말로 바꾼다면 나는 반을 비난할 자격이 없다. 그는 나보다 조금 일찍 이 수렁 속으로 굴러 떨어졌을 뿐이다.

"알았어. 나도 조건을 걸어도 될까?"

"그럼."

"유키코는 끌어들이지 마. 그녀는 이미 J프로토콜 사원도 아니고 J프로토콜 홍콩이나 HK프로토콜에 대해서도 모르니까."

"그건 어렵겠어. 상대는 무슨 짓을 할지 몰라. 그들도 두 사람이 사귀는 건 이미 알 테니 유키코 씨를 이용하지 않을 이유가 없어. J프로토콜에 남아 있는 자살과 실종 기록은 사원

본인의 것만 남아 있지만 거기에 이용된 사람들이 어떻게 되는지도 쉽게 상상할 수 있잖아?"

"거액의 입막음비를 받고 행복하게 살고 있지 않을까?"

"그럴 리가 없잖아. 돈으로 입을 다무는 녀석은 그보다 더 큰 돈을 주면 입을 열어. 그러니 진심으로 입을 막고 싶은 사람에게는 입막음비를 주지 않아."

"이 15억으로 지키는 수밖에 없다는 말이구나……."

"그러니 돈이 있어서 나쁠 건 없다고 한 거야."

"그래."

늙은 점원이 추가 주문을 받으러 왔다.

"가끔은 디저트라도 먹어볼까?"

나는 어딘지 모르게 뒷맛이 씁쓸한 식사의 입가심을 하고 싶었다.

"그보다 이쯤에서 접고 바로 갈까?"

"나쁘지 않지."

나는 늙은 점원에게 계산서를 달라고 했다. 반이 포르투갈 식당 문을 열며 돌아보았다. 그때는 이미 내가 익숙하게 보아 온 웃는 얼굴로 돌아가 있었다.

†

이튿날 나와 반은 마카오 호텔에서 이른 아침 페리를 타고 홍콩으로 돌아왔다. 휴일의 텅 빈 사무실에서 나는 상사로서 반의 사표를 수리하고 도쿄 J프로토콜로 전송했다. 사직 후의 잔무 처리는 다른 사원에게 맡기기로 했다.

오전 중에 호텔로 돌아가자 유키코는 방에 없었다. 나는 할 말이 있으니 일찍 오라고 유키코의 휴대전화 음성사서함에 녹음을 남겼다. 유키코는 뚱한 표정으로 30분 뒤에 돌아왔다.

"어제는 반 씨와 같이 있었어?"

"응. 마카오 호텔에서 묵었어."

"카지노?"

"아니야. 포르투갈 식당에서 같이 한잔했어."

유키코가 얇은 코트를 옷장에 걸었다. 양복을 입고 대부분의 시간을 회사에서 보내느라 잘 못 느꼈지만 홍콩에도 겨울이 오고 있는지도 모른다.

"하고 싶은 말이 뭐야?"

"좀 길어지니 와인이라도 마시며 이야기하자."

"그렇게 해."

나는 유키코에게 레드와인을 받고 J프로토콜 홍콩에 관한 비밀과 내가 암살 대상이라는 것을 이야기했다. 책상 서랍에서 다카기가 준 메모를 꺼내 유키코에게 보여주자 그녀는 잠시 말없이 그것을 보았다.

"왜 지금까지 나한테 말 안 했어?"

"말해도 걱정만 끼칠 뿐이지 어떻게 할 방법이 없었거든."

"하지만 이 메모를 가지고 일본 경찰이나 매스컴을 찾아가면 문제는 해결되잖아?"

"손으로 쓴 메모야. J프로토콜은 좌천된 충격으로 정신적인 피로가 쌓인 사원이 지어낸 이야기라고 코웃음 치며 거들떠보지도 않겠지. 유키코도 총무부에 있다면 그렇게 하지 않겠어? 취재나 수사를 웃으며 넘기는 사이에 인사부 데이터베이스는 깨끗하게 지워져 있겠지."

유키코는 메모를 든 손을 떨며 울먹였다.

"그때……, 유이치가 방콕 출장에서 도쿄로 돌아올 때 내가 홍콩 부임을 막았더라면 이렇게 되지는 않았을 텐데."

"아니야. 그때는 이미 돌이킬 수 없는 상황이었어. 적어도 반은 2년 전에 홍콩에 부임하기로 결정되어 있었어. 그러니 유키코가 책임을 느끼진 않아도 돼."

"반 씨는 정해져 있었다고 해도 유이치는 피할 수 있었을지도 모르잖아."

"설령 유키코가 그렇게 말했더라도 나는 반을 혼자 희생시키진 않았을 거야."

유키코는 어지간한 일로는 훌쩍훌쩍 울지 않는다. 그것은 내가 누구보다 잘 안다. 신입사원이었을 때는 어땠을지 몰라도, 사회인이 된 뒤로 그녀와 함께한 시간이 가장 긴 사람은 일적으로나 사적으로나 바로 나다. 지금까지 유키코가 눈물을 보인 건 이혼하기로 했다고 보고했을 때 정도였다.

"브레이크가 고장 난 버스에 반이 타고 있어. 그 버스를 그냥 보낼지 나도 같이 타서 반과 상황을 해결할지 어느 쪽을 선택하느냐의 문제야."

"그 버스에 타지 않아도 반 씨에게 휴대전화로 위험하다고 알려주면 되잖아?"

유키코가 진지하게 말해서 살짝 웃었다.

"유키코는 그게 나라도 그렇게 할 거야?"

"누군가가 위험에 처했다 하더라도 자기까지 말려들 필요는 없다는 비유야."

"알아. 그리고 하나 더 말하자면, 나는 반을 구하러 갈 때 유키코의 손을 잡고 버스에 올라타 버렸어."

유키코가 비유로 받아준 덕에 나는 어떻게 꺼내야 좋을지 망설이던 말을 쉽게 할 수 있었다.

"무슨 뜻이야?"

"유키코가 홍콩에 오기 전에 나는 이미 J프로토콜 홍콩이 수령인 줄 알았으니 유키코를 홍콩으로 부르지 말았어야 했어. 직접적인 위해를 가하진 않겠지만 그래도 약점을 잡혀 내 위장 자살에 협력하라고 강요받을 가능성도 충분히 있거든."

"나는 이미 J프로토콜과는 상관없는 사람이고 유이치를 배신할 정도의 약점은 없으니까 안심해."

"J프로토콜은 그렇게 만만한 상대가 아니야. 약점 같은 건 알아서 만들어주겠지. 여기 적힌 사람들도 정말로 공금을 횡령했는지는 몰라. '본사에서 조사받은 뒤'라고 적혀 있지만 날 조일지도 몰라."

"그럼 어떻게 해?"

"어떻게 할 것도 없어. 예를 들어 지금 내가 만약 협박을 당하면 먼저 나한테 얘기하라고 해도 상대는 그 뒤를 칠 거야. 즉, 나한테 의논하지 못할 약점을 만들어내겠지. 그러니 어떻게 할 방법이 없어."

"그럼 그냥 얌전히 유이치가 언젠가 자살하기를 기다리라고?"

유키코의 눈동자는 이미 눈물을 글썽이지 않고 나를 똑바로 보았다.

"아니……, 그렇게 놔둘 생각도 없어."

나는 메모에 적힌 나베시마 후유카의 이름을 보았다. 나는 나베시마와의 약속을 지키기 위해 도망치지 않는다고 유키코에게 말할 수는 없었다. 나베시마와는 아무 일도 없었다고 아무리 말해도 유키코는 수긍하지 않을 것이다. 만 하루 만에 반과 유키코를 모두 배신하게 되었다.

"유이치가 거짓말하면 금방 알아."

"유키코에게 말해도 어쩔 수 없는 일이 있어."

"혹시 이노우에 부사장님이 자살한 일에도 관여했어?"

유키코의 질문이 두 번째로 하고 싶지 않은 말인 걸 다행으로 여겨야 할까. 나는 다카기의 글씨체로 적힌 나베시마의 이름에 물었다.

"부사장님의 사인이 자살인 건 어떻게 알아?"

"내가 먼저 물어봤잖아."

"그랬지."

"인터넷에서 이노우에 부사장님이 돌아가신 걸 검색해봤더니 돌아가신 뒤로 사흘이나 매스컴에 부사장님의 별세를 알리지 않았어. 그래서 지인에게 사내 상황이 어떠냐고 물어봤더니 자살 같다는 소문이 자자하더라. 하지만 신문 기사나 사내 부고란에 나오지 않은 건 너도 알지?"

나는 유키코를 똑바로 쳐다볼 수 없었다.

"유이치, 똑바로 대답해."

"내가 죽였어."

밤의 끄트머리조차 달아날 것 같은 긴 침묵이 흘렀다. 시간이 얼마나 흘렀을까, 유키코가 일어났을 때 나는 그녀가 방에서 나가는 줄 알았다. 공금 횡령조차 용납하지 못하는 그녀가 살인을 용인할 수 있을 리 없다. 동시에 그것이 유키코를 안전한 곳으로 보낼 가장 좋은 수단이라고 생각했다. 유키코가 나에게 흥미를 잃은 걸 알면 도아인쇄와 J프로토콜도 이용 가치가 없다고 판단할지도 모른다. 하지만 그녀는 내 앞에 서더니 그대로 날 안아주었다.

"그렇게 먼 곳까지 갈 거면 나도 데리고 가면 좋잖아."

유키코의 상냥함에 감사해야 할 것이다. 그 품안이 편안해서 그대로 잠들고 싶었다. 하지만 나는 이미 유키코에게 어리광부릴 자격이 없다.

'나베시마······, 네 말대로 나는 외톨이가 됐어.'

✝

반의 사표는 수리되어 J프로토콜 홍콩 부임 해제와 동시에 이직으로 처리되었다. 다만 반 본인은 그가 말한 대로 J프로토콜 홍콩에는 부동사장으로 이름만 남기고 ifc 부동사장실에서 짐을 뺐다. 그리고 2주일 뒤 HK프로토콜에서 새 계약서가 도착했다.

나는 모회사 앞으로 계약 체결 의향을 구하는 품의서를 작성해 계약서 사본과 함께 J프로토콜 법무실로 EMS(국제속달우편)를 발송했다. J프로토콜 법무실이 계약서 내용을 알 거라고 예상은 했지만 발송한 날 저녁에 법무실장 이름으로 승인한다는 답변이 왔다. 홍콩의 우편 시스템은 일본 못지않게 잘 정비되어 있지만 아무리 그래도 하루 만에 도쿄까지 국제우편이 가진 않는다. J프로토콜이 HK프로토콜과의 계약에 공백이 생길까 초조해서 그런다고 보기도 힘들다. 나는 EMS를 보낸 다음 날 HK프로토콜과의 계약서에 대표자인을 찍으라고 모리카와에게 지시했다.

"아직 J프로토콜에서 품의서 결재가 나지 않았는데 문제가 되진 않을까요?"

모리카와는 석연치 않은 표정으로 내 지시에 의문을 제기했다.

"괜찮아. 나한테 일임한다는 언질은 받았으니까."

"이미 2주나 늦어졌으니 너댓새 더 연기돼도 큰 문제는 없을 것 같은데요."

모리카와의 말은 옳다.

"나도 동감이지만 그들은 이 사무실에서 나눈 대화가 EMS보다 빨리 J프로토콜에 도착한 걸 이미 나한테 숨길 필요가 없어졌거든."

나는 씁쓸한 마음으로 천장의 소형 마이크를 올려다보며 모리카와에게 말했다. 모리카와도 같이 천장을 올려다보았다.

"알겠습니다. 바로 HK프로토콜에 계약서를 반송하겠습니다."

"고마워. 계약서 반송이 끝나면 만일에 대비해 니한테 보고해줘."

나는 모리카와가 방에서 나간 뒤에도 한동안 장식 팬 연결부에 설치된 소형 마이크를 보았다. 상대도 그렇게 어리석지는 않다. 아마도 그 마이크는 페이크고 진짜 감시 장치는 교묘한 곳에 숨겨져 있을 게 틀림없다. 나는 소형 마이크를 보며 마찬가지로 나를 감시하던 반의 될 대로 되라는 표정이 떠올랐다. 언제나 냉정한 린파가 그런 표정을 짓는 남자를 위해 눈물을 글썽일까. 나는 개인 휴대전화를 들고 사무실 밖에 있는 공용 흡연실로 갔다. 반의 휴대전화 연결음은 일본 것이었다.

"지금 도쿄에 있어?"

"응. 몇 가지 사무를 처리하는 중이야. 무슨 일 있었어?"

반은 도쿄에서 무엇을 하는 걸까. 전화 회선 너머는 고요했다.

"응? 그러고 보니 넌 린파와 오래 알고 지냈나 싶어서."

"린파?"

"리청명의 비서 음린파 말이야."

"그의 비서와는 만난 적 없어."

아무래도 내가 뭔가 놓치고 있다. 린파의 클라이언트는 반이 아니었다. 돌이켜보면 린파는 의뢰인에게는 자기가 먼저 연락할 방법이 없다고 쓸쓸한 얼굴로 말했다.

"리청명의 비서는 왜?"

"아무것도 아니야. 바쁜데 미안하다. 홍콩에 돌아올 때까지 조심하고."

나는 통화를 끊고 잠시 휴대전화를 보았다. 반도 유키코도 아닌 누군가가 내 행동을 파악하고 있었다. 나는 혼자가 된 게 아니라 누군가를 보지 못하는 것이다.

'모리카와?'

모리카와라면 내 행동을 파악하고 있을지도 모른다. 하지만 모리카와와 린파의 접점이 보이지 않았다. 게다가 만약 모리카와가 내 휴가의 진짜 목적을 알았다면 그녀가 직접 요코하마까지 동행하는 게 빠르다.

'소피?'

소피라면 린파와 접점이 있어도 이상하지 않지만 동기가 없다. 아니면 소피는 나를 '왕'으로 만들기 위해 린파에게 일을 의뢰했을까? 그렇면 그 비용은 어떻게 내지? 소피의 벌이가 그렇게 넉넉할 것 같지는 않다.

나는 HK프로토콜 사무실에서 사라진 달력 큐브를 떠올렸다. 그때는 반이 바꿔놨다고 생각했지만 마카오에서 같이 밥을 먹었을 때의 모습을 돌이켜보면 그는 속이 빈 큐브를 알아채지 못했었다. 반은 나베시마가 스마트한 복호 방법을 가지고 있다고 상정했을 뿐, USB 메모리를 받을 때까지 그것이 실제로 있는지 몰랐다. 반이 몰랐다면 그것을 아는 사람은 나와 나베시마뿐이다. 그녀의 편지에는 마카오에서 성형수술을 받았을 때 호텔에서 성매매 하는 여성에게 간호를 부탁했다고 적혀 있었다. 그 호텔이 노인의 학교 같은 그 호텔이고 성매매 여성은 린파였을까.

'나베시마, 지금 홍콩에 있어? 왜 굳이 위험한 곳으로 돌아와야 했어?'

하지만 나베시마가 홍콩에 있다면 몇 가지 아귀가 맞는다. 나베시마라면 HK프로토콜 사무실 열쇠를 가지고 있어도 이상하지 않다. 그리고 내가 메시지를 받은 걸 확인하고 자신의 흔적을 지우기 위해 그 사무실에서 조작해놓은 큐브를 회수할 수도 있다.

'4년 동안이나 위험을 감수했는데 이제 와서?'

어쩌면 자신의 흔적을 지우려는 게 아니라 내가 USB 메모리를 입수한 걸 숨기기 위해서인지도 모른다. 나는 창가에 서서 우뚝 솟은 ifc 제2타워를 올려다보며 뻐근한 등을 폈다.

내가 왕관을 쓰고 여행을 떠난 걸 아는 사람이 소피만이 아니라는 뜻이다.

♛

X

Tokyo

ㅡ Mid Winter

물밑에서 J프로토콜 홍콩을 둘러싼 관계가 달라진 지 한 달 반쯤 지나자 도아인쇄와 J프로토콜 사내 접대가 거의 사라졌다. 모리카와를 제외한 직원들이 그 사정을 아는지 어떤지도 나는 모른다. 그것은 홍콩의 겨울 분위기와도 비슷했다. 거리를 오가는 여성들은 패션으로 코트를 입기는 하지만 도쿄에서 말하는 스리 시즌 재킷을 입으면 충분히 견딜 수 있는 기온이다. 느릿하게 찾아오는 홍콩의 겨울처럼 J프로토콜 홍콩은 깊은 수렁 속으로 내몰리고 있는지도 모른다.

해가 바뀌고 HK프로토콜 주식의 중간 배당이 지급됐다는 안내가 왔다. 인터넷으로 일본에 있는 은행계좌를 확인하자 잔고가 두 자릿수나 바뀌어 있었다. 유키코는 내가 사람을 죽인 걸 안 다음에도 내가 느끼는 한 예전과 다름이 없었다. 그녀는 크리스마스 전에 영어회화 학원에 등록해 매일 다섯 시간씩 공부한다. 그녀의 말로는 홍콩에서 광둥어 어학학교에 가려면 먼저 영어 회화가 되어야 강의를 들을 수 있다고 한다. 주말에는 나와 산책하거나 쇼핑하러 가고 이따금 호텔 직원과 친근하게 대화하는 유키코를 보면 내가 정말로 그녀에게 살인 했다고 고백했는지 자신이 없어진다.

홍콩에서는 원단만 공휴일 취급이지만 2010년은 1월 1일이 딱 금요일이라 3일 연휴가 되었다. 신년은 음력 춘절에 축하하므로 나도 그 시기에 휴가를 내기로 했다. 유키코에게는 정월 즈음에 가족을 보러 가라고 권했지만 그녀는 내 스케줄에 맞추겠다며 듣질 않았다.

"모리카와는 춘절에 일본으로 돌아가나?"

그녀의 일과가 된 오후의 차 시중 때 물어보았다. 생각해보면 나는 모리카와에 대해 거의 모른다.

"아뇨. 출근해요."

"휴가는?"

"춘절에도 도쿄는 평소와 다름없이 근무하기 때문에 누군가는 전화를 받아야 해요. 동사장님을 제외하면 제가 가장 늦게 입사해서 그 업무를 담당하게 됐어요."

나는 깊이 생각하지 않고 휴가를 냈지만 모리카와의 말대로 모회사는 홍콩의 춘절 같은 건 염두에 두지도 않을 것이다.

"혼자 괜찮겠어? 힘들면 나도 출근할게."

"괜찮아요. J프로토콜에서 뭔가를 요청해도 이쪽은 춘절이라고 얘기하면 끝이니까요."

"그럼 춘절이 끝나면 휴가를 내."

"걱정하지 마세요. 전 휴가를 내도 할 일이 없어서 이따금 사무실에서 느긋하게 지낼 수 있으면 충분해요."

"아무리 그래도 부하가 제대로 휴가를 쓰도록 챙기는 것도 상사의 일이야."

"동사장님은 뭐하실 거예요?"

모리카와는 내 말을 듣지 못한 것처럼 화제를 바꿨다.

"도쿄에 있는 집을 정리하고 올까 해."

10월에 홍콩으로 부임했을 때는 시간이 거의 없어 히가시주조에 있는 아파트를 그대로 놔두었다. 당분간 도쿄로 돌아갈 일은 없어 보이니 임대 계약을 해지하고 살림은 버리고 올 생각이었다.

"도쿄도 추울 것 같네요."

'도쿄도, 라니, 모리카와는 지금 홍콩이 추운가……?'

"홍콩보단 춥겠지. 본가는 어디야?"

"가마쿠라예요."

"일본에는 전혀 가지 않은 것 같던데 부모님이 걱정하시지 않아?"

대수롭지 않은 대화라고 생각했는데 잠시 침묵이 흘렀다.

"내가 괜한 걸 물었나?"

모리카와는 다기를 보며 한숨을 내쉬었다. 그 침묵에 그녀와 처음 저녁을 먹었을 때 받은 경고를 떠올렸다. 연간 6억 홍콩달러를 뒤로 빼내는 기업이니 사원들의 신원 정도는 알아두라고 육우다실에서 녹음기를 멈추고 경고해주었다.

"부모님은 이미 돌아가셨어요. 여동생이 있지만 이따금 문자만 주고받고 그 이상의 간섭은 하지 않기 때문에 일부러 도쿄로 돌아갈 필요는 없어요."

"그래……. 무신경한 질문을 해서 미안해."

"아뇨, 괜찮아요. 다만……."

나는 모리카와가 내민 자스민차를 받으며 다음 말을 가로막았다.

"부하들에 대해서도 좀 더 관심을 가져야지."

"동사장님이 비서의 생일도 모를 것 같아서 실망했을 뿐이에요. 비서의 날과 생일 정도는 챙겨도 큰일 나지는 않아요."

"그렇게 할게."

나는 인터넷으로 '비서의 날'을 검색해 날짜가 4월이라고 확인했다. 남은 건 모리카와의 생일이 오늘이나 어제가 아니었기를 기도할 뿐이었다.

귀국 목적은 방을 빼는 것 외에 하나 더 있었다.

나는 나베시마 후유카의 얼굴을 어렴풋하게 기억할 뿐이다. 그것도 20년 전 고등학생이었던 나베시마 후유카다. 도쿄로 돌아가면 고등학교 졸업 앨범을 보고 얼굴을 확인해두고 싶었다. 졸업 앨범에 당시의 주소가 적혀 있는지는 확실치 않지만 만약 주소를 알게 되면 나베시마 후유카의 본가로 찾아가 되도록 최근 사진을 보여달라고 할 생각이었다. 얼굴을 성형했다고 했지만 성형 전의 얼굴도 모르면 그녀와 스쳐도 모르고 그냥 지나가고 말 것이다. 내가 선명하게 기억하는 나베시마 후유카는 고등학교 육상부 트랙을 가로질러 달려가던 뒷모습뿐이다. 인터넷으로 검색하면 4년 전 나베시마의 얼굴을 확인할 수 있겠지만 그것을 보고 싶지는 않았다. 나는 동사장실을 나가는 모리카와의 뒷모습을 보며 나베시마를 떠올렸다.

'뒷모습이 비슷한 사람은 어디나 있기 마련이지…….'

✝

춘절에 귀국할 때 유키코는 먼저 본가에 들르겠다고 해서 나는 간사이국제공항을 경유해 도쿄로 돌아왔다.

"그럼 모레 도쿄로 갈 테니까 유이치 집에서 재워줄래?"

"그래. 하네다까지 데리러 갈 테니까 비행기가 정해지면 연락해."

나는 신오사카역에서 가나자와로 향하는 유우코와 헤어진 뒤 키오스크에서 감잎스시와 캔에 든 럼콕을 샀다. 캐세이퍼시픽 승무원이 만들어준 쿠바리브레에 비하면 그 럼콕은 같은 재료로 만들었다고는 상상도 안 될 만큼 완전히 달랐다.

나는 럼콕을 반도 채 마시지 못했고, 눈이 남아 있는 세키가하라를 지나갈 무렵에는 잠 속으로 빠져들었다. 일본은 춘절과는 전혀 상관없는 수요일 저녁이었으므로 나는 퇴근 시간이라 혼잡한 게이힌토호쿠선을 피해 도쿄역에서 택시로 히가시주조의 집으로 향했다.

그리고 입춘 전날 오후 9시, 네 달 만에 집으로 갔다가 진심으로 진저리쳤다.

문을 열었을 때 현관에 구두와 구두약이 흩어져 있어 이미 이상한 분위기를 감지했으므로 구두를 벗지 않고 문지방을 넘어 작은 거실 문을 열었다. 불을 켜자 서랍은 뒤집혀 있고 책꽂이의 책은 책장 사이에 끼워놓은 것까지 뒤졌는지 책등을 위로 한 채 바닥에 떨어져 있었다. 게다가 온갖 서류와 잡동사니가 바닥에 어지럽게 흩어져 있는 광경이 펼쳐졌다.

"남의 집에 멋대로 들어왔으면 치우고는 가야 할 거 아냐……."

침입자를 고용한 사람이 누군지는 대충 짐작이 갔다. 나는 근무처 모회사를 향해 한숨을 쉬며 혼잣말을 내뱉고 거실을 지나 하나 있는 방으로 들어갔다. 침대 밑 수납공간까지 뒤졌는지 매트리스가 벽에 세워져 있어 지친 몸을 누울 곳조차 없었다. 식탁 의자 위에 흩어진 우편물을 바닥으로 밀어내고 재떨이를 찾아 담배에 불을 붙였다. 그때 든 생각은 해도 너무한다는 것보다 그동안 호텔에서 지내서 다행이라는 점이었다. 네 달 동안 호텔에서 지낸 덕분에 구둣발로 집안에 들어와도 거부감이 들지 않았고 방이 어질러져 있어도 그것을 치우는 건 하우스키퍼의 일이라고 딱 자를 수 있었다. 식탁 위에 두었던 노트북은 하드디스크가 있는 위치에 드라이버를 박아놓을 정도로 지극정성이었다.

침입자가 방을 어지럽히고 시간이 꽤 많이 지났나 보다. 노트북 키보드에는 얇게 먼지 막이 덮여 있었다. 한 달 정도 되었을까. 나는 키보드에 박힌 드라이버를 빼고 노트북을 닫았다. 무의미한 줄은 알지만 키보드에 박힌 드라이버를 보며 담배를 피우자니 우울해졌기 때문이다.

"그래서 뭐가 발견했나?"

나는 담배 연기를 뿜으며 한 번 더 혼잣말을 했다.

홍콩 페닌슐라에 전화를 걸어 도쿄 호텔에 방을 구해달라고 했다. 컨시어지는 나리타공항까지 마중 나오겠다고 했지만 나는 석낭히 거절하고 히가시주조 역 앞에서 택시를 타고 고쿄(皇居)가 보이는 페닌슐라 도쿄에 체크인 했다.

이튿날 입춘이라기엔 아직 한참 추운 가운데 유라쿠초역까지 걸어가 굴튀김을 올린 메밀국수를 서서 먹었다. 오랜만에 먹는 메밀국수에 겨우 몸이 따뜻해졌다. 나는 호텔 비즈니스센터의 노트북을 빌려 유품정리업자를 찾았다.

히가시주조의 집에 작업복 차림으로 온 유품정리업자는 방을 둘러보자마자 한숨부터 내쉬었다.

"친척분은 강도나 뭐 그런 사고를 당하셨나요?"

"그럴지도 모르죠."

"그렇다면 먼저 경찰에 신고하시는 게 나을 것 같은데요."

그는 견적용 체크리스트를 끼운 바인더를 든 채 집 안으로 들어오기를 망설였다.

"신발은 그대로 신고 들어오세요. 그리고 비용은 나중에 제대로 다 드릴 테니 견적을 시작하셔도 됩니다."

"그게⋯⋯."

나는 지갑에 들어 있던 1만 엔짜리 지폐를 모두 꺼내 그에게 주었다. 여섯 장이었다.

"찾을 게 있어서 제가 직접 뒤집었어요. 어질러져 있어서 미안하지만 맡아주시겠습니까?"

업체 직원은 떨떠름한 표정으로 돈을 받고 집 안으로 들어왔다.

"모두 폐기하면 됩니까? 이런 상황에서는 예를 들어 사진이나 소중한 물건이 있어도 어지간해선 구별하기 어려운 게 현실이라서요."

"글쎄요⋯⋯. 고등학교 졸업 앨범이 있으면 그것만 따로 빼놔주세요."

"인감이라든가 더 필요하신 건 없으시고요?"

"아마 없을 거예요."

"졸업 앨범이 어떻게 생기셨는지 아십니까? 색깔이라든가 크기라든가……."

아무데나 존댓말을 쓴다고 다가 아닌데 싫어 짜증을 내며 고등학교 졸업 앨범을 떠올리려고 했지만 전혀 기억나지 않았다.

"음……, 도쿄도립 아오바다이고등학교라고 적혀 있긴 할 텐데……. 하지만 이미 버렸을지도 모르니 나오면 저한테 주는 정도면 됩니다."

"알겠습니다. 그럼 내일 당장에라도 작업을 시작하겠습니다."

"그럼 작업을 언제 시작할지 정해지면 이쪽으로 연락주세요."

나는 바닥에 흩어져 있는 서류를 한 장 집어 뒷면에 휴대전화 번호를 적었다.

"그럼 고객님의 신원을 확인하실 수 있는 걸 보여주시겠습니까?"

'정확히는 '확인할 수 있는' 것이겠지.'

나는 여권을 호텔 금고에 넣어둔 채 오는 바람에 습관적으로 들고 다니는 홍콩의 외국인등록 신분증을 꺼냈다.

"저기……, 외국인이세요?"

전화번호가 국제지역번호로 시작되니 조금 더 빨리 알아챘어야 하지 않나 싶다.

"홍콩에 살고 있을 뿐이지 국적은 일본이에요."

"면허증이나 건강보험증은 없으세요?"

나는 한숨을 내쉬며 어질러진 서류와 책을 밟고 침실로 가 여행 티켓이나 미술관 입장권을 넣어둔 서류상자가 있던 선반 주변을 발부리로 헤집었다. 유효기간이 끝난 여권도 그 서류상자에 넣어뒀을 것이다. 곧바로 남색 표지 여권을 두 개 찾았다. 그것을 그에게 보여주자 신기하다는 표정으로 물었다.

"고객님 댁이세요?"

"맞아요. 이사하기 전에 찾을 게 있어서 뒤집었을 뿐이에요. 그러니 경찰에 신고할 필요도 없고 그냥 거리낌 없이 일하시면 됩니다."

그는 견적서에 여권 발행번호를 적었다. 나는 여권이 흩어져 있던 언저리를 구둣발로 조금 더 헤집어 보았다.

"세 개 더 나왔는데 이것도 필요해요?"

나는 'VOID(무효)' 소인으로 구멍이 뚫린 여권을 주워들었다.

"아뇨, 충분합니다."

여권을 주웠을 때 곱게 접힌 빨간 종잇조각을 발견했다. 펼쳐보니 페코와 포코가 서로 얼굴을 내밀고 키스하고 있었다. 열다섯 살 밸런타인데이에 받은 초콜릿 포장지를 그 뒤로도 고이 간직해온 자신이 어쩐지 이상했다. 이런 게 있는 줄 까맣게 잊고 있었다.

"집이 너무 심하게 어질러져서 제5영업일은 걸리겠어요."

정리업자가 '영업일' 앞에 붙인 '제5'가 숫자 '5'로 들리지 않아 무슨 말인지 바로 이해하지 못했다.

"가능하면 하루나 이틀 안에 끝낼 수 없을까요?"

"그러면 추가 요금이 붙는데요……."

"괜찮아요. 그래 봐야 1억, 2억씩 하는 것도 아닐 텐데……."

나는 진저리를 치며 그를 아파트 아래까지 배웅하고 집으로 돌아왔다. 방에서 유일한 쉴 수 있는 공간인 의자에 앉아 여권 다섯 개와 초콜릿 포장지를 보았다. 담배를 피우며 그것들을 적당한 봉투에 넣어 방에서 나왔다. 호텔로 돌아오는 택시 안에서 현관문을 깜빡하고 잠그지 않은 게 생각났지만 집 안 상황을 떠올리면 돌아갈 필요성도 못 느꼈다.

나는 도쿄에서 달리 할 일도 없었으므로 호텔 방에서 꾸벅꾸벅 졸았다. 점심때가 지나 유키코에게서 전화가 왔다.

"집으로 전화했는데 안 받아서 홍콩을 경유해 걸었어."

"응. 사정이 좀 있어서 히비야의 페닌술라에 있어."

"전기가 끊기기라도 했어?"

나는 그제야 집의 라이프 라인을 해약해야 한다는 걸 떠올렸다.

"응, 그렇지."

"내일은 10시에 하네다에 도착하는 비행기로 갈게."

"미안한데, 어쩌면 하네다로 마중을 못 갈지도 몰라."

"응, 괜찮아. 그럼 곧장 유이치 집으로 갈게."

"알았어."

나는 깊이 생각하지 않고 유키코에게 대답했다. 전화를 끊은 뒤에야 그 집을 보면 괜한 걱정만 끼치겠다고 생각했지만 다른 이유를 만들어 유키코에게 설명하려니 귀찮아졌다. 그 후 유품정리업자에게서 내일 10시에 작업을 시작하겠다는 전화가 왔다. 아무래도 상관없어서 그 시간에는 집에 있겠다고 했다. 휴대전화를 든 김에 반에게 전화를 걸었다.

"J프로토콜 홍콩은 춘절이라 쉬는 날 아니야?"

전화 회선 너머에서 어딘지 모를 거리의 소란스러움이 전해졌다.

"휴가 내고 도쿄로 돌아와 있어. 너는?"

"나는 정월에 쉬었거든. 마닐라에서 IC카드 영업을 하는 중이야."

"그렇구나. 그런데 고등학교 졸업 앨범이 어떻게 생겼는지 기억 나? 표지 색깔이나 크기라든가."

"짙은 녹색 천에 아오바다이 고등학교라고 금박으로 찍혀 있어. 정확히는 도쿄도립 아오바다이 고등학교."

"기억력 좋네. 고마워."

보통 사람은 고등학교 졸업 앨범을 이따금씩 꺼내보는지도 모른다.

"오랜만에 전화한 용건이 그게 다야? 고등학교 졸업 앨범은 왜 떠올린 거야?"

"나베시마의 얼굴을 확인해두고 싶어서. 집에서 찾아봤는데 안 보이더라고."

"그럼 인터넷으로 검색하면……."

반은 하려던 말을 전화 회선 속에서 다시 삼켰다.

"괜한 말을 꺼냈네. 미안하다."

"아니, 괜찮아. 나도 그 생각도 잠깐 했으니까."

"찾으면 좋겠다."

"그래. 그럼 또 보자."

"도쿄에 있으면 라디오 데이즈에도 가봐. 지난번에 도쿄에 돌아갔을 때 가봤더니 넌 잘 지내냐고 걱정하더라."

"알았어."

"그래."

전화를 끊고 마닐라는 덥겠다고 생각했다. 린파는 여전히 마카오 호텔에서 반듯한 자세로 서 있을까. 모리카와는 ifc 사무실에서 스타벅스 커피를 느긋하게 마시고 있을까. 지난 네 달 사이에 일어난 일을 돌이켜보는데 다시 졸음이 밀려왔다. 오후 6시가 지나 눈이 떠져 수도국과 도쿄전력, 도쿄가스에 전화를 걸어봤지만 모두 영업시간이 끝났다는 안내방송만 나왔다. 나는 호텔에서 나가기도 귀찮아서 룸서비스로 샌드위치를 주문해 레드와인과 함께 가볍게 저녁을 때우고 그대로 잠들었다.

✝

다음 날 11시가 지나 히가시주조 아파트에 여행 가방을 들고 나타난 유키코는 기가 찬 표정을 숨기지 않았다.

"왜 이래? 대체 무슨 일이야?"

"그제 집에 돌아왔더니 이런 상태였어."

나는 유품정리업자가 가구를 내가는 걸 보며 말했다.

"경찰에 신고는 했어?"

"내가 경찰에 신고할 걸 알았다면 방을 어지럽힌 사람도 원상복구를 해놨겠지."

유키코는 내 말에 침입자가 평범한 도둑이 아니라고 깨달았나 보다.

"홍콩 호텔은 괜찮을까?"

"괜찮을 거야. 그래서 호텔에 머무는 거니까."

나는 다른 의자 위에 어지럽게 흩어져 있는 서류를 쓸어서 바닥으로 밀어내고 유키코에게 권했다.

"이런 상황에서 어떻게 그렇게 태연해?"

"나도 기가 막혀. 하지만 어쩌겠어. 그보다 나 대신 잠깐 자리 좀 지켜줄래?"

"그래. 어디 가려고?"

"머리 깎으러 가고 싶어서."

유키코는 "이런 상황에서?"라는 얼굴이었다.

"호텔 미용실은 나랑 안 맞아서 이발하고 싶은데 쭉 참았거든."

"그러고 보니 유이치는 홍콩에서 머리를 별로 안 잘랐었지."

"광둥어를 조금 더 할 줄 알게 되면 좋을 텐데……."

"그러게. 다녀와. 내가 뭔가 해둘 일은 없어?"

"고등학교 졸업 앨범이 있으면 버리지 말라고 부탁해놨어. 작업하는 사람들이 물어보면 확인 좀 해줘."

"고등학교 졸업 앨범? 찾으면 봐도 돼?"

"그래."

"고등학생 유이치는 어떤 느낌이었을지 기대 돼."

유키코의 표정이 환하게 풀어졌다. 나는 작업 인부 중에 책임자로 보이는 남자에게 한 시간 정도 그녀에게 대신 봐달라고 했다고 말하고 예전에 다니던 미용실로 향했다.

오랜만에 보는 여자 미용사는 내 머리를 만져보고 많이 상했으니 헤드스파도 하는 게 좋겠다고 권했지만 기다리는 사람이 있으니 간단히 잘라달라고만 했다. 한 시간쯤 지나 집으로 돌아오자 유키코가 짙은 녹색 앨범을 넘겨보고 있었다.

"다행이다. 남아 있었구나."

유키코는 내 말에 앨범 페이지를 펼친 채 건네주었다. 우리 반 단체사진이 실려 있었을 페이지가 거칠게 뜯겨나가 있었다.

"나 참……."

나는 진심으로 탄식했다.

"하지만 육상부 사진은 남아 있어."

유키코는 내가 든 졸업 앨범 페이지를 넘겨주었다.

"꽤 빨라 보이네."

"그렇진 않았어. 국민체육대회나 전국체육대회는 물론이고 간토 지역 예선에도 못 나갔어."

"육상부에는 여자들만 있었구나?"

유키코는 어질러진 방과는 어울리지 않는 평온한 표정으로 육상부 단체사진을 가리켰다.

"응. 남자는 주로 수영부나 축구부로 몰렸거든."

"인기 많았어?"

"글쎄……."

나는 동아리 페이지를 넘겨보다 다시 찢겨진 페이지를 발견했다. 틀림없이 거기에는 나베시마가 소속된 서예부 사진이 실려 있었을 것이다. 반대쪽 페이지는 산악부 사진이었다.

"얘가 반이야."

나는 앨범을 유키코에게 보여주며 사진 속의 반을 가리켰다.

"오. 어쩐지 지금보다도 훨씬 자신감이 넘치는 느낌이야."

"성적도 좋았고 늘 까맣게 타 있었거든."

유키코의 말대로 고등학생 반은 전혀 다른 사람처럼 쾌활한 미소를 짓고 있었다. 이 친구라면 나중에 세상을 호령할지도 모르겠다는 강건함이 있었다.

"유이치는 고등학교 때랑 별로 안 변했네."

"그래……?"

"응. 만만치 않다는 느낌이 전혀 안 나."

"저번에 업무 인수인계를 할 때 다카기가 딱하다는 듯이 '미안하지만 만만치 않은 녀석으로는 안 보인다'고 하더라."

"무슨 뜻이야?"

"서른여덟 살이나 된 남자한테는 '만만치 않다'는 말이 칭찬이라는 뜻이야."

"그런가……? 나는 만만치 않은 녀석이 아니라서 더 좋은데."

"그러니까 이렇게 같이 있지."

"맞아. 하지만 막상 사귀어보면 유이치는 절대 만만하지도 않지만."

유키코는 웃으며 앨범을 돌려주었다. 나는 페이지를 끝까지 넘기며 나베시마 후유카가 나온 페이지가 없는 걸 확인하고 앨범을 덮었다.

"배고프다. 본가에서 아침 먹은 뒤로 아무것도 안 먹었거든. 유이치는?"

"완전히 잊고 있었어. 편의점에서 삼각김밥이라도 사올까?"

시계를 보자 이미 2시가 지나 있었다.

"그보단 밖으로 먹으러 나갈까?"

"그래. 일하는 사람들한테 얘기하고 같이 가자."

평소와 다름없는 대화를 이어가도 유키코는 그 방에 있기 힘들었을 것이다. 우리는 근처 중화요릿집에서 볶음밥과 군만두를 먹었다. 점심을 먹고 돌아온 다음에도 정리업자의 작업은 6시까지 이어졌다. 나는 유키코에게 먼저 호텔로 돌아가서 쉬라고 했지만 그녀는 혼자 있기를 싫어했다.

호텔 방으로 돌아오자 유키코는 그제야 마음이 놓이는 표정이었다.

"처음에는 호텔에서 살다니 분에 넘친다고 생각했는데 지금은 이쪽이 더 안정이 되네."

나는 뭐라고 대답해야 좋을지 망설였다.

"유키코까지 끌어들여서 미안해."

"그런 뜻이 아니야."

유키코는 코트를 입은 채로 내 등에 팔을 둘렀다.

"내가 걱정하는 건 널 혼자 두는 거야. 어제 저녁에 불안하진 않았어?"

"딱히……."

"그쪽에서 무슨 짓을 할지 모르잖아."

"상대도 경찰이 개입되면 곤란하니 죽이진 않을 거야."

"진짜? 어떻게 그렇게 확신해?"

왕관을 가진 사람이 나이기 때문이다.

"그냥 경고만 하는 거야."

나는 그 말만 하고 유키코를 끌어안았다. 간을 보고 있을 뿐이다. 입사한 뒤로 해마다 실시한 멘탈헬스 검사 결과를 보면 내 성격 정도는 파악할 수 있을 것 같은데 그런 평가는 이런 상황에는 도움이 되지 않는지도 모른다.

"그러고 보니 본가에 대학교 때 친구가 보낸 엽서를 와 있더라고. 회사 그만두고 향수를 조향해주는 부티크를 개업했대."

"독신이야?"

"아니, 맞벌이였는데 독립해서 개업했대. 내일 같이 가줄 수 있어?"

"미안하지만 내일도 집 정리하는 거 지켜봐야 해. 모레라면 갈 수 있을 거야."

"그럼 모레 같이 가자."

이튿날 우리는 어질러진 방 식탁에서 느긋하게 책을 읽으며 보냈다. 오후 4시 반이 지나 정리업자가 우리가 앉아 있는 의자를 가리키며 "그게 마지막이에요."라고 했고 우리는 일어나 텅 빈 방을 둘러보았다.

"쓸쓸하네."

유키코가 말했다.

"하지만 이걸로 후련해졌어."

솔직히 나는 서운하지도 슬프지도 않고, 말 그대로 후련한 기분이었다.

✝

유키코의 친구가 개업한 부티크는 아오야마가쿠인대학 뒤쪽에 있는 작은 가게였다. 우리가 가게 안으로 들어가자 사장인 유키코의 친구가 호들갑스럽게 놀라며 반겼다.

"주소를 아는 지인들에게 다 엽서를 보냈는데 연구실 사람 중에 와준 건 네가 처음이야."

나는 두 사람의 대화를 들으며 이 가게가 상업적으로 성공하긴 어렵겠다고 생각했다. 애당초 일본인은 향수에 무관심하다. 원래 체취를 신경 쓰지 않아도 되는 체질이라 그럴 것이다. 할리우드나 모나코라면 몰라도 일본인은 자신의 체취에 맞는 향수를 따로 주문해 조합하고 그 레시피를 유지하는 비용을 합리적이라고 느끼지 않는다. 유키코도 이따금 시판 오드뚜왈렛을 뿌리지만 퍼퓸 종류에 돈을 쓰는 감각은 없는 듯했다. 조향사로서 자신이 있으면 노른자위 땅에 가게를 내고 손님이 오기를 기다리기보다 HSBC나 UBS 은행원과 친분을 쌓고 1천만 엔 정도의 지출을 개의치 않는 자산가를 소개받는 게 낫다.

나는 선반에 진열된 약병 같은 병 라벨을 보며 두 사람의 대화가 빨리 끝나기를 기다렸다.

점장보다 젊은 서른 전후의 여자 점원이 나를 따라다니며 상품을 설명해주었다.

"이쪽은 유니섹스 조합이라 남성분들도 쓰실 수 있어요."

"어떤 향이에요?"

"아주 연한 향이에요. 지금은 액체 상태지만 페이스트에 섞어 크림으로 쓰는 타입이에요."

나는 유키코의 체면을 세워주기 위해 시향지 끝에 스포이트로 떨어뜨려 권해주는 향수를 받았다. 점원의 말대로 향이 거의 나지 않는 향수였다. 예의상 약병을 들고 라벨을 보았다.

'Scent of Winter'

우연히 들른 가게였다면 다르게 생각했을지도 모른다. 그 라벨을 보고 내 머릿속에 떠오른 건 어떤 목적으로 찢겨진 졸업 앨범 페이지였다.

"자화자찬이지만 '겨울 향기'라는 이름이 이 향수에 정말 잘 어울리죠?"

점원의 설명이 뻔뻔하게 들렸다.

"그쪽이 만들었어요?"

"아뇨, 점장님이 크리스마스 무렵에 만드셨어요. 하지만 이 향수를 쓰는 사람은 많지 않을 거라고 자신 없는 목소리로 탄식하셔서 그럼 향이 없는 것을 이름으로 삼으면 어떻겠느냐고 제가 제안했어요."

'사람은 거짓말을 하면 말이 많아지지.'

"'Lost Photographs'라고 해도 좋을 것 같네요."

"네?"

"잃어버린 사진."

"저기……."

"향기가 없는 것의 이미지로 말해봤을 뿐이니까 신경 쓰지 마세요."

"그러세요?"

당황한 점원을 보다 못했는지 점장이 유키코와의 대화를 중단하고 내 쪽으로 왔다.

"탑노트는 향기가 거의 없어요."

그녀는 우리가 이야기하던 향수가 뭔지 제대로 확인하지도 않고 말을 꺼냈다. 나는 서툰 연기에 진저리가 났다.

"라스트노트는 어떤 이미지죠?"

나는 향수 방울을 떨어뜨린 시향지를 코에 대고 물었다.

"그건 써보신 고객님들만의 비밀이에요."

"그렇게 말하면 사보고 싶어지잖아요."

나는 '결말은 비밀이에요'라는 시나리오에 올라타보기로 했다. 반이라면 그런 건 시시하다고 대놓고 광고하는 거나 마찬가지라고 할 것이다.

"꼭 써보세요. 괜찮으시면 30분 정도면 페이스트로 만들 수 있어요."

"그럼 그렇게 해주세요."

"고맙습니다. 금방 차를 내올게요."

"근처 카페로 갈 거라 신경 안 쓰셔도 되요."

계산을 하고 가게 밖으로 나오자 유키코가 미안한 표정으로 말했다.

"억지로 살 필요는 없었는데……."

"억지로 산 건 아니야. 30분 정도 걸린다니까 차라도 마시러 갈까?"

나는 유키코의 손을 잡고 아오야마 거리로 향했다.

"그 가게 괜찮을까?"

"글쎄. 로스앤젤레스나 뉴욕에서 라벨을 한자 한 글자로 하면 의외로 먹힐지도 모르지만."

"나도 그렇게 생각했어. 그리고 점원이 기모노 같은 걸 입으면 화제도 좀 되겠지."

"기모노는 너무 과하지 않을까?"

"그 정도로 임팩트가 있는 게 나을 것 같은데."

마침 눈에 띈 스타벅스로 가려고 하자 유키코는 내 손을 잡은 채 멈춰 섰다.

"저쪽에 있는 도토루커피로 가면 담배 피울 수 있어."

유키코가 그렇게 말할 때까지 카페에서 담배를 피운다는 습관을 완전히 잊고 있었다.

"그렇지 참."

"응. 도쿄에 살 때는 스타벅스는 싫다고 했으면서."

유키코는 도토루 커피로 향하며 웃어 보였다.

"그런데 아까 그 사람은 유키코와 얼마나 친한 친구야?"

"얼마나 친하냐고?"

"사이가 좋은 편인지 그냥 알고 지내는 정도인지, 남편이랑도 아는지……, 그런 거 말이야."

"연하장을 주고받는 정도야. 결혼식에도 안 불렀고. 그건 왜 물어?"

"아니, 아무것도 아니야. 그보다 오늘 저녁에는 반과 자주 다니던 바에 가도 될까? 이대로 아오야마 거리를 걸어가 시부야역을 지나면 있어."

"이름이 뭐였지? 몇 번인가 가자고 했는데 못 간 게 마음에 걸렸거든."

"라디오 데이즈."

"그래, 좋아."

우리는 도토루커피에서 시간을 보내고 향수를 받아 라디오 데이즈로 향했다. 입구에는 여전히 스너프킨이 'Everything but the Girl' 플레이트를 목에 걸고 있었다. 내 얼굴을 보자 남자 점장이 "오랜만이네?" 하고 인사했다. 나와 유키코는 하트 랜드라는 이름의 맥주로 건배했다.

"90년대에 머물러 있는 것 같은 가게네."

유키코가 가게 안을 둘러보며 말했다. 가게 안에 흐르는 음악은 록시 뮤직의 'More Than This'였으니 90년대가 아니라 80년대일 것이다.

"고등학교에서 시부야까지 걸어서 집에 갈 때 가끔 이 가게 앞을 지나갔거든."

"그럼 20년 동안 알고 지낸 곳이야?"

나는 플레인 오믈렛과 소시지 모둠을 주문하고 유키코에게 아니라고 했다.

"이 가게를 알게 된 건 20년 전이지만 처음 온 건 신임 과장 연수에서 반과 우연히 재회했을 때였어."

"그래? 도쿄는 앞서가는 곳이니까 고등학교 때부터 술을 마셨나 했지."

"육상부가 금주, 금연이어서 안 마셨을 뿐이지 마시는 사람은 마셨어. 학교에서 숙취 때문에 힘들다고 떠들어대는 애들도 있었고."

"가나자와도 똑같았어. 진짜 숙취가 뭔지도 모르면서 불량한 척한 거지. 할시온 같은 것도 억지로 씹어 삼키고."

"할시온?"

"수면유도제야."

"그렇구나. 가나자와 고등학생이 더 엄청난 것 같은데?"

"나카지마 라모[역주: 일본의 소설가 겸 음악가로 고등학교 때부터 음주와 약물을 했다.] 같은 사람한테 심취했던 극히 일부 애들만."

나는 다음 잔부터는 다이어트 콜라로 만든 쿠바리브레를 주문했다.

"그러고 보니 유이치는 사적으로 술 마시러 간 이야기는 별로 안 하더라."

"반이랑은 자주 마셔."

"반 씨와는 출장 가서 저녁에 마시는 거잖아."

대학교 4년 동안 서클이나 클럽에 가입하지 않은 탓도 있을 것이다. 나는 강의 시간 외에는 아르바이트와 독서, 조깅 정도밖에 하지 않았다. 내가 졸업한 대학교는 2학기제였기 때문에 겨울방학이 거의 없었고 여름방학과 봄방학은 아르바이트해 모은 자금으로 여행을 다녔다. 하지만 평소의 일상에서 강의와 아르바이트가 빠졌을 뿐이지 여행 가서도 싸구려 숙소에서 책을 읽을 때가 많았다.

"나도 비슷한가……."

유키코는 레드와인 카라페를 주문하고 나직하게 말했다.

"일을 그만두고 깨달았는데 회사에서는 믿음직한 동료나 상사도 있고 나도 신뢰받는다고 느꼈어. 하지만 일을 그만두니 유이치 말곤 믿을 수 있는 친구가 아무도 없구나 싶어서 이따금 쓸쓸해져."

"지금은 갑자기 환경이 바뀐 탓에 그런 생각이 드는 거겠지."

"나도 그렇게 생각하자고 다짐할 때도 있어. 하지만 그게 아니더라도 친구는 없더라."

"마흔 살 전후가 되면 일하거나 가족과 지내느라 바빠서 이유 없이 술을 마시러 가는 경우 자체가 적은 것 같아. 남들도 결혼이나 자식 때문에 생활 리듬도 다 제각각이고."

"유이치는 쓸쓸하거나 하지 않아?"

"나는 굳이 말하자면 계속 혼자였으니까……. 오히려 지난 5년 동안 유키코와 반이 있어서 외로움을 느끼지 않았어."

"참 서툰 사람이야……."

아래를 보던 유키코가 고개를 들며 미소 지었다.

"뭐가?"

"나와 반 씨가 아니라 내가 있어서라고 해줬으면 오늘 저녁은 내가 샀을 텐데."

"그러게……, 아쉽네."

하지만 나는 말이 무의식적으로 과거형으로 나온 것을 깨달았다.

그날은 평온한 밤을 보냈다고 생각한다. 집은 말끔하게 정리되었고 자주 다니던 바에서 적당히 취해 호텔 방으로 돌아와 시간을 들여 유키코를 안았다. 나는 한밤중에 눈이 떠져 책상에 던져두었던 향수가게 종이봉투를 확인했다. 페이스트와 섞었다는 향수 포장을 풀자 카드가 끼워져 있었다.

나카이

알아채줘서 고마워. 반의 친구 나베시마 후유카야.

어떻게 하면 네가 알아줄지 고민하며 계속 기다렸어.

HK프로토콜 건으로 할 말이 있어.

사정이 있어서 직접 만날 순 없지만 너희에게 준 걸 다시 돌려줬으면 좋겠어.

이리로 연락해줘.

+8190-12××-22××

이런 형태로밖에 연락을 못 해서 미안해. 하지만 지금도 많이 힘든 상황이야.

연락 기다릴게.

2009.12.28. 나베시마 후유카

'반과 나베시마가 친구라고 할 수 있는 사이였어? 그 정도는 조사했어야지.'

나는 카드와 포장지를 모아 찢어 쓰레기통에 버렸다. 책상 위에 남은 크림병의 내용물은 세면대에서 물에 흘려보내 버렸다.

——라스트노트는 비밀이에요.

유키코의 지인인 점장의 말을 떠올렸다. 반의 말대로 결말이 빤한 이야기에 어울려주는 건 시간 낭비다.

✝

그 이후 도쿄에 머문 사흘 동안 집 임대 계약과 라이프 라인 해약 수속을 마치고 주민표를 본가로 옮겼다. 유키코는 내가 본가에 가보지 않는다고 걱정했지만 나는 처음부터 그럴 마음이 없었으므로 본가에는 도쿄에 와 있다고 알리지도 않았다. 우리는 목적도 없이 시내를 산책하며 시간을 보냈다. 쇼핑을 하려고 해도 도쿄와 홍콩은 파는 물건이 크게 차이가 없고 옛날이라면 일본어로 된 책을 한꺼번에 사기라도 했겠지만 홍콩에서도 인터넷으로 책을 구할 수 있으므로 딱히 일본에서만 할 수 있는 일을 찾지 못했다. 도쿄에만 있는 것이라면 할리우드에서 수입된 영화에 달린 일본어 자막 정도다.

"어쩐지 도쿄에 있다는 느낌이 안 나네."

유키코가 영화관에서 나오면서 불쑥 말했다.

"메밀국수가 맛있다는 것 정도야."

"도쿄타워에라도 올라가볼까?"

"그래. 나쁘지 않겠어."

우리는 도쿄타워 특별전망대까지 올라갔다. 내가 살던 히가시주조 방면을 보자 건설 중인 도쿄스카이트리가 보였다.

"다음 달에는 도쿄타워보다 스카이트리가 더 높아진대. 신문에 나왔더라."

유키코는 들뜬 목소리로 말했다.

"그럼 다음에 도쿄에 올 때는 스카이트리에 올라가게 될까?"

"개장은 후년이야."

대수롭지 않은 대화를 유키코의 휴대전화가 끊었다. 나는 유키코가 전화를 받는 동안 텅 빈 내 집 주변을 멍하니 보았다.

"향수가게 친구가 유이치에게 할 말이 있대. 받아볼래?"

유키코가 휴대전화를 내밀었다. 나는 거절할 이유를 설명할 수 없어서 전화기를 받았다.

"모처럼 쉬시는데 죄송해요."

"괜찮아요. 무슨 일입니까?"

"카드는 읽으셨어요?"

"네, 봤습니다. 하지만 사람을 잘못 보신 거 아닙니까? 무슨 말인지 모르겠더군요."

그녀는 내 반응이 예상 밖이었나 보다. 다음 말을 잇지 못했다.

"정말로 곤란한 것 같았어요."

그녀가 억지로 화제를 되돌렸다.

"누가요?"

"그……, 나베시마 후유카 씨의 대리인이요. 만약 유키코와 함께 있어서 말하기 힘든 거면 나중에라도 괜찮으니 꼭 연락 주시겠어요?"

'Scent of Winter', 아오야마의 부티크에 있어도 이상하지 않은 향수 이름일 것이다. 하지만 귀국한 뒤 일어난 일들 덕에 내 경계심은 그것이 짜여진 각본이라고 직감적으로 판단할 수 있었다. 내가 J프로토콜이나 도아인쇄 사원이라면 위협과 부비트랩을 동시에 설치할까? 나는 그것이 각각 다른 조직 또는 개인이 꾸민 것일지도 모른다는 생각이 들었다.

"유키코가 들어도 상관없어요. 용건이 있으면 이 전화로 말씀하세요."

유키코는 내 옆에서 전망대 유리에 등을 기대고 불안한 표정으로 보고 있었다.

"나카이 씨와 직접 만나 하고 싶은 말이 있대요."

"용건도 명확하지 않은데 대리인이 나를 만나서 직접 할 말이 있다니 좀 실례인 것 같군요. 그리고 카드에 적혀 있는 '너희에게 준 것'이라는 게 뭔지 모르겠고요."

"그게…… 정말로 곤란한 것 같았어요. 먼저 연락을 좀 해주시면 안 될까요?"

이쯤에서 그만했으면 좋겠다. 일방적으로 전화를 끊어도 그녀가 유키코의 전화번호를 아니 몇 번이고 걸어올 것이다. 나는 화제를 바꾸어보았다.

"곤란한 건 당신이죠? 당신은 내가 그 대리인과 만나는 걸 조건으로 뭔가 대가를 받았어요. 그러니 대리인이 날 만나지 못해서 곤란한 건 그쪽 아닙니까?"

아마 내 말이 틀리지 않을 것이다. 전화기 너머에서 침묵이 이어졌다.

"당신의 클라이언트는 이런 번거로운 방법을 쓰지 않더라도 내 연락처를 알 거예요. 우리가 받은 게 뭔지 알려주면 그 대리인을 만날지 말지 결정할게요. 클라이언트에게 그렇게 전해주세요."

"하지만……."

"이대로 계속 이야기해도 끝이 안 날 것 같으니 전화 끊을게요. 필요하면 유키코가 아니라 나한테 직접 연락하세요. 지금 메모할 수 있습니까?"

"네."

나는 내 휴대전화 번호를 말하고 전화를 끊었다.

"무슨 이야기였어?"

유키코는 전화가 끊어지는 것과 동시에 나에게 물었다.

"아무 일도 아니라고 해도 못 믿겠지?"

유키코가 끄덕였다.

"지난번에 살인 사건으로는 이어지지 않을 거라고 했는데, 그건 내가 상대의 와일드카드를 가지고 있기 때문이야."

"와일드카드?"

"사실대로 말하면 상대의 약점이야. 내가 유키코의 친구 가게에서 발견한 향수 이름이 그 와일드카드를 연상시키는 것이었어. 그래서 나는 유키코의 친구한테는 미안하지만 상대하지 않았을 뿐이야."

"그래서 그때 나한테 얼마나 친한 친구냐고 물어본 거야? 만약 개가 둘도 없이 친한 친구라면 다르게 대응했을 거라는 뜻이야?"

"그래, 맞아."

우리는 건설 중인 스카이트리를 보며 조용히 이야기했다.

"미안해."

유키코가 작은 소리로 말했다.

"유키코가 사과할 필요는 없어. 오히려 사과는 내가 해야지."

"하지만 난 유이치의 상황도 생각 못 하고 함정에 빠트리려고 하는 사람에게 무방비하게 데려갔잖아."

"아니야. 나야말로 유키코의 친구를 하나 줄여서 미안해."

모처럼 가진 휴일의 마지막 날, 우리는 찜찜한 기분으로 도쿄타워에서 시끌벅적한 거리로 내려왔다.

"유이치는 대체 누굴 적으로 돌린 거야?"

시바공원에서 호텔로 돌아오는 길에 유키코가 물었다.

"나도 몰라."

그중 하나는 반일지도 모른다. 나베시마가 준 파일 여섯 개 중에 절반만 넘긴 것을 반은 아는지도 모른다. 그렇다면 내 방을 어지럽힌 사람은 반일 것이다. 유키코의 친구를 통해 받은 카드는 반이 쓴 글로는 보이지 않았다.

"유키코……."

"응?"

"미안하지만 오늘 밤 비행기로 홍콩으로 돌아가고 싶어."

24시 전에 하네다를 출발해 홍콩에는 4시 무렵에 도착하는 캐세이퍼시픽 비행기가 있을 것이다. 나는 유키코가 끄덕이는 걸 확인하고 히비야공원 옆을 걸으며 캐세이퍼시픽 도쿄 지사에 전화해 티켓 두 장을 구했다.

"마침 비즈니스 클래스는 자리가 하나밖에 안 남아서요."

안내 직원이 미안해하며 말했다.

"그럼 이코노미석 중에서 세 명이 나란히 앉을 수 있는 자리는 비어 있습니까?"

"네, 바로 내드릴 수 있습니다."

"그럼 그걸로 주세요."

"알겠습니다. 혹시 모르니 이어진 비즈니스석 자리도 대기 리스트에 등록해 두겠습니다. 좋은 여행하시길 바랍니다."

우리는 호텔 방으로 돌아와 재빨리 짐을 쌌다. 호텔 프런트는 방을 일찍 빼도 흔쾌히 이해해주었고, 홍콩에서는 익숙한 짙은 녹색 롤스로이스로 우리를 공항까지 데려다주었다. 도쿄에서의 마지막 저녁은 하네다공항 활주로가 보이는 카페테리아가 되고 말았다. 떠난 지 반년도 지나지 않았는데 도쿄에는 이미 내가 있을 곳이 없다는 생각이 들었다.

†

일요일 오전 6시, 홍콩국제공항에서 바로 ifc 사무실로 향했다. 유키코가 혼자 호텔로 돌아가기는 싫다고 해 하는 수 없이 함께 회사로 갔다. J프로토콜은 내가 유키코를 데리고 사무실에 들어간 걸 CCTV로 확인하겠지만 이미 그런 건 신경 쓸 필요가 없을지도 모른다.

"와, 방이 꽤 근사하네."

유키코는 동사장실을 둘러보며 말했다. 나는 데스크 컴퓨터를 켜 사원 정보 데이터베이스에서 반의 카드를 검색했다.

1995년 입사 도호쿠대학 대학원 공학연구과 석사 과정 수료

1995년 4월 1일 고텐바연구개발센터 배속

1998년 10월 1일 고텐바연구개발센터 화상압축개발팀 기술주임

2001년 4월 1일 고텐바연구개발센터 RSA응용개발팀 기술주임

2005년 7월 1일 교통IC카드사업본부 동남아시아 영업 담당 기술주임

2009년 10월 1일 J프로토콜 홍콩 파견

2009년 12월 31일 J프로토콜 홍콩 파견 복귀

2009년 12월 31일 개인 사정으로 퇴사

나는 반의 업무 이력을 보며 컴퓨터 화면을 스크롤했다. 'RSA'는 암호화 방식의 하나다. 반이 그것을 담당하게 된 것은 HK프로토콜이 설립된 시기와 겹친다. 그 무렵 나와 반은 한 달에 한 번 정도 시부야의 라디오 데이즈에서 술을 마셨다. 나에게는 아무 말도 하지 않았지만 나베시마와 관련성이 높은 업무를 담당했다는 뜻이다.

가족 구성 아내 반 치에

친부 타계(1993년 본가 화재로 사망)

친모 타계(1993년 본가 화재로 사망)

형제자매 없음

비상연락망 아내 반 치에

상벌 없음

건강 상태 D

화면 스크롤을 멈추고 담배에 불을 붙였다.

나는 반에 대해 너무 몰랐다. J프로토콜에서는 반기에 한 번씩 부하 사원과 면담하는 게 규정이지만 나는 그것을 부하 과장에게 완전히 떠넘겼다. 반의 부모님이 돌아가신 건 입사하기 전이니 과장에게 보고할 의무는 없지만 건강 상태가 'D'인데도 알리지 않았으면 보고 의무를 게을리 한 것이다. 남자 사원이라면 보통 건강 상태는 '우수'나 '양호' 둘 중 하나다. 'D'는 사내 은어로 '디폴트'의 이니셜이다. 즉 취업이 어려운 상태를 의미한다. 과장이나 내가 반에게 병가를 내줄 의무가 있는데 그러지 못했다는 뜻이다.

"사무실에서 담배를 피워?"

유키코가 방을 한 차례 둘러보고 나무라는 투로 말했다.

"사무실에서는 안 피워. 내 방에서만 피우지."

"동사장실도 사무실에 포함되지 않아?"

유키코와 사무실의 정의에 대해 다퉈도 의미가 없으니 나는 담배를 끄고 컴퓨터를 껐다.

"볼일은 다 봤으니 호텔로 돌아가자."

"재떨이를 그대로 놔둬도 돼?"

나는 쓸데없는 저항을 포기하고 사무실 내에 있는 작은 급탕실로 재떨이를 가지고 갔다. 비운 재떨이를 들고 사무실 안을 가로지르면서 모리카와의 책상을 보자 내게 온 우편물이 정리되지 않은 채 놓여 있었다. 평소라면 내 앞으로 온 우편물은 모리카와가 사전에 내용을 확인하고 필요하다고 생각되는 것만 준다. 대수롭지 않게 던진 눈길 끝에 수신인 주소가 아니라 'To the President of JP-HKG'라고 적힌 봉투가 있었다. 봉투를 창에 비춰보자 안에 총알 같은 모양이 보였다.

"왜 그래?"

나를 기다리던 유키코가 사무실 입구에서 고개를 갸웃거렸다.

"아무것도 아니야."

그 봉투를 모리카와의 책상에 돌려놓고 유키코와 함께 사무실을 나왔다.

우리는 여행 가방을 끌며 스타페리를 타고 겨울 아침의 빅토리아 하버를 보았다. 안개가 낀 카오룽반도에 인터컨티넨탈 호텔과 홍콩문화중심 뒤에 숨듯이 있는 페닌슐라 호텔이 보였다. 그곳이 풍수적으로 좋은 자리라고 들은 적이 있다. 하지만 카이탁공항이 사라지고 빌딩 고도 규제가 해제된 카오룽반도에서는 풍수에서 말하는 기의 흐름을 끊듯 페닌슐라 호텔 뒤로 고층 빌딩이 건설되고 있다.

나는 그런 아침 풍경을 보며 총알이 든 봉투를 생각했다. 받는 사람 주소가 없으니 보낸 사람이 ifc 우편센터에 직접 가져왔다는 뜻이다. 나는 유키코의 친구에게 의뢰한 사람과 내 방을 어지럽힌 사람을 생각했다. 그리고 반을 생각했다. 그의 건강 상태가 어떤 상황인지 데이터베이스에는 기록되어 있지 않았다. 정신적인 것인지 아니면 육체적인 문제인지도 짐작이 되지 않았다. 그걸 보고하지 않은 게 관리자인 나의 태만인지 누군가의 의도인지도 모른다. 아무튼 반은 어떤 문제를 안고 있다는 뜻이다.

스타페리에서 보는 홍콩섬은 나무들이 햇빛과 비만 있으면 크듯이 아무것도 생산하지 않고 온 세계의 정보와 자금을 유통만 시키면서 울창해진 숲 같았다.

xi

Hate-no-Hama Beach

— Rainy Season

　반은 마치 무언가로부터 도망치듯 동남아시아를 돌아다니며 J프로토콜이 독점적으로 사용하던 IC카드의 암호화 방식 특허 이용권을 팔았다. 덕분에 나와 반이 HK프로토콜을 손에 넣은 뒤로 반년 뒤에는 새롭게 여섯 도시의 교통 IC카드에서 그 암호화 방식을 채택하기로 결정되었다. 그밖에도 몇몇 기업이 사원 ID카드에 채택해 HK프로토콜은 아무것도 생산하지 않고도 매출액을 배로 늘려갔다. 반의 희망으로 J프로토콜 홍콩의 사원이었던 찬링이 HK프로토콜로 이직했다. 게다가 반은 지적재산권에 정통한 변호사 두 명과 어학 능력이 뛰어난 사무원 몇 명을 고용해 짧은 기간에 유령회사를 신흥 IT 기업으로 변모시켰다.

　반은 현지 IT 기업이 개발을 담당할 능력이 있으면 그 기업과 특허 이용 계약만 체결했고, 결과적으로 그것이 상대 회사의 채택 장벽을 낮췄다. 이러한 방식이 불가능했던 두 도시에서는 IC카드 발행을 J프로토콜 홍콩을 경유해 J프로토콜에 재위탁해 J프로토콜 그룹의 시장 셰어도 확대했다. 2009년도 1~3월기 결산의 영업이익에는 반영되지 않았지만 J프로토콜의 수주 잔고는 기업의 주가를 밀어 올렸다. 그런 의미에서는 도아인쇄에 IC카드 제조를 독점시켜 온 J프로토콜의 판매 전략이 스스로 시장 점유율 확대를 저해해 온 게 된다. HK프로토콜의 이익 확대에 따라 주주 배당, 즉 내게 지불하는 금액도 당초 반과 약속한 연간 15억 엔이 6월 시점에서는 40억 엔으로 뛰어올랐다. 그중 40퍼센트 정도는 이듬해의 세금으로 사라지지만 그래도 나와 유키코가 둘이서 쓰고도 남는 금액이 통장에 찍혔다.

†

춘절 휴가 중에 권총 실탄이 배달된 것과 J프로토콜 홍콩의 이익이 확대된 것을 이유로 모리카와가 사무실 이전을 제안했고 나는 승인했다. 새 오피스는 ifc 제2타워 79층에 해당 층의 절반에 해당하는 구획을 계약했다. 나를 포함해 여섯 명인 사원에게는 공간이 너무 넓어 동사장실 전실로 비서실 겸 문서보관실을 설치하기로 했다. 그리고 비서실과 동사장실에는 각각 생체인증과 금속탐지기를 활용한 보안검색대를 설치해 나와 모리카와 이외에는 동사장실에 들어올 수 없게 했다. 나는 크게 신경 쓰지 않았지만 모리카와는 새 사무실 공사와 장식품 반입을 일일이 체크하며 동사장실에 도청 마이크와 감시 카메라를 설치할 틈조차 주지 않았다. 79층 사무실에서는 날이 맑으면 카오룽반도 너머로 선전의 고층 빌딩까지 훤히 보였다.

임원의 사내 접대는 물론 거래처를 접대할 일도 사라졌으니 나는 모리카와를 데리고 레스토랑에 얼굴 도장을 찍으러 다닐 필요도 없어졌다. 대신 반이 따 온 계약서에 사인하는 일이 늘어났지만 대부분의 시간을 멍하니 동사장실에서 보냈다. 그것이 마카오의 낡은 호텔에서 소피가 말한 '왕'의 일이라면 그런지도 모른다. 맥베스도 세계를 제패한 건 아니다. 잉글랜드와 스칸디나비아반도에 끼어 있는 황폐한 땅이 전부인 작은 나라의 왕이 되었을 뿐이다. 런던에서 살았던 셰익스피어가 보면 『맥베스』는 '옛날에 스코틀랜드에서 이런 소동이 있었어요' 정도의 이야기일 것이다.

달라진 점이라면 모리카와가 웬일로 감기에 걸린 정도다. 초봄이라고 해도 홍콩에서는 이미 덥게 느껴지는 날도 있는 이 계절에 내 휴대전화로 감기에 걸려 쉬겠다고 연락해왔다.

"죄송합니다."

모리카와는 전화로 미안해하며 말했다.

"괜찮아. 오늘은 목요일이니 이참에 내일도 쉬면서 4일 연휴를 보내."

"오늘 안에 나을 것 같으니 내일은 평소처럼 출근하겠습니다."

"걱정하지 않아도 돼. 그리고 모리카와는 내가 부임한 뒤로 전혀 휴가를 쓰지 않았잖아."

"동사장님이 쉬실 때 저도 같이 휴가 냈어요."

정말로 그럴까.

"아무튼 내일 아침에 상태를 보고 여전히 안 좋으면 부담 갖지 말고 4일 연속으로 쉬어."

"고맙습니다."

나는 전화를 끊고 나서 모리카와는 내 인사 정보를 봤을 텐데 생일은 기억하지 못했구나 하고 생각했다. 모리카와가 감기에 걸린 날 나는 서른아홉 살이 되었다.

†

6월에 접어들어 J프로토콜 홍콩은 회사 회의실에서 형식적인 주주총회를 열었다. 유일한 주주인 모회사에서는 다카기가 위임장을 들고 찾아왔다.

"오랜만이야."

나는 한 명뿐인 주주에게는 지나치게 넓은 회의실로 다카기를 들였다. 그는 4월 1일자 인사로 방콕에 신설한 지점의 제너럴 매니저로 발탁되었다. 다카기는 방콕에 아주 잘 적응했는지 7개월 만에 보는 그는 일본 기업 주재원이라기보다는 태국의 청년 실업가 같은 남자가 되어 있었다.

"총무부의 누군가가 올 줄 알았어."

"다른 자회사라면 그렇겠지. 나도 설마 내가 호명될 줄은 몰랐어."

"방콕의 데모는 좀 진정됐어?"

정권파와 반정권파의 데모가 요즘 거의 해마다 되풀이되고 있다.

"아직 어수선하지만 일단 공항은 제대로 기능해. 이미 연중행사 같은 느낌이야."

다카기는 '구동(股東, 주주)'이라고 적힌 팻말이 놓인 쪽 자리에 멋대로 앉았다. 모리카와가 그에게 억양 없는 목소리로 말했다.

"죄송하지만 J프로토콜 법정대리인의 의뢰장을 보여주시겠습니까?"

"뭐?"

다카기가 한숨을 쉬었다.

"오늘 이 회의실에 들어오실 수 있는 분은 저희 회사의 주주뿐이거든요."

"J프로토콜의 총무부장에게서 다카기에게 위임장을 줬다는 메일을 받았어."

내가 기분이 언짢은 모리카와를 달래는 것과 거의 동시에 다카기가 모리카와에게 맞섰다.

"비서가 보스에게 온 메일도 체크 안 했어?"

"요즘은 메일 발신자를 속이는 것 정도는 초등학생도 가능한 시대라서요."

나는 J프로토콜 홍콩의 대표자석에 앉아 양손으로 얼굴을 감쌌다. 다카기는 떨떠름한 표정으로 서류가방에서 클리어케이스를 꺼내 회의 테이블 너머로 이쪽으로 던졌다. 모리카와는 그것을 받아들기는 했지만 문서 내용은 확인하지 않았다.

"그럼 편하게 계십시오."

나는 두 사람의 대화가 일단락된 것을 확인하고 다카기에게 물었다.

"도쿄로 돌아가는 길이야?"

"오로지 이것 때문에 굳이 홍콩 촌구석까지 온 거야. 총무부에 '그렇게 한가하지 않다'고 했더니 본부장님에게서 메일이 오더라. 뭐라고 보내셨을 것 같아?"

옆에 앉은 모리카와가 컴퓨터에 회의록을 기록하기 시작하자 내가 막았다.

"아직 총회는 시작되지 않았으니 회의록은 됐어."

무엇보다 그 자리에서 회의록을 작성하지 않아도 이 회의실 천장에는 발언자를 자동적으로 포착하는 고지향성 마이크가 세 개 설치되어 있다.

"뭐라고 보내셨는데?"

"자회사 실적 좀 올렸다고 동기 수석이 바뀐 건 아니라고 제대로 보여주고 오래. 즉, 나카이의 인사권은 내가 쥐고 있다는 뜻이야."

다카기는 내가 사내의 출세 경쟁에 관심이 없는 걸 잘 아니 농담 삼아 한 말이었을 것이다. 하지만 모리카와의 불쾌감이 점점 커지는 건 옆에 앉아만 있어도 고스란히 전해져왔다.

"모회사의 본부장이 그렇게 말한 거지 다카기 GM의 의견이 그렇다는 건 아니야."

나는 모리카와를 달랬다.

"나카이의 말대로니까 안심해. 그런데 몇 백 명씩 오는 주주총회도 아닌데 주주님께 차가운 커피 정도도 안 내줘?"

"이미 개회 시간이 지났습니다."

모리카와는 다카기의 요구를 무시하고 가시 돋친 투로 말했다.

"주주총회인데 부동사장은?"

"오늘은 결석했어. 회의록상으로는 출석한 걸로 하겠지만 눈 감아줘."

"알았어. 그럼 주주총회를 시작합시다."

다카기는 모리카와가 기분이 나쁘건 말건 개의치 않고 의안이 적힌 자료를 집어 들었다. 아무래도 모리카와와 다카기 사이에는 화해라는 말이 존재하지 않나 보다.

"그럼 J프로토콜 홍콩의 제5차 정기주주총회를 시작하겠습니다. 의안 제1호는 2009년도 실적 보고입니다."

모리카와가 무뚝뚝하게 말하는 것을 가로막듯이 다카기는 의안이 적힌 자료를 회의 테이블에 던졌다.

"귀사가 제시한 의안 모두에 이론은 없습니다. 의안 8호에 따라 나카이 유이치 씨를 J프로토콜 홍콩의 대표이사 사장으로 재임합니다."

넓은 회의실 테이블을 사이에 두고 다카기는 실적 보고서를 들춰보지도 않았다.

"알겠습니다."

나는 주주 대표인 다카기에게 정중하게 대답했다.

"이제 회의를 끝내도 돼."

다카기는 회의록을 쓰는 모리카와에게 말했다. 모리카와는 다카기의 말에 끄덕이고 노트북 키보드를 두드리던 손을 멈췄다.

"그럼 비서님은 자리를 비켜줄래? 나카이와 이야기할 게 두어 가지 있거든."

모리카와가 다카기의 말에 내 의사를 확인하듯 나를 돌아보자 "상대는 최대주주야. 아래에서 커피 좀 사다 줄래?" 하고 작은 소리로 말했다. 그녀가 회의실을 나가자 다카기는 가죽 의자에 기대며 으스댔다.

"나카이……, 좀 더 제대로 된 비서를 고용하지 그래?"

"제대로 된?"

편안한 대화의 첫마디가 모리카와를 흥보는 거라 이번에는 내가 기분이 언짢아졌다. 여전히 다카기는 거침이 없다. 나는 다카기에게 고지향성 마이크가 심어져 있다고 알려줄 기회를 놓쳤다.

"좀 전에 사무실을 보여줬잖아? 내가 볼 때 그녀는 이곳 사원 중에서 가장 비서에 어울리지 않아."

"비서를 외모로 뽑진 않아."

"누가 외모 때문이래? 주주를 상대하는데 좀 친절해야 하지 않겠어?"

그 주주가 다카기라서 그렇다고 하고 싶었지만 오늘만큼은 나도 주주에게 불만을 말할 입장이 아니다.

"모리카와는 비서로서 충분히 우수해. 그리고 다른 사원은 광둥어와 영어는 할 줄 알아도 일본어는 인사 수준이거든."

"보통 네가 말하기 전에 커피 정도는 내와야 하지 않아?"

"사원 교육이 미흡해 미안하다."

나는 이 주주총회에서 한 번도 사용하지 않은 자료를 테이블 위에서 가지런히 정리했다.

"본사에서는 사타케 본부장님이 부사장으로 승진했어."

"홍콩에서도 닛케이신문을 바로 볼 수 있으니 알아."

"이노우에 부사장이 자살하고 가장 이득을 본 건 사타케 본부장이었어."

"부사장은 자살이었어?"

다카기는 내 물음에 한동안 침묵했다.

"넌 그날 타이베이에서 뭘 했어?"

"숨 좀 돌리려고 휴가 냈어. 가끔은 철도 여행도 좋을 것 같아서 대만을 일주했지."

"같이 사는 여자 친구에게 출장 간다고 거짓말하고 우연히 홍콩에 휴대전화까지 깜빡하고 놓고 갔다고?"

다카기는 '우연히'를 강조하며 말했다. 내가 대답할 말을 궁리하는데 모리카와가 쟁반에 스타벅스 종이컵과 재떨이를 받치고 회의실로 들어왔다.

"주주님께 커피도 내지 못해 대단히 죄송합니다. 저희 동사장님은 담배든 뭐든 직접 사러 가시기 때문에 그런 일이 제 업무라는 걸 잊고 있었습니다. 부디 용서하십시오."

모리카와는 종이컵을 다카기 앞에 내밀었다. 다카기가 뚜껑을 열자 커피 위에는 휘핑크림이 올려져 있고 초콜릿칩까지 뿌려져 있었다. 종이컵이니 아이스커피가 아니라 평범한 커피라는 뜻일 것이다.

"뭘 좋아하시는지 몰라서 바닐라 시럽과 캐러멜 시럽과 헤이즐넛 시럽을 추가해 봤습니다."

모리카와는 질색하며 얼굴을 찡그리는 다카기를 무시하고 내게 크리스털 재떨이를 내밀었다. 다카기에게 들릴 정도의 작은 소리로 "90홍콩달러나 했어요. 아마 스타벅스 커피 중에서 가장 비싼 주문일 거예요."라고 했다.

"평범한 아이스커피면 충분하지 않았을까?"

나는 쌀쌀한 표정으로 옆에 앉는 모리카와에게 한숨을 내쉬며 말했다.

"방콕에서 오신 분에게 홍콩은 추울 것 같아서요."

"손님한테만 커피를 내주니 마시기가 여간 껄끄러운 게 아니네. 게다가 J프로토콜 회의실은 금연이야."

다카기는 종이컵을 들었다가 다시 테이블에 내려놓으며 말했다.

"여긴 J프로토콜 홍콩의 회의실입니다."

"그래도 비흡연자 주주님 앞에서 담배를 피울지 말지는 동사장의 상식에 맡길게."

나는 유치한 말싸움에 종지부를 찍을 말을 찾았다.

"방콕으로는 언제 돌아가? 오늘 밤 홍콩에서 묵으면 가볍게 한잔하러 갈까?"

"설령 지금 가지고 있는 티켓이 내일 비행기표라고 하더라도 오늘 저녁 비행기로 방콕으로 돌아갈 거야."

"그럼 공항까지 배웅할게."

다카기는 스타벅스에서 가장 비싸게 주문한 커피에는 입도 대지 않고 자리에서 일어났다.

"깜빡했네. 올해 그룹사 CEO회의는 오키나와의 K섬에서 한대."

다카기가 돌아보며 말했다. J프로토콜에서는 해마다 주주총회 후 7월 초순에 그룹사와 주요 협력사의 CEO를 소집해 회의를 개최했다. J프로토콜의 코스트센터 신임 관리직이 회의 운영 담당으로 동원되는 것이 관례였다. 나는 경영기획부였으므로 신임이었을 때뿐만 아니라 3년 동안 수발을 들어야 했다.

"아주 외진 곳에서 하는구나."

"K섬이 섬 전체 규모로 J프로토콜의 전자 화폐를 채용해줬으니 그 보답이겠지. 여름휴가 전이라 리조트 호텔은 비수기야."

"경영기획부 말단 관리직은 죽을 맛이겠네."

나는 다카기가 다음 말을 할 때까지 그 회의에 나도 참석한다는 걸 생각도 못했다.

"그렇게 생각한다면 너만이라도 쓸데없이 고집부리지 않는 착한 손님이 되어줘."

"내가?"

"당연하지. 자회사 중에서 최고 매출액을 올리는 훌륭한 CEO잖아."

"꼭 가야 해?"

"나도 회의 준비 해봤는데, 가장 골치 아픈 사람이 자회사에서 으스댈 줄만 알고 모회사 신임 과장의 말은 듣기 싫어하는 놈들 아니었어?"

다카기의 말이 맞다. 속으로는 '어차피 편도 티켓으로 부임한 주제에……'라고 생각하며 어르고 달래서 참석 약속을 받아내는 게 그 회의에서 호스트 측이 가장 애를 먹는 부분이다. 그런 자회사의 임원들이 꼭 호텔은 어디로 하라는 둥 하네다공항에서 도심으로 가는데도 대절 택시를 준비하라는 둥 요구한다.

"나는 으스대지 않았어."

"으스대지 않더라도 넌 그런 좀스러운 임원은 되지 마라."

"그래야지."

나는 다카기와 함께 회의실에서 나와 엘리베이터로 향했다. 모리카와는 우리 뒤에서 따라오며 휴대전화를 들고 광둥어로 회사 차를 불렀다.

"차는 됐어."

나는 모리카와를 막았다.

"하지만……"

"밑에서 택시 잡아서 내가 공항까지 데려다줄게."

회사 차 운전기사는 일본어를 모르지만 차 안에는 모리카와가 운전기사의 대화를 체크하기 위해 마이크를 심어두었다. 나는 에어포트 익스프레스 홍콩역 앞에서 택시를 잡고 끊어진 대화를 다시 이어갈 준비를 했다.

"공항으로 갑시다."

택시 기사가 일본어를 모르는 걸 확인하고 다시 광둥어로 공항까지 가달라고 했다.

"음꼬이, 車我去機場."

"호우(好, 예)."

나와 택시 기사의 대화를 듣고 다카기가 한숨을 내쉬며 말을 시작했다.

"비서 아가씨는 왜 그렇게 날이 섰어?"

"모리카와는 여기가 수렁이란 걸 알고 어떻게든 해보려는 거야."

"본사에서 오는 사람은 다 널 죽이러 오는 거라고 생각하는 거야?"

나는 택시에 타기 전에 담배를 피우지 않은 걸 후회했다.

"모리카와도 네가 암살자라고 생각하는 건 아니야. 그 전에 그 '본사'라는 말이 귀에 거슬리나 봐."

"본사가 왜?"

"정확히는 '모회사'잖아."

"그렇구나. 고이케도 도아인쇄 사원이 자꾸 '본사'라고 한다며 투덜거렸지."

"고이케?"

"고이케 사유리 말이야."

어디서 들어본 이름이었다.

"벌써 잊었어?"

"들어본 것 같기도 하고."

"전 부사장의 비서 말이야."

다카기의 말에 나는 사택을 쓰는 사람을 떠올렸다. 그 사람은 아직도 아무 관련도 없는 J프로토콜 홍콩의 사택에서 살고 있을까.

"생각났다."

"나카이……, 넌 정말로 아무 관련 없어?"

"뭐가?"

"고이케는 전 부사장이 자살한 다음날 경찰에게 임의수사를 받고 그 다음 주까지는 자택에 있는 걸 확인했어. 하지만 그 후에 행방불명됐어."

택시는 빅토리아 하버 해저 터널을 지나 공항 방면 고속도로로 진입했다.

"처음 들었어."

"정확히 말하면 행방불명된 주 화요일 저녁에 나와 이야기했어. '그날 저녁에는 호텔에 갑자기 부사장 사모님이 와서 그만 헤어지라며 50만 엔을 쳤고, 그대로 집으로 돌아가서 사건과는 아무런 관련이 없다'고 주장했어."

"둘이 친했구나?"

"호랑이굴을 살펴보러 갔으면 전화번호 정도는 물어봐야지. 하지만 그뿐이지 빠져드는 타입은 아니었어."

나는 이노우에가 사망한 다음 주에 반이 고마고메에 있는 사택을 찾아간 것을 떠올렸다. 그때 반은 홍콩에서 화요일에 출발했으니 고이케 사유리와도 만났을 가능성이 높다. 잠시 택시 엔진 소리만이 들려왔다.

"나카이……, K섬 CEO회의에 갈 땐 경호원을 데리고 가."

택시가 칭이화물터미널을 지나 칭마대교로 접어들었을 때 다카기가 말했다.

"애인을 데리고 오는 자회사 임원은 몇 명 있었지만 내가 알기론 보디가드를 데리고 오는 임원은 없었어."

"당연하지. 하지만 네가 홍콩에 부임한 지 아홉 달 동안 이미 두 사람이 사라졌어. 그 일에 네가 얽혀 있으면 당연히 그에 따른 보복을 해올 거야."

"나는 모르는 일이야."

나는 마완해협을 건너는 다리 위에서 택시 창문을 살짝 열고 신선한 바람을 쐬었다.

"네가 관련이 없는 걸 믿는다고 하자. 그렇다면 그런 대로, 두 사람을 없앤 놈이 널 다음 타깃으로 삼을 가능성이 높다고 보는 게 자연스럽지 않겠어?"

"두 사람 일은 우연일 수도 있어."

"지금이 그런 상황이야?"

다카기가 짜증스럽게 내뱉었다.

"걱정해주는 건 고맙지만 사람을 죽이거나 행방불명으로 만드는 놈은 무슨 수를 써도 그렇게 해. 내가 고작 한두 주 안에 찾을 수 있는 보안 서비스 같은 건 상대가 이미 다 매수해놨을 거야."

"그럼 나더러 회의장 폭파 예고 메일이라도 보내라는 거야?"

"뭐?"

"그러면 일본 경찰이 회의장에 딱 붙어 있겠지."

"생각도 못 해봤어. 하지만 그러면 허위사실 유포 업무방해죄에 해당돼."

"아니, 그런 말이나 할 상황이냐고."

택시는 란타우섬 내해를 따라 뻗은 고속도로로 접어들자 속도를 올렸다.

"경호를 붙이기 싫으면 하다못해 다른 사람이 주는 음식에는 손대지 마. 그리고 되도록 HK프로토콜 반 사장과 같이 있어."

"반도 와? 내가 경영기획부에 있을 때는 HK프로토콜은 이름도 언급 안 되는 거래처였는데."

"인도차이나반도부터 서쪽은 J프로토콜에 양보할 테니 동쪽부터는 손을 떼라는 거래에 넌 관여하지 않았어?"

"처음 들어."

옆을 보자 다카기는 기가 막힌 표정이었다.

"넌 정말로 그 사무실에서 으스대고 앉아 담배나 피우고 있구나."

"으스대지는 않았지만 전혀 몰랐어."

"그런 자세로 일하는 걸 보통 사람들은 '으스댄다'고 해. 물리적인 자세를 말하는 게 아니야."

"그래서 그 뒷거래에 응했어?"

"섣불리 싸우는 것보단 응하는 게 이득이겠지. 물론 본사는 그런 사정은 몰라. 겉으로는 자카르타든 마닐라든 RFP(제안요청서)가 오면 나도 응대해. 하지만 HK프로토콜보다 좋은 제안은 하지 않아."

"사람들은 그걸 카르텔이라고 불러."

"말이 심하네. 그냥 유관 기업 간의 공존이야. 그리고 인도차이나반도에서 서쪽이라면 쿠알라룸푸르와 호찌민을 가질 수 있어."

"하노이가 미묘하네."

"지금은 그게 중요하지 않아. 너의 자세가 문제지."

"그랬지. 그런데 왜 반과 같이 있는 게 나아?"

"이 사람아, 사람을 하나 죽이는 것과 둘을 동시에 죽일 때 드는 수고가 단순히 두 배는 아니잖아. 둘을 동시에 처리하려면 그만큼 인원이 필요해."

홍콩국제공항에 도착하는 비행기가 고속도로 위를 낮게 스쳐갔다.

"넌 사람을 죽여본 적 있어?"

"이봐……."

"응?"

"있을 것 같아?"

나는 고개를 가로저었다.

✝

　다카기는 정말로 방콕과 홍콩을 당일치기로 왕복할 예정이었나 보다. 타이항공 VIP 대상 체크인 카운터에서 수속을 마치자 그대로 출발 게이트로 향하려고 했다.

　"홍콩에서 아무것도 대접하지 못했는데 밥이라도 살까?"

　나는 등을 돌린 다카기를 불러 세웠다.

　"방금 90홍콩달러나 하는 커피를 마실 뻔했으니까 충분해. 90홍콩달러가 있으면 방콕에서는 일주일 동안 점심을 먹을 수 있어."

　"홍콩에서도 크게 다르지 않아. 저쪽에 서서 먹는 가게가 있는데 이 공항에서는 가장 홍콩다운 면 요리를 먹을 수 있거든."

　나는 출발 게이트 쪽에 있는 식당을 가리키며 말했다.

　"출국 라운지에 가볍게 먹을 수 있는 뷔페가 있고 이륙하면 기내식도 나와. 타이항공의 똠양꿍은 제법 맛있어."

　나는 그럴 거라고 생각했다. 30홍콩달러 완탕면도 꽤 맛있지만 타이항공의 똠양꿍에는 대적이 안 된다. 나는 출발 게이트 앞에서 말을 찾았다.

　"아직 할 말이 남았어?"

　"너무 분주한 것 같아서."

　"일이 다 그렇지 뭐. 노트북과 갈아입을 옷을 챙겨들고 홍콩의 좁은 호텔에서 자는 것보다 비행기 안에서 점심을 먹고 방콕 레지던스에서 자는 게 훨씬 편해."

"그래, 그럼 다음에……."

내가 고개를 들자 다카기는 체크인 카운터가 늘어선 곳을 보고 있었다.

"그 비서 아가씨는 정말로 내가 널 죽이러 왔다고 걱정하는구나."

"모리카와?"

나는 다카기의 말에 그가 보는 쪽을 돌아보았다.

"나와 눈이 마주치자 차 타는 곳 쪽으로 나갔어. 경호원을 달고 회의에 참석하는 게 싫으면 비서 아가씨와 같이 가는 게 안전할지도 몰라."

"다카기……. 나는 J프로토콜 홍콩 일로 더는 아무도 끌어들이고 싶지 않아."

"마음은 이해하지만 어디선가 결판을 짓지 않으면 아무것도 해결되지 않아. 나도 동료를 의심하는 사태가 더 일어나면 마음이 불편해. 그러니 일단 안전을 확보한 뒤 상대의 공격을 피하고 경찰에 넘기는 게 가장 좋은 방법일 거야."

단순히 뒷돈을 마련하기 위한 장부 조작만이 문제라면 다카기의 말이 맞을지도 모른다. 하지만 암호화 방식의 복호 방법이 존재하는 한 해결책은 그것을 아는 관계자 모두를 말살하든지 복호 방법을 공개하든지 둘 중 하나밖에 없다. 양쪽

다 불가능하다면 언제 무너질지 모르는 평균대 위에 있는 게 내가 생각하는 최선책이다. 균형만 무너뜨리지 않으면 되기 때문이다.

"너한테는 말할 수 없지만 HK프로토콜과 J프로토콜의 관계는 그렇게 간단하지 않아."

"그럼 이야기할 수 있을 때가 오면 호찌민의 브리즈 스카이 바에라도 초대해줘. 그럼 간다."

다카기는 내 어중간한 대답에 불쾌한 표정도 보이지 않고 발걸음을 돌렸다.

"그래, 다음에 보자."

나는 보안검색대로 향하는 다카기를 배웅하고 출발층 자동차 타는 곳으로 향했다.

"돌아가실 때 차가 필요하실 것 같아서요⋯⋯."

모리카와는 토라진 어린애 같은 표정이었다.

"고마워. 괜찮으면 이대로 밥 먹으러 갈까?"

"네, 감사합니다."

우리는 공항에서 가까운 퉁청의 식당으로 들어갔다. MTR 역 주변이면 어디나 있을 것 같은 가게로 관광객의 모습은 보이지 않았다.

"동사장님은 정말로 J프로토콜의 CEO 회의에 참석하실 생각이세요?"

광둥어만 오가는 가게 안에서 새우완탕면과 맥주를 주문하고 모리카와가 말했다.

"그럴 거야."

"그러시면 보안 서비스를 알아보겠습니다."

"왜?"

"동사장님이 참석을 거부하지 못하도록 다카기 GM이 유도 심문을 했다고는 생각지 않으세요? 그렇다면 뭔가 함정이 있다고 생각하는 게 자연스러워요."

나는 우리가 쓸 젓가락을 자스민차로 헹구는 모리카와를 보았다.

"조금 전에 택시 안에서 다카기도 보디가드를 두라고 하더라."

모리카와는 의아한 표정이었다.

"다카기는 함정을 파는 성격이 아니야. 모리카와와 마찬가지로 J프로토콜 홍콩이 수렁이라는 걸 알고 날 걱정해주는 사람이야."

"하지만 그 사람은 언제나 공격적이라……. 오늘도 본인을 '주주님'이라고 했고……."

"공격적인 게 아니라 거침이 없을 뿐이야. 그리고 주주에게 '님'을 붙이는 건 주주총회 날에만 쓰는 일본의 비즈니스 코드야. 다카기는 그걸 비꼰 거고."

"몰랐어요."

"그러니 그렇게 걱정스러운 표정 짓지 않아도 돼."

모리카와는 다음 말을 찾듯 고개를 숙였다.

"동사장님은 지금 상황을 너무 쉽게 생각하시는 것 아니에요? 사무실에 실탄을 보내다니 제정신이 아니라고요."

나는 모리카와에게 대답하기 전에 잔에 따라준 맥주를 마셨다.

"이건 내 추측인데, 그 실탄은 모리카와가 보냈지?"

나는 모리카와와 대등하게 이야기하고 싶어서 일부러 친근한 말투로 물었다. 그녀는 고개를 숙이고 말이 없었다.

"말하진 않았지만 도쿄에서 춘절을 보내는 동안 나는 두 가지 괴롭힘을 당했어. 그게 경고라면 사무실에 실탄을 보낼 필요는 없었어."

"어떤 짓인데요?"

"말해봐야 무슨 소용이 있겠어? 다만 세 번째는 사족이라는 뜻이야. 나나 모리카와가 그걸 경찰에 신고해 ifc 우편센터 CCTV를 분석하면 상대가 남긴 흔적이 드러날지도 몰라."

"그럼 CCTV 영상을 분석해보면······."

"그 실탄은 모리카와가 우편센터를 통하지 않고 직접 가방에 넣어 가지고 왔으니 영상 분석은 의미가 없어. 사무실을 이전하고 동사장실에 보안검색대를 설치하기 위한 구실이라고 봤는데 아니야?"

고개를 숙인 모리카와가 대답하지 못하는 것을 확인하고 말을 이었다.

"그 일로 나무랄 생각은 없어. 나도 괜찮은 구실이라고 생각하거든. 덕분에 모회사도 아무 말도 못하고."

"그걸 아시면 조금 더 자신의 안전을 우선시해 주세요."

모리카와가 그제야 고개를 들었다.

"지금은 아무것도 하지 않는 게 안전하다고 생각해. 상대는 춘절에 경고를 보내고 그 이후로 아무 짓도 하지 않았어. 얌전히 J프로토콜 홍콩의 실적을 확대하고 모회사에도 이익을 환원하니 그쪽도 싫지 않겠지."

"저는 동사장님이 바카라 테이블에서 베팅을 끌어올리고 있는 느낌이에요. 카지노는 이익을 충분히 확보하기를 기다리고 있을 뿐이에요. 그리고 베팅을 올리는 게 동사장님의 뜻인가요? 부동사장님이 멋대로 휘젓고 다니는 거잖아요?"

모리카와는 새우완탕면에 젓가락도 대지 않고 말을 이었다.

"동사장님은 가만히 지켜볼 뿐이라도 부동사장님이 자꾸만 동사장님을 위험한 곳으로 끌고 가려고 하는 거 아닌가요?"

모리카와는 춘절 연휴가 끝난 뒤로 가슴속에 불안을 쌓아 놓고 있었는지도 모른다. 주변 손님이 우리 대화를 엿듣는 게 느껴졌다. 일본어를 몰라도 남녀의 말다툼을 이해하는 건 만국 공통이다.

"반은 나름대로 생각이 있을 거야. 그리고 반도 그렇게나 해외를 돌아다니는데 어떤 위해를 당했다는 얘기는 못 들었어."

"J프로토콜은 부동사장님에게 굳이 손을 쓸 필요는 없다고 판단했는지도 몰라요."

나는 모리카와의 말이 무슨 뜻인지 바로 이해하지 못했다.

"동사장님은 부동사장님의 사원 정보를 보셨죠?"

그 말에 모리카와가 사원 정보 접속 로그를 체크한 걸 알았다.

"그런 식으로 말하니까 사원 정보를 들여다보기 싫은 거야."

"죄송해요. 비난하는 게 아니에요. 다만 저라면 누굴 조사했는지 모르게 한 명만 검색하지는 않을 거예요."

"다음부터는 그러겠다고 하고 싶지만 앞으로 다시는 사원 정보에 접속하지 않을 거야."

나는 직접 맥주를 따라 단숨에 털어 넣었다.

"죄송해요."

"너무 예민하게 만아들이지 마."

풀이 죽은 모리카와의 잔에도 맥주를 따라주었다. 오늘은 유난히 감정 기복이 큰 것 같았다.

"반과는 고등학교 때부터 아는 사이야. 손을 쓸 필요가 없다니, 그런 흉흉한 말은 하지 말았으면 좋겠어."

그렇게 말하며 내 말에 미묘한 위화감을 느꼈다.

"J프로토콜 홍콩에 있다가 살아서 다시 도쿄로 돌아가신 분이 아무도 없는 것도 사실이에요."

"나와 반은 일이 끝나면 무사히 돌아갈 거야."

'왜 위화감이 들었지?'

"홍콩에서 돌아갈 때 직책이 뭐가 될지는 모르지만 비서가 붙는 직책이면 모리카와가 내 비서를 계속해주면 좋겠어."

그것은 내 본심이었지만 모리카와는 그 말을 흘려 넘기고 하던 이야기를 계속했다.

"어떻게 그렇게 단정하실 수 있어요?"

"나도 몰라. 모리카와가 '안전한 곳에 있다'고 한 것과 같지 않을까?"

──추신. 저는 안전한 곳에 있어요.

내가 이노우에를 죽이고 반이 홍콩과 도쿄를 오간 뒤 모리카와에게 받은 편지에 적혀 있던 말이다. 나는 그 편지를 호텔 방으로 가지고 돌아와 이따금 다시 꺼내 읽어본다. 모리카와가 나를 안전한 곳으로 보내려고 하는 것처럼 나도 그녀가 안전한 곳에 있길 바랐다. 모리카와의 '안전한 곳에 있다'는 자신감이 위화감의 원인일까?

나는 몇 번이나 되풀이 읽은 편지 글귀를 떠올리려고 애썼다.

"왜 그러세요?"

갑자기 침묵한 나에게 모리카와가 물었다.

'아니야. 모리카와는 뭔가 실수를 저질렀어.'

내가 느낀 위화감은 편지 전체다. 그 편지는 '반 부동사장님과는 20년 지기 친구라'라는 말로 시작했다.

"모리카와……."

"네?"

"나와 반이 '20년 지기 친구'인 건 어떻게 알았어?"

홍콩에 부임한 초기에 나와 반이 나누는 대화를 들었으면 우리가 직장 동료 이상의 친분이 있다는 건 쉽게 상상할 수 있다. 하지만 그 대화로 '20년 지기 친구'라고 상상하는 건 상당한 비약이다. 사원 정보를 조사했다고 하더라도 거기에는 반의 최종 학력밖에 기록되어 있지 않다. 반이 모리카와에게 나와의 관계를 이야기했다고 보기도 힘들다.

"그건……."

말문이 막힌 모리카와를 보고 내가 직접 그런 말을 하지는 않았다고 확신했다. 만약 내게서 들었다면 그녀는 바로 그렇게 말했을 것이다.

"모리카와……, 나에 대해 어디까지 조사했지?"

모리카와는 내 물음에는 대답하지 않고 자리에서 일어나 혼잡한 가게를 나가버렸다. 테이블에는 젓가락을 대지 않은 새우완탕면이 남겨져 있었다. 나는 모리카와의 표정을 떠올리며 맥주를 마시고 광둥어로 시끌시끌한 소음 속으로 가라앉았다. 깊이 잠기면 누군가를 의심하는 것에서 해방될지도 모른다.

맥주를 다 마시고 가게 밖으로 나오자 모리카와가 있었다. 그녀가 기다리고 있을 줄은 몰라서 조금 놀랐다. 아마 20분 가까이 그곳에 서있었을 것이다.

"왜 그래?"

"저기……."

고개 숙인 모리카와의 감정이 밤바람을 타고 전해져왔다.

"응. 나도 가끔 반을 의심할 때가 있어. 하지만 그러고 싶지 않아. 지금의 상황을 외면하고 싶어서 그러는 건 아니야."

나는 고개 숙인 모리카와에게 말을 이었다.

"반에게는 반코라는 별명이 있어. 셰익스피어의 『맥베스』는 알아?"

"네."

"고등학교에 입학한 날 영어 교사가 반을 반코라고 부르는 바람에 고등학교 동급생 대부분이 그를 반코라고 불렀어. 『맥베스』에 나오는 스코틀랜드 스튜어트 왕조의 시조가 되는 뱅쿠오야. 반을 의심하면 나는 맥베스가 될지도 모르고 그러면 나는 반을 암살해야 해."

"그건 희곡 속의……."

"알아. 하지만 그렇게 될까봐 두려워. 그러니 반을 의심하고 싶지 않아."

"그래서 동사장님은 부동사장님을 반코라고 안 부르시는 거예요?"

나는 고개를 가로저었다.

"단지 별명으로 부르는 게 불편했을 뿐이야."

"그렇다면 신경 쓰지 않아도 되지 않을까요?"

"지금은 달라. 반을 뱅쿠오라고 부르면 나는 암살자를 보내는 역할이 될 것 같아 두려워."

나는 도쿄와 똑같은 별빛 없는 밤하늘을 올려다보았다.

"모리카와는 회사 차로 돌아가. 나는 적당히 머리를 식히고 MTR로 갈게."

나는 모리카와의 대답을 기다리지 않고 역을 향해 걸었다.

나는 뱅쿠오를 암살한 맥베스의 감정을 모르겠다. 실재 맥베스 왕에게는 부인이 데려온 아이가 있는데 희곡에서는 맥베스 부인이 "내게는 자식이 있었습니다."라는 대사만 나오고 부부의 왕위 계승자는 명시되어 있지 않다. 맥베스는 세 마녀에게 뱅쿠오가 왕이 되지 않는다는 예언을 들었지만 그에게는 핏줄이 없다. 그런 상황에서 전우인 뱅쿠오에게 암살자를 보내는 게 대체 얼마만큼의 가치가 있을까.

세 마녀의 예언을 듣고 암살자를 보낼 동기가 생기는 건 맥베스가 아니라 오히려 뱅쿠오여야 스토리의 아귀가 맞는다. 뱅쿠오는 자신의 자식을 위해 왕위에 앉은 맥베스를 죽일 이유가 있다.

†

오키나와의 K섬에서 열리는 J프로토콜 CEO회의 참석은 유키코도 반대했지만 나는 그 의견을 딱 자르듯 모회사에서 온 메일에 참석하겠다고 회신했다. 홍콩에서 오키나와의 외딴 섬으로 가려면 가장 짧은 루트라도 타이베이와 나하에서 비행기를 갈아타야 한다. 반이 홍콩에서 나하까지는 전용기를 수배했다며 같이 가자고 했지만 모리카와가 완고하게 반대했다.

"승객 500명을 태운 민항기와 승객이 둘밖에 없는 전용기 중 어느 쪽이 폭파시키기 쉬울 것 같아요?"

"하긴, 그렇겠네."

나는 다카기와 같은 말을 하는 모리카와에게 K섬 출장 수배를 맡겼다.

"만일을 위해 동사장님의 휴대전화에 GPS 발신 소프트를 인스톨해도 될까요?"

출장 전날 모리카와가 미안한 얼굴로 말했다.

"반이 내 휴대전화에 이미 인스톨했으니 그 정보를 공유하면 돼."

"부동사장님이요? 대체 왜요?"

"모리카와와 같은 이유가 아닐까?"

"신경 쓰이지 않으세요?"

"신경 써봐야 소용도 없고, 언인스톨 방법도 모르거든."

모리카와는 기가 막힌 표정을 숨기지 않았다.

"휴대전화 좀 주세요."

나는 얌전히 휴대전화를 내주었다. 모리카와는 그것을 들고 옆방으로 가 30분 정도 지나 다시 돌아왔다.

"기존의 GPS 발신 소프트는 삭제했어요."

"고마워."

"동사장님은 혹시 자살하고 싶으세요?"

나는 고개를 가로저었다.

"아까도 말했지만 신경 쓰지 않는 것뿐이야. 내가 어디 있는지 알아내려고 마음만 먹으면 여행 가방 바닥이든 넥타이 시접 사이든 어디에나 숨길 수 있으니까."

"이따금 동사장님을 잘 모르겠어요."

"모리카와는 요전에 내가 처한 상황을 카지노에 비유했지? 그 비유에 따르자면, 나는 상대가 속임수를 쓴다고 같이 속임수를 쓰는 게 좋은 방법이라고는 생각하지 않아. 애당초 카지노 딜러는 많든 적든 속임수를 쓰니 그걸 감안하고 게임에 참여하면 돼. 굳이 스스로 죄수의 딜레마에 빠질 필요는 없어."

모리카와는 여전히 수긍하기 힘든 표정으로 휴대전화를 돌려주었다.

"조심해서 다녀오세요. 그리고 꼭 홍콩으로 돌아오세요."

"그래, 고마워."

✝

홍콩국제공항을 심야 비행기로 출발해 타이베이 타오위안 국제공항과 나하공항을 경유해 K섬 호텔에 도착한 것은 현지 시간으로 오전 11시가 지났을 때였다. 모리카와는 J프로토콜 회의가 열리는 호텔과는 다른 리조트 호텔을 예약해주었다.

회의는 오후 4시라 나는 양복을 입은 채로 침대에 몸을 던졌다. K섬은 홍콩과 마찬가지로 무더웠지만 고층 빌딩 거리와 목가적인 섬은 무더위의 질이 다르다. 호텔 방에서 보이는 바다는 안개비에 부옇게 흐려져 수평선이 어디인지도 보이지 않았다. "장마는 끝났을 텐데 날씨가 이러네요." 하고 프런트 직원이 면목 없다는 듯이 말했다.

휴대전화로 반에게 연락이 온 건 까무룩 잠이 들려던 정오가 지나서였다.

"오랜만이야. 벌써 호텔에 도착했어?"

오키나와와 홍콩을 왕복하는 국제전화 회선 너머에서 반이 물었다.

"응. 침대 위에서 넋 놓고 있어."

"섬 동쪽 끝에 모래톱이 있다고 해서 배를 빌렸어. 같이 가볼래?"

"그래."

"그럼 동쪽 항구에서 30분 뒤에 만나자."

나는 휴대전화를 가지고 가야할지 망설였지만 모리카와에게 괜한 걱정을 끼치지 않으려고 재킷 호주머니에 넣고 호텔을 나섰다. 반이 말한 항구까지는 호텔에서 택시로 10분도 걸리지 않았다. 작은 어항에 도착하자 찬링이 나를 기다리고 있었다. 찬링와는 업무 때문에 HK프로토콜로 옮긴 뒤에도 한 달에 한 번은 만난다. 그녀는 평소와 다름없이 투피스 정장을 입고 공손하게 인사했다.

"안녕하세요. 기다리고 있었습니다."

"반은?"

"모래톱까지 편도 15분 정도라 먼저 가셨습니다."

나와 찬링은 소형 크루저로 섬 동쪽으로 향해 세 개로 줄지어 있는 모래톱의 툭 튀어나온 곳으로 향했다. 반에게 물어보고 싶은 게 많았다. 행방불명 된 이노우에의 비서에 대해, 헤집어진 도쿄의 집에 대해, 나베시마의 사진만 찢어낸 졸업 앨범에 대해, 앞으로의 HK프로토콜에 대해, 그리고 반의 건강 상태에 대해 물어보려고 했다. 그런데 막상 만나니 무슨 이야기부터 꺼내야 좋을지 선뜻 입이 떨어지지 않았다. 나는 하늘과 바다의 경계를 모호하게 섞는 안개비를 멍하니 보았다. 길쭉한 모래톱으로 가까워지자 혼자 서 있는 반이 보였다. 짙은색 양복에 핑크색 스트라이프 셔츠를 입고 양손을 바지 호주머니에 넣고 있었다. 배 위에서 보니 어쩐지 바다 위에 서 있는 것처럼 보였다.

소형 크루저는 뱃머리를 모래톱에 올리듯이 멈추자 나와 찬링은 조타수들을 남겨두고 모래톱에 내렸다. 예의상 배에서 내리는 그녀의 손을 잡아주었는데 손이 차가웠다. 지금까지 신경 써본 적은 없지만 찬링은 나와 마찬가지로 누군가의 목숨을 빼앗는 것을 주저하지 않는 사람이다. 주변 풍경을 둘러보는 그녀를 남겨두고 나는 반이 있는 쪽으로 걸음을 옮겼다.

가늘고 하얗고 아름다운 모래톱이었다.

"반……."

반은 모래톱에서 섬 쪽을 보고 있었다.

"오랜만이야."

"정말로 오랜만이야."

나는 반의 옆으로 걸음을 옮기며 같이 섬을 보았다. 안개비에 부예진 섬은 멀리 있는 것 같기도 하고 바로 코앞에 있는 것 같기도 했다. 파도 소리조차 어디서 들려오는지 아리송한 감각에 사로잡혔다.

"12월에 마카오에서 본 게 마지막인가……?"

반이 중얼거렸다.

"이런 곳에 혼자 서 있으면 외롭지 않아?"

"죽으면 천국으로 간다든가 별이 된다든가 하는데 의외로 이런 느낌일지도 모르겠어. 걸어서 갈 수 있을 것 같은데 그저 바라보는 수밖에 없지."

"몸이 어디가 안 좋은 거야?"

"췌장암 4기야. 의사 말론 앞으로 반년 남았대……."

나는 반을 볼 용기가 없어 고개를 숙이고 구두 끝으로 하얀 모래를 쿡쿡 찔렀다. 흩어져 있는 조개껍질과 산호가 꼭 사체로 만들어진 섬 같았다.

"그럼 이런 곳에 있을 때가 아니잖아."

"호스피스 병원에 있어도 결과가 달라지진 않아."

한동안 파도 소리만이 들려왔다.

"넌 나를 뱅쿠오라고 안 부르더라."

반의 갑작스러운 말에 나는 뭐라고 대답해야 좋을지 몰랐다.

"반······."

말이 이어지지 않았다. 나는 다시 한번 부르고 이어갈 말을 찾았다.

"반······, 이건 『맥베스』야?"

"그렇겠지."

"네가 그렇게 만들었어?"

"아니야. 그걸 깨달았을 때부터 나는 맥베스에서 벗어날 방법을 계속 고민했어."

"언제부터?"

"고등학교 입학식 날 선생님이 나를 반코라고 부른 순간부터."

"그럴 리가 없잖아?"

상상도 못 했던 반의 말에 행방불명 된 이노우에 비서도, 졸업 앨범 속 나베시마의 사진도 아무래도 상관없어졌다.

"네가 알아채지 못했을 뿐이야. 그때 날 돌아봤잖아?"

"언제?"

"고등학교 입학식 때 말이야."

"20년도 더 지난 일이잖아."

"그때 나는 '아, 언젠가 이 녀석들에게 먹히겠구나'라고 생각했어."

"이 녀석들이 누군데?"

"너와 나베시마 후유카."

"고등학생이었잖아. 먹힌다니 누가 그런 생각을 해?"

"나도 왜 그렇게 생각했는지 지금도 모르겠어. 하지만 너와 나베시마를 나보다 밑이라고 여겼을 텐데 얼굴을 맞대고 작게 속삭이는 두 사람을 보고 내 불알을 움켜쥐고 있는 듯한 공포감에 사로잡혔어."

그때 내가 돌아본 걸 반이 알았다니 의외였다. 나는 나베시마와 반과 나 세 사람을 제외한 것들을 돌이켜보았다. 낡은 교실, 초로의 여교사, 새로 맞춘 교복, 부드러운 봄 햇살……아직 누구도 서른아홉 살이 된 자신을 상상하지 못했던 날. 어쩌면 40명 정도 되는 반 아이들 중에서 반의 목소리에 매료된 것은 나 혼자였을까.

"그때 나는 나베시마와 뭔가 대단한 말을 나누지도 않았어. 정확히는 대화조차 아니었어."

"역시 그때 일을 기억하잖아. 대부분이 고등학교 입학식 때 한 자기소개 같은 건 기억도 못 해. 하지만 넌 이렇게 그날을 기억하잖아. 그래서 그때 무언가가 시작된 거야."

안개비가 더욱 가늘어지는 것 같았다.

"왜 그렇게 생각했는지 정말로 모르겠어. 신의 계시라고 한다면 정말로 그렇겠지. 나는 입학식 후 바로 『맥베스』를 읽고 그 영어교사의 말이 내 미래를 예언한 거라고 깨달았어. 그리고 계속 너와 나베시마를 두려워했어. 그래서 대학교도 도쿄대는 포기했어. 그러면 너희한테서 멀리 벗어날 수 있다고 생각했거든."

"내가 도쿄대에 들어갈 수 있는 성적이 아니란 것 정도는 바로 알았잖아."

"글쎄. 넌 스스로에게 뚜껑을 덮어씌우고 있을 뿐이야. 실제로 나는 당구에서 널 이기지 못했어."

"반, 나는 너와 당구를 쳤을 때의 결과도 기억나지 않고 스누커에서는 네가 이겼잖아. 나인볼보다 스누커가 훨씬 어려워."

"스누커에서 이겼다고 한 건 치에 앞에서 허세를 부리려고 꾸며낸 거야. 넌……, 나와 친 당구 결과 같은 건 아무래도 좋을 만큼 날 상대로도 안 봤던 거야."

"지나친 생각이야."

"나도 몇 번이나 스스로에게 그렇게 말해왔어. 지나친 생각이라고, 몇 번이나. 하지만 내가 도쿄에서 달아난 사이에 본가에 화재가 나고……."

나는 참을 수 없어서 반의 말을 잘랐다.

"내가 너희 집에 불을 질렀다는 거야?"

"방화범은 잡혔고 너와는 아무런 관련도 없어. 하지만 왕은 그런 존재잖아. 왕이 무언가를 지시하지 않더라도 주변에서 왕의 어심을 헤아려 방해가 되는 놈들을 제거하지. 국회의원 비서는 유죄라도 국회의원은 처벌받지 않는 것과 똑같아."

"요즘 시대에 왕이라니 시대착오적이야."

"그리고 연구실 교수 추천으로 우연히 취직한 곳에는 어김없이 네가 있었어."

"내가 경영기획부에서 사업부로 돌아왔을 때 너와 같은 부서가 된 건 단순한 우연이야."

내가 이성을 잃어가는 것과 반대로 반은 담담하게 이어갔다.

"우연을 우연이라고만 여기는 입장과 우연인데도 거기에 숨겨진 필연에 때문에 벌벌 떠는 입장의 차이가 바로 내가 널 이기지 못하는 무엇보다 확실한 증거야."

"반……, 제정신으로 하는 말이야?"

"기막혀?"

"이런 이야기를 들으면 누구나 기가 막히지. 객관성이 전혀 없으니까."

"넌 자신을 객관적으로 보지 않으니 내 이야기에서 객관성을 끌어내지 못하는 것뿐이야. 치에는 바로 알아챘어. 너와 같이 있으면 위험하다고, 처음 셋이서 한잔한 저녁에 경고하더라. 그리고 그 경고에 귀를 기울이지 않았던 내게서 달아났어."

"뭐든지 내 탓으로 돌리지 마."

스스로도 깨닫지 못하는 사이에 목소리가 거칠어졌다.

"네가 그런 식으로 말하다니 별일이네. 하지만 북극성이 의지가 있다면 자기는 다른 별과 마찬가지로 은하 속을 빙글빙글 돈다고 생각하지 지구라는 작은 혹성에서 부동의 별이 되어 있을 거라고는 짐작조차 못할 거야. 나카이는 북극성이고 나는 지구야. 넌 스스로를 객관시하지 못해."

"너도 똑같아. 내가 볼 때 넌 언제나 쾌활하고 위풍당당한 고등학생이었어. 성적도 우수하고 스포츠는 만능이고 언제나 볕에 그을려 있고 모두가 신뢰하는 사람이었어."

"그래서?"

이런 상황이 아니라면 쑥스러워 못할 말을 반은 간단히 밀어냈다.

"그걸로 충분하지 않아?"

"너한테는 결정적으로 부족한 감정이 있어."

"뭔데?"

"나는 성적도 우수하고 스포츠는 만능이고 모두가 신뢰하는 사람이었어. 그런 나를 넌 부러워했어?"

나는 고등학생이었을 때를 떠올리려고 했다. 반의 물음에 고개를 끄덕이지도 가로젓지도 못했다.

"너한테는 누군가를 부러워하는 감정이 결여되어 있어. 그래서 무서워. 나는 네가 두려워 허세를 부렸을 뿐이야."

"우연히 널 부럽다고 생각할 기회가 없었을 뿐이야."

"그럼 나 외에 누군가를 부러워한 적은 있어? 예를 들어 동기 입사한 다카기 부부장이라든가."

"사내의 출세 경쟁에는 관심 없어."

"그것도 우연히야? 넌 상대가 누구든 그래. 너는 선망이라든 가 질투 같은 감정으로 움직이지 않아."

"나도 남을 부러워할 때 정도는 있어."

"그럼 누가 부러운지 구체적으로 들 수 있어? 바에서 술을 마실 때 다른 남자가 예쁜 여자를 데리고 왔다든가, 페라리나 애스턴 마틴을 타는 남자를 보면 나도 저렇게 되고 싶다고 생각해?"

나는 받아칠 말이 없었다.

"너는 그런 것에 관심이 없다고 할지도 모르지. 하지만 그건 관심이 없는 게 아니라 너도 손에 넣을 수 있다고 생각하기 때문에 부러움을 느끼지 않는 거야."

"왕도 아닌데 바라는 게 뭐든지 이루어진다고는 생각 안 해."

"하지만 구체적으로 뭐가 있는지 대답하지 못해. 그러니 넌 왕이야."

반은 조용히 말했다. 나는 뭐라고 대답해야 좋을지 몰라 손목시계를 확인했다. 오후 2시, 모래톱에 도착한 지 30분도 지나지 않았는데 나는 이미 오랜 시간을 그곳에서 보낸 기분이었다.

"그렇다고 널 원망하진 않아."

반은 한 걸음 앞으로 옮기며 모래톱과 바다의 경계로 다가가 나를 돌아보았다. 앞으로 반년 남았다고 시한부 선고를 받은 사람이라고는 믿기 힘든 후련한 표정이었다.

"신기하게 너와 함께 있을 때 나는 긍정적으로 생각할 수 있거든."

"나와 같이 있지 않을 때의 널 모르니 뭐라고 하긴 힘드네."

"그럴 거야. 하지만 네가 없을 때 나는 지루한 사람이야. 남들이 믿고 의지하지도 않고 쾌활한 성격도 아니야. 아마 날 위풍당당하다고 평가하는 대학교 지인은 한 명도 없을 거야. 대부분이 날 기억조차 못 하겠지."

"대학생인 넌 모르지만 치에 씨 같은 여자 친구가 있었으니 그렇진 않았을 거야."

"치에는 너와 직장에서 재회한 뒤의 나를 보고 놀랐어. 완전히 다른 사람이 됐다고."

"그럼 치에 씨는 네 어디에 끌려 학생 때부터 사귀고 결혼했어? 내가 볼 땐 결혼의 이상적인 관계라고 생각하는데."

"치에는 사람들과 잘 어울리지 못하고 혼자 태평하게 여행이나 하는 남자가 취향이거든."

"나는 내가 그런 타입이라고 생각해."

반은 나를 돌아보고 작게 웃었다.

"넌 스스로를 객관적으로 보지 못한다고 했잖아. 나 같은 사람이 보면 넌 두려운 존재야. 그래서 치에는 너와 함께 일하기로 선택한 나를 떠났어."

"정말 그렇다면 일을 그만두고 도쿄로 돌아가. 지금이라면 일하지 않아도 충분히 살 수 있는 돈이 있잖아."

나는 반에 대한 화가 사라졌다.

"나는 나를 좋아할 수 없어. 치에와 둘이 있을 때는 잊고 살았지만 너와 일하면서 이런 내가 더 좋았어. 솔직히 말하면 너와 있으면 내가 부러워하던 남자가 됐다는 기분이 들거든."

"하지만 그게 널 좀먹는다면 본래대로 돌아가면 돼. 더는 남을 시기할 필요도 없어."

반은 내 말에 뒤로 돌아보던 자세를 바로잡고 다시 바다를 보았다.

"평범한 사람은 질투나 선망 같은 감정을 제어하지 못해. 그게 가능하다고 생각하는 건 네게 그런 감정이 결여되어 있기 때문이야. 내가 원래대로 돌아가면 나는 다시 너와 같이 있는 나를 질투할 거야."

"해보기 전엔 모르는 일이야."

"지난 반년 정도가 그랬으니까 이미 충분해."

"유령회사를 어엿한 회사로 만들어 수익을 그렇게나 많이 올려놓고?"

"그래. 그 원동력이 질투야. 나 혼자서도 할 수 있다고 증명하고 싶어서, 네게서 도망치는 부정적인 감정을 원동력으로 삼아 일했을 뿐이야."

"그걸 질투라고 한다면 실적을 올리는 사람은 누구나 그렇잖아."

"넌 변한 게 없구나. 그리고 아무것도 이해 못 해."

"다른 사람을 이해할 수 있다고 생각한 적은 없어. 다만 오해받고 싶지 않을 뿐이야."

"사람을 죽여도, 집 안을 헤집어놔도, 큰돈을 손에 넣어도 변하지 않아."

나는 비구름을 올려다보며 숨을 내쉬었다.

"내 방에서 뭘 찾으려고 했어?"

"네가 소중히 아끼는 걸 하나쯤은 부수고 싶었어."

"나베시마의 사진?"

"……아마도? 12월에 마카오에서 밥 먹으면서 넌 여전히 나베시마를 좋아한다고 확신했거든."

"그럼 못 찾았구나."

"집 안은 다 뒤진 것 같은데. 화장실 물탱크에라도 넣어뒀어?"

"그럴 리가 없잖아."

나와 반은 웃었다. 웃었지만 나는 정답을 말해주지 않았다. 아끼는 물건은 후지야의 초콜릿 포장지다. 반은 호주머니에서 왼손을 꺼내 손목시계를 확인했다.

"넌 슬슬 호텔로 돌아갈 시간이야."

"그래. 이 안개비 때문에 회의 전에 옷을 갈아입는 게 낫겠어."

내 제안은 반의 귀에는 들리지 않았다.

"나카이, 넌 언제 『맥베스』에 사로잡힌 걸 깨달았어?"

"정신이 들었을 때는 그 희곡대로 따라가는 내가 있었어. 돌이켜 보면 처음 마카오에 도착한 날 밤 만난 여자의 점괘를 들었을 때일지도 몰라."

반은 비아냥거리듯 웃었다.

"나한테 그녀들의 예언은 아무 말이나 쏟아내는 영업용 멘트로밖에 들리지 않았어. 내게 예언은 고등학교 입학식이었어. 그 영어교사야말로 이야기의 시작을 알리는 마녀였어."

"그 선생님은 나한테는 아무 말도 하지 않았어."

"그랬지. 조연에게는 막이 오르기까지가 길어. 막이 올랐다고 확신한 건 네가 이노우에를 직접 죽였을 때였지. 예언을 들어도 넌 왕이 되려는 야심이 없을지도 모르고 실제로 정말로 그랬어. 하지만 사람을 죽이는 건 달라. 그것만큼은 돌이킬 수가 없어. 그러니 이노우에의 부고를 들었을 때 겨우 맥베스가 무대에 올랐고 나는 20년 동안 시달린 고통에서 해방됐어."

나는 하얀 모래밭에 시선을 떨구었다. 반의 이야기는 그의 말만 들으면 논리 정연했다. 하지만 모든 것이 사상누각이다.

"섬으로 돌아가자. 역시 좀 춥다."

안개비를 빨아들인 양복이 무겁게 느껴졌다.

"맥베스를 읽었으면 알잖아?"

"뭘?"

"뱅쿠오는 그 회의에 참석하지 않아. 만찬 때까지 오겠다고 하고 어디론가 가지."

"이건 희곡이 아니야. 실제로 나는 널 죽이지 않을 거고 그럴 동기도 없어."

나는 이런 이야기를 끝내고 반을 끌고서라도 빨리 섬으로 돌아가고 싶었다.

"네 동기 같은 건 필요 없어. 다만 대본에 그렇게 적혀 있을 뿐이지."

반이 나직하게 말했다.

"그리고 네가 날 죽이는 게 아니라 네가 고용한 세 암살자가 죽이는 거야."

"암살자를 고용한 건 J프로토콜이지 내가 아니야."

"그 이야기에서 도저히 이해가 안 되는 게 뱅쿠오가 살해당하는 장면이었어. 뱅쿠오는 자기 자식이 언젠가 왕이 될 걸 알아. 그렇다면 얌전히 맥베스의 충실한 신하인 척하면 충분했을 거야."

나는 반의 말을 듣고 싶지 않았다.

"이제 맥베스 이야기는 끝내고 같이 배로 돌아가자."

"나는 뱅쿠오가 다른 예언을 듣지 않았을까 싶어. 맥베스가 다시 마녀에게 예언을 들으러 갔던 것처럼 뱅쿠오도 무대 뒤에서 마녀에게 조언을 구하러 간 거야. 즉, 자기 아들을 왕으로 만들기 위해 뱅쿠오는 맥베스의 손에 죽어야 한다고 마녀가 부추긴 거지."

"네가 셰익스피어 희곡을 어떻게 해석하든 나는 널 죽이지 않아. 그리고 넌 애도 없잖아."

"그렇지. 그래서 이쯤에서 뱅쿠오를 연기하는 것도 끝내고 싶어."

"아무도 널 뱅쿠오로 만들 생각은 없어."

그렇게 말하는 사이에 재킷 호주머니 안에서 휴대전화 벨소리가 울렸다. 나는 반이 이 어이없는 맥베스를 끝내고 싶다고 한 말에 안심하고 휴대전화를 꺼냈다. 발신인 번호는 홍콩 국가번호로 시작되었다.

"웨이?"

"모리카와예요. 지금 K섬 동쪽 연안에 계세요?"

"응."

"30분 동안 위치 정보가 움직이지 않아서 걱정했어요. 바다 위에서 뭐 하세요?"

"바다 위가 아니라 모래톱이 있고 거기서 반과 관광하고 있어."

내가 반에게서 시선을 돌리자 우리 바로 뒤에 찬링이 서 있었다. 그리고 그녀는 석궁을 들고 있었다.

"미안해. 나중에 다시 걸게."

나는 모리카와의 전화를 일방적으로 끊고 휴대전화를 든

채 손을 내렸다. 그와 교차하듯 찬링이 석궁을 들어올렸다. 그녀가 든 석궁 끝은 내가 아니라 반을 똑바로 향했다.

"찬링, 기다려."

"네가 직접 방아쇠를 당길 거야? 그러면 이 이야기는 맥베스가 아니게 될 수도 있어."

내 말에 대답한 건 찬링이 아니라 반이었다. 나는 찬링과 반 사이를 가로막았다. 손에 든 휴대전화의 진동으로 다시 전화가 온 걸 알았다.

"이제 됐어."

나는 등 뒤에 있는 반에게 말했다.

"뭐가?"

"나는 맥베스가 되고 싶지 않아. 널 죽이지 않을 거고, 유키코를 맥베스 부인으로 만들고 싶지도 않아."

"유키코? 유키코 씨라고?"

"그래. 내가 맥베스가 되면 유키코가 무사히 도쿄로 돌아갈 수 없어. 어떻게든 날 맥베스로 만들고 싶으면 여기서 날 죽이고 이 한심한 연극을 끝내."

"나카이…… 너는 레이디 맥베스를 잘못 짚었어."

그것이 반의 마지막 말이었다.

반은 찬링과의 사이에 서 있던 나를 오른팔로 밀어냈고 찬링은 그것이 신호인 듯 표정도 바꾸지 않고 석궁 방아쇠를 당겼다. 하얀 모래밭에 쓰러지며 놓친 시야에서 반을 확인했을 때는 뒤로 벌렁 쓰러진 반의 미간에 석궁 화살이 박혀 있었다.

"나카이 동사장님, 안심하세요."

나는 모래밭에 엉덩방아를 찧은 채로 일어설 수가 없었다. 모래 위에 던져진 휴대전화가 울렸다.

"안심? 뭘 안심하라는 거야?"

"화살은 하나밖에 준비하지 않았어요. 그러니 일어나서 배에 타세요."

나는 모래밭에 양손을 짚은 채 잠시 찬링을 올려다보았다. 그녀의 검은 머리카락은 안개비에 젖어 하얀 피부가 더욱 돋보였다.

"찬링, 지금 무슨 짓을 했는지 알아?"

"반 동사장님의 지시를 따랐을 뿐이에요."

"그런다고 자기 보스로 죽여?"

찬링은 아무 말도 하지 않고 끄덕였다. 다시 반에게로 시선을 돌리자 하얀 모래 위에 검은 피가 퍼져나갔다. 반의 눈은 비구름을 가만히 응시하고 있었다. 눈물인지 내린 비인지 눈꼬리에서 흘러나온 물방울이 검은 피에 물든 모래 위로 떨어졌다. 모래밭에 스며들지 않은 피가 내 손에 가까워졌다.

"손이 더러워지기 전에 일어나세요."

나는 일어나 모래 위에 떨어진 휴대전화를 주웠다. 찬링은 석궁을 왼손에 바꿔들고 내 옷에 묻은 모래를 털어주었다.

"배에 갈아입을 옷을 준비해 뒀습니다. 바로 회의장으로 향하세요."

"그럴 상황이야?"

간신히 찬링에게 말했다.

"저는 원래 반 동사장님과 당신을 죽이기 위해 J프로토콜이
고용한 사람이에요."

"그렇다면 나도 죽여."

"반 동사장님은 당신이 그렇게 말할 거라고 하셨어요. 그리
고 당신을 죽이지 말라고 하셨고요."

"하지만 날 죽이는 게 자네가 의뢰받은 일이잖아?"

"그때의 클라이언트는 이미 당신에게 살해당했고 저는 J프
로토콜에서 해고됐어요. 지금의 클라이언트는 반 동사장님입
니다."

모래톱에 올라타 있는 소형 크루저에서 남자 둘이 달려와
숨이 끊어진 반을 들어올렸다. 항구를 출발할 때 알아챘으면
좋았겠지만 그들은 광둥어를 썼다. 그들은 하늘을 보며 쓰러
진 반을 그대로 각각 팔을 잡아들고 발이 끌리는 상태로 배
로 옮겼다. 반의 두 눈은 비구름을 올려다본 채 닫히지도 않
았다.

"반을 어떻게 할 거야?"

"나카이 동사장님을 항구까지 모신 뒤 이쪽에서 처리할 겁
니다."

"처리? 당장 경찰에 신고해야겠어."

"그러세요."

찬링은 표정도 바꾸지 않고 호주머니에서 휴대전화를 꺼내 내밀었다.

"경찰에 신고하는 게 당신에게 유익하다면 그러셔도 됩니다. 그것도 제가 받은 보수에 포함되어 있으니까요."

"살인죄로 처벌 받아도?"

"자살 방조일 뿐입니다."

"그런 건 아무도 증명 못 해."

"일본과 홍콩 각각의 변호사가 반 동사장님의 유언장을 보관하고 있습니다."

찬링의 차가운 표정으로 보아 무슨 말을 해도 소용이 없었다. 찬링은 죽은 반을 옮기는 남자들과 함께 소형 크루저를 향해 걸었다.

나는 반의 두개골에서 뚝뚝 떨어지는 핏자국을 따라가듯 그들의 뒤를 따라 걸었다. 항구에 도착하는 몇십 분 동안 나는 찬링의 말대로 새 양복으로 갈아입었다. 계속 울려대던 휴대전화는 중간에 배터리가 다 되었는지 마음에 여유가 생겼을 때는 조용해져 있었다. 그 옆에서 찬링이 석궁을 바다에 던져 버렸다.

"나카이 동사장님."

항구에 도착해 배에서 내리자 찬링이 불러 세웠다. 나는 말 없이 배 위에 있는 그녀를 돌아보았다.

"회의 후의 간담회 시간까지는 돌아올 수 있으니 그때까지 몸조심하세요. J프로토콜은 저를 해고한 뒤 새 킬러를 고용했을지도 모릅니다."

"당신한테 그런 말 듣고 싶지 않아."

"왜죠?"

찬링은 정말로 내 말을 이해하지 못했나 보다. 의아한 얼굴로 물었다.

"날 죽이려고 했던 사람이 몸조심하라는데 알았다고 대답할 바보가 어디 있겠어?"

"당신을 죽이지 말라는 지시는 당신을 보호하라는 뜻입니다. 그러니 제가 돌아올 때까지 몸조심하세요."

"알아서 해. 나는 당신에게 경호를 부탁할 생각은 없어."

나는 찬링의 대답을 듣지 않고 항구에서 손님을 기다리는 택시 창문을 두드렸다. 찬링은 맡은 일을 충실히 수행하는 것밖에 모른다. 그것이 자신의 보스를 죽이든 예전 타깃을 보호하든 그녀에게는 사무업무와 전혀 다를 바 없는 그냥 일에 지나지 않았다. 내가 행선지를 말하자 택시 운전기사는 정체를 숨기려는 생각도 없이 광둥어로 "호우."라고 대답했다.

✝

숙소와는 다른 리조트 호텔 회의실에 도착하자 리셉션 여직원이 빨리 연락해달라는 비서의 메시지가 와있다고 했다.
나는 그녀에게서 전화기를 빌려 홍콩 사무실로 전화했다.

"무슨 일이 있었어요?"

전화선 너머 모리카와의 목소리는 명백하게 동요했다.

"다 끝났어. 이제 회의에 참석할 거야."

"그렇게 말하면 어떻게 알아요? 동사장님은 무사하세요?"

"무사하지 않으면 회의에 참석하겠어?"

"그렇게 모나게 쏘아붙이지 않아도……. 그쪽에서 무슨 일이
있었는지 제대로 설명해주세요."

나는 리셉션을 지나가는 얼굴을 아는 임원들에게 목례하며
모리카와의 말을 들었다.

"회의가 끝나면 다 설명할게. 그때는 휴대전화로 걸 테니 잠
깐만 'Take Me Home'을 들려줘. 회의는 한 시간이면 끝나."

"그 회의에 참석하는 게 안전하다고 확신하실 수 있으세
요?"

모리카와가 침착함을 되찾고 말했다.

"각본대로라면."

"각본?"

"400년 전에 쓰인 각본대로라면 회의에서도, 그 후의 만찬
에서도 나는 목숨을 잃지 않아."

모리카와는 그 말로 뭔가 짐작한 듯했다.

"반 동사장님은 같이 계신가요?"

"각본대로 어딘가에 갔어."

"알겠습니다. 회의가 끝나면 간담회장으로 이동하기 전에 꼭 전화 주세요."

"약속할게."

나는 리셉션 유선 전화를 끊고 거기 있는 중견 사원에게 회의 동안 휴대전화를 충전해달라고 부탁했다. 이 정도 민폐라면 다카기도 뭐라고 하진 않을 것이다. 나는 ㅁ자로 놓인 테이블의 내 이름이 적힌 자리에 앉아 지루한 회의를 견뎠다. 반의 자리는 나와는 반대쪽에 마련되어 있었다.

나는 발언할 필요가 없는 회의 동안 그 빈자리를 보며 희곡을 떠올렸다. 맥베스는 회의 동안 뱅쿠오를 자기 성 바로 앞에서 죽이라고 세 암살자에게 명령했다. 뱅쿠오 암살은 성공하지만 회의 후 만찬에서 맥베스는 뱅쿠오의 망령을 보고 이성을 잃는다. 백베스 부인은 남편을 대신해 그 만찬을 다부지게 이끈다. 하지만 맥베스와 마찬가지로 맥베스 부인도 이미 정신이 망가져 있었다. 그 다음 장면에서 맥베스 부인은 한밤중에 몽유병자처럼 계속 손을 씻는다. 반이 마지막에 말했듯이 만약 유키코가 맥베스 부인이 아니라면 어쩌면 린파일지도 모른다. 내가 이노우에를 죽일 때 도와준 사람은 린파다. 하지만 린파가 회의 후 만찬에 나타날 일은 없다. 린파는 마카오에 있을 것이고 유키코는 홍콩에 있다. 설령 내가 희곡을 본뜬 현실 안에 있다고 하더라도 맥베스 부인은 여기에 없다.

나는 『맥베스』 생각을 여기서 멈췄다. 그리고 미간에 화살이 박혀 사람이 죽은 현장에 있었는데도 평정심을 유지하는 스스로가 어이없었다. 친구라고 믿었던 반이 자신은 친구가 아니었다고 털어놓은 탓인지도 모른다.

'반, 네가 착각한 거야. 나는 누군가를 질투하는 감정이 결여된 게 아니라 고등학교 때 손에 넣고 싶었던 걸 내 실수로 잃고 만 거야. 이따금 거기서부터 다시 시작하고 싶다고 생각해. 단지 그뿐이야.'

이미 사고가 정지했을 반에게 이야기했다. 죽은 사람에게 말을 거는 행위가 망령을 불러들이는지도 모른다. 정신이 들자 회의는 끝나 있었다.

"반 동사장이 안 왔던데 무슨 얘기 못 들었어?"

부사장이 된 사타케가 내 옆으로 와서 물었다.

"잘 지내셨습니까? 반의 스케줄은 들은 게 없으니 나중에 확인해보라고 하겠습니다."

나는 사타케의 부하인 척 공손하게 대답했다.

"확인해'보라고' 하겠다……? 자네도 이제 제법 사장 티가 나네."

'상사 앞에서는 확인하겠습니다라고 해야지…….'

다카기의 비꼬는 말을 떠올렸다.

"감사합니다."

사타케에게 머리를 숙이고 자리를 벗어났다. 리셉션에 맡겨둔 휴대전화를 가지러 가서 모리카와에게 전화를 걸었다. 그녀는 내가 요구한대로 얼마 동안 휴대전화 발신음을 들려주었다. 나는 필 콜린스의 'Take Me Home'을 들으며 나는 어디로 돌아가고 싶으며, 모리카와는 돌아갈 곳이 있을지 생각했다.

"이제 됐어요?"

후렴구 중간에 갑자기 음악이 끊기고 모리카와의 목소리로 바뀌었다.

"그래, 고마워."

나는 조금 더 필 콜린스를 듣고 싶었다.

"회의는 무사히 끝났어요?"

"끝났어. 30분 뒤에 간담회가 열려."

"안심했어요."

빅토리아 하버와 접한 ifc 사무실에서는 광대한 유라시아 대륙에 태양이 가라앉는 게 보일 시간이다. 나는 리셉션 데스크를 떠나 호텔 로비에서 잔디밭으로 나왔다. 회의하는 사이에 안개비는 그쳤고 구름이 끊긴 곳에 석양이 보였다.

"하테노하마에서 무슨 일이 있었어요?"

내가 아무 말도 하지 않고 담배에 불을 붙이자 모리카와는 조심스럽게 물었다. 그녀는 회의 동안 나와 반이 있던 곳을 조사했을 것이다.

"반이 살해당했어."

나는 무슨 말부터 해야 좋을지 몰라 사건의 결말만 전했다.

"그랬군요……."

"어떻게 말해야 좋을지 모르겠어."

"저는 동사장님이 무사하시면 그걸로 충분해요."

모리카와는 오늘 반이 살해당한다고 미리 알았던 것처럼 냉정했다. 나는 휴대전화를 귀에 댄 채 리조트 호텔 정원을 걸었다. 비를 머금은 잔디에 모래밭의 감촉이 떠올랐다.

"제가 뭔가 해드릴 수 있는 일이 있을까요?"

휴대전화를 통한 모리카와의 목소리가 바로 곁에 있는 것처럼 들렸다.

"아무것도 생각 안 나."

"뭔가 있으면 언제가 됐든 말씀해주세요. 오늘 밤은 휴대전화 연결음이 울리도록 해둘게요."

"고마워."

나는 그 말만 하고 전화를 끊었다. 내가 나고 자란 나라인데 어딘가 먼 곳을 여행하는 기분이었다.

✝

내가 운영 담당이었을 때도 똑같이 느꼈지만, 간담회는 필요 이상으로 화려했다. 도내 호텔에서 개최했을 때는 기모노를 입은 여성들이 시중을 들었는데 오늘 저녁은 류큐 전통 복장을 한 여성들이었다. 나는 자회사 사장들과 무난한 대화를 나누며 시간을 보냈다. 비에 젖은 정장을 갈아입은 찬링이 내게서 너무 가깝지도 멀지도 않은 곳에 서 있었다. 그녀는 서너 시간 전에 사람을 죽였다고는 생각할 수 없을 만큼 표정이 평온했다.

내가 담배를 피우려고 테라스로 나오자 찬링이 따라왔다.

"나카이 동사장님은 냉정하시네요."

찬링은 담배에 불을 붙이는 내 옆에서 어둠이 내려앉은 정원을 보며 말했다.

"그쪽이 할 말은 아니지."

"저는 그게 직업이에요. 나카이 동사장님과는 달라요."

나는 담배를 피우며 찬링을 보았다. 곱게 뻗은 콧날과 너무 크지 않은 입술, 길쭉한 눈. 몸매를 강조하지 않는 정장을 입어도 그녀가 스타일이 좋다는 건 누구나 상상할 수 있다. 그리고 그런 미모에도 어딘가 빈틈이 남아 있는 점이 그녀의 매력을 더욱 돋보이게 했다. 본업 중일 때는 보이지 않던 틈이 지금은 있었다. 어쩌면 그런 훈련을 하는지도 모른다. 일본 남자라면 십중팔구 그녀를 미인이라고 평가할 것이다.

다카기가 준 메모에 따르면 찬링와 애인 관계가 될 예정이었던 걸 떠올리고 기분이 이상해졌다. 아무리 생각해도 나와는 어울리지 않았다.

"당신 같은 미인은 그런 일을 직업으로 삼지 않더라도 더 잘 어울리는 직업이 있었을 텐데."

다시 찬링을 보고 느낀 솔직한 감상이었다.

"지나치게 미인이라는 뜻인가요?"

찬링의 대답에는 겸손함이라고는 전혀 없었다. 미인이라고 칭찬하고 처음 듣는 종류의 대답이었다.

"왜?"

"저는 처음에 지도 교관으로부터 허니트랩 정도밖에 쓸모가 없다고 무시당했거든요."

"미인이라고 솔직하게 칭찬한 거야. 영화배우라든가 뉴스 캐스터라든가 다른 길을 선택할 순 없었느냐는 뜻이야."

"그런 불안정한 직업을 갖는 게 좋은 방법이라고는 생각하지 않아요."

"살인보다는 낫잖아."

"중국에는 현역 군인이 200만 명이 넘어요. 소국인 대만조차 30만 명 이상고요. 대부분의 경제 대국에서 가장 큰 조직은 자국민 보호를 목적으로 살상 교육을 받습니다. 저처럼 군에 속하지 않고 일하는 사람도 포함해 기원전부터 수요가 끊어진 적은 없어요."

"그것과 실제로 사람을 죽이는 건 달라."

"지시가 내려오면 살인하고 보수를 받는다는 뜻이에요."

나는 밤의 어둠 속으로 담배 연기를 뿜었다. 찬링의 말은 옳을 것이다.

"그럼 지시를 받으면 친구나 가족도 죽인다고?"

"군인도 똑같아요. 개인적으로, 자국민에게 총구를 겨누는 군대는 클라이언트를 잃는다는 점에서 실격이라고 생각하지만요."

나는 맞물리지 않는 대화에 넌더리를 내며 한동안 입을 다물었다. 하지만 서서히 바뀌어가는 나를 깨달았다. 찬링과 다른 쪽에 있던 나는 어느새 그녀의 말을 이해할 수 있게 되었고, 예전에는 보이지 않던 경계를 넘고 있었다.

"반은?"

"반 동사장님이 뭐요?"

"그……, 그의 시신은?"

"본인의 지시에 따라 해상에서 처분했어요. 장례는 필요 없다고 하셨어요."

나는 비구름이 걷혀가는 밤하늘을 보았다.

"여기에 올 때 가지고 온 짐은 찬링이 가지고 돌아가나?"

"네. 원래 홍콩으로 돌아가실 예정이 없었기 때문에 짐은 거의 없습니다."

"그래."

밤하늘을 올려다보고 그날이 칠석이었음을 떠올렸다.

"다음 클라이언트는 정해졌어?"

찬링은 내 물음에 고개를 갸웃거렸다.

"그걸 지명하실 분은 HK프로토콜의 소유주이신 당신입니다. 물론 절 해고하실 수도 있고요."

나는 손목시계로 시간을 확인하고 모리카와의 개인용 휴대전화로 전화했다.

"나야."

"네. 무슨 일 있으셨어요?"

"반이 죽은 건 아무에게도 말하지 말아줬으면 해. J프로토콜 홍콩의 등기부도 변경하지 않을 거야."

"알겠습니다. 다른 건요?"

"지금은 아무것도 생각 안 나."

"알겠습니다. 조심해서 돌아오세요."

나는 짧게 전화를 끊고 찬링을 돌아보았다.

"HK프로토콜도 똑같이 해줘. 결재가 필요한 일은 찬링이 직접 나한테 전해주면 돼. 즉, 네 클라이언트는 반의 망령이야."

"알겠습니다."

나는 끄덕이는 찬링을 보며 내가 뱅쿠오의 망령을 만들어내고 말았다고 깨달았다.

xii
Macau
- Sultry Night

반의 마지막 말과 달리 유키코는 맥베스 부인이 되고 만 것 같다.

8월의 열대야, 호텔 방에는 에어컨이 틀어져 있는데도 잠을 이루지 못하고 깼다가 손등에 따뜻한 것을 느꼈다. 뭔가 하고 몸을 일으켜보니 유키코가 내 양손을 잡고 있었다. 하얀 목욕 가운이 어두운 방 안에 망령처럼 떠오르고, 유키코는 침대 옆에 무릎 꿇고 내 양손을 잡고 있었다.

"유키코?"

악몽이라도 꿨나 싶어 나는 어둠 속에서 유키코를 불렀다. 그녀는 다른 세계에 있는 것처럼 반응이 없었다. 어떻게 하면 좋을지 몰라 에어컨 온도를 낮추는 것도 잊고 유키코를 보았다. 깨어 있는지 자는지도 판별이 되지 않았다. 얼마 동안 그대로 지켜보자 유키코는 가느다란 목소리로 주문 같은 말을 중얼거렸다.

나는 유키코의 손에서 양손을 빼고 그녀를 안듯이 옆 침대에 눕혔다. 그때 유키코가 주문처럼 외던 말이 들렸다.

"유이치의 손이 차가워. 내가 데워줘야 해."

그 순간 유키코는 같은 말을 세 번 되풀이했다. 침대 옆 협탁에 놓인 디지털시계가 녹색 숫자로 새벽 3시를 알리고 있었다. 나는 침대에 눕힌 유키코에게 이불을 덮어주고 잠시 그녀를 보았다. 10분도 안 되어 편안한 잠에 빠진 것을 확인하고 에어컨 설정 온도를 낮춘 뒤 나도 침대에 누웠다.

이튿날 우리는 호텔의 더 로비라고 불리는 그라운드플로어에서 아침을 먹었다.

"어젯밤에 악몽이라도 꿨어?"

크루아상을 먹는 유키코에게 물었다.

"아니. 왜?"

"아니면 괜찮은데 밤중에 잠에서 깬 것 같아서."

유키코와 함께 더 로비에서 아침을 먹는 것은 3일에 한 번 정도다. 옷을 갈아입기 귀찮을 때는 가운을 입은 채 룸서비스로 아침을 때운다. 출근할 때까지 시간이 있어서 내가 양복으로 갈아입으면 유키코도 청바지나 실내복 스커트로 갈아입고 공공장소에서 같이 아침을 먹는다.

"그런가……? 나는 꽤 푹 잔 것 같은데. 유이치는 밤중에 깼
었어?"

"응, 방 온도가 높아서 조금 힘들었거든."

"그래? 별일이네."

대화는 그걸로 끝났다. 우리는 며칠 전에 말다툼을 벌이고
그 뒤로 거의 대화를 하지 않았다.

8월 토요일, 나는 칭이에 있는 반의 집을 정리했다.

†

찬링의 말을 믿고 싶지 않았지만 K섬에서 열린 CEO회의 상
태를 보면 반을 죽인 건 도아인쇄도 J프로토콜도 아닌 반 본
인일 것이다. 시신을 찾을 방법도 없는 사건을 경찰에 신고해
HK프로토콜과 J프로토콜 홍콩을 꼬치꼬치 캐게 만드는 건
좋은 방법이 아니다. 당연히 이노우에와 그의 비서 일도 조사
할 테고 1년 동안 세 명이나 의문사나 실종이 반복되었으니 J
프로토콜 홍콩에서 지금까지 자살한 사람들의 죽음도 의심을
사게 될 게 확실하다.

반의 집은 J프로토콜 홍콩 사택으로 관리했으므로 나는 집
열쇠를 모리카와에게 받아 J프로토콜 홍콩과는 상관없는 폐
기업자를 고용해 유품을 정리하기로 했다. 대부분의 가구가
빌트인이라 정리할 건 그다지 많지 않았다. 나는 먼저 냉장고

안에 있는 것을 모조리 부엌 음식물 분쇄기에 버렸다. 의류와 침구, 그리고 언젠가 이야기했던 룸 런닝머신을 폐기업자에게 넘기자 남은 건 책상 서랍 안에 든 것과 컴퓨터가 다였다.

나는 폐기업자가 집에서 나간 뒤 창가에 있는 책상 의자에 앉아 잠시 멍하니 칭이 항구를 보았다. 무슨 정보가 들어 있을지 모르는 노트북은 폐기업자에게 넘길 수 없으므로 사무실로 보내는 상자에 넣었다.

책상 서랍을 열자 맨 위에 도쿄 데이신병원 이름이 인쇄된 갈색 봉투가 나왔다. 안에는 엑스레이 사진 네 장이 들어 있었다. 몸 앞면부터 촬영된 사진에는 오른쪽 갈비뼈 밑에 빨간 매직펜으로 동그라미가 그려져 있었다. 아마도 그것이 반의 몸을 갉아먹던 암세포일 것이다. 사진 끝에는 2007년 8월 15일 날짜가 적혀 있었다. 그 시점에서 적절한 치료를 했으면 종양을 제거할 수 있지 않았을까. K섬에서 반이 고백한 것이 거짓 없는 감정이었다면 그 동그라미 안에 찍힌 것이 나와 나베시마 후유카의 그림자로 보였는지도 모른다. 하나를 없애도 또 어디선가 나타나는 작은 그림자에 반이 치료를 포기한 건 아닐까.

나는 엑스레이 사진을 갈색 봉투에 다시 넣고 노트북과 마찬가지로 상자 안에 던져 넣었다.

그리고 서랍 안의 서류를 훑어보며 상자에 던져 넣었다. 그 중에서는 이혼서류 사본도 있었다. 나는 상자에 넣은 서류를 한 번 더 확인했지만 이혼서류 원본은 없었다. 반은 홍콩에서 정리해야 할 것들을 다 정리하고 귀국길에 올랐던 것이다.

맨 아래쪽 서랍에서 고등학교 졸업 앨범에서 찢어낸 페이지를 클리어파일에 끼워둔 것을 발견했다. 학급 단체사진과 서예부 사진이었다. 나는 21년 만에 나베시마 후유카와 재회했다. 단체사진 속의 그녀는 조금 난감한 얼굴을 하고 있었다.

'20년은 길구나⋯⋯.'

졸업 사진 속 나베시마를 보며 생각했다. 20년 만에 본 고등학생 나베시마 후유카의 인상은 썩 예쁘진 않다는 것이었다. 20년 동안 나는 그녀를 미화시켜왔는지도 모른다. 당시 여고생으로는 평균 키인 그녀는 이목구비가 어른스럽지만 고등학생다운 귀염성이 없었다. 나는 재킷 호주머니에서 휴대용 재떨이를 꺼내 담배에 불을 붙였다.

입학식 날 반을 돌아보다 우연히 눈이 마주쳤을 때의 인상이 없었으면 나는 나베시마 후유카에게 특별한 감정을 느끼지 않았을까. 찢어낸 두 페이지의 졸업사진을 책상 위에 펼쳐놓고 열여덟 살 나베시마 후유카를 보며 자문했다.

의식 밑에서 돌아온 대답은 '아니오'였다.

설령 입학식 날 나베시마 후유카의 매력을 알아보지 못했더라도 나는 언젠가는 그녀에게 끌렸을 것이다. 혹은 나와 그녀가 3년 동안 출석번호가 이어져 있지 않아도 그녀는 나를 선택해줬을 것 같았다. 무엇을 근거로 그런 자신감이 드는지는 모르지만 있을지도 모르는 내 매력은 나베시마 후유카를 위해 있고, 그녀는 정확히 그것을 찾아낼 것이다. 반이 내 안의 무언가를 줄곧 두려워해온 것처럼 말이다.

멍하니 있는데 갑자기 올 리 없는 손님이 왔음을 알리는 초인종이 울렸다. 아파트 입구와 이어진 모니터를 보자 유키코가 비쳤다. 오늘 반의 집을 정리하러 온 건 모리카와밖에 모른다. 사무실은 쉬는 날이니 유키코가 모리카와에게 물어봤을 리도 없었다.

첫 번째 초인종은 무시했지만 유키코는 내가 여기 있는 걸 아는 것처럼 다시 벨을 눌렀다.

"유키코야. 유이치, 안에 있지?"

입구에서는 집안 상황은 모를 터였다.

"여긴 어떻게 왔어?"

"그건 내가 묻고 싶어. 토요일에 출근한다는 빤히 보이는 거짓말까지 하고 남의 집에서 뭐하는 거야?"

모니터를 통해 이야기해도 끝이 안 날 것 같아 입구 해정 버튼을 눌렀다. 유키코를 방안으로 들여 거실 테이블을 사이에 두고 마주앉았다.

"거짓말 한 건 미안하지만 내가 반의 집에 있는 건 어떻게 알았어?"

"처음 초인종을 눌렀을 때 반 씨가 대답하면 유이치가 어디 있는지만 물어보고 얌전히 호텔로 돌아갈 생각이었어."

"그랬구나······."

역시 없는 척할 걸 그랬다. 집주인은 이미 어디에도 없다.

"반 씨는?"

"이 집에는 없어."

"그럼 어디 있어?"

나는 아무 대답도 할 수 없었다.

"유이치는 CEO회의에서 돌아온 뒤로 일주일 동안 침울해 보였어."

"침울해할 생각은 없지만 그렇게 보였다면 아마 맞을 거야."

"오키나와에서 무슨 일이 있었어?"

나는 고개를 숙이고 테이블 나뭇결을 보았다.

"나는 유이치와 함께 도망 다닌다고 생각해. 그런데 넌 나를 놔두고 혼자 어디론가 가버릴 셈이야?"

"제대로 이야기할 테니까 그 전에 담배 좀 피울게."

나는 휴대용 재떨이 안을 부엌 싱크대에 버리고 새 담배에 불을 붙였다.

"반은 K섬에서 살해당했어."

"J프로토콜에?"

"아니. 반이 직접 고용한 암살자가 죽였어."

"그렇게 말하면 앞뒤가 안 맞잖아. 제대로 설명해줘."

주인 없는 방에서 유키코의 목소리가 냉랭하게 울렸다.

"반은 암살자를 고용해 자신을 죽이게 했어. 앞뒤 같은 건 없어."

400년 전의 희곡에 집어삼켜지고 있었다는 말은 할 수 없었다.

"그럼 유이치는 반 씨가 살해당한 걸 알면서 왜 경찰에 신고하지 않았어?"

"반이 죽었을 때 그곳에 있던 사람은 반을 죽인 여자와 시신을 옮긴 남자 두 명과 나뿐이었어. 반을 죽인 건 J프로토콜 홍콩의 전 사원이야. 그런 상황에서 경찰을 불러 뭐라고 설명해?"

"그래도 유이치가 반 씨를 죽인 건 아니니까 경찰을 부르는 게 최선이지."

"반을 죽인 여자는 내가 전 부사장을 죽인 걸 알아. 그리고 아마 반도 다른 여자를 한 명 죽였어. 즉, 나와 반의 주변에서는 이미 두 명이 죽었어. 그런 와중에 살아남아 있는 내가 뭐라고 해?"

이번에는 유키코가 침묵했다.

"반은 말기 암이었어. 살해당하기 직전에 말해줬는데, 길어야 반년이래. 그런 상황에서 굳이 암살자를 고용했다는 이야기를 누가 믿어줄까?"

반은 마지막으로 유키코는 맥베스 부인이 아니라고 했지만 이 '이야기의 맥락'이 400년 전의 희곡을 따라 흘러간다고 하면 유키코는 자신의 미래를 쉽게 상상하고 말 것이다.

"내가 반을 죽이지 않았다고 믿을지 말지는 유키코 마음이야. 믿어주면 좋겠지만 증거는 아무것도 없어. 반의 시신도, 반을 죽인 석궁도 이미 동중국해 밑으로 가라앉았으니까."

"유이치를 믿어."

하지만 목소리에는 힘이 없었다.

"고마워."

"하지만……, 네 말을 믿으려고 해도 너무 단편적이라 정리가 잘 안 돼. 대체 너한테 무슨 일이 일어나고 있는 거야?"

"수렁 속에서 발버둥치고 있어."

"나랑 같이 달아나자."

나는 마카오에 있는 노인들의 학교 같은 낡은 호텔 방을 떠올렸다.

"도망친다는 게 무슨 뜻인지 알아?"

"홍콩을 떠나 어딘가 조용한 섬으로 가서 살자."

"그게 가능하면 이미 예전에 그렇게 했어."

"그럼 어쩌라는 거야?"

계속 조용히 내 이야기를 듣던 유키코가 버럭 소리를 질렀다.

"여권을 버리고 이름도 바꾸고 가족과 연락도 못 하고 얼굴도 성형하고 지문도 없애고……."

"하지만 달리 방법이 없는 거잖아?"

"나는 그래도 상관없어. 내가 뿌린 씨앗이니까. 하지만 유키코는 달라."

"왜 달라? 나도 내 의지로 홍콩에 왔어. 필요하면 성형도 하고 부모님도 버릴 거야."

"좀 진정해. 그건 생각보다 훨씬 괴로운 일이야."

"그럼 유이치가 살해당하길 기다려? 그러고는 나 혼자 일본으로 돌아가라고?"

유키코가 고개를 숙이고 눈물을 흘렸다. 예전의 유키코는 이런 일로 우는 성격은 아니었다. 내가 사람을 죽였다고 고백한 뒤부터 그녀는 눈에 띄게 연약해졌다.

"그럴지도 몰라."

"날 버리겠단 거야?"

"아니야. 유키코를 안전한 곳으로 보내주고 싶어."

"그런 건 날 버리기 위한 변명이야. 유이치는 대체 왜 죽을 날만 기다려? 나한테서 벗어나고 싶어서?"

"아니야."

나는 우는 유키코의 곁으로 갈 수도 없었다.

유키코가 아무 말도 하지 않고 방에서 나간 뒤 나는 반의 마지막 말이 사실이기를 바라며 의지하는 수밖에 없었다.

✝

홍콩대학 메디컬센터에 있는 그 방은 내가 상상했던 살풍경한 공간과는 달리 차분한 크림색 벽에 천창에서 햇살이 쏟아지는 편안한 공간이었다. 바흐의 무반주 첼로 소나타가 어디선가 조용하게 흘렀다.

나는 호텔 컨시어지에 일본어가 통하는 정신과의사를 소개해달라고 하고, 긴 여름방학 중인 캠퍼스를 천천히 걸어 메디컬센터로 향했다. 보리수 그늘 아래를 걸으며 어느새 재킷을 입은 채 홍콩의 여름을 보내는 나를 깨달았다. 경유차 들렀을 때는 8월인데도 양복을 입고 다니는 회사원들의 체질을 이해하기 힘들었는데 지금은 땀이 조금 나는 정도였다.

메디컬센터 안내 창구에서 외국인등록증을 제시하고 홍콩 행정구 공적의료 적용외라고 설명했다. 창구 여직원은 호텔 컨시어지로부터 사전에 설명을 들었는지 내가 공적의료 적용외라는 점은 언급하지 않고 진찰 전 문진표를 끼운 바인더를 내밀었다. 나는 대기실 소파에 앉아 유키코의 증상을 기입했다. 얼마 뒤 세 곳 있는 진료실 중 하나로 안내받았다.

"처음 뵙겠습니다, 나카이 씨. 마쓰다라고 합니다."

50세 전후일까, 적당히 그을린 얼굴에 나잇살과는 인연이 없는 체격이 고급 승용차 광고에 나올 것 같았다. 내가 문진표를 끼운 바인더를 내밀자 그는 무반주 첼로 소나타를 듣는지 문진표를 읽는지 모를 표정으로 서면을 보았다.

"먼저 사무적인 부분부터 말씀드려도 괜찮을까요?"

"네."

"감기나 외상과 달리 정신과 치료는 기간이 길어지는 경우가 종종 있습니다. 치료비는 귀국 후에 일부 반환되지만 그 전에는 보험이 적용되지 않기 때문에 그에 상응하는 비용이 들죠. 비용을 생각하면 일본으로 귀국해 치료를 받으시는 게 낫습니다."

"비용은 걱정하지 않으셔도 됩니다. 필요하면 보증금을 드리겠습니다."

"보증금은 필요 없지만 나중에 접수데스크에서 신용카드 번호를 확인하게 해주십시오."

"알겠습니다."

그리고 또 잠시 침묵이, 정확히는 무반주 첼로 소나타만이 흘렀다.

"나카이 씨는 어떻게 몽유병이라고 알아채셨습니까?"

그는 컴퓨터에 무언가를 입력하며 내게 눈길을 던졌다.

"기입하는 곳이 없었는데 거기에 적혀 있는 증상은 제 파트너의 증상이에요."

"나카이 씨 본인이 아니라요?"

"네, 그렇습니다."

"파트너분은 남성이세요?"

"아뇨, 여성입니다. 결혼을 하지 않았을 뿐이에요. 작년 겨울부터 호텔에서 같이 지냅니다."

"그분과 같이 내원하실 수 있습니까?"

"먼저, 그녀가 아직 자각을 못하는 상태라 여기로 데리고 오려면 어떻게 해야 좋을지부터 선생님과 상담하고 싶습니다."

"그렇군요. 그럼 그분의 구체적인 증상을 말씀해주시겠습니까?"

나는 지난 열흘 동안 되풀이된 유키코의 행동을 되도록 객관적으로 설명했다.

"몽유병, 의학적으로는 수면보행증이라고 하는데 일단 수면제 부작용을 원인으로 볼 수 있습니다. 그분은 수면유도제를 복용하십니까?"

"아마 아닐 거예요. 홍콩에서 병원에 다닌 것 같진 않거든요."

"다른 약은요? 불법적인 약도 포함해서요."

"아마도 없어요."

"그래요? 그렇다면 극도의 스트레스에 노출되었을 우려가 있는데 짐작되는 바가 있습니까?"

"있어요."

내가 단정적으로 대답해서인지 의사는 놀란 표정이었다.

"구체적으로 말씀해주실 수 있습니까?"

"제 일과 관련이 있어서 구체적으로는 말씀드릴 수 없습니다. 다만 그녀가 그걸로 극도의 스트레스를 받을 수 있는 건 확실합니다."

"저는 묵비의무가 있기 때문에 여기서 물어본 내용 때문에 나카이 씨의 업무에 피해가 갈 일은 없습니다."

의사와 무의미한 입씨름만 할 수는 없으니 나는 그 화제를 끊을 말을 찾았다.

"의사의 묵비의무와는 상관없이 그것을 안다는 사실만으로 마쓰다 씨의 목숨이 위험해질 수 있는데 괜찮습니까?"

"흥·흥·하군요."

"그게 치료에 방해가 된다면 아쉽지만 다른 곳을 찾아보겠습니다."

의사는 무언가 고민하듯 내게서 시선을 떼고 블라인드가 내려진 창문을 보았다.

"좋습니다. 환자인 그분은 나카이 씨의 일과 관련해 극도의 스트레스를 받았을 가능성이 있다는 선에서 멈추죠."

그는 '가능성이 있다'는 부분을 강조했다.

"감사합니다."

"다만 나카이 씨는 절대 말할 수 없는 업무 내용이라고 하셨지만 의사 입장에서는 그 정도 일은 아닐 수도 있습니다. 제 느낌이지만, 나카이 씨는 마약 거래나 인신매매와 관련이 있어 보이지는 않아요. 일하시는 회사는 문외한인 저도 아는 대기업이고요. 불법적인 주가 조작 정도라면 고작해야 벌금형과 일본으로의 강제 송환으로 그칩니다. 어쩌면 직장을 잃을지도 모르고 일본에서 기소될지도 모르죠. 하지만 그게 가장 좋은 치료일 수도 있습니다."

의사의 말은 옳다. 벌금형과 국외 추방 명령으로 끝난다면 나도 같은 선택을 했을 것이다.

"저도 동감이에요. 다만 제게도 사정이 있어서 여기 온 겁니다."

나는 의사의 말에 동의하고 한숨을 내쉬었다.

"알겠습니다. 그럼 본론으로 들어가죠. 나카이 씨는 파트너분에게 수면보행증 증상이 있다고 말씀하셨습니까?"

"아뇨."

"그것도 사정이 있어서인가요?"

"어떻게 말을 꺼내야 좋을지 모를 뿐입니다."

"파트너분께 솔직히 말씀하시고 여기로 같이 오시는 수밖에 없을 것 같군요."

그게 가능하면 처음부터 그렇게 했다.

"예를 들어 처방전만이라도 받을 수 있을까요?"

"수면보행증일 가능성이 있다고 의사도 아닌 나카이 씨가 말씀하실 뿐인데 처방전을 드릴 수는 없습니다. 감기약도 똑같아요. 그리고 수면보행증에 듣는 약은 없습니다. 수면유도제를 투약하는 방법도 있겠지만 그게 원인이 되어 증상이 악화될 수도 있습니다."

"그렇다면 실례인 줄은 알지만 그녀가 그런 행동을 보일 때 마쓰다 씨가 호텔 방으로 와주실 수는 있습니까?"

"제가 그 자리에 있어도 아무것도 해드릴 수 없어요. 수면보행증을 알려주려고 환자를 억지로 막는 행동은 위험해요. 그건 나카이 씨도 똑같고요. 예를 들어 파트너분이 칼을 들었으면 어떻게 하시겠어요?"

"그렇군요."

나는 의사가 대안을 내주기를 기다리며 무반주 첼로 소나타를 들었다. 하지만 내 기대는 무참히 짓밟혔다.

"다행히 이 시기에는 클리닉도 그리 바쁘지 않습니다. 나카이 씨가 파트너분께 말씀을 하시게 되면 다시 내원해주세요. 예약은 직전에 하셔도 상관없습니다."

"알겠습니다. 감사합니다."

나는 자리에서 일어나 재킷 단추를 채웠다.

"나카이 씨……."

의사가 진찰실을 나서려는 나를 뒤에서 불렀다.

"나카이 씨의 자신감은 어디서 나오죠?"

"자신감이요?"

"어쩌면 나카이 씨 본인이 지극히 현실적인 꿈을 꾸고 있을 뿐인지도 모릅니다. 지금까지 이야기를 들어보면 선생님도 극도의 스트레스를 받고 있을 가능성은 충분히 있습니다."

나는 문고리를 잡고 의사를 돌아보았다.

"안타깝지만 저는 스트레스를 받지 않습니다."

실망을 얼굴에 드러냈다고 생각했는데 의사는 가볍게 무시하고 말했다.

"나는 스트레스를 받지 않는다. 그게 진짜 위험한 상황이에요."

"미안합니다. 무슨 말인지 이해되지 않는군요."

"사람은 누구나 많든 적든 스트레스를 받습니다. 그것을 깨달은 환자는 가벼운 수면제라도 복용하면 충분하죠. 요즘 나오는 수면제는 부작용도 거의 없어서 의료사고 위험도 적거든요. 하지만 묵비의무가 있는 저에게조차 말할 수 없는 사정이 있는 나카이 씨는 딱 잘라 스트레스를 받지 않는다고 하셨어요. 선생님 스스로도 위험한 상황이라고 생각지 않으세요?"

나는 진료실 문을 반쯤 연 채 대답을 해야 할지 망설였다.

"이렇게 말씀드리면 마쓰다 씨의 의심만 커진다는 건 알지만……."

"말씀하세요. 의혹을 증가시킬지 아닐지를 판단하는 게 의사가 하는 일이니까요."

"그건 제가 왕이기 때문입니다."

"왕?"

"킹을 뜻하는 '왕' 말이에요."

의사의 말문이 막히는 게 전해져왔다. 나는 진료실 문을 닫고 리셉션의 회계 처리를 기다렸다.

†

홍콩대학 메디컬센터에서 돌아온 밤에도 유키코는 한밤중

에 내 손을 잡고 평소와 똑같은 말을 중얼거렸다. 증상이 나타났을 때 몽유병자를 억지로 깨우거나 행동을 막으려고 하면 위험하다는 건 인터넷에도 똑같이 기사로 나와 있었다. 그래도 나는 그녀를 흔들어 깨우고 싶은 충동에 사로잡혔다. 유키코는 내가 반을 죽였다고 생각하는 것이다. 본인이 부정하려고 해도 한번 사실이라고 생각한 일을 뒤집으려면 나름의 근거 없이는 무의식의 갈등에 결론이 나지 않는다.

혹은 언제나 내 거짓말을 간파하는 유키코가 내 말을 받아들이지 않는 건 반이 암살자에게 살해당했다고 생각하는 내가 틀렸기 때문일까. 나는 어두운 방 안에서 하얀 목욕가운을 입은 유키코를 보며 그녀가 혼자 침대로 돌아가길 기다리는 수밖에 없었다.

15분 정도 지나 유키코가 자연스럽게 침대로 간 뒤에 욕실에서 유키코가 쓰는 쪽 세면대 수도꼭지를 틀고 침대로 돌아왔다. 결국 나는 희곡 속의 사건을 따르는 수밖에 없었다.

이튿날 아침에 잠에서 깨자 유키코가 침대 위에서 날 보고 있었다.

"유이치, 밤에 자다 깼어?"

나는 고개를 가로저었다.

"왜?"

"내 세면대 수도꼭지가 틀어진 채 있더라. 유이치가 밤에 잠그는 걸 깜빡했나 싶어서."

유키코는 내 거짓말을 어떻게 간파하는 걸까? 나는 잠이 들기 전까지 계속 들었던 거슬리는 물소리를 떠올리며 말을 골랐다.

"어젯밤에도 그랬는지는 모르겠지만 유키코는 이따금 밤에 일어나 손을 씻어."

"내가? 왜?"

"왜 그러는지는 모르지만 뭐라고 중얼거리며 손을 씻어. 나도 잠이 깼을 때는 수도꼭지를 잠그지만 어젯밤에는 내가 안 일어났나 봐."

"그런 기억은 전혀 없는데."

"그래?"

나는 그녀가 연기라고 깨닫기 전에 침대에서 나와 샤워를 하러 갔다. 욕실에서 나와도 유키코는 침대 위에 멍하니 앉아 있었다.

"사실은 어제 그 문제로 근무 시간이지만 병원에 다녀왔어."

"유이치가?"

"응. 컨시어지의 마 씨에게 홍콩대학의 일본어가 가능한 의사를 예약해달라고 부탁했거든. 유키코의 증상을 어떻게 하면 좋을지 의논하러 갔어."

사실을 이야기하는 한 나는 단어를 고를 필요가 없다.

"그래서?"

"본인이 직접 오기 전에는 뭐라고 말해주기 힘들대."

나는 냉장고에서 생수를 꺼내 컵 두 개에 따랐다.

"혼자 가는 게 싫으면 오늘 오후에라도 같이 가보자."

"아니야."

유키코는 고개를 가로젓고 내게서 컵을 받았다.

"이틀이나 연속해서 일을 빠지면 다른 사원들 보기 안 좋잖아. 혼자 갈 수 있으니까 괜찮아."

"그럼 점심 즈음에 맞춰 예약만 해둘게."

"고마워."

나는 호텔 앞에 회사 차를 대기시켜 놓고 전날 찾아간 정신과에 유키코의 광둥어학교가 끝나는 시간에 맞춰 예약을 잡았다.

그날 나는 오전 중에 신문을 가지고 와 평소처럼 보이차를 우리는 모리카와에게 궁금하던 것을 물어보았다.

"모리카와는 CEO회의 후 반에 대해 아무것도 안 묻는데……."

그녀는 소파에 앉아 다기를 데우던 손을 멈추지도, 내게로 시선을 돌리지도 않고 대답했다.

"저는 동사장님이 무사히 돌아오시면 그걸로 충분해요."

괜한 것까지 알고 싶지 않다는 분위기 같기도 하고, 이미 알고 있으니 새삼스럽게 설명을 들을 필요는 없다는 의미로도 들렸다.

"내가 반을 죽였다고 생각해?"

"아뇨."

모리카와는 고민하지도 않고 대답했다.

"왜 날 의심하지 않지? 나는 '반이 살해당했다'고 했을 뿐이지 누가 죽였는지는 말하지 않았어. 어쩌면 그 누군가가 나일지도 모르는데."

"그렇다면 동사장님은 '죽였다'고 말씀하셨을 거예요."

"근거는 그게 다야?"

모리카와는 그 물음에는 바로 대답하지 않고 소파에서 일어나 찻잔을 책상에 놓았다.

"동사장님은 부동사장님을 죽일 동기가 없어요."

"모리카와에게 말하지 않은 일도 많아."

그녀는 다음 차를 우리기 위해 소파로 돌아가 작은 찻주전자로 찻잎을 우리며 내게로 시선을 돌렸다.

"동사장님은 아무런 동기도 없이 사람을 죽이거나 상처 주는 분이 아니에요. 설령 동사장님이 부동사장님을 죽였다 하더라도 그건 동사장님에게 그럴 필요가 있었기 때문이겠죠. 그렇다면 저는 결과는 아무래도 상관없어요."

나는 보이차를 마시고 모리카와를 보았다.

"그리고 그 일에 제가 말려들어도 전혀 후회하지 않을 거예요."

"직접 살인에 가담하게 돼도?"

"네. 동사장님이 찬링이 아니라 절 비서로 선택하신 저녁에 그렇게 결심했어요."

모리카와는 그렇게 말하고 두 잔째 이후의 보이차를 유리병에 담아 내 책상에 놓고 나갔다. 모리카와를 보낸 뒤 나는 책상에 등을 돌리고 의자에 몸을 깊이 파묻고 광대한 유라시아 대륙을 보며 선잠이 들었다.

정신이 들자 모리카와가 내 책상에 우편물을 놓고 있었다. 나는 의자를 회전시키고 눈구석을 눌렀다.

"저 때문에 깨셨어요? 죄송해요."

"근무 중에 조는 상사를 깨우는 것도 비서의 업무야."

시계를 보니 오후 3시가 지나 있었다. 내가 다섯 시간 가까이 잤다는 뜻이다.

"점심 때 방에 들어왔을 때는 쉬고 계셔서 혼자 점심을 먹고 왔어요. 뭐라도 사올까요?"

"고마워. 하지만 지금은 됐어."

"그럼 차를 준비할게요."

이래서는 다카기가 사장실 의자에 앉아 으스대기만 한다고 조롱해도 할 말이 없다고 생각하며 책상 위에 놓인 우편물을 확인했다. 내 앞으로 온 우편물은 모리카와가 체크하기 위해 봉투를 뜯는다. 그런 가운데 딱 하나 뜯지 않은 봉투가 있었다. 발신인을 확인해보니 방콕의 다카기에게서 온 것이었다.

"이건?"

나는 방에서 나가려는 모리카와에게 봉투를 들고 물었다.

"겉에 'Confidential(친전)'이라고 적혀 있어서 우편센터에 엑스레이 검사를 해달라고 했어요. 종이만 한 장 들어있어요."

나는 마침 다카기 생각을 하던 터라 별일이라며 봉투를 뜯었다.

'일이나 해.'라고 적혀 있으려나 싶었는데 안에는 영자신문을 잘라낸 작은 조각만 하나 들어 있었다. 나는 한 번 더 봉투 안을 확인했지만 그밖에는 아무것도 없었다. 잘라낸 신문 끄트머리에 다카기가 썼을 'The Nation, 04/08/2010'이라는 글자가 적혀 있었다. 방콕의 외국인 대상 영자신문으로 이틀 전 기사였다.

'블록카드에서 불법 충전이 발각된 것으로 보인다. 불법 충전액은 천 밧. 현재 시경이 조사 중.'

블록카드는 해외에서 J프로토콜 암호화 방식을 처음으로 채용한 IC카드다. 그 사업을 수주한 덕에 나와 반은 홍콩으로 좌천되었다. 방콕에는 원래 스카이 트레인을 적용하는 BTS(방콕 대량운송 시스템사)의 교통 IC카드가 있었지만 MRT와 IC카드 통일화를 목표로 암호화 방식을 변경하게 되었다. 우리가 하던 일을 인계받은 다카기가 J프로토콜 암호화 방식을 일부에서 시험적으로 도입했다.

"천 밧……."

나는 모리카와가 나간 방에서 혼자 중얼거렸다. 출장차 수시로 다닐 때는 매번 체크했던 환율도 1년 가까이 지나자 바로 엔화로 환산하기 힘들었다. 최근의 엔저 현상을 고려하더라도 2천 엔 정도일 것이다. IC카드를 소유한 사람들에게는 그것이 엔화든 태국 밧화든 대단한 금액은 아니다.

IC카드 불법 충전은 기간 서버에 접속된 입금기가 있으면 누구나 할 수 있다. 지폐를 위조하는 것보다 훨씬 간단히 누구나 자신의 현금을 늘릴 수 있다. 하지만 지폐 위조와 전자 화폐 불법 충전의 큰 차이는 중앙은행이 유통 지폐량을 추산으로만 파악하는 데 반해 전자 화폐 발행처는 최소 단위까지 발행 잔고를 파악하고 있다는 점이다. 정기적인 밸런스 체크로 임밸런스가 발생하면 금액이 많고 적음에 상관없이 발행처에 알람이 울린다. 물론 불법 충전이 발생해도 어지간한 일이 아닌 한 경찰 당국에 신고하는 경우는 적고 직원 내부 처분으로 사태를 마무리한다. 천 밧 정도라면 자사 신용을 해치느니 직원 징계로 끝내는 게 낫다. 그것을 경찰 당국에 신고한 건 나름의 사정이 있었기 때문이고 그래서 다카기는 작은 신문 기사를 일부러 나에게 알려줄 필요가 있었을 것이다.

"왜 그러세요?"

정신이 드니 다기를 가지고 다시 온 모리카와가 의아한 얼굴로 물었다.

"아무것도 아니야."

왜 다카기는 이 기사를 우편으로 보낼 필요가 있었을까. 다카기가 매니저로 있는 방콕 지점에도 서류를 스캔하는 복합기는 있을 것이고 그 이미지를 컴퓨터로 옮기면 메일로 보낼 수 있다. 모리카와에게 내용을 들키고 싶지 않다면 이미지를 암호화하면 된다. 무엇보다 이 정도의 기사라면 휴대전화로 보내면 충분하다. 다카기는 기사 내용 이상의 무언가를 전하고 싶은 것이다.

'뒷면인가?'

나는 작은 기사 조각의 뒤집어 봤지만 뒷면은 은행 광고 일부 같아 도저히 의미가 있는 것 같지 않았다. 나는 기사 조각을 봉투에 넣어 재킷 안주머니에 넣었다.

"모리카와와 다카기는 닮았어."

나는 차를 내미는 모리카와에게 말했다.

"방콕의 다카기 GM 말씀이세요?"

"그래. 둘 다 안전한 곳에 있으면서 J프로토콜 홍콩에서 벗어나지 않아."

"저와 다카기 GM을 같은 선에 놓으시다니 너무하세요."

모리카와는 못마땅한 얼굴로 다기를 치우지도 않고 방에서 나갔다.

'그렇게 붙임성이 없는 부분도 닮았단 말이야.'

결국 모리카와는 내가 퇴근할 때도 자기 자리에 앉아 뚱한 표정으로 "고생 많으셨습니다."라고만 할 뿐이었다. 평소에는 자리에서 일어나 인사를 하며 나를 배웅해주는데.

✝

　정신과 진료를 마친 유키코는 근처 델리숍에서 반찬을 사서 호텔 방에서 날 기다리고 있었다.

"어땠어?"

　나는 양복을 실내복으로 갈아입고 화이트 하우스와인을 땄다.

"음……. 일단은 카운슬링을 받기로 했어. 그리고 마쓰다 씨라는 의사가 일단 일본으로 돌아가면 어떻겠냐고 하더라."

　그렇게 말하는 유키코는 반의 방에서 싸운 뒤로 오랜만에 표정이 온화했다. 유키코도 나에게는 아니라고 하면서 무의식적으로 일시 귀국을 고려하고 있고 그것을 언급해준 게 치료에 도움이 되었는지도 모른다. 옳은 것 같은 건 틀렸고 틀린 것 같은 건 옳더라도 사람은 자신이 믿고 싶은 쪽을 옳다고 느끼기 마련이다.

"그랬구나."

"처음 해외 생활을 시작하면 직장에서 일본어를 쓰는 사람보다 그 사람을 따라 온 가족이 훨씬 스트레스를 많이 받고 그게 원인인지 아닌지 확인하기 위해서라도 소거법의 일종으로 일본으로 돌아가는 게 좋대."

"뭐, 바로는 아니더라도 다음 비자 갱신 때 일단 가나자와로 돌아가는 게 좋을지도 몰라."

"유이치도 같이 일본으로 돌아가자."

나는 반찬 중에서 감자샐러드를 고르며 잠시 대답을 망설였다.

"그것도 나쁘지 않지."

내가 그렇게 말하자 유키코는 오랜만에 미소를 보이며 일본에서 하고 싶은 일을 이야기했다. 나는 어쩐지 안도하며 하우스와인에 취해 침대에 들어갔다.

하지만 배우가 몸이 안 좋아 오늘 밤 공연을 중단한다고 해도 관객은 허락해주지 않는다. 막을 내리려면 먼저 맥베스 부인이 죽어야 한다.

†

나는 유키코의 증상이 나아진 것을 확인하고 찬링과 마카오에서 만나기로 약속했다.

"나카이 동사장님이 먼저 연락을 주시다니 별일이네요."

찬링은 여전히 고급스러워 보이는 다크 슈트를 입고 있었다. 하얀 등대와 파란 하늘에 그녀의 외모가 돋보였다.

"그렇지. 반의 망령으로 일을 의뢰하려고."

우리는 기아등대 근처에 있는 성모마리아를 모신 교회까지 택시를 타고 가 인기척 없는 벤치에 나란히 앉았다.

"업무 내용을 말씀해주세요."

"일본인 여성의 시신을 두 구 마련할 준비를 해줘. 하나는 방콕에서, 다른 하나는 어디든 상관없지만 일본인 여성이 불법적으로 체류할 것 같은 곳으로."

"시신을 준비하라는 건 사람을 죽이라는 뜻인가요?"

찬링은 마카오의 카지노 거리가 보이는 언덕 위에서 얼굴색 하나 바꾸지 않고 물었다.

"지금부터 제시할 조건에 맞는 시신을 구하지 못하면 필연적으로 그렇게 되겠지."

나는 재킷 안주머니에서 유키코의 사진과 졸업 앨범에서 찢어낸 페이지를 꺼내 찬링에게 주었다.

"이쪽은 41세. 키는 165센티미터. 체형은 사진대로고. 방콕에서 찾아줬으면 해."

나는 유키코의 사진부터 설명했다.

"다른 한 명은 고등학생 때 사진이지만 지금은 서른아홉 살이 됐어. 키는 160센티미터 전후일 거야. 체형은 모르지만, 뭐, 평균적인 일본인 체형이면 돼."

나는 졸업사진에 찍힌 나베시마 후유카를 가리켰다.

"알겠습니다."

나는 사람을 죽이라고 지시하기에는 그다지 적합하지 않은 곳이라고 생각하며 휴대용 재떨이를 꺼내 담배에 불을 붙였다.

"나도 준비할 게 있으니 그게 끝나면 되도록 단기간에 처리했으면 좋겠어."

"대략적이라도 상관없는데, 나카이 동사장님의 준비가 끝나는 건 언제쯤인가요?"

찬링은 사진을 보며 물었다.

"방콕 쪽은 한 달 이내일 거야. 다른 한쪽도 그 정도일까…… 시간이 필요하면 두 달 정도는 기다릴 수 있어. 실행하기 2주 전에는 타깃의 이름과 일본에서의 호적이 뭔지 연락해줘. 그에 맞춰 서류를 만들어야 하니까."

"한 달이면 충분합니다."

"그리고 양쪽 시신 다 얼굴과 지문을 특정하지 못하게 해줘."

"익사체처럼요?"

"어떻게 해야 얼굴과 지문을 파악할 수 없는지 문외한인 나는 모르니 그쪽에게 맡길게. 필요한 건 시신이야."

"알겠습니다. 제가 검토하겠습니다."

찬링이 두 장의 사진을 확인하는 동안 나는 마카오의 카지노 거리를 보았다. 스모그 사이로 카이저가 묵는 고층 호텔이 마침 눈높이에 있었다.

"이 둘이 서로 닮지 않은 것도 아닌데 서로의 타깃으로 써도 괜찮습니까?"

"이 두 사람은 안 건드린다는 게 조건이야."

"알겠습니다."

나는 휴대용 재떨이에 담배를 비벼 껐다.

"보수는 얼마나 준비하면 될까?"

내 물음에 찬링은 의아한 표정을 지었다.

"저는 이러기 위해 HK프로토콜에 고용되었으니 추가 비용은 발생하지 않습니다. 오히려 지금 하는 사무 업무 쪽이 본래의 계약과는 다른 업무라 추가 비용을 받고 싶을 정도예요."

찬링의 대답에 나는 쓸쓸해졌다. 아직 서른 살도 되지 않은 그녀였지만 보수를 요구하지 않을 정도로 무감정하게 사람을 죽일 수 있다.

"그렇다 하더라도 아무런 죄책감도 없이 사람을 죽이는 건 아니잖아? 그 정신적 고통에 대한 보수는 요구하는 게 좋아."

"클라이언트가 지시한 일이니 정신적인 고통은 없어요. 고통을 느낀다면 군인도 아닌데 사람을 죽이라고 지시하는 나카이 동사장님 쪽이 아닐까요?"

"나는 지시만 내릴 뿐이잖아."

"그 고통을 추가 개런티라는 명목으로 저에게 떠넘기지 마세요."

그런 건지도 모른다. 다만 나는 찬링에게 살인을 의뢰하면서도 그에 대한 정신적인 고통은 희박했다.

찬링은 벤치에 앉은 채 두 다리를 가지런히 뻗어 몸을 숙이고 자신의 구두를 보았다.

"나카이 동사장님은 뭔가 오해하고 계시나요? 아니면 절 동정하시는 거예요?"

"동정이라고 해도 좋을지 어떨지는 모르지만⋯⋯."

이어갈 말을 찾는 사이에 찬링이 내 말을 잘랐다.

"저는 고등교육을 마친 뒤 이 직업을 선택해 전문교육을 받았어요. 결코 누가 강요했다든가 이 직업밖에 선택할 길이 없었던 건 아니에요."

나는 할 말이 없었다. 찬링이 말을 이었다.

"저는 상관의 지시도 없이 전쟁이라며 민간인을 학살하거나 약탈하는 군인의 마음을 모르겠어요. 상관의 지시 범위 내에서 움직이면 죄가 없는데 굳이 죄책감을 짊어지는 건 어떤 기분이죠?"

"나는 군인이 아니라 몰라."

"하지만 지금 나카이 동사장님은 자신의 뜻으로 제게 지시를 내리셨어요. 동정 받을 사람 동사장님이세요."

나는 마카오 거리에 던져진 것처럼 보이는 그녀의 발을 보았다.

"그런가⋯⋯. 나는 사람을 죽이라고 지시를 내리는 보수를 이미 받았는지도 몰라."

찬링은 대답하지 않았다. 그녀는 자신의 일을 할 뿐 사람을 죽이는 건 나다. 총으로 사람을 죽여도 총은 죄가 없는 것과 똑같다. 나는 교회 옆 벤치에서 일어났다.

"사진은 가지고 있어도 돼. 사진집 페이지는 나중에 사본을 보낼게."

"얼굴을 알아보지 못하게 만들 거라 둘 다 필요 없어요. 그리고……."

찬링은 벤치에 앉은 채로 유키코의 사진과 졸업사진 페이지를 내밀었다.

"그리고?"

"아무것도 아니에요."

"방금 뭐라고 하려고 했잖아."

나는 돌아서며 찬링을 내려다보았다. 그녀의 얼굴에서 부주의한 발언을 했다는 표정을 읽을 수 있었다.

"이 일과는 상관없는 일이에요."

"찬링은 그 단체사진에 나온 여자가 누군지 알아?"

그녀는 대답하지 않았다. 대답하지 않은 게 대답이었다.

"그럼 질문을 바꾸지. 내가 지금 의뢰한 일 중 한쪽은 이미 끝났나?"

"나카이 동사장님과는 무관해요."

"여러 클라이언트의 일을 병행해서 받는 건 내 상식으로는 프로토콜 위반이야."

나는 성모마리아교회를 등진 찬링에게서 사진을 받고 그녀를 똑바로 보았다. 찬링은 아랫입술을 깨물었다.

"아직 끝나지 않았어요."

"성격상 하던 일을 완수하지 못한 게 마음에 걸리겠지만 과

거의 의뢰는 잊어. 찬링의 클라이언트는 반의 망령인 나야."

"알겠습니다."

나는 찬링이 일어나 머리를 숙이는 것을 확인하고 카지노 거리로 이어지는 언덕길을 내려왔다.

카이저와 약속한 시간까지 아직 여유가 있어 먼저 호텔에 체크인했다. 카지노에는 관심이 없고, 복도에서 일하는 소피는 아직 쉬는 시간일 것이다. 무엇보다 소피에게 점을 쳐달라고 하고 싶은 게 지금은 없다. 나는 침대에 몸을 던지고 멍하니 천장을 보았다.

'찬링은 나베시마를 죽이는 걸 정말로 멈춰줄까?'

지금의 나는 찬링이 가져올 시신이 성형한 나베시마 후유카인지 확신하지 못한다. 게다가 얼굴을 알아보지 못하게 해달라고 지시했다. 찬링이 모르는 척하고 나베시마 본인의 시신을 내밀 수도 있다. 나는 휴대전화를 꺼내 찬링에게 전화를 걸었다.

"웨이?"

"나카이야."

"네, 찬링입니다. 말씀하세요."

"조금 전에 조건을 하나 깜빡했어. 홍콩이 아닌 곳에서 처리해줘."

"알겠습니다."

내 짐작이 맞는다면 나베시마는 지금 홍콩에 있다. 그리고 찬링은 나베시마 후유카가 홍콩 어디에 있는지 안다. 찬링이 아직까지 나베시마 후유카를 암살하지 않은 건 그 최종 지시가 내려오지 않았기 때문일 것이다. J프로토콜에 있던 이노우에는 나베시마 후유카를 살해할 때 복호 방법이 유출되지 않았음을 확인할 필요가 있었을 것이다. 그는 그것을 확인하기 전에 요코하마 호텔에서 자살해야 했다. 찬링은 이노우에로부터 나베시마 후유카를 언제든지 암살할 수 있도록 준비하라는 지시만 받은 채로 클라이언트를 잃은 게 틀림없다. 그리고 오늘 우연히 이노우에의 후임인 내게서 그 지시가 나왔다. 그렇기 때문에 굳이 당사자들을 서로의 타깃으로 써도 되느냐고 확인한 것이다.

나는 숨겨진 시나리오를 다 짜고 침대에서 일어나 카이저가 있는 호텔로 향했다.

타이베이의 타오위안국제공항에서 헤어진 뒤로 오랜만에 보는 음린파는 예전에 비해 부드러워진 표정으로 나를 기다리고 있었다. 그것이 그녀 자신의 변화인지 2박 3일이라고는 해도 나와 둘이서 여행한 것 때문인지는 모른다.

"나카이 씨, 오랜만에 뵙습니다."

"오랜만이야. 잘 지냈어?"

"네. 나카이 씨도 잘 지내셨어요?"

나는 무난한 대화를 나누며 린파에게 휴대전화를 주고 호

텔 보안검색대를 통과했다. 카이저도 예전과 마찬가지로 평온
하게 내 의뢰를 받아주었다. 달라진 것이라면, 린파가 카이저
의 비서임을 숨기지 않고 나를 안내해준 방 문 옆에 서 있는
점이었다.

"나카이 씨는 변하셨군요."

카이저는 내 의뢰를 흔쾌히 수락하고 소파에 몸을 기대며
미소 지었다.

"그런가요? 저는 잘 모르겠는데요."

"예전에 만났을 때는 아직 자신이 해야 할 일과 사람의 목
숨을 저울에 재셨죠. 지금은 그런 걸 신경 쓸 연약함이 사라
진 것처럼 보입니다. 제가 멋대로 받은 인상이니 그게 아니라
면 미안합니다."

"아뇨. 카이저 씨의 말씀이 맞을지도 모릅니다."

나는 그의 말을 순순히 받아들였다. 그의 말대로 작년 가을
에 이 방에 왔을 때 나는 그저 무작정 나베시마 후유카를 구
하고 싶었을 뿐, 그러기 위해 내가 해야 할 일의 시나리오를
가지고 있지 않았다. 하지만 지금은 다르다. 나는 맥베스 부인
을 죽음으로 몰아넣고 내가 죽을 자리를 찾아야 한다. 그리고
이 남자는 언젠가 나를 죽일 것이다. 인터넷에서 알아본 리청
명, 즉 지금 낮은 테이블을 사이에 두고 앉아 있는 이 남자는
아버지가 누군지는 확실하지만 어머니는 모른다. 그가 7월생
인 건 확실하다. 하지만 그것만으로 반에게 자신을 '카이저'라

고 소개했을까. '율리우스'가 아니라 굳이 '카이저'라고 소개한 건 아마도 자신의 출생과 관련된 비공개 정보를 알기 때문이다. 예를 들어 지금은 나와 우호적인 관계를 구축하고 있다고 하더라도 그 역시 400년 전의 희곡에 삼켜져 나를 죽이게 될 것이다.

나는 그에게 의뢰 비용으로 100만 홍콩달러를 내밀고 소파에서 일어났다. 예전과 마찬가지로 그는 봉투 안을 확인하지도 않고 계약이 성립되었음을 뜻하는 악수를 청했다.

"그럼 의뢰하신 여권과 서류에 기입할 내용이 확정되면 음린파에게 연락주세요."

"네, 알겠습니다. 잘 부탁합니다."

나는 린파의 안내를 받으며 호텔을 나왔다.

린파에게서 휴대전화로 연락이 온 건 저녁을 먹기 위해 포르투갈 식당을 향해 걸어갈 때였다.

"웨이?"

"린파입니다. 지금 통화해도 괜찮을까요?"

"괜찮아."

카이저의 호텔에서 나와 한 시간도 지나지 않았다. 나는 마카오타워를 올려다보며 그녀의 전화를 받았다.

"드릴 말씀이 있는데 저녁은 이미 드셨나요?"

"지금 먹으러 가는 중이야."

"혼자신가요?"

"응. 마카오타워 근처 포르투갈 식당으로 산책 겸 걸어가는 중이야."

"저도 같이 자리해도 될까요?"

"그렇게 해."

나는 반과 갔던 포르투갈 식당 이름을 알려주었다.

린파는 가게 앞에서 나를 기다리고 있었다. 호텔 유니폼을 벗고 청바지에 니트를 입은 캐주얼한 차림이었다. 택시로 와서 어디에선가 나를 앞질렀을 것이다.

"더운데 먼저 들어가 있지 그랬어."

나는 그녀를 위해 가게 문을 열어주었다.

"에스코트해줄 남자를 앞지른 데다 먼저 테이블에 앉아 있으면 미움 받아요."

"난 그런 건 신경 안 써."

우연인지 반에게 암호 복호 방법을 넘겼을 때와 같은 테이블로 안내 받았다. 나는 가게에 들어가지 않고 기다린 린파를 위해 호수가 보이는 자리를 양보했다.

"카이저 씨에게 의뢰한 일에 뭔가 부족한 거라도 있었어?"

화이트와인을 주문하고 린파에게 물었다.

"아뇨. 이 선생님과는 상관없이 나카이 씨에게 부탁이 있어서 시간을 내달라고 했어요."

"그래? 하지만 일단 건배부터 하자."

나는 테이스팅을 거절하고 두 사람의 잔에 와인을 따라달라고 했다.

"좋아요, 치얼스."

그녀가 들어 올린 와인 잔에 가볍게 내 잔을 부딪쳤다. 여전히 물처럼 마시기 쉬운 와인이다. 린파는 뭔가 말하고 싶은데 망설이는 표정이었다. 나는 무난한 주제를 꺼내기로 했다.

"린파는 결혼했어?"

"아뇨. 저 같은 여자와 결혼할 사람은 없어요."

"그렇진 않을 텐데. 린파는 충분히 매력적이고 이렇게 갑자기 식사를 청하면 남자는 괜한 기대를 품지."

그녀의 표정이 조금 풀리는 것 같았다.

"나카이 씨는 왜 결혼 안 하세요?"

"귀찮은 건 싫거든."

나는 반과 함께 먹은 아프리칸 치킨을 주문하려다 여성과 먹는 요리는 아닌 것 같아 시푸드 그릴 모둠과 시저샐러드를 주문했다. 기본으로 나온 올리브를 집어먹으며 린파를 보니 그녀는 카지노 개발이 진행 중인 코타이를 보고 있었다. 홍콩 영자신문에 따르면 마카오 카지노의 매출은 중국 경제 발전과 함께 이미 라스베이거스를 넘어섰다고 한다.

"아까 그 사진을 다시 보여주시겠어요?"

린파는 창문 너머로 대화하듯이 말했다. 나는 역시 카이저에게 의뢰한 일 때문이구나 하고 아쉬워하며 재킷 안주머니에서 유키코의 사진을 꺼냈다. 의미심장하게 나와 식사 자리를 만든 것도 카이저의 지시일까.

"다른 쪽이요."

"다른 쪽?"

"교복을 입고 찍은 중학교 단체사진을 잘라낸 쪽을 보고 싶어요."

나는 찢어진 졸업 앨범 페이지를 테이블 너머로 린파에게 주었다. 그녀는 한동안 말없이 그것을 보았다.

"일본 중학교는 3년제야. 그래서 이건 하이스쿨 졸업 사진이야."

"나카이 씨는 해군 사관후보생이었어요?"

린파가 오해해도 어쩔 수 없다. 졸업 사진 속 고등학생은 모두 남학생은 스탠딩칼라 옷을 입었고, 여학생은 세일러복을 입었다. 린파가 의문을 갖는 것처럼, 양쪽 다 군복이긴 하다.

"음……. 어떻게 설명해야 좋을지 모르겠지만 일본의 전통적인 하이스쿨에서는 옛날 군복을 교복으로 입었어. 요즘은 바뀌어가고 있지만."

"처음 알았어요."

"징병제도도 없는 나라인데 신기한 관습이지."

린파는 내 말에도, 마침 나온 시저샐러드에도 관심을 보이지 않고 내 졸업 사진을 흐뭇하게 보았다.

"휴카는 나카이 씨와 손을 잡고 싶었나 봐요. 난감한 표정을 하고 있어요."

"휴카?"

나는 혼잣말 같은 린파의 말을 이해하기까지 시간이 좀 걸렸다. 린파가 단체사진에서 보고 있는 사람은 열여덟 살인 내가 아니라 내 옆에 서 있는 나베시마 후유카였다.

"나베시마 후유카를 알아?"

린파는 작게 끄덕이고 가방에서 빨간 표지의 여권을 꺼내 테이블 위에 놓았다. 펼쳐보자 서른 살 전후의 나베시마 후유카의 사진이 있었다.

"휴카는 제 일본어 선생님이세요."

나는 말없이 담배에 불을 붙였다.

"HIV 양성반응이 나와 일을 계속하기도 망설여지고, 그렇다고 마카오 입국을 알선해준 브로커에게 진 빚도 다 못 갚은 절 휴카가 고용해줬어요. 그 여권 사진은 제가 가지고 있는 그녀의 유일한 사진이에요."

우리는 하얀 테이블보에 놓인 나베시마 후유카의 사진에 시선을 떨어뜨렸다.

"그리고 나베시마 후유카가 마카오를 출국한 뒤에 사용한다는 조건으로 거액의 잔고가 있는 은행계좌 현금카드를 줬고?"

"맞아요. 제가 브로커와 연을 끊고 마카오 영주 서류를 위조하고 에이즈 발병 증상을 억제하는 치료를 받고도 다 쓰지 못할 금액을 제게 줬어요. 그리고 휴카가 말한 금액을 현금카드로 뽑을 수 있으면 남은 돈은 나카이 유이치라는 남자가 마카오에 나타났을 때 그를 보호하는 데 쓰겠다고 약속했어요."

"내가 마카오에 나타나지 않으면?"

린파는 테이블 위에서 눈길을 들고 나를 똑바로 보았다.

"당신은 틀림없이 올 거라며 다른 조건은 전혀 달지 않았어요. 아마 휴카가 이 카지노 도시에서 유일하게 베팅한 도박이었을 거예요."

린파는 다시 테이블보에 놓인 단체사진을 보았다. 그녀는 카지노에서 마지막 베팅이 적중했을 때처럼 기쁘게 미소 지었다.

"요코하마에 동행해줬을 때는 어떻게 나베시마와 연락할 수 있었어?"

그렇다. 그것만 알면 나는 나베시마 후유카와 한 세 가지 약속 중 하나를 지킬 수 있다.

"휴카를 마지막으로 본 건 그녀가 숨어 지내던 호텔 앞이에요. 전 나카이 씨를 지키겠다는 약속을 이행했을 뿐이고요."

내 희미한 기대는 지극히 짧은 시간에 허물어졌다. 겨우 도착한 마지막 문 앞에서 자물쇠를 열지 못했을 때의 실망감을 맛보았다.

"린파는 나베시마 후유카가 아직 살아 있다고 생각해?"

"아마 나카이 씨와 똑같을 거예요. 그렇게 믿기 때문에 이 도시에서 당신을 기다렸어요. 휴카가 아직 베팅 중이라고 믿으니까 당신도 홍콩에 머무르는 것 아닌가요?"

"맞아."

나는 두 사람의 잔에 새 와인을 따랐다.

"나베시마가 성형한 후의 사진은 없어?"

린파는 고개를 가로저었다.

"휴카가 새 여권을 만들기 위해 찍은 사진은 복사하지 못하게 필름카메라로 찍고 바로 음화와 함께 처분했어요. 저와 있을 때도 붕대를 푼 뒤에는 선글라스를 쓰고 마스크를 했기 때문에 저는 성형 후의 휴카를 거의 기억하지 못해요."

"그랬구나……."

"저는 서운했지만……. 하지만 휴카가 갬블에서 이기려면 필요한 일인지도 몰라요."

"필요하다니?"

"아무도 믿지 않는 거요. 딜러도 사기꾼 파트너도, 아무도 믿지 않는 거예요. 돈은 사람을 바꿔버리니까요."

"하지만 린파는 나베시마 휴유카를 배신하지 않았어."

린파는 내 말에 미소 지었다.

"나카이 씨는 제 칭디(情敵)니까요."

"칭디……, 연적이라는 뜻이야?"

"휴카는 제 첫사랑이에요. 그리고 아마 마지막 연인이겠죠. 그래서 비즈니스의 균형이 무너진 거예요."

나는 생각지 못한 린파의 고백에도 당황하지 않았다. 아마도 나 역시 린파와 똑같기 때문일 것이다.

"그렇다면 날 도와줄 필요는 없었잖아."

나는 웃으며 말했다.

"연적에게는 마지막에 이기면 충분하거든요. 나카이 씨가 죽으면 저는 영원히 당신을 이길 수 없어요."

시푸드 그릴이 나오자 린파는 여전히 웃으며 졸업 앨범 페이지를 창가에 세웠다. 어쩐지 셋이서 식사하는 기분이었다.

우리는 블랙타이거새우와 작은 게와 오징어가 산처럼 쌓인 해산물을 취향껏 덜었다. 선원용 레시피를 바탕으로 만들어 그런지 이 식당의 음식은 하나같이 간이 세서 와인이 잘 넘어간다.

"나카이 씨는 이 선생님을 닮아가네요."

"카이저 씨를?"

"네. 어쩌면 왕이 될 자격이 있는 사람은 그런 소질을 가지고 태어나는지도 몰라요."

"그는 망명자야. 자기 나라로 돌아갈 생각은 없다고 했어."

"이 선생님이 모국으로 돌아가지 않는 건 그분이 진짜 왕이 될 재질이라서예요. 그 나라는 그걸 바라지 않으니까요."

"음……."

나는 와인의 취기에 빠져들며 린파의 말을 들었다.

"린파는 카이저 씨가 모국으로 돌아가면 어떻게 할 거야?"

"바뀌는 건 없어요. 휴카와의 약속을 지킬 뿐이에요."

나는 디저트로 바닐라 아이스크림과 에스프레소를 주문하고 린파는 망고 푸딩을 주문했다.

"이 휴카의 사진과 여권을 교환하지 않으실래요?"

내가 아이스크림에 에스프레소를 부어 아포가토를 만드는데 린파가 대뜸 말했다. 식사하는 동안 린파는 그 제안을 꺼내놓을지 말지 망설였을 것이다.

"린파에게 소중한 물건 아니야?"

"이쪽 휴카가 더 행복한 표정을 짓고 있거든요."

나는 조금 망설이다 재킷 호주머니에서 졸업 앨범 서예부 페이지를 꺼냈다.

"받아. 단체사진의 덤이야."

"하지만……."

"나는 이 두 사진으로 고등학교 교복을 입은 나베시마 후유카를 떠올렸으니까 이제 필요 없어."

"나카이 씨는 쓸쓸하지 않겠어요?"

"나는 언제든지 나베시마 후유카를 떠올릴 수 있으니까 쓸쓸하지 않아. 대신 한 가지 약속해줘."

나는 지금도 고등학교 육상부 트랙을 가로지르는 나베시마의 뒷모습을 선명하게 기억한다. 그녀와 나눈, 그리 많지 않은 대화도 떠올릴 수 있다. 기억하지 못한 건 나베시마의 얼굴뿐이었는지도 모른다. 그것도 린파가 보여준 여권 증명사진으로 생각났다. 나는 빨간 표지에 국화 문장이 인쇄된 여권을 받아들었다.

"내용을 들어보고요."

"만약 내가 나베시마 후유카를 찾으면 린파에게 연락할 테니 그녀를 행복하게 해줘."

린파는 고개를 숙였다.

"휴카는 레즈비언이 아니에요. 휴카를 행복하게 해줄 사람은……."

"알아. 하지만 지금 나한테는 연인이 있어. 내가 나베시마 후유카를 찾아내서 해줄 수 있는 건 그녀를 안전한 곳으로 보내주는 것뿐이야."

나는 점원에게 계산을 해달라고 했다. 자리에서 일어나 린파를 위해 가게 밖에서 택시를 잡았다.

"나카이 씨와 휴카와 셋이서 식사할 기회가 있으면 좋겠네요."

린파는 택시 문을 열고 나를 돌아보았다.

"다음엔 사진 속의 휴카가 아니라요."

린파의 바람이 이루어지는 것이 내가 이 카지노 도시에서 마지막으로 베팅한 도박이다.

반이 마지막으로 하고 싶었던 말은 아마도 나베시마 후유카가 바로 레이디 맥베스라는 것이다. 나는 마카오타워를 등지고 번화가로 돌아가는 길을 걸으며 벚꽃색으로 칠해진 중학교를 올려다보았다. 사람은 누구나 이루어지지 않은 사랑을 20

년씩 끌어안고 살아갈까. 그리고 그 사랑에 도착했을 때는 어떤 기분일까. 그것은 꼭 처음 두세 페이지밖에 읽지 않은 책 같다. 이야기는 문이 닫혀 있는 동안 무엇을 하고 있었을까? 어딘가에서 그 이야기의 마지막 페이지를 읽을 수 있다면 해피엔딩이었으면 좋겠다. 이야기의 주인공이었던 내가 이미 죽었다 하더라도.

✝

노인들의 학교 같은 오래된 호텔로 돌아오자 기다렸다는 듯이 엘리베이터홀에서 소피를 만났다.

그 호텔의 성매매 여성들이 다니는 그라운드 플로어에는 보이지 않는 벽이 있어 그녀들은 손님과 동행하지 않는 한 엘리베이터홀에는 올 수 없다. 나는 소피를 만날 용건이 없었으므로 그들이 다닐 수 없는 벽 반대쪽 입구에서 호텔로 들어갔다. 소피를 만나지 않아도 그녀가 내게 무슨 말을 할지는 이미 안다.

——여자가 낳은 사람은 나를 죽이지 못한다.

——버넘 숲이 움직이지 않는 한 왕성은 함락되지 않는다.

소피가 할 말은 대체로 그런 대사다. 그렇다면 나는 그녀를 만날 필요가 없었다. 하지만 그녀는 일하는 중으로는 보이지 않는 남색 원피스에 하얀 카디건을 걸치고 엘리베이터홀에 있었다.

"네이호우?"

평소에는 "춰마?" 하고 어느 나라 말인지 모를 말로 손님을 불러 세우는 그녀가 광둥어로 말을 걸었다.

"여어……."

나는 건성으로 대답했다.

"지난 번 거스름돈을 돌려주려고 기다렸어."

"거스름돈은 됐어. 팁이라고 생각해."

작년 겨울에 소피를 찾아갔을 때 받지 않은 거스름돈은 200파타카 정도다. 그때는 아직 J프로토콜의 관리직 수입밖에 없었지만 지금은 길거리에 앉아 아무런 재주도 부리지 않고 구걸하는 거지 앞에 놓인 그릇에 던져 넣어도 아깝지 않은 금액이다.

"冷淡."

소피는 아마도 "박정하긴." 같은 말을 광둥어로 하고 나와 같은 엘리베이터에 탔다.

"방은 몇 층이야?"

나는 내 방이 있는 층의 버튼을 누르며 물었다. 총명한 소피라면 내가 혼자 있고 싶다는 뜻을 알아들었을 것이다.

"그 일은 끝나서 이제 이 호텔에는 방이 없어."

"그럼 왜 아직 이 거리에 있어?"

"당신한테 거스름돈을 주려고 그런다니까."

내가 한숨을 내쉬는 사이에 엘리베이터가 내 방이 있는 층에 도착했다. 나는 문의 '열림' 버튼을 누르며 소피를 돌아보았다.

"미안하지만 오늘밤은 혼자 있고 싶어. 점치고 싶은 것도 없고."

"알아. 얼굴이 딱 그렇거든."

소피는 내 옆을 지나 엘리베이터홀로 나가 돌아보았다. 나는 그녀를 엘리베이터 밖에 남겨두고 '열림' 버튼에서 손을 떼고 근처 바로 달아날까 고민했지만 결국 엘리베이터에서 내렸다. 내가 400년 전 희곡에서 바꾸고 싶은 줄거리는 딱 하나다. 그렇다면 다른 사소한 일들은 오리지널대로라도 상관없다.

"다정하네. 하지만 당신은 왕이니까 아가씨의 고집을 들어줄 줄 알았어."

"방에 들어가면 널 덮칠지도 몰라."

"그런 건 익숙해."

'그랬지, 참.'

나는 방문을 열고 불을 켜는 삽입구에 카드키를 꽂고 소피를 먼저 안으로 들였다.

"뭔가 마실래?"

나는 냉장고를 열고 다이어트 콜라와 바카디 병을 꺼내며 소피에게 물었다.

"당신이랑 같은 걸 마시고 싶어."

나는 잔 두 개에 아이스박스에서 꺼낸 얼음을 담고 테이블에 놓았다. 소피와 나란히 앉아 쿠바리브레를 만들었다.

"대륙으로 안 돌아가?"

"돌아가도 할 수 있는 일은 없어."

"넌 총명하고 영어도 할 줄 알잖아. 일을 구하려면 얼마든지 구할 테고, 결혼하면 틀림없이 사랑받을 거야."

"내가 살던 마을이 어떤 곳인지 알아?"

나는 고개를 가로저었다. 레이스 커튼 너머에서 라스베이거스 자본으로 지어진 호텔의 분수쇼가 시작되었다. 우리는 말없이 그 음악을 들었다.

"그럼 넌 거스름돈 대신 내가 죽지 않아도 되는 조건이라도 점쳐줄 거야?"

"무슨 소리야?"

"아니면 텔레비전을 켜면 거기에 내 친구와 똑같이 생긴 남자들이 왕관을 들고 줄서 있다든가……."

소피는 손을 입에 대고 미소를 지으며 내게 다가왔다.

"취했어?"

"조금."

"당신한테 점쳐줄 건 아무것도 없어. 당신은 자기 여행의 목적지를 알고 거기로 똑바로 향하려고 하니까."

"넌 이제 어떻게 할 거야?"

맞은편 호텔 분수 쇼가 끝날 때까지 소피는 아무 대답도 하지 않았다.

"날 고용할래? 뭔가 도움이 될지도 모르잖아."

"비자는?"

"바보 같은 질문이네. 계약금 대신 만들어줘."

그녀를 J프로토콜 홍콩에 고용하는 건 쉽다. 이 도시에서는 몇만 홍콩달러로 홍콩에서 나고 자란 과거를 손에 넣을 수 있다. 다만 모리카와는 달가워하지 않을 것이다. 그렇다면 HK프로토콜에서 고용할 수도 있다.

"좋아."

"고마워. 뭔가 인사를 해야 할 텐데."

소피는 기대고 있던 몸을 일으켜 내 얼굴을 들여다보았다.

"일만 잘하면 충분해."

"안 돼. 이런 여자를 고용하는 경영자는 없어. 학력도 없고 컴퓨터도 거의 써본 적 없어. 어쩌면 전염병에 걸렸을지도 모르고."

"내 부하에게 여권을 알아보라고 해둘게. 내일 정오 이후에 여기로 전화해."

나는 그녀를 소파의 원래 자리로 다시 밀어내고 침대 협탁에 있는 메모에 찬링의 휴대전화 번호를 적었다.

"답례 인사 받아."

"아쉽지만 지금 너에게 받고 싶은 건 아무것도 없어."

그녀는 내 말을 듣지 못했는지 키스를 해왔다.

"내가 이 호텔에서 지낼 때 내가 쓰던 방에 남아 있던 꿈을 줄게."

소피는 그렇게 말하고 카디건을 걸친 상태로 내가 쓰지 않는 쪽 침대로 파고들어갔다. 나는 그녀를 쫓아낼 기력도 없어 샤워를 하며 이를 닦았다. 욕실에서 나오자 소피는 잠에 빠진 고른 숨소리를 내고 있었다. 일할 때와는 다른 화장을 한 얼굴에는 아직 어린 티마저 남아 있었다. 그래도 몇 번인가 본 그녀의 표정 중에서 가장 아름다운 얼굴이었다.

그날 밤, 꿈을 꾸었다.

†

"6과 9가 비대칭인 세계에서 큐브 달력을 만든다면 넌 0, 1, 2 중 하나를 희생하겠지?"

선생님이 감기에 걸려 자습하게 된 교실에서 멍하니 교과서를 펼치고 있는 내 등을 나베시마가 쿡쿡 찌르며 말했다.

"무슨 말이야?"

나는 나베시마 후유카를 돌아보았다. 반 아이들 절반 이상이 자습은 나 몰라라 하고 교실에서 자취를 감췄고, 남은 학생들도 수험 공부에 지쳐서인지 책상에 팔짱을 끼고 머리를 묻고 있어 교실 안은 의외로 조용했다.

"1학년 수1 시간에 네가 만든 문제 말이야. 벌써 잊었어?"

"기억은 하는데……."

"그럼 0, 1, 2 중 어느 거?"

나베시마는 노트 페이지에 01부터 31까지 숫자를 적었다.

"아무거나."

"중요한 이야기를 하는데 그런 건성으로 대답 하지 마."

나베시마가 화난 듯이 말했다.

"그럼 1을 희생할게."

내가 그렇게 말하고 몸을 다시 돌리자 나베시마가 내 뒤통수에 지우개를 던졌다.

"아프잖아. 왜 그래?"

나는 자리에서 일어나 바닥에 떨어진 지우개를 주워 그녀의 책상 옆에 섰다.

"'그럼' 같은 성의 없는 말 하지 말라고 했잖아."

"그렇다고 화를 내냐?"

"11일 사라지면 너한테 생일선물을 줄 수 없잖아. 애당초 1을 희생하면 큰달은 31일까지 표현할 수 없으니까 비효율적이야."

나는 지우개를 그녀의 책상에 놓고 나베시마는 그런 걸로 고민하는구나 하고 생각했다. 내 생일은 나베시마가 말한 대로 3월 11일이고 그녀의 생일은 11월 22일이다.

"2를 희생하면 네가 나이를 못 먹잖아."

"내 생일을 알아?"

"뭐……."

나는 지우개가 부딪친 뒤통수 근처를 긁적였다. 아직 개인 정보라는 말이 일반적이지 않았던 시절이다. 반 친구의 생일 정도는 알아내려고 하면 쉽게 알 수 있었다.

"보통 여자의 생일을 알면 선물 정도는 주는 게 예의 아니야?"

"그러는 너도 나한테 생일 선물 준 적 없잖아."

"네가 알아채지 못했을 뿐이지."

나는 고등학교에 들어온 뒤로 맞이한 두 번의 생일을 떠올려 보았다. 1학년 때는 육상부 선배들이 축하한다고 인사만 해줬고, 2학년 때는 오가와 리에에게 머플러를 받았을 뿐 나베시마에게서는 축하한다는 말 한마디 들은 적 없다. 애초에 나베시마는 작년 내 생일에 기말시험 직전임에도 감기에 걸렸다며 쉬었다. 덕분에 나는 방과 후에 여자 친구 집에서 생일 축하를 받으면서도 나베시마가 많이 아픈지 걱정되어 집중할 수 없었다. 그때 그런 걱정에 정신이 팔리지 않았다면 여자 친구의 가슴을 만지는 데까지는 진도가 나갔을지도 모른다.

아닌가……. 1학년 생일에도 나베시마는 감기에 걸렸다며 쉬었다.

"나 대신 감기에 걸려주는 게 네 생일 선물이야?"

"멍청아. 네가 건강하도록 메이지신궁에 기도하러 가줬는데 그렇게 말하기야?"

나는 받아칠 말이 없어 자리로 돌아왔다. 그런 생일 선물을 기뻐할 고등학생이 어디 있을까.

"나카이, 희생하는 숫자는 2로 해. 여자는 나이 안 먹어도 되니까."

나베시마는 내 등에 추가 공격을 날리듯 말했다.

"1이면 돼. 그러니까 올해부터는 수업 빼먹지 말고 평소처럼 뒷자리에 앉아 있어 주는 게 더 나아."

"죽어도 싫어."

나는 또 다시 나베시마를 돌아보았다. 하지만 그 자리에는 세일러복을 입고 얼굴에 붕대를 감은 모리카와 사와가 앉아 있었다. 붕대 사이로 화가 났는지 울고 싶은지 모를 눈동자로 나를 보고 있었다.

"나도 네 생일이 사라지면 쓸쓸해."

나는 거기에 모리카와가 있어도, 얼굴에 붕대를 감고 있어도 이상하다고 느끼지 않고 말했다.

"어차피 아무것도 안 해줄 건데 없어도 되잖아."

"올해는 11월 22일에 감기에 걸리도록 할게."

"그래줘도 전혀 안 기뻐. 생일에 네 등을 못 보면 쓸쓸해."

'내 말이.'

마음속으로 맞장구를 쳤다.

"아무튼 2를 희생해. 약속해."

"싫어."

나는 반쯤 어이가 없어서 다시 몸을 돌려 다른 학생들처럼 책상 위에 팔짱을 끼고 머리를 파묻었다. 자습이 끝나는 종이 울리고 눈을 뜨자 노인들의 학교 같은 호텔 천장이 눈에 들어왔다. 나는 옆 침대에서 평온하게 잠든 소피를 남겨놓고 홍콩행 페리 선착장으로 향했다.

xiii

Bangkok

- Late Summer

방콕이라는 도시는 지도 위에만 존재한다.

정확히는 '인드라가 비슈바카르마에게 명하여 만드시고 환생한 신이 머무르시며 헤아릴 수 없이 많은 대궁전이 있고 아홉 개의 보배처럼 즐거운 왕의 도시. 그 어느 곳보다 위대한 대지, 인드라의 전쟁 없이 평화롭고 영원한 보석 같은 위대한 천사의 도시'라는 긴 이름을 가진 도시다. 그곳에 사는 사람들도 그 도시를 '끄룽텝(천사의 도시)'이라고 부른다.

구름이 걷히고 눈앞에 차오프라야강이 보이자 창가에 앉은 유키코가 누워서 자는 내 어깨를 찔렀다. 나는 그녀 쪽으로 몸을 기울이고 작은 창문 밖에 갈색으로 물든 차오프라야강을 보았다. 태국어에 이어 영어로 15분 후에 벨트 착용 사인이 점등된다는 안내방송이 나왔다. 나는 거의 수평에 가깝게

젖힌 리클라이닝 시트를 원래대로 돌리고 동시에 재채기를 했다. 몸을 일으켜 혈액 흐름이 평소대로 돌아오자 두통이 몰려왔다.

"그러게 잘 거면 담요를 달라고 하라고 했잖아."

유키코가 자신의 충고를 따르지 않았던 나를 나무랐다. 타이항공 여객기는 방콕 거리를 크게 선회하듯 타일랜드만으로 빠져 남쪽에서 수완나품국제공항으로 진입했다. 나는 그곳이 정말로 '천사의 도시'이길 빌었다.

물론 맥베스 부인이 죽음을 맞이할 곳으로 방콕을 고른 것은 그곳이 '천사의 도시'라고 불려서가 아니다. 한 달 전, 홍콩대학 정신과 의사가 유키코에게 당분간 전지 요양을 권하며 쿠알라룸푸르, 싱가포르와 함께 방콕을 언급했기 때문이다. 그 도시들이라면 비교적 저렴하게 전속 간호사가 돌봐주는 입원 치료가 가능하고 설비도 일본 이상으로 잘 정비되어 있다고 한다. 나는 의사가 제시한 세 도시 중에서 방콕을 선택하고 소개장과 진단서를 써달라고 했다. 마침 방콕에는 다른 용건도 있었다.

유키코는 처음에 나를 남겨두고 홍콩을 떠나기를 싫어했다. 하지만 내가 홍콩이 국경절일 때는 방콕에 머물 수 있고, 거기서 증상이 완화되면 J프로토콜 홍콩을 퇴직하고 홍콩을 떠난다는 조건으로 수락했다. 나는 유키코의 전지 요양을 위해 카이저와 관련이 없을 것 같은 홍콩의 유럽계 브로커에게 위조 여권을 구입했다. 나는 만난 적 없는 인물의 여권으로 방콕에 가게 되었지만 유키코는 비행 중이나 입국심사대에서도 내 여권에 관심을 보이지 않았다.

†

홍콩대학 의사가 소개한 병원은 방콕 번화가에서 떨어진 차오프라야 강가의 고급 호텔이 즐비한 지구에 있었다. 내가 재채기를 하며 유키코의 입원 수속을 하자 접수원인 태국 여성이 마스크를 주었다. 병실로 가자 유키코는 창문 너머로 밖을 보고 있었다. 내 희망대로 고층 병실에서는 방콕 거리가 내려다보였다.

"어쩐지 호텔 같은 방이네."

실내복으로 갈아입은 유키코가 나를 돌아보며 말했다.

"왜 그래?"

"재채기를 했더니 접수원이 원내에서는 마스크를 쓰래."

나는 마스크를 벗으며 웃었다. 외국인이 재채기를 하면 병원측에서는 당연이 걱정스러울지도 모르지만 개인실 안까지 주의를 주러 오지는 않을 것이다.

"이참에 감기약도 받아오지 그래?"

"그랬다간 사스(중증급성호흡기증후군) 검사를 해야 한다며 강제로 입원시킬 것 같아."

나는 병실에서 잠시 비행의 피로를 푼 뒤 근처 호텔로 가겠다고 했다.

"방문객용 침대가 있으니까 거기서 자면 되는데. 욕실도 호텔이랑 다르지 않잖아."

유키코가 투덜거렸다.

"여기서 담배를 피울 수 있을 것 같아?"

"그럼 금연 치료도 해달라고 하든지⋯⋯."

유키코는 내가 전혀 그럴 마음이 없는 줄 알면서 말했다. 그녀는 홍콩에 있을 때보다 훨씬 표정이 밝았고 오랜만에 가벼운 농담도 했다.

"호텔은 병원 바로 옆이니까 저녁 먹을 땐 이쪽으로 올게."

"페닌슐라 방콕이 아니라?"

"병원에서 가까운 게 좋을 것 같아서 그랜드 하얏트로 했어."

나는 여행 가방을 끌며 병실을 나왔다. 유키코의 말대로 내가 내 여권으로 왔으면 페닌슐라 방콕이나 출장 다닐 때 자주 묵었던 두짓타니에 묵었을 것이다. 나는 미국달러로 보증금을 내고 도저히 VIP용으로는 보이지 않는 방에 체크인했다. 신용카드가 없으면 여러모로 불편하다. 담배에 불을 붙이고 같은 호텔에 묵고 있을 찬링에게 전화를 걸었다.

"웨이?"

"나야. 공항에서 빌린 휴대전화니 방콕에 있는 동안에는 이번호로 걸어줘."

"알겠습니다."

"준비는 끝났어?"

"지난번에 지시하신 내용은 모두 준비되었습니다."

찬링은 2주 전에 방콕에 도착해 이미 작업하고 있었다.

"고마워."

"다만, 그녀를 너무 오래 구속해두긴 힘듭니다."

"얼마나 기다릴 수 있지?"

"길어야 4일입니다."

"알았어."

"다른 쪽 일은 예정대로 내일 11시에 로비에서 만나면 될까요?"

"그래, 변경 없어."

"그럼 내일 로비에서 기다리겠습니다."

"내일 봐."

나는 전화를 끊고 감기약을 사러 갈지 망설였지만 조금 자면 낫겠지 싶어 그대로 낮잠을 청했다. 여행을 오래 다닌 경험상, 감기약이든 정장제든 증상에 맞는 현지의 약을 사는 게 낫다. 원인이 타이항공에 있다면 객실승무원에게 약을 달라고 하면 된다. 게다가 찬링의 말에 따르면, 나흘 뒤인 목요일까지 나는 유키코를 도쿄행 비행기에 태워야 한다. 나는 유키코에게 어떻게 말을 꺼내야 좋을지 아직 궁리해내지도 못했다. 방콕 시내에서 약을 사도 그럴듯한 효과를 기대할 수 있을 것 같지 않았고, 유키코와 보내는 마지막 시간을 감기약에 취해 두통 이외의 고통까지 무디게 만들고 싶지 않았다.

✝

이튿날 호텔 로비에서 찬링과 만났다. 홍콩의 더위에는 익숙해진 줄 알았는데 방콕의 푹푹 찌는 더위는 견디지 못하고 호텔에서 나와 택시를 기다리는 동안 재킷을 벗었다. 하지만 찬링은 여전히 정장을 입고 있었다.

"안 더워?"

"홍콩보다는 더워요."

"재킷 벗어도 돼."

상사 앞에서는 재킷을 착용하도록 교육받았을지도 모른다는 생각에 혹시나 싶어 말해보았다.

"신경 써주셔서 감사합니다."

찬링은 그렇게 대답만 하고 택시에서 내려서도 재킷을 벗지 않고 나와 함께 일본인 대상으로 영업하는 펍이 늘어선 길을 걸었다. 월요일 정오 전이기도 해 거리는 아직 한산했다.

"재킷 안에 권총이라고 숨겨놨어?"

"설마요……. 영화도 아닌데요."

"그래?"

"군인이나 경찰도 아닌 일반 시민이, 즉 비합법적으로 권총을 사용해 사람을 죽이는 건 리스크가 너무 크거든요. 설령 권총을 분해해도 보안검색대에서는 부품만으로도 소지했는지를 알아낼 수 있어요. 게다가 가장 큰 문제는 권총에는 반드시 탄피가 있다는 점이에요."

"탄피가 왜 문제가 되지?"

"요즘에는 리볼버는 거의 사용하지 않아요. 리볼버가 뭔지는 아세요?"

"그 정도는 알아."

나란히 걸어가는 동안에도 셔츠 안이 땀으로 젖어 불쾌했다. 하지만 나는 쏟아져 나오는 땀과는 대조적으로 재채기를 했다.

"감기 걸리셨어요?"

"아마도……."

두통을 억누르며 찬링이 설명을 이어가기를 기다렸다.

"자동권총을 쏘고 튀어나간 탄피를 찾다 보면 현장에 머무는 시간이 길어져 위험하고, 남겨두면 권총 제조사와 유통 경로, 그리고 사용된 시점의 소유자를 쉽게 특정할 수 있거든요."

"그렇구나."

"마피아나 갱단이 권총으로 사람을 죽이는 건 범인이 누군지 알려주기 위해서예요."

"알려준다고?"

"경찰 입장에서는 사건만 빨리 해결된다면 범인이 누구든 상관없어요. 권총을 소지한 사람이 범인이니 방아쇠를 당긴 사람은 어디서 뭘 하건 신경 안 쓴다는 뜻이에요."

나는 암살자의 강의를 들으며 방콕에서 알게 된 브로커가 있는 빌딩 계단을 올라갔다. 일본인 대상 펍이 즐비한 거리에서는 드물게 건전한 바다. 건전한 만큼 이익률이 낮기 때문에 다른 일도 한다. 영업 전인 가게 문 앞에서 초인종을 누르려고 하자 찬링이 내 팔을 잡고 막았다.

"너무 부주의하시네요. 이걸 쓰세요."

찬링은 가슴에서 포켓치프를 꺼내며 말했다. 나는 그것을 엄지에 감고 벨을 다섯 번 눌렀다. 그 브로커가 가게 영업시간 이외에 온 손님에게 문을 열어주는 건 초인종이 망설임 없이 다섯 번 울렸을 때뿐이다.

"나카이 씨, 오랜만이에요."

문이 열리면서 다박수염을 기른 40대 중반의 남자가 인사했다.

"오랜만이야."

그는 나와 찬링을 안으로 들이고 문을 닫았다.

"콜라 드릴까요?"

"고마워."

나와 찬링은 가게 카운터에 앉았고 그는 냉장고에서 코카콜라 캔을 두 개 꺼냈다.

"일은 아직 계속하나?"

"내용에 따라 다르죠. 작년과 비교해 군부와의 파이프라인 은 줄어들었어요."

"이번 일은 군부와는 무관할 거야."

나는 다카기가 우편으로 보내준 신문기사 조각을 카운터에 꺼냈다.

"의뢰는 두 가지야. 첫 번째는 이 기사에 실린 사건의 범인 과, 그 범인의 배경을 되도록 자세히 조사해줘."

그는 작은 신문 조각을 보더니 고개를 가로저었다.

"아쉽지만 이 일은 못 받겠네요."

"왜지?"

"저한테도 일단은 원칙이 있는데, 그 의뢰는 다른 곳에서 이 미 받았거든요."

나는 신문 조각을 돌려받고 잠시 다박수염 남자를 보았다. 그가 어떤 경위로 방콕까지 왔는지는 모르지만 정식 비자는 이미 만료되었을 것이다. 나는 HSBC 띠지가 둘러진 100US달 러 지폐 두 다발을 카운터에 놓았다. 지금까지 그에게 일을 의 뢰해 온 느낌상 2만 미국달러는 반년 치 벌이일 것이다. 가방 을 열 때 돈다발이 보이도록 열며 2만 미국달러는 첫 번째 의 뢰에 대한 보수라고 했다.

"그러지 말고. 조사 한 번으로 두 가지 의뢰를 충족할 수 있으면 괜찮은 벌이잖아?"

"나카이 씨는 통이 아주 커지셨네요."

그가 카운터에 놓은 미국달러를 받기까지 시간은 거의 걸리지 않았다.

"범행을 실행한 사람은 BTS 역무원이지만 의뢰한 건 일본계기업의 방콕 주재 프로그래머예요."

"혹시 J프로토콜?"

"설마요. 그랬다면 처음부터 그렇게 말했죠."

그는 내 물음에 일본인이라면 누구나 아는 대기업 이름을 댔다.

"그런 대기업 사원이 천 밧이 아쉬울 것 같진 않은데."

"해커 흉내 내는 30대 초반의 남자였어요. 아마 나카이 씨네 회사에 일을 빼앗긴 보복으로 IC카드에 수작을 부렸겠죠."

그 대기업이 소유한 슈퍼컴퓨터를 이용하면 가능할지도 모른다. 하지만 일개 프로그래머가 방콕에서 일본의 슈퍼컴퓨터를 썼다면 그야말로 기업 차원에서 벌인 일이 아닌 한 불가능하다. 어딘가에서 HK프로토콜 관계자와 접촉했다고 여기는게 합당하다.

"그 사람의 이력은 알아? 학력, 경력, 유학 경험이라든가."

"거기까지는 알아보지 않았어요."

"그래……. 그럼 그는 지금 뭐하고 있지?"

"글쎄요……."

그의 눈동자가 흔들렸다. 나는 그 표정으로 이미 그 남자와 접촉하기는 불가능하다고 짐작했다.

"교통사고라도 당했나?"

그는 고개를 가로저을 뿐 더는 대답할 수 없다고 작은 소리로 말했다.

"그래, 알았어. 고마워."

나는 카운터에 놓인 코카콜라 캔에는 손대지 않고 자리에서 일어났다. 내 손수건을 꺼내 문손잡이를 잡았다.

"의뢰는 두 가지라고 하지 않으셨어요?"

그는 내 등에 대고 물었다. 나는 돌아보고 웃었다.

"그랬지."

"그쪽 용건도 들을게요."

"이 건에 대해 조사 의뢰가 있었던 것도 포함해 절대 발설하지 않을 것이었는데. 이미 끝난 것 같아."

'네 원칙이라는 긴 돈으로 살 수 있다는 걸 알았으니까.'

나는 찬링을 남겨두고 가게를 나왔다. 나머지는 그녀가 처리해줄 것이다.

찬링의 일이 끝나기까지 나는 먼저 택시를 타고 호텔로 돌아와 로비 라운지에서 다이어트콜라와 럼주를 주문해 쿠바리브레를 마셨다. 30분 정도 뒤에 찬링이 호텔로 돌아왔다.

"수고했어. 생각보다 빠르네."

"네."

찬링은 얼굴에 땀 한 방울 흘리지 않고 서늘한 표정으로 끄덕이고 내 앞에 앉았다.

"알코올이 몸에 돌기까지 시간이 걸려 한 시간 정도라고 말씀드렸지만 냉장고를 열어보니 얼음이 있어서 쉽게 처리했어요."

"그래……."

그녀는 아이스티를 주문하고 숄더백에서 갈색 봉투를 꺼냈다.

"부조금 대신 그냥 놓고 와도 되는데……."

"HSBC 띠지로 꼬리를 잡힐 수 있어 회수했습니다."

찬링은 내 부주의함에 질린 표정이었다. 보너스라고 해도 찬링은 그것을 받지 않을 것이다. 나는 하는 수 없이 갈색 봉투를 받았다. 브로커도 내 조사 의뢰에 바로 응하지 말고 며칠 알아보는 시늉이라도 했으면 이 돈으로 즐기기라도 했을 텐데.

"그런데 그의 또 다른 의뢰인을 알아냈습니다."

"다카기겠지."

찬링은 아이스티를 마시며 말없이 끄덕였다.

"반은 방콕에서 다카기와 만났어. 그 브로커는 나와 잘 아니 당연히 반도 알아. 반이 다카기에게 그를 소개했어도 이상할 게 없어."

나는 직접 만든 쿠바리브레 잔을 비웠다.

"그리고 넌 그와는 초면이 아니었어. 그렇지?"

"왜죠?"

"이 정도 미인을 데리고 다니면 남자들은 대부분 먼저 치렛 말부터 하거든. 하지만 그는 우리가 같이 있어도 아무런 의문을 느끼지 않았어. J프로토콜 사원이라고 생각했겠지."

찬링은 침묵했다. 조금은 나를 다시 봤을지도 모른다.

"너도 실수를 했어. 평소라면 내가 일을 지시했을 때 그 시간대에 가게에 그가 혼자 있는지부터 확인하겠지? 하지만 이번에는 아무것도 묻지 않았어."

"앞으로 주의하겠습니다."

"뭘?"

찬링이 반성할 일은 아무것도 없다. 다만 실수를 지적하니 반사적으로 말이 나왔을 것이다. 훈련이란 그런 것이다. 짧은 침묵이 이어졌다.

"동사장님에게 등을 보이면 위험하다는 뜻이에요. 대부분의 남자는 제 몸에 정신이 팔려 주의력이 산만해지거든요……."

"나도 네 앞에서 걷고 싶진 않아."

나는 계산하고 자리에서 일어났다.

"오늘은 수고했어."

"감사합니다."

찬링은 자리에서 일어나 나에게 인사했다. 냉방이 되는 호텔을 나오자 땀이 비 오듯 쏟아질 것 같은 무더위가 덮쳐왔다. 호텔 입구 옆에 있는 재떨이 앞에서 담배를 한 대 피웠다. 반이 행방불명으로 처리했을 이노우에의 애인도 포함하면 이

걸로 네 명째인가 하고, 담배를 피우며 손가락을 꼽았다.

나는 몇 번째 시체가 될까?

✝

호텔에서 걸어서 유키코가 입원한 병원으로 향했다. 고급 부티크가 즐비한 거리를 보며 블록카드의 암호화 방식이 깨진 경위를 상상했다. 해커 흉내 내는 프로그래머가 일하다 말고 재미 삼아 복호할 수 있을 만큼 간단한 작업은 아니다. 카드에 들어 있는 공개키를 읽어내는 건 가능할지도 모르지만 거기서 기간 서버로 엄중하게 관리하는 비밀키를 찾아내기란 불가능에 가깝다. 몇 년 걸려 비밀키를 구한다 하더라도 블록카드에 J프로토콜 암호화 방식이 채용된 것은 고작 9개월 전이다. 나베시마 후유카가 남긴 어중간한 복호 방법이 새어나갔다 하더라도 족히 2년은 걸린다.

'우연인가?'

암호문에는 반드시 복호하는 키가 있고 그것을 우연히 맞추는 건 '절대로 불가능하다'고 단언할 수도 없다. 하지만 만약 그렇다면 천 맛을 빼내는 것보다 그걸 빌미로 J프로토콜에 금전을 요구하는 게 더 이득이다. J프로토콜로서도 유출된 IC카드를 교체하는 것보다 2, 3천만 엔을 쓰는 쪽을 선택할 것이다. 혹은 자신의 능력을 과시할 목적으로 IC카드를 조작했다고도 생각할 수 있다. 하지만 그렇다면 그 방법을 인터넷에 공개하면 자기과시욕을 더욱 크게 충족시킬 수 있다. 남은 건 효율적인 복호 방법을 아는 사람이 해커 흉내 내는 프로그래머를 이용해 무언가를 경고했을 가능성이다.

병원에서는 환자의 가족에게 병실층을 오가는 엘리베이터를 이용할 수 있는 IC카드를 주었다. 나는 사방팔방이 IC카드라고 생각하며 병실 문을 조용히 열었다. 유키코는 침대에서 선잠을 자고 있었다. 나는 한 시간 가까이 자는 유키코의 얼굴을 보았다.

"언제 왔어?"

정신이 들자 나도 졸고 있었나 보다. 유키코가 말했다.

"정오 지나서였나?"

손목시계를 보자 오후 3시였다.

"점심은?"

"안 먹었어. 먹으러 갈까?"

"아니……, 아침부터 자서 아직 배가 안 고파. 유이치 혼자 먹으러 갔다 와도 돼."

유키코는 나른하게 몸을 일으켰다.

"그 전에 할 얘기가 있어."

내일이나 모레 이른 시간 비행기에 유키코를 태워야 한다. 나는 가방에서 갈색 봉투에 든 여권을 꺼내 유키코에게 주었다.

"이게 뭐야?"

"하시모토 리에라는 사람의 여권이야."

"누구?"

"방콕의 게스트하우스에 2년 전부터 불법체류 중이야. 태국에 여행 오는 일본 여자들에게 여행지에서의 우연한 만남을 소개해주는 일을 하는 사람이야."

"그 사람 여권이 왜 유이치한테 있어?"

나는 유키코의 손에서 여권을 받아 사진이 있는 페이지를 펼쳤다.

"나?"

"응. 유키코의 여권과 이걸 바꿔줬으면 해."

"무슨 뜻이야?"

"유키코의 여권은 계속 방콕에 있을 거야. 즉, 다지마 유키코는 방콕에 망명한다는 뜻이야."

거기까지 이야기하자 유키코는 사정을 이해한 듯했다.

"유이치는?"

"몇 가지 일을 처리하고 일본으로 돌아갈 거야. 올해 안에는 갈 수 있을 거야."

"정말로?"

"응."

나는 유키코에게 거짓말을 들키지 않으려고 일본으로 진짜 돌아갈 거라며 속으로 다짐했다.

"일본에 가도 부모님이나 친구들과는 연락하지 말았으면

해. 물론 나와도. 그게 유키코와 내가 일본에서 안전하게 살아가는 방법이야."

"그건 알아. 하지만 유이치는 어떻게 일본으로 돌아올 거야?"

"똑같이 어느 나라에서 귀국할 마음이 없는 일본인 남자를 찾을 거야."

"약속할 수 있어?"

"약속할게."

지킬 수 없는 약속을 하는 건 괴롭다.

"일본에서 어떻게 살아?"

나는 위조 여권이 든 갈색 봉투에서 하시모토 리에 명의로 된 HSBC 통장을 꺼냈다.

"하시모토 리에라는 사람은 아쉽지만 연금도 국민건강보험도 내질 않았어. 하지만 이 통장에 엔화로 20억이 들어 있어. 평범한 회사원이 평생 벌 수 있는 수입의 열 배는 되니까 어떻게든 살아갈 수 있을 거야."

그리고 봉투 안에 남아 있던 하시모토 리에의 주민표를 꺼내 통장과 함께 유키코에게 주었다.

"주민표 유효 기간은 다음 달 1일부터 2주일 이내니까 그 사이에 전입신고를 하면 유키코는 이 하시모토 리에라는 사람이 될 수 있어."

"알았어. 그런데 그럼 이 사람은 어떻게 돼?"

"방콕에서 불법체류 생활을 이어갈 뿐이야. 변하는 건 없어."

이 여자는 위층 병실에서 찬링이 구속하고 있다.

"다음에 유키코와 만날 때면 나는 얼굴도 목소리도 바뀌어 있을지도 몰라."

"뭐?"

나는 가방에서 홍콩우정국 종이봉투를 꺼냈다. 안에는 예전에 산 큐브 달력이 들어 있다.

"일반 큐브 달력은 1과 2가 두 개의 숫자 큐브 모두에 있지만 이건 1이 한쪽 큐브에만 있어."

"무슨 뜻이야?"

"다시 말해 11월부터 15일까지를 표현할 수 없어."

"유이치의 생일이 없다는 뜻이야?"

"응, 하지만 어떤 방법으로 11을 표시할 해답이 있어. 그걸 제시할 수 있는 사람이 얼굴과 목소리는 달라도 나카이 유이치야."

나는 그 해답을 유키코에게 설명했다.

"꼭 넌센스 문제 같다."

유키코는 내 해답을 듣고 웃었다.

"하지만 틀리진 않았어."

"유이치는 언제부터 그런 생각을 했어?"

"고등학교 때부터 고민했고, 대학교 교양 과목으로 필요도 없는 대수 강의를 들었어."

그때 나베시마 후유카에게 연락했더라면 일이 이렇게 되지는 않았을지도 모른다. 하지만 나는 소피가 마카오 호텔에서 보여준 꿈의 기억이 없다. 나베시마와 나눈 말은 대부분 기억하는 줄 알았는데 큐브 달력 이야기를 한 것도, 그녀가 지우개를 던진 것도 직접 겪었던 기억으로는 남아 있지 않다. 그래서 나베시마가 큐브 달력의 6과 9가 우연히 점대칭이라는 걸 그렇게까지 신경 쓰는 줄은, 유령회사였던 HK프로토콜 사무실에서 그녀의 편지를 받아볼 때까지 전혀 몰랐다.

"하지만 목소리가 바뀌면 유이치의 거짓말을 알아채지 못할지도 모르겠다……."

유키코가 미소 지으며 말했다.

'그렇게 간단한 거였구나…….'

방콕으로 오는 비행기에서 감기에 걸린 건 '천사의 도시'에 사는 천사의 배려였을까. 어쨌든 유키코와 보내는 마지막 날에 줄곧 신기했던 의문이 하나 줄어들어 다행이었다.

"그럼 오늘 밤 도쿄로 출발하는 비행기를 예약할게."

"이렇게 갑자기?"

"이런 일은 망설여지기 전에 해야지."

그렇다, 내 감기가 낫기 전에.

너스 스테이션에 저녁을 같이 먹으러 간다고 하고 유키코의 외출 허가를 받았다. 나는 일단 호텔로 돌아와 최대한 빨리

일본으로 돌아가는 비행기를 예약했다. 다행히 일본항공 심야
발 도쿄행 비행기에 자리가 있었다. 나는 공항으로 갈 준비를
하고 찬링에게 전화를 걸었다.

"오늘 밤 하시모토 리에가 도쿄로 돌아갈 거야."

"알겠습니다."

"내일 다지마 유키코 건을 해결해줘."

"하시모토 리에가 방콕을 출발한 걸 확인하면 다시 연락주
세요."

찬링이 무뚝뚝하게 말했다.

"이제 곧 나와 함께 공항으로 갈 거니 틀림없이 도쿄로 돌
아갈 거야."

"동사장님……."

찬링이 전화기 너머에서 부르고 한 호흡 뜸을 두었다.

"저는 다지마 유키코라는 인물을 잘 모르니 그 여자가 가짜
이름으로 출국하는 걸 끝까지 확인해주세요. 동사장님이 '생
각하는' 정도로는 일을 진행할 수 없습니다."

"알았어."

찬링의 말도 일리가 있지만 나는 불쾌함을 느끼며 전화를
끊었다. 찬링이 받은 훈련을 나는 받지 않아서 그렇다고 받아
들이는 수밖에 없다. 수완나품국제공항에 도착한 건 오후 8
시가 지나서였다. 나는 유키코가 체크인 카운터에 하시모토
리에의 여권을 내미는 걸 보았다. 내가 린파와 함께 타이베이

의 타오위안국제공항에서 느꼈던 감정을 유키코도 똑같이 느끼고 있을까. 하지만 그녀는 아무런 망설임 없는 표정으로 수속을 밟았다.

"저녁은 뭐 먹고 싶어?"

나는 체크인을 마친 유키코에게 물었다.

"유이치가 반 씨와 출장 다닐 때 태국 커리를 두 그릇이나 먹었다고 한 가게에 가보고 싶어."

"평범한 카페테리아였어. 당분간 같이 밥을 먹지 못하니까 좀 더 조용한 식당으로 가는 게 낫지 않을까?"

"꼭 최후의 만찬처럼 얘기하면 불안해지잖아."

나는 공항 2층에 있는 레스토랑가의 카페테리아로 유키코를 데려가 허브를 넣고 볶은 간 닭고기를 올린 팟카프라오라는 요리와 싱하(태국 맥주)를 주문했다.

"유이치와 다시 만났을 때의 암호는 정했는데 일본에서 어떻게 만나?"

생각해 보니 당연한 질문이었다. 하지만 나는 맥베스와 맥베스 부인이 재회하는 시나리오를 모른다.

"그러게…… 유키코는 어디에 살고 싶어?"

나는 맥주를 마시며 셰익스피어가 쓰지 않은 시나리오의 뒷부분을 생각할 틈을 벌었다.

"가나자와에 돌아갈 수 없다면 도쿄일까?"

"그럼 춘절에 갔던 라디오 데이즈에서 매월 11일 저녁에 혼자 마시고 있을게. 그리고 유키코에게 큐브 달력을 화제로 말을 걸게."

"이번엔 유이치가 먼저 유혹해주는 거야?"

나는 유키코의 미소를 보며 말없이 끄덕였다.

사실은 나를 잊어주기를 바랐다. 유키코라면 아직 얼마든지 사랑을 하고 재혼도 할 수 있다. 스무 살 무렵에는 40대가 되면 연애 감정 같은 건 사라지는 줄 알았다. 결혼해서 어쩌면 자식도 있고 바람 정도는 피울지도 모르겠다고 아무런 근거도 없이 상상했지만, 사랑에 빠지는 건 생각도 못해봤다. 나는 이미 다른 이름이 된 유키코를 보았다.

"왜 그래?"

유키코가 고개를 갸웃거렸다.

"아무것도 아니야. 슬슬 갈까?"

나는 자리에서 일어날 준비를 했다. 유키코는 그러자 처음으로 쓸쓸한 표정을 보였다.

"우리가 마지막으로 관계한 게 언제였지?"

"글쎄, 6월 무렵이었나⋯⋯."

K섬에서 열린 J프로토콜의 CEO회의에서 홍콩으로 돌아온 뒤로 우리는 제대로 대화조차 하지 않았다.

"여자도 성욕은 있어."

"알아."

"빨리 도쿄로 데리러 오지 않으면 바람피울지도 몰라⋯⋯."

잠자리도 키스도 같이 밥을 먹는 것도 이번이 마지막이라고 생각하고 하지는 않는다. 일기를 쓰는 습관이 없는 나는 어느 날 문득 돌이켜보고 그게 마지막 관계였다고 깨달을 뿐이다.

"만약 11일에 라디오 데이즈에서 마시는데 유키코가 안 오면 다른 남자와 행복하게 사는 줄 알게."

"그런 말 하지 마. 가게 문 열 때부터 닫을 때까지 줄곧 혼자 앉아 마셔댈 순 없으니 세 번 정도는 시도해줘."

"그래."

"그날 밤은 제대로 안아줘."

나는 끄덕이고 자리에서 일어났다. 심야 비행기를 타려는 사람들로 북적이는 공항을 가로질러 출국 게이트로 향했다. 나는 그 병실이라면 유키코를 안을 수 있었다고 후회했다. 출국 게이트 앞에서 멈춰 서 유키코의 손을 잡고 그녀를 끌어안았다.

"유이치……."

"왜?"

"부끄러워."

유키코의 목소리가 귓가에 울렸다.

"응."

나는 유키코를 끌어안은 팔을 풀었다.

출국 게이트 너머는 파티션으로 막혀 있어 유키코의 모습은 이내 보이지 않았다. 유키코가 마지막으로 어떤 표정을 지었는지는 모른다. 고등학교 육상부 트랙을 가로지르던 나베시마 후유카의 뒷모습처럼, 나는 그저 유키코의 뒷모습을 기억할 뿐이다. 그리고 나를 믿는다고 해주는 뒷모습을 또 배신하게 된다.

나는 혼자 공항 빌딩 밖으로 나와 담배에 불을 붙였다. 벤치에 앉아 무릎에 양팔을 짚고 한참을 울었다.

"나리타행 JL784편은 정시에 이륙합니다."

벤치에서 얼마나 울었는지는 모르겠다. 정신이 들자 눈앞에 찬링이 서 있었다.

"하시모토 리에가 그 비행기에 탄 것도 확인했습니다."

"언제부터 공항에 있었지?"

나는 눈물을 닦고 찬링을 보았다.

"대답할 필요가 있을까요?"

나는 고개를 숙이고 가로저었다.

"대답하지 않아도 돼."

찬링은 대답 대신 종이를 내밀었다. 두 시간 뒤에 홍콩으로 출발하는 타이항공 비행기표 교환증이었다.

"내일 다지마 유키코가 병원에서 투신자살하니 동사장님은 홍콩으로 돌아가세요."

"호텔 체크아웃을 안 했어."

내 말에 찬링이 오른손을 내밀었다.

"카드키를 주세요. 제가 체크아웃 해둘게요."

"짐은? 다지마 유키코의 여권도 호텔 금고 안에 있는데."

"그런 얼굴로 호텔로 돌아가면 새로 들어온 도어보이조차도 기억할 거예요. 짐은 제가 처분하겠습니다."

나는 찬링이 시키는 대로 재킷 호주머니에서 호텔 카드키를 꺼냈다.

"위조 여권을 들고 다지마 유키코의 시신을 수습하러 가실 생각이셨어요?"

"응."

찬링의 싸늘한 표정에는 어이없는 감정이 어른거렸다.

"다지마 유키코의 연인이잖아. 시신 정도는 수습하러 가야지."

"병원에 확인했지만 다지마 유키코의 긴급연락처는 동사장님이 아니라 다지마 소코라는 분이셨어요. 동사장님은 그분에게서 연락이 올 때까지 홍콩에서 기다리세요. 만약 다지마 유키코의 시신을 확인하고 싶으면 유족에게서 연락을 받고 나서 진짜 여권을 들고 방콕으로 오세요."

다지마 소코는 유키코의 어머니나 언니일 것이다.

"연락이 안 오면?"

"어쩔 수 없어요."

찬링은 여전히 대수롭지 않게 말했다. 찬링과 이야기하면 미약하게 남아 있는 도덕성마저 사라지는 느낌이다. 나는 찬링이 준비해준 타이항공 비행기에 체크인하고 불과 두세 시간

전에 유키코가 지나간 출국 게이트로 향했다. 찬링은 그런 나를 출국 게이트 앞까지 배웅해주었다.

"동사장님, 시신은 시신이에요. 내버려두는 게 위험 부담이 적습니다."

"나는 위험 부담의 크기만으로 움직이진 않아."

"그게 숨통을 조일 수도 있다는 걸 잊지 마세요."

나는 찬링을 돌아보지 않고 출국 게이트로 향했다. 찬링이 뭐라고 하든 얼굴이 사라진 시신을 내가 아니라 유키코의 가족에게 보이기가 괴로웠다. 똑바로 쳐다보기도 힘든 시신이라도 나는 그게 유키코가 아닌 걸 안다. 나는 유키코의 가족에게 욕을 먹을 각오로 그들이 오기 전에 유키코를 방콕에서 화장할 생각이었다. 그리고 그러기 위한 방콕 시경이 발행한 DNA 감정서도 위조해서 준비했다. 홍콩까지 야간 비행을 하는 동안 나는 오랜만에 잠들지 않았다. 아무리 고민해도 유키코의 가족에게 건넬 말을 도저히 찾을 수 없었다.

이른 아침에 홍콩국제공항에서 택시를 타고 호텔로 돌아왔다. 1주일 휴가를 내서 출근할 필요는 없었지만 혼자 남은 호텔 방에 있으려니 견딜 수 없어 출근 준비를 시작했다. 동사장실에서라면 조금은 눈을 붙일 수 있을지도 모른다. 수염을 깎기도 귀찮아 호텔 미용실에서 깎아달라고 하고 오랜만에 스타페리로 빅토리아 하버를 건넜다. 오래되어 낡은 나무 의자에 앉아 낮게 걸린 구름에 상층부가 파묻힌 ifc를 보았다. 헤지펀드나 다단계 같은 금융업자, 위험 부담을 지지 않는 투자 고문이나 아직 아무것도 만들지 않은 우주 개발 벤처 기업 같은 단체들만 입주하는 고층빌딩이다. 그리고 내가 다니는 회사 역시 아무것도 생산하지 않으면서 과도하다고 할 수 있는 보안검색대를 설치하고 혼자 쓰기에는 너무 넓은 동사장실을 가지고 있다. 거기로 가려니 갑자기 불쾌해졌다.

나는 스타페리 홍콩섬 쪽 페리 선착장에서 퀸즈로드 트램 정차역까지 걸어가 코즈웨이 베이에 있는 HK프로토콜의 낡은 빌딩으로 향했다. 반이 사라진 지 3개월 가까이 지났고 HK프로토콜 변호사들은 달아나 그 사무실은 다시 고요함을 되찾았다. 다행히 찬링은 방콕에 있으니 J프로토콜 홍콩 동사장실 의자보다는 못해도 잠을 청하기엔 충분한 환경이다. 나는 낡은 엘리베이터로 4층까지 올라가 사무실 문을 열었다. 열쇠로 열었다고 생각했는데 문이 반대로 잠기고 말았다. 다시 열쇠를 꽂고 안으로 들어가자 소피가 있었다.

"안녕하세요……?"

그녀는 수상한 사람을 경계하는 얼굴로 인사했다. 그러고 보니 소피는 지난주부터 HK프로토콜 사원이 되었다. 사무실에 있어도 전혀 이상할 게 없었다. 소피는 투피스 정장을 입고 철제 책상에 엑셀 참고서를 펼쳐놓고 있었다.

"좋은 아침. 홍콩 생활은 좀 익숙해졌어?"

나는 지금은 앉을 사원이 사라진 그녀의 옆자리에 앉았다.

"아직 전혀……. 지하철도 트램도 홍콩에 와서 처음 타봤어."

마카오의 대중교통기관은 버스와 택시뿐이다. 눈을 붙이려고 들른 HK프로토콜 본사에서 소피를 상대하게 될 줄은 전혀 몰랐다.

"찬링 경리에게 업무 지시는 받았어?"

"반 동사장님의 지시가 있을 때까지 사무실을 지키래. 하지만 동사장님인 당신 친구는……."

찬링이 소피 때문에 애를 먹는 게 당연할지도 모른다. 찬링은 혼자 일하기를 선호하고, 누군가의 도움이 필요할 때는 단발적으로 조력자를 고용할 것이다.

"그래. 반은 이제 이곳으로는 안 와."

"오지 않는 보스를 기다리면서 나는 뭘 하면 돼?"

"소피는 지루한 건 싫어?"

그녀는 엑셀 참고서를 덮고 나를 보며 턱을 괴었다.

"그냥 불안해서 그래. 이대로 낡은 빌딩 사무실에서 나타날 리도 없는 보스를 기다리는 사이에 내가 사라질 것 같아서."

마카오에서 소피는 동업자가 있었고 좋은 사람인지 나쁜 사람인지는 차치하고 그녀를 관리하는 브로커가 있었을 것이다. 그런데 갑자기 모르는 도시에서 혼자가 되었으니 소피의 불안을 이해하지 못하는 바도 아니었다.

"당신은 왜 나를 이 회사에 날 보낸 거야?"

나는 방 안을 둘러보았다. J프로토콜이 설치한 도청기는 반이 다 처리했다. 반이 사라진 뒤에도 찬링이 이 사무실을 이용하니 새로 설치하는 어리석은 짓은 하지 않았을 것이다.

"내가 이 회사의 사장이거든. 그리고 반의 망령으로서 찬링에게 업무를 지시하고 있어."

잠시 침묵이 내렸다. 소피는 턱을 괸 팔을 풀고 내 옆에 섰다.

"당신이 사장인 줄은 몰랐어. 무례한 말을 해서 미안해."

"괜찮아. 지금은 친구로서 여기 앉아 있으니까. 물론 당신이 날 친구라고 생각한다면 말이지만."

"당신은 내가 마카오에서 벗어나도록 도와줬을 뿐이고, 그래서 당신 회사에는 고용해주지 않는 줄 알았어."

소피는 자세를 바로잡고 말을 이었다.

"내가 일하는 회사는 일본의 현지법인이고, 나는 그 회사의 주식을 가지고 있지 않아."

"미안해. 당신은 내가 귀찮아서 쫓아내려는 거라고 생각했어."

"사과하지 않아도 돼. 그러니 앉아서 편하게 쉬어."

나는 자리에서 일어나 급탕기에서 컵에 뜨거운 물을 따르고 향편차 티백을 넣었다. 누구 것인지는 모르지만 머그컵 두 개와 재떨이를 들고 소피의 옆으로 돌아왔다.

"이 회사는 그 암살자를 고용해 무슨 일을 해?"

나는 티백을 휴지통에 버리고 소피에게 대답할 말을 찾았다. 반은 죽었고 찬링이 암살자라는 것도 안다면 그녀는 여전히 특별한 능력을 가진 게 틀림없다.

"누구에게도 말할 수 없는 비밀을 지키고 있어."

"사원에게도 말하지 못할 비밀이야?"

"그래. 찬링 경리에게도 그 비밀이 뭔지는 알려주지 않았어."

반이 찬링에게 이미 말했다 하더라도 그녀는 그다지 관심을 보이지 않을 것이다.

"다른 이야긴데, 찬링이 준비해준 이름은 뭐야?"

"송삼형(宋心馨). 영문 이름은 직접 정하래. 당신 이름은 뭐야?"

"그렇구나…… 알려준 적 없구나. 나카이 유이치야."

우리는 서로의 이름을 메모장에 적었다.

"내 영문 이름의 대부가 되어줄래?"

나는 그녀의 책상 컴퓨터 검색창에 'heart girl name'이라고 입력했다. 여자 이름이 몇 가지 나오는 가운데 내 눈이 머문 단어를 가리켰다.

"코딜리어?"

"코딜리어 송……. 그래, 나쁘지 않아."

그녀는 메모장에 'Cordelia'라고 필기체로 적었다. 나는 코딜리어에 대해 멍하니 생각했다. 소피는 그 이름을 가진 왕녀가 이웃 나라 왕비가 되어 나중에는 왕을 구한다는 희곡을 모를 것이다. 찬링은 그것을 알고 소피에게 '송삼힝(宋心馨)[역주: 라틴어로 cor는 심장을 뜻한다.]'이라는 이름을 찾아온 걸까. 가공의 인물을 만들어내는 것보다는 아무도 신경 쓰지 않는 행방불명자나 세금을 내지 않는 사람을 찾아 신분증과 여권을 위조하는 게 수고도 덜 들고 위조가 발각될 위험도 적다. 그렇게 편리하게 나중에 왕비가 될 이름을 가진 사람을 찾아내기는 힘들 것이다. 나는 단순한 우연이라고 결론을 짓고 담배에 불을 붙였다.

"멍하니 왜 그래?"

"아무것도 아니야."

나는 반이 소멸하면서 다시 유령회사로 돌아온 사무실을 보았다. 벽에 걸린 낡은 시계를 보니 이제 곧 방콕에 있는 '다지마 유키코'가 자살할 시간이었다.

"그럼 나는 뭘 하면 돼?"

"찬링에게는 당신의 학력을 중학교 졸업(일본에서는 고등학교 졸업에 해당)으로 해달라고 지시했는데 맞아?"

"응."

"그럼 아무데나 대학교에 들어가 디지털 이미지 처리를 전공해줘. 그리고 컴퓨터 해킹 기술도 익히면 좋겠어."

"대학? 컴퓨터 해킹? 내가 뭐 하던 사람인지 알면서?"

"너라면 할 수 있을 것 같아."

"그게 이 회사의 업무와 관련이 있어?"

"있어. 비밀은 누군가에게 알려지기 전에 없애야 하거든."

반은 인터넷에 한번 유출된 사진은 삭제가 불가능하다고 했다. 하지만 나는 몇 년이 걸리든 나베시마 후유카를 자유롭게 해주고 싶었다.

"나는 이제 곧 마흔이야. 그리고 너라면 이미 알 것 같지만 앞으로 살아 있는 동안에 할 수 있는 일도 한정되어 있어."

"쓸쓸한 말을 하네."

"진실은 원래 그런 거 아니겠어? 그래서 넌 나에게 '더 점칠 게 없다'고 했겠지."

소피는 다시 턱을 괴고 말없이 나를 보았다. 내가 담배를 권하자 고개를 가로저었다.

"이제 필요 없어."

그렇게 대답하는 소피의 표정은 나를 조금 행복하게 해주었다.

"넌 내가 잃어버린 걸 아직 많이 갖고 있어. 대학에 가는 건 내년이 아니라도 괜찮아. 후년이라도, 3년 뒤라도. 그게 네 홍콩 생활의 전부가 아니라도 괜찮아. 좋아하는 옷을 사고 사랑을 하고 여행을 하고 지금밖에 못하는 일들을 우선시해도 괜찮아. 하지만 이 회사에서 계속 일한다면 내가 하지 못했던 일을 대신 해줬으면 좋겠어."

"응."

그녀는 턱을 괸 채 끄덕였다.

재킷 호주머니에서 휴대전화가 진동하며 전화가 온 것을 알렸다.

"웨이? 나카이입니다."

"찬링이에요."

벽시계를 보자 오전11시 반이었다.

"정시에 다지마 유키코가 사망했습니다. 지금 시경이 사망을 확인 중인데 창문에서 뛰어내릴 때는 죽어 있었으니 시경도 즉사라고 판단할 거예요."

"수고했어."

나는 짧게 전화를 끊고 자리에서 일어났다. 문으로 향하는 나를 소피가 불러 세웠다.

"안 좋은 소식이야?"

"그렇지도 않아."

"그럼 등을 똑바로 세우고 여행을 계속해."

"그래."

"당신은 처음 만났을 때 느꼈던 것보다 훨씬 힘차게 여행할 수 있는 사람이었어."

"여행을 계속하는 힘이란 건 뭘까?"

나를 위해 문을 열어주는 소피에게 물었다.

"지쳐서 비록 목적지에 도착하지 못하더라도 여행을 시작한 곳으로 돌아오는 것."

"그렇구나. 조이긴(안녕), 코딜리어."

나는 낡은 상가 빌딩을 나와 국경절이 다가와 들뜬 걸음으로 코즈웨이 베이를 채운 인파를 바라보았다. 소피는 이미 내게 돌아갈 곳이 없는 걸 알고 격려해준 것이리라. 나는 이제 곧 여행을 마친다.

✝

예정된 1주일 휴가의 나머지 날들은 호텔 방에서 멍하니 보냈다. 아침에 직원이 일본어 신문을 가져다줘, 그라운드 플로어의 더 로비에서 느긋하게 신문을 읽으며 아침을 먹고 이따금 훌쩍 스타페리로 카오룽반도와 홍콩섬을 일없이 왕복했다. 점심은 먹거나 말거나 하고 저녁은 호텔 근처의 완탕면집에서 먹거나 델리숍에서 사온 샌드위치를 하우스와인과 함께 먹었다. 그 후 내키면 1층 더 바에서 페이크 리버티를 두세 잔 마셨다. 홍콩에 돌아온 수요일부터 일요일까지 그렇게 보냈다.

일본 신문에는 유키코의 자살도, 방콕 브로커의 사고사도 (아마도 찬링은 욕조에서 익사시키는 방법을 선택했을 것이다.) 기사로 나오지 않았다. 인터넷에서 '다지마 유키코'를 검색해도 동성동명인의 페이스북 페이지만 나왔다.

유키코의 가족에게서도 끝내 연락은 오지 않았다. 유키코에게 어떤 책임도 지지 않았던 나에게 해줄 말은 아무것도 없는지도 모른다. 혹은 욕을 퍼붓기보다 나에게 향을 올릴 기회를 주는 것조차 용납할 수 없는지도 모른다. 어쨌든 딸을 둬본 적이 없는 나는 부모의 심정을 헤아릴 상상력이 부족했다. 유키코 가족의 연락을 기다리기 위해 휴대전화 전원을 끄지 않았기 때문에 모리카와는 내 위치 정보를 파악하고 있을 터였다. 하지만 모리카와도 아무런 연락을 하지 않고 5일이 지났다. 그 사이에 전화벨이 울린 건 목요일 오전 중에 찬링이 홍콩으로 돌아왔다고 연락했을 때뿐이었다.

월요일 아침 7시, 평소는 8시에 오는 회사 차가 부탁도 하지 않았는데 한 시간 일찍 호텔로 데리러 왔다. 분명 모리카와가 내 휴가 뒤의 습관을 생각해 보냈을 것이다. 휴가를 보냈다는 기분이 들지 않았던 나는 ifc 키오스크에서 샌드위치와 카푸치노를 사서 사무실로 향했다.

"안녕하세요."

모리카와는 평소처럼 동사장실 전실에서 일어나 인사했다.

"좋은 아침."

내 자리에서 아침을 먹는데 모리카와가 신문과 우편물, 다기를 들고 들어왔다. 샌드위치를 먹는 나를 보고 의아한 표정을 지었다.

"오늘은 일찍 올 마음이 없었어."

나는 괜히 변명을 하며 종이컵에 든 카푸치노를 마셨다.

"그러시면 아침을 드시는 동안 차는 대기시켜 두셔도 되는데요. 쓸데없는 짓을 해서 죄송합니다."

"300홍콩달러짜리 아침을 먹자고 아침 일찍 일어난 운전기사를 기다리게 하긴 그렇잖아. 차는 유리병에 따라줘."

"아뇨, 나중에 다시 준비해 오겠습니다."

모리카와가 동사장실에서 나간 뒤 나는 일주일 치 신문과 우편물을 곁눈으로 보며 샌드위치를 먹었다. 닛케이신문 하나에 접착식 메모지가 붙어 있었다. 지난 일주일 동안 나는 유키코의 자살에 관한 뉴스가 실리면 방콕으로 갈 구실로 삼으려고 일본의 전국 신문을 살펴보았다. 하지만 모리카와가 메모지를 붙일 만한 기사는 없었을 터였다. 나는 종이컵을 한손에 들고 메모지가 붙은 페이지를 펼쳤다.

'태국과 말레이시아에서 합성 마약 소지와 관련해 일본인 살해 잇따라'

9월 18일자 기사로, 12일 방콕에 이어 17일에도 쿠알라룸푸르에서 합성 마약을 소지한 일본인이 살해당했다고 되어 있었다. 기사에 의하면 쿠알라룸푸르에서 살해당한 사람은 방콕 사건과는 무관한 IT 대기업 현지 주재원 일본인 사원으로, 방콕과 마찬가지로 권총에 맞았고 합성 마약을 소지하고 있었다고 한다. IT 기업의 현지 주재원이 과도한 스트레스를 못 이겨 불법 약물에 쉽게 손을 뻗는 것을 우려하는 기사였다.

유키코의 뉴스가 닛케이신문 사회면에 나올 거라고는 생각하지 않았기 때문에 그 기사는 본 기억이 없었다. 훑어봤다 하더라도 9월 12일은 방콕에 도착한 날이다. 방콕 브로커와 만난 월요일에 IC카드를 조작한 IT 기업 주재원의 소재를 물었을 때 브로커가 대답을 얼버무린 것은 이 사실을 알고 있었기 때문일 것이다.

모리카와는 왜 이 기사에 메모지를 붙였을까. GPS로 추적되는 휴대전화는 홍콩 호텔에 놔뒀으므로 모리카와는 내가 방콕에 있었던 걸 모를 터였다. 나는 순간 찬링을 경계하라고 알려주는 건가 싶었지만 찬링은 권총을 쓰는 건 위험도가 높다고 했다. 무엇보다 그녀는 지시도 없이 사람을 죽이지 않는다.

나는 그 신문을 들고 동사장실에서 나왔다. 모리카와는 자기 자리에서 새로 도착한 신문을 읽는 중이었다.

"왜 그러세요?"

"응. 왜 이 기사에 메모지를 붙일 필요가 있었는지 알고 싶어서. J프로토콜 홍콩은 무관할 것 같은데……"

나는 그녀 앞의 리셉션용 하이카운터에 신문을 펼쳤다.

"그 기사를 동사장님에게 보여드리라고 익명 전화가 걸려왔어요."

"익명 전화?"

"익명이라고 해도 J프로토콜 다카기 GM이라고 바로 알았지만요."

또 다카기인가, 하고 생각했다.

"다카기가 뭐라고 하진 않았어?"

"일요일 새벽 4시 자동응답기에 녹음되어 있었어요. 발신자

국가 번호는 말레이시아였습니다. 신문 페이지와 기사 위치만 말씀하셨어요."

"그 메시지는 아직 남아 있나?"

"네."

모리카와는 앞에 있는 전화기를 조작하고 수화기를 내게 내밀었다.

'닛케이신문 해외판 9월 18일자 33면, 중간에서 오른쪽이야.'

수화기에 손수건 같은 걸 대고 말하는 것 같았다. 목소리는 웅얼거렸지만 모리카와 말대로 무뚝뚝한 말투가 완전히 다카기였다.

"한 번 더 재생할까요?"

나는 고개를 가로젓고 수화기를 모리카와에게 돌려주었다.

"말레이시아 어디에서 걸려왔는지 번호는 남아 있어?"

"공중전화라는 것밖에 몰라요. 이런 무례한 전화를 거는 사람은 다카기 GM밖에 없는데 우리를 너무 바보 취급하는 것 같아요."

모리카와는 여전히 다카기 이야기가 나오면 언짢은 표정을 숨기지 않았다.

"그러게……"

"우리였다면 하다못해 카페 직원에게 대신 말해달라고 해서 익명성을 확보할 거예요. 게다가 월요일 아침까지 기다려도 달라질 건 전혀 없는데 굳이 회사에 사람이 없는 시간에 전화를 걸다니……."

내가 가만히 있으면 모리카와는 앞으로 15분 정도는 다카기 험담을 쏟아낼 것 같았다.

"혹시 '다카기와 비슷하다'고 한 것 때문에 아직도 화났어?"

"네, 당연하죠."

'보스가 사과할 기회를 찾고 있는데 네, 당연하죠라고 대답하는 비서도 다카기 못지않게 드물지.'

신문을 들고 방으로 돌아가려는 나에게 모리카와가 말했다.

"왜요?"

"아무것도 아니야."

"다카기 GM의 휴대전화로 연락할까요?"

"말레이시아에 있다면 아직 월요일 7시도 안 됐어. 그런 시간에 전화를 거는 게 일요일 새벽에 음성 메시지를 남기는 것과 뭐가 다르겠어?"

모리카와가 다카기에게 전화를 걸고 그 전화를 나에게 이어 줬다간 또 한바탕 소란스러울 게 뻔하다.

"우리와 달리 다카기 GM이라면 별로 신경 쓰지 않을 것 같은데요?"

"필요하면 그쪽에서 걸어올 테니 모리카와는 아무것도 안 해도 돼."

어느 틈에 다카기를 비난하는 쪽에 나까지 말려들어 있었다.

나는 동사장실 문을 닫고 내 자리로 돌아왔다. 일주일 동안 온 우편물을 살펴보았다. 거래처와 모회사에서 온 연락은 하나같이 대단한 내용은 아니었고, 이미 사원이 용건을 처리했다는 메모가 클립에 끼워져 있었다. 나는 사원이 컴퓨터로 회부한 전자 품의서에 알았다 뜻으로 전자 서명을 입력했다. 한 시간도 안 되어 일주일 휴가 중에 쌓인 일이 끝났다.

다카기는 나에게 무엇을 전하고 싶었을까. 나는 업무를 처리하고 일본 전국 신문 뉴스 사이트를 검색했다. 방콕에서 IT 기업 현지 주재원이 살해당한 사건은 이튿날인 9월 13일에 첫 기사가 났다. 다카기가 IC카드 조작 사태가 끝났다고 알리고 싶었던 거라면 그 시점에서 메시지를 보내도 될 것이다. 나는 휴대전화 수신 이력을 확인하고 지난 일주일 동안 다카기에게 온 연락이 없음을 재확인했다. 아니면 쿠알라룸푸르 사건을 알리고 싶었던 걸까. 신문에는 IT 대기업이라고만 나와 있지만 그 기업이 J프로토콜인지도 모른다. 쿠알라룸푸르의 기업과 HK프로토콜 암호화 방식 이용 계약을 맺은 기억은 없지만 다국적 기업 지점이 있을 가능성은 부정할 수 없다. 그리고 다카기는 말레이시아에 있다.

'이번에도 우연인가?'

나는 휴대전화 주소록에서 쿠알라룸푸르에 사는 브로커의 연락처를 찾았다. 이런 정보 제공은 현금 거래가 기본이지만 일본에서도 보도된 뉴스 피해자가 J프로토콜 사원인지 아닌지 정도는 가르쳐줄 수 있을 것이다. 브로커는 내가 요즘 일을 주지 않는다고 투덜거렸지만 그래도 그 사건이 J프로토콜과는 관련이 없다고 알려주었다. 나는 휴대전화를 책상에 던지고 잠시 다카기의 의도를 고민했다.

책상 위에서 휴대전화가 진동하며 전화가 왔음을 알렸다. 다카기인 줄 알았는데 HK프로토콜 사무실이었다.

"네이호우? 찬링입니다."

"네이호우."

"남은 업무도 가닥이 잡혀 오늘내일쯤 뵙고 싶은데 시간을 내주실 수 있으신가요?"

"오늘 오후 3시에 HK프로토콜에 갈 수 있어."

마침 다카기에 대한 생각도 막혀 풀리지 않았으므로 흔쾌히 찬링에게 대답했다.

"알겠습니다. 사무실에서 기다리겠습니다."

찬링은 무뚝뚝하게 전화를 끊었다. 나는 오후 3시까지 다섯 시간 넘게 남은 걸 깨닫고 후회했다. 의자를 창문 쪽으로 돌리고 카오룽반도를 보며 선잠을 청했다. 찬링이 준비를 마쳤으니 이제 곧 막이 내린다. 그때 나는 선잠이 아니라 진정한 잠을 손에 넣을 것이다. 2시가 지나 눈을 뜨자 유리병에 옮겨 담은 자스민차가 와인 쿨러에 들어 있었다. 방 에어컨 온도를 살짝 올렸는지 차가운 자스민차가 맛있었다. 방에서 나가자 모리카와가 지루한 표정으로 자리에 있었다.

"식사는 어떻게 하시겠어요?"

"근처에서 적당히 먹을게. 그리고 그대로 HK프로토콜로 갈 거야."

"그러시다면 차를 준비하겠습니다."

동사장실에는 모리카와가 마이크를 숨겨놨으니 내가 HK프로토콜에 간다는 건 그녀도 이미 안다.

"차는 필요 없어. 점심은 먹었어?"

"아니요, 동사장님이 쉬고 계셔서요."

"그래……."

모리카와와 천천히 식사를 하고 가면 찬링과 약속한 시간에 늦는다. 깨워줬으면 좋았다고 생각하다, 한편으로 모리카와는 내가 HK프로토콜에 다니는 걸 좋아하지 않는다고 느꼈다. 모리카와는 나와 어디서 늦은 점심을 먹고 HK프로토콜에 가는 걸 연기시키고 싶은지도 모른다.

"오늘 저녁에 시간 되나?"

"갑자기 왜요?"

모리카와가 놀란 얼굴로 물었다.

"예전에 편지에 언급했던 소호의 누벨 시누아에 가볼까?"

"경비 처리할 수 있는 가게는 아닌데요……."

"가끔은 일을 잊고 느긋하게 마시고 싶어서. 시간이 안 되면 다음에 가도 되고."

"이렇게 갑자기……."

평소의 모리카와라면 흔쾌히 수락할 줄 알았는데 골탕을 먹은 기분이었다.

"알았어, 그럼 다음에 가자."

"아뇨, 같이 가요."

"괜히 무리하지 마. 업무가 끝난 이후까지 내 비서로 있을 필요는 없으니까."

"갑자기 가자고 하셔서 놀랐을 뿐이에요."

"그래? 그럼 5시에 아래 스타벅스에서 만나지."

"6시라도 괜찮을까요?"

"알았어. 그럼 다녀올게."

나는 어쩐지 찜찜한 기분으로 회사에서 나와 79층에서 지상으로 내려가는 긴 엘리베이터에 탔다.

퀸즈로드로 가는 공중회랑을 걸어 북적이는 트램으로 코즈웨이 베이로 향했다. 트램의 가느다란 나선계단을 따라 2층으로 올라가니 운 좋게 맨 앞자리가 비어있어서 창문을 내리고 바람을 맞았다. HK프로토콜 사무실에는 찬링 혼자 있었다.

"네이호우? 송삼힝은?"

"따로 말씀드릴 내용이라고 생각해 조퇴시켰습니다."

"아, 그랬지."

나는 소피의 의자에 앉았다. 엑셀 참고서는 다 읽은 듯했다. 책상에는 이미지 압축 전문서가 놓여 있었다. 나는 찬링이 말을 꺼낼 때까지 그 책을 몇 페이지 넘겨보았지만 전혀 이해할 수 없었다.

"무슨 목적으로 송삼힝을 고용하셨어요?"

찬링이 차가운 표정으로 물었다.

"이번 일이 끝나면 내가 홍콩에 있을 필요가 없는 것 정도
는 예상하지?"

"네."

"하지만 이 회사 사장은 나야. 하나 정도는 스스로 결정한
일을 남겨둬도 나쁠 것 없잖아."

"저는 해고하시는 건가요?"

"자네를 해고할 생각은 없고, 앞으로 지시할 일도 있어. 그
게 자네 직업과 맞지 않으면 고용 계약이 성립하지 않을 뿐이
지."

"송삼힝에게 살인 교육을 시키라는 지시라면 거절하겠습니
다."

찬링은 단박에 대답했다. 내가 그런 말을 꺼낼까봐 어지간
히 경계했던 모양이다.

"아니야. 자네가 교육자로는 적합하지 않는다는 것 정도는
나도 알아."

나는 찬링이 끄덕이는 것을 확인하고 말을 이었다.

"경호는 자네 직무의 범주인가?"

"네. 실제로 동사장님을 경호하고 있습니다."

찬링은 당연하다는 표정으로 대답했다. 나는 찬링이 지켜주

고 있다는 자각은 없었지만 찬링 입장에서는 내가 유키코의 시신을 수습하러 가지 못하게 한 것도 호의가 아니라 직무에 지나지 않았을 것이다.

"그럼 나베시마 후유카와 송삼힝을 경호해줘."

그것이 찬링에게 나베시마 후유카를 처리하라는 지시를 해 제시키는 가장 효과적인 수단이었다.

"기간은 이 회사 자금이 바닥나 자네에게 보수를 지불하지 못하게 될 때까지야."

"추가 조건이 있으면 미리 말씀하세요."

"그 두 사람은 이 지시를 몰라야 해. 그 이외에 수단은 따지지 않아."

"알겠습니다."

찬링의 반응을 확인하자 의외로 안심한 표정을 짓고 있었다. 나는 그녀를 오해하고 있었는지도 모른다. 그녀는 나베시마 후유카 암살 지시를 기다렸던 게 아니라 후임 명령권자인 내가 이도저도 아닌 지시밖에 내리지 않아 스트레스를 받고 있었을 것이다. 그녀는 자리에서 일어나 머그컵에 든 아이스 티와 함께 내 앞에 갈색 봉투를 놓았다.

"호찌민에서 다다음 주 이후에 부패한 시체가 발견될 겁니다."

"그래."

나는 찬링이 준 갈색 봉투 안을 확인했다. 물을 받은 욕조에 왼손을 담근 여자의 사진이었다. 그녀의 오른손에는 과도가 쥐어져 있고 욕조의 물은 빨갛게 물들어 있었다. 꼭 찬링이 내온 아이스티 같은 투명한 빨간색이었다.

"반 동사장님이 J프로토콜에서 받은 나베시마 후유카의 머리카락과 치과 진료 기록은 제가 파기했습니다. 이 봉투에 들어 있는 게 호찌민에 있는 '나베시마 후유카'의 것입니다."

반이 그런 것까지 가지고 있는 줄은 처음 알았다. 그걸 알았더라면 조금 더 빨리 나베시마를 찾을 수 있었을지도 모르지만 지금의 내게는 찬링의 말대로 필요 없었다.

"알았어. 그런데 인간의 몸은 일주일 만에 형태도 구분할 수 없게 변하나?"

"호찌민의 평균 기온은 30도예요. 만일에 대비해 욕실 문을 닫고 쥐 몇 마리를 풀어놨어요. 그녀의 방에 HK프로토콜의 오래 된 사원증을 두고 왔으니 호찌민 경찰이나 일본영사관에서 이 회사로 연락이 올 겁니다."

저녁을 먹고 나서 들을걸 그랬다고 후회했다.

"저는 어제까지 호찌민에 있었으니 다른 사원을 인수자로 보내세요."

"쥐가 파먹은 시신은 별로 보고 싶지 않은데."

"동사장님은 안 가시는 게 좋습니다. 송삼힝을 보내는 게 적절할 겁니다."

나는 고개를 가로저었다.

"내가 갈 테니 연락이 오면 J프로토콜 홍콩 동사장실로 전화해."

"알겠습니다. 그 사진은 돌려주세요. 이쪽에서 분쇄하겠습니다."

찬링에게 중년 여성이 욕조에서 자살한 사진을 돌려주었다.

"또 뭔가 주의할 게 있나?"

나는 머그컵 안의 붉고 투명한 아이스티를 보며 말했다.

"주제넘은 말 같지만……."

"말해 봐."

"동사장님은 이 나베시마 후유카가 어떤 사람인지 아십니까?"

"자네보단 잘 알아."

"일본영사관에서는 도쿄의 J프로토콜에도 같은 연락을 할 겁니다."

"판도라의 상자를 여는 것이나 마찬가지니까."

"맞습니다. 그러니 동사장님은 홍콩에 머무르는 게 낫습니다."

나는 한숨을 내쉬었다.

"동사장님은 태평하게 '홍콩에 있을 필요가 없다'고 하셨지만 필요 없는 인간을 살려둘 만큼 제 전 클라이언트는 호락호락하지 않습니다."

"호찌민에는 가지 말라고?"

"그 편이 리스크가 적습니다. 지금 J프로토콜이 고용한 제 후임은 일처리가 조잡합니다."

"어떤 놈이야?"

"만난 적은 없지만 마약 거래로 꾸미면서 권총을 사용하는 아마추어입니다."

"방콕 사건 말이야?"

"네, 그렇습니다. 전에도 말씀드렸지만 권총을 쓰는 건 위험부담이 큽니다. 즉, 제 후임자는 그런 경험이 부족하거나 아니면 도마뱀 꼬리를 손쉽게 잘라내는 조직입니다."

"아마 후자겠지."

"저도 같은 생각입니다. 동사장님에게 경호원을 두세 명 붙인들 막무가내로 일을 처리할 겁니다."

나는 아이스티를 한 모금 마셨다. 어쩐지 욕조 물에 연해진 피 맛이 났다.

"그런데 쿠알라룸푸르에서도 방콕과 비슷한 사건이 발생했는데 알아?"

"아뇨. 알아볼까요?"

나는 끄덕였다.

"호찌민에서 방금 돌아왔는데 미안하지만 현지에서 이걸 알아봐 주겠나?"

나는 메모지가 붙은 닛케이신문 페이지를 내밀었다.

"동사장님은 왜 이 사건이 우리 회사와 관련이 있다고 의심하세요?"

찬링이 기사를 훑어보고 물었다.

"이 기사를 알려준 사람이 다카기이기 때문이야. 게다가 어제 아침 시점에 다카기는 말레이시아에 있었어."

이번에는 찬링이 한숨을 쉬었다.

"동사장님은 그런데도 호찌민에 가시겠다는 거예요? 이미 판도라의 상자가 열리려 하고 있는지도 몰라요."

"판도라의 상자를 열려면 거기에 남은 것을 가지러 가야 해."

'잘 알겠지만 상자에 남은 '희망'이 달아나기 전에 뚜껑을 닫아야 하거든.'

"만약 자존심이나 의리 때문에 호찌민에 가려는 거라면 바보 같은 짓이에요."

"찬링……, 나는 그중 어떤 것도 갖고 있지 않아."

나는 바꿔치기했지만 가짜 머리카락과 치과 진료 기록을 가지고 호찌민으로 가서 '나베시마 후유카'의 사망을 J프로토콜과 도아인쇄에 알려야 한다. 그것밖에 판도라의 상자 뚜껑을 닫을 방법이 떠오르지 않았다. 찬링은 잠시 침묵했다가 입을 열었다.

"제가 받은 교육 중에 딱 한 가지 절대로 범해서는 안 되는 과오가 있습니다."

"그게 뭔데?"

"저 자신이 살해당하는 것도 포함해 살인 사건을 일으키면 안 된다는 거예요. 살인 사건이 발생하면 반드시 경찰이 움직이고 클라이언트에게 피해가 갑니다."

나는 문 앞에서 찬링을 돌아보았다. 그녀는 분명 우수하다. 가능하면 다른 곳에서 다른 일을 같이 하고 싶었다.

"고마워."

그래도 나는 그곳으로 가야 한다.

✝

HK프로토콜 사무실에서 트램을 타고 센트럴로 돌아왔다. 나는 ifc 사무실에는 돌아가지 않고 그라운드 플로어의 스타벅스에서 아이스티를 마시며 모리카와를 기다리기로 했다. 욕조에 퍼진 핏빛이 아름다웠다는 생각이 드는 동시에 새하얀 모래톱 위에 퍼지던 반의 피가 떠올랐다. 그것은 붉다기보다는 검었고 녹아가는 아이스크림처럼 끈적이는 느낌이었다. 그런 차이가 나는 이유는 모르지만 틀림없이 나는 반과 같은 피를 흘리게 될 것이다.

정신이 들자 2인용 테이블 앞에 모리카와가 서 있었다. 흰색과 붉은색의 하운드투스 체크무늬 플레어스커트를 입고 있었다.

"기다리셨어요?"

"용건이 빨리 끝났지만 사무실로 돌아가기가 그래서 땡땡이 좀 부렸어."

나는 플라스틱 컵을 들고 일어났다.

"아침에는 바지 정장 아니었나?"

"맞아요."

"갈아입었어?"

나는 입구 앞에서 기다리는 회사 차를 향해 걸으며 모리카와에게 물었다.

"동사장님은 휴가가 끝난 다음에는 늘 일찍 퇴근하셔서 방심했어요."

"그것과 굳이 집으로 돌아가 옷을 갈아입고 오는 게 무슨 상관이 있지?"

"모처럼 동사장님이 같이 밥 먹자고 해주셨는데 옷이 섹시하지 않으면 실례잖아요?"

"그렇지도 않은데……."

하운드투스 체크무늬 스커트는 좋은 옷 같았지만 섹시함과는 거리가 멀어 보였다. 오히려 짙은 바지 정장이 양복을 입은 나와 잘 어울리지 않을까. 아무래도 모리카와의 색채 감각은 나와 맞지 않는다. 모리카와는 운전기사에게 미드레벨 에스컬레이터 밑까지 가달라고 지시했다. 그곳까지는 500미터도 안 되는데 퇴근 시간의 혼잡한 도로를 자동차로 가는 것보다 걸어가는 게 나았다는 생각이 들었다.

모리카와가 추천해준 가게는 미드레일 에스컬레이터 중간

즈음에서 골목으로 조금 들어간 곳에 있었다. 모리카와가 추천하는 곳답게 차분한 가게였다. 우리는 길 쪽 테이블로 안내받았다.

"건배."

스파클링 와인이 나오자 건배했다.

"동사장님이 홍콩에 부임하신 지 이제 곧 1년이네요."

"긴 것 같으면서도 순식간에 지나간 것 같아."

모리카와가 예약을 해두었는지 가리비 관자를 카르파초풍으로 요리한 전채가 나왔다.

"코스로 시켰는데 괜찮으세요?"

"응. 모리카와에게 맡길게."

모리카와는 아침에 사무실에서 봤을 때보다 표정이 훨씬 부드러웠다. 나는 에스코트 역할을 그녀에게 양보했다.

"오후에 다카기에게서 연락이 왔어?"

"아니요."

"그래……. 이제 곧 홍콩에서의 일도 끝날 것 같아."

모리카와는 온화한 표정이 무너지며 고개를 숙였다. 나는 식사를 하고 말을 꺼내면 좋았다고 후회했다.

"모리카와는 일본으로 돌아갈 마음은 없나?"

"동사장님이 아직은 홍콩에 계실 줄 알고 아무것도 생각 안 해봤어요."

"모리카와가 늘 말했듯이 J프로토콜 홍콩은 좋은 회사라고 할 수 없어. 일찌감치 그만두는 게 나아."

"동사장님은 일본으로 돌아가면 어쩌실 생각이세요?"

"글쎄……, J프로토콜은 퇴사하고 이대로 여행을 다닐까 생각 중이야."

가게에는 베이 쉬의 노랫소리가 대화를 방해하지 않을 정도로 잔잔하게 흘렀다. 영어와 일본어, 그리고 중국어가 섞인 투명하고 힘 있는 목소리였다.

"그게 동사장님에게 안전한 곳인가요?"

"안전한 곳으로 갈 수 있을 것 같아서 회사를 그만두는 거야."

"정말로요? 근거가 있어요?"

나는 끄덕이고 때마침 나온 말린 전복 스테이크를 먹었다.

"파트너분과 함께요?"

"유키코는 사정이 있어서 일본으로 돌아갔어."

잠시 침묵이 흐르자 나는 가게에 흐르는 음악을 들었다.

"나도 다시 여행이나 떠나볼까……."

"모리카와는 일본을 떠난 지 얼마나 됐지?"

"올해 여름으로 15년이 흘렀어요."

"내가 할 말이 아닌 건 잘 알지만 이미 충분히 긴 여행이야."

"일본으로 돌아가도 할 게 아무것도 없어요."

"대학에라도 가면 되지."

모리카와는 조금 놀란 얼굴이었다.

"오늘의 동사장님은 뜬금없네요."

"그렇게 되네. 모리카와라면 틀림없이 새로운 걸 시작할 수 있을 거야."

그렇다. 그녀라면 또 새로운 암호화 방식을 고안할 수 있을 것이고 5년 전에 이 도시에서 저지른 실수를 되풀이하지도 않을 것이다.

식당에 들어온 젊은 커플이 광둥어로 점원과 이야기했다. 광둥어를 습득했다고 하기는 힘들지만 월요일에 가게를 열다니 별일이라는 내용의 대화였다.

"홍콩에 부임하기 전에 우연히 만난 점쟁이가 내게 여행을 계속하게 되지만 여행을 계속할 힘을 가지고 있는지는 모른다는 말을 했어."

"그걸 시험해보려고 여행을 떠나는 건가요?"

"글쎄……. 지금이 여행 도중이라는 느낌이 들어."

"동사장님에게 일본이 안전한 곳이 아니라면 홍콩에서 여행을 끝내도 괜찮다고 생각해요."

"어째서?"

"작은 회사라도 차려서 절 비서로 고용해주세요."

그녀는 진지하게 말했다.

"나 못지않게 모리카와도 뜬금없네."

"만약 동사장님이 J프로토콜 홍콩을 떠나신다면 계속 부탁해볼 생각이었어요."

나는 진지한 표정으로 말하는 모리카와에게 대답을 얼버무리는 수밖에 없었다.

"여행을 계속하는 건 많건 적건 무언가를 계속 잃는다는 뜻이 아닐까 싶어. 모리카와는 처음 해외여행을 했을 때를 기억해?"

"네. 학생 때 여름방학에 프랑스로 갔어요."

"나도 학생 때 마추픽추로 간 게 첫 해외여행이었어. 로스앤젤레스 경유였지. 거기서 처음으로 내가 유색인종이라고 깨달았어."

식사가 진행되고 나는 직원에게 다이어트 콜라로 쿠바리브레를 만들어줄 수 있는지 물어보았다. 아쉽게도 다이어트 콜라는 없었으므로 일반 쿠바리브레를 주문했다.

"그 뒤로 일을 포함해 여러 나라를 다니는 사이에 인종차별을 당하고 가난한 사람들을 봐도 그러려니 하고 점점 무신경해졌어. 처음에는 여권을 훔쳐 가면 어쩌나, 지갑이 사라지면 어쩌나, 택시에서 바가지를 쓰면 어쩌나 하고 온갖 걱정을 하잖아?"

"그렇죠."

"하지만 어느 틈에 그런 건 걱정하지 않게 돼. 나만큼은 괜찮다는 근거 없는 자신감이 생기고 지갑이 사라져도 여행 가방 안에는 다른 신용카드가 있으니까 괜찮다고 안심하고……."

"그건 여행이 익숙해져서가 아닌가요?"

"하지만 여행에 가장 필요 없는 게 그 '익숙함'이 아닐까?"

모리카와는 스파클링 와인이 든 잔을 들며 고개를 갸웃거렸다.

"더는 가난한 사람을 보고 일시적인 연민을 느끼지도 않아. 혹은 손가락이 네 개밖에 없는 아이를 안은 노파를 봐도 이 거리에서는 구걸도 장사구나 하고 다 안다는 듯 생각하지. 그와 마찬가지로 아름다운 풍경을 봐도 아 이렇게 생겼구나 하는 생각밖에 안 들어."

"무슨 말씀이신지는 대충 이해해요."

"그러니 긴 여행은 안 하는 게 좋아. 여행에 익숙해지기 전에 일단 자신이 원래 있던 곳으로 돌아가야 해."

"만약 제가 도쿄로 돌아가면 언젠가 동사장님은 여행을 마치고 도쿄로 돌아오실 건가요?"

"그렇게 되면 좋겠다고 생각해."

나는 턱을 괴고 모리카와를 보았다.

"잠시 자리 좀 비울게요."

모리카와가 화장실에 간 사이에 나는 점원을 불렀다.

"쿠바리브레를 한 잔 더 주세요. 그리고 베이 쉬가 제임스 블런트의 'You're Beautiful'을 커버한 CD는 있나요?"

"네."

"들을 수 있을까요?"

"알겠습니다."

그에게 리퀘스트값으로 10홍콩달러 팁을 주었다.

"아, 이 레스토랑 이름인 '수음기'는 무슨 기계죠?"

그는 웃으며 대답해주었다. 모리카와가 테이블로 돌아오고 쿠바리브레가 나온 동시에 'You're Beautiful' 커버곡이 레스토랑 안을 채웠다.

"이 노래 좋아해요. 누가 커버한 거예요?"

"베이 쉬."

"중국인이에요?"

"맞아. 충칭 출신의 재즈가수야."

"다음에 아이패드에 넣어둬야지. 스펠링이 어떻게 돼요?"

모리카와는 고등학생 같은 표정으로 말했다.

"Bei Xu'일 거야. 중국어로는 몰라."

나는 '수음기 시대'라고 적힌 코스터에 스펠링을 써서 모리카와에게 주었다.

"동사장님이 J프로토콜 홍콩을 그만두시면 저도 퇴사할 거예요. 도쿄로 돌아갈지 어떨지는 그 다음에 결정할래요."

"그래."

나는 고개를 끄덕이고 쿠바리브레를 비웠다.

"약속해줬으면 좋겠어."

"뭘요?"

"모리카와는 안전한 곳에 있었으면 해."

"알겠어요."

모리카와가 끄덕이기만 해도 나는 행복해졌다.

그날 밤 모리카와는 웬일로 취했다. 내가 스파클링 와인을 거의 마시지 않아서 그녀가 혼자 병을 비운 탓인지도 모른다. 미드레벨 에스컬레이터 옆 계단을 내려가며 마쓰토야 유미의 '마지막 봄방학'을 흥얼거렸다.

——눈에 띄지 않았던 나와는, 나눈 말 헤아릴 수 있을 만큼

——알파벳 이름 순서조차 넌 아득히 떨어져 있었지

"모리카와는 고등학생 때 눈에 안 띄는 아이였어?"

"Maybe."

"그렇진 않았을 것 같은데."

"오늘 밤 동사장님은 자꾸 아무 말만 하시네요."

"하지만 모리카와와 나카이라면 M과 N이니까 이름 순서는 가까웠겠어."

폭이 넓은 계단을 이따금 한 걸음에 내려가지 못하고 천천히 내려갔다.

"분명 동사장님은 제 뒷모습 같은 건 신경도 안 썼을 거예요."

'내가 기억하는 건 네 뒷모습뿐이었어. 넌 날 돌아보지도 않았지.'

나는 모리카와가 돌아보게 만들고 싶어서 계단을 내려가던 걸음을 멈췄다.

"왜요?"

"아무것도 아니야."

'겨우 돌아봐줬어.'

"동사장님은 여학생들에게 인기 많았겠어요."

"글쎄……. 좋아하는 여자애가 있는데 말도 못했어."

만약 고등학교 자리 순이 50음도가 아니라 알파벳순이고 나베시마 후유카가 나카이 유이치의 앞에 앉았다면 우리는 어떤 어른이 되었을까. 넌 지금이 아니라 20년 전에 날 돌아봐줬을까. 내가 입학식이 끝나고 교실에서 반을 돌아보지도 않았고, 반이 두려워한 『맥베스』는 영원히 막을 올리지 않았을지도 모른다.

"그 여자애와는 '나눈 말을 헤아릴 수 있을 정도'였어요?"

"그랬지."

"아마 동사장님의 여자 친구가 다른 여자와 친해지지 않도록 단단히 지키고 있었을 거예요."

나는 웃었다.

"여자는 그런 짓도 해?"

"그럼요. 저도 동사장실 보안검색대를 강화했잖아요?"

'그건 날 암살자로부터 경호하기 위한 게 아니었어?'

완만하고 긴 언덕이 끝나자 회사 차가 기다리고 있었다.

"오늘은 모리카와가 차를 타고 돌아가."

"동사장님은 어떡하시고요?"

"센트럴까지 돌아가서 호텔 차를 부를 거야."

"걸을 수 있으세요?"

"모리카와보다는 똑바로 걸을 수 있어."

"앗, 오늘 저녁 밥값을 안 냈어요."

문을 연 운전기사를 기다리게 하고 모리카와가 말했다.

"괜찮아. 이르지만 생일 선물이야."

"제 생일을 아세요?"

"Maybe."

나는 모리카와의 말투를 따라했다.

"흠……."

"오늘이 아닌 건 알지만 다음 달에는 홍콩을 떠났을지도 모르거든."

"다음 달? 제 생일은 6월이에요."

'지금의 네 생일은 그렇겠지.'

"그럼 내가 착각했나 보네. 11월인 줄 알았어."

나는 모리카와를 차 뒷좌석에 밀어 넣었다.

"동사장님이 착각한 제 생일에 또 제대로 축하해주세요."

"그래."

"오늘은 잘 먹었어요. 생일에는 비서를 집에까지 데려다줘도 벌 받진 않을 거예요."

"응."

"안녕히 주무세요."

"잘 자. 조심하고."

나는 검은 BMW가 정체된 도로에 합류하는 걸 배웅하며 센트럴의 페리 선착장까지 걸었다. 호텔 차는 부르지 않고 스타페리로 빅토리아 하버를 건넜다. 도쿄도 10월의 밤바람은 기분 좋았다는 생각이 들었다. 슬슬 스타페리에서 보는 야경도 마지막이다.

호텔 방으로 돌아오자 테이블 위에 낯선 종이봉투가 놓여 있었다. 곁들여진 호텔 메시지를 보자 찬링이 보낸 것이라고 적혀 있었다. 안에는 하얀 화학섬유 속옷이 들어 있었다. 뭔가 싶어 종이봉투를 뒤집어보자 카드가 들어 있었다.

내일 아침 비행기로 쿠알라룸푸르로 출발합니다.

HTMC(호찌민시)에서의 경호는 다른 사람에게 의뢰했습니다. 이건 현재 구할 수 있는 가장 얇은 케블러 방탄조끼입니다. 만일에 대비해 착용해주세요.

무덥겠지만 셔츠는 비치니 재킷을 꼭 입으세요.

Ray Chane

♛

xiv

Saigon

− Early Autumn

　호찌민의 전쟁박물관에서 베트남전쟁 사진을 보고 있는데 양복 입은 남자가 시야 끄트머리에 들어왔다. 10월이지만 30도는 되는 평일 오후에 양복을 입고 이곳에 오는 손님은 드물다. 나는 사와다 교이치[역주: 일본의 종군사진기자. 미군 폭격으로 파괴된 마을에서 탈출하는 가족 사진으로 1966년 퓰리처상을 수상했다.]가 퓰리처상을 수상한 사진 앞에 서 있었다.

　"이봐……."

　그 남자가 일본어로 말을 걸어와 귀찮았다. 광둥어로 얼버무려야겠다고 생각하며 돌아보자 다카기였다.

　"뭐야, 다카기구나……."

　"주주총회 이후로 처음 보는데 인사가 고작 '뭐야'라고?"

　나는 양손을 바지 호주머니에 찔러 넣고 서 있는 다카기를 보았다.

　"그러게. 오랜만이야……."

"오랜만이야."

"출장이야?"

"그래. 본사에서 급하게 지시가 내려왔어. 넌?"

"예전에 HK프로토콜에 다니던 사원의 시신이 발견됐다며 영사관이 신원 인수자로 불러서 왔어."

다카기는 그래? 하는 얼굴로 내 옆에 섰다. 나베시마 후유카의 시신이 발견됐다면 J프로토콜이나 도아인쇄에서 나를 감시하기 위해 누군가를 파견할 거라고는 예상했지만 설마 다카기가 올 줄은 몰랐다.

✝

호찌민 일본영사관에서 HK프로토콜 사무실로 나베시마 후유카의 여권을 소지한 변사체가 발견됐다는 연락이 온 것은 10월도 절반이 지났을 때였다. 나는 그 소식을 들은 다음 날 비행기로 호찌민으로 들어와 영사관의 작은 회의실에서 변사체의 방에 있었다는 여권을 확인했다. 20대 후반으로 보이는 직원은 자신이 엘리트 관료라는 점에 자부심이 대단한 듯했다. 부채를 펼치면 '이런 잡무는 빨리 끝내고 싶다'고 적혀 있을 것 같은 분위기였다.

"왜 HK프로토콜 쪽에서 오시지 않고요?"

그는 내 명함을 보자마자 불쾌한 듯이 말했다.

"HK프로토콜은 저희 회사의 중요한 거래처로 인사 교류도 하는 기업입니다. 사망한 여성이 한때 저희 회사에 근무했던 관계로 제가 오게 되었습니다."

"명함 외에 뭔가 귀사의 사원이라고 증명할 물건이 있습니까?"

나는 J프로토콜 홍콩 사원증을 내밀었다. 그는 그런 것으로 수긍했는지 비교적 새것인 '나베시마 후유카'의 여권을 테이블에 놓았다.

"그 직원이었던 분이 맞습니까?"

"제가 현지법인에 부임하기 전이라 사진으로만 봤는데 어쩌면 다른 사람 같기도 합니다. 다만, 몇 년 전 사진이라 아니라고 단언하긴 힘드네요."

나는 열흘 정도 전에 찬링이 자살로 처리한 여성의 얼굴 사진을 보며 고개를 갸웃거렸다.

"그러시겠죠. 이 여권은 우리 외무성에서 발행한 게 아닙니다."

"네……."

직원은 시경 마크가 찍힌 불투명한 비닐봉투에서 여권을 하나 더 꺼내 사진이 있는 페이지를 펼쳤다.

"이 여성은요?"

"아……, 이쪽 사진은 사원증에 사용된 것과 똑같으니 저희 회사의 나베시마라고 생각합니다."

"알겠습니다."

직원은 두 여권의 얼굴 사진 페이지를 덮고 비닐봉투에 다시 넣었다.

"여권이 왜 두 개나 있습니까?"

"그걸 조사하는 건 저희의 일이 아닙니다. 다만, 첫 번째 여권은 싸구려 위조품이에요. 두 번째로 보여드린 건 IC칩이 들어가기 전에 발행된 여권인데, 유효기간이 만료됐지만 외무성에서 발행한 게 거의 틀림없습니다."

"그 외에 면허증이라든가 신용카드라든가, 나베시마 후유카라고 증명할 수 있는 건 없었습니까?"

"양쪽 다 시경이 보관하고 있고, 제가 확인했습니다."

그가 생색을 내며 말했다.

"시신을 확인할 수 있을까요?"

"시신은 시경 영안실에 보관되어 있습니다. 사진을 봤지만 부패한 데다 방에 쥐가 있었는지 민간인은 안 보는 게 낫습니다."

나는 고개를 가로젓고 직원에게 '나베시마 후유카'의 머리카락과 치과 진료 기록을 넘겼다.

"5년 전 그녀가 행방불명이 됐을 때 회사에서 보관하고 있던 겁니다. 이걸로 이 여성이 저희 쪽 사원인지 아닌지 확인해주실 수 있을까요?"

"외무성에서 발행한 여권을 가지고 있었다니까요."

직원은 '민간인'의 추궁에 익숙하지 않은지 노골적으로 불쾌한 표정을 보였다. 나는 내가 불려온 곳이 시경이 아니라 영사관이라서 오히려 다행이었다. 영어를 더듬더듬 하는 경찰관이었다면 이렇게까지 옥신각신하지 못했다.

"조금 전에 거의 틀림없다고 하셨는데……. 얼굴이 다른 사진을 붙인 여권을 가지고 있었잖아요? 동성동명의 다른 사람일지도 모르지 않습니까?"

"정정하죠. 정식 여권입니다. 이웃 사람에게 물어보니 위조여권 쪽 얼굴을 본 기억이 있다고 하던데 사정이 있어서 성형이라도 했나 보죠."

"회사에 영사관 관계자가 '생각한다더라'라든가 '이러이러할 거다, 라고 했습니다'라고 보고서를 올릴 수는 없습니다."

'당신도 엘리트 관료 중간관리직이니 그 정도는 알잖아.'

"저희 쪽에서 시경에 나베시마 후유카 씨가 맞음을 확인했다고 보고하고 나중에 그 내용의 사망통지서 사본을 보내겠습니다."

"만일에 대비해 그쪽에서도 확인하도록 경찰에 부탁드릴 수 있을까요?"

나는 그에게 준 머리카락과 치과 진료 기록을 가리켰다.

"뭐, 물어는 보겠습니다. 하지만 DNA 감정에 시간이 얼마나 걸릴지는 모릅니다."

"감사합니다."

"다른 유품은 어떻게 하시겠습니까?"

"그쪽에서 처분이 안 된다면 제가 처리 업자를 찾아보겠습니다."

"그렇게 처리해주시면 감사하겠습니다. 아무래도 저희는 국민의 세금으로 일하는 입장이라……"

'그 국민에 나도 포함되어 있는 걸 알고나 있나? 내년 납세액은 10억 엔을 넘으니 엔화로 2, 3만 엔 정도 쓴들 아무도 뭐라고 하진 않을 텐데.'

"알겠습니다. 그럼 신원이 확실해지면 저희 회사 직원에게 처리하라고 하겠습니다."

"네, 그래서 굳이 베트남까지 오시라고 부른 거니까요."

나는 이 직원도 납세자에게 '오시라고 불렀다' 같은 이상한 표현을 쓴다고 생각하며 자리에서 일어났다.

†

"여기 온 건 두 번째야."

다카기는 고엽제 피해자 사진 앞에서 말했다.

"한 번 보면 충분하지 않아?"

"첫 번째는 반과 왔었지."

"그래?"

몸통이 이어진 두 젖먹이 사진이나 눈이 이상할 정도로 몰리고 한쪽 눈이 하얗게 변한 노파의 사진을 보며 우리는 천천히 걸었다.

"이 사진 앞에서 반이 '나카이는 제노사이드를 일으키지 않는 왕이다'라고 했지."

"그래서?"

"내가 '왕이 되더라도 제노사이드는 일으키지 않을 타입이겠지'라고 정정했더니 넌 이미 왕이라고 하더라."

"너는 어느 쪽이래?"

"글쎄……. 내 얘기는 없었어. 아마 그 친구 눈에 나는 왕과는 무관한 타입이겠지."

나는 사진을 한 차례 둘러보고 벤치에 앉았다.

"쿠알라룸푸르 기사는 뭔가 관련이 있어?"

"일본계 기업이 채용한 사원의 ID카드에서 IC칩 내용이 조작됐어."

"J프로토콜 고객이야?"

"아니면 신경도 안 썼겠지."

나는 무릎에 팔을 짚고 고개를 숙였다.

"그렇다고 꼭 사람을 죽였어야 했어?"

"너처럼 유들유들하게 '우연이겠지'라고 하고 싶지만 본사에서는 그럴 필요가 있었어. 방콕 건과 마찬가지로 예상치 못한 단기간에 암호를 풀었거든."

"그거야말로 우연히 비밀키를 발견했는지도 모르잖아."

"하지만 방콕과 쿠알라룸푸르의 두 사람에게는 공통점이 있어."

"일본 IT 대기업 사원이라는 거겠지."

"이봐……, 내가 본사에 알려지지 않도록 몰래 사건을 알려 줬는데 아무것도 조사 안 해봤어?"

"알아보라고 시켰어."

"앉아서 으스대지만 말고 가끔은 직접 알아봐. 그러니까 중요한 정보를 놓치는 거야. 살해당한 두 사람은 도립 아오바다이 고등학교 졸업생이야."

나는 가볍게 받아칠 여유가 사라졌다. 다카기는 나와 반 중한 사람이 복호 방법을 흘렸다고 전하고 싶었던 것이다.

"반은 지금 어디 있어?"

"행방불명이야."

"반이 쿠알라룸푸르에 간 건 반년 전이야. 방콕을 마지막으로 찾은 건 8개월 전이고. 그리고 7월에는 일본으로 귀국했고 그 뒤로 출국 기록이 없어. 정확히는 K섬에서 반 고스케라는 이름을 가진 남자가 하늘길로 움직인 기록이 없어. 비서의 출국 기록은 있지만."

"그런 걸 용케 조사했구나."

"외무성이나 항공회사 서버를 해킹해달라고 중국에 의뢰하면 100만 엔도 안 들어. 그리고 반은 행방불명이 아니라 이미 죽었겠지."

"거기까지 알면 나한테 물어볼 필요도 없겠네."

"뭐, 그렇지. 반이 7월부터 넉 달째 K섬에서 바캉스를 즐기고 있을 것 같지도 않고, 그 작은 섬에서 행방불명되기도 어려워. 동중국해에 가라앉았다고 보는 게 타당하지. 그러면 당연히 J프로토콜은 도립 아오바다이 고등학교를 졸업한 다음 사원을 찾겠지."

"나구나……."

"너와 똑같이 본사 놈들도 직접 알아볼 줄을 몰라. 으스대며 '알아보라고 시켰어'라고 말씀하실 뿐이지. 그래서 본사는 네가 도립 아오바다이 고등학교 졸업생이란 건 몰라."

"뭐?"

"지금으로선 그걸 아는 사람은 나 정도야."

다카기의 말이 잘 이해되지 않았다.

"어째서?"

"본사 데이터베이스에 나카이는 도립 다카노다이 고등학교 졸업생으로 되어 있어."

"그 다카노다이 고등학교라는 게 뭔데?"

"우연히도 내가 졸업한 고등학교야. 우리가 학교에 다니던 시절에는 8학구 중에서 두 번째로 높은 진학고였어. 해마다 도쿄대에 몇 명씩 합격자를 배출했지."

"도립 고등학교에 학구가 8개나 있구나."

다카기가 한숨을 내쉬었다.

"도쿄도는 23구뿐이고 구니다치시는 가나가와현이라고 생각하는 초등학생 수준이구나."

"관심이 없었을 뿐이야."

"본사 인사부에 전화를 걸어 네가 학력을 사칭했다고 이르고 싶어지네."

"그렇게 해. 전화 빌려줄까?"

다카기가 또 다시 한숨을 쉬었다.

"반은 너와 같은 고등학교를 다녔다고 했어. 그때는 어느 학교인지는 물어보지 않았지만."

"숨겨도 소용이 없으니 말하자면, 반과는 1학년 때 같은 반이었어."

"그래서 네 데이터베이스를 다시 살펴봤어. 네가 왜 학력을 위조해야 했는지를 알아봤지."

"미안하지만 학력을 위조한 적은 없어. 애당초 학력을 위조하는 건 대체로 최종 학력이잖아. 들어본 적도 없는 미국 대학의 MBA를 가지고 있다든가."

"동감이야. 내 입으로 말하긴 그렇지만 굳이 사칭할 정도의 학교도 아니거든. 그래서 네 채용 시 이력서 파일을 조사했지. 그건 손으로 직접 쓴 거니까. 거기에는 1989년 3월 도쿄 도립 아오바다이 고등학교 졸업'이라고 제대로 적혀 있었어."

"그런 걸 알아볼 시간이 있으면 나한테 먼저 전화하지 그랬어."

"졸업한 학교 이름을 속인 거 맞냐고? 그런 걸 본인에게 묻는 바보가 어디 있어?"

"뭐, 어떻게 물어보느냐에 따라 다르지만. 그보다 밖으로 나갈까? 담배를 피우고 싶은데."

우리는 벤치에서 일어나 박물관 정원으로 나왔다. 흡연소는 베트남전쟁 당시의 전투기 옆에 있었다. 나는 나온 김에 박물관 문 밖에 있는 리어카를 끄는 남자에게서 코코넛 열매 두 개를 사서 빨대를 꽂아달라고 했다.

"뭐지……. 오래된 전투기 옆에서 양복을 입고 태평하게 코코넛 주스를 마시며 학력 위조 이야기를 하다니."

다카기는 어이없는 표정으로 나무 그늘 벤치에 앉았다.

"방콕 거보다 맛있어."

"누가 맛 이야기한대?"

4월에 'White Christmas'를 들은 미국인도 있었으니 코코넛 주스를 마시며 살인 사건을 이야기하는 일본인이 있어도 이상할 건 없다.

"아무도 다카기가 방콕과 쿠알라룸푸르의 일본인 살인 사건에 대해 이야기하는 중이라고는 생각하지 않겠지."

"나한테 그런 말 할 입장이야?"

"네가 직접 그랬잖아. 우연이 아니라 그럴 필요가 있었다고."

"방콕에서 자주 가는 바 점장이 지난달에 욕조에서 익사했어. 그 퉁명스러운 비서 아가씨와 이야기하면 기분이 우울해지니까 J프로토콜 홍콩 대표 번호로 걸어 사장님 계시느냐고 물었더니 너는 휴가 중이라더라. 어디서 휴가를 보냈어?"

"홍콩 호텔에서 뒹굴거렸지."

"다지마 유키코가 수완나품국제공항에서 태국으로 입국했는데? 네가 휴가를 낼 때마다 사람이 죽는구나."

'유키코 일까지 조사했구나……'

"세상에서 매일 누군가는 욕조에서 익사해. 마약을 하고 욕조에 빠져 죽는 사람과 내 휴가에 인과 관계가 있다면 난 휴가 신청을 인터폴에 해야 하나?"

"웬일로 말이 헛나왔네. 마약을 한 건 어떻게 알았어?"

다카기가 웃었다.

욕조에서 익사하는 놈들이 다 그렇지, 라고 하려다 다카기에게 양보하기로 했다. 지금 호찌민에 있고 J프로토콜이 쉽게 사람을 죽이는 기업임을 알고 있으면 다카기는 나베시마 후유카 일에 말려든 것이다.

"가끔은 욕조에서 익사한 사건과 내 휴가에 인과 관계가 있다는 거지."

"겨우 나한테 양보할 마음이 생긴 거야?"

나는 담배에 불을 붙이고 끄덕였다.

"넌 어디까지 발을 들인 거야?"

"내가 알고 싶어."

"5년 전 나베시마 후유카라는 기술자가 J프로토콜 홍콩에서 실종됐어. 우리가 파는 IC카드 암호화 방식 개발자야. 그건 알아?"

"들었어. 그 기술자는 쓰다쥬쿠대학 수학과를 졸업하고 홍콩대학에서 박사 학위를 딴, 암호방식론에서는 제법 유명한 사람이야. 그 기술자가 실종되기 전에 공개키가 기록된 카드가 여러 장 있으면 비밀키를 예측하는 방법이 있다고 사원에게 말했지. 당시 J프로토콜 홍콩을 이끌던 이노우에는 그 여성을 감금하고 해법을 알아냈어."

"거기까지 안다면 아주 깊이 말려들었구나. 그런데 그 기술자를 바로 죽이지 않은 건 그 사람의 신변에 무슨 일이 생겼을 때 자동적으로 해법이 유출되지 않는지 확인하고 싶어서라는 게 내 예상인데 맞아?"

"나도 그렇게 생각은 하지만 그건 몰라. 이노우에가 그 일을 5년 전 시점에서 본사는 물론 도아에도 보고하지 않았다는 것밖에 몰라. 그리고 그 기술자를 놓치는 실수까지 범했지."

코코넛 주스와 나무 그늘 덕분에 그 벤치는 편안했고 학창 시절 추억을 나누는 기분이었다. 다른 점이라면 양복을 입고 셔츠 밑에는 방탄조끼까지 입었다는 것 정도다.

"그런데 5년 전에 나베시마 후유카가 홍콩에서 벗어난 기록도 없고 당연히 홍콩에서도 발견되지 않았어. 이노우에는 처음에는 사원이 아닌 외부인에게 그 사람을 찾게 한 모양이지만 끝이 안 나니 고등학교 동창인 반을 불렀어."

"그랬나 보더라. 반만 불려간 건 그 시점에서 나카이가 아오바다이 고등학교 졸업생이 아니었기 때문이야. 즉, 누군가가 나카이 차례가 돌아오지 않도록 네 학력을 바꿔치기한 거지."

"황송하게도 우리가 입사했을 때부터의 데이터베이스 백업 데이터를 조사했어? 그보다 용케 그걸 해냈네."

"이번에는 나베시마 후유카를 조사한다는 명분이 있었으니까. 시간도 충분히 있었고. 물론 16년치나 조사할 만큼 바보는 아니야."

나는 고개를 갸웃거렸다.

"갱신 로그나 차등 백업을 조사했어?"

"인사정보 데이터베이스를 조작하는 놈이 그런 걸 남겨둘 것 같아?"

"하긴 그렇지."

"아무튼 내가 조사한 건 5년치로 충분했어. 그 여자가 실종된 이듬해인 2006년 봄에 네 이력이 수정되었어."

"반인가……?"

"그랬다면 나한테 너와 같은 고등학교를 졸업했다고는 하지 않았겠지. 애당초 그 데이터베이스는 네트워크에 연결되어 있지 않아."

다카기의 말대로 반은 아닐 것이다. 반 스스로도 내가 나베시마 후유카 수색에 불려나오지 않은 걸 의아하게 여겼다. 소거법을 적용하면 데이터베이스 조작은 나베시마가 했다는 결론이 난다. 린파는 마카오의 레스토랑에서 '휴카는 당신이 여기 온다는 데 베팅했다'고 했다. 그렇다면 나베시마는 마카오에서 망명한 후 베팅금을 더 올렸다는 뜻이다.

"내 예상인데, 역시 네가 직접 바꿔치기한 거 아니야? 경영기획부 관리직이면 무슨 구실을 대서 인사부 데이터베이스를 조작하는 게 불가능하진 않으니까."

말없이 나베시마 생각을 하던 나에게 다카기가 물었다.

"아니야. 그 데이터베이스에 보안 허점이 있을 뿐이야. 말 안 했지만 데이터베이스의 내 기록에 'TBD'라고 적은 건 반과 이노우에의 지시를 받고 움직이던 녀석이야. 이노우에가 중국 같은 데에 의뢰했겠지."

"무엇 때문에?"

"수렁에 빠진 걸 나에게 알려주려고."

나는 고물이 된 전투기를 올려다보고 담배를 끈 뒤 코코넛 주스를 마셨다.

"그런데 다카기는 어쩌다 이 일에 말려들었어?"

"8월에 마닐라에서 빌딩 출입용 ID카드의 IC칩이 조작당했어. 그 시점에서는 빌딩 관리회사에서 비밀키가 유출된 줄 알고 본사에서도 대수롭지 않게 여겼지. 하지만 연달아 이번에는 방콕의 블록카드를 변조했어. 그래서 부사장 사타케에게 불려갔지."

"처음 들었어. 쿠알라룸푸르 건도 그렇지만 왜 마닐라 사건은 J프로토콜 홍콩에 알리지 않았지?"

"그야 J프로토콜 홍콩을 의심해서 그랬겠지. 그리고……."

"그리고?"

"이 일은 부사장이었던 이노우에가 살해당하기 전까지 사내에는 알려지지 않았어. 하지만 그 후 이노우에가 나베시마라는 기술자에게 들은 내용을 반이 도아인쇄에 알렸어. 게다가더욱 효율적인 해법을 준다는 조건으로 HK프로토콜의 완전한 독립을 도아인쇄에 요구했지. 즉, HK프로토콜에 손대지 말라고 했어."

반은 이노우에가 자살한 다음 주에 도쿄로 가 HK프로토콜 주식 양도증서를 만들어 돌아온 뒤 다시 도쿄로 돌아갔다. 하지만 반이 도아인쇄와 그 정도의 담판을 지었다니 의외였다.

"혹시나 싶어서 묻겠는데, 마닐라의 그 사람도 죽었어?"

"그런 흉흉한 소리 마. 운 나쁘게 마약 거래에 말려들었을 뿐이야."

"그 사람도 도립 아오바다이 고등학교 졸업생?"

"맞아. 나이는 꽤 젊었지만."

"반이 설치한 판도라의 상자구나……."

'그러고 보니 반은 무슨 일로 전화를 걸었을 때 마닐라에 있었지.'

반은 그런 잔꾀를 부리면서까지 나를 맥베스로 만들고 싶었던 것이다. 반에게는 자신이 죽은 뒤라 할지라도 희곡의 주박에서 벗어나기 위한 유일한 수단이었는지도 모른다.

"지금 네 얼굴을 보니 정말 그런가 보네. 반이라면 도호쿠대학 공학부 졸업생이든 고텐바 연구센터에서 이직한 사람이든 IT 기업에 근무하는 사람을 얼마든지 알 텐데 그들을 피하고 일부러 너와 접점을 만들었어."

"하지만 누군가가 나를 타카노다이 고등학교 졸업생으로 바꿔놓았기 때문에 본사와 도아인쇄는 나와 그 사람들의 접점을 알아내지 못했다는 거야?"

"그렇게 되지."

재킷 안주머니에서 휴대전화가 진동하며 전화가 온 것을 알렸다. 호찌민 시내에서 걸려온 전화였다.

"신짜오?"

"외무성 고쇼가와라입니다. 나카이 씨 전화번호가 맞습니까?"

"나카이입니다. 수고 많으십니다."

다카기에게 작은 소리로 "영사관이야."라고 말했다.

"몇 번이나 걸었는데 안 받으시더라고요."

말투에 가시가 있었다. 그는 여전히 성가신 일을 떠맡았다고 생각하는 듯했다.

"시경에서 연락이 왔는데 치과 진료 기록과 시신의 치아 모양이 일치했다고 합니다."

"그래요? 감사합니다. 그럼 DNA 감정은요?"

"이 나라에서 그렇게까지 하려면 한 달 넘게 걸린다고 합니다. 비용도 들고요."

"알겠습니다. DNA 감정은 됐습니다. 그럼 사망통지서가 나옵니까?"

한 달 사이에 또 다른 문제가 생기지 않는다고 장담할 수도 없다. 이쯤에서 마무리하는 게 나을 것이다. 찬링이나 리청명의 말대로 살인을 해도 살인 사건은 일어나지 않는 게 좋다.

"시경의 외국인 안내데스크에서 대응해줄 겁니다. 나카이 씨가 직접 가시겠습니까?"

"네. 언제쯤 가면 될까요?"

"이미 서류는 다 되어 있다고 합니다. 그럼 나카이 씨가 가시는 거 맞죠?"

"네, 제가 갈 겁니다."

"그럼 그렇게 해주세요. 이쪽도 여러모로 바빠서요."

마음(心)을 잃는다(亡)고 쓰고 '바쁘다(忙)'라고 읽는다고 속으로 그를 나무라고 전화를 끊었다.

"나베시마 후유카의 사망통지서가 나왔대. 이제 시경으로 갈 건데 다카기는 어떡할래?"

나는 휴대전화를 재킷 호주머니에 다시 넣고 다카기에게 물었다.

"같이 갈게. 그게 이번 내 업무니까."

"그랬지."

우리는 다 마신 코코넛 열매를 리어카의 코코넛 상인에게 돌려주고 박물관 앞에서 손님을 기다리는 택시에 탔다. 택시는 스쿠터 사이를 헤치듯이 시경으로 향했다.

"나베시마 후유카는 나카이가 죽였어?"

정체된 스쿠터 대열을 보던 다카기가 불쑥 물었다.

"맞아."

나는 다카기와는 반대 방향을 보며 말했다.

"그걸 계기로 암호화 해법이 공개되면 어떡하려고?"

"그럼 본사는 어쩔 셈이었어?"

"그걸 확인할 때까지 나베시마 후유카를 죽이지 말라고 지시받았지."

"어떻게 확인하지? 본인에게 '당신이 죽으면 암호화 해법이 인터넷상에 퍼질까요?'라고 물어봐?"

"묻는 방법은 다양하니까. 쓸데없는 말까지 하게 하지 마."

다카기는 그렇게 말하고 택시가 시경에 도착할 때까지 침묵했다.

시경의 외국인용 안내데스크는 일본영사관에 비하면 훨씬 정중했다. 30대 초반으로 보이는 여성 경찰관은 일본인인 영사관 직원보다도 정확한 일본어를 썼다.

"삼가 고인의 명복을 빕니다."

여권을 보여달라, 근무지를 증명하라고 말하기 전에, 어째서 영사관 직원에게서는 이 한마디가 나오지 않는 걸까.

"저희야말로 폐를 끼쳐 면목 없습니다."

나와 다카기는 각자 여권과 명함을 제시했다.

"시신을 확인하시겠습니까?"

다카기가 순순히 "네."라고 대답하고 말았다. 하는 수 없이 경찰관과 다카기 뒤를 따라 지하 2층에 있는 영안실로 내려갔다. 영안실은 피트니스 클럽 로커룸 같았다. 여성 경찰관은 바인더에 끼워진 서류와 로커 번호를 확인하고 그 중 하나를 열쇠로 열어 슬라이드식 철판을 꺼냈다. 냉기와 함께 나타난 철판 위에는 원형을 잃어버린 시신이 누워 있었다. 머리카락은 새하얘졌고, 군데군데 남은 피부는 푸르스름한 부분과 거무스름한 부분이 반반이었다. 머리카락이 길지 않으면 남성인지 여성인지 상상도 되지 않았을 것이다. 뚱뚱했는지 말랐는지도 알 수 없었다. 회수했을 때는 장기가 남아 있었는지 복부에 흰 천이 감겨 있었다.

나는 그것을 말없이 내려다보았다. 지독한 냄새를 각오했는데 로커 안은 냉장되어 있는지 썩은 물 같은 냄새가 날 뿐 참지 못할 정도는 아니었다.

"근처에 화장실이 있습니까?"

옆에 있던 다카기가 입을 손으로 막으며 말했다. 여성 경찰관은 출구를 가리키며 "나가서 오른쪽입니다."라고 베트남어로 말했다. 그녀 역시도 입으로 나오는 말을 베트남어에서 일본어로 변환할 여유가 없었는지도 모른다. 다카기는 입을 막은 채 영안실을 나갔다.

나는 원래의 모습을 잃어버린 시신을 내려다보며 방콕에서 자살한 딸의 시신을 봐야했을 유키코의 부모님을 생각했다. 찬링에게 얼굴을 없애라고 지시했으므로 그 시신은 지금 눈앞에 있는 이 시신보다 더 처참했을지도 모른다. 그때 유키코의 부모님 안에 쏟아낼 상대도 없는 비통함보다 나를 향한 분노가 소용돌이쳤다면 나도 조금이나마 구원받을 것 같다. 그들이 아무리 분노를 쏟아내도 나는 그 시신이 유키코가 아닌 걸 안다. 설령 진실을 말하지 못하더라도 그들의 분이 풀릴 때까지 욕설을 들어도 참을 수 있다. 하지만 그 감정이 갈 곳 없는 슬픔이었다면 나는 스스로를 책망하는 수밖에 없다.

"이제 됐나요?"

얼마나 오랫동안 그 시신을 보고 있었을까? 여성 경찰관의 목소리는 조금 질린 투였다. 다카기는 아직 화장실에서 돌아오지 않았다.

"네, 충분합니다."

나는 영안실 밖에 있는 다카기와 함께 석양이 비치는 응접실로 안내 받았다.

"이쪽이 사망통지서입니다."

나는 영어로 적힌 서류를 훑어보고 다카기에게 주었다.

"그리고 이 여권도 돌려드리겠습니다."

여성 경찰관은 통지서와 함께 '나베시마 후유카'의 여권을 갈색 봉투에 넣어주었다.

"또 다른 여권에 대해서는 일본 영사관에서 들으셨습니까?"

"네."

"그 여권은 부끄럽지만 국내에서 위조된 것 같으니 내드릴 수는 없습니다."

"네, 괜찮습니다."

"수령증에 서명을 해주셔야 합니다. 그리고 죄송하지만 대표 한 분만이라도 괜찮으니 여권 사본을 받아두어야 합니다."

나는 먹지로 복사되는 수령증에 사인하고 경찰관에게 여권을 주었다. 그녀가 인사하고 자리를 떠나자 다카기가 겨우 입을 열었다.

"그런 걸 잘도 보더라?"

"네가 보고 싶다고 했잖아. 그리고 '그런 거'라는 표현은 실례야."

"그렇겠지만⋯⋯."

나는 응접실로 돌아온 직원에게 여권을 돌려받고 갈색 봉투를 들고 자리에서 일어났다.

"저희 회사 사원 때문에 번거롭게 해드려 정말 죄송합니다."

"괜찮아요. 두 분과 마찬가지로 저도 이게 일이니까요."

그녀에게는 공항이용세와 숙박세 정도밖에 내지 않는 걸 미안하게 생각하며 깊이 머리를 숙였다. 응접실을 나서려는 나를 그녀가 불러 세웠다.

"시신은 어떻게 하시겠어요?"

"어떻게 하다니요?"

"부검은 다 끝났으니 냉동 상태로 일본으로 보내드릴 수도 있습니다. 화장하신다면 유골 상태로 가지고 가시 수도 있고요."

"화장 수속은 이쪽에서 가능합니까?"

"네, 물론이죠. 이쪽 서류에 필요한 사항을 적어주시면 됩니다."

나는 소파에 다시 앉아 서류를 받았다. 몇 페이지나 되는 영문 서류의 첫 페이지를 읽어봤지만 전문 용어가 많아 이해가 될 것 같지도 않았다.

"내용을 확인하고 싶으니 내일 다시 와도 될까요?"

"그럼요. 지금 화장장을 예약할까요?"

나는 고개를 끄덕이고 자리에서 일어났다.

시경 청사를 나왔을 때는 이미 저녁이라고 해도 좋을 시간이었다. 바큇자국이 많은 길을 수많은 스쿠터가 오가 경찰서 앞인데도 신호를 받고 길을 건너기도 어려워 보였다.

"어쩐지 긴 하루였어."

다카기가 양손을 깍지 끼고 머리 위로 뻗으며 몸을 쭉 늘였다.

"그러게. 넌 이 일이 정리되면 방콕으로 돌아갈 거야?"

"본사에 보고해야 하니 일단 도쿄로 갈 거야. 방콕으로 돌아가는 건 그 다음이지."

나는 시경에서 받은 서류가 든 갈색 봉투를 다카기에게 주었다.

"내가 받으라고?"

"EMS보다 빠를 것 같아서. 본사에 가지고 가."

"너희 회사 사원이었잖아."

"하지만 나베시마 후유카를 찾는 건 J프로토콜과 도아인쇄잖아. 대신 화장동의서 내용은 내가 확인해둘게."

입씨름을 계속해도 시간만 아까우니 나는 다카기에게 봉투를 주고 도로의 택시를 향해 손을 들었다. 혼자 있고 싶었지만 다카기도 택시에 같이 탔다. 우리는 말없이 스쿠터 정체길에 섞여들었다.

"다카기……, 넌 어느 쪽이야?"

"뭐가 어느 쪽이야?"

"수렁에 빠져 허우적거리는 쪽이야? 아니면 강 건너 불구경하는 쪽이야?"

"이미 예전에 빠졌지."

다카기는 그런 것도 모르냐는 투로 말했다.

"그렇다면 나베시마의 사망통지서를 확인하고 나를 죽이라는 지시를 받았어?"

"이 친구야, 나한테 널 죽이라는 지시가 내려올 리 없잖아."

"왜?"

"다음은 내 차례라고 알려주는 것과 똑같으니까 그렇지. 사타케도 부하의 의욕을 꺾는 말을 할 정도로 아둔하진 않아."

"하긴, 그렇지."

"그런 수준으로 용케 관리직 시험을 통과했구나."

나는 속으로 '너와는 시험을 받은 연차가 다르거든.' 하고 쏘아붙였다.

나는 호텔 방으로 돌아와 찬링에게 쿠알라룸푸르를 조사할 필요가 없어졌다고 문자를 보내고 샤워를 했다. 멍하니 있다가 내 데이터베이스를 수정한 나베시마가 신경 쓰여 린파에게 전화를 걸었다.

"네이호우? 나카이야."

"네이호우."

나는 마카오에 있을 린파를 상상했다.

"궁금한 게 있어. 지금 전화해도 괜찮을까?"

"괜찮아요, 말씀하세요."

"빌딩에서 격리된 방 안에 있고 네트워크가 연결되어 있지 않은 컴퓨터를 해킹할 수 있어?"

내 질문에 국제전화 회선 안에 침묵이 흘렀다.

"웨이?"

"듣고 있어요."

"대답할 수 없으면 그렇게 말해도 돼."

"아뇨, 방법을 생각하고 있었을 뿐이에요. 그 컴퓨터가 다기능 복합기에 연결되어 있으면 경우에 따라서는 가능합니다."

"왜 복합기가 문제가 되지?"

"제조사의 서비스 차원에서, 복합기 트러블을 원격 감시하기 위해 네트워크에 연결하는 경우가 있기 때문이에요."

"그렇구나."

"그 경우 복합기 제조사 서버에만 들어가면 그 다음부터는 간단합니다."

"고마워. 답례로 다음에 저녁 살게."

"마음 써주셔서 감사합니다."

"나야말로."

"안녕히 주무세요."

전화를 끊자 위화감이 남았다. 지금의 통화는 뭔가가 달랐다.

†

화장장은 시가지 외곽에 있었다.

소박한 관에 옮겨진 시신은 시경의 호송차 같은 차로 옮겨졌다.

"같이 타시겠어요?"

경찰관이 영어로 물었지만 다카기가 거절해 우리는 택시로 그 차량을 뒤따라갔다. 화장장에서 승려가 베트남어로 뭐라고 했지만 나는 그 말을 이해하지 못했다.

"불교의 무슨무슨 종파의 방법으로 해도 되겠냐고 묻는데?"

다카기가 내게 통역해주었다.

"또 어떤 종파가 있는데?"

"난들 아나? 궁금하면 직접 물어봐."

베트남 불교에 어떤 종파가 있는지 알 리도 없고 종파에 따라 뭐가 다른지도 모른다. 나는 말없이 승려에게 끄덕였다.

다비 전에 관을 여는데 어느 틈에 다카기는 이미 자리에 없었다. 나도 그러고 싶었지만 하는 수 없이 염불을 외는 동안 부패한 시신을 내려다보아야 했다. 승려는 아마도 눈을 감으라고 했겠지만 눈을 감으면 다시 방콕에서 유키코를 보았을 부모님이 떠오른다. 그러느니 부패한 시신을 보는 편이 나았다. 다비는 두 시간 정도 걸렸다.

나와 다카기는 그 동안 화장장 바깥 벤치에서 멍하니 시간을 보냈다. 아무리 그래도 화장장에는 코코넛 열매를 파는 리어카는 보이지 않았다. 나는 재킷 호주머니에서 스타페리 모양의 USB 메모리를 꺼내 다카기에게 주었다. 반의 집을 정리하면서 회수한 것이다.

"뭐야?"

"홍콩 기념품 USB 메모리야. 안에는 프로그램 코드가 세 개 들어 있어. 첫 번째는 지금 J프로토콜이 사용하는 암호화 방식이고, 두 번째는 그걸 복호하는 코드야."

"세 번째는?"

"첫 번째 암호화 방식을 강화한 코드야."

"어디서 구했어? 그걸 나한테 줘서 어쩌려고?"

"한꺼번에 그렇게 많이 질문하면 어떻게 대답하라고?"

짧은 침묵이 흘렀다.

"넌 네가 뭘 가지고 있는지 알고 그런 태평한 소리를 하는 거야?"

"알아. 이것 때문에 너도 나도 사람을 몇 명이나 죽여야 했지."

"이게 호주머니에 넣어 가지고 다닐 물건이야?"

"프로그램 코드는 암호화되어 있어. 나베시마 후유카와 함께 다비에 부칠까 싶어 가지고 왔는데 시신을 보고 있는 사이에 마음이 바뀌었어."

다카기는 받은 스타페리 모형을 쪼개보고 그것이 USB 메모리가 맞는지 확인했다. 나는 담배에 불을 붙였다.

"J프로토콜이 사용하는 암호화 방식을 두 번째 걸로 바꾸면 이 소동은 가라앉아. 나베시마 후유카의 방에서 나왔다고 하고 사망통지서와 함께 도쿄로 가지고 가."

"프로그램 코드 암호화 패스워드는?"

"아오바다이. 모두 알파벳 소문자야."

"반은 우연히 이 도시에서 나베시마 후유카를 발견하고 암호화 방식 해법을 들었다고?"

'다카기, 넌 날 이기지 못해. 그 빠른 머리 회전 덕분에 나를 그 이상 추궁하지 못할 테니까.'

"뭐, 그런 걸로 막을 내리지 않을까……?"

사이공의 파란 하늘을 향해 담배 연기를 내뿜었다. 연기는 이내 10월의 열기를 머금은 하늘로 녹아들어갔다. 화장장 굴뚝에서 피어오르는 연기는 어째서 바로 녹아들지 않는 걸까.

"왜 시신과 함께 태우려고 했어?"

나는 잠시 생각하는 척하다 대충 얼버무렸다.

"카이사르의 것은 카이사르에게, 라는 거지."

"그 앞에 있는 문장도 알아?"

"신의 것은 신에게."

"신에게는 뭘 주고?"

"나는 특정 신을 믿지 않아. 붓다도 그리스도도……."

대충 던진 말에 다카기가 반응하자 나는 그 의미를 자문자답했다.

만약 신이 있고 나에게 무언가를 부여했다면 그것은 유키코와 나베시마에 대한 내 감정뿐일 것이다. 두 사람이 앞으로 행복하게 여행을 끝낼 수 있다면 나는 신에게 받은 이 감정을 순순히 반납할 것이다.

"하지만 신에게 줄 것은 신에게만 말할 거야."

"네 입에서 '신'이라는 말이 나오다니……. 성서에 나오는 그

단어는 저마다의 입맛에 맞는 해석이 다양하게 있는데 '세금은 내도 신앙심은 잃지 말라'는 뜻이야."

"그러니까 이 USB 메모리 내용물은 세금 같은 거야. 나베시마 후유카가 HK프로토콜에 재직 중에 만든 거라면 저작권은 HK프로토콜에 있어."

"나카이는 의외로 만만치 않네."

"칭찬이야?"

"그럼."

나는 벤치에서 일어나 푸른 하늘을 보며 새 담배에 불을 붙였다.

문득 별 생각 없이 말한 '카이사르'라는 말이 걸렸다. 어째서 나는 이런 곳에서 카이사르를 떠올렸을까.

"다카기, 갑자기 미안하지만 넌 제왕절개로 태어났어?"

"뭐?"

"아니……. 카이사르는 제왕절개의 어원이니까 그냥 물어봤어."

"다음에 어머니한테 물어볼게."

화장장 건물에서 젊은 승려가 나와 독특한 억양의 베트남어로 뭐라고 했다. 아마도 다비가 끝났다는 말일 것이다. 이번에는 다카기도 건물 안으로 따라왔다. 석대 위에 놓인 유골은 살점이 반쯤 붙은 시신보다도 훨씬 인간답게 느껴졌다. 우리는 요리젓가락 같은 긴 젓가락을 받아 그 뼈를 주워 유골함

에 넣었다. 서서히 부스러지며 평평해지는 하얀 뼈를 보고 있
으니 반과 마지막으로 이야기를 나눈 모래톱이 떠올랐다. 반
의 시신도 바다에 버리지 말고 그 모래톱 위에서 다비에 부쳤
으면 산호 조각이나 조개껍데기와 구분할 수 없게 되었을까.
그러면 반은 그 쓸쓸한 모래톱에서 비오는 밤이면 작은 섬마
을의 불빛을 보며 지냈을지도 모른다.

10분 정도 뼈를 유골함에 옮기자 젊은 승려가 뭐라고 말했다.

"뭐라고 하는 거야?"

"나도 모르지만 슬슬 자기네가 처리하겠다는 뜻이 아닐까?"

다카기가 젓가락을 내려놓자 승려는 자신의 말이 외국인에
게 통했다고 만족했는지 자애로운 미소를 지으며 합장했다.
대기실로 안내 받고 10분 정도 지나자 유골함이 보자기에 싸
여 들어왔다. 승려와 나란히 온 직원이 "이게 화장증명서입니
다."라며 서류를 내밀었다. 나는 영어를 하는 직원에게 택시를
불러달라고 부탁했다.

내가 유골함이 든 보자기를 한 손에 내려뜨려 들고 밖으로
나가자 다카기가 눈살을 찡그렸다.

"그런 건 양손으로 가슴 높이에 맞춰 드는 거야. 장바구니
도 아닌데……."

다카기는 이상한 부분에서 경건한 사람이다. 나는 다카기가
충고한 대로 유골함을 가슴 앞에 안고 택시에 탔다.

"홍콩으로는 언제 돌아갈 거야?"

"아직 안 정했어. 당분간 베트남에서 쉴까 싶기도 해."

"태평하네."

그렇지도 않다고 하고 싶지만 다카기에게 대꾸한들 아무 의미도 없다.

"나는 내일 비행기로 도쿄로 가야 해."

"여전히 바쁘구나."

"오늘 밤 가볍게 한잔할까? J프로토콜 홍콩의 속사정을 이야기해도 될 때가 오면 브리즈 스카이 바에서 한잔 사기로 약속했잖아."

주주총회 때 그런 말을 한 것이 떠올랐다.

"좋아. 방으로 돌아가 샤워하고 마시러 가자."

택시는 내가 묵는 호텔에 먼저 도착했다.

"그럼 나중에 봐."

다카기는 뒷좌석에서 손을 들었다.

"7시에 바에서 보면 될까?"

"알았어."

나는 유골함을 빈자리에 얌전히 내려놓고 택시 문을 닫았다. 7시까지 아직 세 시간 정도 남았다. 나는 컨시어지 데스크에서 편지지를 받아 방으로 돌아왔다.

✝

모리카와에게

이 편지는 나카이 유이치가 2010년 10월 25일에 사이공의 마제스틱 호텔 객실에서 쓰는 거야.

오늘 오후에 나베시마 후유카를 다비에 부치고 사원증, 여권, 사망통지서와 유골을 J프로토콜 본사로 보내달라고 다카기에게 맡겼어. 여담이지만 그 위조 여권은 정교한 것과 싸구려 두 가지를 만들어야 해서 조금 비쌌어.

이걸로 홍콩에서 할 일은 끝났으니 나는 이 도시에서 여행을 떠날 거야. 언제 도쿄로 돌아갈지는 정하지 않았어.

첫 번째 약속에 대해

나는 아무도 믿지 않는 건 불가능했어. 반이 죽기 직전까지 그를 믿었고, 네가 싫어한 다카기도 아마 믿어. 나와 널 죽이려고 했던 찬링도 일을 정확하게 처리하는 점은 신뢰해. 그리고 린파(네가 5년 전에 마카오에서 고용한 사람은 지금 음린파라는 이름으로 망명 왕자의 비서로 일해.)도 의심할 수가 없어. 내가 너만큼 고통 받지 않아서 그런지도 모르고 나약해서인지도 몰라. 그로 인해 언젠가 목숨을 잃게 된다면 그래도 괜찮다고 포기했어.

무엇보다 널 믿어.

두 번째 약속에 대해

지금 널 뭐라고 불러야 좋을지 모르겠어. 지금의 나에게 넌 모리카와 사와고, 사무실에서 언제나 스타벅스 종이컵을 책상 위에 놔두고 있다는 인상이 더 커. 다만 이렇게 편지를 쓸 기회가 20년 전에도 있었으면 좋았다고, 지난 두 달 동안 줄곧 생각했어.

참 신기하지. 만약 20년 전에 휴대전화나 PC가 있어서 쉽게 메일을 보낼 수 있었다면 어쩌면 그 메일로는 아무것도 전해지지 않았을지도 몰라. 지금 나는 무언가를 전하고 싶다고 강렬하게 원하고 그건 이렇게 펜을 들고 써야만 전해질 것 같은 기분이 들어.

그런데 너는 참 대담하구나. 홍콩을 방문한 J프로토콜의 누군가가 널 알아보면 어쩔 셈이었어?

내 예상이지만 넌 J프로토콜이 보유한 데이터베이스에 있는 본인의 생체 인증 정보를 다른 사람의 것으로 바꿔치기해 J프로토콜 홍콩의 채용을 통과했지? 그리고 우리(IT 기업 말이야.)는 일단 보안체크를 통과한 사람은 여간해서는 의심하지 않는다는 믿음을 역이용했을 거야. 하지만 그게 '안전한 곳'이라고 장담할 순 없어. 사실 찬링은 네가 누군지 알아. 아마 그녀는 직업상 어떤 다른 부분에서 네가 나베시마 후유카라고 확인했을 거야.

그리고 나도 널 알아봤어. 처음 널 만난 저녁, 육우다실에서 화장실에 가려고 일어선 뒷모습을 보고 네가 나베시마 후유카라고 무의식에서는 틀림없이 알아챘을 거야. 하지만 그날 저녁에는 아직 네가 이름을 바꾸고 얼굴도 성형한 줄 몰라서 네가 나베시마 후유카란 걸 무의식적으로는 알면서도 제대로 연결시키질 못했어. 그리고 나는 모리카와인 너에게 20년 전과 같은 연애 감정 비슷한 마음을 품었고, 그럼에도 사귀는 사람이 있어서 무의식의 연결을 스스로 끊었을 거야.

넌 늘 내 곁에 있어주고 날 지켜줬는데 그걸 알아채는 데 1년이나 걸린 건, 네게 두 번이나 사랑에 빠진 걸로 봐주면 안 될까? 두 번 다 이루어지진 않았지만(너와 난 언제나 타이밍이 엉망이구나) 두 번째에라도 이렇게 네게 전할 수 있어서 다행이야.

그리고 올해 내 생일에도 감기에 걸렸던데 어딘가에서 기도해줬던 거야? 그런 거라면 고마워. 그 덕분인지는 몰라도 나는 20년 동안 크게 아픈 적도 없이 너와 다시 만날 수 있었어.

세 번째 약속에 대해 쓰기 전에

반은 내가 있는 현실을 셰익스피어의 희곡『맥베스』라고 했어.
물론 그 말을 그대로 믿진 않아. 지금 어쩌다 그렇게 됐는지
를 적으면 시간이 도저히 부족하니 생략하겠지만, 반에게『맥
베스』는 우리의 고등학교 입학식 날 반코라고 불렸을 때부터
이미 시작됐어. 그에게 나는 맥베스고 너는 레이디 맥베스였
던 거야. 이렇게 쓰면 네 편지에 선동당해 전임인 이노우에를
죽인 게 되지만 그렇지는 않아. 나는 단지 널 지키고 싶었을
뿐이지 왕이 되려던 건 아니거든.
하지만 그 후 나는 J프로토콜이 얻어야 할 이익의 몇 퍼센
트를 얻고 반은 암살자에게 살해당했어. 그 암살자인 찬링을
고용한 건 반 본인이니 사소한 차이는 있지만 나는 역시 400
년 전의 희곡에 삼켜진 것 같아.

나는 반의 집착으로 시작된 희곡의 막을 내리기 위해 나베
시마 후유카, 즉 레이디 맥베스를 화장하고 왔어. 그러니 넌
레이디 맥베스와는 상관없이 안전한 곳에서 행복하게 살았으
면 좋겠어.
막을 내리기 위해 내 목숨이 필요하다면 그 또한 달게 받아
들일 거야.

각설하고, 세 번째 약속에 대해

Everything but the Girl 즉, 라디오 데이즈에 널 데려가기로 한 건, 네가 나보다 먼저 약속을 실현시켜줬지.

같이 갔던 소호의 누벨 시누아 레스토랑은 당연히 너는 알고 있었을 테고, 나는 모르는 척했지만 '수음기 시대'라는 이름이었어. 네가 자리를 비웠을 때 웨이터에게 그 이름이 무슨 뜻인지 물어봤어. 시부야의 라디오 데이즈처럼 멋진 식당이었어.

갑자기 가자고 해서 미안했어. 그런데 너와 난 정말로 타이밍이 안 맞나 봐. 그 뒤에 내가 착각했던(착각한 건 아니지만) 네 생일에 예약을 하려고 했더니 11월 22일은 월요일이라 정기휴일이라고 하더라. 넌 내가 계획도 없이 저녁을 먹자고 해서 억지로 그 가게를 열게 한 거지? 민폐 고객인데도 홍콩 같지 않게 서비스가 좋은 레스토랑이었어. 스너프킨이 없어서 쓸쓸했지만 나도 너도 그리고 스너프킨도 여행하는 중이었던 걸로 해두자.

20년이나 지나 이런 말을 해도 아무 소용없지만 고등학교를 졸업한 봄방학에 오가와 리에가 라디오 데이즈에서 졸업 축하를 하자고 했지만 거절했어. 열여덟 살이었던 나도 너와 둘이서 라디오 데이즈에 가고 싶었거든. 그러니 그걸 이뤄줘서 고마워. 베이 쉬의 노래는 작지만 생일 선물이야.

큐브 달력 문제

해답은 분명히 있어. 나도 이해할 수 있는 문제니 너라면 그리 어렵지 않을 거야. 다만 미처 떠오르지 않았을 뿐이지. 해답을 여기에 적으면 넌 나와 재회할 필요가 없어질지도 모르니까 지금은 힌트만 줄게.

역시 희생하는 건 네 생일이 아니라 내 생일이야.

부탁이 두 가지 있어.

내가 쓰던 페닌슐라 방을 정리해줘. 프런트에는 내 비서가 간다고 해뒀고 숙박비는 1년치를 정산한 데다 보증금도 냈으니 문제는 없을 거야. 정리할 물건도 많지 않아.

금고 안에 5년 전 네가 마카오에 놓고 간 여권과 HK프로토콜 주식 통장이 들어 있어. 네가 HK프로토콜을 믿을 수 있는지 아닌지는 차치하고 찬링과 또 한 명의 직원에게 업무를 맡겨뒀으니 내 소유 기업으로 자금이 바닥날 때까지는 유지해줘. 네가 할 일은 없고 사장 대역으로 주식을 보유해주면 돼. 원래 3분의 1은 네가 가지고 있던 주식이고…….

금고에는 소중한 게 하나 더 들어 있지만 지금 이 편지에 쓰기엔 쑥스럽네.

그리고 정말로 이기적인 부탁이지만 날 잊지 말아줘.

날 찾아내달라고 하지도 않을 거고, 넌 앞으로 행복한 결말을 맞이할 사랑을 했으면 좋겠다고 진심으로 바라. 네가 앞으로 모리카와 사와로 살면서 나이가 들어도 맥베스와 레이디 맥베스였던 나카이 유이치와 나베시마 후유카를 잊지 말아줘.

슬슬 다카기와 한잔하기로 한 약속 시간이 다 됐네(넌 싫은지도 모르지만 그는 나쁜 사람이 아니야). 이 호텔 옥상에 브리즈 스카이 바라는 편안한 분위기의 바가 있는데 거기서 오랜만에 마시기로 했어. 편지는 이만 줄일게.

다음에 너와 만날 때는 둘 다 안전한 곳에서 再見(또 보자).

25OCT2010 U1

✝

나는 호텔 근처에 있는 우체통에 홍콩으로 보내는 항공우편을 넣고 저녁 7시에 옥상의 브리즈 스카이 바로 올라갔다. 방탄조끼를 입을지 망설였지만 종일 땀을 흘린 조끼 안쪽이 아직 축축해 망설여졌다. 결국 셔츠를 갈아입고 방탄조끼는 옷장에 걸어두고 방을 나왔다. 바는 생각보다 한산했고 카운터석에 손님이 두어 팀 있을 뿐이었다. 다카기는 사이공강이 보이는 테이블석에서 이미 맥주를 마시고 있었다. 강 쪽에 있는 테이블에는 아가리가 오므라진 올드패션드 글라스에 캔들이 켜져 있었다.

"미안하지만 좀 일찍 도착해서 먼저 마시고 있어."

"괜찮아."

나는 다카기의 맞은편에 앉아 현지 맥주인 바바바를 추가 주문했다.

"올리브 안주와 클럽하우스 샌드위치도 주세요."

다카기는 사이공 업무를 인수받은 뒤로 몇 번인가 이 바에 왔었나 보다. 익숙하게 점원에게 주문했다. 점원이 원뿔을 뒤집어놓은 모양의 잔에 맥주를 따라 내 앞에 놓았다.

"헌배(獻杯)……."

우리는 조용히 잔을 부딪쳤다.

"어제 아는 해커에게 전화로 물어보니 스탠드얼론 PC라도 복합기가 연결되어 있으면 그곳이 보안 허점이 될 가능성이 높다고 하더라."

남자들끼리 술을 마실 때는 언제나 무슨 말부터 꺼내야 할지 망설여진다. 다짜고짜 본론인 일 이야기부터 꺼내는 것도 재미없고, 그렇다고 가족 근황 같은 걸 물어보는 재주도 없다.

"복합기?"

"프린트와 복사 기능이 다 들어 있는 기계 말이야."

"그건 알아. 어떻게 복합기가 보안 허점이 되지?"

나는 린파에게 들은 내용을 다카기에게 이야기했다.

"그거 아주 큰 문제 아니야?"

"뭐, 그렇겠지. 서비스를 늘리려다 괜한 리스크까지 떠안는 건 흔한 일이지만."

"이것 참……. 휴대전화에는 본인의 동의 없이 GPS 기능이 달려 있고 메일은 본사에 다 공개되고, CCTV는 사방에 깔려 있고, 참 살기 힘든 세상이야."

"동감이야. 누가 누구를 감시하는지조차 얽히고설킨 스파게티 같아서 알 수가 없지."

나는 다카기의 말에 동의하고 마침 나온 클럽하우스 샌드위치를 먹었다.

"방콕에서 지사장실을 넓은 방으로 옮기면서 찾아낸 도청기만 여섯 개야."

나는 웃었다. 직접 경험하지 않았더라면 다카기의 말에 놀랐을지도 모르지만 지금은 신기할 것도 없었다. 도청기를 설치한 본인도 누군가에게 감시당하고 있을 것이다.

"콘센트 어댑터라든가 조명 뒷면 같은 곳이지?"

"그래. 기생식물 같은 느낌이야. 뭐, 전기세는 회사가 내니까 뭐라고 할 수도 없고."

"내 비서는 홍콩 사무실을 이전할 때 인테리어 업자가 일하는 동안 계속 지켜보고 있었어."

"그게 정답이지. 그 비서 아가씨는 너한테 반한 게 틀림없어."

다카기도 웃었다.

생각해 보면 다카기와 술을 마신 건 작년 9월이 처음이었고 오늘 저녁이 세 번째다. 그런데 지난 1년 동안 둘 다 많이 변했다. 16년 근무한 기업에 감시당하는 대상이 되어 사람을 몇 명이나 죽였다. 다카기는 어쩌면 죽이기 전에 심문하는 자리에도 있었는지 모른다. 반이 말한 대로 어지간한 일은 되돌리거나 만회할 수 있다. 어떤 실수로 오해가 생겨도 찬찬히 풀 기회를 기다릴 수 있고 잊을 수도 있다. 하지만 사람이 사람을 죽이는 것만큼은 되돌릴 수가 없다. 설령 형법에 의거해 죗값을 치렀다 하더라도 자신의 손으로 사람을 죽인 사실만큼은 머리에서 지울 수가 없다.

"다카기의 비서는 어떤 사람이야? 남자야? 여자야?"

"현지에서 채용한 여직원이야. 하지만 내가 면접 봤을 때는 이미 도쿄에서 걸러낸 상태였을지도 모르고 나한테 반한 느낌도 아니야. 누구 편인지 감이 잡히지 않아."

그렇다면 정말로 불안할 것이다.

"그럼 바꾸면 되잖아?"

"현지 법인 사장과 일개 지사장은 위양 권한이 달라. 애당초 멋대로 비서를 갈아치우면 도쿄에서 더 수상하게 여기지."

"하긴……."

우리는 사이공강을 내려다보았다. 전구 장식을 밝힌 배가 리버 크루즈를 마치고 호텔 앞에 있는 선착장으로 돌아왔다.

"다카기는 앞으로도 계속 J프로토콜에서 일할 거야?"

"아마 그렇겠지. 비밀을 알게 된 이상 회사에 충성을 맹세하는 척하고 수렁에서 기어 올라올 기회를 기다리든지 그 사이에 자살한 걸로 처리되든지 둘 중 하나야."

"달아나."

"나카이, 내가 달아나라고 했을 때 네가 뭐라고 대답했는지 기억 나?"

"기억해. 그래서 똑같은 충고를 해주는 거야. 아무리 고민해도 그것밖에 해결책이 없어."

"그때 나는 아직 아무것도 몰랐어. 하지만 지금은 도망치지 않겠다고 버티던 네 심정을 이해해. 가족도 있고 만나는 여자들도 있어. 달아난다는 건 모두를 희생하고 혼자만 살겠다는 뜻이란 걸 지금은 알아."

"그렇지."

"너도 유키코 씨가 있어서 도망치지 않았던 거잖아?"

나는 그 질문에 대답하지 않고 리버 크루즈에서 사람들이 내리고 새로운 사람들이 타는 것을 지켜보았다.

"유키코 씨는 왜 방콕 병원에 입원했어?"

"정신적으로 많이 약해졌어. 하지만 이제 괜찮아."

"왜?"

"입원하고 사흘 뒤에 병실에서 투신자살했어. 방콕에서는 뉴스 안 나왔어?"

"몰랐어."

나는 사이공강 경치에서 다카기에게로 시선을 옮겼다. 다카기의 말은 정말인 듯했다. 방콕과 쿠알라룸푸르의 비밀키 유출 사건으로 그럴 정신이 없었을지도 모른다. 병원도 입원 환자의 자살이 보도되는 것은 원치 않았을 것이다.

"딱하게 됐네."

나는 아무 말도 하지 않았다.

다카기의 시선이 입구로 향했다. 나는 손님이 새로 들어왔겠지 하고 맥주를 마셨지만 구두소리가 우리 테이블 앞에서 멈추는 것이 느껴졌다. 멈춰선 손님의 발끝을 보았다. 검은 펌프스와 스카이블루 테두리가 둘러진 하얀 아오자이 자락이 눈에 들어왔다. 올려다보자 린파가 있었다.

"신짜오?"

나는 맥주잔을 테이블에 놓고 린파에게 말했다. 린파는 다카기가 넋을 잃을 정도로 아름다웠다.

"안녕하세요, 나카이 씨? 우연이네요. 동석해도 되죠?"

린파는 일할 때 외에는 조심스러운 성격인데 다짜고짜 밀어붙였다.

"그럼."

나는 끄덕이고 옆에 있는 의자를 빼주었다.

"아는 사이야?"

"응. 이쪽은 다카기. 회사 동료야. 이족은 음린파. 그게……."

내가 소개할 말을 찾지 못하자 린파가 자기소개를 했다.

"음린파예요. 나카이 씨의 친구고 마카오의 호텔에서 일해요. 만나서 반가워요, 다카기 씨."

"다카기예요. 안녕하세요, 미스 음? 만나서 영광입니다."

"린파라고 부르세요."

나는 다카기와 린파의 대화를 들으며 그녀가 여기 있는 이유를 찾았다. 나베시마 후유카가 자살한 뉴스가 어떤 루트로 린파에게 전해졌다 하더라도 그녀는 그 시신이 소지한 여권이 교묘한 위조품이란 걸 안다. 어제 저녁에 내가 갑자기 전화를 건 게 방아쇠였을까. 그 순간, 어제 저녁에 린파와 통화했을 때 느낀 위화감이 풀렸다. 그때의 통화 연결음은 마카오의 것이 아니었다. 나는 린파가 마카오에 있을 것이라고 의심하지 않았는데 연결음이 다른 것을 알아채지 못했다. 그때 린파는 이미 이 도시에 와 있었다. '우연'일 리가 없다.

"기다리는 사람이 있는데 입구가 보이는 자리에 앉아도 될까요?"

린파가 말했다.

'기다리는 사람? 조금 있다가 카이저가 오기로 했나?'

"그러세요. 이쪽 자리가 야경이 예뻐요."

다카기도 그런 배려를 할 줄 아나 싶어 놀랐다. 그는 일어나

자기가 앉았던 자리를 양보하려고 했다.

"마음 써주셔서 감사합니다. 하지만 모처럼 대화 나누시는 데 방해하면 죄송하니 여기도 괜찮아요."

린퐈는 다카기의 옆인 통로 쪽 자리에 앉았다. 나는 린퐈에게 여기 온 이유를 묻고 싶은 충동을 억누르는 게 고작이었다.

"뭔가 마실래요?"

다카기가 그렇게 말하며 점원을 불렀다.

"버진 칵테일은 있어요?"

"네. 미스 사이공이라는 저희 바 오리지널 칵테일을 알코올 프리로 만들 수 있습니다."

"그럼 그걸로 주세요."

린퐈의 칵테일이 나올 때까지 나와 다카기는 맥주를 마시던 손을 쉬었다.

'카이저는 역시 제왕절개로 태어났을까?'

문득 나는 내가 카이저에게 살해당하는 상상을 했다. 하지만 그렇다면 린퐈는 내게 어떤 신호를 보내줄 게 틀림없다.

'여기 린퐈가 있는 게 그 신호인지도 몰라.'

"왜 그래?"

갑자기 말이 없는 나에게 다카기가 물었다.

"아무것도 아니야……. 린퐈를 보느라 정신이 없었어."

나는 린퐈를 지나치게 믿는 걸까? 하지만 호텔 유니폼을 벗고 포르투갈 식당에서 나베시마 이야기를 하던 그녀를 의심할 수가 없다.

"호찌민에는 개인적으로 왔어?"

나는 린파에게 물었다.

"네. 휴가를 받으면 자금이 허락하는 한 다양한 일류 호텔에 묵으며 호스피탈리티 시찰을 해요."

"다녔던 곳 중에서 어느 호텔이 가장 좋았어요?"

다카기가 끼어들었다.

"어디일까. 역시 홍콩 페닌슐라는 무척 좋은 호텔이에요. 하지만 그라운드 플로어의 에프터눈티 행렬은 어떻게 좀 해줬으면 좋겠어요……."

"아. 일본에서는요?"

"죄송해요. 일본에는 일 때문에 딱 한 번 가본 게 전부라서요. 가미코치라는 곳에 있는 제국호텔에는 흥미가 있지만 좀처럼 예약도 안 되고 마카오에서 가기에는 시간이 많이 걸려서……."

"아, 그곳은 1년 전에 이미 예약이 꽉 차니까요."

린파와 다카기는 무난한 대화를 이어갔다. 순간 린파는 정말로 우연히 여기에 있는지도 모른다는 생각이 들었다. 그렇게 느낄 정도로 그녀의 대화는 막힘이 없었다. 하지만 그게 오히려 부자연스러웠다. 나는 내 상황 판단을 정리하기 위해 화장실에 가려고 절반 이상 남은 담배를 끄고 자리에서 일어나려고 했다. 린파는 그 움직임을 민감하게 포착하고 내 가죽구

두 끝을 가볍게 밟았다.

"저한테서 떨어지지 마세요."

린파의 입모양이 옆에 앉은 다카기도 알아채지 못하도록 조용히 움직였다.

나는 자리에 앉은 채 가게 안을 둘러보았다. 카운터석에 있는 손님은 모두 아시아계다. 아마 한국인이나 일본인이 조용히 잔을 기울이고 있었다. 이 바에 서양인이 없는 경우는 드물었다.

"이 호텔은 어때요? 나카이가 좋아하는 곳인데……."

"좋은 호텔이에요. 인테리어는 조금 낡았지만 역사도 있고 숲의 도시의 왕성이라는 이름도 근사하잖아요."

린파의 말에 나는 고개를 갸웃거렸다. 마제스틱은 'Majesty(폐하, 왕권)'에서 파생한 단어지 '숲의 도시'라는 뜻은 아니다.

"숲의 도시?"

나는 린파에게 되물었다.

"몰랐어? 사이공은 프랑스 사람이 식민지 시대에 붙인 이름이고 크메르어로는 '프레이 노코르', 숲 속의 도시라는 뜻이야."

다카기가 린파 대신 대답했다. 나는 한숨을 내쉬고 앞머리를 쓸어 올렸다.

"숲이 움직인다는 거야?"

"뭐? 갑자기 무슨 소리야?"

다카기가 의아한 표정으로 물었다.

"아무것도 아니야. 조금 피곤하니 오늘은 한 잔만 더 마시고 호텔로 돌아갈게."

나는 직원을 불러 럼콕을 주문했다.

"그래. 슬슬 마무리할까……. 그 전에 해둘 말이 있어."

"뭔데?"

"응, 나는 달아나지 않아."

"조금 전에 얘기했잖아. 다음에는 어디서 마실까?"

"다음에도 여기면 되지 않아?"

다카기는 웃으며 자리에서 일어났다.

그때 도시의 불빛이 먼 곳부터 꺼지는 게 보였다. 직원이 카운터 안에서 뭐라고 하는 말이 들렸다. 나는 당연히 베트남어라고 생각하고 흘려 넘기려고 했지만 곧바로 베트남어 리듬이 아니라 한국어라고 깨달았다. 다카기도 돌아보고 등 뒤에서 파도처럼 밀려오는 정전을 보았다. 급작스럽게 경제 발전을 이룩한 곳에서는 정전이 놀랄 일도 아니다. 하지만 그것이 내 눈에는 숲이 움직이는 것처럼 보였다.

어둠의 숲이 호텔로 몰려오는 가운데 다카기가 나를 내려다보았다.

"전기가 아직 들어올 때 화장실에 다녀올게."

"그래. 다녀 와."

나는 간신히 린파와 단둘이 이야기할 수 있다고 생각했는데 테이블 옆에 선 다카기가 가로막았다.

"나카이……, 난 달아나지 않기로 했어."

"벌써 세 번이나 들었어."

"달아나지 않으려면 싸우는 수밖에 없어. 그 USB가 있으면 이 수렁을 뒤엎을 수 있어."

다카기의 말을 듣고 이 정전이 사고가 아니라 계획적인 것이라고 깨달았다. 마침내 어둠이 호텔 옥상을 뒤덮자 바 안은 흐릿한 달빛과 테이블 위에 놓인 캔들 불빛만 남았다. 그 안에서 린파의 하얀 아오자이 가슴께에 빨간 점이 떠올랐다. 다카기를 보자 권총을 들고 총구로 린파를 겨누고 있었다. 아오자이 위의 빨간 점은 권총 아래에 달린 레이저포인터에서 나오는 것이었다. 다카기 뒤에는 카운터석에 앉아 있던 손님 한 명이 권총을 들고 서 있고 내 재킷 오른쪽 가슴에도 마찬가지로 레이저포인터의 빨간 점이 찍혀 있었다.

"이런 미인을 죽이게 될 줄은 몰랐지만……."

다카기의 말이 끝나기도 전에 린파는 술잔과 샌드위치 접시가 놓인 테이블을 그대로 다카기 쪽으로 걷어찼다. 유리가 깨지는 요란한 소리와 놀란 다카기의 목소리가 교차하고 첫 번째 총성이 들렸다. 하지만 두 레이저 포인터가 가리킨 끝은 이미 나와 린파에게서 벗어나 있었다. 린파는 차올린 다리를 다시 내리며 이번에는 앉아 있던 의자를 뒤로 걷어차 카운터 쪽에서 다가오는 남자에게 명중시켰다. 그대로 나를 몸으로 감싸려는 린파를 향해 나는 오른발로 바닥을 박차고 뛰어올랐다. 가녀린 린파는 아무리 애써도 몸무게 차이로 밀려났고 내가 그녀를 덮어 감쌌다. 바닥에 짚은 오른쪽 손바닥에 유리잔 파편이 박혔다. 나는 린파를 끌어안으며 파편을 뽑고 린파의 머리를 가슴으로 당겼다. 손에서 흐른 피가 그녀의 부드러운 머리카락에 찐득하게 엉겨 붙었지만 그런 걸 따질 상황이 아니었다.

"왜죠?"

내 품안에서 린파의 웅웅거리는 목소리가 들렸다.

"괜찮아. 이런 일도 있을까봐 방탄조끼를 입었거든."

나는 이런 때에도 의외로 냉정하다고 생각했지만 다음 순간 등에 작은 열 덩어리를 느꼈다. 신기하게 통증은 없었다. 유리잔 파편을 억지로 뽑아낸 손바닥이 더 아팠다. 뜸과 비슷한 정도의 자극이었다. 작은 열 덩어리는 두 개, 세 개로 늘어나며 등에 박혔고 뒤이어 날카로운 총성과 탄피가 바닥에 떨어지는 소리가 귓가에 울렸다. 네 번째 총성 뒤에 비로소 등에 예리한 통증이 번졌다.

"일하는데 방해하지 마세요."

린파는 여전히 내 품에서 말했다.

"이 정전은 CCTV를 못쓰게 만들기 위해 계획적으로 일으킨 거야. 조금만 기다리면 전기가 들어오고 저들은 여기를 떠날 수밖에 없어. 그때까지 이렇게 있어."

등의 통증에 방탄조끼를 입지 않은 사실이 떠올랐다. 그 사이에도 카운터석에 있던 손님이 다가와 내 등에 총알을 박아 넣었다. 처음에는 하나하나 따라 세었지만 중간에 의미가 없다고 깨닫고 포기했다. 그중 하나가 귓가를 스치자 오른쪽 귀에서 소리가 사라지고 뜨뜻한 액체가 목을 타고 흘렀다. 린파를 안고 있는 가슴 앞쪽에도 작은 열기가 느껴졌다. 총알이 내 몸을 관통해 린파의 몸에 닿았을지도 모른다. 내 몸이 부디 완충제가 되었기를 빌었다.

나는 린파를 안은 채로 벽 쪽으로 기어가 다카기를 돌아보았다. 그 사이에도 유리 파편이 허벅지를 난도질했다.

"미안하다."

다카기는 평소와 변함없는 표정으로 총구를 내게 겨눈 채 말했다.

"마지막으로 쿠바리브레를 마시게 해줄 정도의 친절함은 베풀어도 되지 않아?"

내 농담에 다카기는 기가 막힌 얼굴로 총구를 내렸다. 린파가 발버둥 쳐 나는 두 다리까지 써서 그녀의 움직임을 억눌렀다. 린파가 버둥거리면 버둥거릴수록 바닥에 흩어진 유리 파편이 근육을 파고들었다. 제발 얌전히 있어주면 좋으련만.

나는 린파의 입에서 "휴카와 약속했단 말이에요."라는 말이 나올까 두려워 그녀의 머리를 끌어안고 입을 가슴으로 막았다. 여기까지 와서 진짜 나베시마 후유카가 살아 있다는 사실이 알려지면 나베시마를 안전한 장소로 보내줄 수가 없다.

"네가 이제 날 죽일 거니 마지막으로 쿠바리브레로 건배하자고 했으면 나는 순순히 응했을 텐데."

"나카이……, 이 상황에서 그런 말이 나와?"

"살려달라는 말보단 낫잖아?"

팔과 다리에 박힌 유리 파편이 서서히 힘을 빼앗아갔다. 린파는 나와의 사이에 생긴 작은 틈에서 무언가를 하려고 했다. 정전된 시간이 얼마나 흘렀을까? 이윽고 신시가지 쪽부터 거리의 불빛이 몰려오는 게 시야 끄트머리에 비쳤다. 거의 다 됐다. 상태를 보아하니 린파가 치명상을 입지는 않은 듯했다. 바에 불빛이 돌아오면 다카기와 고용된 살인자들도 이곳을 떠나야 한다.

다카기가 한국어로 남자들에게 뭐라고 지시했다. 오른쪽 귀가 들리지 않아 그 목소리가 괜히 더 멀게 느껴졌다.

린파는 여전히 내 품 안에서 무언가를 하려고 했다. 나는 이미 그녀를 억누를 힘이 다 빠져 그저 감싸고 있을 뿐이었다. 바의 불빛이 돌아오고 남자들은 선혈에 물든 아오자이를 확인하고 입구로 향했다. 린파는 그제야 내 몸을 밀치고 바닥에 앉아 내 뒤에 숨어 쥐고 있던 무언가를 엘리베이터를 향해 던졌다. 그녀의 집게손가락에는 반지 같은 고리가 남아 있었다. 스타벅스 로고 색깔과 비슷한 그것이 수류탄이라고 깨달은 건 엘리베이터 입구에서 연기가 피어오른 뒤였다.

✝

"방탄조끼는 내가 입고 있었는데……."

린파는 비틀거리며 일어나 나를 비상계단으로 데려가려고 했지만 이내 엉덩방아를 찧었다. 그녀의 다리에서도 피가 흐르고 있었다. 아마 내가 미처 감싸지 못한 부분일 것이다. 그녀는 하는 수 없이 나를 끌어안아 몸을 바로 눕혀주었다.

"마음이 맞네. 나도 방탄조끼를 입은 줄 알았는데 방에서 샤워하고 다시 입지 않은 걸 깜빡했어."

위 속에서인지 걸쭉한 액체가 치밀어 올라 입안에 불쾌한 맛이 퍼졌다.

"다카기는?"

"미안해요. 몰라요……."

나는 린파를 올려다보며 '잘 피했어야 하는데.' 하고 속으로 생각했다.

"나는 휴카와 한 약속을 지키러 왔는데……."

"린파, 넌 나와도 약속했어. 나베시마를 행복하게 해주겠다고."

나는 자꾸 멀어지는 의식을 간신히 붙잡고 말을 이었다.

"빨리 여기서 달아나. 피에 물든 아오자이는 눈에 띄니까

306호실인 내 방에서 갈아입고 서둘러 이 도시를 떠나."

나는 재킷 호주머니에서 카드키를 꺼내 린파에게 주었다.

"나 혼자 달아나면 휴카에게 뭐라고 하라고요."

린파는 반쯤 울상을 지으며 말했다.

"네가 여기 있어도 아무것도 해결되지 않아. 이런 곳에서 살 인 사건에 말려들면 경찰은 끝까지 조사해 기껏 죽은 걸로 만 든 나베시마까지 위험에 노출돼. 그 정도는 너도 알잖아? 나 베시마에게 여기서 일어난 일을 사실대로 전하면 그걸로 충 분해."

"하지만 나는 휴카가 어디 있는지도 몰라요. 휴카를 찾아내 는 건 당신의 역할이잖아요?"

"내 휴대전화로 'PA'라고 등록되어 있는 곳으로 전화해. 그 리고 '숲이 움직여 맥베스가 죽고 막이 내렸'고 전해줘."

나는 휴대전화를 꺼낼 힘도 없어 호주머니를 가리켰다.

"숲이 움직여 맥베스가 죽었다니, 무슨 뜻이에요?"

"그렇게 말하면 알아."

"숲이 움직여 맥베스가 죽었다고 전하면 돼요?"

입 안에 퍼지는 피 맛이 기분 나빴다. 맥주와 토마토주스를 섞은 칵테일을 뭐라고 하지? 하다못해 보드카를 마시게 해줬 으면 블러디메리가 됐을 텐데⋯⋯. 나는 소리로 나오지 않는 욕을 퍼부으며 린파가 끄덕이는 것을 확인했다. 그녀라면 이 호텔에서 내 흔적을 깨끗이 지워줄 것이다.

린파가 떠난 뒤 남은 핸드백 안에 진녹색 수류탄이 하나 남아 있는 것이 흐릿한 시야에 들어왔다. 그녀가 그것을 잊고 가지는 않았을 것이다.

"이런 곳에서 살인 사건에 말려들면 안 되지."

나는 수류탄 레버를 잡고 안전핀을 뽑는 게 고작이었다.

the Curtain Call

- Radio Days

유키코는 도쿄로 돌아가 매월 11일 밤을 라디오 데이즈에서 보내기 위해 시부야의 호텔에서 지냈다. 연내에는 도쿄로 돌아오겠다고 한 유이치의 약속이 이루어지지 않을 것이라고는 어렴풋이 느꼈지만 11일 밤이 되면 혹시나 하는 기대를 버리지 못했다.

크리스마스와 밸런타인데이의 시끌벅적함이 물러간 다음 달 11일 오후, 큰 지진이 발생해 라디오 데이즈의 수많은 병들과 유리잔과 레코드도 괴멸적인 상태가 되었다. 무사했던 건 입구에 앉아 있는 스너프킨 정도였다. 그날 밤 호텔로 돌아갈 마음이 안 들었던 유키코는 가게를 치우는 점장의 일을 거들었다. 이제 가게를 접을 수밖에 없나, 하는 점장의 말에 유키코는 며칠 고민하다 라디오 데이즈에 투자하겠다고 제안했다.

적자만 쌓이는 바를 경영해도 통장에 남은 잔고의 자릿수 하나도 바꾸지 못할 것이다. 그리고 슬슬 무언가를 시작해야 한다는 생각이 들던 참이었다.

유키코가 제안한 투자 조건은 자신을 직원으로 고용하는 것, 쿠바리브레용 다이어트 콜라를 준비해둘 것, 큐브 달력을 카운터 구석에 놔둘 것 세 가지였다. 점장은 흔쾌히 받아들였고, 유키코는 바의 공동경영자가 되었다.

도쿄에서 지진의 흔적이 사라지고 반년 뒤, 라디오 데이즈는 마찬가지로 경영이 어려워진 고마자와공원 근처의 바를 매입했고, 유키코는 시부야점 점장이 되었다. 덕분에 매월 11일에 카운터에서 술에 취해 쓰러져 있지 않아도 되었고, 칵테일 메뉴에 '페이크 리버티'라는 오리지널 칵테일도 추가했다. 그리고 이따금 들어오는 20세 미만으로 보이는 손님에게 딱 잘라 출입을 거부할 권리가 생겼다. "미성년자는 저희 가게에 들어오실 수 없습니다."라고 안내하며, 고등학생이었던 유이치가 이 가게에 들어오는 걸 참았던 것처럼 가게 정책을 바꿨다.

†

큰 지진이 일어난 해의 12월 11일은 일요일이라 라디오 데이즈는 정기휴일이었다.

11일과 일요일이 겹칠 때는 가게 문에 'OPEN'이라고도

'CLOSE'라고도 팻말을 걸지 않고 아르바이트 직원도 쉬게 하고 유키코는 혼자 좋아하는 음악을 들으며 병을 닦거나 새 메뉴를 개발했다.

여자 손님이 문을 연 건 오후 10시 반이 지나서였다.

"영업 하세요?"

일요일의 이런 시간에 혼자 찾아오는 여자 손님은 솔직히 상대하기 골치 아픈 경우가 많다. 대부분 데이트나 결혼식 피로연이 끝나고 오는 사람들이라 식사도 하지 않고 이미 술을 마신 뒤라 객단가도 기대하기 힘들다. 그래도 손님은 손님이라고 스스로를 다독였다.

"일요일은 11시까지만 주문을 받는데 그래도 괜찮으시다면요."

유키코는 여자 손님이 고개를 끄덕이는 것을 확인하고 카운터석을 권했다. 그녀는 메뉴를 제대로 보지도 않고 다이어트 콜라로 쿠바리브레를 만들어 달라고 했다. 유키코는 새 다이어트 콜라 캔을 따고 '페이크 리버티'와 함께 시제품으로 만든 바질 오믈렛을 곁들여 카운터에 내려놓았다.

"이건 서비스예요. 아직 시제품이지만."

"고마워요."

겨울을 닮은 투명한 목소리였다. 여자 손님의 빈틈없는 미소를 보고 유키코는 '좀 만만하게 봤나.' 하고 반성했다. 이 손님은 잡지나 인터넷 블로그를 보고 예쁜 바를 찾아다니는 부류도 아니고 술에 취해 있지도 않았다. 그리고 방콕에서 마지막으로 본 유이치가 풍기는 뭐라 말하기 힘든 차가운 분위기를 두르고 있었다.

홀 앤 오츠의 베스트 음반이 끝나자 유키코는 이제 곧 크리스마스라 밴드 에이드의 'Do They Know It's Christmas?' CD를 꺼내려고 했다. 'A'부터 시작되는 CD 선반에서 'B'는 유키코가 손을 뻗어야 겨우 닿는 곳에 있었다. 까치발을 들었을 때 고개를 숙이는 바람에 유키코의 손에 잡힌 것은 밴드 에이드가 아니라 'Bei Xu'라고 적힌 CD였다. 아르바이트 직원이 언제 이런 아이돌같이 생긴 여가수 CD를 사놨나 하고 생각했지만 손님 옆에서 다시 CD를 찾긴 그래서 그 CD를 덱에 걸었다. 유키코의 예상과 달리 부드러우면서도 힘 있는 목소리가 작은 가게에 퍼져 나갔다.

여자 손님은 카운터에서 유키코를 멍하니 보며 쿠바리브레를 한 잔 더 주문했다.

"오믈렛 맛있어요."

"다행이네요."

단순한 인사치레라도 새로 만든 메뉴를 먹어주면 기쁘다.

"달력이 어제 날짜 그대로인데⋯⋯."

대화할 계기를 만든 손님이 카운터 구석에 놓여 있는 큐브 달력을 가리켰다.

"오늘은 저 혼자 있어서 깜빡했네요."

"오늘 날짜로 바꿔도 되요?"

손님은 유키코가 된다고 하기도 전에 큐브 달력으로 손을 뻗었다. 유키코는 그 달력으로 11을 만들 수 없다는 걸 알면서 그래도 여자 손님을 위해 큐브 달력을 그녀 앞으로 옮겨주고 새로 만든 쿠바리브레를 카운터에 놓았다.

†

큐브 달력으로 10일에서 11일로 날짜를 바꾸려면 보통 먼저 좌우 큐브를 바꿔야 한다. 나베시마 후유카는 왼쪽에 있는 0이 들어간 큐브를 집어 들고 1을 찾았다. 하지만 거기에 1은 없고 대신 언더바가 달린 6과 9가 있을 뿐이었다.

"왜지?"

무심코 튀어나왔다.

나베시마 후유카는 왼쪽에 있는 큐브에 뭔가 장치가 있나 싶어 두 번째 큐브를 집었다. 하지만 그것은 전혀 특별할 것 없는, 어디에나 있는 0부터 5까지의 숫자가 새겨진 평범한 큐브였다. 그녀는 다이어트 콜라로 만든 쿠바리브레를 한 모금 마시고 다시 카운터 위에서 두 개의 큐브를 돌려보았다. 하지만 아무리 해도 11을 만들 수 없었다.

여자 바텐더는 나베시마 후유카가 카운터 위에서 큐브를 배열하는 시행착오를 말없이 지켜보았다.

"저기……, 이 달력은 오늘 날짜를 어떻게 만들어요?"

나베시마 후유카는 참지 못하고 여자 바텐더를 보며 물었다. 그때 처음으로 그녀를 어디서 본 적이 있다고 깨달았다. 어딘가에서 그녀를 만났을 때 나카이가 마지막으로 '레이디 맥베스'라고 인정한 사람은 바로 자신이라며 우월감을 느끼는 모습을 상상했었다. 그런데 그때 느낀 솔직한 감정은 그녀가 무사했다는 안도감이었다. 나베시마 후유카는 그 감정을 확인하고 자신은 고등학교 이후로 전혀 성장하지 못했다고 반성했다. 자신의 감정도 전하지 않고 속으로 우월감만 느낀들 아무것도 손에 들어오지 않는다.

가게에 흐르는 베이 쉬의 목소리가 마쓰토야 유미의 커버곡으로 바뀌었다.

──A Happy New Year. Time Has Gone.

여자 바텐더는 이런 곡도 커버했나 하는 표정으로 스피커를 한 번 올려다보았다. 그러고는 나베시마 후유카의 손 쪽으로 눈길을 돌리며 말했다.

"11일은 영원이 오지 않아도 돼요."

나베시마 후유카는 "그의 생일이라서요?"라고 물을 수 없다.

"지진이 일어난 날이라서요?"

"그런 건 상관없어요. 11일이 오지 않으면 더는 그를 기다릴 필요가 없거든요."

──A Happy New Year. 오늘의 이날은, 아아 어디서 오는

걸까

울먹이는 바텐더와 가게에 흐르는 곡이 겹쳐졌다.

바텐더는 카운터로 손을 뻗어 언더바가 달린 9와 1을 나란히 큐브 달력에 놓았다. 달력 왼쪽에는 큐브를 지탱하는 돌기가 있고 언더바 일부가 그것에 가려졌다.

"91이 11일?"

나베시마 후유카가 그 문제를 싫어하게 된 건 중학교 때였다.

수학 교사가 초등학교 산수 복습차 '이하'와 '미만' 비교 문제를 냈을 때였다. 나베시마 후유카는 지금도 그 중학교 교사는 수학 센스가 없다고 생각했다.

"0.9999······는 1 이하일까요, 1미만일까요?"

뭐 이런 한심한 문제를 내느냐고 생각했다. 당연히 '1 이하'다. '0.9999······'는 1이니까. 열두 살인 나베시마 후유카는 '1 이하'라고 대답하는 쪽에 손을 들었다. 같이 손을 든 사람은 딱 봐도 산수를 못할 것 같은 남학생 두세 명뿐이었다. 그녀는 자신이 산수를 잘하는 줄은 알았지만 그래도 다른 학생보다 대수 센스가 월등하게 뛰어난 건 알지 못했다. 그래서 자신이 그 두세 명의 남학생과 동급이 되었다며 크게 상처 받고 집으로 돌아와 엉엉 울었다.

그 이후로 대학교를 졸업할 때까지 나베시마 후유카는 수학 강의를 진지하게 듣지 않았다. 자기보다 우수하다고 생각하는 대수 교사나 교수를 만난 기억도 없었다. 그래서 보통은 학기 초에 나오는 순환소수 문제 같은 건 굳이 확인할 필요도 느끼지 못했다. '0.9'는 '.9'로 생략해도 문제가 없고 그 9에 순환소수를 나타내는 기호를 붙이면 '0.9' 순환소수가 된다. 큐브 달력의 91을 보자 언더바 왼쪽 끝이 끊어져 언더바였던 기호는 '.9999……'를 나타냈다.

나베시마 후유카는 쿠바리브레 두 잔 값을 지불하고 가게 밖으로 나왔다. 바 문을 닫자 계산하는 동안 참았던 눈물이 뺨을 타고 흘렀다. 익명 전화로 나카이가 죽었다는 소식을 듣고, 뒤이어 도착한 나카이의 편지를 읽고 호텔 방에서 오래된 초콜릿 포장지를 발견했을 때 자신은 이제 울 일이 없을 거라고 생각했다. 하지만 눈물이 멈추지 않았다. 발신인이 적혀 있지 않은 우편으로 온 나카이의 여권이 슬펐는지 초콜릿 포장지와 함께 보관되어 있던, 이미 쓸 수도 없는 자신의 진짜 여권이 아쉬웠는지, 딱 1년 동안 짝사랑하는 사람과 보낸 시간이 그리웠는지, 눈물의 이유도 모르고 별도 뜨지 않은 겨울 밤하늘을 올려다보았다.

나베시마 후유카의 등 뒤에서 바의 불빛이 꺼지고 『맥베스』는 막을 내렸다.

——Fin——

미필적 맥베스

2023년 5월 12일 1판 1쇄 발행

저　　　자 하야세 고
옮 긴 이 이희정
발 행 인 유재옥

본 부 장 조병권
편 집 1 팀 김준균 김혜연
편 집 2 팀 정영길 조찬희 박치우 정지원
편 집 3 팀 오준영 이해빈
편 집 4 팀 전태영 박소연
디 자 인 김보라 박민솔
라 이 츠 김정미 맹미영 이윤서
디 지 털 박상섭 김지연
발 행 처 (주)소미미디어
발행등록 제2015-000008호
주　　　소 서울시 마포구 토정로 222, 403호(신수동, 한국출판콘텐츠센터)
제 작 처 코리아피앤피
영　　　업 박종욱
마 케 팅 한민지 최원석 박수진 최정연
물　　　류 허석용 백철기
전　　　화 편집부 (070)4164-3960, (070)4253-9250 기획실 (02)567-3388
　　　　　 판매 및 마케팅 (070)4165-6888, Fax (02)322-7665

ISBN 979-11-384-7870-0 (03830)